FINLÂNDIA
Helsinque
OCEANO BÁLTICO
ESTÔNIA
LETÔNIA
LITUÂNIA
PRÚSSIA ORIENTAL
Varsóvia
POLÔNIA
REPÚBLICAS
SOCIALISTAS
SOVIÉTICAS
(URSS)
COSLOVÁQUIA
Budapeste
HUNGRIA
ROMÊNIA
Bucareste
IUGOSLÁVIA
MAR NE
BULGÁRIA
ADRIÁTICO
ALBÂNIA
GRÉCIA
Ancara
TURQUIA
MAR EGEU
MAR JÔNICO
DITERRÂNEO
EGITO
INGLATERRA
SS ORIENTE
EGITO

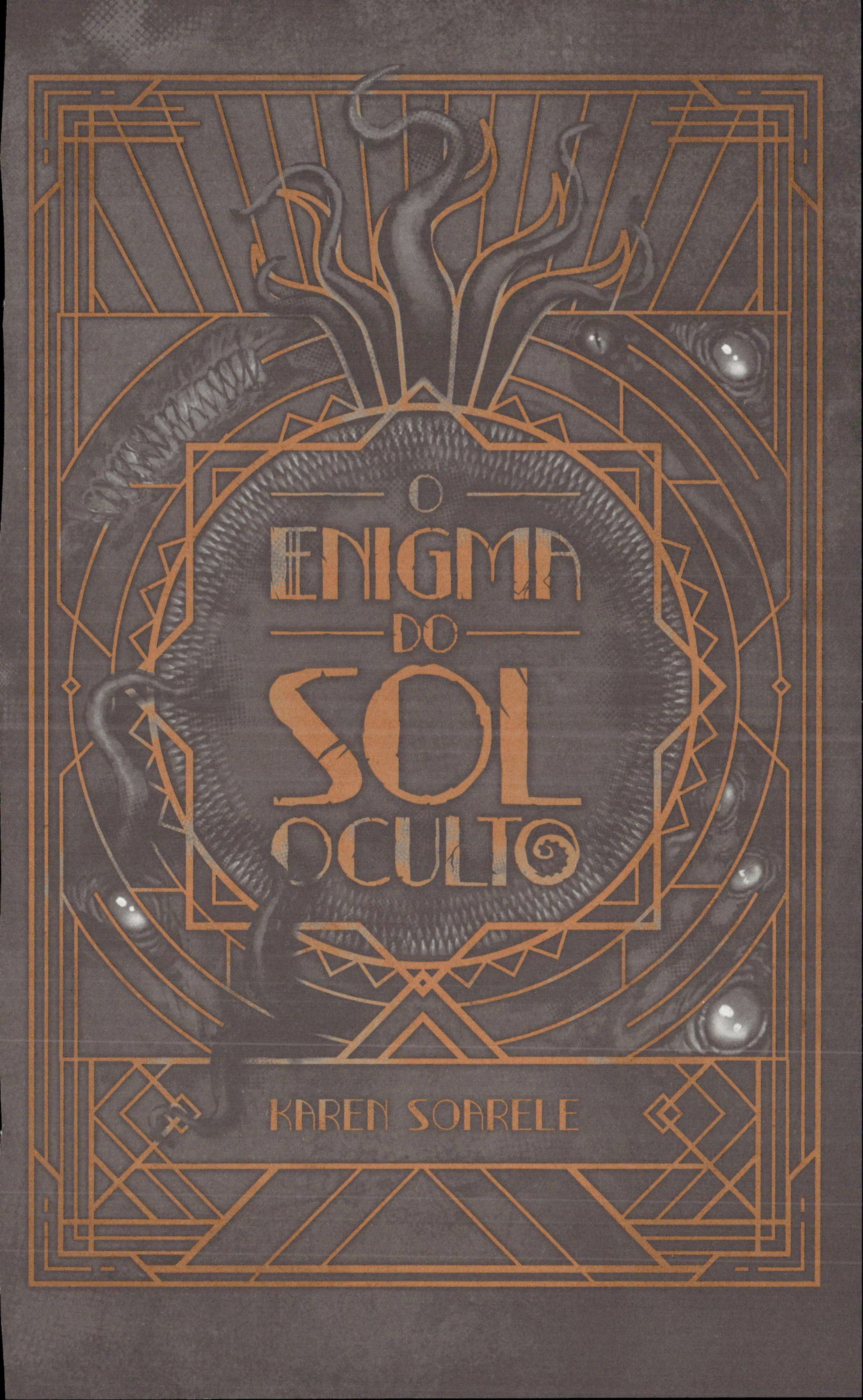
O
ENIGMA
DO
SOL
OCULTO
KAREN SOARELE

UMA HISTÓRIA DE LEGADO

O enigma do sol oculto é um livro-jogo. Aqui, *você* assume o papel de protagonista e suas decisões definem os rumos da história. Se você nunca jogou um livro-jogo, não se preocupe — as próximas páginas explicarão tudo que você precisa saber.

Este também é um jogo *legacy*. Isso significa que cada partida será diferente e todas serão parte da mesma história. Evite voltar atrás em uma decisão ou ignorar o resultado de um dado, mesmo que se provem ruins. A morte é parte da trama e a experiência completa pressupõe jogar várias vezes.

O texto indicará quando e como alterar o livro para afetar as próximas partidas. Normalmente, a modificação será colar um adesivo para mudar uma referência, mas em casos mais drásticos pode ser até mesmo rasgar uma página para excluir da narrativa eventos que não poderão se repetir.

Naturalmente, o livro é seu, e cabe a você decidir o quanto alterá-lo. Nossa dica é: não tenha pena dele! Em vez disso, faça as modificações e poste fotos nas redes sociais, para mostrar e imortalizar a *sua* história. Use a *hashtag* #NerdcastRPG para que possamos vê-las!

Uma história de horror cósmico por

KAREN SOARELE

O ENIGMA DO SOL OCULTO

game design

LUCAS BORNE • ALEXANDRE OTTONI

projeto gráfico

DAN RAMOS

capa

CAROLINE GARIBA

ilustrações

CARLOS FONSECA • ESTÚDIO REBIRTH
DAN RAMOS • WALTER PAX

edição

GUILHERME DEI SVALDI

inspirado no NERDCAST *RPG:* CTHULHU*, por*

ALEXANDRE OTTONI • DEIVE PAZOS
LEONEL CALDELA

O ENIGMA DO SOL OCULTO

CRÉDITOS

Criação: Karen Soarele

Game Design: Alexandre Ottoni, Guilherme Dei Svaldi e Lucas Borne

Projeto Gráfico: Dan Ramos

Capa: Caroline Gariba

Ilustrações: Augusto Costa, Carlos Fonseca, Dan Ramos, Estúdio Rebirth, Daniel HDR, Priscilla Souza, Walter Pax

Diagramação: Guilherme Dei Svaldi

Edição: Guilherme Dei Svaldi

Revisão: Elisa Guimarães e Maria Suzana Neumann

Orientadores: Prof. Dr. Bernardo José de Moraes Bueno, Prof. Dr. Luiz Antonio De Assis Brasil, Prof. Dr. Enéias Farias Tavares

Fase de Testes: Alice Monstrinho, Cássia Bellmann, Elisa Guimarães, Glauco Lessa, Katiucha Barcelos

Editor-Chefe: Guilherme Dei Svaldi

Inspirado no NerdcastRPG: Cthulhu, por Alexandre Ottoni, Deive Pazos, Leonel Caldela, Carlos Voltor, Fernando "Tucano" Russell e Tiago "Rex" de La Marca.

Rua Coronel Genuíno, 209 • Porto Alegre, RS
contato@jamboeditora.com.br
www.jamboeditora.com.br
@jamboeditora

2ª impressão: setembro de 2022 | ISBN: 9786588634196

S676e Soarele, Karen
O enigma do sol oculto / Karen Soarele. Ilustrações por Caroline Gariba [et al]. Edição por Guilherme Dei Svaldi -- -- Porto Alegre: Jambô, 2022.
544p. il.

1. Literatura brasileira - Ficção científica. I. Gariba, Caroline. II. Svaldi, Guilherme Dei. III. Título.

CDU 794:681.31

SUMÁRIO

VOCÊ ESTÁ PRESTES A COMEÇAR *O ENIGMA DO SOL OCULTO*, UMA AVENTURA DE INVESTIGAÇÃO NA QUAL IRÁ DESVENDAR MISTÉRIOS, PERSEGUIR CULTISTAS E ENFRENTAR OS PODERES MACABROS DOS GRANDES ANTIGOS.

Sua missão não será fácil, tampouco poderá ser vencida por uma só pessoa — ninguém é capaz de combater monstros cósmicos sem ajuda. Felizmente, você é parte do Clã Wyrden, uma família unida por sangue e lealdade, que está prestes a descobrir a existência dos horrores que ameaçam a humanidade... E se erguer contra eles.

Para começar sua investigação, vá para a página 17. Após a Introdução, você verá que o texto do livro é dividido em referências numeradas. Ao fim de cada referência, haverá uma ou mais opções. Escolha uma e vá para o número correspondente. Não leia as referências na ordem numérica, pois elas não farão sentido assim. Lembre-se de que esta é uma aventura de investigação, então lembre-se de anotar pistas e informações que encontrar!

Antes de começar, porém, vamos descobrir quem você é, e como enfrentar os perigos e monstros que espreitam na escuridão.

PERSONAGEM & FICHA

Você começa sua investigação no papel de Tallant, brilhante e experiente detetive do clã. Tallant possui uma **FICHA DE PERSONAGEM**, mostrada na página ao lado, que define suas características.

Saúde. Seu vigor e integridade física. Quando você sofre dano, deve diminuir sua Saúde. Assim, se possui Saúde 10, leva um golpe de um cultista e sofre 3 pontos de dano, deve reduzir sua Saúde a 7. Se sua Saúde for reduzida a 0, você morrerá. Sempre que você morrer, por qualquer motivo, comece um novo jogo na Introdução.

Sanidade. Sua determinação e integridade mental. Situações perturbadoras podem fazer você perder pontos de Sanidade (veja "Testes de

NOME Detetive Tallant

SAÚDE INICIAL 10
ATUAL

SANIDADE INICIAL 10
ATUAL

TRAÇOS
Ágil
Alerta
Eloquente
Sagaz

EQUIPAMENTO
Cachimbo

DINHEIRO 10£

Sanidade", na próxima página). Assim como com Saúde, se sua Sanidade for reduzida a 0, sua investigação chegará ao fim.

Recuperando Saúde & Sanidade. Você recupera pontos através de descanso e remédios. O livro indica quando isso acontece. Porém, você nunca pode recuperar pontos além de seus valores *iniciais*. Assim, se você tem Saúde 10, sofre 1 ponto de dano por cair de um barranco e recupera 2 pontos por passar uma noite no hospital, sua Saúde vai para 10, não 11.

Traços. Suas qualidades e defeitos. Traços afetam os testes que você faz durante sua investigação (veja "Fazendo Testes", abaixo).

Equipamento. Os itens e o dinheiro que você possui. Alguns itens possuem regras específicas, explicadas na descrição do objeto em questão. O dinheiro é medido em libras (£).

Mais à frente, você jogará com outras personagens, podendo criar sua própria ficha. As regras para isso serão apresentadas no devido momento.

FAZENDO TESTES

Em certos momentos de sua investigação, você precisará fazer ações desafiadoras, como esgueirar-se por um cultista ou decifrar um tomo ancestral. Nesses casos, o livro dirá para você **fazer um teste.**

Para fazer um teste, role dois dados. Cada resultado ou é um **SUCESSO**. Se você tiver um ou mais sucessos, **PASSA NO TESTE**. Caso contrário, **FALHA**.

Seus **TRAÇOS** afetam os testes, fazendo com que você role dados a mais ou a menos. O livro indicará quais traços afetam o teste e quais modificadores acarretam.

Por exemplo: Tallant precisa interrogar uma testemunha. O livro diz "**FAÇA UM TESTE:** + **ELOQUENTE** – **RUDE**". Isso significa que Tallant deve rolar dois dados (como o normal), com um dado a mais se possuir o traço Eloquente ou um dado a menos se possuir o traço Rude. Como Tallant é Eloquente, rola um dado a mais, para um total de três.

TESTES DE SANIDADE

Às vezes você será exposto a algo especialmente perturbador e precisará fazer um **TESTE DE SANIDADE** para resistir ao trauma. Um teste de sanidade sempre traz um número seguido pelo símbolo (por exemplo, 2). Role-o como um teste normal, mas *conte a quantidade de sucessos*. Você perderá pontos de **SANIDADE** iguais ao número indicado pelo teste menos a quantidade de sucessos que tiver (mínimo 0).

Por exemplo: Tallant encontra uma criatura disforme e precisa fazer um **TESTE DE SANIDADE 2**. Tallant rola dois dados e tira os resultados e — ou seja, obtém um sucesso. Como o teste causava a perda de 2 pontos de Sanidade e Tallant obteve um sucesso, perde apenas 1 ponto. Se tivesse obtido dois sucessos, não perderia ponto algum.

ENFRENTANDO INIMIGOS

Às vezes você terá que lutar contra um adversário. Quando isso acontecer, a referência trará uma ficha do inimigo com suas estatísticas: **ATAQUE** (quantos dados ele rola no teste de ataque) e **SAÚDE** (quantos pontos de dano ele precisa sofrer para ser derrotado). O combate acontece em uma série de **RODADAS**. A cada rodada, siga os passos a seguir.

1. Faça um **TESTE DE ATAQUE**. Role-o como um teste normal, mas *conte a quantidade de sucessos*. Se lutar desarmado ou com armas brancas, role + se tiver o traço **FORTE** ou – se tiver o traço **DÉBIL**. Se lutar com uma arma de fogo, em vez disso role + se tiver o traço **FIRME** ou – se tiver o traço **MÍOPE**. Você pode usar apenas uma arma por vez, e deve decidir usá-la no início de cada rodada, antes de fazer o teste. Para usar uma arma de fogo, você precisa ter munição, e gasta uma bala por uso.

2. Faça um teste de ataque para seu inimigo e conte a quantidade de sucessos dele.
3. Compare as quantidades de sucessos. Quem obtiver mais sucessos causa uma quantidade de dano ao oponente igual à diferença de sucessos. Por exemplo, se você tiver um sucesso e o seu inimigo três, ele causa 2 pontos de dano a você. Em caso de empate no número de sucessos, ambos os combatentes sofrem 1 ponto de dano.
4. Repita os passos 1 a 3 até a SAÚDE de um dos combatentes ser reduzida a 0. Se for a de seu adversário, você vence o combate. Se for a sua, sua investigação chegará ao fim.

COMBATE SIMPLIFICADO

Na ficha de cada inimigo haverá um símbolo ϟ. Se ao lado do símbolo houver um número, você poderá pagar uma quantidade de Saúde igual a esse número para vencer o combate automaticamente. Se houver um traço, esta opção não estará disponível para aquele combate.

DADO ALTERNATIVO

O rodapé de cada página traz resultados aleatórios de dados. Se não tiver dados à mão, pode folhear as páginas do livro rapidamente e parar em uma qualquer. Isso fornecerá quatro resultados (dois em cada página). Comece lendo pelo primeiro dado da página da esquerda e continue até ter a quantidade de resultados necessária para o teste.

O SELO DOS WYRDEN

Sempre que você passar em um teste ou vencer um combate, pode usar um ritual ancestral conhecido como SELO DO CLÃ. Se fizer isso, suas próximas personagens não precisarão fazer esse teste ou enfrentar esse combate, sendo automaticamente bem-sucedidas.

Para fazer o ritual, pegue um adesivo de selo do clã e cole-o na referência contendo o texto ou combate. Mas pense bem antes de tomar esta decisão! Você pode usar apenas um selo por personagem, e apenas sete selos em toda sua investigação. Detetive Tallant não possui mais seu selo.

SALA DE TROFÉUS

OS BENEFÍCIOS DA SALA DE TROFÉUS SE APLICAM A TODAS AS SUAS PERSONAGENS, TANTO A QUE CONQUISTOU O BENEFÍCIO QUANTO AS PRÓXIMAS QUE VOCÊ CRIAR.

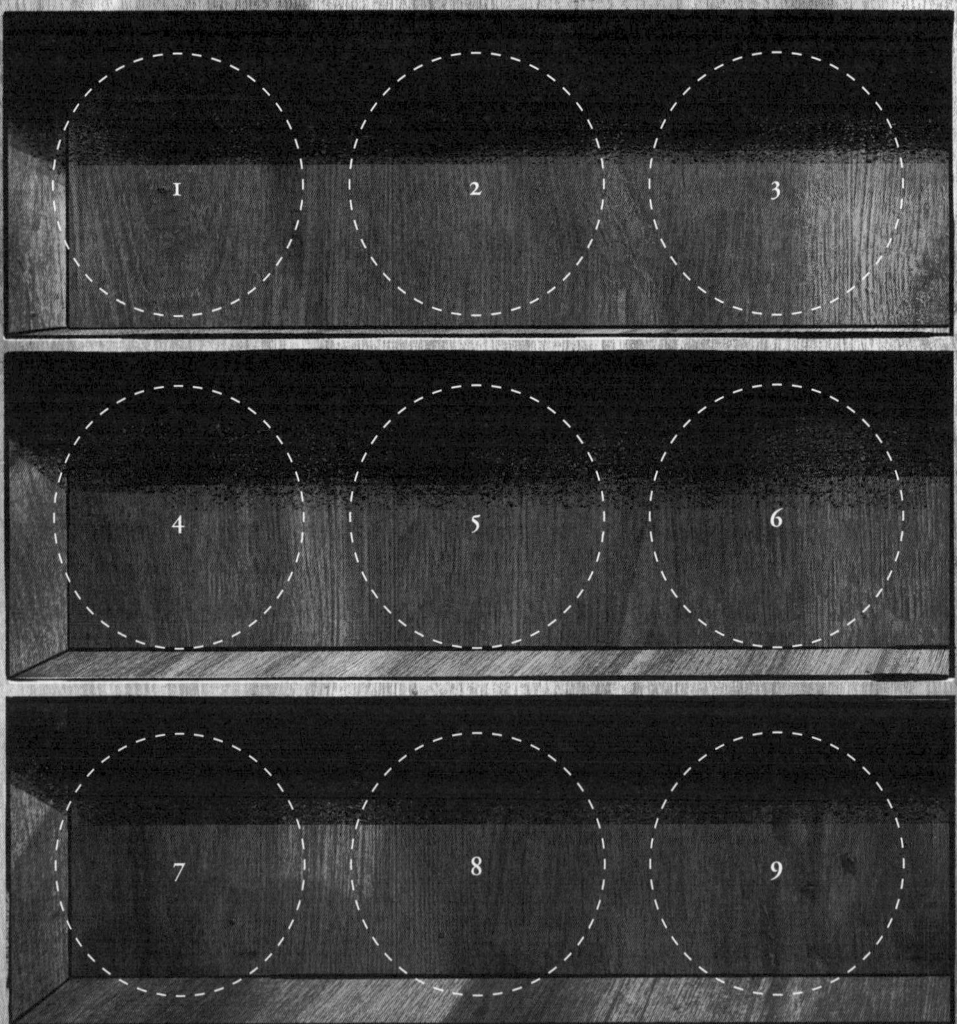

10
11
12
13
14
15
16
17
18

ÁLBUM DE FOTOS

AQUI JAZ
VALENTE
MORTO POR
NO CUMPRIMENTO DO DEVER.
AQUI JAZ
VALENTE
MORTO POR
NO CUMPRIMENTO DO DEVER.
AQUI JAZ
VALENTE
MORTO POR
NO CUMPRIMENTO DO DEVER.
AQUI JAZ
VALENTE
MORTO POR
NO CUMPRIMENTO DO DEVER.
AQUI JAZ
VALENTE
MORTO POR
NO CUMPRIMENTO DO DEVER.
AQUI JAZ
VALENTE
MORTO POR
NO CUMPRIMENTO DO DEVER.
AQUI JAZ
VALENTE
MORTO POR
NO CUMPRIMENTO DO DEVER.
CEMITERIO

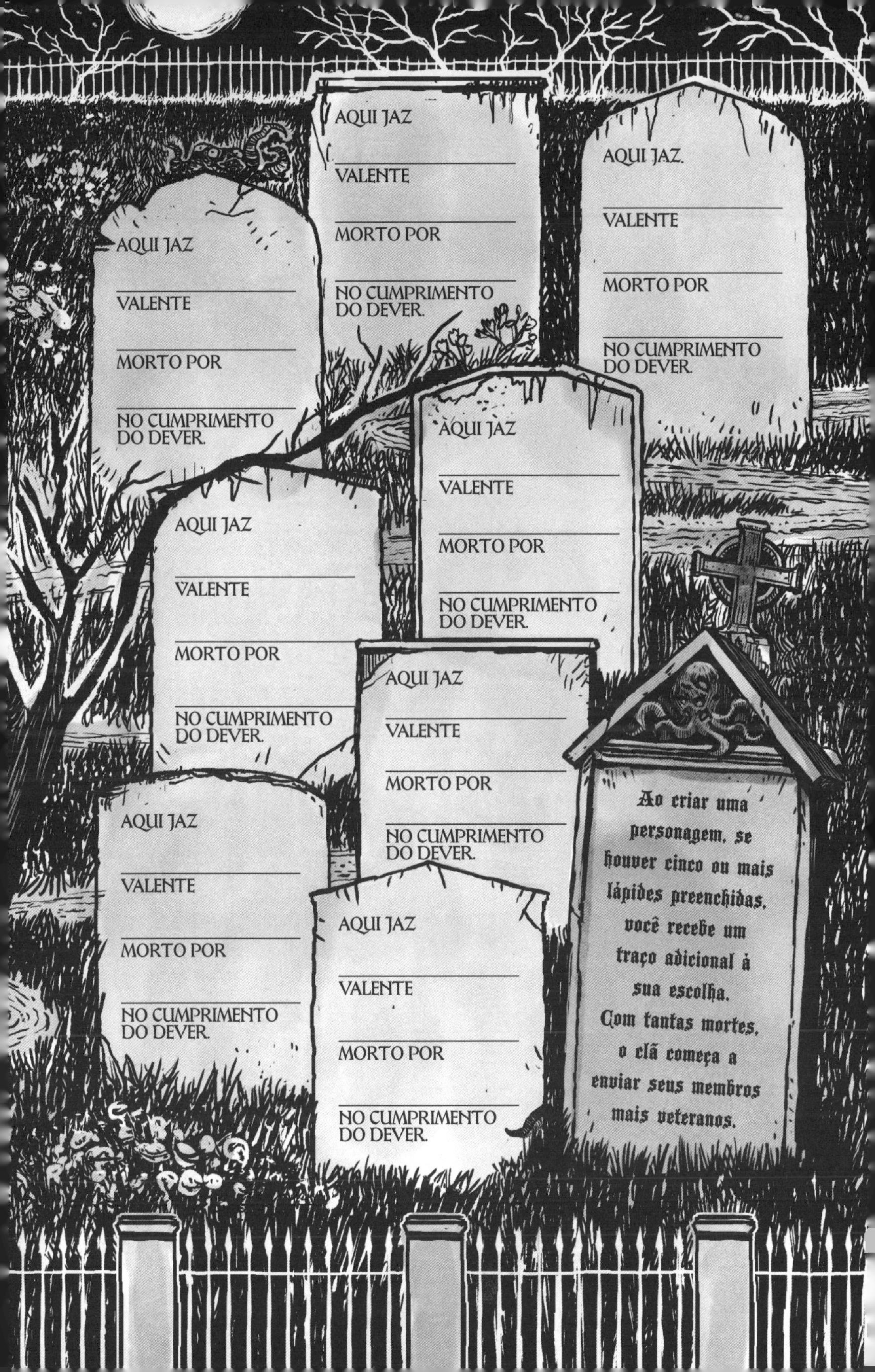
AQUI JAZ
VALENTE
MORTO POR
NO CUMPRIMENTO DO DEVER.
AQUI JAZ
VALENTE
MORTO POR
NO CUMPRIMENTO DO DEVER.
AQUI JAZ.
VALENTE
MORTO POR
NO CUMPRIMENTO DO DEVER.
AQUI JAZ
VALENTE
MORTO POR
NO CUMPRIMENTO DO DEVER.
AQUI JAZ
VALENTE
MORTO POR
NO CUMPRIMENTO DO DEVER.
AQUI JAZ
VALENTE
MORTO POR
NO CUMPRIMENTO DO DEVER.
AQUI JAZ
VALENTE
MORTO POR
NO CUMPRIMENTO DO DEVER.
AQUI JAZ
VALENTE
MORTO POR
NO CUMPRIMENTO DO DEVER.
Ao criar uma personagem, se houver cinco ou mais lápides preenchidas, você recebe um traço adicional à sua escolha. Com tantas mortes, o clã começa a enviar seus membros mais veteranos.

INTRODUÇÃO

OUTUBRO, 1926. COM O FIM DA GRANDE GUERRA, o mundo é tomado por uma alegria histérica. Música e dança trazem a expressão máxima dos Anos Dourados, quando a geração que escapou aos horrores do conflito por ser jovem demais decide desfrutar de uma liberdade nunca vista. Restrições morais caem por terra, a distinção de classes perde importância e as mulheres, que durante a guerra preencheram postos de trabalho masculinos, conquistam o direito ao voto. O rádio leva entretenimento para dentro dos lares e os carros aos poucos substituem as carruagens. Cabelos e saias, cada vez mais curtos; as festas, cada vez mais longas. O mundo vive um período de prosperidade.

Tendência que a Inglaterra falha em acompanhar.

Enquanto os aliados Estados Unidos e França progridem econômica e culturalmente, influenciando o mundo com a era de ouro do cinema mudo e do jazz, a Inglaterra amarga a dívida contraída nos anos de conflito. O declínio da indústria leva a cortes de salários, que por sua vez motivam greves gerais. Lei marcial é instaurada em um país que tenta, sem sucesso, manter a liderança no cenário em transformação.

Nas colônias do Império Britânico, a situação não é menos preocupante. Independência foi prometida em troca da lealdade em campo de batalha, e é chegado o momento de cumprir as promessas — ou quebrá-las. Na Irlanda, separatistas asseguram a independência utilizando métodos de guerrilha. Ao Egito é concedida suposta autonomia, mas a permanência do exército britânico no Canal de Suez resulta em hostilidade e assassinatos. Nas colônias mais distantes, como Índia, Austrália e Canadá, o desejo de emancipação cresce, ameaçando a integridade do império.

Em meio às mudanças nas hierarquias de poder, a aristocracia inglesa vive a decadência. Os impostos são mais altos, os bailes são mais simples. A duras penas, tradicionalistas buscam resguardar o que resta de sua autoridade e riqueza. Porém, os impactos políticos, econômicos e culturais decorrentes da guerra se mostram irreversíveis.

Você mora em Londres. Ao seu redor, os novos tempos impulsionam a expansão da cidade. Grandes propriedades rurais que pertenceram à nobreza por gerações são vendidas para pagar débitos e transformadas em subúrbios. Dia após dia, prédios de apartamentos surgem onde mansões centenárias são demolidas.

É sem espanto que você recebe uma mensagem vinda de uma família aristocrática de longa história e grande prestígio. Antes mesmo de abrir o envelope, já sabe que se trata de um pedido de ajuda. Afinal, em sua profissão, cartas nunca trazem boas notícias.

Se esta é a primeira vez que você joga, vá para 1. Caso contrário, vá para 50.

PRÓLOGO

1

VOCÊ DISPENSA O MENSAGEIRO COM UMA GORJETA e volta a se acomodar na poltrona. Através da janela, é possível ver as árvores disputando espaço com postes de luz. É início do outono, e as folhas já estão alaranjadas sob a camada de fuligem.

Graças a sua experiência, basta uma rápida olhada para saber do que se trata. Uma família renomada, vivendo em uma propriedade ancestral, com problemas para disciplinar a filha. Não é o tipo de trabalho que você costuma aceitar. Suas habilidades são melhor empregadas na resolução de crimes graves, como assassinatos e sequestros.

Apesar disso, decide ler até o fim. Afinal, ignorar a mensagem de uma família tão distinta seria rude. E, em último caso, você pode transferir o trabalho para um detetive novato. Vá para **45**.

2

O corredor está vazio, com várias portas fechadas e outras tantas abertas para cômodos escuros. A última, no entanto, derrama um facho de luz no carpete do corredor. Lá dentro, a idosa murmura uma queixa indistinta. Ao se aproximar da porta, você percebe que ela está sozinha.

— Hector! — ela chama, de repente. A princípio, parece ter confundido você com outra pessoa. Porém, os olhos emoldurados de rugas nunca encontram os seus. Em vez disso, olham para lugar nenhum. — *Hector!* — insiste.

O local é a sala de chá, onde cortinas e estofados exibem estampas com motivos florais do século passado. A criada não está, mas, na mesa diante da idosa, uma xícara de porcelana pintada à mão já exala a fumaça aromática de ervas torradas, misturadas a cravo e mel. Com a delicadeza dos velhos tempos, ela leva a xícara aos lábios e bebe um gole. Então volta a pousá-la no pires.

— Hector, você precisa colocar um pouco de juízo na cabeça da sua irmã — volta a falar sozinha. — O comportamento dela é inadequado. Não reflete o que se espera de uma dama.

Ela olha para a xícara e balança a cabeça em reprovação.

— O que será do nosso bom nome, Hector?

Ela suspira, e o silêncio volta a tomar conta da sala. A lareira está apagada, negando ao ambiente sua atmosfera pulsante. Em vez disso, a luminária elétrica pendurada no centro do teto fornece uma luz rígida e monótona.

Como que atraída pelo marasmo, uma mosca surge e sobrevoa o aposento. Ela dá uma volta, e mais uma, e mais uma. A velha não percebe a presença inesperada. Permanece olhando fixamente para a xícara de chá. Então a mosca pousa na xícara. Inebriada pelo aroma, voeja uma última vez e cai dentro do chá.

— Só você pode fazer algo a respeito, Hector — ela prossegue. — Afinal, é o futuro homem da casa — dizendo isso, a idosa vira a xícara nos lábios e bebe todo o conteúdo.

Atrás de você, alguém surge no corredor.

— Detetive Tallant, obrigado por atender ao chamado com tanta presteza. Sou Percival.

O filho do Conde de Bampton ainda é jovem. A barba rala e a compleição pouco desenvolvida, no entanto, contrastam com a seriedade em seu semblante.

— Vejo que já conheceu minha avó, Grace. Perdoe-a pela inadequação. Ela não está em seus melhores dias.

Ao ouvir o próprio nome, a mulher se vira e finalmente nota a sua presença.

— Percival, temos visita! Vá chamar Hector!

— Sim, vovó — ele responde como um neto obediente. Porém, em vez de procurar por Hector, grita o nome da criada, que logo surge, pede perdão e convence sua senhora a retornar para o quarto.

— Vamos conversar em local apropriado — Percival decreta, e guia você de volta pelo corredor, retornando ao escritório.

Vá para **36**.

3

Anos antes, você chamaria uma carruagem. Contudo, novos tempos trazem novas tecnologias, e hoje é cada vez menos comum ver cavalos trotando pelas ruas. Em vez disso, os inovadores automóveis tomaram conta do trânsito em Londres. Com cabine retangular e pneus estreitos, eles lembram as antigas carruagens, mas oferecem conforto e velocidade revolucionários. Você acena e um táxi motorizado logo para à sua frente. O taxista concorda em dirigir até Oxford, desde que saiam agora mesmo, para que ele possa retornar a Londres antes do anoitecer.

O motorista percorre o labirinto de ruelas, unindo-se ao tráfego da capital. Táxis pretos, ônibus vermelhos de dois andares e uma variedade de carros de passeio, com tetos conversíveis e o estepe junto à porta do passageiro, enxameiam como vespas. Sentados nas esquinas, homens de boina leem o jornal do dia e mulheres de pescoço à mostra riem em grupos. Mas a agitação dura pouco. Londres logo fica para trás, dando lugar ao cenário rural que separa as duas cidades.

O táxi percorre a estrada sem transtornos, e em pouco tempo o taxista estaciona no terminal rodoviário de Oxford. Ele pede desculpas por não poder prosseguir com o serviço, mas tem esposa e filhos que o esperam em casa. Com os melhores votos, ele se despede e parte de volta a Londres.

Com mais de mil anos de história, a cidade de Oxford cresceu ao redor de sua universidade. Assim, o pico do tráfego de passageiros acontece no início de setembro, quando começam as aulas. A essa altura, com o outono ameaçando os primeiros ventos frios, os jovens rapazes estão acomodados em seus dormitórios e a estação de trem está quase deserta. Não há táxis, mas o funcionário da bilheteria indica um local onde você poderá contratar um condutor de carruagem. Você deixa o local e caminha pelas ruas enquanto as primeiras estrelas surgem no firmamento. Vá para **30**.

4

A princípio, nada acontece. Você permanece parado, em meio a um quarto em desarranjo. Lá fora um galho de árvore bate na janela. Bate, bate, bate, como se o vento pedisse permissão para entrar. Com uma batida mais forte, a janela se abre. O vento invade e rasga a cortina. O tecido leve voa solto pelo quarto, dançando em movimentos espectrais. Onde quer que toque no teto e nas paredes, deixa um rastro de tinta reluzente. E a tinta se aglutina em imagens. Um cajado. Um touro. Uma estrela.

Os dois livros que estavam sobre a penteadeira caem no chão. Um deles é de história antiga. O vendaval sopra o livro e faz ele voltar no tempo, com suas páginas sendo passadas para trás. O outro livro é de sociologia. Este escorrega pelo piso, dando voltas sobre si próprio até bater na parede. O baque faz estremecer um quadro pendurado, que balança e cai sobre o livro, a quina da moldura fincando-se nas páginas de política. E o livro sangra.

À sua frente, Percival derrete. Os olhos escorrem pela face, deixando as órbitas vazias. A testa se afrouxa para baixo e enruga o rosto jovem. Aos poucos, a pele vai escorrendo como uma vela acesa, grandes gotas de cera se acumulando na base. Então escorrem os músculos. As vísceras. Os ossos. Apenas o terno se mantém, apesar de amassado e embebido em fluídos humanos. Percival se torna uma poça no chão. Os olhos derretidos observam ao redor. A boca retorcida articula, alta e clara:

— Minha irmã e seus novos passatempos.

Faça um teste de sanidade 2ⓞ: ⚅⚅ +⚅ Ocultista –⚅ Inocente. Vá para 37.

5

Vindo de lugar nenhum, um homem cansado e imundo surge diante de você. O rosto dele está coberto por pústulas, que ele arranha com as unhas sujas e faz verter pus. O cabelo cresce em tufos afastados e oleosos. As roupas fedem a suor e excremento, e o cheiro fica ainda pior quando ele arregala os olhos e grita com o bafo de podridão:

— Os planetas! *Os planetas!* Olhe, olhe! Vamos todos morrer!

Ele agarra as suas roupas e aponta para o céu. Mas as estrelas estão distantes: sua maior preocupação é o prurido contagioso, perto demais. Ele olha para você mais uma vez, quase encostando a testa úmida na sua. Os olhos cheios de água turvam o globo ocular forrado de veias minúsculas, que mais parecem teias de aranha.

Com o que parece ser um lampejo de lucidez, ele para de apontar para as estrelas. Então, fazendo esforço para articular as palavras apesar da escassez de dentes, diz em não mais que um sussurro:

— *Você* vai morrer.

E começa a gargalhar, apertando seus ombros com força. Perdigotos voam na sua cara. Se quiser golpear o mendigo, vá para **39**. Se preferir se unir a ele, gritando "todos iremos morrer", vá para **14**.

6

Você diz para ele não se preocupar, pois não irá morrer. Para seu espanto, ele aperta ainda mais o abraço e começa a despejar lágrimas em cima de você.

— É verdade! — berra em meio aos soluços. — Não vou morrer! — chora ainda mais, agarrando-se às suas roupas. — Sou um escolhido! — as lágrimas se misturam ao pus e pingam do queixo, verdes. — Dançarei aos deuses na era da depravação!

Incapaz de formular qualquer resposta adequada, você apenas concorda com a cabeça e espera até o choro perder a força. Com uma longa fungada, o homem se afasta.

— Mas você não é um iluminado — ele diz. — E por isso vai morrer.

Com um último sorriso, o homem se vira e foge. Desaparece na noite, tão rápido quanto surgiu. Logo que ele se vai, você sente uma dor aguda nas costas. Perca 1 ponto de Saúde. Por reflexo, você dá um tapa em sua própria face e atinge uma criatura fria e segmentada. A coisa cai no chão, ainda viva. É uma lacraia, que desaparece na sujeira do beco. Você se pergunta se ela se escondia nas vestes do homem. Você deixa o beco e segue seu caminho. Vá para **15**.

7

— Pelo contrário. Nos últimos meses, Elizabeth andava imersa em uma espécie de reflexão silenciosa, o que melhorou bastante o relacionamento aqui em casa. Nunca mais ouvi gritaria ou portas batendo.

Se quiser perguntar se havia brigas antes, vá para **49**. Se não quiser detalhes, volte para **10**.

8

Enquanto espera no escritório, você analisa a decoração. Corroídos pelo tempo, os vasos, as cortinas e estatuetas narram o fim de uma era de opulência. Fazem-lhes companhia utensílios modernos: um rádio, um telefone, uma máquina de escrever.

Mas a peça em maior evidência no recinto é o quadro pendurado atrás da escrivaninha. Grande o suficiente para ocupar quase a parede inteira, a pintura retrata uma família. A moldura entalhada reproduz o estilo vitoriano como uma ode aos velhos tempos, mas o quadro em si parece mais recente, com por volta de dez anos.

O silêncio é interrompido pelo som abafado de uma gota caindo no carpete. Outra gota se une à primeira, e mais uma, e mais uma, até que o som muda para o pingar em tecido úmido. Depois, para o pingar em uma poça. Você se levanta e olha atrás da escrivaninha. A fonte da goteira é o próprio quadro da família. Tinta vermelha pinga da moldura. Abaixo, a poça fluida se espalha pelo chão, banhando os pés da cadeira, avançando pelo escritório. Volumosa, corre por baixo da escrivaninha e se espalha ao redor dos seus sapatos. Você ergue um dos pés, apenas para ver a tinta escorrendo da sola. Atrás de você, alguém toca seu ombro. Vá para **33**.

9

Em um golpe certeiro, o homem finca a adaga em seu peito e a puxa de volta para fora. Você sente o sangue jorrar. Solta a lamparina e tenta pressionar a ferida com as mãos, mas as forças já lhe faltam. A vista fica turva. Você tomba para a frente. O homem de mantos escuros olha para você. Então lhe dá as costas e desliza de volta para as sombras. Desaparece tão rápido quanto surgiu. Vá para **28**.

10

O que você quer perguntar a Percival?

"Qual foi o último lugar onde Elizabeth foi vista?" Vá para **22**

"Quando ela começou a se interessar por antiguidades e estrelas?" Vá para **19**

"Quais bibliotecas ela tem frequentado?" Vá para **42**

"Quem é o homem com quem ela se correspondia?" Vá para **32**

"Houve algum desentendimento na família antes de ela fugir?" Vá para **7**

Quando tiver perguntado tudo o que queria, vá para **26**.

11

A estação está lotada de viajantes que carregam ou empurram malas grandes e pequenas, espiando, de tempos em tempos, o enorme relógio fixado na parede central. Você não trouxe bagagem e não se importa com o horário. Vai até a bilheteria, compra uma passagem para Oxford no próximo trem e caminha para a plataforma indicada.

Você embarca, localiza sua cabine e se acomoda, com a carta do filho do Conde de Bampton guardada no bolso. Com um apito, a paisagem começa a se mover do outro lado da janela. Em pouco tempo, Londres fica para trás, dando lugar a um cenário rural perturbado apenas pela locomotiva e pela fumaça que ela cospe.

O trem cobre a distância entre as cidades sem transtornos, e em pouco tempo você desembarca em uma estação ampla, mas quase vazia. Com mais de mil anos de história, a cidade de Oxford cresceu ao redor de sua universidade. Assim, o pico do tráfego de passageiros acontece no início de setembro, quando começam as aulas. A essa altura, com o outono ameaçando os primeiros ventos frios, os jovens rapazes estão acomodados em seus dormitórios e a estação de trem está quase deserta. O pequeno grupo que desembarca junto com você logo se dissipa. Não há táxis, mas o funcionário da bilheteria indica um local onde você poderá contratar um condutor de carruagem. Você deixa o local e caminha pelas ruas enquanto as primeiras estrelas surgem no firmamento. Vá para **30**.

12

Você avança pelos corredores da mansão, gritando para que lhe chamem a carruagem. Empregados surgem espantados, e Percival os encarrega da tarefa. Ele corre para acompanhar os seus passos, toda a dignidade deixada para trás.

— Detetive, o que houve?

Você ignora os questionamentos dele. Ignora também os berros perturbados da avó do rapaz, que surge vestida apenas de camisola.

— Hector, é você? — ela grita, chamando pelo neto morto. A criada a persegue, tentando convencê-la a voltar para a cama.

Ao cruzar por uma sala, você percebe o olhar de uma criança escondida atrás dos móveis. Deve ser Violet, a irmã mais nova, mas você a ignora. Segue firme, rumo à porta principal, desviando dos criados que surgem pela frente e de Mary, a senhora da casa, que também acordou assustada. Um dos valetes apressa o passo para abrir a porta, mas você não espera por ele. É capaz de abrir a porta por si só, e assim o faz. Vá para **21**.

13

Você iça o corpo para fora da carruagem, agarra-se às saliências do alto-relevo entalhado na madeira, encolhe-se na hora exata em que um galho de árvore ia bater em suas costas, sobe até o banco do condutor e alcança a alavanca do freio. Puxando a alavanca aos poucos, para não derrapar, você diminui a velocidade do veículo. O galope do cavalo se torna um trote, e então um passo. A ladeira termina diante de um arco de pedra sobre o rio caudaloso. Ali, você estaciona e se permite um suspiro. Você desce da carruagem, pega uma das lamparinas e volta a pé pela penumbra da noite de lua cheia. É preciso encontrar o condutor. Vá para **18**.

> DESTAQUE O ADESIVO **XX1**, VÁ ATÉ A REFERÊNCIA **229** E COLE-O SOBRE O NÚMERO **217**. ENTÃO, VOLTE PARA CÁ.

14

Você concorda com ele, diz que está vendo os planetas e que o fim está próximo. Ao ouvir isso, ele dá um largo riso sem dentes, então lhe agarra num abraço. Você tenta se esquivar, mas ele encosta a pele cheia de pus no seu rosto.

As roupas são ásperas, em contraste com as pústulas moles. Na nuca, você pensa ter visto um verme se mover. Por um momento, sente o cérebro girar com o cheiro nauseabundo. O homem apenas choraminga:

— Vamos todos morrer...

Você precisa convencê-lo a se afastar. **Faça um teste: ⚅⚅ +⚅ Eloquente –⚅ Rude.** Se passar, vá para **20**. Caso contrário, vá para **6**.

15

A ruela escura leva a uma via iluminada por postes com lâmpadas a gás. Adiante, há uma carruagem parada. O condutor, visivelmente cansado, estava conferindo um relógio de bolso, mas quando percebe sua presença guarda o objeto no colete e pergunta qual seu destino. Quando você responde, o homem se empertiga e abre a porta da carruagem com uma mesura. Você embarca e ele ocupa posição no banco do condutor. Dá o comando ao cavalo e, sem perder tempo, inicia o percurso. A presteza do trabalho revela o prestígio da família do Conde de Bampton. Vá para **38**.

16

O baú é pesado e antigo; suas dobradiças rangem quando você levanta a tampa. Dentro há vestidos e roupas de cama. Você ergue os tecidos e enfia a mão por baixo deles. Encontra um objeto — a princípio, pensa ser só mais uma boneca, mas quando o puxa, vê que se trata de um ídolo de pedra. Adornado com detalhes em dourado, possui a imagem de uma bela mulher com chifres de vaca, que emolduram o disco solar sobre sua cabeça.

— Um dos artefatos que minha irmã andava colecionando! — anuncia Percival em tom surpreso.

Mas você não lhe dá atenção, pois a imagem prendeu seus olhos e ouvidos. Os detalhes. O motivo. O significado!

De olhos arregalados, você corre pelo quarto como quem perdeu a razão. Vai de um lado ao outro, esbarra nos móveis e resmunga frases incoerentes. Abre as gavetas e espia embaixo da cama, para ter certeza. E a certeza está lá. Então vai até a penteadeira e revira os papéis. Folheia os livros. Investiga um frasco de perfume e outro, e outro.

Um vidrinho verde lhe chama a atenção e você o pega entre os dedos. Vira de lado, para ver a consistência. Há um borrifador com almofadinha. Você o pressiona. Uma nuvem de gotículas se forma à sua frente. Você estica a cabeça para frente e inala o perfume. Porém, não é perfume. Vá para **4**.

17

Percival olha para os lados, como se desconfiasse das paredes do escritório. Ele então inspira fundo e abaixa o tom de voz:

— Elizabeth tem sua própria opinião a respeito de tudo, e a defende em alto e bom tom. Ela gosta de sair à noite, dançar e debater assuntos complexos. Mamãe queria que se dedicasse mais à igreja. Vovó queria que arranjasse um marido. Mas o que *ela* quer é estudar em Oxford. Quanto mais exigem, mais ela se recusa a ser relegada a papéis femininos e reivindica fazer tudo o que os homens fazem. Meu pai não tem paciência para mediar esse tipo de discussão, então simplesmente ordena que ela obedeça às duas. Mas Elizabeth tem personalidade forte, então com bastante frequência as vozes se elevavam. Como disse, isso foi antes. Nos últimos tempos, experimentávamos um pouco de tranquilidade nesta casa, com Elizabeth metida em livros, sem abrir a boca para reclamar.

Volte para **10**.

18

Você sobe a escarpa em meio à noite de lua cheia. A lamparina exala cheiro de óleo queimando. Ela ilumina seus passos ao longo da estrada, mas não alcança os vultos que se movem sob a sombra das árvores. Alguém observando? Ou apenas ilusões? Quando o vento sopra, as sombras tomam formas agourentas.

Após retornar parte do caminho, você encontra o condutor da carruagem caído em um canto da estrada no topo do outeiro. Você o vira de lado. Está morto. Você se abaixa ao lado dele para investigar melhor. O pescoço parece ter se quebrado com a queda. Porém, o que mais chama atenção é a quantidade de sangue empapando as vestes. Mesmo sob a luz débil da lamparina, você logo encontra o ferimento. Um corte limpo e reto no pescoço do pobre homem. Isso não foi um acidente.

Você se vira para as estranhas sombras que se movem sob as árvores apenas a tempo de se defender. Não eram truques da mente: havia alguém observando seus passos o tempo todo. Vá para **27**.

19

— O colecionismo sempre foi apreciado pelos homens de nossa classe, então, minha irmã nasceu cercada de peças de arte. Porém, de uns tempos para cá, ela parecia não pensar em outra coisa. Antiguidades e estrelas. Um passatempo estranho. Ela estudava constelações, lia tratados de astronomia, traçava mapas astrológicos. Foi no aniversário dela que percebemos que havia algo errado. Elizabeth sempre gostou de dançar com os amigos. Naquela noite, porém, desapareceu da festa. Voltou horas depois, com os sapatos sujos de lama e folhas presas no chapéu. Trazia nas mãos um papiro com hieróglifos egípcios. Isso foi em 28 de abril.

Volte para **10**.

20

Você diz a ele que sim, vamos todos morrer. Para seu espanto, ele se afasta. Sem relaxar os olhos esbugalhados e o sorriso maníaco, rebate:

— *Você* vai morrer. Eu dançarei aos deuses na era da depravação!

Dizendo isso, o homem foge. Desaparece na noite, tão rápido quanto surgiu. Porém, o cheiro dele ficará impregnado nas suas roupas por um bom tempo. Você deixa o beco e segue seu caminho. Vá para **15**.

21

A carruagem está parada diante da escadaria da mansão. Ao ver a sua pressa, o condutor toma posição no banco alto, enquanto você pula para dentro da cabine de passageiros. Antes mesmo de fechar a portinhola, o cavalo começa a andar e as rodas giram. A família Holloway e seus criados permanecem na escadaria, de onde assistem à sua partida. À medida que a carruagem se distancia, os protestos deles ficam mais baixos e distantes, até que se extinguem. Você instrui o condutor a retornar para a cidade de Oxford o mais rápido possível, pelo caminho mais curto.

Mais uma vez, ele responde com presteza. Depois que deixam a via de cascalho da propriedade do conde, a carruagem passa a sacolejar sobre as irregularidades da estrada, seus buracos e elevações. Você ouve os brados do condutor instigando o cavalo. Avançam pela noite rápidos como uma bala, os galhos de árvore arranhando as laterais de madeira. A estrada sobe, até que alcança o topo de um outeiro. E então os brados do condutor cessam. A carruagem começa a descer, quando você ouve um baque inesperado e entende que o condutor tombou de seu assento! O cavalo dispara encosta abaixo. Com o peso da carruagem às suas costas, vai ganhando velocidade ao longo da descida. Os baques se tornam violentos e, lá fora, os galhos escuros viram borrões passando pela janela. O cavalo relincha, como quem pede por socorro. Em meio aos solavancos, você enfia a cabeça para fora da janela. Um galho passa de raspão e você se encolhe. Volta a se esticar para fora. Olha para frente, para o cavalo iluminado pelas lamparinas penduradas dos dois lados da carruagem. Olha para o banco do condutor. Há um mecanismo de freio instalado nas rodas, mas está fora de alcance.

De repente, você ouve o som de águas fluindo adiante. Há uma ponte sobre o Rio Tâmisa. Você a cruzou na vinda, e está prestes a cruzá-la na volta... Ou cair de cima dela para dentro do rio. Se quiser escalar a carruagem em movimento pelo lado de fora a fim de alcançar o freio, vá para 47. Se preferir voltar para dentro e se preparar para o impacto, vá para 31.

22

— Foi vista pela última vez em seu quarto, quando Violet entrou para dar boa noite. Na manhã seguinte, não desceu para o café. A criada encontrou a cama ainda arrumada, então imaginamos que Elizabeth não dormiu em casa.

Volte para 10.

23

O quarto é amplo, decorado em tons pastéis. Bordados floridos estão por todos os lados: nas cortinas, nos estofados das poltronas, no dossel da cama, nos lençóis. A um canto, três bonecas estão sentadas em uma cadeira como se fossem crianças. Uma delas perdeu um olho. Ao lado delas, jornais empilhados no chão mostram manchetes sangrentas. Sobre a penteadeira, pentes e perfumes dividem espaço com dois livros.

— As cartas estão aqui — diz Percival, abrindo a gaveta da penteadeira.

Você acena, mas não vai até ele. Antes disso, toma um momento para circular pelo quarto e buscar pistas. Há um baú, um gaveteiro e uma caixa embaixo da cama. Para abrir o baú, vá para **16**. Se preferir inspecionar as gavetas, vá para **48**. Por fim, se quiser olhar embaixo da cama, vá para **41**.

24

Você morreu. Independentemente da forma e local da morte, todos os investigadores devem receber um enterro digno. Vá para a página 14, escolha uma lápide para Tallant e preencha-a com nome, profissão e a forma da morte.

Toda vez que morrer, lembre-se de preencher uma nova lápide no cemitério. É importante que todos os heróis sejam eternizados. Lembre-se: na luta contra a maldade indecifrável, a humanidade só sairá vitoriosa se conseguir se unir.

Após o enterro de Tallant, volte para a Introdução, na página 17, e inicie um novo jogo.

25

Quando o avançar de rodas se torna macio no cascalho, você sabe que já percorre uma via dentro da propriedade do conde. Com a sobriedade de quem vem a serviço, volta a abrir as cortinas e inspeciona o trajeto final.

Um arco de pedra por sobre a estrada ostenta um portão de ferro. Está aberto, esperando a sua chegada. Ao passar por ele, você está nos jardins da família. A estrada é perfeitamente reta, ladeada por um gramado plano onde crescem plantas ornamentais. Fontes, estátuas e pergolados se erguem aqui e ali, ladeados por arbustos mal aparados e canteiros de flores tomados de ervas daninhas. Partido por uma tempestade, o galho caído de uma árvore foi afastado para a lateral da estrada, mas não removido. Ao lado dele, um banco feito de carvalho é lentamente devorado por cupins.

Adiante, a residência do conde prevalece sobre a paisagem. Com três andares e dezenas de janelas na fachada, a mansão se divide em várias torres, algumas das quais foram erguidas séculos atrás. A estrada termina circulando uma fonte em frente à entrada principal, iluminada por eletricidade. Ali, a carruagem faz o contorno e diminui o trote até parar. No mesmo instante em que o movimento cessa, um valete abre a portinhola da carruagem. Mesmo a noite indo alta, há antecipação por sua chegada. Com uma saudação cordial, mas apressada, o criado indica a escadaria que leva à porta principal. Vá para **46**.

26

Você agradece pelas informações e pede acesso ao quarto de Elizabeth. Percival concorda. Ele indica a saída da biblioteca e mostra o caminho através das alas da mansão. Vá para **23**.

27

Um homem de mantos escuros surge em meio às árvores, com o rosto coberto por um capuz. Está armado com uma adaga de onde pinga sangue fresco. Ele avança contra você, que precisará se defender com as próprias mãos.

CULTISTA ASSASSINO •	⚔ ⚅⚅⚅⚅	✚3	ϟ—

Se vencer, vá para **43**. Caso contrário, vá para **9**.

28

Você sabe que sua vida está se esvaindo, mas não entra em pânico. Em seu último ato, enfia a mão no bolso e saca seu cachimbo. Você o segura de forma trêmula, como uma criança segurando um lápis pela primeira vez. Crava a ponta da haste no chão e arrasta pela terra, traçando uma gravura.

A dor desaparece. O único som que você escuta é o fluir do Tâmisa em algum lugar próximo, e então o seu último suspiro. Seu conforto é saber que outros investigadores assumirão a missão que você deixou incompleta. O que você descobriu até aqui será sua herança. Vá para **24**.

29

Com reflexos aprimorados por treinamento e experiência, você esquiva para trás e escapa do golpe. O homem cambaleia para o lado. Então, encara a garrafa intacta, demorando a assimilar o que aconteceu. Lentamente, seus olhos se enchem de pavor. Ele balbucia uma coisa qualquer e deixa a garrafa cair no chão, espatifando-se em cacos. Para sua surpresa, o líquido não emana cheiro de álcool.

— Você vai morrer — ele repete. — Todos vamos.

Então, tão subitamente como surgiu, ele sai correndo e desaparece na noite. Vá para **15**.

30

Você percorre ruelas seguindo as indicações. Os prédios são grandiosos, muitos datando da Idade Média. Grande parte pertence à universidade ou está relacionada a ela: colégios, bibliotecas, moradias estudantis. A essa hora, no entanto, a lua já vai alta no céu e os residentes se reúnem para a ceia em algum lugar escondido dentro das grossas paredes de pedra. Aqui fora o vento sopra frio, e poucos são os que transitam a céu aberto. De fato, à medida que você avança, as ruas ficam mais vazias.

Você prossegue. Se a indicação estiver correta, basta virar a próxima esquina à direita para encontrar a carruagem estacionada. Porém, quando você se aproxima da rua indicada pelo funcionário da bilheteria, percebe que ela não passa de um beco estreito e escuro. Sua experiência faz com que olhe para dentro antes de entrar. A viela se estende sob a luz parca do luar. Nela, não há qualquer portão ou reentrância onde algum perigo pudesse se esconder: apenas paredes frias de prédios ancestrais. Por força do hábito, você olha para trás. O caminho por onde veio também está vazio. Nem mesmo um gato vadio para perturbar o silêncio noturno. Não há o que temer. Você se vira para entrar na viela. E vê um homem bem à sua frente. Vá para 5.

31

Você abraça os joelhos e se prepara para o impacto. Lá fora, o cavalo relincha, galhos açoitam a madeira lustrosa da carruagem e o terreno irregular desconjunta as rodas. Aqui dentro, solavancos arremessam você para todos os lados e sua cabeça bate no teto. Quando parece que nada pode piorar, a estrada descreve uma curva antes de chegar à ponte. Com velocidade em excesso, a carruagem tomba sob o próprio peso e bate contra uma árvore. Dentro, você se choca contra a superfície subitamente inerte. Perca 2 pontos de Saúde.

De repente, tudo fica silencioso. Você levanta a cabeça e leva alguns instantes para se orientar. Percebe que o banco da carruagem não está mais embaixo de você, mas ao seu lado. A porta, que deveria estar ao seu lado, foi arrancada, restando apenas a passagem aberta acima de sua cabeça. A carruagem está tombada, as cortinas das janelas reviradas, o teto arrebentado. Para sair, você precisa escalar pela passagem da porta.

Uma das rodas da carruagem ainda gira lentamente, virada para cima. O veículo está em ruínas. O cavalo, no entanto, sobreviveu. Ele se liberta dos destroços de madeira e corre para longe, ferido e assustado. Você puxa um lenço do bolso e limpa um ferimento na testa. Uma das lamparinas ainda está inteira. Você a pega e volta a pé pela penumbra da lua cheia. É preciso encontrar o condutor. Vá para 18.

32

— Não conhecemos o sujeito, mas encontramos algumas cartas no quarto de Elizabeth. Você verá.

Volte para 10.

33

Você se vira de súbito, mas percebe que é apenas um rapaz. Ele observa seu sobressalto com constrangimento. Mesmo assim, dá as boas-vindas:

— Boa noite, Detetive Tallant. Desculpe se causei algum espanto, mas você não parecia me ouvir. Sou Percival, filho do Conde de Bampton.

Você olha para o carpete ao redor, para o quadro da família, para os próprios pés. Não há uma única gota de tinta vermelha maculando o escritório. Olha então para o filho do conde. Ele é jovem, no início dos 20 anos. A barba rala e a compleição pouco desenvolvida, no entanto, contrastam com a seriedade em seu semblante.

— Por favor, sente-se — ele convida, mas você recusa. Não pretende permanecer aqui por muito mais tempo. Vá para **36**.

34

Instinto faz com que você proteja a cabeça, mas a garrafa quebra em seu braço e banha o seu rosto com uma chuva de vidro. Um caco pontiagudo lhe rasga a manga do casaco e faz jorrar uma linha de sangue. Perca 2 pontos de Saúde. Para sua surpresa, o líquido que ensopa suas roupas não emana cheiro de álcool. Uma pena, pois ao menos serviria para desinfetar o ferimento.

O homem cambaleia. Então encara a garrafa quebrada, demorando a assimilar o que aconteceu. Lentamente, seus olhos se enchem de alegria. Ele balbucia uma coisa qualquer e deixa o gargalo quebrado cair no chão, espatifando o que restava do vidro.

— Você vai morrer — ele repete. — Todos vamos.

Então, tão subitamente como surgiu, ele sai correndo e desaparece na noite. Vá para **15**.

35

Você iça o corpo para fora da carruagem e tenta se agarrar às saliências do alto-relevo entalhado. Porém, a madeira foi lustrada recentemente e seus dedos deslizam na superfície. Seus pés escorregam também, e por um momento você se vê balançando para o lado de fora de uma carruagem desgovernada no meio da noite, segurando-se apenas com uma das mãos.

Reunindo força e coragem, você se prepara para tomar impulso e alcançar de volta a janela da carruagem. Contudo, não percebe a árvore vindo em sua direção. Sem aviso, um galho chicoteia a mão que sustenta seu corpo. Os dedos se abrem e você cai, rolando encosta abaixo. Você protege a cabeça, mas o resto do corpo sofre baques e escoriações. Role ⚅ e subtraia o resultado de sua Saúde.

Quando você volta a se orientar, um baque retumbante anuncia que a carruagem colidiu contra uma árvore, logo após tombar de lado na última curva antes do rio. O veículo está em ruínas. O cavalo, no entanto, sobreviveu. Ele se liberta dos destroços de madeira e corre para longe, ferido e assustado. Você examina o próprio corpo e conclui que é capaz de andar. Põe-se de pé. Puxa um lenço do bolso e limpa o suor da testa. Vai até a carruagem e avalia os danos. Uma das lamparinas ainda está inteira. Você a pega e volta a pé pela penumbra da lua cheia. É preciso encontrar o condutor. Vá para **18**.

36

Percival assume posição atrás da escrivaninha, mas não se senta.

— Como já adiantei em minha carta, faz dois dias que minha irmã desapareceu. Já contatamos as amigas mais próximas e procuramos nos locais que ela costuma frequentar, mas não tivemos qualquer sucesso.

Você observa o quadro pendurado na parede atrás de Percival, suas dimensões destacando-se em meio a outras obras de arte. Dentro da moldura ornamentada, uma família posa. Pai, mãe e quatro filhos. Apesar dos muitos anos que se passaram, você reconhece que uma das crianças é o próprio Percival. Ele percebe seu interesse na imagem. Segue sua linha de visão até ela.

— Sim, estes somos nós. Meu pai, George, minha mãe, Mary, eu e meus irmãos. O mais velho era Hector. Ele morreu na guerra. Depois veio Elizabeth, que está desaparecida. Eu sou o segundo homem. E o bebê no colo de minha mãe é Violet, a mais nova. Mas essa pintura já tem treze anos, estamos todos diferentes hoje.

Percival se cala e passa a vasculhar as gavetas da escrivaninha. Então encontra uma foto e a coloca em suas mãos.

— Essa é Elizabeth.

> DESTAQUE O ADESIVO **F01**, VÁ ATÉ O ÁLBUM DE FOTOS E COLE-O EM UMA POSIÇÃO QUALQUER. ENTÃO, VOLTE PARA CÁ.

O retrato de corpo inteiro mostra não uma menina, mas uma mulher. No auge de seus 24 anos, Elizabeth Holloway gargalha para a câmera.

O vestido é ornamentado de brilhos e transparências. Tem corte reto, que pende sem evidenciar qualquer curva do corpo, mas deixa os joelhos escandalosamente quase à mostra. O chapéu cloche está enfiado até os olhos, com seu tecido maleável arredondando o topo da cabeça e as abas estreitas de sino contornando o rosto. O cabelo é curto, como dita a moda: termina na altura da bochecha, com uma mecha charmosa virada para cima.

— Agora, imagino que você tenha perguntas para mim.

Vá para **10**.

37

O sangue do livro é absorvido pelo tapete. As gravuras no teto desbotam até sumir. O tecido rasgado esvoaça de volta para a haste da cortina. Livros e quadro retornam para seus devidos lugares. O quarto retoma seu estado normal. O conteúdo do frasco não é perfume. É uma espécie de estimulante onírico.

— Detetive? — Percival olha para você como se esperasse por uma resposta há horas. — Aconteceu alguma coisa?

Você chacoalha a cabeça, como se despertasse. Olha para um lado e para outro, tateia qualquer coisa ao redor. De repente, a mente concebe a ideia de pressa. Sem qualquer explicação, vasculha a gaveta de Elizabeth em busca de uma caneta e um papel. Nele, anota um número de telefone e coloca nas mãos de Percival.

— Ligue para este número e diga que preciso de reforços.

Sem esperar resposta, você guarda o frasco no bolso do casaco e dispara pelo corredor. Não há tempo para explicações. Você precisa impedir o assassinato. Vá para **12**.

38

A bordo da carruagem, você deixa os prédios universitários para trás. As ruelas de pedra dão lugar à estrada de terra, cercada por bosques imersos em escuridão. A parca luz da lua serve apenas para desenhar sombras que confundem os sentidos. Você vê criaturas disformes rastejando em meio às árvores, avançando rumo à estrada. Decide então fechar a cortina para não vê-las, sabendo que não passam de ilusões da mente. O trepidar das rodas sobre um trecho calçado traz sua atenção de volta à realidade. A estrada se projeta para cima e retorna para baixo, delineando o arco de uma ponte sobre o Rio Tâmisa. Falta pouco para chegar ao destino. Vá para **25**.

39

Seu mestre de artes marciais costumava dizer: se o oponente tentar empurrar, não empurre de volta. Em vez disso, use a força do adversário contra ele mesmo. Lembrando dos ensinamentos, você agarra o homem pela nuca, puxa-o para baixo e lhe desfere uma joelhada na barriga. O homem guincha, o ar sendo expelido dos pulmões com o impacto. Ele cambaleia para trás. Por um momento, a testa fica franzida e a visão parece perder o foco, mas ele logo se recompõe. Os olhos vermelhos se estreitam em ira. Os dedos nervosos puxam uma garrafa para fora do bolso. Seguram-na pelo gargalo, como se fosse um porrete. Ele pula na sua direção e tenta quebrar a garrafa na sua cabeça. **Faça um teste:** ⚅⚅ + ⚅ **Ágil** – ⚅ **Indolente.** Se passar, vá para **29**. Caso contrário, vá para **34**.

40

A cinzenta Londres está sempre movimentada. Carruagens, bondes e carros dividem o espaço com pedestres que ora caminham pelas calçadas estreitas, ora correm para atravessar a rua. Homens de boina e gravata expelem fumaça de seus cigarros. Moças em bando riem em voz alta, passeando pelas ruas com seus chapéus cloche em forma de sino colados na cabeça e as saias curtas que deixam os tornozelos à mostra. O som é rivalizado pela voz de um garoto na calçada, que grita as notícias a toda garganta e vende jornais para os transeuntes. Sob os pés de torres centenárias, a vida fervilha com novas modas e costumes.

É manhã, e alguns raios de sol emergem por entre as nuvens cinzentas expelidas pelas chaminés das fábricas. Se quiser viajar até Oxford de trem, vá para **11**. Se preferir ir de táxi, vá para **3**.

41

Tudo o que está embaixo da cama parece antigo demais para ter relevância no caso. Jornais de cinco anos atrás. Sapatos de criança. Uma coleção de pedrinhas coloridas. Você empurra a caixa de volta para o lugar.

Você pensa por um instante e decide se deitar na cama. Não se incomoda em colocar os sapatos empoeirados da viagem sobre o lençol imaculado. Apenas se deita, pousa as mãos na barriga e respira fundo. Imagina o que Elizabeth estaria pensando, deitada em seu quarto. Encara o dossel acima. Então percebe um detalhe que passaria despercebido para muitos. Em meio à estampa florida no dossel, há pequenas flores que foram bordadas por último. As linhas usadas estão menos desbotadas de sol.

— Ela gostava de dormir até tarde, após passar a noite inteira tratando de seus assuntos — comenta Percival, tentando adicionar qualquer informação que possa ser relevante ao caso.

Mas você não lhe dá atenção, pois o bordado prendeu seus olhos e ouvidos. As flores. O tempo. O significado!

De olhos arregalados, você pula da cama e corre pelo quarto como quem perdeu a razão. Vai de um lado ao outro, esbarra nos móveis e resmunga frases incoerentes. Puxa as gavetas e abre a tampa do baú, para ter certeza. E a certeza está lá. Então vai até a penteadeira e revira os papéis. Folheia os livros. Investiga um frasco de perfume e outro e outro.

Um vidrinho verde lhe chama a atenção e você o pega entre os dedos. Vira de lado, para ver a consistência. Há um borrifador com almofadinha. Você o pressiona. Uma nuvem de gotículas se forma à sua frente. Você estica a cabeça para frente e inala o perfume. Porém, não é perfume. Vá para 4.

42

— Foi-se o tempo em que Elizabeth se contentava com os romances disponíveis em nosso acervo familiar. Há anos frequenta as bibliotecas da Universidade, onde lê sobre filosofia, sociologia e política. Muitas vezes insistiu que queria se matricular, para horror de minha avó. Não sei qual das bibliotecas ela prefere, mas imagino que seja alguma que ofereça conteúdo de astronomia e história antiga, seus interesses mais recentes.

Volte para **10**.

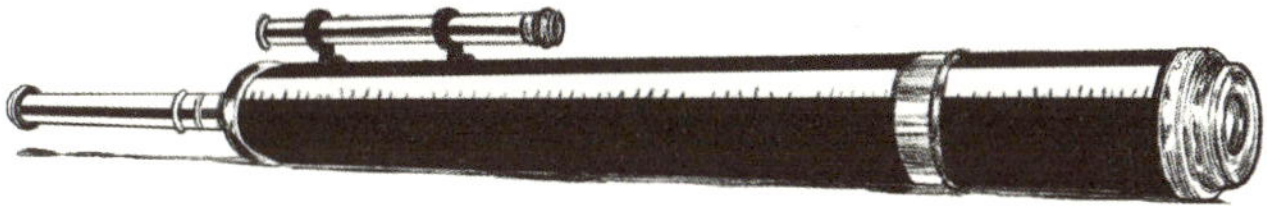

43

Você golpeia com a lamparina e acerta seu adversário na cabeça. Ele desfalece e tomba, suas vestes se espalhando pelo chão de terra. Você se aproxima com cautela, para certificar-se de que o homem está morto. Porém, quando pensa que está em segurança, sente uma dor pungente no pescoço. Por instinto, passa a mão no local. Seus dedos encontram uma haste fincada na pele, que você arranca de imediato. Assim que o faz, sente um líquido viscoso escorrendo. Veneno.

A dor irradia. Você olha em volta, procurando pela origem do ataque, mas a visão perde o foco. A substância já se espalha pelo seu corpo. Você tenta dar um passo, mas fraqueja e cai. Vá para **28**.

Destaque o adesivo **X02**, vá até a referência **297** e cole-o sobre o número **72**. Então, volte para cá.

44

Percival olha para os lados, como se desconfiasse das paredes do escritório. Então suspira e fala, olhando para o chão:

— Não... Apenas discussões normais de uma família qualquer. Há mais algo que você queira saber, detetive?

Volte para **10**.

45

Seus olhos percorrem o papel (*leia a carta na página ao lado*). A mensagem foi enviada pelo herdeiro de um aristocrata e, pela caligrafia rebuscada, escrita de próprio punho. Estabelecida em seu casarão nas proximidades de Oxford, a família, como tantas outras, busca seguir adiante apesar das perdas sofridas durante a guerra. Porém, um fato recente causa imensa preocupação.

O caso é exatamente o que você esperava. Afinal, seus métodos de dedução dificilmente se provam imprecisos.

Em qualquer outra ocasião, você daria de ombros e visitaria a sede do clã na manhã seguinte, a fim de confiar o caso a outra pessoa. Até mesmo o detetive mais novato seria capaz de localizar uma garota mimada que pulou a janela de casa. Porém, quando você está prestes a colocar a carta de lado, algo chama a sua atenção. Seus olhos são atraídos de volta para o papel e você o relê, mas não consegue identificar qual era o detalhe. Tem a plena certeza, no entanto, de que há algo fora do lugar.

Alguns chamariam de intuição. Você sabe que se trata de um palpite fundamentado, alicerçado em anos de experiência investigando os mais exóticos casos. A verdade é que, tão certo quanto dois e dois são quatro, há diante de você uma evidência imperceptível para olhos destreinados, mas que sussurra para um fragmento do seu subconsciente e revela: o caso envolve perigo real.

Sem tempo a perder, você rabisca um bilhete para o patriarca do clã e deixa sobre a mesa de chá. Se ele precisar saber aonde você foi e qual o motivo, encontrará as informações ali. O casaco e o chapéu estão no cabide junto à porta. Você os veste, pega também seu cachimbo e sai para o ar enevoado da capital. Vá para **40**.

Detetive Tallant,

Permita que me apresente. Sou Percival Holloway, filho do Conde de Bampton. É com apreensão que lhe escrevo, mas com proporcional expectativa, pois chegou a meu conhecimento sua reputação na resolução de mistérios.

Há dois dias, minha irmã, Elizabeth, desapareceu sem deixar rastros. Ela sempre foi uma garota extrovertida, mas ultimamente estava falando pouco, envolvida com passatempos pouco ortodoxos para uma jovem de sua posição. Observava estrelas, colecionava antiguidades, visitava bibliotecas. Tenho motivos para acreditar que a mudança de comportamento se deu após começar a se corresponder com um certo cavalheiro. Infelizmente, descobrimos isso tarde demais, quando ela já estava desaparecida. Temo que possa ter fugido com o desconhecido.

Por favor, venha o quanto antes e nos ajude a resolver este mistério. Evidentemente, conto com sua mais completa discrição, visto que a honra de minha irmã e o bom nome da família estão em risco.

Cordialmente,

Percival Holloway

46

Do lado de dentro, a mansão está mais bem conservada. O piso é forrado por tapetes florais, em perfeita harmonia com os papéis de parede. Uma sequência de salas decoradas por pinturas e pratarias leva até um escritório de paredes verde-escuras. Ali, o valete pede que você aguarde enquanto avisa Percival Holloway de sua chegada. Ele sai para o corredor e você fica só.

Não há muito a se fazer enquanto espera. Você observa os detalhes entalhados na escrivaninha de mogno. Detecta uma ponta lascada no rodapé. Escuta o vento soprando lá fora. De repente, um barulho eclode no corredor. Passos pesados chegam marchando por uma escada, sem se incomodar com a quebra do silêncio da noite. Os passos são acompanhados de vozes: uma que berra sem pensar nas consequências, outra que fala baixo, em tom apologético.

— Traga o chá agora mesmo! — ordena a primeira.

— Mas, Vossa Senhoria... é tarde da noite — sussurra a segunda. — As cozinheiras já estão em suas camas.

— Quanta preguiça! É hora do chá!

Uma senhora encurvada, de cabelos brancos e rosto antigo, passa em frente à porta do escritório e continua a marcha pelo corredor, trajando apenas camisola. Atrás dela, uma criada sonolenta tenta acompanhar o passo. O barulho vai minguando à medida que as duas se afastam. Se quiser segui-las, vá para **2**. Se preferir esperar no escritório, vá para **8**.

47

Você sabe o que deve ser feito. Resta descobrir se terá capacidade física para tanto. **Faça um teste:** ⚅⚅ + ⚅ **Ágil** – ⚅ **Indolente.** Se passar, vá para **13**. Caso contrário, vá para **35**.

48

Da primeira até a penúltima gaveta, não há nada relevante, apenas lenços, luvas, enfeites de cabelo. A última, porém, contém mais livros. Você examina algumas amostras e identifica o conteúdo. Os principais assuntos são astrologia e misticismo. Como traçar um mapa astral. Significado dos sonhos. Religiões arcaicas. Rituais antigos.

Há um bilhete dentro de um dos livros, que você retira e lê: "Sol em maio, noite em novembro".

— A mim, parece astrologia — diz Percival, sem saber ao certo se considera a anotação como ciência ou superstição.

Mas você não lhe dá atenção, pois o bilhete prendeu seus olhos e ouvidos. Os astros. O calendário. O significado!

De olhos arregalados, você corre pelo quarto como quem perdeu a razão. Vai de um lado ao outro, esbarra nos móveis e resmunga frases incoerentes. Abre o baú e espia embaixo da cama, para ter certeza. E a certeza está lá. Então vai até a penteadeira e revira os papéis. Folheia os livros. Investiga um frasco de perfume e outro e outro.

Um vidrinho verde lhe chama a atenção e você o pega entre os dedos. Vira de lado, para ver a consistência. Há um borrifador com almofadinha. Você o pressiona. Uma nuvem de gotículas se forma à sua frente. Você estica a cabeça para frente e inala o perfume. Porém, não é perfume. Vá para 4.

49

Percival hesita a responder. **Faça um teste:** ⚅⚅ + ⚅ Eloquente – ⚅ Rude. Se passar, vá para 17. Caso contrário, vá para 44.

CRIAÇÃO DE PERSONAGEM

50

A CARTA FALA SOBRE O DESAPARECIMENTO DE Elizabeth Holloway, filha do Conde de Bampton, nas proximidades de Oxford. Porém, não é a única correspondência a chegar até suas mãos. Uma segunda carta é entregue a você, esta com o selo do clã. Você sequer se senta para ler, pois sabe que mensagens assim são enviadas apenas em situações críticas (*leia a carta na página ao lado*).

Após ler, você imediatamente compreende a seriedade do caso. Em breve, o carro chegará e será hora de agir! Antes de seguir, porém, vamos descobrir quem você é. Para isso, escolha um dos arquétipos a seguir e vá para a referência correspondente.

Detetive	Vá para **50 A**
Docente	Vá para **50 B**
Exorcista	Vá para **50 C**
Militar	Vá para **50 D**
Arquétipo personalizado	Vá para **50 E**

Aos membros do clã,

Detetive Tallant não está mais entre nós. Foi morto esta madrugada, nas proximidades de Oxford, ao sofrer uma emboscada enquanto investigava o desaparecimento de Elizabeth Holloway. Acreditamos que os culpados por sua morte estejam envolvidos no sequestro da jovem.

Convocamos quem receber esta mensagem a partir até a residência do Conde de Bampton e dar prosseguimento à investigação. Mas tome cuidado. Seja lá quem estiver por trás disso, está disposto a executar qualquer atrocidade, como comprova o assassinato dessa notável personalidade de nosso clã.

Detetive Tallant decifrava mistérios que ninguém mais seria capaz. Que a união de nossos esforços seja suficiente para desvendar os segredos que envolvem sua morte. A chave é Elizabeth Holloway.

Um carro está a caminho.

O Conselho Wyrden

50 A
DETETIVE

A notícia do assassinato de Tallant é um choque. Sua percepção e capacidade de dedução eram lendárias, tendo servido de inspiração quando você decidiu seguir a mesma carreira. Emboscar alguém com tais habilidades não pode ter sido fácil — se o inimigo conseguiu, é porque estava preparado. Ademais, tinha uma necessidade pungente de manter olhares inoportunos longe de suas atividades. Tallant certamente percebeu algo com sua visão perspicaz. Algo terrível a ponto de lhe custar a vida.

Agora, cabe a você seguir os passos de quem admirava. O mistério da morte de Tallant passa pela investigação do desaparecimento de Elizabeth Holloway. Você quer respostas. Mais do que isso, quer concluir o trabalho inacabado e punir os responsáveis. O carro do clã estaciona à frente do seu escritório. Você pega seus pertences e sai para o ar esfumaçado de Londres. Não troca detalhes com o motorista, apenas indica que rume para Oxford. Veja sua ficha ao lado, escolha seu nome e vá para 51. Se já tiver investigado a Mansão Holloway com outros investigadores além de Tallant e quiser ir direto para o centro de Oxford, em vez disso vá para 138.

NOME

SAÚDE INICIAL 10

ATUAL

SANIDADE INICIAL 3

ATUAL

TRAÇOS

Ágil
Alerta
Instável
Sagaz

EQUIPAMENTO

Lupa (em testes envolvendo o traço Alerta, resultados "4" contam como sucessos)

DINHEIRO 8£

ANOTAÇÕES

50 B
DOCENTE

Você já esteve em Oxford. Uma cidade antiga, sede da famosa universidade de mesmo nome. Diversos professores e pesquisadores de renome residem por lá, contribuindo para instruir uma profusão de jovens rapazes. Congressos são recorrentes e seu maior motivo para visitar. Ao menos, até agora.

É rara a ocorrência de um crime bárbaro como o assassinato de Tallant em uma comunidade formada por acadêmicos, onde os maiores embates são os da mente. Agora, cabe a você descobrir o que ocorreu, não como detetive, mas como cientista. Para isso, deve levantar hipóteses e realizar pesquisas, até descobrir quem são os responsáveis pelos crimes que ameaçam um dos maiores centros de conhecimento da Inglaterra e do mundo.

O carro do clã estaciona à frente do seu gabinete. Você pega seus pertences e sai para o ar esfumaçado de Londres. Não troca detalhes com o motorista, apenas indica que rume para Oxford. Veja sua ficha ao lado, escolha seu nome e vá para **51**. Se já tiver investigado a Mansão Holloway com outros investigadores além de Tallant e quiser ir direto para o centro de Oxford, em vez disso vá para **138**.

NOME

SAÚDE INICIAL 8

ATUAL

SANIDADE INICIAL 6

ATUAL

TRAÇOS

Débil
Eloquente
Magnata
Sagaz

EQUIPAMENTO

DINHEIRO 20£

ANOTAÇÕES

50 C
EXORCISTA

Com a carta em mãos, você faz o sinal da cruz. Diversos fiéis se espalham pela igreja, com as mãos unidas e a cabeça baixa, orando por bênçãos ou pedindo perdão por pecados cometidos. Você evita fazer barulho para não perturbar o fervor das preces, mas roga a Deus pela alma de Tallant. De coração indulgente e com sede de justiça, não haveria pessoa no mundo que merecesse menos um final tão violento. Que sua alma descanse e encontre o Criador no Reino dos Céus. O facínora que tirou a vida de Tallant certamente está sendo tentado por forças ocultas. Cabe a você investigar o que está acontecendo, descobrir quais almas ainda têm salvação e levá-las de volta ao caminho do Senhor. Quanto às que estiverem perdidas, que queimem no inferno.

O carro do clã estaciona à frente da igreja. Você pega seus pertences e sai para o ar esfumaçado de Londres. Não troca detalhes com o motorista, apenas indica que rume para Oxford. Veja sua ficha ao lado, escolha seu nome e vá para 51. Se já tiver investigado a Mansão Holloway com outros investigadores além de Tallant e quiser ir direto para o centro de Oxford, em vez disso vá para 138.

NOME

SAÚDE INICIAL 6

ATUAL

SANIDADE INICIAL 7

ATUAL

TRAÇOS

Alerta
Doente
Impassível
Ocultista

EQUIPAMENTO

Crucifixo (em testes de Sanidade, aumente o resultado de um dado à sua escolha em +1)

DINHEIRO 5£

ANOTAÇÕES

50 D
MILITAR

Ao saber da morte de Tallant, você amassa a carta e joga para um lado qualquer. Você tenta não pensar na guerra, mas é tudo o que vem à mente. Já faz quase dez anos, mas as memórias continuam frescas como se tivessem acabado de acontecer. Tiros, gritos, sangue, morte. Com tantos companheiros caídos, Tallant vem apenas para aumentar a lista. Nem por isso dói menos. Mas o tempo lhe ensinou a suprimir a dor. Esconder as feridas. E se vingar dos filhos da mãe.

Você abre as portas duplas de um armário e pega sua antiga arma de serviço e algumas balas. O carro do clã estaciona à frente do seu refúgio e você sai para o ar esfumaçado de Londres. Não troca detalhes com o motorista, apenas indica que rume para Oxford. Veja sua ficha ao lado, escolha seu nome e vá para 51. Se já tiver investigado a Mansão Holloway com outros investigadores além de Tallant e quiser ir direto para o centro de Oxford, em vez disso vá para 138.

NOME

✚ SAÚDE — INICIAL 16

ATUAL

SANIDADE — INICIAL 4

ATUAL

TRAÇOS

Firme
Forte
Rude
Saudável

EQUIPAMENTO

Revólver com 6 balas (arma de fogo; em testes de ataque, receba +⚅)

DINHEIRO 5£

ANOTAÇÕES

Ataque com revólver: ⚅⚅⚅⚅

50 E
PERSONALIZADO

Você havia acabado de chegar em casa quando recebeu as mensagens. Sequer teve tempo de pendurar o casaco e tirar o chapéu. Retornava de outro trabalho, ansiando por descanso. Porém, a folga terá que esperar. Tallant era um dos pilares do clã e seu assassinato representa uma ameaça direta. É preciso identificar os responsáveis e colocar um fim a seus planos, seja quais forem, antes que seja tarde demais.

O carro do clã estaciona à frente do seu gabinete. Sem tempo para se preparar, você sai para o ar esfumaçado de Londres. Não troca detalhes com o motorista, apenas indica que rume para Oxford. Use as regras a seguir para construir sua ficha, escolha seu nome e vá para **51**. Se já tiver investigado a Mansão Holloway com outros investigadores além de Tallant e quiser ir direto para o centro de Oxford, em vez disso vá para **138**.

CONSTRUINDO SUA FICHA

Para construir sua ficha, escolha *três traços positivos* e *um traço negativo* da lista abaixo. Seu traço negativo não pode ser oposto a um de seus traços positivos. Assim, se você for Ágil, não poderá ser Indolente.

Seus traços definem suas capacidades, então tome decisões coerentes com eles. Por exemplo, se for Rude, evite situações nas quais dependerá de lábia!

Você começa com Saúde inicial 10, Sanidade inicial 5 e 10£. Seus traços podem modificar esses valores.

LISTA DOS TRAÇOS

Traço Positivo	Traço Oposto/Negativo
Ágil	Indolente
Alerta	Negligente
Eloquente	Rude
Firme	Míope
Forte	Débil
Impassível	Instável
Magnata	Pobre
Ocultista	Inocente
Sagaz	Ignorante
Saudável	Doente

REGRA OPCIONAL: FICHA ALEATÓRIA

Role ⚅⚅ e some 3 (gerando um valor entre 5 e 15) para definir sua Saúde, role ⚅ e some 1 (gerando um valor entre 2 e 7) para definir sua Sanidade e role ⚅⚅⚅ (gerando um valor entre 3 e 18) para definir seu dinheiro em libras. Após as rolagens, escolha três traços positivos e um negativo. Seus traços podem modificar os valores rolados.

Esta regra pode criar fichas muito poderosas... Ou muito fracas! Use-a por sua conta e risco. Para um jogo equilibrado, use a regra padrão.

DESCRIÇÃO DOS TRAÇOS

ÁGIL Você tem boa coordenação motora, equilíbrio e reflexos, além de conseguir andar sorrateiramente. Oposto a Indolente.

ALERTA Você tem bons sentidos e intuição afiada — características úteis para qualquer investigador! Oposto a Negligente.

ELOQUENTE Você tem boa lábia e capacidade de manipulação. Oposto a Rude.

FIRME Você treinou com armas de fogo e não fica nervoso em um tiroteio. Oposto a Míope.

FORTE Você é fisicamente forte. Além disso, seja por força bruta ou treino em artes marciais, sabe lutar com as mãos. Oposto a Débil.

IMPASSÍVEL Você possui grande força de vontade. Aumente sua Sanidade inicial em 2. Você pode escolher esse traço duas vezes, com efeitos cumulativos. Oposto a Instável, que diminui sua Sanidade inicial em 2.

MAGNATA Você pertence a um ramo rico do clã ou tem uma carreira bem-sucedida. Seja como for, começa o jogo com mais 10£. Oposto a Pobre, que faz você começar com –5£ (mínimo 0£).

OCULTISTA Você já viu ou estudou coisas sem explicação e não é facilmente abalável. Oposto a Inocente.

SAGAZ Você é inteligente e sabe como pesquisar e resolver mistérios. Oposto a Ignorante.

SAUDÁVEL Você possui grande vigor e resistência física. Aumente sua Saúde inicial em 4 (para um total de 14). Você pode escolher esse traço duas vezes, com efeitos cumulativos. Oposto a Doente, que diminui sua Saúde inicial em 4.

NOME

SAÚDE

INICIAL

ATUAL

SANIDADE

INICIAL

ATUAL

TRAÇOS

EQUIPAMENTO

DINHEIRO

ANOTAÇÕES

ATO 1: OXFORD

51

A VIAGEM ATÉ OXFORD SEGUE SEM COMPLICAÇÕES. Você permanece em silêncio por todo o trajeto, ponderando o que vai encontrar em seu destino. A cidade é pequena, pacata e quase completamente voltada para o mundo acadêmico. É dia, e as ruas estão repletas de rapazes que caminham de um prédio a outro nos intervalos das aulas ou vão em busca de almoço nos refeitórios. Mas seu destino não é a Universidade, e sim a mansão Bampton, onde espera questionar o Conde e sua família, e encontrar pistas do paradeiro de Elizabeth Holloway.

Você explica o caminho ao condutor e ele segue. Percorre a estrada, sobe e desce encostas, atravessa uma ponte de pedra. Nesse ponto, inspetores da polícia local caminham pela zona que vai da ponte até o topo do outeiro, observando as redondezas e fazendo anotações. Há corpos caídos pelo chão, além de uma carruagem abandonada. Tallant morreu aqui. Talvez seja útil voltar para investigar depois.

O carro prossegue, percorre a estradinha acidentada e chega à via de cascalho que dá acesso à mansão Bampton. Outros carros estão estacionados em frente à escadaria que leva à porta principal. Quando seu motorista estaciona, você desce do carro e sobe as escadas até a mansão.

Por dentro, a residência parece uma repartição pública, com criados correndo de um lado para o outro. Quando sua presença é percebida, o mordomo chama por você e indica o caminho até uma biblioteca. Lá, outros investigadores cumprimentam você com um aceno de cabeça. Todos são membros do clã. Em pouco tempo surge um rapaz com semblante cansado e se dirige às pessoas presentes:

— Bom dia. Sou Percival Holloway. Como sabem, minha irmã Elizabeth está desaparecida. Detetive Tallant se comprometeu a descobrir o paradeiro dela e trazê-la de volta para casa, mas acabou se tornando vítima dos criminosos. Sinto pela perda de vocês, e agradeço por terem vindo. Por favor, nos ajudem para que minha irmã não encontre o mesmo destino.

Percival resume a história. Elizabeth tem 24 anos e verdadeira paixão pela vida. Ela foi vista pela última vez em seu quarto pela irmã mais nova. Estava se correspondendo com um homem desconhecido. Além disso, havia deixado de ser combativa com a família, a despeito de suas opiniões fortes, e passava os últimos meses pesquisando nas bibliotecas da universidade sobre observação das estrelas e cultura antiga. Por fim, convida todos os investigadores a examinarem a casa e conversarem com os membros da família e os empregados da mansão. Vá para **267**.

52

Charlotte parece assustada com toda a situação.

“Você é bem tratada pela Família Holloway?” — Vá para **177**

“Elizabeth andou demonstrando algum comportamento fora do normal?” — Vá para **127**

“Você viu Tallant quando esteve aqui na mansão?” — Vá para **254**

Para sair da mansão, vá para **274**.

53

— Muito me preocupa o desaparecimento da filha do conde. É estranho. Inexplicável. E o pior: não é o primeiro acontecimento estranho e inexplicável em Oxford. As autoridades estão escondendo as informações, mas a cidade tem sido palco de assassinatos grotescos, ritualísticos. Sempre moças jovens, mortas em meio a velas vermelhas e símbolos demoníacos. A polícia deu ao assassino o codinome de Profano. É possível que Elizabeth seja a próxima vítima. Até agora, a lei pouco fez a respeito. Espero que ao menos o envolvimento de uma família nobre faça com que investiguem o caso apropriadamente.

"Para que servem esses rituais?" Vá para **100**

Se quiser perguntar outra coisa, volte para **145**.

54

O estouro ecoa pelos campos e arvoredos. O cheiro de pólvora queimada se eleva junto ao vapor do cano fumegante. Mas você não ouve o eco, não sente o cheiro. Pois jaz no banco do carro, o sangue esguichando em golfadas pela ferida aberta à bala. Sua investigação acaba aqui. Adicione mais esta vítima ao cemitério e inicie um novo jogo na Introdução. E torçamos para que os próximos investigadores sejam mais espertos.

55

Você se esgueira para fora da área restrita da mesma forma como havia entrado. Espera que todos os olhares se voltem para outro lado antes de passar pela porta gradeada. Por pouco não esbarra na secretária, que por qualquer motivo ia ter com o prisioneiro, mas esquiva-se a tempo de ela não perceber sua presença. De volta às ruas de Oxford, o motorista aguarda estacionado. Você embarca, toma nota de tudo o que viu na delegacia, e se prepara para seguir investigando. Volte para **138**.

56

— Elizabeth, aquela maluquinha! Deve ter inventado alguma nova aventura. Ela tem se correspondido com um punhado de gente esquisita, até um padre estrangeiro! Talvez tenha cansado de diversão e resolveu virar carola! — Jane ri de si mesma de forma escandalosa. Percebendo que você não ri, ela complementa: — Não sei nada de coisa nenhuma.

Volte para **151**.

57

Você ri. Primeiro, discretamente. Depois, gargalhando. Intrigado, o homem olha para você. Ele nada diz, mas o olhar o trai, revelando desconfiança. Você para de rir e fala:

— Fazer parte de um plano grandioso, algo maior do que a própria vida. Quem não gostaria de sentir essa ilusão? Eu invejo pessoas como você. Pessoas pequenas, que apenas fazem o que um mestre ordena. Peões em um tabuleiro, que agem apenas seguindo os designíos de outros.

O homem hesita, indignado. Você deixa o silêncio assentar, enquanto ele se revira sentado na escuridão.

— Não sou um mero discípulo — ele mastiga as palavras.

— Não. É um mestre — você diz, a voz sibilando de sarcasmo.

— Alguém ignorante como você jamais entenderá a diferença.

— Se você é um mestre, então onde estão os seus discípulos? Por que ainda não vieram resgatá-lo?

Com isso, ele se cala. Após um momento de silêncio, você insiste:

— A não ser que haja um novo mestre agora...

— Eu sou o mestre! Eu!

Ao dizer isso, ele se levanta. Com ele, levantam-se também as trevas. Ele dá dois passos na sua direção e as sombras se movem com ele, ganhando espaço como tentáculos que se expandem. A parca luz que entrava através das grades é encoberta, e a cela inteira mergulha na escuridão. Apenas os olhos do homem são visíveis. Dois pontos que brilham em vermelho e penetram tal qual agulhas em sua mente.

— Eu arquitetei os planos — a voz dele ecoa, como se estivessem dentro de uma catedral. — Eu ensinei tudo o que sabia. Foi um erro, sim, mas agora as rodas do tempo se movem. E, quando chegar o momento, todos saberão de minha obra. Os Grandes Antigos haverão de me favorecer! Ninguém ficará em meu caminho: nem Tallant, nem Elizabeth e muito menos você. O Gran Maestro reconhece a mim!

À medida que profere cada palavra, ele se aproxima de você. O frio se acentua, tornando as pontas dos seus dedos enregeladas e sem circulação. Os tentáculos de sombras atravessam as barras de ferro, estendendo-se pelas paredes, pelo chão e pelo teto. Cercam você. Aproximam-se cada vez mais.

Então, como que se desse conta do que acabou de dizer, o homem retrocede. Ele abaixa a cabeça na escuridão e se vira de costas. As sombras recuam. A temperatura volta ao normal. Os sons do departamento de polícia voltam a existir. Ele não dirá mais nada. Vá para **55**.

DESTAQUE O ADESIVO **X03**, VÁ ATÉ A REFERÊNCIA **130** E COLE-O SOBRE O NÚMERO **136**. ENTÃO, VOLTE PARA CÁ.

58

Você avança sobre um dos cultistas. Com a pele nua coberta de sangue e escoriações ele mal consegue se defender. Leva o golpe em cheio e desaba. Vendo sua agressividade, Elizabeth bate com a adaga na máscara ritualística e um clarão se faz. Você fecha os olhos instintivamente e, quando volta a abri-los, ela e os cultistas não estão mais aqui. Vá para **166**.

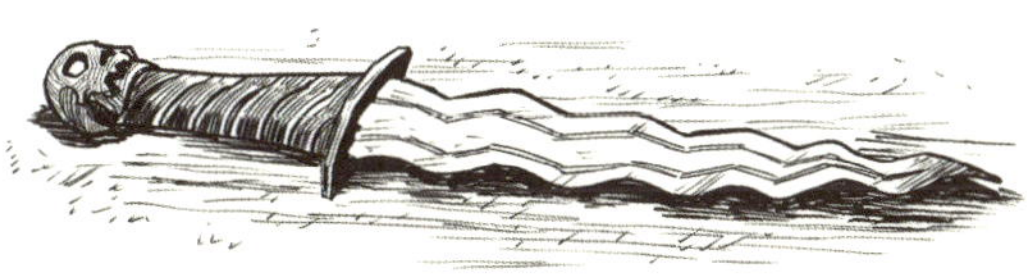

59

Os policiais seguem tão concentrados em suas pistas e hipóteses, que não reparam quando você atravessa o departamento, passa pela grade aberta e entra na área restrita da delegacia. O corredor é cinzento, com uma parede de pedra e a outra de grades, dando vista para cinco celas. Quatro delas estão abertas e vazias. A última, no entanto, está trancada. Dentro dela, um cadáver contempla o infinito.

É um homem, por volta de 45 anos. Usava cabelo bem aparado e óculos. Sua aparência não destoaria no ambiente da Universidade de Oxford, não fosse o fato de trajar mantos escuros com ar ritualístico. Apesar de morto, está sentado, no centro de um enorme círculo de sangue que abrange a parede, o piso e o leito. Suas roupas estão estraçalhadas na altura do abdômen, as entranhas estão visíveis e parte do intestino pende para fora do corpo. O cheiro rançoso de ferro é quase inconcebível. **Faça um teste de sanidade 2@: ⚅⚅ + ⚅ Ocultista – ⚅ Inocente.** Vá para 103.

60

Você orienta o motorista e ele dirige até o Conservatório de Música Holywell. Como a noite avança, você esperava encontrar o local deserto. Porém, para sua surpresa, uma multidão de pessoas bem-vestidas sai lentamente pela porta da frente, espalhando-se aos poucos pela estreita calçada. Alguns comentam sobre a qualidade do recital que acabaram de assistir. Outros apenas riem ou bocejam, já sonolentos. Você se espreme na contramão do fluxo. Se o salão comporta duzentas pessoas, as duzentas estavam ali. Um concerto de sucesso!

Quando consegue passar pela porta, você inspeciona o local de cima a baixo. Verifica o palco, as arquibancadas, os bastidores. Sai do prédio depois que a multidão se dissipou para averiguar os arredores. Encontra os músicos guardando seus instrumentos e questiona se viram algo fora do comum. Porém, conclui que não é este o local do ritual. Percebendo que vir até aqui foi um desperdício de tempo valioso, você retorna para o carro com sensação de derrota. Se este é o seu primeiro erro, vá para **300**. Se é o segundo, vá para **74**. Se é o terceiro, vá para **101**.

61

— Sempre! Elizabeth é doida feito um passarinho. Está sempre lendo coisas esquisitas e se metendo nos assuntos dos homens. Da última vez que nos falamos, ela tinha arranjado um instrutor de astronomia. Nem consigo imaginar o que ofereceu em troca das aulas! O pai dela ficaria horrorizado.

Volte para **151**.

62

O conde abaixa o jornal com violência. As folhas amassam.

— A universidade inventou de dar diplomas para mulheres, e agora toda mulher quer ter o seu! Diga-me, o que ela faria com aquilo? Pregar na parede, só para dizer que tem? Exibir para as amigas quando vierem tomar chá? Usar como pretexto para contrariar o futuro marido?

Volte para **238**.

63

Você orienta o motorista e ele dá a volta em algumas quadras, percorre a Broad Street e estaciona atrás do Teatro Sheldonian. A fachada posterior é um semicilindro contornado de arcos e janelas dispostos como linhas verticais, no que há de melhor da arquitetura neoclássica. Em algum lugar distante das janelas, é possível ver uma luz fraca lá dentro.

É preciso dar a volta no prédio até a entrada principal. Assim, você abre uma fresta no imenso portão gradeado e penetra os corredores a céu aberto que se formam entre os prédios de Oxford, tendo como testemunhas apenas as torretas espinhosas que perfuram o céu da cidade. Uma vez do outro lado, você força a porta colossal, esperando encontrá-la trancada. Para seu espanto, ela se abre.

O salão é grandioso, usado para as ostentosas cerimônias de colação de grau da universidade. Porém, está vazio. Apenas uma lâmpada secundária está acesa, incidindo a dureza da energia elétrica sobre um zelador solitário que esfrega o piso. Não há sinal de cultistas ou sacrifícios, além de uma pequena coroa de flores a um canto, em nome de Lizzie Baker.

Vir até aqui foi um desperdício de tempo precioso. Percebendo isso, você volta correndo para o carro. Se este é o seu primeiro erro, vá para **300**. Se é o segundo, vá para **74**. Se é o terceiro, vá para **101**.

64

A carta com selo francês possui caligrafia apressada (*leia a carta na página ao lado*).

Você conhece a remetente — há poucos que não a conheçam. Estilista revolucionária, Margô Deschanel defendia o conforto no vestuário feminino antes mesmo da Grande Guerra. Suas criações, hoje trajadas por estrelas do cinema, ajudaram a sepultar a moda do espartilho e inauguraram um período de roupas mais soltas, acessórios mais leves e bolsas com alças.

Margô tem quase o dobro da idade de Elizabeth. Apesar disso, não parece estranha a amizade entre uma estilista francesa famosa e uma jovem da nobreza britânica. Volte para **335**.

Destaque o adesivo **IN1**, vá até a referência 338 e Cole-o na posição **1**. Então, volte para cá.

Paris, 6 de setembro de 1926

Querida Elizabeth,

Sua última carta me deixou de queixo caído. Como você bem sabe, minhas histórias favoritas são as de paixões arrebatadoras, principalmente quando há algum impedimento para o casal. Na sua situação são muitos os impedimentos, e adoro ver o seu empenho em superar cada um deles. Os seus planos são de uma ousadia terrível e as chances de um final feliz são mínimas. E é justamente isso que torna a aventura emocionante!

Vá em frente. Viva a vida. Apenas tome cuidado para não perder o controle de onde seus passos a levam. E venha me visitar quando puder! Criei os figurinos para um espetáculo imperdível no Moulin Rouge.

Abraços,

Margô Deschanel

65

Não é difícil localizar a Residência Faraday. O trabalho do professor é tão conceituado, e seu sobrenome tão ilustre, que qualquer transeunte sabe dizer onde encontrá-lo. Assim, seu motorista e você são direcionados a um belo casarão em estilo vitoriano, com a fachada recortada em formas retas contrastando com uma torre circular. Ao redor do casarão, estende-se um extenso gramado privativo. Diversas sacadas e terraços dão a sensação de amplitude que apenas o dinheiro pode comprar.

O mordomo recebe você. Após os esclarecimentos acerca do motivo de sua visita, ele pendura seu casaco e pede que o acompanhe. O interior do casarão é aconchegante e decorado com artefatos antigos e modernos.

— Então esta é a Mansão Faraday? — você admira um quadro em formato oval que vai quase até o teto, com talentosas pinceladas que retratam um enorme e musculoso cão de caça. Está emoldurado em olmo e disposto em local de destaque na casa.

— Na verdade, não— responde o mordomo. — A Mansão Faraday fica em Londres, onde o lorde costuma desfrutar seus momentos de diletantismo. Esta é uma residência utilitária, ocupada nas suas temporadas de pesquisas e palestras.

O mordomo pede que você aguarde na sala do chá enquanto ele irá avisar Faraday sobre sua presença. Vá para **123**.

66

Você se mescla ao bando, pensando tê-los enganado. Porém, foram eles que enganaram você. Em nenhum momento se deixaram ludibriar. Em vez disso, permitem que você caminhe até o centro, quando então se viram em sua direção e desferem inúmeras punhaladas. Você tenta estancar o sangue com as mãos, mas é inútil. Sua investigação acaba aqui. Preencha a lápide no cemitério e inicie um novo jogo na Introdução.

67

O prisioneiro nem se vira para você.

— Já fui identificado pela polícia. Se você não sabe quem sou, é porque provavelmente nem deveria estar aqui.

Volte para **265**.

68

— Estou envolvido no caso do Profano e não tenho tempo a perder com a filha do conde. Mas posso lhe dizer que o desaparecimento dela não deve estar relacionado. Comparei as vítimas do assassino em série, e a maioria são moças jovens e humildes. Talvez o Profano mire nesse perfil porque é mais fácil, já que elas não têm como se defender sozinhas. Ou talvez... talvez exista algum motivo mais profundo. Demoníaco. Ainda não sei, mas irei descobrir.

O policial Wright volta a analisar os relatórios. Com os outros policiais também ocupados, resta a você olhar o mural. Vá para **282**.

69

Passado o momento de tensão, você segue até Oxford. Na cidade, incontáveis torres de diversos períodos arquitetônicos erguem-se em direção ao céu, encobrindo o horizonte com uma silhueta baixa, mas intrincada. Você passa pela Faculdade de Worcester, com suas antigas cabanas medievais de pedra cinzenta, que na Idade Média abrigaram monges beneditinos. Passa também pelo Museu Ashmolean de Arte e Arqueologia, um dos prédios mais recentes, apesar de suas magníficas colunas neoclássicas sustentarem o frontispício triangular sobre o qual se ergue a estátua de Apolo há mais de 80 anos. Por fim, chega à Praça Radcliffe, onde a Igreja Universitária da Virgem Maria, reformada várias e várias vezes desde sua fundação no século XI, exibe vitrais coloridos em janelas com arco em ogiva e fere o céu com seu pináculo gótico pontiagudo.

Do outro lado da praça, contrastando com as formas espinhosas da igreja, encontra-se a Câmara de Radcliffe, uma biblioteca circular, contornada por pilares e arcos, encimada por uma cúpula. É entre essas duas construções de estilos tão distintos que você decidirá o primeiro lugar a ser investigado em Oxford. Vá para **138**.

70

Você consegue destrancar a porta sem atrair a atenção dos capangas na rua. Porém, do lado de dentro, encontra uma cultista armada com um punhal. Ela salta sobre você para impedir o seu avanço.

CULTISTA	◆	⚔ ⚅⚅	✚2	⚡–2

Se vencer, vá para **228**.

71

Há alguns livros de astronomia que versam sobre magnitude das estrelas e posição dos astros no céu noturno, um conteúdo bastante científico. Contudo, você também encontra livros de astrologia, com informações sobre os signos do zodíaco e ensinando como traçar um mapa astral. Parece contraditório que uma mesma pessoa se interesse pelas duas temáticas. Você folheia os livros em busca de anotações, e um cartão cai de dentro de um deles.

O livro é pequeno e laranja. Além do título, a capa apresenta um longo parágrafo impresso com fonte simples, explicando do que se trata a obra. Trata-se de *A teoria da relatividade especial e geral*, de Albert Einstein. Que o autor não fique sabendo que suas descobertas dividem a gaveta com superstição e misticismo, ou poderá vir em pessoa para resgatar o exemplar.

O que estava entre as páginas é um cartão de aniversário. Ele diz:

28 de abril de 1926

Parabéns, Elizabeth! Que todos os seus sonhos se realizem!

Jane

Seria um cartão como outro qualquer, não fosse um rabisco na lateral, feito com outra caneta e outra caligrafia, onde se lê:

Sol em maio, noite em novembro

Você anota as informações e guarda tudo como estava, para que outros investigadores possam encontrar as evidências. Volte para **271**.

72

— Por enquanto, sabemos apenas o que a cena do crime nos diz. Há sangue por todo lado e ferimentos no corpo, indicando que Tallant lutou contra seu agressor. A causa da morte parece ser uma perfuração que encontramos no peito, mas não posso afirmar antes de um laudo. A arma do crime não foi encontrada. — O inspetor dá um longo e cansado suspiro. — Nenhum item de valor parece ter sido levado. O condutor da carruagem foi morto antes. O assassino fugiu pelo arvoredo, mas os rastros logo se perdem.

Volte para **297**.

73

— Não sei muito. Na verdade, não sei nada. Ela está me cartolando há meses.

Volte para **198**.

74

Você confere seu relógio de bolso pela terceira vez nos últimos cinco minutos, então balança a cabeça e volta a guardá-lo. Ficar olhando as horas não trará de volta o tempo desperdiçado. Visitar lugares a esmo também não é a solução. A cada erro, menores são as chances de evitar o assassinato. É preciso raciocinar, usar as informações a seu favor. Onde será o ritual?

O esforço em evitar o relógio leva você a olhar pela janela do carro em movimento. Lâmpadas a gás pontilham a cidade obscura, iluminando as calçadas mas falhando em alcançar as torres que encobrem o céu noturno, bloqueando boa parte das estrelas. De fato, apenas encostar o rosto no vidro não é suficiente para vê-las. É preciso abrir a janela, colocar a cabeça para fora e suportar o vento gélido. Elizabeth Holloway vinha se interessando por astronomia. O que as estrelas teriam a dizer sobre o caso?

Cassiopeia está sentada em seu trono invertido bem no topo do céu, ao lado de Perseu e de Andrômeda, três figuras da mitologia grega eternizadas em constelações. Mais ao sul, os Peixes gregos já foram uma grande andorinha babilônica. O Touro, por outro lado, sempre foi Touro ao longo de sucessivas mitologias, desde a Idade do Cobre até os dias de hoje. Diversas outras figuras do zodíaco estão visíveis próximas ao horizonte urbano: Aquário, Gêmeos, Áries. Quando é mesmo o aniversário de Elizabeth? Volte para **98**.

75

Tallant morreu segurando um cachimbo, mas por que alguém pegaria tal utensílio durante uma luta até a morte? Você se abaixa ao lado do corpo e percebe que o bocal do cachimbo está sujo de terra. Ao lado, um sulco traçado no solo forma uma figura muito simples, semelhante à letra "Y". A última mensagem de Tallant certamente é uma pista para solucionar o caso pelo qual deu a vida. Se tiver uma câmera fotográfica, vá para **324**. Caso contrário, você entra no carro e retorna para a cidade. Volte para **138**.

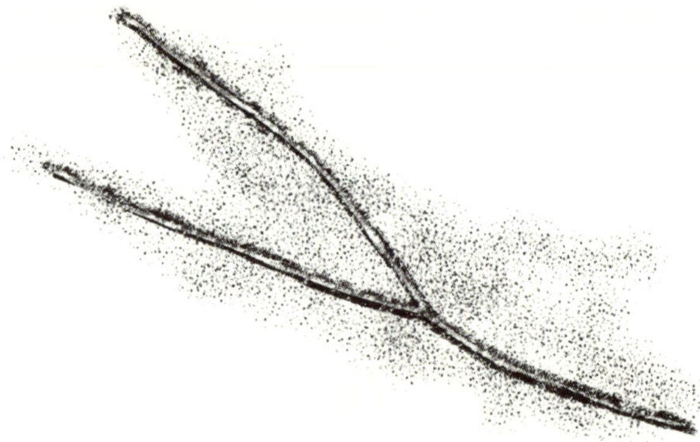

76

A princípio, parece que não há passagem. Porém, seu motorista passa uma última vez na frente da igreja ao dar a volta com o carro para ir embora, e isso distrai o capanga. No momento exato, você se espreme pelo vão às costas dele e consegue acessar a igreja sem que ele perceba. Vá para **251**.

77

No mapa de assassinatos, a posição de Aldebarã foi marcada em sangue. Esta é a estrela mais brilhante da constelação de Touro, e a única que faltava. O mapa está completo, o que indica que por ora os assassinatos terminaram. Assim, você retorna a Londres. Dias se passam, até que o clã envia uma carta com novas informações sobre o caso e recursos financeiros. As informações revelam que Elizabeth nunca foi uma possível vítima do culto, mas sim a líder dele. Revelam também que Elizabeth não foi mais vista em Oxford, e que rumores dizem que uma mulher parecida com ela deixou o país. É hora de expandir as investigações. Recupere 2 pontos de Saúde pelo descanso; role ⚅⚅ e some o resultado ao seu dinheiro, e vá para **338**.

78

Você orienta o motorista e ele deixa as partes mais comerciais de Oxford e segue para uma das zonas mais antigas. Próximo a um braço do Tâmisa, ergue-se um monte, onde se situa a fortaleza responsável por proteger a região em eras passadas. O Castelo de Oxford foi construído pelos normandos em madeira, no longínquo ano de 1073. Durante seus séculos de existência, foi palco de revoltas e guerras civis, teve sua madeira substituída por pedra e, por fim, passou a cumprir a única função de prisão de Sua Majestade. Quando o carro para diante do antigo castelo, o que você vê é uma enorme torre circular, ligada a várias outras construções e a uma torre quadrada mais alta. Inúmeras janelas pontilham as paredes de pedra, mas são todas pequenas e com grossas barras de ferro.

Um carcereiro barra a sua entrada e exige satisfações de sua presença nesse local tão tarde da noite. Você explica que está investigando uma série de crimes ligados ao oculto e deixa claro a importância de entrar na prisão imediatamente. Ele não deveria permitir, mas algo em seu senso de urgência o convence. Juntos, vocês percorrem corredores de masmorras, averiguam celas cheias de prisioneiros, sobem escadas para conferir o topo de cada torre, descem por túneis até as criptas subterrâneas. As paredes, o piso e o teto são todos feitos de grandes blocos de pedra, pesados, nocivos, opressores. Porém, não há qualquer sinal de um ritual acontecendo aqui. Por fim, você precisa retornar ao carro e retomar as buscas em outro local, não sem antes pedir desculpas ao carcereiro. Se este é o seu primeiro erro, vá para **300**. Se é o segundo, vá para **74**. Se é o terceiro, vá para **101**.

79

O policial suspira.

— Ter entrado para a corporação é meu maior orgulho. Sempre busquei defender aqueles que não podiam se proteger sozinhos, como as moças que foram vítimas desse assassino em série. Mas agora... agora...

Wright balança a cabeça e volta a analisar os relatórios. Com os outros policiais também ocupados, resta a você olhar o mural. Vá para **282**.

80

O motorista mantém a velocidade, permitindo que os perseguidores se aproximem. Você coloca a cabeça para fora e faz mira. Neste combate, você pode atacar apenas com uma arma de fogo.

PERSEGUIDORES	◆	⚅⚅⚅	✚3	ϟ–4

Se vencer, vá para **194**. Se perder ou se ficar sem balas, vá para **227**.

81

— Por enquanto, sabemos apenas o que a cena do crime nos diz. Há uma quantidade excessiva de sangue espalhado, indicando que Tallant lutou contra seus agressores. Possivelmente derrotou um deles, pois encontramos vestígios que poderiam ser de um terceiro cadáver sendo arrastado para o arvoredo. Infelizmente, o rastro logo se perde. — O inspetor dá um longo e cansado suspiro. — Nenhum item de valor parece ter sido levado. O condutor da carruagem morreu antes. Estamos recolhendo todas as evidências enquanto a cena ainda está relativamente intocada, para depois enviarmos os corpos para laudo médico.

Volte para **297**.

82

Vincent hesita.

— Uma mulher que não quer casar? Acho estranho. Não sei. Pensei que todas quisessem marido e filhos, mas Elizabeth ficou correndo em volta por meses, só para me dar uma luva gelada no final. Ela às vezes consegue ser bem cozida.

Volte para **198**.

83

O prisioneiro franze o cenho.

— Só mais um nome em meio a tantos.

Volte para **265**.

84

Você consegue encontrar mais pessoas disponíveis para conversar. Para falar com Mary e Grace, mãe e avó de Elizabeth, vá para **201**. Para falar com Percival, o irmão mais velho, vá para **261**.

85

Você entende o que o motorista quer dizer. Por mais que a polícia busque manter o caso em sigilo, é inevitável: cedo ou tarde a população ficará sabendo e entrará em pânico. Há pressa em prender o criminoso. Porém, o grau de urgência é mais agudo do que seu motorista possa imaginar. Com as evidências que coletou, você sabe que não há tempo a perder. A próxima vítima morrerá esta noite e cabe a você se debruçar sobre suas próprias anotações e descobrir o local do ritual. Escolha os próximos passos com cautela, pois um erro pode custar uma vida inocente.

Se esta é a primeira vez que você chega até aqui, vá para **332**. Se não é a primeira vez, vá para **98**.

86

Após investigar tudo o que pretendia na delegacia, você se vira para ir embora. Porém, antes de deixar o local, percebe uma estranha movimentação no corredor que leva às celas. Os policiais parecem evitar o assunto, mas tudo indica que há um prisioneiro importante. Você não tem jurisdição para exigir uma vistoria. Se quiser averiguar, terá que se esgueirar até a área restrita quando ninguém estiver olhando. Para tentar se esgueirar até as celas, vá para **130**. Se preferir ir embora da delegacia, vá para **262**.

87

— Os homens me negaram o conhecimento, mas os deuses não! Tudo o que faço é em nome da ciência prometida por Hastur, o Deus do Sol Oculto! Você jamais entenderia.

Dizendo isso, ela bate com a adaga na máscara ritualística e um último clarão se faz. Você fecha os olhos instintivamente e, quando volta a abri-los, Elizabeth e os cultistas não estão mais aqui. Vá para **166**.

88

Você orienta o motorista e ele manobra pelas ruas estreitas do centro de Oxford. Vai até a prefeitura, um prédio de três andares, enorme para os lados, com arcadas envidraçadas e dezenas de pilares curtos destacando a arquitetura neorrenascentista. A prefeitura está fechada. Porém, a delegacia de polícia fica no mesmo prédio, sempre aberta. O acesso é pela rua lateral.

Ao entrar na delegacia, você percebe que nada há de especial nela. A maioria dos agentes de segurança está ausente. O único que se encontra informa que os demais saíram para investigar algum caso e fazer cumprir a lei. Você averigua os corredores internos do prédio, mas não há nada para se ver aqui. Retorna para o carro com a sensação de ter desperdiçado tempo valioso. É preciso encontrar o local do ritual, depressa! Se este é o seu primeiro erro, vá para **300**. Se é o segundo, vá para **74**. Se é o terceiro, vá para **101**.

89

Seu plano é simples: esgueirar-se para fora da área restrita da mesma forma como havia se esgueirado para dentro. Contudo, quando está quase alcançando a repartição onde os policiais deliberam, você dá de cara com a secretária, que estava indo atender o prisioneiro. Ela grita.

— Ele está morto! O Dr. Benjamin Westbrook foi assassinado! Socorro!

Num piscar de olhos, o corredor é tomado de policiais. Sem perder tempo, um deles dá voz de prisão enquanto outro puxa seus braços para trás e algema seus pulsos. Você clama por inocência, mas sua voz é abafada pelo barulho de uma das celas sendo abertas. Empurram você para dentro. Voltam a fechá-la às suas costas. Você continua a gritar, mas a única resposta dos policiais é com o esmurrar de cassetetes contra as barras de ferro. Um deles faz menção de lhe dar uma surra, ofendido pelo crime cometido dentro da própria delegacia. O Comandante Fox o impede, defendendo que a justiça se faça pelos meios apropriados. Vá para **322**.

90

— Temos um assassino em série à solta, e suspeitamos que tenha discípulos que o acompanham. Demos ao criminoso o codinome Profano. Ele mata de forma ritualística, com velas vermelhas, signos demoníacos e toda a parafernália de quem já perdeu a sanidade. Já matou dez mulheres, e temo que haja mais por vir. Evitar mais mortes é nossa prioridade no momento, e estamos abafando o caso. Se a informação vazar, teremos um novo "Estripador" e uma população em pânico.

Volte para **331**.

91

Você retorna por onde veio. Passa pela florista, pelos dois açougues, por linguiça, verduras, queijos, peixes, frutas, o caminho inteiro até a grande porta que leva para fora. Próximo à entrada, seu motorista está à espera. Vá para **138**.

92

Seguindo suas orientações, o motorista percorre as principais avenidas da cidade, vira na Beaumont Street e estaciona diante da impressionante fachada do Museu Ashmolean de Arte e Arqueologia. Dos dois lados, prédios majestosos ostentam as linhas retas e cheias de colunas cilíndricas próprias da arquitetura neoclássica. Ao centro, há um jardim. Você cruza pelo gramado, sobe a escadaria larga e passa por baixo do enorme frontão triangular do prédio do fundo, onde encontra a entrada principal destrancada. Os corredores internos do museu estão cheios de estátuas. Na penumbra, figuras humanas assumem feições demoníacas. Há imagens de antigos deuses e generais. A lápide de um nobre romano e o sarcófago de um rei egípcio. A estátua da mais célebre poetisa grega da antiguidade. Um violino em perfeito estado feito pelo maior mestre *luthier* italiano. Moedas antigas, armaduras de samurais e uma pedra datada de dois milênios antes de Cristo, onde estão registradas, em escrita cuneiforme, as dinastias dos reis sumérios. Há de tudo no museu, exceto um ritual profano em progresso.

Ciente de que sua vinda até aqui foi perda de tempo, você retorna para o carro e busca se concentrar na caça aos cultistas. Se este é o seu primeiro erro, vá para **300**. Se é o segundo, vá para **74**. Se é o terceiro, vá para **101**.

93

— Quer dizer que veio perguntar sobre Elizabeth? — a idosa repete as palavras ditas pela nora. — Ora, ora. Não é que finalmente minha neta arranjou uma dama de companhia? Até que enfim! Cheguei a pensar que ela seria uma dessas mulheres modernas e sem um pingo de classe, que vestem as próprias roupas e preparam o próprio banho.

Vá para **208**.

94

A cama é espaçosa e macia. Embaixo dela há uma caixa com pertences antigos. Sapatos de criança, jornais de anos atrás, uma coleção de pedrinhas coloridas. Nada relevante para o caso. Você se senta na cama e olha para o dossel acima. É um tecido suave, translúcido, bordado com inúmeras florezinhas azuis, algumas mais desbotadas do que outras. Uma peça antiga, mas que foi reformada ao longo do tempo. Se o clã tiver instruído você em certa área do oculto, talvez possa investigar mais a fundo. Caso contrário, é hora de se levantar e ir interrogar os moradores da mansão. Vá para 283.

95

Você julga mais sábio tomar medidas para evitar o mesmo destino de Tallant. Assim, pede ao motorista que saia pelos fundos do casarão. Você poderá investigar a cena do crime em outro momento.

Destaque o adesivo **OX1**, vá até a referência 138 e Cole-o na posição **1**. Então, volte para cá.

O motorista manobra pelo gramado dos Holloway e inicia o percurso. Dá a volta na enorme construção, com suas incontáveis torretas e janelas, e encontra uma estradinha cortando o jardim de trás — possivelmente uma entrada de serviço. O caminho pela propriedade do conde leva até uma estrada rural, na qual o motorista vira para o leste, em direção a Oxford. Diversas curvas tornam o trajeto demorado. Mesmo assim, algo lhe diz que foi uma boa ideia fazer este desvio. Até que a voz de seu motorista quebra o silêncio.

— Estamos sendo seguidos — ele diz.

Atrás, um veículo preto com dois ocupantes nos bancos dianteiros avança rápido pela estrada acidentada. Sem se importar com os solavancos, o passageiro coloca um revólver para fora da janela e dispara na sua direção. Você se encolhe por instinto, quando a bala atinge a lataria do carro.

— Há um revólver embaixo do banco — brada o seu motorista.

Anote o *revólver* (arma de fogo; em testes de ataque, receba +⚅) e *6 balas* em sua ficha de personagem. Agora, você precisa agir! Para mandar o motorista acelerar e fugir enquanto você atira para distrair os perseguidores, vá para 131. Para mandar o motorista manter a velocidade enquanto você atira para matá-los, vá para 80. Para mandar o motorista parar o carro, para você conversar e tentar enganá-los, vá para 301.

96

O dia está claro, sem nuvens no céu. Apesar disso, um relâmpago surge, não se sabe de onde, e atinge em cheio um carvalho na lateral da estrada. A árvore desaba e o motorista tem tempo apenas de desviar para o lado, escapando por pouco de ser esmagado pelo enorme tronco. Por sorte, o carro desvia para uma antiga trilha de carroça já tomada pelo mato — a má notícia é que a trilha descreve uma decida íngreme e irregular! Solavancos arremessam você e o condutor para cima e para baixo, e ele perde o controle da direção. Em cima e embaixo se confundem quando o carro começa a girar até que, com um último baque, o mundo escurece.

Quando você retoma o senso de direção, percebe que o carro está de ponta-cabeça. Você está sobre uma cama de cacos de vidro e todos os seus músculos doem. Ao seu lado, o motorista jaz sem vida, com os olhos arregalados e um veio de sangue escorrendo da boca. Você se arrasta pelo vidro e passa pela janela despedaçada, até sair do automóvel. Arrastando-se sobre as ervas e pedregulhos e sentindo um cansaço esmagador, você olha para o topo da colina. Porém, não vê o carvalho derrubado pelo relâmpago. Pelo contrário, a árvore está de pé, firme como nunca. Vá para **239**.

97

Você examina a estátua o melhor que pode. Toca o santo na mão que aponta para os céus. Tenta movê-la, sem sucesso. Com a outra mão, João Batista segura uma cruz comprida, que vai do chão aos seus pés até acima de sua cabeça. Dela, pende uma flâmula com inscrições sacras. Porém, nada que sirva de pista. Ao observá-la, você se dá conta de sua brancura, algo fora dos padrões para imagens sacras, que geralmente são pintadas à mão. O João Batista à sua frente lembra as antigas estátuas gregas, já desbotadas pelo tempo, revelando o branco imaculado do mármore. Mais do que isso, lembra as estátuas renascentistas, brancas em essência, ao tentarem replicar o classicismo. Quem quer que tenha esculpido João Batista, não o fez segundo os padrões religiosos. A peça não passa de um deboche. Da mesma forma, Joseph talvez esteja rindo em algum canto da biblioteca, após atrair você para um beco sem saída. Você sai da capela, procura por ele na biblioteca, mas ele se foi. Com a sensação de ter desperdiçado um tempo precioso, você volta para o carro e continua sua investigação. Vá para **138**.

Oxford
1926
Rio Cherwell
Merton Field
St. Giles Street
Beaumont Street
Friars Entry
George Street
St. Michael's St.
Cornmarket Street
Ship Street
Market Street
Broad Street
Parks Road
Jowett Walk
Holywell Street
High Street
Queen Street
New Road
Blue Boar St.
Merton Street
1
2
3
4
5
6
7
8
9
10
11
12
13
14
15
16
17
18
19
20
21
22
23

98

O ritual de sacrifício está prestes a começar! Apenas em posse das pistas certas — e com alguma dose de dedução — você conseguirá descobrir onde ele será e impedi-lo. Para onde quer ir?

1. Bent House Jazz Club — Vá para **257**
2. Biblioteca do All Souls College — Vá para **167**
3. Biblioteca do Balliol College — Vá para **349**
4. Bosque — Vá para **209**
5. Capela do All Souls College — Vá para **167**
6. Casa de Edmond Halley — Vá para **337**
7. Castelo de Oxford — Vá para **78**
8. Catedral Igreja de Cristo — Vá para **333**
9. Cemitério Holywell — Vá para **259**
10. Conservatório de música Holywell — Vá para **60**
11. Examination Schools — Vá para **219**
12. Igreja Universitária da Virgem Maria — Vá para **234**
13. Jardim do All Souls College — Vá para **167**
14. Mansão Montfort — Vá para **344**
15. Mercado Coberto — Vá para **298**
16. Museu Ashmolean — Vá para **92**
17. Ponte dos Suspiros — Vá para **244**
18. Ponte Madalena — Vá para **232**
19. Praça norte do All Souls College — Vá para **167**
20. Prefeitura de Oxford — Vá para **88**
21. St. John's College — Vá para **263**
22. Teatro Sheldonian — Vá para **63**
23. Torre Madalena — Vá para **313**

99

— Siofra mora lá. Às vezes ela vem me visitar enquanto estou dormindo. É muito bom, porque ela espanta as aytias. Ela disse que vai me ensinar a espantar as aytias também, mas para isso preciso ir até a casa dela. Só que não consigo, porque a Inglaterra fica em uma ilha e a Irlanda em outra! Eu poderia pedir a ajuda de Elizabeth, mas ela não gosta da Siofra.

Violet se cala, mas seus olhos continuam brilhando. Uma ideia aos poucos se forma na mente dela, então ela sorri e continua:

— Se um dia você for à Irlanda, visite Siofra por mim! Ela mora no topo da Colina de Tara.

Volte para **252**.

DESTAQUE O ADESIVO **IN2**, VÁ ATÉ A REFERÊNCIA 338 E COLE-O NA POSIÇÃO **2**. ENTÃO, VOLTE PARA CÁ.

100

Venkman ajusta os óculos enquanto reflete.

— Meus estudos sobre os símbolos indicam rituais de elucidação. Em outras palavras, quem quer que esteja executando tais atos abjetos os faz em troca de algum tipo de conhecimento. Por ora, é tudo o que sei.

"Como faço para impedir o ritual?" Vá para **321**

Se quiser perguntar outra coisa, volte para **145**.

101

Sua camisa já está suada de correr pelas calçadas de Oxford. Suas anotações estão espalhadas pelo carro, em completa desordem. Sua mente não consegue conectar as evidências e você não sabe qual é o próximo passo. Ora ou outra, o olhar do motorista cruza com o seu pelo retrovisor, transparecendo preocupação.

De repente, um grito de horror se propaga pelo céu noturno. É seguido por um trovão ensurdecedor. Você olha para o alto mais uma vez em busca de nuvens de chuva, mas o céu está limpo. Por fim, um relâmpago ofusca os seus olhos. Tudo fica branco. Tudo fica negro. O relâmpago não deveria vir antes do trovão? Você não consegue entender ao certo o que está acontecendo. Se ao menos tivesse conseguido investigar mais!

A cidade volta a seu estado natural de iluminação débil. Porém, as silhuetas do relâmpago continuam gravadas em sua retina. São imagens fugidias que parecem inundar o mundo toda vez que você pisca. Silhuetas emergindo do céu, despertando como tentáculos que se esticam e se retesam, envolvendo a terra e tomando-a sob seu domínio.

Você instrui o motorista para que continue a dirigir sem rumo. Porém, tanto você quanto ele têm a clara noção de que a chance de impedir um ato maligno já passou. Quando o dia ameaça raiar, sua última instrução é para que ele retorne a Londres, onde você poderá se reportar ao clã.

Você não sabe o que houve em Oxford, nem nunca saberá. Também não voltará a investigar um caso como este. Os casos mais intrincados e perturbadores são reservados aos investigadores de maior prestígio. Ao final da vida, você tem consciência de que esta falha custou sua carreira. Resta torcer para que outros tenham feito um trabalho melhor. Sua investigação acaba aqui. Preencha a lápide no cemitério e inicie um novo jogo na Introdução.

102

Joseph arregala os olhos e se encolhe. Os olhos dele dardejam de um lado para outro, procurando por uma rota de fuga, mas você parece crescer dentro da sala, impedindo qualquer escape. Ele começa a gaguejar.

— E-ele mandou eu guardar segredo — ele se encolhe ainda mais, como se fosse entrar em si mesmo.

Você o encara fixamente. Por fim, ele suspira, derrotado.

— Dr. Benjamin Westbrook é o bibliotecário responsável pelo nosso acervo. Era. É. Não sei se ainda é. Ele teve problemas com a polícia. Não sei muita coisa. Tudo o que sei é que... — ele abaixa a voz até se tornar não mais do que um sussurro: — estou aliviado que ele se foi.

Joseph não sabe explicar o que o perturba, mas ele leva você a um local onde poderá encontrar mais respostas. Vá para **128**.

103

Ocorre a você que os policiais ainda não sabem da morte do prisioneiro, e qualquer pessoa encontrada junto ao cadáver poderá se tornar um suspeito. É melhor dar o fora da cena do crime antes que seja tarde demais. **Faça um teste fácil:** ⚅⚅⚅ + ⚅ **Ágil** – ⚅ **Indolente.** Se passar, vá para **55**. Caso contrário, vá para **89**.

104

Carter possui diversos equipamentos úteis. Compre o que quiser, anotando os itens em sua ficha e descontando os custos correspondentes de seu dinheiro. Quando terminar suas compras, vá para **169**.

ITEM	DESCRIÇÃO
BARRA DE CHOCOLATE OH ANNE!	Com amendoim, caramelo e chocolate ao leite, este é o doce mais famoso da década. Pode gastá-lo a qualquer momento para receber +⚅ em um teste. *Custo:* 1£.
CÂMERA FOTOGRÁFICA	Permite que você fotografe certas cenas (indicado pelo livro). *Custo:* 4£.
CHAPÉU ELEGANTE	O auge da moda nos anos 20. Em testes envolvendo o traço Eloquente, aumente o resultado de um dado à sua escolha em +1. *Custo:* 3£.
ESCOPETA	Arma de fogo. Se causar dano, aumente o dano em +3 (por exemplo, se vencer por 2 sucessos, causa 5 pontos de dano). Vem com 2 balas. *Custo:* 7£.
FACA	Arma branca. Em testes de ataque, se possuir o traço Ágil, receba +⚅. *Custo:* 2£.
GAZUA	Ferramenta para destrancar fechaduras. *Custo:* 2£.
LÁUDANO	Pode gastá-lo fora de combate para recuperar 1 ponto de Sanidade, mas perder 1 ponto de Saúde. *Custo:* 2£.
MALETA DE MEDICAMENTOS	Pode gastá-la fora de combate para recuperar 2 pontos de Saúde. *Custo:* 3£.
MOCHILA DE EXPLORADOR	Barraca, bússola, corda e outros equipamentos de sobrevivência. *Custo:* 3£.
MUNIÇÃO	6 balas para armas de fogo. *Custo:* 1£.
REVÓLVER	Arma de fogo. Em testes de ataque, receba +⚅ (assim, se você possuir o traço Firme, recebe no total +⚅⚅). Vem com 6 balas. *Custo:* 5£.
SOCO-INGLÊS	Arma branca. Em testes de ataque, aumente o resultado de um dado à sua escolha em +1. *Custo:* 2£.
TORQUE DE OURO	Antigo bracelete celta. *Custo:* 6£.

105

A policial balança a cabeça.

— Além da policial Cooper, sou a única mulher num departamento com 80 homens. Não é fácil, e às vezes também gostaria de resolver tudo da maneira mais fácil. Mas não foi para isso que me tornei policial.

Williams volta a analisar a foto. Com os outros policiais também ocupados, resta a você olhar o mural. Vá para **282**.

106

Violet arregala os olhos, surpresa com uma pergunta tão direta.

— Vi, sim — responde, baixinho. — Vi mexer nas coisas de Elizabeth, dançar a cortina no teto e derreter o Percival. Depois saiu correndo.

"Derreter o Percival?" Vá para **222**

Se quiser perguntar outra coisa, volte para **252**.

107

Seu coração dispara, seu estômago congela. A sensação de morte iminente faz você suar e, antes que perceba, você corre em direção a uma das portas laterais da igreja, sem esperar que Elizabeth termine sua frase.

Logo que pisa fora da igreja, a melodia agourenta do órgão de tubos emudece. A luz e o odor das velas queimando também se vão. A noite está fria. As ruas, desertas. Sem seu motorista por perto, você corre sem rumo por entre os prédios centenários. Talvez reporte o ocorrido à polícia. Talvez reporte ao clã. Não importa. Pois, quando fizer isso, o culto maligno já terá feito mais uma vítima e conseguido o que procurava.

De agora em diante, sempre que alguém pensar em você, lembrará que teve a chance de impedir uma tragédia, mas não conseguiu devido à covardia. Você morre décadas depois em sua cama, tendo vivido uma vida longa, mas sem significado. Sua investigação acaba aqui. Preencha a lápide no cemitério e inicie um novo jogo na Introdução.

108

Elizabeth Holloway pode estar em perigo e você não tem tempo a perder com molecagens. Porém, abandonar um animal indefeso pesa em sua consciência. Perca 1 ponto de Sanidade e vá para **138**.

109

Você procura por uma abertura ou botão ou mecanismo. Nada encontra no pedestal. Então, volta a tatear a estátua, procurar por qualquer parte móvel em João Batista, em suas vestes, na cruz. Quando já pensa estar buscando por nada mais do que fantasmas, ocorre a você procurar no cordeiro aos pés do santo. E ali está. Sob a pata dobrada do animal há uma fenda. Você introduz nela um objeto comprido qualquer e encontra um tipo de dispositivo. Com esforço e paciência, você desvenda seu funcionamento. Certa sequência de movimentos resulta em um clique. Nada mais acontece. Você então volta a examinar o pedestal, e descobre que uma das laterais se move sutilmente quando pressionada. Você a pressiona e, em seguida, volta a ativar o mecanismo. Mais um clique, desta vez, seguido do som de rocha deslizando em rocha. E, no exato local onde você havia descoberto as frestas disfarçadas em meio ao relevo decorativo, um alçapão se abre, revelando uma escada.

Com um último olhar para o santo que anuncia a vinda do Senhor, você desce. Cada passo é um degrau mais abaixo, e assim a escuridão devora tudo ao seu redor. Seus passos em pedra são escorregadios e você tateia as paredes. O ar esfria. À frente, a escada faz uma curva. Depois outra e mais uma, e você compreende que está descendo uma espécie de torre. Ao final do que parece uma escadaria interminável, você esbarra em uma superfície lisa e fria. Tateia. A passagem está impedida. De um lado a outro, de cima a baixo, não há qualquer abertura por onde passar. Sem enxergar um palmo à frente, suas mãos esquadrinham o obstáculo, até que encontram uma maçaneta em formato piramidal. Você a gira, mas nada acontece. A barreira é na verdade uma porta de ferro, trancada. Se tiver uma gazua, vá para **155**. Caso contrário, vá para **226**.

110

O homem hesita. Então abaixa a arma e comemora.

— Falta apenas um! Que os fiéis testemunhem o início da nova era.

Ele mostra o dorso da mão para você e ergue os dedos indicador e médio. Você copia o sinal. Satisfeito, ele volta para o outro carro. Os perseguidores fazem uma manobra e retornam pelo lugar de onde vieram. Seu motorista olha para você como quem pergunta o que foi que acabou de acontecer. Você dá de ombros e pede que ele siga até Oxford. Vá para **69**.

111

— Pelo contrário, tem muitos admiradores — diz ele. — Todos os rapazes daqui arrastam asa para ela. As garotas adoram quando ela fica arrolhada. É muito engraçada. Ouvi dizer que chamou atenção até de uma estilista francesa famosa. Não tem quem não goste da Elizabeth.

Volte para **198**.

112

Thomas Faraday segura Billy no colo. O que você quer perguntar?

"Sabe algo a respeito do Faraday que vinha se correspondendo com Elizabeth?"	Vá para **325**
"Conhece o Dr. Venkman, professor em Oxford?"	Vá para **225**
"Sabe algo a respeito dos assassinatos que ocorreram na cidade?"	Vá para **323**
"Pode me ajudar de alguma maneira?"	Vá para **142**

Se quiser ir embora, vá para **307**.

113

Você se mescla ao bando. Sabendo que se perceberem sua farsa você não terá como escapar, seu coração quase salta para fora do peito. Felizmente, você consegue passar por quase todos os capangas. Infelizmente, quando está quase na igreja, um deles enxerga seu rosto. O cultista saca um punhal e salta sobre você para impedir o seu avanço.

CULTISTA ◆ 2 –2

Se vencer, vá para **228**.

114

Após um momento olhando para as flores bordadas, você pensa em se levantar da cama e prosseguir com a investigação. Porém, seus olhos são atraídos de volta para o dossel. Sua mente se recusa a desviar dele. Você então compreende que há algo a mais para ser visto ali. Algo que passa despercebido para a maioria das pessoas, mas não para você. Seu treinamento ensinou que muitas pistas apenas se revelam quando você deixa a mente viajar para além do véu da existência. Assim, você se deita na cama, e permite que as flores falem.

Primeiro vem o perfume, como se você estivesse em um campo de lavanda. Depois, as flores começam a se mover com o vento do outono. São pequenas, azuis. Pequenos asteriscos perfumados adornando o tecido branco. Então elas começam a piscar e a girar em torno do centro. As flores azuis reluzem no fundo branco. Então, as cores se invertem. Flores brancas brilham no fundo azul.

O sol se põe. O céu escurece. As estrelas ficam mais brilhantes, mais visíveis. A galáxia inteira gira na abóbada com o decorrer da noite. E as flores estão lá, brilhando como estrelas. Você caminha pelo campo de lavanda. Um rio caudaloso reflete o firmamento. Há estrelas na terra e flores no céu. Alguns dos pontos luminosos são especiais, brilham mais do que os outros. Foram as últimas flores a serem plantadas no dossel. Juntas, formam uma figura que fulgura no céu noturno. Uma figura com cascos e chifres, que se prepara para o ataque. A constelação de Touro.

Sempre bravio, o touro dispara pela abóbada florida, desmantelando constelações por onde quer que passe, e desce até o campo estrelado. Ele para à sua frente, e você vê um brilho vermelho perto de um de seus olhos. Uma tocha. A estrela mais brilhante.

A gravidade da estrela puxa você para perto e você cai por um longo momento, até entrar em órbita, junto a vários planetas ao redor dela. Gira, gira, cada vez mais rápido. A rotação é insuportável. Você perde os sentidos. E acorda na cama de Elizabeth. Vá para **283**.

115

— Duvido muito — ela dá de ombros. — Lorde Faraday é um homem eternamente enlutado, que voltou todos os seus esforços para a ciência. A não ser que você esteja aqui para falar sobre física teórica ou para ressuscitar sua esposa e filhos, ele dificilmente lhe dará qualquer atenção.

"Você é a família dele agora." Vá para **328**

Se não quiser falar mais nada, volte para **123**.

116

O Bent House Jazz Club fica longe o bastante dos principais prédios da universidade a fim de evitar reclamações, mas perto o suficiente para permitir aos estudantes irem a pé. Para acessar o salão é preciso descer por uma escada até o subsolo e, uma vez nele, qualquer vestígio da luz solar desaparece. Ali, sempre é noite. Paredes, chão e teto são revestidos de madeira com frisos em dourado, assim como o palco ao fundo. As cortinas de veludo vermelho e as luminárias âmbar dão um tom quente à atmosfera.

O fato de ainda ser dia não é o bastante para afastar os frequentadores. Bebida e risadas preenchem o lugar. Sem músicos, que se apresentam apenas à noite, a música fica a cargo de um gramofone que toca o Charleston, com sua melodia vibrante. Em meio a toques rápidos de piano, violoncelo e trompetes, jovens dançam no espaço próximo ao palco. A dança tem um ritmo frenético, com chutes no ar, sapateado e movimentos de bater de asas. De modo geral, parecem passarinhos tentando aprender a voar. Uma demonstração de liberdade e rebeldia capaz de escandalizar os avós de qualquer um dos que ali dançam. Você se senta em um dos bancos junto ao balcão. Quando o barman se aproxima, você pergunta de Elizabeth Holloway.

— Faz tempo que não a vejo, mas ela vinha sempre aqui — diz ele. — Adorava dançar. Talvez Jane saiba de algo, elas são amigas. Ou Vincent. Ele andava bem próximo dela.

Ele aponta para ambos, um de cada lado do salão. Jane é uma jovem expansiva em vestido amarelo brilhante, que ri alto junto ao círculo de amigas. De uma fita amarrada ao redor da testa, desponta uma longa pluma que balança a cada risada. Vincent é um rapaz acanhado, que mais escuta do que fala. Seu grupo de amigos engravatados sorri com atrevimento enquanto contempla o grupo feminino. Se quiser falar com Jane, vá para **151**. Se preferir falar com Vincent, vá para **198**.

117

Você telefona várias vezes para o clã e eles telefonam várias vezes para você, em uma intensa troca de informações. Ao que parece, outros investigadores precederam sua busca por Elizabeth nos últimos dias. Graças a eles, você recebe informações vindas da França, da Irlanda e da Espanha, e é capaz de conceber hipóteses bastante sólidas.

Elizabeth realizou uma série de rituais em Oxford em nome de Hastur, o Deus do Sol Oculto. Porém, o ser profano jaz encarcerado em Aldebarã, a estrela vermelha da Constelação do Touro. Quem respondeu em seu nome foi Nyarlathotep, o Deus Mensageiro, que concedeu a ela poderes sobrenaturais, além da localização do Necronomicon. Agora, Elizabeth ruma para o Cairo, onde encontrará seu amante, William Faraday e, em posse do livro maldito, fará o verdadeiro ritual: um pacto que teve início milênios atrás e que, graças a ela, será enfim completado.

Além das informações concretas, você também recebe orientações linguísticas e espirituais que contribuirão em sua caçada à cultista. Em especial, um membro do clã participou de uma cerimônia druídica trazendo uma visão esclarecedora. O mundo dos vivos é uma ilusão, e por trás do véu da existência, seres cósmicos oprimem as almas da humanidade. Em posse dessas informações, você se sente em pé de igualdade com os cultistas. Agora, resta-lhe descobrir os últimos detalhes do ritual de Elizabeth e impedi-la de executar seu plano cruel. Ela se aliou aos seres extratelúricos que querem nos destruir. Você precisa fazer algo a respeito: somos nós contra eles.

O clã providencia transporte para o Cairo. Devido à longa distância, sua viagem será em duas partes. Primeiro, irá de avião até a Grécia. Então, cruzará o Mediterrâneo de navio. Para partir nessa viagem, vá para **742**. Se houver encontrado três pedaços de um mapa marítimo, você pode em vez disso partir em busca do tesouro. Para isso, some o número de cada pedaço, adicione 40 ao resultado e vá para a referência correspondente.

118

Sem muita alternativa, você volta a encostar no bar.

— Difícil conversar com eles, não? — diz o barman, que é pelo menos dez anos mais velho do que os frequentadores do estabelecimento. — Às vezes demoro a entender o que dizem.

Você faz um gesto ambíguo e comenta que é hora de ir. Não há muito o que descobrir por aqui.

— Espere — o barman vai até o balcão no fundo do bar e traz um coquetel que já estava preparado. — É para você. Cortesia de... — ele olha em volta, procurando alguém, mas não encontra — de um dos admiradores de Elizabeth. Estamos todos preocupados com o sumiço dela.

A bebida branco-esverdeada traz um delicioso aroma de menta na taça adornada com uma rodela de limão.

"Eu não bebo em serviço." Vá para **312**

"Não há porque desperdiçar uma boa bebida." Vá para **202**

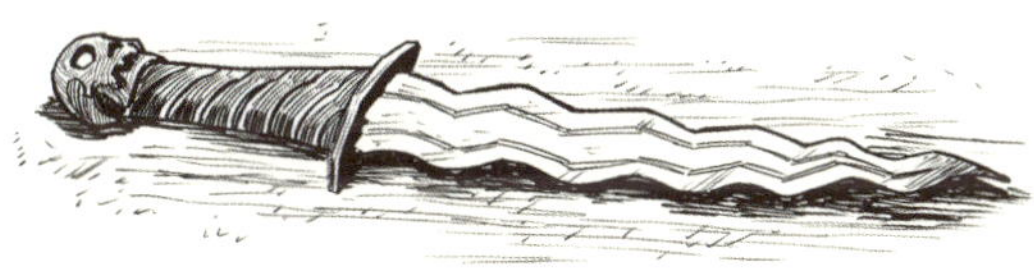

119

Você se despede de Eleanor e vai à procura do mordomo, perguntando-se o motivo da demora. Ele se espanta ao ser abordado no corredor, mas mantém a compostura.

— Sinto informar, mas Lorde Faraday está indisposto e não receberá visitantes.

Você pergunta ao mordomo se o lorde andava se correspondendo com Elizabeth Holloway, ao que ele fica possesso.

— *Sir* Thomas Edmund Faraday é um cavaleiro de Sua Majestade. Um homem de classe e retidão. Jamais trocaria cartas com a filha solteira de um conde sem a devida autorização do pai! Você deve estar procurando outro Faraday. A família é muito numerosa e *Sir* Thomas não pode responder por todos os seus parentes distantes.

Sem mais palavras, o mordomo coloca você para fora do casarão. Resta-lhe voltar para o carro e investigar outro local de Oxford. Vá para **138**.

120

Você olha pela janela do carro em movimento. O dia de investigação foi tão intenso, que só agora você percebe que a cidade já está vazia e escura. Quando foi que o sol se pôs? Os postes de lâmpada a gás já tremulam sua iluminação fraca e os estudantes retornaram para seus dormitórios.

— Pelo visto, ninguém quer ficar na rua à noite — diz seu motorista. — Os rumores de um assassino à solta estão se espalhando.

Você sabe como é conhecido o assassino que está assolando a cidade? Se souber, transforme cada letra do codinome dele em um número (sendo A=1, B=2, e assim por diante), some os números e vá para a referência correspondente. Se não souber, ou se a referência para a qual você for não fizer sentido, vá para **243**.

121

— Oxford já é saturada de igrejas, capelas e faculdades cristãs. Até mesmo as bibliotecas e os dormitórios são benzidos em nome do bom senhor Jesus Cristo... Esta igreja não tem nada de especial. Seria um local como outro qualquer, não fosse sua localização representar Aldebarã, a estrela mais brilhante da constelação de Touro. Você jamais entenderia.

Dizendo isso, ela bate com a adaga na máscara ritualística e um último clarão se faz. Você fecha os olhos instintivamente e, quando volta a abri-los, Elizabeth e os cultistas não estão mais aqui. Vá para **166**.

122

— Uma grande responsabilidade, é claro, a qual eu carrego com orgulho. Meu pai e meu avô foram membros da corporação. É uma honra servir à sociedade. Mas não tenho tempo para falar disso no momento.

Volte para **331**.

123

Enquanto você espera, uma jovem surge na sala do chá. Ela é ruiva e bonita, com sardas pelo rosto. Está vestida em roupas caras, porém discretas. A curiosidade no olhar sonolento indica que a sua chegada interrompeu um momento de puro tédio.

— Veja só, temos visita! — ela diz com forte sotaque estrangeiro. — Prazer, sou Eleanor O'Flanagan.

Você a cumprimenta. Quer perguntar algo a ela?

"De onde você vem?" Vá para **179**

"Você conhece Elizabeth Holloway?" Vá para **189**

"O que é este quadro do cão de caça?" Vá para **218**

"Lorde Faraday irá me receber?" Vá para **115**

Se quiser sair da sala de chá e procurar pelo mordomo, vá para **119**.

124

— O que eu quero ser quando crescer? Bom... Vovó quer que eu seja duquesa. Mamãe diz que baronesa já é suficiente, então não sei. Acho que eu preferia me casar com o capitão de um navio e ir visitar a Irlanda.

"Por que a Irlanda?" Vá para **99**

Se quiser perguntar outra coisa, volte para **252**.

125

O policial escorraça você para fora da delegacia. Você protege a cabeça e corre, torcendo para que o motorista não veja a cena patética. Por sorte, ele estacionou virando a esquina, então ainda lhe resta um pouco de dignidade. Vá para **138**.

126

— Aytias, oras! Aquele bicho preto, que só aparece quando tudo fica roxo. Que tem asa escamosa, espinho de ouriço e dentes pontudos — Violet gesticula com os dedos para simular duas presas, mas não parece com nada que você conheça. — Siofra disse que elas assombram Tara desde o ano 510, mas isso faz muito tempo e eu não sei nada disso.

Volte para **252**.

127

Ela abaixa a cabeça.

— Sim, a senhorita andava muito quieta recentemente. Não falava mais sobre se matricular em Oxford. Mesmo assim, continuava frequentando as bibliotecas da universidade. Ela chegou a mencionar o nome de um professor certa vez. Doutor Venkman. Mas não sei quem ele é. Volte para **52**.

> DESTAQUE O ADESIVO **OX2**, VÁ ATÉ A REFERÊNCIA 138 E COLE-O NA POSIÇÃO **4**. ENTÃO, VOLTE PARA CÁ.

128

Joseph guia você pela biblioteca, passando por incontáveis estantes, entrando atrás de um balcão e abrindo uma porta. Na parte restrita da biblioteca, oculta dos estudantes, há uma capela. No centro, um altar de pedra serve como pedestal para a estátua de um santo.

— São João Batista, o santo que dá nome a esta faculdade — Joseph explica. — É o profeta que traz a mensagem do advento. Morreu decapitado. E o mesmo aconteceu séculos depois, com o Arcebispo William Laud, fundador desta biblioteca. A história se repetiu, e irá se repetir de novo.

Ele abre espaço para que você se aproxime da estátua, ao mesmo tempo em que retorna para a porta.

— Ao que me parece, você tem uma missão, então siga adiante. Quanto a mim, voltarei aos meus afazeres. Não tenho vocação para mártir.

Com isso ele se vai, deixando você na capela, em companhia apenas da estátua. É um homem de mantos leves, segurando uma cruz comprida e acompanhado de um cordeiro. A peça inteira é feita de mármore branco, sobre um pedestal de obsidiana preta. Uma obra-prima, mas sem ligação com o caso de Elizabeth Holloway... A não ser que haja algo escondido. **FAÇA UM TESTE: ⚅⚅ + ⚅ ALERTA – ⚅ NEGLIGENTE.** Se passar, vá para **327**. Caso contrário, vá para **97**.

129

A policial Williams é uma mulher robusta e de voz poderosa. Ela está analisando a foto de uma das vítimas. Assim que você se aproxima, ela levanta a cabeça para você:

— Estou ocupada. O que você quer?

"Estou investigando o desaparecimento de Elizabeth Holloway." Vá para **292**

"Também estou investigando os assassinatos." Vá para **199**

130

Quando ninguém está olhando, você abaixa e atravessa as laterais do departamento, rumo à área restrita onde ficam as celas com prisioneiros. **Faça um teste:** + Ágil – **Indolente.** Se passar, vá para **136**. Caso contrário, vá para **187**.

131

O motor do carro ronca quando o motorista acelera. A estrada se mostra mais irregular com a velocidade, os solavancos mais violentos. Você atira pela janela. **Faça três testes seguidos. Para cada teste, role** + **Firme** – **Míope. Some os sucessos obtidos.** Se somar três sucessos ou mais, vá para **164**. Caso contrário, vá para **315**.

132

Você pesquisa a data de aniversário de Elizabeth em meio ao calendário astral e descobre que ela é do signo de touro. Sua constelação fica próxima às plêiades e é cruzada pelo sol durante os meses de abril e maio. Analisando a constelação mais de perto, você se pergunta se já viu essa forma em algum outro lugar. Vá para **343**.

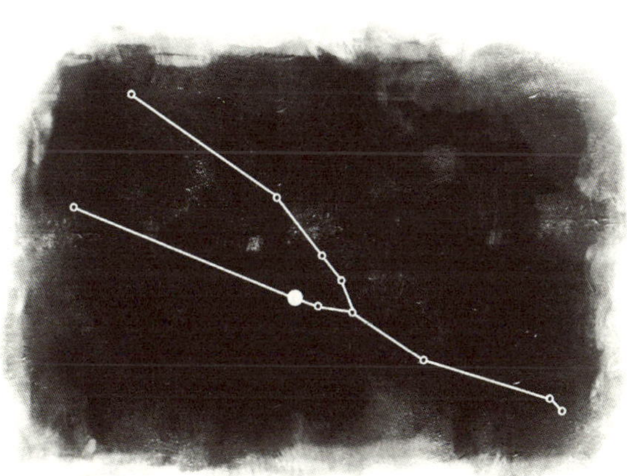

133

— Todo mundo gosta da minha irmã — diz Violet.

Ela se cala, mas você percebe que as engrenagens da mente da menina estão em movimento. Você espera. Ela olha ao redor, procurando por uma escapatória. Você espera mais. Quando o silêncio constrangedor se torna insuportável, ela desiste e complementa:

— A vovó às vezes briga com ela. Ela quer que Elizabeth se case, mas Elizabeth não quer. O que ela quer é estudar na Universidade. Papai não deixa ela ir. Não sei por que, já que é tão pertinho daqui! E o caminho quase não tem aytias...

"O que são aytias?" Vá para **126**

Se quiser perguntar outra coisa, volte para **252**.

134

Você corre na direção de Elizabeth, mas esbarra em uma muralha invisível. Esmurra, mas é inútil. Nada é capaz de fazer enquanto ela declama uma oração funesta. Porém, ter realizado este ato de bravura reaviva em seu espírito o desejo por justiça. Na primeira rodada do próximo combate, adicione um sucesso ao seu total. Vá para **235**.

135

— Quer dizer que veio perguntar sobre Elizabeth? — a idosa repete as palavras ditas pela nora. — Ora, ora. Não é que finalmente minha neta arranjou um pretendente? — ela sorri, enquanto analisa você dos pés à cabeça. — Contudo, tenho minhas dúvidas se você está à altura de nossa Elizabeth. Precisaremos saber seus títulos... e patrimônio.

Vá para **208**.

136

Os policiais seguem tão concentrados em suas pistas e hipóteses que não reparam quando você atravessa o departamento, passa pela grade aberta e invade a área restrita da delegacia. O corredor é cinzento, com uma parede de pedra e a outra de grades, dando vista para cinco celas. Quatro delas estão abertas e vazias. A última, no entanto, está trancada. Dentro dela, um homem contempla o infinito. A cela é mais escura do que as demais. Uma penumbra inexplicável, que persiste apesar da pequena janela que derrama sobre a cela finos fachos de luz gradeada. Ao se aproximar, você sente a temperatura cair. A escuridão e o frio não apenas dobram o ambiente, mas penetram em sua espinha e alma.

O homem tem por volta de 45 anos, usa cabelo bem aparado e óculos. Sua aparência lembra um acadêmico da Universidade de Oxford, não fosse o fato de trajar mantos negros, que se mesclam à escuridão da cela. Está sentado e encara a parede com tranquilidade. Vá para **265**.

137

É possível que você não faça a menor ideia do que está falando. Dádivas, estrelas, enfim: pura ladainha. Porém, a maioria das pessoas acredita em um ser superior e gostaria de receber suas bênçãos. Mais do que isso, ao escutar palavras genéricas, quase todas as pessoas tendem a atribuir significados específicos. O que você quis dizer não importa. O que de fato importa é o que o homem à sua frente quis escutar. **Faça um teste: ⚅⚅ + ⚅ Eloquente – ⚅ Rude.** Se passar, vá para **110**. Se falhar, vá para **206**.

138

Você está em Oxford. Suas opções de locais a investigar dependem das pistas que coletou. Como o tempo urge, você pode visitar cada local apenas uma vez por jogo.

POSIÇÃO 1

POSIÇÃO 2

POSIÇÃO 3

POSIÇÃO 4

POSIÇÃO 5

POSIÇÃO 6

POSIÇÃO 7

QUANDO ACHAR
QUE JÁ INVESTIGOU
O BASTANTE,
VÁ PARA 120.

139

A autoridade do policial não é maior do que o seu orgulho. Assim, quando ele pensa que nada pudesse acontecer, você se vira e encaixa um murro no estômago. Ele urra e cai, mas em instantes outros policiais o cercam. E esses possuem justificativa para bater de verdade. Dois seguram você, enquanto outro bate com o cassetete uma, duas, três, quatro vezes. Você sente o peso e a solidez da arma contra seu corpo. Cada golpe parece ignorar suas roupas e sua pele, como se atingisse diretamente o osso. A dor se alastra. Quando se dão por satisfeitos, os policiais arrastam você até uma das celas. As acusações são de baderna e desacato à autoridade. Vá para **322**.

140

Durante esse tempo todo, você esteve carregando nos braços o filhote que encontrou na saída do Mercado Coberto. Eleanor tenta disfarçar, mas de tempos em tempos os olhos dela desviam para o cachorro aninhado.

— Não existe ser humano capaz de amenizar a dor de Lorde Faraday — você repete. — Mas que tal um canino?

Você transfere a bola de pelos para o colo da jovem, que o recebe de olhos arregalados e coração palpitante.

— Um presente para o lorde? — ela diz, ao que você responde que sim. — Eu conheço essa raça. É um beagle! Muitíssimo obrigada! Entregarei a ele. Quem sabe isso não o ajude a superar suas dores?

> DESTAQUE O ADESIVO **X04**, VÁ ATÉ A REFERÊNCIA **65** E COLE-O SOBRE O NÚMERO **123**. ENTÃO, VOLTE PARA CÁ.

Se ainda tiver perguntas para Eleanor, volte para **123**. Caso contrário, vá para **119**.

141

Com atenção redobrada, você escuta as palavras que emergem dos lábios de Elizabeth. Você não consegue identificar que tipo de sortilégio ela conjura, mas contemplar a cena confirma sua convicção em se opor às intenções malignas. Na próxima referência, quando for solicitado a fazer um teste de sanidade, adicione um sucesso ao seu total. Vá para **235**.

142

— Certamente. Não tenho como participar de sua investigação, mas ficarei feliz em contribuir para que frustre os planos dos criminosos.

Thomas Faraday chama o mordomo e pede que traga um instrumento.

— Por favor, leve este dispositivo. É apenas um protótipo, mas pode assustar qualquer rufião que se coloque em seu caminho.

Anote o *arco voltaico* em sua ficha de personagem. Em testes de ataque, aplique o traço Sagaz/Ignorante, em vez de Forte/Débil ou Firme/Míope, e receba +⚅ (assim, se você for Sagaz, rola ⚅⚅⚅⚅ no total). Além disso, se causar dano em uma criatura sobrenatural, aumente o dano em +2 (por exemplo, se empatar o teste de ataque, causa 3 pontos de dano, em vez de 1). O arco voltaico tem carga para 5 disparos. Volte para **112**.

143

Você agradece ao professor pelas explicações e dá uma última olhada ao redor. Há diversos documentos, cartas, anotações e cartazes presos às paredes. Ao lado de um quadro negro, um mapa astronômico desperta seu interesse. Dois círculos lado a lado representam os hemisférios celestes. O da esquerda é centrado em Polaris, a estrela do norte. O da direita, na pálida constelação do Oitante. Ao redor de ambos, os hemisférios norte e sul estão repletos de estrelas, com linhas interligando umas às outras para indicar as constelações. Na extremidade de cada hemisfério, estão anotados os meses do ano e os signos do zodíaco, formando um calendário ao redor do mundo.

Isso tudo está impresso no papel. Porém, sobre a impressão original, desenham-se anotações feitas com uma caneta grossa de tinta vermelha. Riscos, círculos, uma linha sinuosa que diferencia a eclíptica do equador. E o que mais chama a atenção: equações nas quais, entre números arábicos e símbolos da física, encontram-se elementos astrológicos. Os ícones que representam os signos do zodíaco estão misturados às expressões algébricas, mesclando pensamento científico com superstições babilônicas.

— As estrelas transmitem certas mensagens — Venkman se justifica, tendo percebido sua surpresa. — Nossos inimigos se utilizam deste conhecimento, então nada mais justo que fazermos o mesmo.

Você observa mais uma vez a mistura de astronomia com astrologia e pensa no recente interesse de Elizabeth pela mesma doutrina. Se você souber a data de aniversário de Elizabeth, some o dia ao mês, adicione 100 e vá para a referência correspondente. Se não souber, vá para **343**.

144

Josephine Johnson era filha do advogado Harold Johnson. Morreu no topo da Torre Madalena, vítima de um golpe perfurante no peito, seguindo o modus operandi do Profano. Quando os policiais chegaram ao local do crime, a temperatura do corpo marcava 35 °C, revelando que a morte havia ocorrido há uma ou duas horas. As velas vermelhas ao redor, no entanto, já estavam completamente exauridas, apesar de a perícia apontar que a quantidade de cera residual indicava velas que durariam por volta de seis horas. A não ser que alguma inexplicável corrente de ar tenha feito as velas derreteram mais rapidamente, é possível que o cenário ritualístico tenha sido preparado muito antes da execução do sacrifício. O corpo foi reconhecido por Norman Wright, policial, noivo da vítima.

Volte para 282.

145

Venkman está vestido de maneira bastante informal para um professor, com um terno de passeio e gravata borboleta. As olheiras denotam cansaço acumulado e o cabelo está em completo desalinho. De tempos em tempos, ele se vira assustado para a porta.

"O que você sabe sobre o desaparecimento de Elizabeth Holloway?"	Vá para 53
"Você conhece Elizabeth?"	Vá para 317
"Está preocupado com algo que venha lá de fora?"	Vá para 175

Se quiser ir embora, vá para 143.

146

A libra dourada se move lentamente, buscando o equilíbrio de pesos. O coração então declina, carregado e tenso, mais pesado do que a pena. Vendo a balança desnivelada, a entidade sorri com sua boca de baratas. E, tão rápido quanto surgiu, se desfaz.

— Já pode se arrepender de ter vindo até aqui — diz Elizabeth, translúcida do outro lado do véu espiritual. — Para os infiéis, resta apenas o encontro com a Devoradora de Almas.

Elizabeth coloca de volta a máscara, assumindo o aspecto da entidade de cabeça animalesca. Ela dá as costas e anuncia aos demais cultistas que prosseguirá com o ritual. Entre ela e você, uma nova criatura emerge do fosso sem fundo. Primeiro, dá o bote e abocanha o ar com sua mandíbula de crocodilo cheia de dentes retorcidos. Depois, um par de patas leoninas crava as garras na borda do precipício e puxa o resto do corpo para fora. A criatura possui uma juba desgrenhada e úmida, que se alonga pelas costas cheias de vértebras. O corpo é cinzento e carnudo, cheio de dobras de gordura. Não possui patas traseiras. Em vez disso, o corpo termina em caudas cheias de ventosas, que se enrolam como tentáculos, tateiam o piso destruído e alcançam os confins da igreja. Apesar da atmosfera onírica, os ataques da criatura ferem fisicamente. Lute contra Ammut, a Devoradora de Almas!

AMMUT	◆ ⚅⚅⚅⚅	+5	−5

Se vencer, vá para 278. Se perder, vá para 152.

147

Você tosse, tosse e tosse. Os pulmões ardem, os olhos se comprimem. Por um longo momento, nada vê além da escuridão por trás das pálpebras, e nada escuta além do próprio corpo lutando pela sobrevivência. Lentamente, a sensação de asfixia vai se dissipando. Você limpa o suor que escorre da testa e abre os olhos. Quando dá por si, está de volta à capela. João Batista testemunha sua miséria com expressão de escárnio.

O alçapão está fechado. Você mais uma vez opera o mecanismo e o abre. A escada se descortina. Você desce. A porta também está fechada e você a abre. Como se nunca houvesse sido disparada antes, a armadilha mais uma vez insufla sua fumaça tóxica. Você volta a tossir. Contrai o corpo inteiro. Uma ânsia de vômito inflama sua garganta, mas você consegue contê-la. Quando se recupera, percebe mais uma vez que está na capela aos pés do santo. Esculpida em pedra, a face tranquila de São João Batista agora exibe um sorriso largo, de dentes pontiagudos. O cordeiro ao seu lado jaz morto, atravessado pela longa cruz. O cordeiro morto diz:

— Eu sou você e você sou eu. Meros sacrifícios em nome do advento.

Os olhos alegres de São João Batista desafiam uma nova tentativa. Você abre o alçapão. Desce as escadas. Cai na armadilha. Repete. Repete mais uma vez. Repete sua derrota até o fim dos tempos, até a peste, a guerra, a fome e a morte rondarem os campos desolados lá fora. E São João Batista, o mensageiro que prepara o caminho, continua mergulhando o seu corpo na escuridão, batizando o seu ser no culto ao nefasto, condenando a sua alma à aflição eterna. Sua investigação acaba aqui. Preencha a lápide no cemitério e inicie um novo jogo na Introdução.

148

A primeira coisa que você repara é na carruagem. Está estacionada de forma displicente, ocupando grande parte da rua e obrigando o tráfego a fazer um pequeno desvio. O cavalo ainda está atrelado a ela. Tranquilo, mordisca a vegetação que cresce ao redor. A partir dali, uma subida leva até o topo de um outeiro, onde três policiais examinam e deliberam: o local da morte de Tallant. Vá para **233**.

149

Você está prestes a se despedir de Jane para ir falar com Vincent, quando ela mesma interrompe a conversa:

— Bico calado! — diz para você e para as amigas ao redor. Então, após reconhecer o som que toca no gramofone: — Essa música é irresistível!

Jane sai correndo para a pista de dança. Do outro lado do salão, Vincent faz o mesmo. Eles se encontram no meio, às gargalhadas, e passam a dançar juntos, como duas perdizes ciscando. Vá para **118**.

150

O prisioneiro sorri.

— Quantos forem dignos e necessários.

Volte para **265**.

151

A princípio, Jane pensa que você também está ali para se divertir. Quando você explica que está à procura de Elizabeth, no entanto, ela concorda em dar informações. O que irá perguntar?

"Elizabeth está desaparecida. Você sabe de algo?"	Vá para **56**
"Elizabeth tem algum inimigo?"	Vá para **326**
"Você reparou em algum comportamento estranho?"	Vá para **61**
"Qual a relação de Elizabeth com Vincent?"	Vá para **291**

Se quiser falar com Vincent, vá para **149**.

152

A Devoradora de Almas dá o bote, atingindo seu corpo e triturando com os dentes o que resta da sua caixa torácica. Ela então estica a cabeça para cima, fazendo com que seu cadáver deslize pelo esôfago. Em seguida, vai até seu outro corpo — a versão corpórea, que permanece caída — e o engole da mesma maneira. Você observa tudo do alto, como se fosse uma mera consciência assistindo à morte de outrem. Porém, sente todo o macerar dos ossos e o corroer da carne. O sofrimento só termina quando a quimera vai até seu coração na balança e o devora também. Sua consciência se esvai e resta apenas a inexistência. Preencha a lápide no cemitério e inicie um novo jogo na Introdução.

153

— Quer dizer que veio perguntar sobre Elizabeth? — a idosa repete as palavras ditas pela nora. Então suspira. — Vossa Reverendíssima deve compreender o quão difícil é criar essas crianças hoje em dia. São tantas distrações do caminho da salvação! Seja lá o que Elizabeth tenha aprontado desta vez, asseguro que não foi por má índole. Ela está apenas confusa em sua fé. Mas tenha a certeza de que já estou buscando orientá-la o melhor que minhas habilidades permitem.

Vá para **208**.

154

Há uma porta fechada no corredor próximo ao Carter's que deve dar para fora. Não é uma passagem grande e chamativa como o acesso principal ao Mercado Coberto. Pelo contrário, lembra uma saída de serviço, algo que não deveria ser usado por visitantes. Você ignora o fato, vai até ela e a empurra. Ela abre para o exterior. Não há por que ziguezaguear pela multidão, havendo a opção de contornar por fora. Você sai pela porta, dá a volta na quadra e retorna para o carro. Vá para **138**.

155

Na escuridão total, você usa a gazua para arrombar a fechadura. A tranca é de ótima qualidade e você passa minutos tentando. Enfim, escuta um clique. A porta se abre. A primeira coisa que você vê é um veio de luz vermelha se esticar a partir da fresta. A luz se alarga à medida que você expande a abertura. No entanto, antes que seus olhos se acostumem à luz, fumaça brota de algum ponto próximo aos seus pés, ergue-se rapidamente e invade suas narinas. Imediatamente, suas pupilas dilatam e a vista se amplia como a lente de uma luneta. Os pensamentos se embaralham. O mundo começa a girar. Você caiu em uma armadilha. Vá para **230**.

156

Você se concentra nas equações astrológicas. Na sua mente, os planetas começam a se alinhar. Sol, Mercúrio, Vênus... Prossiga com o raciocínio ou volte para **145**.

157

Você avança com cautela em direção ao capanga, pesando cada passo e aproveitando as sombras da noite para ocultar sua presença. É uma tarefa difícil, mas uma distração surge no momento ideal para tornar seu trabalho mais fácil. Primeiro você escuta o barulho do motor. Depois, o soar insistente da buzina. Por fim, um carro surge de trás da Câmara Radcliffe, percorrendo a circunferência da praça em alta velocidade. Ao fazer a curva, o condutor parece perder o controle da direção, ou talvez tenha feito de propósito. Fato é que o veículo avança sobre o capanga do Profano, forçando-o a saltar para o lado, e bate de frente nas grades que cercam a igreja.

O automóvel é de última geração, com formas aerodinâmicas e lataria encerada. O motorista, no entanto, tem o cabelo em desalinho e a gravata borboleta torta para um lado. É o Professor Venkman, e está aqui graças às informações que você deu a ele. Ele faz sinal para que entre na igreja.

— Corra! Irei distraí-lo!

O capanga se estica para dentro das grades da igreja e puxa um porrete que ali estava escondido. As mangas da camisa estão dobradas e você percebe que ele possui uma tatuagem no braço que se assemelha à constelação de Touro.

— Rápido! — Venkman dá o comando para que você se vá, enquanto ele próprio desce do carro.

Você desvia do veículo acidentado, reparando que na carroceria está inscrito o sobrenome Faraday, e dispara rumo à igreja. Vá para **251**.

158

— Graças à vaidade da Família Holloway, que manteve o desaparecimento em sigilo por dias, sabemos pouco. Já enviei alguns homens para investigarem a mansão, mas eles ainda não retornaram. No momento, você deve saber mais a respeito do que eu.

Volte para **331**.

159

O menino prepara o arremesso, mas você agarra o braço dele. O movimento é interrompido no meio, e a pedra rola pelo beco. Os três se viram para você, quando você berra:

— Pestes! Sumam daqui agora mesmo!

Pegos de surpresa, os três arregalam os olhos e saem correndo tão rápido que você mal consegue distinguir suas feições sob as boinas. Você volta a sentir o outono soprando vento frio. No canto do beco, cercado de pedras, o cachorro olha para você. Você se aproxima. Ele não foge. Você o pega no colo e o envolve em um lenço. Ele se deixa envolver, agradecido. É apenas um filhote e você decide levá-lo para o abrigo do carro. O motorista não faz perguntas. Em vez disso, sorri e passa para você um cadarço no qual está pendurado uma medalhinha da universidade. Atrás dela, lê-se o número 40. Anote a *coleira* em sua ficha de personagem e o número atrás dela. A partir de agora, o filhote seguirá com você nos trajetos de carro. Vá para **138**.

160

Você sabe que está prestes a ter seu corpo de verme esmagado, alçado ao ar e estourado como o de uma perdiz em pleno espaço etéreo. Não há escapatória. O piso do salão racha sob o peso dos enormes tentáculos e ainda mais muco começa a jorrar a partir dele. Você desiste de lutar contra a substância que está por todos os lados, sabendo que o cheiro de azedume nada mais é do que o hálito da morte. Em seu último resquício de esperança, pede que ao menos a morte seja rápida. Porém, este desejo não é atendido. Os tentáculos agarram você, sugando o seu tronco na frente e nas costas com as ventosas. Enormes, sua sucção não acomete apenas a pele, mas também carne e órgãos internos. Você sente algo romper em suas entranhas. Seus olhos reviram de dor. Em vez de subir para as estrelas, os tentáculos deitam você. A essa altura, o muco viscoso já se acumula em toda a extensão do salão. O nível se eleva, formando um verdadeiro lago de imundície esverdeada. Suas forças já se esvaíram e você nem tenta lutar. Apenas aceita seu destino quando sente que submerge na substância abjeta.

No Bent House Jazz Club, o barman balança seu corpo sem vida, perguntando se está tudo bem, enquanto os jovens dançam a música da moda. Sua investigação acaba aqui. Preencha a lápide no cemitério e inicie um novo jogo na Introdução.

161

Você orienta seu motorista, que desacelera, manobra o carro e retorna por onde haviam chegado. Ele estaciona ao lado do carro acidentado e você desce para averiguar. O carro que os estava perseguindo é um cupê preto com espaço para quatro pessoas, mas ocupado por apenas duas. O motorista jaz com um buraco na testa e salpicado de estilhaços do para-brisa. O atirador está ainda pior: quando a colisão aconteceu, estava com metade do corpo para fora da janela. O carro bateu na árvore e derrapou para frente, guilhotinando-o na altura do peito. Como resultado, as pernas e o abdômen do homem permaneceram no interior do veículo, enquanto a cabeça, os braços e o peito foram arrancados e se encontram esparramados aos pés da árvore.

A placa do carro foi removida. Você revista os dois homens e não encontra carteiras ou documentos. Os rostos e as roupas são de ingleses comuns, e você não reconhece nenhum dos dois. Depois de muito procurar, encontra um único sinal de identificação, igual em ambos: uma estranha tatuagem no pulso esquerdo.

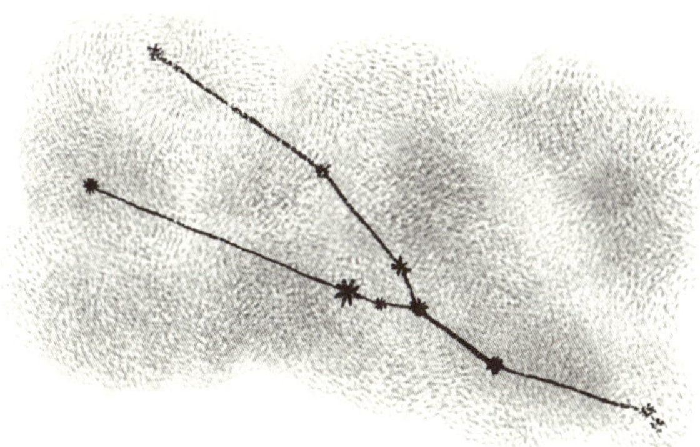

O revólver do atirador ainda tem munição. Além disso, você encontra dinheiro no porta-luvas. Role ⚅ para determinar a quantidade de balas e ⚅ para determinar a quantidade de libras.

O ronco de um motor se faz ouvir ao longe, e você se dá conta do perigo que corre — os dois não estavam sozinhos! Você volta para dentro do carro e o motorista acelera. É melhor se refugiar em Oxford, onde a quantidade de testemunhas pode afugentar assassinos que buscam por discrição. Vá para **69**.

162

O conde sequer desvia os olhos do jornal.

— Meu relacionamento com minha filha ingrata não é da sua conta. Tudo o que faço é pelo bem dela.

Volte para **238**.

163

Há uma porta fechada no corredor próximo ao Carter's que deve dar para fora. Não é uma passagem grande e chamativa como o acesso principal ao Mercado Coberto. Pelo contrário, lembra uma saída de serviço, algo que não deveria ser usado por visitantes. Você ignora o fato, vai até ela e a empurra. Ela abre para o exterior. Não há por que ziguezaguear pela multidão, havendo a opção de contornar por fora. Você sai pela porta e caminha pela calçada. O ar outonal está fresco, com folhas amarelas já sendo varridas pelo vento através das esquinas. Transeuntes caminham apressados, vestidos com capotes e cachecóis, imersos em seus próprios problemas. O mundo parece não se importar com você ou sua missão.

Você também caminha a passos rápidos, pensando em tudo o que viveu até o momento. Porém, os anos de treinamento não permitem que se distraia completamente. Por mais que o mundo feche os olhos para o que acontece ao redor, você não cai no mesmo erro. Ao cruzar pelo último beco antes de chegar à rua principal, algo chama a sua atenção. Você recua alguns passos. Olha para o beco sem saída a fim de compreender o que está acontecendo. Lá dentro, três meninos dão risadinhas. Um deles se abaixa e pega uma pedra. Outro já estava com uma na mão. Ele arremessa. Acerta a quina que se forma entre duas paredes.

— Errou! — diz o amigo. — Mas você vai ver, eu vou acertar!

Só então você percebe qual é o alvo: um pequeno cachorro encolhido no cantinho, que observa os meninos com olhos tristes. Se quiser intervir, vá para **159**. Caso contrário, vá para **108**.

164

Em alta velocidade, o carro paira no ar alguns segundos a cada saliência no relevo, fazendo você ter a sensação de ausência de gravidade, até que o impacto do retorno ao chão revire seu estômago. Faz isso repetidamente, em meio a curvas perigosas e uma saraivada de tiros que aceleram o coração e encrespam os nervos. Seu motorista acelera, virando à direita e à esquerda para evitar os buracos maiores, desviar das árvores e fazer-se um alvo difícil de acertar. É um piloto treinado pelo clã e faz jus ao papel. Os minutos se estendem, no que parece uma caçada inacabável, mas vocês conseguem se distanciar e, aos poucos, sinais de civilização começam a surgir nas laterais da estrada. Uma casa aqui. Uma parada de ônibus ali. Nenhum sinal dos perseguidores. Ainda bem, pois você estava ficando sem munição. Role ⚅ e subtraia o resultado de suas balas. Vocês prosseguem em alta velocidade por mais um tempo, para ter certeza de que não são seguidos pela zona urbana. Concluem que, quem quer que fossem, pretendiam uma execução sem testemunhas. Vá para **69**.

165

Você investiga as demais páginas. Na folha de rosto, há um carimbo da Universidade de Oxford. O livro pertence a uma das bibliotecas. Você o vira de costas, abre a contracapa e encontra um papel colado do lado de dentro. É o registro das últimas pessoas que pegaram o exemplar emprestado. Como esperado, o último nome é o de Elizabeth, acompanhado da data de empréstimo com devolução expirada. Há um carimbo, pelo qual você consegue identificar a qual das bibliotecas o livro pertence: St. John's College, sob os cuidados do bibliotecário Dr. Benjamin Westbrook. Talvez seja um bom lugar para buscar mais informações. Vá para **283**.

Destaque o adesivo **OX3**, vá até a referência 138 e Cole-o na posição **5**. Então, volte para cá.

166

Depois que tudo terminou, o silêncio toma conta da Igreja Universitária da Virgem Maria. As últimas velas vão se apagando e as sombras da madrugada tomam conta dos vitrais sacros e das estátuas de bispos que apenas observaram a morte inocente sem nada poder fazer. Eleanor está pálida e o calor aos poucos a abandona. Sentindo o gosto amargo da derrota, você faz um sinal de respeito à vida perdida, mais uma em meio a tantas outras. Onze garotas inocentes, além de Tallant e demais pessoas. E agora Eleanor. Elizabeth não irá parar com as atrocidades. É com ódio e frustração que você promete estar lá para impedi-la. Mesmo que custe a sua vida, buscará os meios para findar o evangelho sangrento.

Sirenes soam lá fora, cada vez mais próximas. Sabendo ser impossível escapar do cerco, você não tenta fugir. Quando os policiais chegam, conduzem você para uma das celas da delegacia. Leva alguns dias até explicar sua inocência no ocorrido, mas logo você está livre para se reportar ao clã e dar continuidade às investigações. Pelo descanso, recupere 2 pontos de Saúde.

Elizabeth não foi mais vista em Oxford. Há rumores de uma mulher parecida com ela ter deixado o país. É hora de expandir o horizonte. Vá para **338**.

167

Você orienta o motorista e ele dirige de volta até a Praça Radcliffe. Ironicamente, é o mesmo ponto onde você iniciou suas investigações em Oxford. No centro da praça circular está a Câmara de Radcliffe. De frente para ela, a Igreja Universitária da Virgem Maria. Porém, seu destino está do outro lado da praça. Você desce do carro e ruma para o All Souls College.

Remontando ao século XV, o All Souls College é um dos mais antigos de Oxford, e também um dos maiores. Assim, o simples ato de entrar já se mostra um desafio. O portão principal está trancado. Você corre pela calçada e tenta uma porta lateral, que também está trancada. Você continua circundando os três quadrângulos de prédios que formam a instituição, procurando por uma forma de acesso. Depois de muito procurar e dar a volta na quadra, encontra a entrada da capela.

A partir dali, o campus inteiro se abre para você. Sem tempo a perder, você sobe e desce escadas, invade cozinhas e bibliotecas, acorda catedráticos que estavam dormindo. No entanto, os únicos vestígios de ritual que encontra são coroas de flores deixadas em nome das filhas da família Levinson nos locais de suas mortes: uma na biblioteca, uma na praça norte, uma na capela e a última no jardim sul. Todas datando já de alguns dias. Nenhum ritual acontecerá no All Souls College hoje. Vir até aqui foi perda de tempo precioso. Se este é o seu primeiro erro, vá para **300**. Se é o segundo, vá para **74**. Se é o terceiro, vá para **101**.

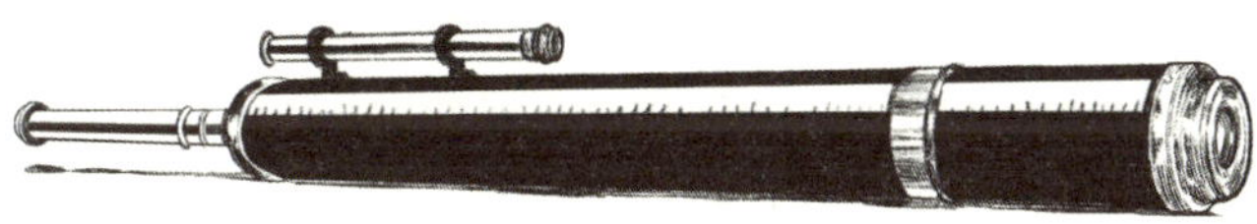

168

Você indica ao motorista que retorne por onde vieram, rumo a Oxford. Ele manobra sobre o gramado dos Holloway e inicia o trajeto de volta. Você sabe que, em algum ponto no caminho, o corpo de Tallant está cercado por policiais, próximo à ponte de pedra. É uma oportunidade de parar e investigar. No entanto, quando pensa estar se aproximando do local, algo acontece. Role um dado. Se o resultado for 1 ou 2, vá para **96**. Se for 3 ou 4, vá para **197**. Se for 5 ou 6, vá para **180**.

169

Você agradece a Carter e faz um afago no gato amarelo, o que parece agradar aos dois. Então deixa o antiquário. Uma vez de volta ao corredor barulhento, se dá conta de que não precisa passar novamente pela multidão. Em vez disso, pode procurar por uma saída secundária do Mercado Coberto e dar a volta na quadra até o carro. Para voltar pela multidão, vá para **91**. Para dar a volta a quadra, vá para **163**.

170

Você corre até Eleanor, na esperança de encontrá-la ainda viva. Porém, é tarde demais. O golpe de Elizabeth teve a precisão de quem já fez isso muitas vezes, sendo bastante eficaz em colocar fim à vida da vítima.

Sorrindo para você, Elizabeth bate com a adaga na máscara ritualística e um último clarão se faz. Você fecha os olhos instintivamente e, quando volta a abri-los, ela e os cultistas não estão mais aqui. Vá para **166**.

171

Você apenas observa, sem mexer no remédio. Logo a contenda entre Mary e Grace arrefece e as duas retomam seus lugares. Charlotte, a criada, pega a xícara e a entrega à idosa. Agitada demais para a devida apreciação do aroma das ervas, Grace sorve tudo em um único gole. Se você tivesse virado o frasco de remédio no chá, ela só teria percebido quando fosse tarde demais. Você bem que gostaria de punir a ofensa sofrida com a reação adversa resultante de uma superdosagem, mas seus princípios impedem. Além da possibilidade de causar a morte da idosa, a culpa poderia recair em Charlotte, a criada. Vá para **314**.

172

Muitas crianças inventam amigos imaginários. Porém, há algo diferente na forma como Violet fala a respeito de Siofra, a mulher que encontra apenas quando dorme. Mais surpreendente é Elizabeth não gostar dela. Quais motivos teria? É hora de visitar a Colina de Tara e descobrir quem é Siofra, porque fala com Violet por sonhos e, principalmente, se poderá ajudar no rumo místico que sua investigação tomou. Você tira o telefone do gancho e pede à telefonista que efetue uma ligação. Após uma rápida conversa com o secretário do clã, recebe instruções para a viagem até o interior da Irlanda. No dia seguinte, acorda antes do sol nascer, pega uma maleta que já havia deixado pronta, veste o sobretudo e sai para a rua forrada de folhas secas. Um motorista diferente chega no horário combinado. Você entra e se prepara para um longo dia de viagem.

Seis longas horas são necessárias para cruzar as paisagens bucólicas do interior da ilha. Folhas tingidas de laranja formam as copas de árvores antigas, em florestas cruzadas por estradas novas. Ao final do trajeto, vocês não estão mais na Inglaterra, mas no País de Gales, onde o motorista estaciona diante do Porto de Holyhead. O porto é amplo, constantemente recebendo transatlânticos e grandes navios mercantes que vão para a Europa continental. Ao longe, você vê um gigante de metal partindo, enquanto emite fumaça escura por duas de suas três chaminés do tamanho de torres. Com certeza está indo para um ponto distante da Terra. Você, no entanto, não precisa ir tão longe. Assim, ruma para o terminal de balsas.

Ainda em Gales, o bom tempo permite que se veja as montanhas irlandesas do outro lado do mar. Apesar da pouca distância, a travessia leva mais de seis horas. Você desembarca no terminal de Dublin sob a vigilância de uma placa recém-instalada que diz: "Sejam bem-vindos ao Estado Livre da Irlanda" — evidenciando o novo nome do país, conquistado em sua recente Guerra de Independência. A política irlandesa não é importante para você no momento, tampouco a permanência na capital. Ainda na estação portuária, você encontra um taxista disposto a fazer o caminho até a Colina de Tara.

Logo que sai da cidade, você se vê em meio a campos cultivados entremeados por bosques. Quanto mais se distancia, há menos plantações e mais árvores nativas, até que tudo parece virgem e selvagem. A estrada se estreita. Cruzar com outros veículos se torna raro. O sol começa a se aproximar do horizonte, alongando as sombras. Quando o taxista sai da via principal e segue por uma estrada de terra batida em aclive, você sabe que está chegando ao destino. Há um povoado aos pés da colina, onde ele estaciona e você desce. Vá para **474**.

173

O prisioneiro mantém o olhar perdido no infinito da parede cinzenta.

— A vida humana é bastante efêmera — diz ele. — Morrer aos vinte ou aos sessenta, qual a diferença? Precisamos almejar algo maior do que isso. Maior do que nós mesmos.

Volte para **265**.

174

A seu pedido, o motorista segue pelas ruas de Oxford. Ele pede informações aos alunos que transitam pelas calçadas e encontra o caminho até um antigo casarão. Na entrada há uma placa modesta, onde se lê: Instituto de Psicologia Experimental. Você entra no casarão e se depara com corredores iluminados, onde ora ou outra transitam pesquisadores. Você pede informações a um deles, um cavalheiro de cabelos grisalhos. A princípio, parece contente em ajudar. No entanto, o sorriso desaparece do rosto dele quando você menciona o nome do Dr. Stephen Venkman.

— É por ali. Descendo as escadas.

O corredor leva para uma escada de degraus desiguais, que desce até uma porta imersa em penumbra. Você bate. Após alguns instantes, uma fresta se abre, derramando um facho de luz fraca. Só então você percebe que a porta está identificada por uma pequena placa metálica onde se lê: "Departamento de Parapsicologia". O Professor Venkman coloca a cabeça para fora e olha para você com desconfiança por baixo de seus óculos redondos.

— Pois não?

Você explica a que vem. Ele escuta com atenção e concorda com a cabeça. Então estica o pescoço e estende o olhar de desconfiança até a escada atrás de você. Olha também para os lados, como se a qualquer momento uma ameaça fosse surgir das paredes que ladeiam a escada.

— Entre.

Ele abre a porta, puxa você para dentro e a fecha em seguida. A primeira coisa que percebe é a dificuldade em encontrar espaço livre onde possa pisar. Livros e papéis tomam grande parte do cômodo, muitos empilhados, outros em pilhas tombadas e alguns ainda abertos pelo chão. Há livros também em uma estante junto à parede, misturados a quinquilharias, e na escrivaninha, deixando pouco espaço para o papel escrito pela metade no qual o professor estava trabalhando. As paredes que não contêm livros estão forradas de cartazes científicos e quadros de anotações. A única superfície desocupada é a cama de ferro, com seu lençol amarrotado e o travesseiro sem fronha. O quarto é apertado, e a desordem apenas piora a sensação de sufocamento.

— Por favor, sente-se. — O professor aponta para a cama.

Você abre caminho em meio aos papéis e procura se acomodar. Ele puxa a cadeira da escrivaninha até onde é possível e senta-se também.

— Não costumo receber visitas.

Vá para **145**.

175

Venkman arregala os olhos para você, como se tivesse sido ameaçado. Então, percebendo que não é o caso, retira os óculos e esfrega as lentes com a barra da camisa.

— As pessoas consideram loucura temer aquilo que não veem... Mas a verdadeira loucura é acreditar que estamos seguros em nossa ignorância. Ele coloca os óculos de volta e encara você com renovada convicção.

— Quanto sabemos sobre o mundo lá fora? Quanto sabemos sobre as profundezas do oceano ou atrás das estrelas? O que há no abismo do cosmos, onde tudo é tão grandioso que nossa noção de espaço e tempo se perde? A humanidade conhece uma fração ínfima do universo. Isso sem contar aquilo que está diante de nós, mas imperceptível por nossos sentidos limitados. Se estou preocupado? Estou pagando o preço por saber mais do que deveria.

Volte para **145**.

176

O baú é pesado e antigo, com vestidos de festa e roupas de cama. Debaixo disso, você encontra uma estatueta egípcia. Trata-se da figura de uma bela mulher. Esculpida em pedra preta e adornada com tinta dourada, ela ostenta chifres de vaca, entre os quais está fixo o disco solar, sobre sua cabeça. Junto da estatueta, um dos livros de Elizabeth, intitulado *Mitologia comparada: quimeras e personificações*. Folheando as páginas, você encontra uma ilustração que retrata a estatueta. Segundo o livro, trata-se de Hathor, deusa egípcia do céu e mãe dos faraós, frequentemente representada como uma vaca ou mulher com chifres de vaca. O livro prossegue com a imagem de outros deuses e criaturas míticas associados a vacas e touros na antiguidade. Audumbla na mitologia nórdica. Lamassu na mitologia assíria. Minotauro na mitologia grega. **Faça um teste:** ⚅⚅ + ⚅ Alerta – ⚅ Negligente. Se passar, vá para **165**. Caso contrário, vá para **283**.

177

Ela arregala os olhos.

— Sim, sim! Muito bem tratada. O trabalho é duro e tenho muitas responsabilidades, ainda mais agora que Lady Grace já está com mais idade, mas sou grata por tudo o que já fizeram por mim.

Volte para **52**.

178

Você demora para destrancar a porta e, sem que perceba, atrai a atenção de um capanga. Infelizmente, ele é mais discreto do que você. Pé ante pé, o cultista se aproxima, saca seu punhal e desfere um golpe certeiro. Você só percebe quando sente o frio da lâmina em suas costas, e então o calor de seu próprio sangue fluindo para fora. Sua investigação acaba aqui. Preencha a lápide no cemitério e inicie um novo jogo na Introdução.

179

O rosto dela se ilumina em um sorriso.

— Dizem que tenho um sotaque diferente, será que é verdade? Venho da Irlanda, você deveria visitar um dia. É o país mais instigante de todos. Temos fadas e gnomos, sabia? — ela dá um sorriso maldoso, como se não levasse a sério o que acaba de dizer.

A jovem caminha pela sala, enquanto continua falando.

— Lá é ótimo, mas não havia muitas oportunidades para mim, então meu tio me mandou passar um tempo aqui. Achei estranho... — Ela se aproxima e sussurra: — Ele odeia a Inglaterra — e conclui com um riso brincalhão. — Ou talvez ele queira que eu conheça melhor o inimigo.

Ela dá de ombros e completa:

— Lorde Faraday é meu protetor.

Volte para **123**.

180

O motorista diminui a velocidade e comunica:

— Parece que teremos de fazer um desvio.

Você estava consultando suas anotações e não havia percebido, mas, à frente, um policial faz sinal para que o veículo vire em direção a uma estrada secundária. O motorista para em frente ao oficial e pede uma explicação.

— Há uma cena de crime à frente — informa o policial, e você sabe que se trata de Tallant. — O trânsito estava comprometendo as provas, então tivemos que desviar o fluxo. Sei que você é uma espécie de detetive. Mas, se quiser averiguar a cena, terá que estacionar do outro lado, junto à ponte.

Resignado, o motorista segue pela rota indicada. É uma trilha irregular e antiga. Tufos de mato crescem dos dois lados. Ainda assim, é possível prosseguir, e ele o faz por um longo tempo. Enquanto isso, você volta a suas anotações.

O tempo passa. O veículo roda. As anotações se repetem. A trilha nunca reencontra a estrada principal. Você já não sabe mais quantas horas se passaram, apenas percebe que há algo errado quando o sol se põe e ainda não encontraram nem a ponte, nem o rio, nem Oxford. O carro para. O motorista explica que acabou o combustível. Vocês se entreolham por um momento, nenhum compreendendo o que aconteceu. Você decide prosseguir a pé. Abre a porta do veículo. Porém, quando vai sair, sente uma fraqueza terrível nas pernas. Está há dias — não, há meses — sem comer. Você tropeça nos próprios pés. Espalha-se ao chão. Vá para **239**.

181

Joseph olha ao redor, como se apenas agora percebesse o vazio da biblioteca. Ele coça o queixo, franze a testa e parece perturbado.

— Tem estado mais vazia nos últimos meses. Me pergunto o porquê.

Volte para **247**.

182

O motorista se vai. Você caminha até a igreja. Porém, quando se aproxima, percebe que há um homem guardando a entrada. Os braços são como os de um gorila, com músculos duros forçando as costuras da camisa. O colete sem casaca confere alguma elegância sem restringir os movimentos. O chapéu coco oculta a expressão do rosto, mas você consegue sentir os olhos que vasculham a rua vazia à espera de invasores. É um capanga do Profano. Para tentar entrar na igreja sem que ele veja, vá para **295**. Para confrontá-lo, vá para **236**.

183

Você não sabe se ela responderá, mas arrisca uma única pergunta.

"Por que está fazendo isso?"	Vá para **87**
"Quem é Hastur?"	Vá para **299**
"Quem é Nyarlathotep?"	Vá para **200**
"O que é o Necronomicon?"	Vá para **294**
"Por que escolheu esta igreja?"	Vá para **121**

184

Você ajusta o foco da câmera e bate uma foto de Venkman com seu quadro negro e o resultado do cálculo. Volte para **145**.

DESTAQUE O ADESIVO **F02**, VÁ ATÉ O ÁLBUM DE FOTOS E COLE-O EM UMA POSIÇÃO QUALQUER. ENTÃO, VOLTE PARA CÁ.

185

O homem segura a arma com mais firmeza.

— Sim, eu preciso fazer algo a respeito: tirar você do caminho.

E atira. O estouro ecoa pelos campos e arvoredos. O cheiro de pólvora queimada se eleva junto ao vapor do cano fumegante. Mas você não ouve o eco, não sente o cheiro. Pois jaz no banco do carro, o sangue esguichando em golfadas pela ferida aberta à bala. Sua investigação acaba aqui. Lembre-se de preencher o cemitério. Inicie um novo jogo na Introdução.

186

Quando os tentáculos retornam para o abismo, você se vê de volta a um clube de jazz ordenado e inteiro. O barman atende outro cliente, enquanto jovens dançam animadamente a música da moda. Você puxa o lenço do bolso e o pressiona várias vezes contra a testa, a nuca e os lábios. Então chama o barman e pergunta quem foi que pagou o coquetel.

— Não sei dizer, nunca o tinha visto por aqui. Foi bem exigente quanto a dar a bebida para você... Mas já foi embora.

Você deixa a taça sobre o balcão e dispara escada acima, rumo à saída do bar. Lá fora, o sol ofusca seus olhos. Você tinha esquecido que ainda era dia. Olha para todos os lados, em busca de alguma presença suspeita, mas só encontra o seu motorista à espera. É hora de prosseguir com a investigação, tomando mais cuidado com o que ingere. Vá para **138**.

187

Os policiais estão tão concentrados em suas pistas e hipóteses, que não reparariam caso você atravessasse o departamento furtivamente. Mas você não o faz. Em vez disso, abaixa-se de forma descoordenada, engancha a manga do casaco em uma prancheta e derruba-a no chão. A bagunça chama atenção de um policial truculento, que caminha até sua frente, agarra seu colarinho e obriga você a se colocar de pé. Ele é alto e tem braços largos e peito mais largo ainda. Com uma risada sádica, saca o cassetete, desfere uma bordoada em seu ombro e empurra você para fora da delegacia. Você sofre 1 ponto de dano. Se quiser obedecer ao policial e ir embora da delegacia, vá para **125**. Se quiser se rebelar contra ele e revidar a lesão sofrida, vá para **139**.

188

Você procura por um mecanismo. Enfim, encontra um botão na cruz de João Batista. Você aperta e, no exato local onde havia descoberto as frestas, um alçapão se abre, revelando uma escada. Com um último olhar para o santo que anuncia a vinda do Senhor, você desce. Cada passo é um degrau mais abaixo, e assim a escuridão devora tudo ao seu redor.

Após minutos de descida, a escada termina em uma porta de ferro. Tateando, você encontra uma maçaneta, que gira. Porém, assim que a porta abre, fumaça brota do teto e invade suas narinas. Suas pupilas dilatam e a vista se amplia como a lente de uma luneta. Os pensamentos se embaralham. O mundo começa a girar. Você caiu em uma armadilha. Vá para **147**.

189

— A filha do conde? Acho que falei com ela certa vez. Meninas inglesas são todas muito parecidas.

Você explica a ela que Elizabeth está desaparecida e pede que lhe informe caso fique sabendo de alguma coisa.

— Não acho que eu vá descobrir algo. Está sendo difícil me enturmar... Mas avisarei se ficar sabendo de alguma coisa.

Volte para **123**.

DESTAQUE O ADESIVO **X05**, VÁ ATÉ A REFERÊNCIA 228 E COLE-O SOBRE O NÚMERO 77. ENTÃO, VOLTE PARA CÁ.

190

— São melhores amigas, é o que dizem, mas faz tempo que não vejo as duas juntas. Acho que... acho que Jane gosta de mim.

Volte para **198**.

191

Você dispara sua arma na direção de Elizabeth. Porém, no último instante, lembra-se que Eleanor está amarrada no altar logo atrás da cultista-mor. O receio de atingi-la por engano faz com que erre o tiro. A bala acerta de raspão uma estátua centenária e faz chover estilhaços de mármore sobre as duas. Saber que quase atingiu uma inocente faz você hesitar. Na primeira rodada do próximo combate, role –⚅. Vá para **235**.

192

Dois livros estão sobre a penteadeira. *Mulher triunfante: A história de suas lutas por liberdade, educação e direitos políticos* relata o papel da mulher na sociedade desde os primórdios da civilização até o fim da Grande Guerra. Curiosamente, o autor é um homem. Já *De uma vitoriana para uma moderna* é uma autobiografia de Dora Montefiore, figura proeminente na luta da mulher pelo direito de votar nas leis que são obrigadas a seguir.

Ambos terminam comemorando o recém-conquistado sufrágio feminino, mas alertam que este não é o fim da luta, apenas o começo. O novo direito traz novas responsabilidades, e agora cabe à mulher contribuir para a construção de uma sociedade mais justa e igualitária. Os livros reforçam o interesse de Elizabeth Holloway por temas feministas, mas não possuem qualquer anotação pessoal. Volte para **335**.

193

Julia Brown era operária na fábrica automotiva Morris Motors. Morreu junto à Ponte Madalena, vítima de um golpe perfurante no peito. Após Eveline Smith, Lucy Hughes e Alberta Young, esta é a quarta morte com o mesmo modus operandi. Tudo indica o trabalho de um assassino em série, ao qual chamaremos de Profano. Robert Cox, supervisor da fábrica, reconheceu o corpo.

Volte para **282**.

194

Você mira com cuidado e dispara, acertando a testa do motorista inimigo. Sem controle, o veículo desvia do trajeto e bate contra uma árvore. O baque ressoa à distância. Se quiser voltar e investigar os suspeitos, vá para **161**. Se quiser seguir adiante rumo a Oxford, vá para **69**.

195

Sob sua orientação, o motorista sai dirigindo por ruas de Oxford ladeadas de prédios baixos espremidos uns aos outros. Ele estaciona diante de um antigo casarão, com sua fachada reta muito mais larga do que qualquer construção da mesma quadra, mas também colado nos prédios laterais. No andar térreo, a rua é inteira formada por lojas e armazéns cheios de gente.

Você desce do carro e passa por uma enorme entrada sobre a qual se lê: "Mercado Coberto". Ela dá acesso a um corredor amplo, onde uma infinidade de lojas competem por espaço e por clientes. Há bancas de frutas, peixes e queijos. Outras, com prateleiras de verduras que vão do chão ao teto. Em uma esquina, uma fila se forma para a compra de linguiça.

Você desvia dos fregueses, passa por um açougue e por outro, vira à direita na florista. Percorre uma via lateral até o fundo, onde o mercado parece terminar. Só quando chega em um local onde a aglomeração dá espaço a um estranho vazio, é que percebe o estreito corredor lateral. Ali, onde poucos olhares alcançam, está um pequeno antiquário de letreiro discreto onde se lê: "Carter's".

A vitrine é limpa e de bom gosto, repleta de artefatos de eras idas. Há itens comuns, como retratos e porcelanas, mas também bússolas, facas e estranhos mapas que não lembram qualquer região da Terra. Você abre a porta, o que faz soar um sino. Após entrar, você volta a fechá-la, abafando o som da multidão lá fora.

— Pois não? — pergunta um senhor que vem dos fundos da loja e se posta do outro lado do balcão. Deve ser Carter.

Você se identifica e diz que está a serviço do conde. Ao mesmo tempo, um gato amarelo pula para cima do balcão.

— Entendo, está à procura de Elizabeth Holloway — diz ele, alisando o pelo do gato. — Tenho certos itens que podem ajudar.

Vá para 104.

196

Você se afasta do Conde de Bampton, a fim de abordar outro morador. Antes de sair da biblioteca, no entanto, escuta-o mastigar algumas palavras para o valete:

— Eu dou tudo do bom e do melhor, e o que ela faz? Passa suas noites naquele antro de jazz, enquanto a casa se transforma em uma exposição pública. Egoísta. Não se importa com nosso bom nome.

Destaque o adesivo **OX4** vá até a referência 138 e Cole-o na posição **3**. Então, volte para cá.

Vá para **84**.

197

O caminho até Oxford é ondulado, e ora ou outra o Rio Tâmisa pode ser visto acompanhando a estrada. Em certo momento, quando o rio está bem próximo, uma corça surge não se sabe de onde e pula à frente do carro! Com pouco tempo de reação, o motorista puxa o volante para si e perde o controle — o automóvel vira para o lado, atropela arbustos e despenca de um barranco.

Queda livre.

Uma pancada na água.

Você perde a noção de em cima e embaixo, mas a desorientação passa quando o veículo enche de água. Você prende a respiração. A adrenalina sobe, e instintivamente você sabe que precisa agir para sobreviver. É difícil mover-se embaixo d'água com o casaco de outono. Impossível passar pela janela do carro com o tecido flutuando ao redor, e a porta simplesmente se recusa a abrir. Assim, você se despe o mais rápido possível.

Ao seu lado, o motorista não exibe qualquer reação. Parece morto, mas pode estar apenas desmaiado. Você o agarra. Espreme-se para fora da janela do carro enquanto puxa o motorista atrás de si. Segurando-o com um dos braços e nadando com o outro, você vai em direção à luz do dia. É um alívio imensurável quando sua cabeça emerge para o ar puro. Uma arfada sôfrega faz arder os pulmões. Você busca pela margem do rio e, quando finalmente a encontra, ergue o motorista para a terra firme. Em seguida, iça o próprio corpo. Ficam os dois deitados lado a lado na lama, ele quieto e você ofegando. Vá para **239**.

198

A conversa no grupo de Vincent para quando você chega. Todos olham para você, sem entender o que faz ali. Quando você explica que está à procura de Elizabeth, metade dos rapazes sai dali às gargalhadas e a outra metade finge que não está prestando atenção. Vincent abaixa a cabeça, mas concorda em dar informações. O que irá perguntar a ele?

"Elizabeth está desaparecida há dias. Você sabe de algo?" Vá para **73**

"Elizabeth tem algum inimigo?" Vá para **111**

"Você reparou em algum comportamento estranho?" Vá para **82**

"Qual a relação de Elizabeth com Jane?" Vá para **190**

Se quiser falar com Jane, vá para **289**.

199

— Está mesmo? — ela retruca. Então, percebendo que você fala sério, ela aponta para a foto que estava analisando. — Veja, cada uma dessas moças morreu não muito longe do local onde morava ou trabalhava. O local das mortes é algo que parece dizer alguma coisa... Além disso, todas foram vistas por seus amigos ou empregadores na manhã do assassinato. Nenhum deles reportou qualquer comportamento anormal. Esses casos diferem do desaparecimento de Elizabeth Holloway. Mesmo assim, o policial Wright insiste que ela será a próxima vítima. Ele pensa que toda mulher é uma donzela indefesa à espera do cavaleiro de armadura brilhante. Mas também, Norman não está pensando direito. Temo o que ele pode fazer se encontrar o assassino. E você, o que fará se ficar frente a frente com o Profano?

"Vou levá-lo a justiça." Vá para **306**

"O que for necessário." Vá para **105**

200

— Thoth, Hermes, Gabriel. O Deus Mensageiro já assumiu diversas alcunhas ao longo da história da humanidade, mas seu verdadeiro nome é Nyarlathotep. É ele quem faz a ligação entre os mortais e os imortais... Você jamais entenderia.

Dizendo isso, ela bate com a adaga na máscara ritualística e um último clarão se faz. Você fecha os olhos instintivamente e, quando volta a abri-los, Elizabeth e os cultistas não estão mais aqui. Vá para **166**.

201

Mary é uma mulher esguia e de postura perfeita, apesar de já ter concebido quatro vezes. Sua voz, no entanto, é quase inaudível em meio ao barulho da casa. Está na sala de chá acompanhada de sua sogra, Grace, uma senhora encurvada pelo tempo, mas cujos cabelos brancos ostentam um enorme chapéu emplumado.

— Essa gente — esgoela-se a idosa, referindo-se aos investigadores — não entende nada de civilidade. O que houve com o mundo? Que barbárie!

Mary dirige a você um sorriso condescendente. Então vira-se para a dama de companhia e pede, com sua voz fraca:

— Charlotte, traga o medicamento da condessa viúva.

A criada desaparece por uma porta lateral e a esposa do conde olha para você novamente.

— Veio perguntar sobre Elizabeth?

Contudo, antes que você possa perguntar algo, Grace se sobressalta ao perceber sua presença. Se você tem aparência masculina, vá para **135**. Se tem aparência feminina, vá para **93**. Se tem aparência andrógina, vá para **241**. Se você for exorcista, vá para **153**.

202

O coquetel se revela uma mistura cítrica de licor de menta, licor de laranja e limão siciliano. A mistura desce ardendo pela garganta e esquenta seu peito por dentro. A sensação é boa. Mas dura pouco.

Passados alguns instantes, você começa a suar. O suor escorre pelas têmporas, pelas costas e por entre as pernas. Você esfrega a testa para se livrar da umidade, mas a secreção é pegajosa. Ao afastar a mão, ela estica, criando uma liga entre seus dedos e sua testa. Você agita os braços, mas ela não se rompe. O cheiro de azedume faz jus ao fluido verde gorduroso. Mais suor espesso e opaco escorre pelos seus braços e cotovelos. Cobre todo o seu corpo, desce pelas pernas e se espalha lentamente pelo chão do bar. Você tenta caminhar, mas erguer os pés grudados é um esforço hercúleo. A massa de suor gelatinoso pesa e torna seus movimentos vagarosos.

O salão começa a girar. Os outros ficam grandes e você diminui. Não é mais do que um verme pegajoso se debatendo na imundície, olhando tudo e todos a partir de sua insignificância. A bocarra sedenta do gramofone se agiganta e toca notas distorcidas. O volume se eleva e penetra fundo em seus ouvidos, quase ensurdecedor. Figuras sombrias dançam ao redor como perdizes, embaladas por uivos incompreensíveis vindos do inferno. Um abismo se abre no teto e começa a sugar mesas, cadeiras e estilhaços do piso de madeira. Várias perdizes são sugadas junto, atiradas para o alto com a força da gravidade contrária, em direção a um céu cheio de estrelas. Quando alcançam o espaço sideral, explodem. Parecem supernovas cedendo à pressão. Um espetáculo luminoso de carne, sangue e vísceras.

Emoldurando a sopa cósmica de restos mortais, um tentáculo gigantesco surge contornando a boca do abismo. Ele se alonga lentamente e se introduz através do buraco para dentro do clube despedaçado, incoerente e fora de escala. O teto é o chão e o chão é o teto. O seu suor mucoso e esverdeado escorre por todos os lados, é engolido pela boca do gramofone e novamente regurgitado. E o tentáculo se introduz. Varre o chão, espalhando uma onda de muco. Pressiona suas ventosas contra as paredes.

Outro tentáculo invade o salão. E mais um e mais outro, e tantos quantos são capazes de se espremer através do abismo. São treze no total. Eles se deitam uns sobre os outros, se esfregam, se entrelaçam. Formam um círculo ao redor de você. **Faça um teste difícil: ⚅ + ⚅ Saudável – ⚅ Doente.** Se passar, vá para **248**. Caso contrário, vá para **160**.

203

— Isso é algo que já descobri. Segundo os cálculos que fiz com base nas ocorrências anteriores, o próximo ritual de sacrifício acontecerá esta noite. Mais precisamente, às 2:10 da madrugada. Por isso, estou tentando descobrir tudo que for possível para agir enquanto há tempo. Você tem alguma informação?

Você compartilha com Venkman o que sabe sobre o caso. Talvez isso ajude na investigação dele. Volte para **145**.

DESTAQUE O ADESIVO **X06**, VÁ ATÉ A REFERÊNCIA **182** E COLE-O SOBRE O NÚMERO **236**. ENTÃO, VOLTE PARA CÁ.

204

— Não sei. Acho que estava feliz. Eu só entrei no quarto, dei boa noite e saí. Ela não queria que eu ficasse ouvindo a conversa dela com o Hector.

"Quem é Hector?" — Vá para **224**

Se quiser perguntar outra coisa, volte para **252**.

205

Seu motorista passa uma última vez na frente da igreja ao dar a volta com o carro para ir embora, e isso distrai o capanga. Você aproveita a oportunidade para passar sem que ele perceba. Porém, no último instante, você tropeça em meio à escuridão noturna e esbarra nele. Ele age antes mesmo de pensar e desfere uma cotovelada certeira. Perca 2 pontos de Saúde. Não resta alternativa a não ser enfrentá-lo. Vá para **236**.

206

O homem segura a arma com mais firmeza.

— Boa tentativa.

E atira. O estouro ecoa pelos campos e arvoredos. O cheiro de pólvora queimada se eleva junto ao vapor do cano fumegante. Mas você não ouve o eco, não sente o cheiro. Pois jaz no banco do carro, o sangue esguichando em golfadas pela ferida aberta à bala. Sua investigação acaba aqui. Lembre-se de preencher uma lápide no cemitério. Inicie um novo jogo na Introdução.

207

A Delegacia de Polícia fica nos fundos da Prefeitura de Oxford. O prédio é largo e imponente, com dois andares de arcadas envidraçadas e pilares curtos que sustentam ornamentos neo-renascentistas. O pé direito é extremamente alto, o bastante para abrigar não apenas os gabinetes do prefeito e dos escriturários, mas também os grandiosos salões da Câmara Municipal e do Tribunal de Justiça. Sendo uma cidade pequena, Oxford centraliza os três poderes em um único local. Mas este desfruta de toda a suntuosidade que lhe é apropriada.

Seu destino, porém, é um pouco mais modesto. Você desembarca próximo ao prédio e caminha pela calçada que se estende diante dele. Porém, em vez de usar a entrada principal que leva para a recepção, vira a esquina e prossegue pela viela lateral, onde fica o acesso à delegacia. Você se identifica como agente a serviço do conde e entra no departamento, sem dar grandes chances para que a secretária detenha seu acesso. Ela dá de ombros e continua datilografando um documento qualquer, o que apenas demonstra como os acontecimentos recentes abalaram os procedimentos burocráticos da cidade.

Um grupo de policiais está reunido em torno de um quadro de cortiça, onde fotos, anotações e documentos estão fixados com alfinetes. As fotos retratam cadáveres de diversas mulheres com o tronco exposto e ensanguentado. Cada uma jaz rodeada de velas vermelhas, sobre símbolos esotéricos traçados no chão. Em meio a seus colegas da corporação, um homem e uma mulher fardados gritam um com o outro, cada qual defendendo argumentos para validar pontos de vista conflitantes. O chefe de polícia interrompe a discussão e repreende os dois. O grupo se separa pela sala, lhe dando uma chance de abordar os agentes da lei individualmente. Para falar com o chefe de polícia Charles Fox, vá para **331**. Para falar com o policial Norman Wright, vá para **287**. Para falar com a policial Rebecca Williams, vá para **129**.

208

Ao lado de Grace, Mary dá um sorriso desconfortável e toca as mãos da sogra.

— Não, minha senhora — ela busca desfazer o mal-entendido. — Nossa visita está investigando para descobrir o paradeiro de Elizabeth.

A idosa se sobressalta.

— Elizabeth sumiu de novo? Peça a Hector que a encontre. Ele sempre sabe onde ela se meteu.

Mary acaricia a mão da sogra, enquanto a dama de companhia retorna com uma bandeja. Ela abre um vidro de remédio e deposita uma gota dentro da xícara de chá. Então estende para Grace, que bebe com elegância.

— Hector não pode ajudar desta vez — Mary diz, mais para você do que para Grace. — A guerra o levou de nós.

Vá para **314**.

209

Você orienta o motorista e ele desvia para uma área da cidade que, à noite, é ainda menos habitada do que as demais. Enquanto a maioria das ruas é repleta de prédios colados uns aos outros, aqui há apenas um muro encimado por ameias, como uma fortaleza medieval. Do outro lado, no entanto, não há torres ou castelos, mas árvores seminuas, que vão perdendo as folhas a cada sopro de vento outonal. Há um museu em um dos cantos da quadra, que talvez dê acesso ao bosque cercado, mas está fechado e sem ninguém dentro. Como o muro não é muito alto, você decide pular.

Uma vez dentro dos muros, a escuridão e o silêncio são supremos. Você pisoteia as folhas secas sob a parca luz das estrelas, avançando com parcimônia e com a certeza de que este é o lugar ideal para um ritual de sacrifício. Quanto mais se embrenha no bosque, mais sinistros são os formatos que as árvores secas formam em contraste com o céu noturno. Galhos angulosos ocultam as estrelas e parecem se mover. De repente, você escuta um barulho à sua direita. Tentando não chamar atenção, vira-se lentamente... e encontra uma corça. Ela olha para você, assustada, e então se vira e saltita para algum esconderijo no arvoredo. Você procura um pouco mais, mas tudo o que encontra são outras corças e um eventual pato. Não há nada de perigoso aqui e você decide retornar para o carro. Se este é o seu primeiro erro, vá para **300**. Se é o segundo, vá para **74**. Se é o terceiro, vá para **101**.

210

O conde olha para você com firmeza.

— Minha filha é virtuosa. Não é uma meretriz! Onde já se viu? Minha filha é uma mulher para casar!

Volte para **238**.

211

Joseph dá um longo suspiro.

— Sim, claro. O famoso fantasma do Arcebispo William Laud. Uh, que medo — ele revira os olhos. — Posso ajudar em alguma outra coisa?

Volte para **247**.

212

Você mal se senta para esperar, e o mordomo já está de volta.

— *Sir* Thomas Faraday está à espera no jardim. Aproveite, pois não é sempre que o lorde recebe visitas. Hoje é um dia extraordinário.

Ele guia você pelos corredores da casa, até uma porta de madeira entalhada e vidro ornamentado, que dá acesso ao gramado dos fundos. Ao atravessar a porta, a primeira coisa que você vê é uma jovem de cabelos ruivos e roupas discretas. Está de costas para você, observando a cena que se desenrola à frente. Ao perceber sua presença, ela sorri e entra pela porta por onde você saiu. Mais à frente, Lorde Faraday está sentado em uma cadeira sob o sol do jardim. Aos seus pés, está um filhote de cachorro de focinho branco, costas pretas e cabeça caramelo. Suas patas ainda são atarracadas, o que faz com que corra com dificuldade. O lorde sorri enquanto o chama pelo nome:

— Billy! — e o cachorro vem.

A amizade do filhote parece ter feito aquele homem esquecer as adversidade e mágoas da vida. Ao observar a cena, você se sente revigorado.

DESTAQUE O ADESIVO **A01**, VÁ ATÉ A SALA DE TROFÉUS E COLE-O NA POSIÇÃO **1**. ENTÃO, VOLTE PARA CÁ.

Thomas Faraday é um homem elegante, na casa dos 40 anos. Está trajando terno com colete, onde se vê a corrente do relógio que carrega no bolso. Usa chapéu coco e óculos, no rosto emoldurado por longas costeletas que se unem a um bigode. Quando você chega e se apresenta, ele chama Billy para o colo e convida você a se sentar.

— Sim, estou ciente do caso Holloway. É assombroso que uma moça de família tenha simplesmente desaparecido desta maneira.

Vá para **112**.

213

De todos os elementos presentes no quarto, os romances são os mais compatíveis com uma moça de 24 anos. Obras de autoras são maioria: *A era da inocência*, de Edith Wharton. *Mrs Dalloway*, de Virginia Woolf. *O misterioso caso de Styles*, de Agatha Christie. Porém, há também livros de autores homens, incluindo *Ulisses*, do irlandês James Joyce. Curioso encontrar um exemplar ali, considerando que a obra é banida no Reino Unido. Talvez por isso estivesse escondido no fundo da gaveta, embaixo de livros mais socialmente aceitos. Apesar de à primeira vista haver apenas romances, você encontra uma carta escondida entre os tomos. O envelope exibe um selo espanhol e data de pouco antes do desaparecimento (*leia a carta na página ao lado*).

Você pondera, mas não consegue encontrar qualquer motivo para uma jovem da aristocracia inglesa se corresponder com um padre católico. O padre fala em meias-palavras, como se já estivesse se precavendo caso seus escritos fossem encontrados por outra pessoa. O que ele teria a esconder? Não fosse já bastante suspeita, a mensagem termina de forma estranha. Diz que é tempo de quaresma, celebração cristã que ocorre nos meses de março e abril. Porém, a carta data de setembro. Volte para **271**.

DESTAQUE O ADESIVO **IN3**, VÁ ATÉ A REFERÊNCIA 338 E COLE-O NA POSIÇÃO **3**. ENTÃO, VOLTE PARA CÁ.

214

— Você também está atrás do Profano? — o policial pergunta, enfim virando o rosto para você. Apesar de jovem, ele está com olheiras profundas. — E se encontrá-lo, o que vai fazer?

“Vou levá-lo a justiça.” — Vá para **79**

“O que for necessário” — Vá para **277**

215

— Gosto! Gosto, sim. É bastante trabalho, mas a gente se acostuma.

Ao seu redor, a poeira se acumula sobre os livros silenciosos. Volte para **247**.

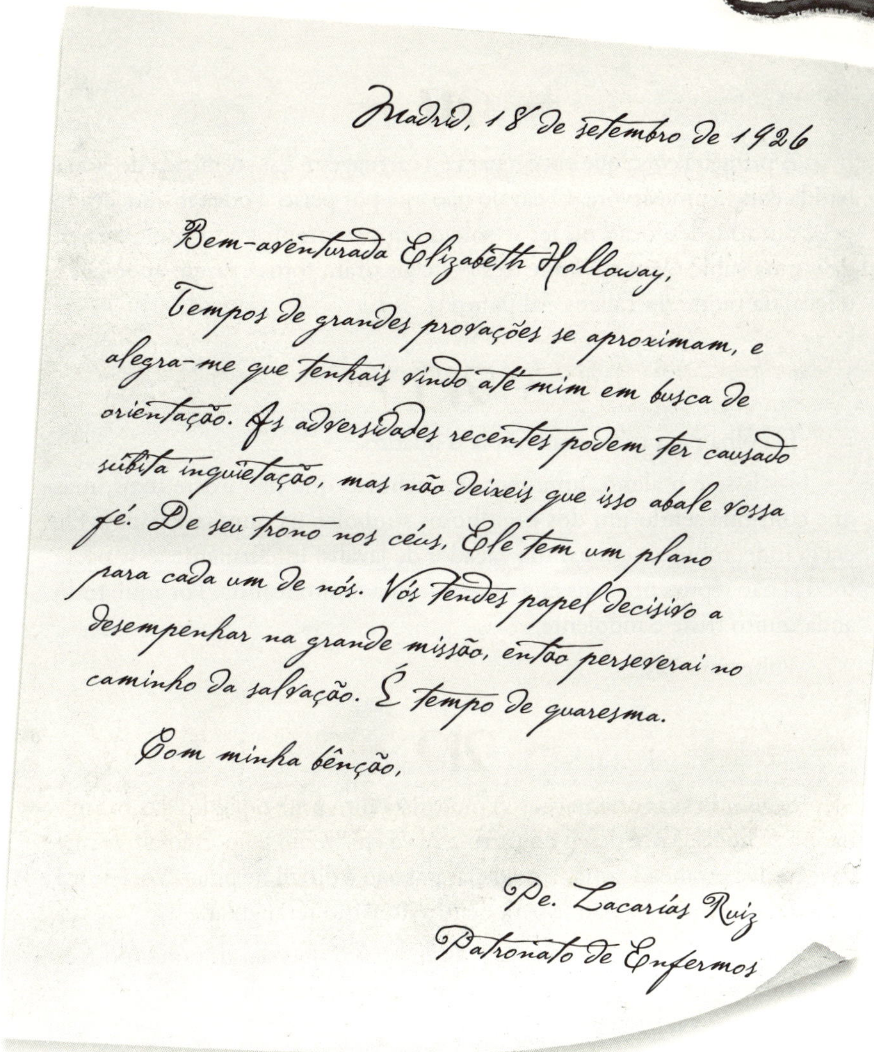

Madrid, 18 de setembro de 1926

Bem-aventurada Elizabeth Holloway,

Tempos de grandes provações se aproximam, e alegra-me que tenhais vindo até mim em busca de orientação. As adversidades recentes podem ter causado súbita inquietação, mas não deixeis que isso abale vossa fé. De seu trono nos céus, Ele tem um plano para cada um de nós. Vós tendes papel decisivo a desempenhar na grande missão, então perseverai no caminho da salvação. É tempo de quaresma.

Com minha bênção,

Pe. Zacarías Ruiz
Patronato de Enfermos

216

Alberta Young era estudante no Somerville College. Morreu no prédio Examination Schools, vítima de um golpe perfurante no peito. As circunstâncias da morte coincidem com as de Eveline Smith e Lucy Hughes: cadáver deitado sobre símbolos satânicos, com o peito desnudo e cercado de velas vermelhas já completamente derretidas. A arma não foi encontrada. O corpo foi reconhecido por Margaret Young, mãe da vítima.

Volte para **282**.

217

A primeira coisa que você repara é a carruagem. Está tombada de lado e batida contra uma árvore. O cavalo não está por perto. Pode ter sido levado pelas autoridades locais ou ter se soltado dos escombros e fugido. A partir dali, uma subida leva até onde três policiais tiram fotos e fazem anotações: o local da morte de Tallant. Vá para **233**.

218

Ela olha para trás e contempla o quadro.

— Esse é o alano, uma raça de cachorro que não existe mais, mas que continua sendo um dos orgulhosos símbolos da família Faraday. Ele era grande, robusto, um exímio caçador de javalis! Infelizmente, esse porte todo já não representa mais esta casa de forma muito realista. Por aqui, tudo anda muito triste e indolente.

Volte para **123**.

219

Seguindo suas orientações, o motorista dirige até o prédio das Examination Schools. Você desce do carro e se vê em frente ao portão em forma de arco. Está trancado, mas a grade lateral não é difícil de pular. Você se iça para o alto e consegue saltar para dentro do pátio retangular.

O prédio está à sua frente, à direita e à esquerda, dominando três arestas do pátio. Há quatro portas para acesso ao interior. Você corre até a mais próxima e tenta abrir, mas está trancada. Corre até a segunda, mas está trancada também. Você esmurra a porta e berra para ver se alguém responde. Nada. Corre então para a terceira porta. Para sua surpresa, ela se abre. Você consegue entrar. Você corre pelos salões de teto alto, desvia de colunas de mármore e atravessa câmaras forradas de carteiras escolares. Apenas os olhos dos quadros pintados nas paredes observam você. Mais ninguém. O prédio está vazio. O único sinal de sacrifício que você encontra é uma coroa de flores ali deixada em nome de Alberta Young, mas sua morte já data de vários dias atrás.

Após perder tempo precioso, você constata que este não é o local procurado e retorna para o carro com um gosto amargo na boca. Se este é o seu primeiro erro, vá para **300**. Se é o segundo, vá para **74**. Se é o terceiro, vá para **101**.

220

Você avança sobre Elizabeth. Porém, no último instante, um dos cultistas se coloca em seu caminho. Com a pele nua coberta de sangue e escoriações, ele recebe o golpe em cheio. Desaba. Ameaçada, Elizabeth bate com a adaga na máscara ritualística e um último clarão se faz. Você fecha os olhos instintivamente e, quando volta a abri-los, ela e os demais cultistas não estão mais aqui. Vá para **166**.

221

Em uma das paredes, giz oleoso foi usado para traçar os mais diversos esboços. Riscos formam constelações, elipses lembram órbitas de planetas, contornos trêmulos revelam um planisfério. Há também um retângulo no centro, emoldurando um rosto disforme. Além dos diagramas, há diversos escritos em alfabetos ancestrais. Uma das anotações, no entanto, está em seu idioma.

O Mensageiro demanda 13 sacrifícios, mas o Touro demanda apenas 11. Último Faraó localizado. Onde está o Necronomicon?

Seja lá qual doutrina maligna o Dr. Benjamin Westbrook professa, você toma nota que o Mensageiro e o Touro são entidades distintas. Anota também o conhecimento já conquistado e o atual objetivo. Volte para **249**.

222

Violet dá de ombros, sem entender o que você está sugerindo. Volte para **252**.

223

Você diz a Eleanor que tentará ajudar de alguma forma. Ela respira fundo e retruca:

— Não prometa o que não poderá cumprir. A verdade é que você jamais voltará aqui, e a minha vida já está cheia de promessas vazias.

Volte para **123**.

224

— Hector é o irmão mais velho da Elizabeth. Meu também. Só que não o conheci, ele morreu quando eu era bem pequena.

Volte para **252**.

225

— Professor Venkman mistura ciência com superstição. Não dê ouvidos aos delírios dele.

Volte para **112**.

226

Sem uma ferramenta apropriada para abrir a fechadura, você recorre a força bruta, batendo com o ombro e usando o peso do corpo. A porta é firme, mas após algumas tentativas cede. A primeira coisa que você vê é um veio de luz vermelha se esticar a partir da fresta. A luz se alarga à medida que você expande a abertura. No entanto, antes que seus olhos se acostumem à luz, fumaça brota de algum ponto próximo aos seus pés, ergue-se rapidamente e invade suas narinas. Suas pupilas dilatam e a vista se amplia como a lente de uma luneta. Os pensamentos se embaralham. O mundo começa a girar. Você caiu em uma armadilha. Vá para **147**.

227

Seja devido à prática ou por pura sorte, seu inimigo atira melhor do que você. Infelizmente, você só descobre isso tarde demais, quando um tiro acerta a sua testa e faz seu cérebro respingar na lataria do carro. Sua investigação acaba aqui. Adicione esta alma valente ao cemitério de heróis e inicie um novo jogo na Introdução.

228

Quando você está prestes a entrar na igreja, sirenes se erguem próximo dali e espantam os capangas que ainda faziam vigia. Várias viaturas logo estacionam na calçada e policiais armados cercam o local. Só com muita insistência você consegue acompanhá-los para dentro.

O interior da construção está repleto de velas vermelhas. A maioria já queimou até apagar; algumas poucas emitem uma tênue luz rubra. No altar, uma jovem ruiva jaz morta, observada por uma única testemunha. Pelo fato suspeito, a polícia efetua a prisão. Porém, você sabe que não se trata do Profano. De fato, reconhece a testemunha como membro do clã.

Você chegou tarde demais para evitar o sacrifício. Porém, sabe que receberá novas informações sobre o caso tão logo a inocência da testemunha seja esclarecida. Vá para 77.

229

Você pede ao motorista para tomar o caminho para a mansão do Conde de Bampton. Desta vez, porém, irão só até metade do caminho. Ele estaciona próximo ao local onde Tallant perdeu a vida, mas longe o suficiente para não atrapalhar os policiais que lidam com o caso. Você desce do carro e caminha pela estrada. Vá para 217.

230

Você tosse, tosse, tosse. Os pulmões ardem. Os olhos se comprimem, mas se mantêm abertos. Apesar da aflição, você não se permite dominar. Em vez disso, agarra-se às paredes à direita e à esquerda da escada estreita. Mantém-se de pé. Resiste à asfixia, enquanto seu corpo luta para expelir a toxina. Role ⚅ e subtraia o resultado de sua Saúde.

A luz vermelha adiante passa a girar, apesar de imóvel. Na verdade, o que giram são seus olhos. A escuridão nas escadas às suas costas gira junto. Pontos brilhantes e longínquos surgem no breu. A confusão da mente os torna difíceis de discernir, mesmo assim você percebe: são estrelas. Milhares e milhares delas, algumas mais brilhantes, outras mais esmaecidas. A Via Láctea cruzando o céu noturno. Porém, as constelações estão fora de lugar, distorcidas. É como se as contemplasse não a partir da Terra, mas de um outro ângulo. Você não está mais na Inglaterra. Está em um ponto remoto do universo. De alguma forma, você sente — você *sabe* — que está em uma constelação.

Adiante, a luz vermelho-alaranjada incendeia. Não é fogo, muito menos eletricidade. Trata-se de uma esfera de plasma que revolve e resplandece, maior do que qualquer noção de tamanho, mais antiga do que qualquer civilização da Terra ou de outros planetas. Alheia à existência da humanidade, ela apenas funde hélio em elementos mais pesados, seguindo sua natureza. Uma estrela. Uma gigante vermelha.

Ao redor dela, na imensidão espacial, longos braços se estendem. Apesar da luz da estrela, estão imersos em escuridão. Você não consegue enxergá-los. Vê apenas as sombras se erguendo, ocultando as estrelas distantes. São colossais. Tomam todo o céu. Então você percebe, no enrolar e desenrolar, que não são braços: são tentáculos.

Incapaz de se esquivar, você sente mais tentáculos saírem do chão e agarrarem suas pernas. São pequenos e deslizam para cima. Alguns se enrolam ao redor do seu tornozelo. Outros escalam suas calças. Há ainda aqueles que perfuram a sua pele e sobem por dentro dela. Muitos alcançam seu tronco, espiralam pelos braços. Um tentáculo se enrola no seu pescoço. Outro penetra seu ouvido. Um terceiro, que subiu abrindo caminho por dentro da carne, sai pelo ouvido. Enrolam-se na boca, e você não pode gritar ou pedir por socorro. À sua frente, as explosões de plasma não fazem som algum. Você luta para não perder os sentidos. **Faça um teste de Sanidade 3@: ⚅⚅ + ⚅ Ocultista – ⚅ Inocente.** Vá para **286**.

231

Em meio a textos indecifráveis em sumério e etrusco, há hieróglifos egípcios, que se descortinam diante de seus olhos letrados. O texto é longo. Fala sobre o período da antiguidade em que o Egito havia caído sob domínio dos hicsos. Após um século de confrontos, o jovem Faraó Amósis I finalmente expulsa os invasores e dá início à 18ª Dinastia Egípcia. Seu triunfo, no entanto, não é conquistado sem um grande sacrifício. Após a retomada, o relato se torna mais sombrio. Tendo consagrado o Egito com uma era de sanguinolenta expansão, um antigo deus retorna para cobrar o ritual quc lhe foi prometido. Seu nome é Thoth, o Deus Mensageiro, e fala em nome de Amon-Rá, o Deus do Sol Oculto.

A demanda é clara. Para que o Reino do Egito prospere, Thoth requer o sacrifício de sangue real. É o fim não apenas do reinado de Amósis I, mas também de sua vida e sua alma. Tendo feito um pacto irrevogável, o faraó se despede de seu filho, Amenhotep I, deita-se na pedra ritualística e entrega o seu corpo. Ao fim do ritual, o sumo-sacerdote de Amon-Rá encerra sua vida com uma punhalada. Assim, liberta sobre a Terra a primeira de treze partes da existência de Thoth. A risada do Deus Mensageiro se ergue, sádica e perversa. Seu verdadeiro nome estronda pelo mundo: Nyarlathotep.

Assim termina a narrativa. Volte para **249**.

232

Seguindo sua orientação, o motorista dirige pelas ruas de Oxford até a Ponte Madalena, a leste do centro da cidade. Ele para o carro em local proibido e você desembarca. A ponte está vazia. Sem carros ou pedestres, é como uma cidade morta. Você vai até o parapeito de pedra maciça e olha para o gélido rio que corre abaixo. Para os arcos de pedra que sustentam a ponte. Para o deque onde botes coloridos estão presos com nó de forca. Nada. O local parece vazio. Não contente, você vai até o final da ponte, onde ela encontra a margem do rio, e desce as escadas que dão acesso ao deque. Seus sapatos estalam na madeira à medida que você caminha pelas ripas justapostas. Ecoam pela noite. Ditam sua marcha até a escuridão embaixo dos arcos da ponte. Escondida no escuro você encontra uma coroa de flores, ali deixada em nome de Julia Brown. É uma vítima antiga. Nenhum ritual acontecerá aqui hoje. Com o desgosto de ter perdido tempo precioso, você retorna para o carro e se apressa a procurar em outro local. Se este é o seu primeiro erro, vá para **300**. Se é o segundo, vá para **74**. Se é o terceiro, vá para **101**.

233

À medida que você sobe a escarpa, os elementos da cena do crime vão surgindo em seu ângulo de visão. Há dois corpos estendidos. Um é Tallant. O outro é o condutor da carruagem. Os corpos ainda estão expostos, enquanto as evidências são analisadas. Um dos policiais utiliza uma câmera para tirar fotografias. Outro faz anotações em um bloco de papel. O terceiro é o inspetor, que lidera e orienta os demais. Ele recebe você com um aceno de cabeça.

— Você é agente do conde, certo? Espero que tenha mais sorte do que essa carcaça aqui. Definitivamente, foi assassinato.

Vá para **297**.

234

Com a firmeza que apenas investigadores de valor são capazes de demonstrar, você olha fundo nos olhos do motorista e aponta para ele um local no mapa de Oxford.

— É aqui.

O mapa de assassinatos estava quase tomando forma da constelação de Touro, faltando apenas um marco na localização da estrela mais brilhante, Aldebarã. Talvez o motorista nunca descubra quais evidências levaram você a descobrir tal local, mas compreende, pela sua seriedade, que algo de grande importância está prestes a acontecer na Igreja Universitária da Virgem Maria. Vocês percorrem as ruas ladeadas de postes de ferro que, com suas lamparinas a gás, travam uma batalha perdida contra a escuridão noturna. Por ironia do destino, o motorista estaciona na Praça Radcliffe, o exato local onde teve início sua investigação em Oxford. Do outro lado da rua está a grandiosa igreja, tão antiga que não se sabe sua data de fundação, mas cujas memórias remontam ao longínquo século XI. A torre cheia de pináculos dentados arranha o firmamento, enquanto gárgulas e grotescos assustam os visitantes com suas bocarras de demônio e asas de pássaro da morte. Tudo isso imerso no mais tumular silêncio.

Antes de seguir adiante, você faz suas últimas anotações em uma caderneta e a entrega para o motorista. Pede, então, que transmita as informações aos demais investigadores que estejam tentando impedir o ritual. Assim como fez Tallant, você deixará seu legado caso encontre a morte na Igreja Universitária da Virgem Maria. Se você estiver em posse de uma coleira, some 200 ao número escrito nela e vá para a referência correspondente. Caso contrário, vá para **182**.

235

Com a adaga em mãos e os olhos crepitantes, Elizabeth roga ao nome de uma entidade profana.

— Todo-poderoso Deus do Sol Oculto, sua fiel seguidora invoca o seu poder. Tome para si neste momento sua forma ancestral e mande descer sobre nós o seu jugo. Que o coração ímpio que aqui se apresenta seja pesado e sentenciado, que se aniquile a piedade e toda decência seja castigada. Por sua supremacia e magnitude, ó Grande Hastur, espalhe a eterna perdição!

A última palavra faz rebentar uma onda de calor, que emana de Elizabeth e se espalha para todos os lados. As chamas das velas estremecem. O que antes era o vapor suave da queima de cera se transforma em uma névoa densa capaz de turvar a vista. Ao mesmo tempo, os acordes de órgão se distorcem e em seguida se emudecem. Por um instante, a igreja é tomada por um silêncio profundo. Então, uma voz pesada e mordaz retumba na abóbada elevada e se faz onipresente.

— *Elizabeth! De seu cárcere no Sol Oculto, Hastur a escuta, mas não pode ajudá-la agora* — a voz explana com perversa alegria. — *Porém, não tema. Enquanto seu intento for cumprir o nosso pacto, enviarei meus próprios escravos para satisfazer as suas demandas. Para isso, basta rogar ao meu nome...*

Elizabeth não hesita.

— Ya, Nyarlathotep!

Ao proferir o nome profano, um tremor abala a igreja. Entre ela e você, o piso se estilhaça e se abre, em um abismo sem fundo até as entranhas da terra. Das paredes subterrâneas, centenas de milhares de baratas emergem. Elas se espalham por todos os lados do templo, escalam bancos e paredes, percorrem as faces das estátuas sacras. Muitas se aglomeram à sua frente. Correm umas sobre as outras com as patas serrilhadas. Amontoam-se. E, quando você menos espera, a massa de insetos se molda e assume a forma de um homem. A cabeça, no entanto, não é humana. Tem formato animalesco, com face triangular e longas orelhas afiladas.

A entidade olha para você e faz um gesto com a mão. Ao comando dela, o mundo se transmuta. A igreja torna-se desbotada e fantasmagórica. O mesmo ocorre com Elizabeth, Eleanor e os cultistas em seu transe profano: todos são imagens enevoadas. Suas vozes ecoam como que distantes. Apenas você e a criatura mantêm suas formas e sons definidos. Porém, no piso às suas costas, você percebe que seu próprio corpo jaz inerte. É como se tivesse transposto o véu que separa o mundo físico do incorpóreo e agora assombrasse o local de sua própria morte. Em meio ao delírio, seu peito arrebenta e o coração flutua até a entidade com cabeça animalesca. Ela segura uma balança de pratos feita de ouro. Em um dos lados, está pousada uma pena. Na outra, coloca seu coração que, apesar de arrancado do corpo, ainda pulsa. **Faça um teste de sanidade 3: ⚅⚅ + ⚅ Ocultista – ⚅ Inocente.** Vá para **146**.

236

O homem se estica para dentro das grades da igreja e puxa um porrete que estava escondido ali. As mangas da camisa estão dobradas e você percebe que ele possui uma tatuagem no braço que se assemelha à constelação de Touro. Lute contra o capanga do Profano!

CAPANGA VETERANO	⚅⚅⚅	3	–4

O capanga é muito forte. Se ele causar dano em você, aumente o dano causado em +1. Se vencer, vá para **251**.

237

Arranque esta folha (rasgue-a ou recorte-a de forma a removê-la do livro) e vá para **348**.

Se você estiver em posse de uma coleira, some 300 ao número escrito nela e vá para a referência correspondente. Caso contrário, vá para **341**.

238

O Conde de Bampton está sentado no escritório com a cara enfiada num jornal. Finge ler, fazendo o máximo de esforço para demonstrar seu incômodo com a sua presença. Um valete o acompanha. O que você quer perguntar?

"Como é seu relacionamento com Elizabeth?"	Vá para **162**
"Houve algum desentendimento na família?"	Vá para **280**
"Você foi contra Elizabeth estudar em Oxford?"	Vá para **62**
"Elizabeth tinha um namorado?"	Vá para **210**
"Por que acha que Elizabeth sumiu?"	Vá para **258**

Para conversar com outra pessoa, vá para **196**.

239

Antes que possa se levantar, ainda com a mente enevoada, você tem sua vista bloqueada quando uma pessoa vestida em mantos escuros caminha até você. Você gira o pescoço e tenta vislumbrar as feições. É um homem, mas o rosto está oculto por um capuz. A ideia de pedir ajuda chega a se formar em sua mente, mas se dissipa quando um artefato pontiagudo perfura suas costas e acerta um órgão vital. O último pensamento que lhe ocorre é de que, se tivesse dado ouvidos aos moradores da região, talvez sua vida tivesse sido mais longa. Preencha a lápide no cemitério e inicie um novo jogo na Introdução.

240

O filhote de cachorro observa, tristonho, enquanto você sai do carro. Você pede ao motorista que procure um lar para ele. Por fim, se despede. Vá para **182**.

241

Grace esquadrinha você dos pés à cabeça. E de novo. E de novo. Quanto mais olha para você, mais carrancuda fica sua expressão já marcada pelas rugas da idade.

— Qualquer pessoa entra nesta casa esses dias? Gente sem berço ou classe... Modernidades ridículas!

Ao lado dela, Mary arregala os olhos e se levanta. Coloca-se de frente para você, ocultando a idosa atrás de si.

— O mundo é um lugar complicado, não é mesmo? Você e eu estamos aqui, hoje, em plena faculdade de nosso juízo. Porém, bastam algumas décadas para que a idade comece a erodir o discernimento e a prudência. — A voz de Mary, já naturalmente delicada, soa mais e mais enfraquecida a cada palavra dita, até se tornar não mais do que um sussurro. — Peço que desconsidere qualquer afronta provocada pela condessa viúva. Ela não é mais a mesma desde que Hector, meu filho mais velho, foi levado de nós pela guerra.

Enquanto Mary se desculpa em seu modo aristocrático e oblíquo, a dama de companhia retorna com uma bandeja. Ela abre um vidro de remédio e deposita uma gota dentro da xícara de chá. Então estende para Grace. Porém, em vez de beber, a condessa viúva confronta a nora.

— Posso estar ficando senil, mas não estou ficando surda! — diz a idosa.

— Ouvidos que funcionam apenas quando querem — Mary murmura.

Sogra e nora incorrem em uma troca de farpas que não deveria ser presenciada por alguém de fora de casa. Em meio à discussão, a idosa começa a tossir incontrolavelmente, justo quando havia ficado sem argumentos. Atônita, a dama de companhia deposita a xícara de volta na bandeja e vai até sua senhora para ajudá-la a se sentar.

— Chame Hector! — diz Grace. — Hector não permitirá que eu seja tratada com tamanha petulância!

Por um momento, o remédio e o chá estão esquecidos na bandeja. Se quiser se vingar da ofensa cometida por Grace colocando todo o remédio no chá, vá para **308**. Se preferir apenas esperar, vá para **171**.

242

Você respira fundo para não perder a paciência. O mundo está cheio de pessoas que procrastinam seus afazeres, crédulos de que enganam aqueles ao redor. Talvez até iludam outros seres de carne e osso, mas são incapazes de burlar o tempo. Este testemunha a indolência com frieza e paciência, pouco a pouco drenando dos vivos sua juventude. Uma vida desperdiçada com preguiça: é o que está reservado para Joseph, o assistente da biblioteca. Mas o mesmo não ocorre consigo. Você possui uma missão e irá até onde for necessário para cumpri-la. Assim, deixa a biblioteca e seu assistente, em busca da ajuda de outras pessoas como você, que estejam dispostas a fazer uma diferença no mundo. Vá para **138**.

243

Se você sequer sabe o nome do assassino, não há esperanças de que tenha adquirido pistas suficientes para desvendar o caso. Você passa a noite rodando pelas ruas escuras de Oxford, tão inutilmente quanto o havia feito de dia. Quando o sol nasce, seu motorista solta um bocejo e pergunta se deve tomar o caminho de Londres. Hesitante, você responde que sim.

Assim termina seu último grande caso: em derrota. Depois desse fiasco, você envelhece em uma cama confortável, sem nunca mais receber um chamado importante do clã. Uma existência longa, mas sem significado. Se tivesse aproveitado melhor as oportunidades de investigação, talvez o desfecho fosse diferente. Sua única esperança é de que o trabalho tenha sido concluído por alguém que veio depois de você. Sua investigação acaba aqui. Preencha a lápide no cemitério e inicie um novo jogo na Introdução.

244

Você orienta o motorista e ele dá uma pequena volta até a Ponte dos Suspiros. Ali você desce e examina o local por um momento. A ponte forma um arco sobre a travessa New College, interligando o prédio antigo ao prédio novo do Hertford College, com suas janelas envidraçadas. Não há como acessar a ponte diretamente, mas há uma porta lateral em um dos prédios. Você tenta abrir. Está trancada. A madeira reforçada de ferro fundido desencoraja uma tentativa de arrombamento. Sendo assim, você experimenta bater. Seu exercício de paciência é recompensado quando passos soam lá dentro e um zelador abre a porta.

— Pois não?

Sem tempo para explicar, você o empurra para o lado e sai em disparada pelos corredores da instituição. Aturdido, o homem demora a entender o que aconteceu, dando a você o tempo necessário para subir as escadas e cruzar pela Ponte dos Suspiros. Ao chegar do outro lado, no entanto, percebe que não há nada aqui. Este não é o local do ritual. Com berros e repreensões, o zelador expulsa você do prédio. Resta-lhe voltar ao carro, repassar as pistas coletadas e procurar em outro local. Se este é o seu primeiro erro, vá para **300**. Se é o segundo, vá para **74**. Se é o terceiro, vá para **101**.

245

Durante suas investigações na Mansão Holloway, você não encontrou qualquer sinal de religiosidade. Não havia cruzes espalhadas pela casa, tampouco imagens de santos. Se a família professa alguma religião, é o discreto anglicanismo comum aos nobres ingleses. Por isso, é espantoso descobrir que Elizabeth se correspondia com — e recebia orientação espiritual de — um padre católico. Agora, cabe a você ir questionar o Padre Zacarías Ruiz em pessoa, no Patronato de Enfermos em Madrid. Você tira o telefone do gancho e pede à telefonista que efetue uma ligação. Após uma rápida conversa com o secretário do clã, recebe instruções para a viagem até a Espanha. Você pega uma maleta, veste o sobretudo e sai para as ruas de Londres, caminhando sobre o tapete de folhas secas. Com um aceno, um taxi para à sua frente. O taxista toca o chapéu em cumprimento e pergunta o destino, ao que você solicita: Aeródromo Hendon.

A bordo do automóvel, você cruza as ruas movimentadas da capital e segue para as cercanias a norte. Antes mesmo de chegar ao local, quem dá as boas-vindas é um pequeno aeroplano com duas asas de cada lado, uma sobre a outra, que corta o céu fazendo acrobacias, ora em pé, ora girando de cabeça para baixo. Uma pequena multidão assiste à exibição. Após descer do taxi, você caminha em meio às expressões de espanto e deslumbramento, quando uma jovem mulher anda para trás e esbarra em você.

— Oh, desculpe! — diz ela.

Só então ela percebe que a pasta que carregava se abriu. Papéis se espalham pelo chão e ela se põe a juntar. Você a ajuda. Recolhe os documentos e dá na mão dela, que enfia tudo na maleta sem prestar atenção à ordem.

— Obrigada! Sou Amy — ela é simpática, mas absorta. Ao se levantar, mantém os olhos virados para o céu. Quando volta a falar, no entanto, sua voz vai ganhando firmeza: — Fascinante, não? Um dia... Um dia serei eu lá em cima.

A breve conversa é encerrada quando um homem de terno e charuto chama por ela.

— Senhorita Johnson! Senhorita! — ele insiste. — Traga-me os papéis! E espero que estejam em ordem desta vez!

— Sim, senhor! — ela sai correndo no encalço do empregador e desaparece de vista.

No céu, o biplano continua com suas manobras e piruetas. Infelizmente, você não pode ficar para apreciar a apresentação. Logo embarca na aeronave da Imperial Airways. Ao contrário do avião pequeno e ágil que se apresenta, este é grande o suficiente para comportar trinta passageiros, e decola aos solavancos habituais dos biplanos de madeira.

Nas alturas, o ar é gélido e rarefeito. Você se enrola em seu sobretudo ao longo de todo o trajeto. Nos assentos ao redor, reconhece uma atriz de cinema e um empresário do ramo do carvão, além de um ricaço americano de casaca vermelha e cartola, levando os afortunados sobrinhos para um dispendioso passeio. Voar de avião é um privilégio de poucos. Vá para **588**.

246

O envelope está em branco. Não há remetente ou destinatário, nem mesmo selo ou carimbo de envio. Provavelmente, foi entregue em mãos. Dentro dele, a carta foi escrita em um papel simples, com caligrafia sem floreios *(leia a carta na página ao lado)*.

A carta é assinada por uma pessoa notável. Annie Rogers foi a primeira mulher a concluir os estudos na Universidade de Oxford, em 1879. Porém, recebeu seu diploma apenas em 1920, quando a universidade passou a conceder a titulação a mulheres. Hoje, é secretária da Sociedade das Alunas-residentes de Oxford e luta por melhores oportunidades na educação feminina.

Estranho a carta ainda estar na gaveta da penteadeira, considerando que data de dois anos atrás. Elizabeth provavelmente valoriza o conteúdo. Todavia, as previsões de Annie talvez tenham se mostrado imprecisas, visto que, após dois anos, Elizabeth ainda não conseguiu se matricular. Volte para **335**.

247

Joseph olha para os lados, evitando contato visual. Ele ofereceu ajuda, mas os braços cruzados e os ombros retraídos o denunciam: ele só quer que você vá embora, para que possa voltar à ociosidade de seu trabalho. O que quer perguntar a ele?

"Você viu o arcebispo decapitado?"	Vá para **211**
"A biblioteca é sempre vazia assim?"	Vá para **181**
"Você gosta de trabalhar aqui?"	Vá para **215**
"Quem é o seu supervisor?"	Vá para **276**
"Conhece Elizabeth Holloway?"	Vá para **329**

Se quiser ir embora, vá para **242**. Se quiser questionar de maneira incisiva, vá para **318**.

10 de julho de 1924

Cara Elizabeth,

É com pesar que recebo a notícia da negativa de seu pai. Porém, não desanime. Eu bem sei o quão árdua e morosa é a batalha, mas as conquistas, quando enfim chegam, são recompensadoras.

Lembre-se de que a primeira turma feminina de Oxford teve aulas no andar de cima de uma padaria, e veja onde conseguimos chegar. Hoje nossas salas são cheias e nossas alunas recebem diplomas.

Persevere. Pode não ter sido este ano, mas cedo ou tarde ele haverá de concordar com a sua matrícula, e estaremos aqui para ajudá-la.

Cordialmente,

Annie Rogers

Sociedade das Alunas-residentes de Oxford

248

Quando você pensa que está prestes a ter seu corpo de verme esmagado, alçado ao ar e estourado como o de uma perdiz em pleno éter, algo em seu interior começa a reagir. Primeiro, volta a sentir os dedos das mãos, e só então percebe que havia deixado de senti-los. Depois, o muco é sugado pelo piso de madeira até desaparecer de vista. A bocarra do gramofone se deforma ainda mais, porém perdendo a intensidade. Você passa a mão na testa, e desta vez consegue limpar o suor. Seu corpo físico está reagindo, colocando para fora as toxinas. Por último, os tentáculos ressecam e murcham. Eles recuam para o abismo por onde vieram. Porém, antes que retrocedam de todo, você vê algo importante. Na extremidade de cada tentáculo, sob a camada de pele mole há a imagem de uma face. A princípio parecem esculturas em alto-relevo cobertas por um lençol que lhes tapa a boca e os globos oculares. Não parecem ser criaturas vivas... até o momento em que todas gritam de horror ao mesmo tempo. São treze tentáculos, cada qual ostentando uma face aterrorizada na ponta. Treze, exceto um. O último tentáculo está vazio. **Faça um teste de sanidade 3@: ⚅⚅ + ⚅ Ocultista – ⚅ Inocente.** Vá para **186**.

249

Você está em um pequeno escritório subterrâneo, onde livros e documentos disputam espaço com adagas curvas e velas vermelhas. É difícil diferenciar cores frias, já que tudo está banhado pela luz carmesim de lâmpadas de tungstênio. O local carrega uma aura de crueldade. Para investigar os livros, vá para **264**. Para olhar os rabiscos, vá para **221**. Se preferir procurar nas gavetas, vá para **288**. Se quiser procurar uma saída, vá para **269**.

250

Quando tudo parece perdido, você se lembra dos ensinamentos transmitidos por Siofra. Você sabe que, por trás do mundo visível, há uma Realidade incompreensível e aterradora. Nenhum ser humano é capaz de ir até lá e retornar sem perder a sanidade, devido ao horror de testemunhar a tortura aos quais todos os espíritos estão predestinados. Você não quer ir até lá. Porém, é possível obter um vislumbre, e com isso enxergar através das alucinações.

Assim, você se concentra e penetra o que alguns chamam de Mundo dos Sonhos. O tentáculo que estava enrolado em seu pescoço acentua a pressão e seu pescoço arrebenta. Sua cabeça sai rolando, como rolou a do Arcebispo William Laud e a de São João Batista antes dele. Porém, você não está mais no mundo visível. Ao contrário da cabeça deles, que foi ou enterrada ou entregue em uma bandeja, a sua apenas continua girando eternamente, como um corpo celeste na imensidão do cosmos.

Você contempla a gigante vermelha fundindo elementos. É Aldebarã, a estrela mais brilhante da constelação de Touro. Contempla também a estrela pálida que a acompanha em mútua translação e os muitos planetas que gravitam ao redor das duas. Por fim, quando pensa que não há mais nada para se ver, uma sombra negra transita de um lado a outro da enorme Aldebarã, emanando radiação e ondas eletromagnéticas. Um sol negro.

Visto apenas em contraste contra a estrela brilhante, o sol negro não emite luz, mas a devora. É um corpo corrompido. Mais do que isso, um corpo celeste que foi oferecido em sacrifício em tempos imemoriais. Dentro dele, um rio de plasma serve de prisão para um ser ancestral feito de perversidade pura e conhecimento infinito. Seu nome é Hastur.

Caso tenha perdido Sanidade na referência anterior, recupere 1 ponto. Vá para **286**.

251

Você passa pelas grades e segue até o portal que dá acesso à igreja pelo norte. No instante em que atravessa o arco de entrada, seus ouvidos são inundados pelo som de um órgão. Pelas mãos de um musicista experiente, notas graves atravessam as dezenas de tubos, alastram-se pela igreja inteira e chegam até você, fazendo sua caixa torácica trepidar. Uma exorbitância de velas estão dispostas sobre púlpitos, espaldares de bancos e em quaisquer superfícies onde se possa fixar a cera. Iluminam o ambiente em excesso, ofuscando seus olhos e erguendo o cheiro abafado de fumaça.

Você entra sem fazer barulho, espreitando, tentando descobrir o máximo possível antes que sua presença seja notada. Está na lateral da igreja, com o altar à sua esquerda e a nave principal se desdobrando à direita. Para enxergar melhor, é preciso dar mais um passo...

De repente, um canto coral se eleva. Você para. Então, volta a avançar lentamente, com os olhos mirando o fundo da igreja. Ali, em uma galeria elevada, vários bancos estão ocupados pelos membros do coro. Não é possível divisar seus rostos escondidos sob capuzes, mas os diferentes timbres indicam tanto homens quanto mulheres. Juntos entoam um cântico de acordes profanos e palavras indecifráveis, conspurcando o solo sagrado. Suas vozes são perpassadas por um lampejo de prazer quando a cadência agourenta é cortada pelo grito desesperado de uma mulher.

— Não! Por favor! — ela suplica. — SOCORRO!

Você se apressa. Corre os últimos metros até o centro da igreja, de onde pode ver tudo o que está acontecendo. O presbitério é a parte mais iluminada. Centenas de velas vermelhas formam um círculo ao redor do altar sobre o qual está amarrada a vítima para sacrifício.

— Elizabeth? — você arrisca.

A jovem demora a perceber a sua presença. Quando finalmente vira a cabeça, fica claro que não é quem você procura. O cabelo empapado de suor é muito mais longo e em um tom de ruivo intenso. O rosto banhado de lágrimas é coberto de sardas.

— Não sou Elizabeth! — ela responde com forte sotaque irlandês. — Sou Eleanor! Eu... — ela soluça — Eu só queria ajudar...

Em torno do altar, cinco figuras encapuzadas estão ajoelhadas junto à imensidão de velas vermelhas. Uma única está de pé, segurando uma adaga entalhada com runas e conduzindo o ritual. Não usa capuz, mas sua cabeça está coberta por uma espécie de máscara ritualística em forma de cão negro.

251

Ao ver você, ela dá uma risada e tira a máscara. É também uma mulher jovem, mas possui cabelo curto, com uma mecha virada para cima na altura da bochecha, refletindo a moda atual e contrastando com as vestes arcaicas. Os olhos brilham com sagacidade e parecem se divertir com a sua presença. Ela dá um passo em sua direção.

— Acredito que ainda não nos conhecemos, apesar de você não parar de perguntar sobre mim por aí. Sou Elizabeth Holloway, também conhecida como o Profano, e não deixarei que atrapalhe os meus planos.

Só então você percebe que o coral interrompeu o canto. Na galeria às suas costas, os membros do culto profano sacam revólveres e punhais. Alguns descem as escadas.

— Fiquem onde estão! — Elizabeth ordena e todos obedecem. — É imprescindível que a cerimônia aconteça enquanto Aldebarã fulgura no firmamento. Não podemos correr riscos. Vocês que já desceram, reforcem a vigia lá fora, para evitar novos invasores. Os demais, retomem o cântico litúrgico. Com este contratempo... Eu mesma lidarei.

Os cultistas que haviam descido as escadas saem da igreja por portas laterais. Os demais voltam a entoar o hino profano. Os que estão ajoelhados junto ao altar permanecem concentrados, nunca parando seus sussurros cheios de heresias. Assim, mantém-se a aura sacrílega necessária ao ritual, aura esta acentuada pelo órgão de tubos com sua sinfonia que vibra o corpo e o espírito. Segurando a adaga cerimonial, Elizabeth se aproxima de um púlpito e lê uma página ressequida do livro que ali jaz. Quando profere a primeira frase, os olhos dela incendeiam como brasas vermelhas. Como sóis.

É hora de agir! Para correr na direção de Elizabeth, vá para **134**. Se tiver uma arma de fogo e quiser dispará-la, vá para **191**. Se preferir prestar atenção e tentar entender o que ela diz, vá para **141**. Por fim, para fugir da igreja, vá para **107**.

252

Você encontra a pequena Violet sentada a um canto da sala de chá, de onde observa a estranha movimentação em sua casa. É uma criança ainda, e está abraçada a uma almofada. O que você quer perguntar?

"Sua irmã se dá bem com o resto da sua família?"	Vá para **133**
"Você foi a última a ver Elizabeth. Como ela estava?"	Vá para **204**
"Você viu Detetive Tallant quando esteve aqui?"	Vá para **106**
"O que você quer ser quando crescer?"	Vá para **124**

Se quiser ir conversar com outra pessoa, vá para **84**.

253

Você segue de peito aberto, rumo à entrada principal da igreja. Os homens e mulheres armados na entrada não parecem gostar disso. Você terá que enfrentar vários de uma vez.

BANDO CULTISTA	⚅⚅⚅	5	–5

É impossível se defender completamente de tantos inimigos. No fim de cada rodada de combate, você perde 1 ponto de Saúde, independentemente do resultado dos testes de ataque. Se vencer, vá para **228**.

254

Ela assente com a cabeça e faz o sinal da cruz.

— Vi, sim. Estava morrendo de pressa de ir embora. Parecia até que viu um monstro aqui dentro! Pobre criatura de Deus. Eu não tomaria a mesma estrada, se fosse você. Temos uma saída secundária pelos fundos da mansão.

Volte para **52**.

255

— A propósito — diz a condessa antes que você se vá — caso precise de equipamentos para seu ofício, visite o Carter's no Mercado Coberto. É um antiquário conhecido, e acredito que terá algo para ajudar em sua investigação. Vá para **347**.

> DESTAQUE O ADESIVO **OX5**, VÁ ATÉ A REFERÊNCIA 138 E COLE-O NA POSIÇÃO **6**. ENTÃO, VOLTE PARA CÁ.

256

Até certo ponto, o desejo de estudar em Oxford parece guiar Elizabeth, e não é impossível que seja o motivo do desaparecimento. Se o homem à sua frente é contra ou a favor de mulheres estudarem, você não sabe. Por isso, faz uma afirmação genérica: precisamos fazer algo a respeito. Se a ideia é ajudá-las ou impedi-las, cabe ao atirador interpretar. **FAÇA UM TESTE:** + **ELOQUENTE** – **RUDE.** Se passar, vá para **311**. Caso contrário, vá para **185**.

257

Você orienta o motorista e ele dirige até o *Bent House Jazz Club*. Você desce correndo do veículo, mas entrar no local não é tão simples assim. Muitos estudantes se aglomeram na entrada, onde ainda é possível escutar um pouco da música enquanto conversam, obrigando você a pedir licença e se entranhar na multidão até a escada que desce. Uma vez lá dentro, o volume é quase ensurdecedor. Uma banda toca no palco, com trompete, piano, bateria e clarinete, enquanto moças e rapazes balançam as pernas e os braços em uma dança animada e indecente. Tudo isso em uma nuvem de fumaça e gargalhadas lascivas.

É difícil investigar no meio de tanta gente. Porém, após um tempo você conclui que não há qualquer ritual acontecendo aqui. O único indício de passagem do Profano neste local é uma flor discreta que alguém colocou nos bastidores do palco, em homenagem a Lucy Hughes, uma vítima anterior. Percebendo que vir até aqui foi um desperdício de tempo valioso, você retorna para o carro com sensação de derrota. Se este é o seu primeiro erro, vá para **300**. Se é o segundo, vá para **74**. Se é o terceiro, vá para **101**.

258

O conde revira os olhos.

— Fugiu para chamar atenção, é claro! Mas ela não tem para onde ir. Quando o dinheiro acabar, vai voltar correndo para casa, arrependida.

Volte para **238**.

259

Você orienta o motorista e ele se desvia do centro da cidade. Percorre ruas sinuosas, a cada minuto mais escuras, e estaciona diante de uma antiga igreja. Ele mantém os faróis acesos enquanto você desce do carro. A igreja parece fechada e vazia. Você atravessa o portão entreaberto e dá a volta na construção centenária. Atrás da igreja, imersa na escuridão, descortina-se um cemitério de lápides antigas, algumas tombadas em meio às ervas daninhas.

O lugar parece adequado para um ritual de sacrifício. Contudo, após algum tempo tateando nas sombras, você se dá conta de que não há ninguém aqui. Vir até o cemitério foi um desperdício de tempo precioso. Percebendo isso, você volta correndo para o carro. Se este é o seu primeiro erro, vá para **300**. Se é o segundo, vá para **74**. Se é o terceiro, vá para **101**.

260

O homem hesita. Então abaixa a arma.

— Sim, camarada. As estrelas se revelarão.

Ele mostra o dorso da mão para você e ergue os dedos indicador e médio. Você copia o sinal. Satisfeito, ele volta para o outro carro. Os perseguidores fazem uma manobra de retorno e se vão pelo lugar de onde vieram. Uma vez sozinhos, seu motorista olha para você como quem pergunta o que foi que acabou de acontecer. Você dá de ombros e pede que ele siga até Oxford. Vá para **69**.

261

Percival cumprimenta você.

— Acredito que eu já tenha contribuído com todas as informações que poderia. — Mas pegue este mapa. Oxford é uma cidade pequena, mas você não quer se perder por aí.

> QUANDO QUISER VER O MAPA DE OXFORD, VÁ ATÉ A REFERÊNCIA 98 (MAS NÃO LEIA O TEXTO ATÉ QUE O LIVRO INDIQUE ISSO). APÓS VER O MAPA, VOLTE PARA A REFERÊNCIA NA QUAL ESTAVA.

Vá para **347**.

262

Você deixa o local e retorna para o carro. Vá para **138**.

263

Você orienta o motorista para que dirija até o St. John's College. Lá, desce correndo do veículo e tenta entrar no prédio, mas ele está fechado. Há um acesso lateral, usado por alunos que residem nos dormitórios, e você consegue entrar por ali. Sobe e desce escadas, percorre corredores às pressas. Porém, não encontra qualquer indício de um ritual. O único sinal de morte é uma coroa de flores, deixada ali dias antes, em nome de Eveline Smith. Percebendo que vir até aqui foi um desperdício de tempo valioso, você retorna para o carro. Se este é o seu primeiro erro, vá para **300**. Se é o segundo, vá para **74**. Se é o terceiro, vá para **101**.

264

Há livros de mitologia egípcia, celta, maia, chinesa e muitas outras. Há também obras sem indicação de título na capa. Você abre um deles e lê descrições minuciosas sobre como realizar um sacrifício ritual, incluindo procedimentos para que a vítima sangre pelo máximo de tempo possível antes de morrer. As prateleiras também comportam inúmeras velas, algumas derretidas até a metade, além de adagas feitas de osso e adornadas com pedras esotéricas. Em meio aos artefatos, uma carta com selo espanhol chama a sua atenção *(leia a carta na página ao lado)*.

Madrid, 28 de outubro de 1925

Bem-aventurado Benjamin Westbrook,

É chegado o último ciclo antes do alinhamento cósmico, e os preparativos para o advento se delongam. Apressai-vos. A justificativa de uma pupila insubordinada pouco servirá perante Nyarlathotep. Covardia apenas lhe suscitará a ira. Na iminência do fim inevitável, deveis cumprir o que vos foi ordenado. Realizai tantos rituais quanto os céus demandarem, e enviai-me as descobertas com celeridade. Fazei isso, ou outro haverá que o faça em vosso lugar.

Com minha bênção,

Pe. Zacarías Ruiz
Patronato de Enfern

Você puxa da memória algum outro local onde talvez tenha visto o mesmo nome e caligrafia. Repara na saudação utilizada para o Dr. Benjamin Westbrook, em especial na omissão de seu título de doutor. A carta é assinada por um padre. Seja quem for, manifesta superioridade. É uma carta de ameaça. Volte para **249**.

265

“Quem é você?” Vá para 67

“Você é um dos responsáveis pelos assassinatos em série?” Vá para 173

“Você é um dos responsáveis pelo sequestro de Elizabeth Holloway?” Vá para 272

“Você é um dos responsáveis pela execução de Tallant?” Vá para 83

“Quantos vocês são?” Vá para 150

Se quiser tentar convencê-lo a falar mais, vá para 290. Para deixá-lo em paz, vá para 55.

266

Eveline Smith era assistente de cozinha no St. John's College. Morreu em uma sala de aula da própria faculdade, vítima de um golpe perfurante no peito. A arma do crime não foi encontrada. O cadáver estava com o tronco despido, deitado de costas sobre um círculo com símbolos característicos de seitas satânicas, cercado de velas vermelhas já derretidas até a base, o que indica que várias horas se passaram desde a execução até a descoberta do crime. O reconhecimento do corpo ficou a cargo de Nora Price, chefe de cozinha no St. John's College.

Volte para 282.

267

Você começa a investigação pelo quarto de Elizabeth. É um aposento amplo, com cortinas translúcidas, cadeiras estofadas, cama com dossel e lareira, decorado com tons pastéis e estampas floridas. Como Elizabeth pode estar em perigo, o tempo urge, então você terá que escolher o que investigar. Para olhar a penteadeira, vá para **335**. Já para olhar o gaveteiro, vá para **271**.

268

Você avalia a cena por um longo momento, mas nada encontra que possa contribuir com o caso. Talvez o lampejo tenha sido apenas impressão. Ou, talvez, um próximo investigador tenha sucesso em identificar detalhes que para você passaram despercebidos. Volte para **138**.

269

O tom quente que preenche o pequeno escritório é resultado da iluminação feita por lâmpadas de tungstênio. Você se pergunta como foi feita a instalação de tal equipamento, e se seria possível sair pela mesma tubulação por onde os cabos entram. Porém, você tem uma surpresa. Ao mexer na lâmpada no centro do teto, descobre que é possível movê-la em círculos, como uma manivela. Você gira, gira, e percebe que a porta por onde entrou aos poucos vai se abrindo. Quando está completamente aberta, você solta a lâmpada, que lentamente passa a voltar girando no sentido oposto. Há tempo mais do que suficiente para retornar escada acima e sair pelo pedestal de São João Batista. Com um último olhar para o santo agourento, você deixa o Sr. John's College e retoma a investigação em Oxford. Não sem antes escrever uma carta relatando ao clã tudo o que descobriu. Vá para **138**.

DESTAQUE O ADESIVO **A02**, VÁ ATÉ A SALA DE TROFÉUS E COLE-O NA POSIÇÃO **7**. ENTÃO, VOLTE PARA CÁ.

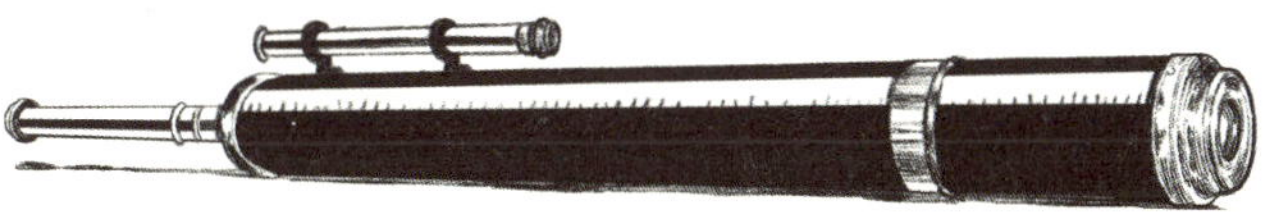

270

Ruth, Judith, Sarah e Esther Levinson eram irmãs. Morreram no mesmo dia, em diferentes partes do All Souls College, no que estamos chamando de o Massacre do Profano. Ruth morreu na biblioteca, Judith na praça norte, Esther na capela e Sarah no jardim sul. Todas passaram pelos mesmos procedimentos ritualísticos habituais do Profano, com velas e golpe perfurante. No entanto, o assassinato quádruplo é uma anomalia. Teria o assassino se tornado arrogante? Ou estaria com pressa? Os corpos foram identificados por Isaac Levinson, pai das vítimas.

Volte para **282**.

271

No gaveteiro estão boa parte das roupas e dos pertences pessoais de Elizabeth, incluindo lenços, luvas e enfeites de cabelo. Apenas a última gaveta é diferente. Está tomada por livros. Quais deles você quer investigar?

Livros de cultura antiga	Vá para **309**
Livros de astronomia	Vá para **71**
Romances	Vá para **213**

Se já tiver investigado o suficiente, vá para **284**.

272

O prisioneiro fecha os olhos momentaneamente.

— Não. Mas alegra-me saber que a roda do tempo está girando.

Volte para **265**.

273

Não é comum que uma jovem da aristocracia se corresponda com um homem desconhecido de sua família. Pela carta de Margô Deschanel, parece que Elizabeth vive um romance secreto. A estilista pode ter uma pista de como chegar até Faraday, que talvez saiba o atual paradeiro de Elizabeth. Você tira o telefone do gancho e pede à telefonista que efetue uma ligação. Após uma rápida conversa com o secretário do clã, recebe instruções para a viagem até Paris. Você pega uma maleta, veste o sobretudo e sai para as ruas de Londres, caminhando sobre o tapete de folhas secas.

O bonde para à sua frente. É uma maravilha tecnológica movida a eletricidade. Você sobe e se senta ao lado de um cavalheiro de cartola que lê o jornal do dia. Na capa, uma foto do Ministro das Finanças, Winston Churchill, ao lado de uma manchete sobre a proposta de construção de algo chamado Eurotúnel: uma ferrovia submersa no Canal da Mancha, ligando Londres a Paris. Você sorri diante da coincidência e pede ao cavalheiro que lhe empreste a página do jornal. Na matéria, o ministro defende a mirabolante construção, dizendo que, em caso de nova guerra, agilizaria o transporte de tropas e suprimentos até a França. O jornal, no entanto, traz também outra matéria, onde o secretário de estado Maurice Hankey ridiculariza a ideia, dizendo que o túnel seria o primeiro alvo de um bombardeio alemão.

— Quanta modernice! — resmunga uma idosa ao seu lado em trajes recatados.

Você sorri e dá o jornal para ela. Um túnel submerso viria a calhar agora. Porém, demoraria décadas para ser construído, e você tem pressa. Por isso, usará outro invento moderno para ir até Paris. Você segue até o final da linha do bonde e desembarca no Aeroporto de Croydon. Viajará de avião.

O aeroporto tem estilo neoclássico: gigantescos pilares de inspiração romana sustentam um frontão com um enorme relógio. Seu bilhete já está reservado. Você o pega na bilheteria e segue para o pátio, onde vários biplanos estão estacionados, formando uma linha de hélices que apontam para o céu, as orgulhosas asas duplas prontas para cortar o vento. Você localiza a aeronave que voará para Paris, apresenta o bilhete, entra na cabine junto a outros dezenove passageiros e se senta junto a uma das enormes janelas quadradas. Lá fora, o piloto ajeita o cachecol e posiciona os óculos de aviador. Com a ajuda de uma escada, escala até seu assento. A equipe de solo se afasta. As hélices são acionadas, emitindo um barulho estrondoso, e o avião decola. Sabendo que o voo levará cinco horas de constante turbulência, você abaixa o chapéu sobre os olhos e busca descansar. Vá para 350.

274

Sentindo que já possui informações suficientes, você escreve uma carta com as descobertas feitas e pede ao mordomo que a envie ao clã Wyrden. Por fim, deixa os corredores inquietos da mansão. Enquanto desce a escadaria frontal, acena para outro membro do clã que está chegando quando você vai embora. O motorista está à espera. Você se acomoda no banco traseiro do carro e dá as instruções de como pretende ir a Oxford. Para retornar pelo caminho principal, vá para **168**. Para tomar uma rota alternativa, vá para **95**.

275

Apesar de masculina, a caligrafia é refinada e de fácil leitura *(leia a carta na página ao lado)*. Você reconhece o sobrenome Faraday: trata-se de uma ilustre família britânica. De fato, há um prestigiado pesquisador com esse nome na Universidade de Oxford. Quando terminar de investigar a mansão do Conde de Bampton, talvez valha a pena procurar por ele. A carta não possui indicação do remetente. Volte para **335**.

> DESTAQUE O ADESIVO **OX6**, VÁ ATÉ A REFERÊNCIA 138 E COLE-O NA POSIÇÃO 7. ENTÃO, VOLTE PARA CÁ.

276

— Eu sou só um assistente. Meu supervisor é o bibliotecário titular, Dr. Benjamin Westbrook. Ele não está. Ele... nunca está.

Volte para **247**.

277

O policial encara seus olhos firmemente. Então, pega um estojo metálico, abre-o e pega um pequeno objeto de dentro.

— Um presente de meu sogro. Não posso usá-la, mas se você tiver uma chance, enfie-a no peito do Profano.

Você recebe uma *bala de prata*. Anote-a em sua ficha de personagem. Você pode usá-la como munição para armas de fogo. Além disso, se usá-la contra uma criatura sobrenatural, recebe + no teste de ataque. Wright então volta a analisar os relatórios. Com os outros policiais também ocupados, resta a você olhar o mural. Vá para **282**.

30 de agosto de 1926

Minha doce Elizabeth,

A cada carta sua recebida, meu peito arde de felicidade. Espero encontrá-la em breve, para que possamos liquidar com esta terrível sensação de ausência e transformar a antecipação em felicidade. Mal vejo a hora de tê-la em meus braços e demonstrar todo o meu afeto.

Obrigado pelas novas informações a respeito do cetro. Elas me deixaram perplexo, posto que a descrição bate perfeitamente com os detalhes que tenho observado no artefato real. É possível que estejamos diante de uma das maiores descobertas da história.

Por favor, continue com a pesquisa. Esta fonte que você recuperou tem se mostrado deveras frutífera. Gostaria de saber quem é o autor.

Sim, precisamos nos encontrar o quanto antes. Apenas tenho dúvidas em relação ao local que você mencionou. Creio ter uma sugestão melhor. De todo modo, podemos conversar e chegar juntos a uma definição.

Com carinho,

Faraday

278

A Devoradora de Almas desaba aos seus pés. A juba se espalha em meio aos insetos frenéticos e os muitos tentáculos murcham como folhas de outono. Quando você está prestes a desferir o golpe final, no entanto, o ambiente ao seu redor volta a se transmutar. A igreja nebulosa recupera a nitidez. As vozes ecoantes dos cultistas voltam a ressoar com clareza. A quimera, por sua vez, desaparece como se nunca houvesse existido. O mesmo acontece com as baratas, a libra dourada e o fosso infinito. O templo cristão se revela na mais perfeita ordem, não fossem as pérfidas presenças a ultrajá-lo com sua idolatria.

Você se levanta, apesar de não se lembrar de ter caído, e corre pelo corredor central em direção ao altar. Porém, enquanto a Devoradora de Almas atrasava o seu avanço, Elizabeth prosseguiu com as preces profanas. Agora, ela já entoa as últimas palavras do ritual.

— ...por isso, ó Hastur, Deus do Sol Oculto, conceda-nos o conhecimento de que fomos privados. Banhe-nos com sua ciência!

Com isso, Elizabeth apunhala Eleanor no peito. Amarrada, a jovem dá um último grito de pavor. Sua voz ecoa pela igreja, ficando cada vez mais fraca, até se apagar completamente. Eleanor O'Flanagan jaz morta, seu sangue vermelho escorrendo pelo altar.

Os quatro cultistas ao redor do altar caem em completa histeria. Gritam e grasnam e gargalham. Rasgam as próprias roupas e se entregam ao júbilo decadente. Ao mesmo tempo, as centenas de velas que preenchem a igreja subitamente rebentam em chamas maiores. O clarão mais uma vez ofusca os seus olhos e desorienta seu equilíbrio, retardando seu avanço.

É difícil ver o que acontece no altar, mas você protege os olhos com as mãos e tem um vago panorama. Elizabeth mantém o olhar fixo em um imenso globo em chamas que flutua sobre o cadáver de Eleanor. Não parece se incomodar com a intensidade da luz. Enquanto os demais desfrutam do prazer sádico, a líder cultista permanece imóvel, em profunda concentração.

Tudo isso ocorre em um instante, e então a esfera ardente explode, espalhando milhares de fragmentos coloridos que cortam como cacos de vidro e esfolam a pele dos cultistas desnudos. Da mesma forma, as chamas das centenas de velas estouram, consumindo toda a cera de uma só vez. A luz se abranda no ambiente. Elizabeth remove a máscara e anuncia aos asseclas:

— O ritual funcionou. Eu sei onde está o Necronomicon.

Vá para 237.

279

Faça um teste: ⚅⚅ + ⚅ Eloquente – ⚅ Rude. Se passar, vá para **102**. Caso contrário, vá para **320**.

280

O conde dá uma bufada.

— Vocês, investigadores, estão sempre à procura de alguém para apontar dedos. Se acham os donos da verdade.

Volte para **238**.

281

Antes de partir, você olha em volta uma última vez. Moscas voam em círculos sobre os cadáveres, espantadas ora ou outra por algum dos policiais. Gotas de sangue coagulado deixam marcas escuras na terra e cheiro de ferro no ar. Uma lamparina quebrada jaz em meio aos cacos de vidro. Tallant morreu no cumprimento do dever. Você mais uma vez promete que concluirá o trabalho. É preciso localizar Elizabeth Holloway. Contudo, quando está prestes a partir em busca de novas pistas, um lampejo passa em sua mente. **Faça um teste: ⚅⚅ + ⚅ Alerta – ⚅ Negligente.** Se passar, vá para **75**. Caso contrário, vá para **268**.

282

A maior parte dos esforços da delegacia está direcionada a solucionar o caso do assassino em série conhecido como o Profano. Policiais entram e saem, trazem novas informações, reviram fotos e documentos, debatem entre si. Como agente particular, ninguém parece se importar com a sua presença, o que lhe permite examinar o quadro de evidências. Os documentos estão agrupados por vítima, que por sua vez foram dispostas em ordem cronológica.

A respeito de qual delas você quer se informar?

Eveline Smith	Vá para **266**
Lucy Hughes	Vá para **296**
Alberta Young	Vá para **216**
Julia Brown	Vá para **193**
Lizzie Baker	Vá para **334**
Josephine Johnson	Vá para **144**
Ruth, Judith, Sarah e Esther Levinson	Vá para **270**

Para ir embora da delegacia, vá para **86**.

283

Alguns moradores da mansão estão disponíveis e talvez possam responder a algumas das suas perguntas. Para falar com George Holloway, o pai de Elizabeth e Conde de Bampton, vá para **238**. Já para falar com Violet, a irmã mais nova, vá para **252**.

284

Há tempo para investigar mais uma parte do quarto. Para olhar o baú, vá para **176**. Já para olhar a cama, vá para **94**.

285

Você insiste. Explica para o prisioneiro que pessoas inocentes morreram, e a ajuda dele poderá salvar a vida de muitas outras. Diz que ele será um herói.

— Mal posso esperar pelo reconhecimento — ele responde, a indiferença ressaltando o sarcasmo.

Ele não falará mais. Vá para **55**.

286

De repente, da mesma forma como surgiram, as visões desaparecem. Você se vê no degrau inferior da escada, diante da porta aberta que leva para um cômodo iluminado em vermelho. Tudo parece estranhamente parado. As paredes não respiram, o teto não desmorona. São seres sem vida. Apenas o mundo real. O caminho está aberto, resta-lhe atravessar.

No momento em que você entra, a porta se fecha às suas costas. Você tenta abri-la, mas descobre que não há maçaneta no lado de dentro. Do alto das escadas, propaga-se o som abafado de pedra arrastando em pedra, e você sabe que o alçapão se fechou também. Precisará descobrir outra saída, mas não antes de investigar o local. Vá para **249**.

287

O policial Wright é um jovem de cabelo escuro e porte atlético. Ele está analisando o relatório de uma das cenas de crime. Assim que você se aproxima, ele fala de forma ríspida, sem sequer olhar para seu rosto:

— Estou ocupado. A não ser que tenha alguma pista sobre o assassino em série, me deixe trabalhar.

"Estou investigando o desaparecimento de Elizabeth Holloway."	Vá para **68**
"Também estou investigando os assassinatos."	Vá para **214**

288

Anotações, diagramas, panfletos religiosos. Se você tivesse mais tempo, talvez pudesse traçar um panorama das práticas do Dr. Benjamin Westbrook. Contudo, a pressa faz com que se concentre apenas no essencial e encontre uma carta assinada por Elizabeth Holloway *(leia a carta na página ao lado)*.

Você examina as palavras. São carinhosas demais, submissas demais. Não combinam com as opiniões da família sobre Elizabeth. Volte para **249**.

Oxford, 1° de abril de 1926

Querido Dr. Benjamin Westbrook,

Foi com imensa alegria que recebi sua carta. Depois do que houve em nosso último encontro, confesso que pensei que não receberia mais notícias suas. Fico feliz em saber que nossa amizade é mais forte do que nossas diferenças.

Quanto à pesquisa, agora entendo que o seguimento pode ser mais danoso do que a suspensão. Façamos como sugere. De agora em diante, prometo falar menos e ouvir mais.

De sua melhor aluna,

Elizabeth Holloway

289

Você está prestes a se despedir de Vincent para ir falar com Jane, quando ele mesmo interrompe a conversa:

— Não olhe agora, mas Jane está vindo para cá! Se me dá licença, é a minha chance de ter uma boa dança.

Vincent sai correndo para a pista de dança. Ele e Jane se encontram no meio do salão, às gargalhadas, e passam a dançar juntos, como duas perdizes ciscando. Vá para **118**.

290

Ele não vai falar o que você precisa saber, a não ser que haja algum tipo de incentivo. É preciso atravessar a muralha de indiferença que o homem construiu ao próprio redor. **Faça um teste:** ⚅⚅ + ⚅ **Eloquente** – ⚅ **Rude.** Se passar, vá para **57**. Caso contrário, vá para **285**.

291

— Pobre Vincent, estava caidinho por Elizabeth, mas acabou só carregando tocha. Ele é divertido e sabe dançar, mas é muito almofadinha e pateta. A esposa eduardiana que ele procura, não vai encontrar aqui.

Volte para **151**.

292

— Não posso perder tempo com uma garota mimada que fugiu de casa. Não enquanto lá fora há moças correndo risco real.

A policial Williams volta a analisar a foto. Com os outros policiais também ocupados, resta a você olhar o mural. Vá para **282**.

293

...Lua, (Terra), Marte, Júpiter... Os astros estão se alinhando! Continue o cálculo ou volte para **145**.

294

— É o grimório profano que busco, detentor do conhecimento que preciso! O que você viu é apenas o começo. Em posse do Necronomicon, serei capaz de realizar o verdadeiro ritual! Você jamais entenderia.

Dizendo isso, ela bate com a adaga na máscara ritualística e um último clarão se faz. Você fecha os olhos instintivamente e, quando volta a abri-los, Elizabeth e os cultistas não estão mais aqui. Vá para **166**.

295

Faça um teste difícil: ⚅ + ⚅ **Ágil** − ⚅ **Indolente.** Se passar, vá para **76**. Caso contrário, vá para **205**.

296

```
Lucy Hughes era limpadora de chaminés. Morreu no terraço do Bent House Jazz Club, vítima de um golpe perfurante no peito. A arma do crime não foi encontrada, mas o ferimento coincide com o de Eveline Smith. Coincidem também a nudez do cadáver e sua posição, deitado de costas sobre símbolos profanos e cercado de velas vermelhas. O reconhecimento do corpo foi feito por Silas Parker, morador da região e antigo cliente da vítima.
```

Volte para **282**.

297

Apesar de sua investigação ser particular, o inspetor está disposto a cooperar. O que você pergunta?

"O que sabe sobre a morte de Tallant?" — Vá para [72]

"Assassinatos como este são comuns em Oxford?" — Vá para **302**

Se quiser ir embora, vá para **281**.

298

Você orienta o motorista e ele dirige até o Mercado Coberto. Você desce do carro e entra na cobertura que protege as vias internas. O local fica aberto à noite, e é até mesmo iluminado por dentro. Porém, todas as lojas estão fechadas. Você percorre as várias ruas, inspeciona açougues e floreiras, busca por indícios de um ritual em andamento. Contudo, o único ser que se move lá dentro é uma pequena barata, que saiu para seu passeio noturno, aproveitando a ausência de humanos. Com a certeza de ter desperdiçado tempo precioso, você volta correndo para o carro. Se este é o seu primeiro erro, vá para **300**. Se é o segundo, vá para **74**. Se é o terceiro, vá para **101**.

299

— Hastur é o Deus do Sol Oculto e o detentor do conhecimento! Ele está aprisionado na órbita de Aldebarã, mas eu haverei de libertá-lo com a ajuda de Nyarlathotep! Você jamais entenderia.

Dizendo isso, ela bate com a adaga na máscara ritualística e um último clarão se faz. Você fecha os olhos instintivamente e, quando volta a abri-los, Elizabeth e os cultistas não estão mais aqui. Vá para **166**.

300

O tempo é curto. A qualquer momento, o ritual poderá se concretizar, colocando fim à vida de uma inocente e levando os cultistas a alcançarem seus objetivos profanos. Sabendo disso, você repassa as suas anotações, com a certeza de que algo lhe escapa. Algum padrão? Algum sinal oculto?

Enquanto você tenta decidir qual o próximo local a ser investigado, o motorista continua rodando a esmo pela cidade, explorando suas vias estreitas e centenárias. Entre uma curva e outra, vocês passam em frente a uma torre gótica e pontiaguda na qual é impossível adentrar. Seu único objetivo é simbólico: está ali para relembrar o martírio de três bispos que foram queimados na fogueira no século XVI por suas convicções protestantes. O Memorial dos Mártires demarca o local aproximado da morte dos três bispos. Eterniza tal local. Ao pensar nisso, você reflete sobre a importância de onde certas mortes se dão. Onde mesmo as vítimas do assassino em série encontraram seu lastimável destino? Volte para **98**.

301

Você joga o revólver pela janela e esconde embaixo do banco quaisquer outras armas que possua. O motorista pragueja, mas você explica que vai dialogar com os perseguidores, e que isso não seria possível se estivesse armado. Você pede que desacelere, o que ele faz a contragosto. Enquanto isso, você coloca a mão para fora da janela e faz sinal de trégua para os que vêm atrás.

Vocês por fim encostam e, contra todas as expectativas, os perseguidores ultrapassam devagar e param logo à frente. O que está no volante assim permanece, enquanto o atirador desce do banco do passageiro e vai até você. É um homem adulto, com rosto e roupas comuns, mas traz um revólver na mão. Aponta a arma para você. O que você diz a ele?

"Você é suspeito pelo sequestro de Elizabeth Holloway. Entregue-se agora."	Vá para **54**
"Quando uma mulher decide buscar conhecimento, nós precisamos fazer algo a respeito."	Vá para **256**
"Irmão, hoje é dia de olhar as estrelas."	Vá para **336**
"Que dádivas desçam sobre os filhos das estrelas."	Vá para **137**

302

— Não eram. Mas sinto que algo estranho vem acontecendo com esta cidade. Este não é o primeiro crime atípico nos últimos meses. — O inspetor olha diretamente para você e abaixa a voz. — Na verdade, estamos caçando um assassino em série, ou um grupo de assassinos. Sinceramente, creio ser uma seita. Matam apenas moças, preparando para elas um cenário macabro. Você pode se informar melhor na delegacia.

> Destaque o adesivo **OX7**, vá até a referência 138 e Cole-o na posição **2**. Então, volte para cá.

O inspetor prossegue:

— Fui informado do desaparecimento de Elizabeth Holloway há não mais do que algumas horas e soube que Tallant trabalhava no caso. Suspeito que esse seja o motivo do assassinato. No momento, o que mais me preocupa é que Elizabeth se torne a próxima vítima. Coloquei uma equipe de busca em ação, mas a sua ajuda é muito bem-vinda.

Volte para **297**.

303

O motorista percorre as ruas de Oxford. Passa por prédios cujas construções remontam a tempos esquecidos da Idade Média, suas datas de fundação perdidas na história distante. Estaciona em frente ao St. John's College, onde folhas amareladas começam a se acumular pela calçada. A fachada de pedra marrom se ergue por três andares e se estende lateralmente, bem mais larga do que alta. Como um antigo castelo, o portão frontal tem folha dupla e obriga o visitante a imergir nas sombras de um pórtico antes de acessar o pátio interno. Uma vez lá dentro, você ainda vê o céu sobre sua cabeça, mas as paredes dos prédios fecham o quadrilátero por todos os lados, asfixiando o gramado como gigantes de pedra retos e inflexíveis.

Você cruza um e outro pátio estrangulado. Quanto mais avança, menos estudantes vê. Parecem evitar certas áreas da universidade. As janelas dos prédios são todas iguais, dando a impressão de visitar uma casa dos espelhos. Escuras, é impossível distinguir o que espreita no lado de dentro. Você passa sob a estátua de um homem morto há séculos. Grades pontiagudas desviam seu caminho para uma escada lateral e seus passos ressoam na madeira. Ao percorrer os corredores internos, a atmosfera mergulha em penumbra.

A biblioteca é estreita e profunda. Incontáveis estantes se erguem à direita e à esquerda de um corredor que se alonga até o fundo distante. Prateleiras de madeira escura, repletas de livros de couro escuro, repetidas e repetidas rumo ao ponto infinito onde todas as retas se encontram. Você balança a cabeça, tentando distinguir o que é real do que é ilusão de ótica. Avança pelo corredor. O som do seu caminhar ecoa, como se outros passos respondessem aos seus. Parecem vir do teto elevado onde a parca iluminação não alcança.

Uma imagem surge adiante. Você comprime os olhos para enxergar melhor, visto que a figura parece translúcida e distorcida. É um homem de vestes brancas, que se arrastam às suas costas, longas e rasgadas. Uma estola roxa desce pelos dois lados do pescoço e por sobre o peito, também terminando em retalhos. Sobre os cabelos brancos pousa o chapéu elevado e pontiagudo de um arcebispo. Ele olha para você e sorri com dentes podres.

Antes que você tenha qualquer reação, a cabeça dele se desprende do corpo. Desliza pelo peito, espalhando sangue putrefato, e rola pelo piso. No lugar da cabeça, o pescoço se prolonga e se desenrola em um longo e pegajoso tentáculo. Ao mesmo tempo, um baque estrondeia às suas costas. Você se vira e dá de cara com outro homem, muito mais jovem do que o primeiro. É magro e encurvado. Tem olheiras profundas atrás dos óculos de aro grosso e veste suéter de lã sobre uma camisa.

— Eu não estava dormindo — diz o homem magro. Ele então levanta a cadeira que havia caído e causado o estrondo.

Você percebe que ele estivera dormindo, sim, sentado na cadeira. O sono foi perturbado por você, fazendo com que ele se assustasse e caísse.

— Sou Joseph, o assistente da biblioteca. Precisa de alguma coisa, ou está só de passagem?

Você ignora Joseph e volta a olhar para o arcebispo decapitado. Porém, ele não está mais lá. Vá para **247**.

304

Faça um teste fácil: + **Forte** – **Débil.** Se passar, vá para **102**. Caso contrário, vá para **320**.

305

O mordomo ergue as sobrancelhas e balança a cabeça.

— Sim, era normal sair sem avisar. Mas desta vez é diferente. Há algo errado com o atual sumiço, e a morte de Tallant apenas confirma meus temores. Há algo maligno por trás de tudo isso.

Ele espia em volta para se certificar de que seus senhores não estão por perto, e então olha no fundo dos seus olhos:

— Ouça meu conselho. Não saia desta casa pelo mesmo caminho traçado por Tallant. Há uma rota alternativa pelos fundos da propriedade que será mais segura, sem sombra de dúvida.

Volte para **316**.

306

A policial abre um pequeno sorriso.

— Fico feliz em saber que planeja fazer o certo, por mais difícil que seja. Pegue isso aqui. Desde que virei policial minha vó me enche dessas coisas, mas se você vai sair por aí sem reforços, vai precisar mais do que eu.

Você recebe um *terço*. Anote-o em sua ficha de personagem. Pode gastá-lo a qualquer momento para receber + em um teste. Williams então volta a analisar a foto. Com os outros policiais também ocupados, resta a você olhar o mural. Vá para **282**.

307

— Foi um prazer conversar — diz Thomas Faraday. — Agora, se me der licença...

O lorde não termina a frase. Em vez disso, o mordomo surge e guia você para fora do casarão, enquanto Faraday volta a desfrutar da companhia do cachorro. Vá para **138**.

Destaque o adesivo **X07**, vá até a referência **169** e cole-o sobre o número **163**. Então, volte para cá.

308

Enquanto ninguém está olhando, você vira o remédio dentro da xícara de chá. Logo a contenda entre Mary e Grace arrefece e as duas retomam seus lugares. A dama de companhia pega a xícara e a entrega à idosa. Grace está agitada demais para a devida apreciação do aroma das ervas e sorve tudo em um único gole. A nora espera por uma última alfinetada da sogra, que nunca vem. Em vez disso, Grace entrega a xícara para a dama de companhia. Sua face se contorce em uma careta de rugas. Ela se levanta e, reunindo o que resta de sua dignidade, deixa a sala do chá às pressas. Você não faz ideia do que proporcionou a Grace, já que o frasco não possui identificação. Alguns dias de desarranjo intestinal, talvez? Uma travessura condizente com a ofensa sofrida. No entanto, por ser uma idosa, há chances de ela ter convulsões ou até morrer. Além do mais, seja qual for a reação adversa, a culpa recairá sobre Charlotte, a criada. A vingança foi doce, mas você terá que conviver com o remorso. Perca 1 ponto de Sanidade e vá para **314**.

309

Há livros de diversas culturas antigas, desde egípcia e babilônica até nórdica e celta. Iconografia. Rituais. Politeísmo. Você folheia, procurando por padrões e anotações, e um bilhete cai de dentro de um dos tomos. É um livro marrom de capa dura e encadernação artesanal, ornamentado com detalhes em dourado. A parte da frente é tomada por uma figura intrincada, com curvas e voltas, como um nó eterno, sem início nem fim. O título está na lombada: *Fábulas do Oeste das Terras Altas, Volume 3*. É um livro de contos ilustrado com cenas do folclore celta. Já o bilhete foi escrito com letra apressada e sem qualquer preocupação estética:

Apesar da distância geográfica, perceba as coincidências. Podemos reunir informações dispersas para melhor compreensão da mensagem.

O bilhete não parece ter grande significado. Contudo, você o guarda de volta onde encontrou, para que outros investigadores possam lê-lo e tirar suas próprias conclusões. Volte para **271**.

310

Você reconhece a vítima amarrada ao altar. É Eleanor, a protegida de *Sir* Thomas Faraday. Uma jovem que teria muito pela frente, mas cuja vida foi abreviada pela perversidade de cultistas profanos. Vá para **77**.

311

O homem hesita. Então abaixa a arma.

— Sim, precisamos. A busca é o que salvará os eleitos.

Ele mostra o dorso da mão para você e ergue os dedos indicador e médio. Você copia o sinal. Satisfeito, ele volta para o outro carro. Os perseguidores manobram e voltam pelo lugar de onde vieram. Uma vez sozinhos, seu motorista olha para você como quem pergunta o que foi que acabou de acontecer. Você dá de ombros e pede que ele siga até Oxford. Vá para **69**.

312

Você educadamente recusa a bebida e se despede do barman. Então dá as costas aos jovens despreocupados que dançam para chocar a sociedade e sobe a escada para fora do clube de jazz. Ao sair, o sol ofusca seus olhos por um instante. Você tinha até esquecido que ainda era dia. Uma vez dentro do carro, é hora de seguir investigando. Vá para **138**.

313

Ao seu comando, o motorista sai do centro de Oxford no sentido leste. Gigante de pedra, a magnificente Torre Madalena desponta contra o céu noturno bem antes de chegarem lá. Cada uma de suas suntuosas janelas em arco tem a altura de dois homens, cada uma de suas muitas espiras serrilhadas ferem o horizonte com a rispidez de quase meio século de existência.

Você para diante das fundações sólidas, mas não é possível acessar a torre a partir da rua. A Torre Madalena faz parte da Faculdade Madalena, e o acesso é feito apenas por dentro das instalações da entidade. Assim, você precisa dar a volta na imensa construção que forma os pés da torre. Há uma porta entreaberta que leva ao jardim onde se erguem diversos prédios de pedra antiga. A porta da torre fica escondida atrás da capela. Por sorte, você encontra o zelador saindo da torre. Sem tempo a perder com explicações, toma a chave das mãos dele e avança escada acima.

São muitos e muitos lances de escada, a perder a conta. Quando finalmente chega ao topo, você enxerga a cidade inteira. Porém, nada de ritual. Apenas uma coroa de flores, ali deixada em honra a Josephine Johnson, morta vários dias atrás. O zelador expulsa você da torre aos berros, exigindo mais respeito aos mortos. Quando retorna ao carro, você tem a sensação de ter desperdiçado tempo valioso. Se este é o seu primeiro erro, vá para **300**. Se é o segundo, vá para **74**. Se é o terceiro, vá para **101**.

314

Com a postura impecável como sempre, Mary se vira para você mais uma vez.

— Elizabeth é uma boa garota, apenas está passando por uma fase difícil. Veja, já tem 24 anos e ainda não está casada. A guerra vitimou os melhores rapazes e ficou difícil casar bem uma filha. É claro que ideias frívolas surgem nessas horas. Querer frequentar a universidade. Ficar olhando as estrelas. Começar um namoro secreto! Mas quem nunca falou uma tolice enquanto moça? Elizabeth fugiu de casa porque estava carente de atenção, mas vai retornar assim que perceber o quanto está nos envergonhando.

Mary respondeu tudo o que você pretendia perguntar a ela.

— O que foi — ela pega uma xícara de chá para si — por acaso já respondi tudo o que você pretendia me perguntar? É porque estou o dia inteiro respondendo as mesmas perguntas de novo e de novo. A propósito, pegue este mapa. Servirá para você se guiar pelo centro de Oxford.

QUANDO QUISER VER O MAPA DE OXFORD, VÁ ATÉ A REFERÊNCIA **98** (MAS NÃO LEIA O TEXTO ATÉ QUE O LIVRO INDIQUE ISSO). APÓS VER O MAPA, VOLTE PARA A REFERÊNCIA NA QUAL ESTAVA.

Vá para **255**.

315

Em alta velocidade, o carro paira no ar a cada saliência na estrada, fazendo você ter a sensação de ausência de gravidade, até que o impacto do retorno ao chão revire seu estômago. Faz isso repetidamente, em meio a curvas perigosas e uma saraivada de tiros que aceleram o coração. Seu motorista acelera com o veículo, virando à direita e à esquerda para evitar os buracos maiores, desviar das árvores e fazer-se um alvo difícil de acertar. No início ele consegue. Contudo, em um deslize, gira o volante para o lado errado. O carro derrapa e capota. Ao sentir a perda de estabilidade, você solta o revólver e protege a cabeça. O veículo gira sobre si mesmo, revirando tudo do lado de dentro, e bate em uma árvore. A lataria mal amassa, mas o choque é transferido para os ocupantes. Sua cabeça bate com força contra o vidro da janela, que despedaça com o impacto. Sua visão escurece por um momento. Quando o mundo volta a clarear, seus pensamentos estão embaralhados. Você não identifica o som da porta do carro abrindo. Não distingue a expressão sádica do perseguidor. Apenas entende o que está acontecendo quando sente o frio do cano na sua testa. A última coisa que você escuta é o estrondo do tiro. Sua investigação acaba aqui. Preencha a lápide no cemitério e inicie um novo jogo na Introdução.

316

Ernest está parado no corredor principal da casa. De tempos em tempos, algum criado surge para receber instruções, as quais ele dá sem desviar o olhar dos investigadores que esquadrinham a residência. Ao abordá-lo, no entanto, você consegue um minuto da atenção dele. O que quer perguntar?

"Como era seu relacionamento com Elizabeth?" Vá para **339**

"Elizabeth costumava sair sem avisar?" Vá para **305**

Para sair da mansão, vá para **274**.

317

— Não conhecia a filha do conde pessoalmente, mas cheguei a trocar mensagens com ela. Foi recentemente, na ocasião em que ouvi falar sobre as antiguidades que ela possui em seu acervo pessoal. Entrei em contato, ao que ela respondeu com cordialidade, prometendo trazer as peças para que eu as examinasse. Porém, nossa reunião nunca aconteceu.

Volte para **145**.

318

Você dá um passo mais para perto de Joseph e pronuncia o nome dele lentamente.

— Joseph, há algo estranho acontecendo nesta biblioteca. Por que ela está tão abandonada? Que histórias sinistras têm se espalhado? Onde está o seu supervisor? Fale comigo, Joseph...

"...e poderei ajudá-lo a se livrar da situação em que você se meteu." Vá para **279**

"...ou farei com que se arrependa amargamente." Vá para **304**

319

Evitando fazer barulho, você se esgueira para uma das laterais da igreja. Após virar a esquina, vê uma porta dupla de madeira. A porta está trancada, e você precisa arrombá-la antes que um dos capangas o veja. **Faça um teste:** ⚅⚅ + ⚅ **Ágil** – ⚅ **Indolente.** Se tiver uma gazua, role +⚅. Se passar, vá para 70. Caso contrário, vá para 178.

320

Joseph mantém a postura relapsa.

— Se está procurando por catástrofes, olhe a prateleira vinte e três. É onde estão os livros sobre teorias da conspiração. Agora, se me permite, deu a hora do meu intervalo.

Dizendo isso, ele se vai, deixando você na biblioteca deserta e sombria. Na prateleira indicada, nada de relevante para o caso. Resta-lhe retornar para o carro e investigar outro local. Vá para **138**.

321

— É preciso descobrir o local onde ocorrerá o próximo sacrifício, ir até lá e colocar um fim a tudo isso, custe o que custar.

"Mas como saber quando ocorrerá?" Vá para **203**

Se quiser perguntar outra coisa, volte para **145**.

322

Sem alternativas, você espera. Em algum momento, consegue contato com o clã, e mandam um advogado. O processo, no entanto, se revela bastante moroso. Os dias se alongam. Passam-se semanas até um julgamento adequado. Enquanto isso, a investigação do caso Elizabeth Holloway se desenrola lá fora, sem você. Após meses de disputa judicial, o clã consegue provar a sua inocência. Você sai livre. Porém, ao solicitar aos líderes novas informações a respeito do caso, eles se comportam de forma estranha. É como se desconhecessem os nomes de Elizabeth Holloway e Detetive Tallant. Como se a investigação nunca tivesse acontecido. Depois disso, nunca mais convocam você para missões em campo. Seu papel fica relegado a pesquisas bibliográficas e casos de menor expressão. Você tinha potencial para atos grandiosos, mas um deslize mudou seu rumo para a mediocridade. Ao final da vida, restam apenas arrependimentos. Sua investigação acaba aqui. Preencha a lápide no cemitério e inicie um novo jogo na Introdução.

323

— Eu... Fiquei sabendo dos casos. Horríveis. Sim, horríveis. Pelo pouco que sei, parecem-me obra de uma mente deturpada. Espero que Lady Holloway não se torne mais uma vítima.

Volte para **112**.

324

Você ajusta o foco da câmera e bate uma foto da cena do crime. Em seguida, entra de novo no carro e retorna para a cidade. Volte para **138**.

> Destaque o adesivo **F03**, vá até o Álbum de Fotos e cole-o em uma posição qualquer. Então, volte para cá.

325

— A Família Faraday é numerosa. Precisaria saber o primeiro nome deste senhor, ou pelo menos informações a respeito do ramo da família. Mas, respondendo à pergunta, não chegou aos meus ouvidos qualquer notícia de um Faraday ter se apresentado como pretendente de *Lady* Holloway.

Volte para **112**.

326

— Todos amam Elizabeth! Ela sabe dançar, adora beber, nos mata de rir! — diz Jane, tomando mais um gole de sua bebida.

Volte para **151**.

327

Você olha para a estátua de mármore sabendo que há algo estranho nela. Talvez seja branca demais, e tal brancura a torne imprópria. Há uma sensação incômoda, mas você não se permite dominar por ela. Em vez de se limitar à imagem do santo do advento, você observa a capela como um todo, suas paredes duras, sua atmosfera fria, os genuflexórios empoeirados.

O que realmente chama a sua atenção é o bloco de obsidiana que serve de pedestal para a estátua. Obsidiana é uma pedra vulcânica, mas não há vulcões ativos na Inglaterra. Por que alguém atravessaria os mares para trazer uma rocha tão grande, apenas para enclausurá-la longe dos olhos do mundo? Tesouro escondido ou resíduo preservado, alguém tinha um bom motivo para deixá-la ali.

Você desliza os dedos pelos entalhes polidos na obsidiana e encontra reentrâncias suspeitas. A princípio, parecem simples altos-relevos decorativos. Porém, após investigar em minúcias, percebe que alguns deles são mais profundos do que outros. Talvez profundos o suficiente para não serem apenas lapidações superficiais, mas sim as frestas de uma passagem. **Faça um teste: ⚅⚅ + ⚅ Sagaz – ⚅ Ignorante.** Se passar, vá para **109**. Caso contrário, vá para **188**.

328

— É o que diria o meu tio, mas me parece uma esperança boba. Já tentei transpor a muralha que o lorde construiu ao seu redor, mas foi inútil. Não existe ser humano capaz de curar aquele coração ferido.

Se você tiver em posse de uma coleira, some 100 ao número escrito nela e vá para a referência correspondente. Caso contrário, vá para **223**.

329

– Quem?

Volte para **247**.

330

Olhando para Eleanor, você percebe como as sardas dela se destacam. Brilham. Gravitam. São estrelas em um estranho céu de palidez fúnebre. Você então cai na imensidão cadavérica. Mergulha entre estrelas avermelhadas e manchas astrais que se movem e tomam formas monstruosas.

Uma das figuras se separa das demais e forma o vulto de Eleanor, com cabelos longos deslizando pelo cosmos e o balanço jovial da lembrança de sua passagem pela terra. Porém, ela é cercada por quatro bezerros de olhos flamejantes, que dançam e cantam e a atraem para uma armadilha. Eleanor é oferecida a Elizabeth. E Elizabeth oferece Eleanor ao Touro Celeste. Um vórtice então suga os três. Deslizam em espiral, deformados, as bocas entoando um grito de horror que nunca é ouvido.

Sobram apenas os quatro bezerros de olhos flamejantes, que arrancam a pele uns dos outros, até revelar os músculos e ossos. Eles então copulam entre si, a despeito de serem apenas bezerros, e dão gargalhadas enquanto extirpam os próprios cascos. A alegria ensandecida termina com tiros de metralhadora. As criaturas são alvejadas incontáveis vezes e o líquido branco que as preenche começa a vazar pelos buracos abertos. Elas choram e morrem.

Eleanor jamais voltará a articular seu belo sotaque, mas algum alento haverá de ser alcançado através da vingança. Vá para 77.

331

O chefe de polícia deve ter assumido o cargo há pouco tempo, pois é um homem jovem, por volta dos 35 anos. Apesar disso, exibe olheiras profundas de quem tem trabalhado incansavelmente.

— Sei que está investigando um caso, mas não tenho tempo para ficar papeando. Vá direto ao assunto.

O que você quer perguntar?

"O que são essas fotos de cadáveres?"	Vá para **90**
"Essas fotos têm alguma relação com o desaparecimento de Elizabeth Holloway?"	Vá para **342**
"O que se sabe sobre o desaparecimento de Elizabeth Holloway?"	Vá para **158**
"Como é chefiar a polícia de Oxford?"	Vá para **122**

Se já tiver conversado o suficiente e quiser analisar o mural, vá para **282**.

332

Você investigou diversos locais e habitantes de Oxford e, a essa altura, já deve ter criado uma hipótese sobre o que está acontecendo na cidade. Chegou a hora de fazer um registro oficial de suas suspeitas, anotando nos quadros abaixo os locais que você visitou e sua suposição para o caso.

LOCAIS VISITADOS

____

____

____

____

SUPOSIÇÃO PARA O CASO

____

____

____

____

____

____

Não rasure as informações acima. Elas são um registro da sua primeira corrida para impedir o ritual. Após fazer as anotações, vá para **98**.

333

Você orienta o motorista e ele percorre as ruas mal-iluminadas até estacionar diante da Faculdade Igreja de Cristo. Você salta do veículo e corre pelo portão aberto, passando sob a torre do relógio decorada com motivos góticos, onde se apoia a estátua de um santo. O pátio interno está deserto e escuro. As entradas dos prédios, estranhamente desguarnecidas. Você percorre inúmeros corredores e chega até a capela da faculdade, que exerce também a função de Catedral da Diocese Anglicana. Os arcos que formam o teto da nave principal são decorados com reentrâncias de esmero extremo. Por todos os lados, a luz fúnebre que entra por vitrais forma imagens cromáticas pelo chão. Em uma das capelas, você encontra um altar de pedra sobre o qual está estirado um cadáver. Sem perder tempo, corre com todo o vigor até lá. Porém, quando se aproxima, percebe que na verdade não se trata de um cadáver sobre um altar, e sim uma estátua repousando sobre uma tumba: você está diante do túmulo de *Sir* John de Nowers, um nobre dos últimos anos da Idade Média. Você contempla a estátua, em sua imobilidade atemporal. Contempla a igreja, com suas colunas de mármore e seus bancos de madeira espalhados pelo salão desabitado. Não há nada aqui. Resta-lhe retornar por onde veio, amargando o tempo perdido. Se este é o seu primeiro erro, vá para **300**. Se é o segundo, vá para **74**. Se é o terceiro, vá para **101**.

334

Lizzie Baker era balconista na Livraria Blackwell's. Morreu próximo ao seu local de trabalho, nos bastidores do Teatro Sheldonian, vítima de um golpe perfurante no peito. O reconhecimento do corpo foi feito pelo Dr. Stephen Venkman, pesquisador do Instituto de Psicologia Experimental e cliente da livraria. O doutor parecia estranhamente informado a respeito do Profano, e inclusive ofereceu ajuda nas investigações. Terá sido um vazamento de informações? Ou ele descobriu por conta própria? Sua principal contribuição foi apontar indícios de que o assassino recebia ajuda de um ou mais seguidores. Contudo, por mais que tenha ajudado a compreender a mente distorcida do assassino e seus asseclas, as deduções do professor muitas vezes eram baseadas em pressupostos fantasiosos demais para serem levados em consideração. O Dr. Venkman chegou a ser listado como possível suspeito, mas a hipótese logo foi descartada.

Destaque o adesivo **OX2**, vá até a referência **138** e Cole-o na posição **4**. Então, volte para cá.

Volte para **282**.

335

A penteadeira é de madeira maciça, com quatro pernas entalhadas em formas sinuosas e elegantes. Possui um espelho emoldurado e duas gavetas pequenas. O tampo está forrado de perfumes, batons e joias. Você examina tudo rapidamente: abre os perfumes para testá-los, busca por marcas estranhas nos batons, analisa as joias... Mas nada parece estranho. Ainda sobre a penteadeira há dois livros e, dentro de uma das gavetas, uma pilha de cartas. Você folheia os escritos. Qual deles quer olhar com mais atenção?

Os livros?	Vá para **192**
A carta com caligrafia masculina?	Vá para **275**
A carta com selo francês?	Vá para **64**
A carta cujo envelope não possui identificação?	Vá para **246**

Se já tiver investigado o suficiente, vá para **284**.

336

Por qualquer que seja o motivo, a observação de estrelas vinha fascinando Elizabeth nos últimos tempos, e não é impossível que isso esteja relacionado ao desaparecimento. Se o homem à sua frente tem qualquer conhecimento sobre isso, você não faz ideia. Mas este é um blefe como qualquer outro, e pode ou não funcionar. **Faça um teste:** + **Eloquente** – **Rude.** Se passar, vá para **260**. Caso contrário, vá para **346**.

337

Sob sua orientação, o motorista manobra até a travessa New College e estaciona diante de uma casa que, à primeira vista, nada tem de especial. Alta, estreita e construída colada nos dois vizinhos, provavelmente é uma cópia espelhada de um deles. Um lugar completamente banal... não fosse a placa de madeira na fachada, que diz: "Edmond Halley, catedrático professor de geometria, viveu e manteve seu observatório astronômico nesta casa".

Diferente das casas vizinhas, a de Halley possui um terraço. Era ali que, duzentos anos atrás, o catedrático observava as estrelas, estudava astronomia histórica e fazia cálculos para prever o futuro. Foi onde esmiuçou sua pesquisa sobre os corpos celestes que passaram pela Terra em 1456, 1531, 1607 e 1682, e onde teorizou que eram todos um mesmo cometa, que retornaria em 1758. Foi a casa onde morreu em 1742, sem ter vivido o suficiente para confirmar sua teoria. Edmond não viu o retorno do corpo celeste, mas a humanidade viu por ele. E o batizou com seu nome: Cometa Halley.

Você espia a casa enquanto devaneia sobre a ligação de Elizabeth com as estrelas e o espaço sideral, mas não há ninguém aqui. Resta-lhe retornar ao carro e, a exemplo de Edmond Halley, examinar o passado antes de tentar calcular o futuro. Se este é o seu primeiro erro, vá para **300**. Se é o segundo, vá para **74**. Se é o terceiro, vá para **101**.

338

Após examinar as pistas coletadas até aqui, você reúne informações suficientes para embasar as linhas de investigação abaixo. Escolha para onde você vai.

POSIÇÃO 1

POSIÇÃO 2

POSIÇÃO 3

SE JÁ TIVER COLADO OS ADESIVOS DAS POSIÇÕES 4, 5 E 6 NA SALA DE TROFÉUS, DESTAQUE O ADESIVO "IN4" E COLE-O AQUI.

339

O mordomo espia em volta para se certificar de que ninguém esteja escutando. Então pousa em você os olhos pesados e sombrios.

— Esqueça essa bobagem. Elizabeth não fugiu de casa. Ela não é a primeira moça da região a desaparecer. *Várias* foram levadas. Algumas foram encontradas mortas depois de alguns dias, em circunstâncias perturbadoras. Não posso falar muito, mas você com certeza encontrará mais informações na delegacia de Oxford.

Destaque o adesivo **OX7**, vá até a referência 138 e Cole-o na posição **2**. Então, volte para cá.

Volte para **316**.

340

O filhote observa, triste, enquanto você sai do carro. Você pede ao motorista que procure um lar para ele. Por fim, se despede. Vá para **341**.

341

O motorista se vai. Você caminha rumo à igreja. Porém, quando se aproxima, diversas pessoas saem da construção. Usam mantos e capuzes que escondem os rostos, mas as diferentes estaturas indicam tanto homens quanto mulheres. Estão armados com porretes ou punhais e se organizam para montar guarda, impedindo a entrada. Só podem ser capangas do Profano! Você precisa passar por eles de alguma forma. Para fazer um ataque frontal, vá para **253**. Para se esgueirar e entrar por uma porta lateral, vá para **319**. Por fim, para se mesclar ao grupo, vá para **345**.

342

— Difícil dizer. As vítimas até o momento eram moças de camadas sociais mais baixas: faxineiras, cozinheiras, uma estudante de classe média... Não acredito que o Profano ousaria sequestrar a filha do conde. Porém, não posso deixar que um mero palpite guie a investigação. Em nome da segurança de Elizabeth Holloway, estamos considerando a possibilidade de ela ser a próxima vítima.

Volte para **331**.

343

Venkman abre uma fresta na porta e espia para fora. Após se certificar de que nada espreita na escuridão, ele abre passagem para que você saia. Você dá um passo para o corredor e ouve a porta bater e ser trancada às suas costas. Quando emerge do corredor estreito, percebe que alguns pesquisadores estiveram esperando pelo seu surgimento. Eles estão a uma distância discreta e procuram disfarçar a curiosidade, mas a verdade é que esquadrinham você dos pés à cabeça enquanto percorre o corredor do instituto e vai embora pela porta principal. O motorista está à espera. Vá para **138**.

344

Ao seu comando, o motorista se embrenha por uma série de vielas residenciais e estaciona diante da Mansão Montfort, que, outrora gloriosa, encontra-se abandonada desde a morte dos últimos ocupantes. Tudo está escuro e deteriorado. Nem o jardim de plantas secas, nem a porta apodrecida oferecem qualquer resistência à sua entrada. A casa foi inteiramente construída de materiais requintados. As lareiras são feitas de pedra e ferro fundido. As janelas são de mogno, com ornamentos caprichosamente entalhados em baixo-relevo. As paredes são revestidas de seda. As poltronas, de veludo. No entanto, absolutamente tudo está entremeado por um mofo verde, branco e voraz, que avança na forma de novos círculos sobre qualquer superfície que se apresente. O cheiro é revoltante. Apesar disso, você sobe as escadas rangentes e vasculha os quase trinta aposentos luxuosos que foram deixados para apodrecer. A decadência está por todos os lados, seja nas cortinas em farrapos ou nas fezes de morcegos acumuladas pelos cantos. Porém, apesar da atmosfera fantasmagórica, nada há nesta antiga morada que indique um ritual profano em andamento. Assim, após investigar bastante, você retorna para o carro e segue sua procura pela cidade. Se este é o seu primeiro erro, vá para **300**. Se é o segundo, vá para **74**. Se é o terceiro, vá para **101**.

345

Você puxa seu casaco para cima, para que pareça um manto sob a escuridão da noite, e se aproxima do bando. É difícil se infiltrar assim, mas graças à correria e confusão dos capangas, pode ser possível. **FAÇA UM TESTE:** ⚅⚅ + ⚅ **ELOQUENTE** – ⚅ **RUDE.** Se passar, vá para **113**. Caso contrário, vá para **66**.

346

O homem segura a arma com mais firmeza.

— Olhar as estrelas? Vou mandar você para o céu, assim poderá enxergá-las mais de perto.

E atira. O estouro ecoa pelos campos e arvoredos. O cheiro de pólvora se eleva junto ao vapor do cano fumegante. Mas você não ouve o eco, não sente o cheiro. Pois jaz no banco do carro, o sangue esguichando em golfadas pela ferida aberta à bala. Sua investigação acaba aqui. Lembre-se de preencher a lápide no cemitério. Inicie um novo jogo na Introdução.

347

Você já questionou os parentes de Elizabeth, mas ainda pode interrogar os funcionários da mansão. Para falar com Ernest, o mordomo, vá para **316**. Para falar com Charlotte, a dama de companhia, vá para **52**.

348

Cambaleando, você finalmente chega ao altar. Se quiser falar com Elizabeth, vá para **183**. Para atacá-la, vá para **220**. Se preferir atacar os cultistas, vá para **58**. Por fim, se quiser socorrer Eleanor, vá para **170**.

349

Seguindo sua orientação, o motorista percorre a Broad Street e estaciona diante do Balliol College, uma das instituições mais antigas de Oxford. Você entra pelos muros medievais e encontra as portas destrancadas em seu caminho até a antiga biblioteca. Os corredores estão vazios e silenciosos. Contudo, o som abafado de vozes atrai você até uma sala nos fundos. Ao se aproximar, você confirma que um grupo congrega em segredo, quatro homens e uma mulher. É possível escutar apenas fragmentos do que diz cada um:

— ...artefato apocalíptico, capaz de escravizar todos os povos do mundo...

— ...irão morrer, um por um, sem ter como escapar da ilha...

— ...a ilha onde a sociedade é controlada e dividida em castas...

— ...para corromper o mundo com uma era glacial...

— ...devastando as florestas até a terra se tornar estéril.

Diante de planos tão nefastos, você se arma e invade o gabinete. Porém, encontra nada mais do que um grupo de escolásticos sentados em cadeiras de mogno, fazendo anotações em blocos de papel e tomando chá.

— O que é isso? — com sotaque americano, o mais novo se encolhe na cadeira.

O mais velho, por outro lado, não se deixa surpreender pela sua chegada. Abandonando qualquer afetação de sua vestimenta de professor, ele salta sobre você com a perícia de um veterano de guerra, e ambos vão parar no chão.

— Clive, as armas!

Outro dos homens aproveita o caos e desarma você, também com a perícia de quem já capturou prisioneiros de guerra.

— Fique onde está! — ordena Clive. — Pronto, John, está sob controle.

— É melhor começar a se explicar... — John se afasta de você.

Ao perceber que o grupo aqui buscou o desarme em vez da agressão, você explica para eles que está tentando impedir o ritual de sacrifício que será realizado hoje por cultistas de deuses profanos.

O americano jovem dá risada.

— Tem um rapaz lá na América com ideias bem semelhantes a isso... — Então ele se vira para o quarto homem: — Eu disse, Aldous! Disse que valia a pena participar de uma reunião. Coisas inusitadas acontecem por aqui.

— Não sei, Theodor — responde Aldous. — Sei apenas que vocês estão envergonhando a universidade diante da Senhora Christie.

A mulher, que até então não havia se pronunciado, pousa a xícara de chá com a delicadeza de quem foi educada na etiqueta francesa.

— Ora, não se preocupem comigo. Estou ocupada imaginando todos vocês mortos no chão desta biblioteca.

John parece ser o líder do grupo. Estranhamente, ele solta você, aceitando a sua justificativa.

— Armas não são permitidas aqui. É melhor você voltar em um dia menos imaginativo.

Clive devolve seus pertences e indica a saída. Você talvez não entenda completamente o que acaba de acontecer, mas uma coisa é certa: o ritual não acontece aqui. Resta-lhe retornar para o carro e retomar a investigação. Se este é o seu primeiro erro, vá para 300. Se é o segundo, vá para 74. Se é o terceiro, vá para 101.

MARCHÉ
AFE

ATO 2: PARIS

350

UM SUSPIRO DE ESPANTO PERPASSA OS PASSAGEIROS e desperta você do sono leve. Do outro lado da janela, uma paisagem esplendorosa. Paris, a Cidade Luz, se estende até onde a vista alcança. Incontáveis prédios baixos formam bairros de cor clara, entrecortados pelo escuro das ruas diagonais onde crescem árvores. Em meio à cidade, doze avenidas convergem para o mesmo ponto, formando uma estrela centrada no Arco do Triunfo. Tudo parece reto e nivelado, dentro de um esquadro transversal — exceto o Rio Sena, que serpenteia pela região, incutindo leveza com suas curvas suaves entrecortadas de um sem-número de pontes. O biplano dá a volta na Torre Eiffel, e você pode ver em detalhes o metal recurvo que forma a estrutura titânica. O sobrevoo permite que você contemple o gramado dos Campos de Marte, cuja vastidão verdejante vai da torre até a Escola Militar; a Catedral de Notre Dame, com suas duas torres simétricas, e o Museu do Louvre, com suas muitas alas e jardins.

Por fim, o piloto pousa no Aeroporto Le Bourget. Você desce as escadas e vai até o saguão, onde consegue um táxi que vai até o centro da cidade — mais especificamente, até a Champs-Élysées. A avenida é larga, com castanheiras plantadas dos dois lados e um movimento intenso de carruagens, ônibus motorizados e cabriolés. Além da linha de árvores, estendem-se calçadas igualmente amplas, mas tão apinhadas de gente que parecem apertadas. Homens de bengala e mulheres com gola de peles movem-se a passos apressados, desviando-se uns dos outros e dos postes de metal enfileirados, cada qual decorado com entalhes em forma de flores ou ondas e ostentando lamparinas no topo. Mas o que mais chama atenção é a quantidade de cafés. Estão por todos os lados, colorindo a cidade com seus toldos listrados e espalhando pequenas mesas redondas pela calçada. Aqui, dois homens de chapéu de feltro debatem o último discurso do presidente. Ali, uma mulher com os olhos encobertos pelo chapéu cloche usa um pequeno espelho para retocar o batom. Juntos a outras centenas de pessoas, formam um mar de chapéus e conversas.

Em uma banca de jornal, você vê o rosto da ilustre estilista, Margô Deschanel, estampado na capa de uma revista de moda. Margô é sua pista aqui e, graças à carta escrita pela própria, você sabe que ela frequenta o Moulin Rouge. Porém, o famoso cabaré só abre à noite. Enquanto o sol não se põe, você decide investigar Paris. Se houver cultistas aqui, melhor que você os descubra antes que possam armar uma emboscada. Sabendo que há tempo para visitar um único local, decida aonde ir para descobrir que sombras se escondem na Cidade Luz. Para subir a Torre Eiffel, vá para **421**. Para ver uma peça de horror gore no Teatro Grand Guignol, vá para **372**. Para assistir a um filme mudo no Cinéma du Panthéon, vá para **385**. Para visitar o Museu do Louvre, vá para **454**.

351

Você está no salão de espetáculos do Moulin Rouge, um ambiente de teto elevado e atmosfera teatral. O piso é forrado por um carpete cor de vinho. O teto e as colunas são ocultos por volumosas cortinas de veludo escarlate. Afrescos adornam arcos e corrimãos, enquanto centenas de pequenos holofotes proporcionam iluminação indireta e insuficiente, fazendo com que os cantos escuros se tornem esconderijos para criaturas imaginárias. O salão é repleto de mesas, tanto no piso principal quanto na galeria elevada, todos voltados para um enorme e luxuoso palco. A densa névoa de tabaco concede sensação de asfixia e onirismo. Pessoas de todos os tipos, garçons e garotas do espetáculo perambulam pelo salão, essas últimas exibindo fantasias cheias de babados e plumas multicoloridas, que deixam as pernas à mostra. Elas riem e interagem, entretendo a audiência antes do espetáculo começar. Vá para **403**.

352

Um estabelecimento como o Moulin Rouge não teria apenas um segurança. Mais dois homens chegam, também veteranos de guerra. Os três se valem da superioridade numérica e o espancam gravemente. Sem alternativa, você foge pelas ruas de Paris, deixando um rastro de sangue que escorre de seu rosto. Quando finalmente interrompe a corrida para retomar o fôlego, percebe que não sabe onde está. É difícil reconhecer qualquer rua ou alameda quando um olho se recusa a entrar em foco e o outro não se abre mais. Você cambaleia até um banco de praça. Encosta-se nele. Sangue pinga na calçada. Mesmo com uma lentidão de pensamento arrasadora, você consegue raciocinar que talvez devesse buscar assistência médica. Porém, não consegue formular um pedido de ajuda. Para os transeuntes que perambulam pela Paris noturna, você não passa de alguém que exagerou na bebedeira. Quando o sol nasce e as pessoas veem seus ferimentos, já é tarde demais. Você morreu assistindo à poça de sangue sob o banco se avolumar. Sua investigação acaba aqui. Preencha a lápide no cemitério e inicie um novo jogo na Introdução.

353

Você deixa o hotel e caminha rumo ao endereço indicado por Margô. A casa de leilões fica em um bairro afastado, longe dos pontos turísticos e dos cafés agitados da Cidade Luz. As ruas são estreitas e serpenteiam por entre casas geminadas. Depois da noite conturbada, com a ida ao Moulin Rouge e ao desfile de moda, é estranho caminhar por uma vizinhança calma e quieta. Você chega ao endereço e encontra um sobrado de fachada discreta, mas elegante, no típico estilo parisiense de alvenaria bege. Sobre uma porta de ferro negro, uma placa de metal indica "Toussaint Casa de Leilões". A porta está fechada. Pela janela, apenas escuridão e silêncio. O prédio vizinho é um antiquário, e a dona, uma simpática senhora de cabelos grisalhos, lhe avisa que a casa de leilões foi esvaziada recentemente. Sem mais nada para fazer aqui, você parte rumo ao aeroporto. Vá para **409**.

354

— Tudo o que você diz é muito interessante, mas no momento não estou disponível para longas conversas. Clientes importantes me aguardam. Entre em contato outra hora e talvez possamos conversar. Segurança!

Vá para **426**.

355

A quantidade de peças é estonteante. Você tateia pequenas esfinges e faraós, folheia tomos antigos e observa pinturas e papiros. Porém, não encontra nada que elucide os objetivos de Elizabeth. Enquanto procura, percebe um movimento no canto da sala. Avançando até lá, vê uma fumaça escura surgindo do ângulo da parede. A fumaça se materializa em uma cabeça disforme, um misto de morcego e lobo, com presas que se projetam para fora da mandíbula em carne viva. Com um salto, a criatura derruba você no chão, morde seu peito e, com força sobrenatural, arranca um pedaço de sua caixa torácica. Sangue misturado a fragmentos de ossos encharca o piso da sala de leilões. O monstro então começa a sugar seus fluidos corporais com uma língua oca e comprida. A dor é indescritível, mas pelo menos acaba rápido. Em poucos instantes, o cão de tíndalos termina a refeição. Sua investigação acaba aqui. Lembre-se de preencher a lápide.

356

Todos os prédios da rua são encostados uns nos outros, não permitindo acesso aos fundos. Você então dá a volta na quadra. O plano é escalar a fachada de uma das construções, caminhar sobre o telhado até o Moulin Rouge e entrar por uma janela. **Faça um teste: ⚅⚅ + ⚅ Ágil – ⚅ Indolente.** Se tiver uma mochila de explorador, role + ⚅. Se passar, vá para **465**. Caso contrário, vá para **405**.

357

Você percebe que não há mais informações a serem extraídas no Moulin Rouge. Margô Deschanel não está aqui. Sua busca deve prosseguir em outro lugar. Quando você segue rumo ao corredor de saída, as luzes escurecem e a música ambiente muda para um tom de antecipação. O auditório inteiro para de conversar. Todos se viram para o palco. Trombetas soam e as cortinas se abrem. Doze dançarinas com saias cheias de babados entram trotando no ritmo da música que se aviva. Elas dão pulinhos, riem, gingam e passam a chutar o ar acima das próprias cabeças no compasso do Cancan. Os espectadores acompanham a música batendo palmas e o salão inteiro mergulha no clima festivo. Mas você não está aqui para se divertir. Se tiver o endereço onde Margô Deschanel está, some 400 ao número da casa e vá para a referência respectiva ao total. Se não tiver descoberto o endereço, vá para **395**.

358

Você pergunta à atendente de bilheteria do Moulin Rouge, e ela indica o caminho até o endereço desejado. É longe, e a única esperança de chegar a tempo é cobrir a distância correndo. Sem alternativa, você parte. Começa devagar e vai pegando ritmo no caminho, à medida que o corpo esquenta. Porém, antes de chegar ao destino, você começa a sentir os primeiros sinais de cansaço. **Faça um teste: ⚅⚅ + ⚅ Saudável – ⚅ Doente.** Se passar, vá para **437**. Caso contrário, vá para **429**.

359

— William Faraday é um explorador inglês, membro de uma família nobre — Margô responde. — Pelo que sei, é um apreciador de obras antigas, especialmente as egípcias. Tem pelo menos o dobro da idade de Elizabeth.

Volte para **400**.

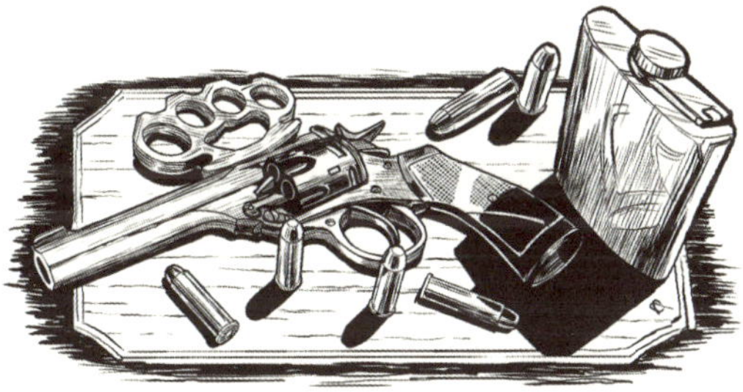

360

O museu do Louvre é um mundo por si só. Com dezenas de milhares de peças, entre artefatos pré-históricos, antiguidades egípcias e greco-romanas, e obras de arte islâmicas e orientais, você poderia ficar um ano aqui e mesmo assim não conseguiria investigar tudo. Fazer isso em uma tarde, então, é quase impossível! Após algumas horas de busca infrutífera por influência cultista, você deixa o museu. Vá para **472**.

361

Você pede uma bebida, enquanto conversa com o garçom a respeito da noite de espetáculo. Quando ele parece à vontade, você aproveita para perguntar sobre Margô Deschanel. Vá para **424**.

362

Você desce o corredor lateral que leva até o palco e desvia para a direita. Atrás de uma cortina lateral, encontra uma porta escondida, por onde você tenta passar sem chamar atenção. **Faça um teste:** ⚅⚅ + ⚅ **Ágil** – ⚅ **Indolente.** Se passar, vá para **370**. Caso contrário, vá para **438**.

363

Você compra seu ingresso e entra na fila. Apesar de longa, ela caminha com ritmo constante, e logo chega a sua vez. Junto a dezenas de pessoas, você se espreme no espaço fechado. O ascensorista fecha a porta, faz sinal para a equipe externa e aciona uma alavanca. Com um impulso, o mundo lá fora começa a se mover para baixo. Hastes e mais hastes de metal, cabos de aço, arcadas decorativas — tudo parece descer à medida que você sobe. Mais que isso, o gramado lá embaixo, os jardins e os prédios da cidade se tornam distantes e pequenos.

O elevador para na primeira plataforma. Quando a porta se abre, o ambiente é tomado pelo cheiro de pato confitado e boeuf bourguignon. Algumas pessoas descem para aproveitar os restaurantes, outras sobem, mas você continua onde está. Na segunda plataforma, todos são obrigados a descer. Você observa a cidade lá embaixo enquanto caminha até um segundo elevador. Desta vez, a subida é vertiginosa. Embora não seja rápida, é alta demais. Alguns turistas soltam uma exclamação de arrebatamento perante a maravilha da engenharia humana. O elevador abre as portas na terceira e última plataforma. O local é coberto. Na parede próxima ao teto, você vê indicação de direção e distância até importantes capitais. Londres, 344 km a noroeste. Dublin, 780 km a noroeste. Madrid, 1.052 km a sudoeste. Cairo, 3.210 km a sudeste. E muitas, muitas outras. O mundo inteiro se encontra em Paris.

Você sai por uma das portas para a área externa da plataforma. A vista é de tirar o fôlego. É semelhante ao que você viu no biplano, porém com mais tempo disponível para apreciar a capital francesa. O dia claro permite observar os monumentos distantes, as alamedas arborizadas, os recortes nos prédios, os carros que se movem, pequenininhos. Você presta atenção, mas não percebe qualquer sinal de cultistas ou símbolos ritualísticos aqui. Porém, tem uma prova da capacidade humana de criar maravilhas. Pela visão sublime, recupere 1 ponto de Sanidade. Se você tiver uma câmera fotográfica, vá para **425**. Caso contrário, vá para **458**.

364

Margô concorda com a cabeça.

— Faz sentido. Além do mais, não é a primeira vez que a família de Elizabeth invade a privacidade dela.

Vá para **423**.

365

Após investigar os arredores, você encontra três alternativas para entrar no cabaré sem pagar. Para escalar pelo prédio dos fundos, vá para **356**. Para tentar convencer o segurança, vá para **373**. Por fim, para tentar entrar à força, vá para **447**.

366

Quando você começa a erguer a estrutura, a equipe inteira sente que o trabalho ficou mais fácil. Graças a você, a iluminação volta à posição ideal com relativa facilidade e técnicos pendurados em escadas se certificam de fixá-la melhor desta vez. Quando você retorna até Colette, ela bate palmas de felicidade.

— Agora vai dar tudo certo!

Você sorri e diz que precisa ir embora. Antes, porém, pergunta se ela sabe algo sobre Margô Deschanel.

— Margô, aquela querida! — os olhos de Colette brilham ao pronunciar o nome. — Foi ela quem criou a minha fantasia! Geralmente vem nos assistir, mas hoje não virá. Está promovendo um desfile apenas para convidados especiais.

Você pede mais informações, ao que ela responde em um sussurro:

— Será na Rue de la Mode, número 15. Se você for até lá, diga a ela que adorei as pedrarias turquesa — ela aponta o detalhe na fantasia.

Você se despede de Colette e retorna para o auditório. Anote o endereço e volte para **381**.

DESTAQUE O ADESIVO **X08**, VÁ ATÉ A REFERÊNCIA **398** E COLE-O SOBRE O NÚMERO **392**. ENTÃO, VOLTE PARA CÁ.

367

— Culto? — Margô repete. — Que tipo de culto?

“Tem recebido poderes de Nyarlathotep.” Vá para **433**

“Tem buscado o conhecimento de Hastur.” Vá para **388**

“Tem estudado deuses da antiguidade e suas constelações.” Vá para **419**

368

A face de Toussaint se converte em um sorriso sádico. — Agora entendo. Você não está aqui para apreciar minha coleção, mas para se tornar parte dela. — Sem tirar os olhos de você, o leiloeiro profere palavras ininteligíveis:

— Mghri ph’nglui mgn’ghftephai mgulnah r’luh... l’ YA!

Assim que brada a última parte, o corpo inteiro dele começa a brilhar. Toussaint se transmuta, ganhando força e envergadura. Os músculos dos braços incham até arrebentar o fraque. A mandíbula se torna mais sólida, com dentes que rilham de pura cólera. Ele avança para cima de você. **Faça um teste de sanidade 2:** + Ocultista – Inocente e enfrente a criatura.

LEILOEIRO MONSTRO ◆		6	–5

Se vencer, vá para **376**.

369

Com peso no olhar, você demonstra para ela que o assunto é grave. Então começa a explicar o motivo de sua vinda a Paris:

“Elizabeth fugiu da Inglaterra. A família dela está morrendo de preocupação.” Vá para **418**

“Elizabeth fugiu da Inglaterra. Parece estar envolvida em uma espécie de culto.” Vá para **367**

“Elizabeth fugiu da Inglaterra. Fez isso após assassinar uma vítima indefesa.” Vá para **471**

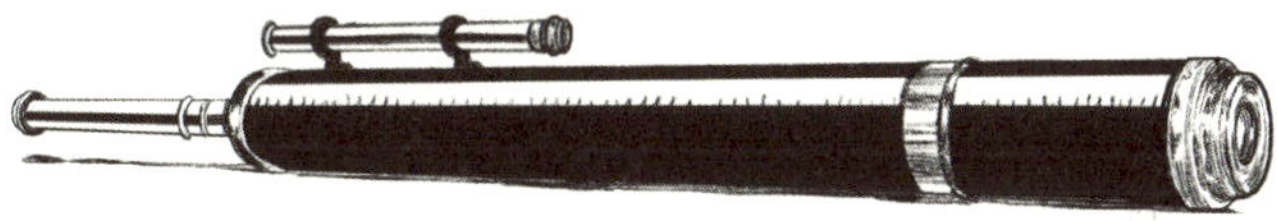

370

Você abre a porta sem chamar atenção, passa por ela e a fecha logo atrás. Caminha alguns passos por um corredor e chega a um ambiente abafado e multicolorido, com fantasias e adereços de palco pendurados em cabides por todos os lados, exibindo babados volumosos, lantejoulas douradas e penas de pavão. Uma longa fila de espelhos reflete uma longa fila de dançarinas, dando a ilusão de duplicar a magnificência do camarim. Cada uma delas se veste ou se maquia, inspecionando o resultado no reflexo sem vaidade, mas com precisão analítica. Ao redor, assistentes de figurino correm de um lado para outro a fim de solucionar problemas de última hora. Uma das dançarinas se afasta do espelho. Está pronta. Ela percebe que você está ali e dá um sorriso charmoso.

— Vejo que conseguiu se infiltrar no nosso esconderijo secreto — ela diz as últimas palavras em tom de brincadeira. — Vai querer levar de lembrança uma foto da encantadora Colette?

Ela faz algumas poses fotográficas propositalmente exageradas, sendo mais engraçadas do que sensuais. Agita os penduricalhos da roupa. Brinca com expressões faciais. Gira o corpo com a fluidez da água. A voz cativante e o apuro dos movimentos corporais mostram que ela está no ramo certo. Colette nasceu para entreter o público. Se você tiver uma câmera fotográfica, vá para **436**. Caso contrário, vá para **469**.

371

Uma das garotas conversa com um aristocrata de casaca azul. Cheia de falso pudor, ela ruboriza e gargalha perante o galanteio do visitante. Então pisca várias vezes os olhos pintados, enquanto se abana com um leque. Forrado de lantejoulas, o leque absorve a iluminação teatral e volta a irradiá-la como centenas de estrelas. Sua borda é contornada por plumas brancas, e uma delas se solta com o movimento frenético. Ela flutua, leve e desapercebida, por sobre as cabeças da plateia. Voa até o alto do auditório, onde se reúne com outras plumas perdidas em meio à atmosfera de luxúria. Várias garotas gargalham pelo salão. Várias plumas se soltam e esvoaçam. Uma a uma, perdem-se todas no ar enevoado, até que nem uma reste nas fantasias. Leques depenados adornam os corpos seminus das garotas. E elas gargalham. Exibem os dentes e a língua por entre lábios pintados de vermelho. Gargalham não por alegria, mas porque foram instruídas a incentivar quando os visitantes lhes sussurram obscenidades.

No topo do auditório, as plumas formam um redemoinho. Giram mais rápido e mais rápido, até que o atrito gera uma fagulha que irrompe em chamas. A luz irradia, o calor se propaga e você cobre os olhos por um momento. Quando volta a olhar, o redemoinho se tornou um aro de chamas. No centro, há milhares de estrelas. Não são feitas de lantejoulas como as fantasias, mas de poeira cósmica e gás interestelar. Em meio aos astros há uma criatura, que flutua para baixo e atravessa o aro ardente, entrando no auditório vinda de outra dimensão. As garotas continuam a gargalhar. Os clientes seguem com suas indecências. Refulgindo como se fosse feita de bronze, a criatura bate as asas, descendo lentamente, enquanto estica tentáculos de escuridão pelo ambiente em penumbra, obscurecendo alguns holofotes e delineando uma silhueta de sombras. É difícil olhar para ela. Você sente os olhos cegos como se ela irradiasse trevas, e ao mesmo tempo sente-os ofuscados, como se irradiasse luz. O pouco que consegue entrever, no entanto, é suficiente para registrar que possui quatro faces: uma de homem, uma de águia, uma de touro e a última de leão.

Acima da cabeça monstruosa, o aro flamejante lembra uma auréola. Porém, nada há de santo na entidade que a ostenta. Ao comando dela, a auréola se expande. Passa a ocupar toda a extensão do teto, e então desce pelas paredes. Tudo o que toca incendeia. O fogo se alastra por cortinas e carpetes. Devora o que encontra. Escala pelas pernas da plateia. Os visitantes depravados se jogam no chão para tentar apagar as labaredas das roupas. As garotas maquiadas continuam a gargalhar, enquanto a maquiagem derrete junto com a pele do rosto. Quando parece que nada poderá fazer frente à criatura sideral, dezenas de flechas são disparadas a partir de pontos indistintos. Com um movimento das asas, a criatura desvia todas elas, com exceção de uma, que finca em cheio no olho esquerdo da face do Touro. A criatura guincha. Do olho ferido irrompe uma torrente de lava. Ela agarra o ferimento e se contorce, respingando por todo o auditório. Por fim, arranca a própria cabeça e morre. **Faça um teste de sanidade 2@: ⚅⚅ + ⚅ Ocultista – ⚅ Inocente.**

Você tateia o bolso em busca de uma caneta para fazer anotações. Porém, quando volta a olhar para a criatura, ela não está mais lá. A garota de lábios vermelhos sorri para o aristocrata, abanando-se com o leque de plumas. Vá para **403**.

372

O Teatro Grand Guignol fica um pouco distante, mas você tem tempo, então decide ir a pé. Após uma caminhada de quarenta minutos, chega aos pés da colina de Montmartre. Em eras passadas, era um local de adoração dos povos celtas, mas nos últimos séculos foi tomada por templos católicos. É impossível não notar a imponente Basílica de Sacré-Coeur, que observa a tudo e a todos do alto, com suas muitas torres terminadas em cúpulas sugerindo influência bizantina e seus santos — Joana D'Arc e Rei Luíz IX — cavalgando cavalos de bronze.

Mas você não vai até a basílica. Em vez disso, desvia-se para a sombra da colina, onde vielas tortuosas fazem um convite ao perambular desorientado. Ao fim de um beco sem saída, encontra o que um dia foi uma capela. Resquício da arquitetura sacra, a porta em ogiva ostenta o nome do teatro. Aqui é o lugar. Uma fila já se forma na bilheteria, com homens e mulheres bem-vestidos tagarelando a respeito do espetáculo.

— Dizem que os efeitos especiais são impressionantes! — diz um senhor de bigode e cartola à dama que traz ao braço.

Cartazes colados por todos os lados ilustram uma mulher sendo açoitada com um chicote enquanto está acorrentada a uma árvore ornamental. Anunciam o espetáculo: "O Jardim dos Suplícios". Você entra na fila e aguarda a sua vez, enquanto ouve comentários diversos a respeito do realismo da peça que está prestes a assistir. Quando está quase chegando à bilheteria, se depara com um sujeito baixo e corcunda. **Faça um teste: ⚅⚅ + ⚅ Alerta – ⚅ Negligente.** Se passar, vá para **408**. Caso contrário, vá para **394**.

373

Você se aproxima do segurança que protege a entrada do cabaré. Percebendo que você não tem ingresso, ele cruza os braços musculosos. A face, antes amistosa, torna-se severa. Não há tolerância em seus olhos, apenas o enfado de um homem que já lutou na guerra e hoje tem que lidar com boêmios e vagabundos. **Faça um teste: ⚅⚅ + ⚅ Eloquente – ⚅ Rude.** Se passar, vá para **463**. Caso contrário, vá para **393**.

374

— Se quer saber, foi uma péssima ideia. Eu jamais teria recomendado tal atitude. Porém, o mundo está mudando de forma irreversível. Cedo ou tarde, toda mulher buscará seu próprio lugar na sociedade... E essa busca sempre cobrará um preço. Elizabeth pagou com a comodidade e a segurança de viver em uma mansão. Talvez tenha pagado também com uma parte de sua alma, mas prefiro não supor o pior. Mas, por condenável que seja, ela fez isso em busca da liberdade de se tornar aquilo que sempre quis ser. Algo que ninguém daria para ela e que ela teve que buscar por contra própria.

Volte para **400**.

375

Você se pendura na primeira janela, iça o corpo para cima e alcança o segundo andar. Mais uma vez se ergue, toma impulso e alcança a terceira janela. A parte final é a mais delicada, pois você não quer chamar atenção. Todo cuidado é pouco quando se ergue lentamente e busca escutar a conversa lá dentro.

— Quero ver os órgãos internos — diz uma voz masculina. — Arranque para fora.

Você abre a janela sem fazer barulho, pula para dentro e se esconde atrás de um armário. Está em uma espécie de escritório. O homem que fala está vestido de terno e sentado diante de uma escrivaninha, com um ator e uma atriz de cada lado.

— Boa ideia — diz a atriz. — Podemos dar as tripas para canibais! — Você então a reconhece. É a atriz que viu morrer asfixiada no palco. — Socorro! Eles estão devorando meus órgãos! — ela choraminga de forma teatral.

A porta então se abre e entram mais atrizes e atores.

— A plateia hoje estava animada — diz o ator que fazia papel de carrasco.

— E como — diz a atriz que você viu ser esfolada viva. — Me ajude aqui — ela vira para ele, as costas em carne viva. Se no palco ele havia arrancado uma camada de pele, aqui você o vê arrancar o que parece ser a carne da moça. Porém, não passa de maquiagem, que ele remove como se fosse adesivo, revelando a pele intacta embaixo. — Obrigada! Consigo até me mover melhor agora.

Percebendo que as atrizes estão em segurança, você sai do esconderijo.

— Que susto! O que faz aqui?

Você explica o motivo de sua inquietação.

— Nossa, que gentil! — diz uma das atrizes trágicas. — Obrigada por se preocupar, mas é tudo encenação.

O homem de terno se levanta da escrivaninha sorrindo como quem recebeu um elogio. Ele abre uma gaveta repleta de aparatos cênicos.

— Aqui há de tudo! Dentes, órgãos, sangue falso. E quando o personagem morre eletrocutado ou derretido em ácido, temos efeitos especiais ainda mais complexos! Mas ficamos gratos por sua preocupação. Tome, leve isso para se lembrar de nós!

Você recebe uma *foto autografada* pela trupe, que pode servir de motivação. Anote-a em sua ficha de personagem. Pode gastá-la a qualquer momento para receber +⚅ em um teste. Você se despede e deixa o teatro, mas não sem antes receber uma piscadinha simpática da atriz principal. Vá para **444**.

376

A figura brutal tomba, espalhando sangue pelo piso. Assim que a vida se esvai, o corpo volta ao tamanho normal: é apenas um homem morto sobre roupas antes elegantes, mas agora esfarrapadas e manchadas de vermelho. É melhor você sair daqui antes que alguém apareça. Você pega a estatueta do casal e, antes de levantar mais suspeitas, abandona a casa de leilões e volta às ruas movimentadas de Paris. Tem um voo a pegar. Vá para **409**.

DESTAQUE O ADESIVO **X09**, VÁ ATÉ A REFERÊNCIA **459** E COLE-O SOBRE O NÚMERO **450**. ENTÃO, VOLTE PARA CÁ.

377

Margô sorri.

— Vejo que falou mesmo com Colette. É uma boa moça, e talentosa também.

Quando fizer um teste contra Margô, role +⚅. Vá para **423**.

378

Do lado de dentro, mais estruturas da antiga capela sobrevivem. Pilares, tribunas e estátuas de anjos conferem ao local a atmosfera de santuário profanado. O cheiro forte de incenso e cera queimada faz você se perguntar: os rituais realmente cessaram ou o local ainda é usado para algum tipo de cerimônia religiosa? O ar é pesado como o de uma catacumba. Não mais do que uma centena de assentos voltam-se para um pequeno palco. Você se senta. As luzes se apagam. O espetáculo começa.

A peça conta a história de um agente secreto que vai para a China investigar uma onda de crimes, mas é desviado de seu objetivo por uma sedutora francesa que se delicia eroticamente ao observar os horrores do Jardim dos Suplícios. A tensão cresce na plateia quando o casal decide visitar o perverso local. Trata-se de um jardim, como o nome já diz, com flores e árvores em grande parte subentendidas pelo cenário simples. Os horrores ali presentes, por outro lado, são mostrados em detalhes.

O carrasco primeiro traz uma jovem mulher de seios desnudos, que grita e implora por sua vida. Ela luta, mas ele é mais forte. Com a precisão de um veterano, enrola uma grossa corda ao redor do pescoço da moça e a derruba. Sem ar, ela para de gritar, mas se debate. Ele pisa no corpo dela e usa a força da perna para apertar ainda mais. A moça arregala os olhos e abre a boca em busca de ar que não vem. O rosto branco se torna avermelhado. Os músculos do pescoço se projetam em esforço inútil. Por fim, ela começa a arroxear. Com seu último resquício de vida, ergue a mão e faz um gesto extenuado. Por fim, a mão pende. O carrasco solta a corda e o rosto arroxeado assume um branco cadavérico.

Como se tivesse experimentado a mesma sensação de sufocamento, a plateia finalmente liberta o fôlego e explode em vigorosos aplausos. Alguns riem, outros secam as lágrimas. Uma senhora pergunta a seu acompanhante como terminou, já que ela estava de olhos fechados. A atriz não volta a levantar. Em vez disso, os demais atores carregam seu corpo inerte para fora do palco.

Na sequência, é trazida uma jovem de vestido oriental em farrapos. Acorrentada, ela nada pode fazer ao ser deitada de frente em uma mesa. O carrasco arranca o que resta de suas roupas, expondo a pele clara das costas para a plateia. Com uma adaga, perfura a jovem, deixando escorrer um veio de sangue, e então arrasta a lâmina para cima, traçando um longo corte enquanto a moça berra e se entrega ao desespero. O carrasco vira a direção do corte algumas vezes, formando o desenho de um retângulo que toma as costas inteiras. Ele então usa a adaga para cutucar uma das arestas, separar a pele da carne. Uma vez conseguido, começa o trabalho de arrancá-la, descascando a mulher como se descascasse uma fruta. Ao remover a pele branca, resta apenas a carne viva, empapada de sangue. A moça grita, chora, implora. As demais personagens riem ou se estimulam sexualmente.

A plateia imita as personagens. Todos se deleitam com a tortura. O realismo da violência é tão intenso, que um homem desmaia. Cheiro de sangue toma o ambiente. A carne exposta atrai algumas moscas. Será mesmo apenas encenação? **FAÇA UM TESTE DE SANIDADE 1@: ⚅⚅ + ⚅ OCULTISTA – ⚅ INOCENTE.** Vá para **397**.

379

Você se acomoda junto a uma mesa, e logo um garçom surge segurando uma bandeja e um bloquinho para anotar seu pedido. Se quiser pedir uma bebida, pague 1£ e vá para **361**. Se quiser perguntar sobre Margô Deschanel, vá para **431**.

380

Um francês mal-encarado olha para você com o brilho da maldade. Ele fala algo com sotaque tão carregado, que você não consegue entender. Porém, as intenções dele são óbvias: isso é um assalto.

ASSALTANTE	⚅⚅	+2	ϟ –2

Se vencer, vá para **389**.

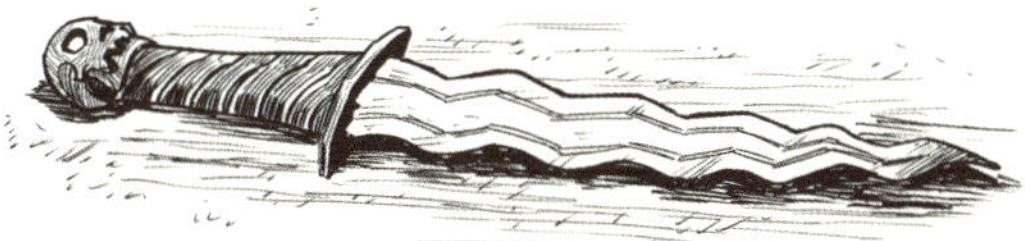

381

Você está no salão de espetáculos do Moulin Rouge. Enquanto a plateia se prepara para assistir ao show, você especula quem saberá onde encontrar Margô Deschanel. Com quem quer falar? Você só pode escolher cada opção uma vez.

Para se sentar a mesa e conversar com o garçom	Vá para **379**
Para se aproximar de uma mesa alheia e conversar com moças da alta sociedade	Vá para **466**
Para se infiltrar nos bastidores e conversar com os artistas	Vá para **362**

Quando não quiser mais investigar, vá para **357**.

382

Você agradece a Margô pelas informações e se despede.

— Boa sorte com a investigação — ela conclui, antes de se voltar para os convidados.

Tendo descoberto o que precisava, você sai para o ar noturno. A caminhada até o hotel é longa, mas serve para clarear a mente. Elizabeth está no Cairo: é este seu próximo destino. Antes, porém, você descansa por algumas horas no quarto arranjado pelo clã. Recupere 1 ponto de Saúde. Assim que acorda, você faz um telefonema e confirma seu voo com saída hoje à tarde. Se tiver o endereço da casa de leilões, some 400 ao número da casa e vá para a referência correspondente. Caso contrário, vá para **409**.

383

Margô lança a você um sorriso sarcástico.

— Os convidados que estão aqui hoje são pessoas ilustres. Conheço cada um deles pelo nome. Muitos são amigos íntimos. Agora, você... eu nunca ouvi falar. Segurança!

Vá para **426**.

384

Margô Deschanel suspira profundamente. Ela então desabafa:

— Elizabeth Holloway começou sendo minha cliente, mas acabamos desenvolvendo uma amizade preciosa. Ela é uma boa moça. Porém, mesmo as boas moças às vezes se perdem em dúvidas profundas que são próprias da juventude. Eu me lembro de ter a idade dela. Tudo era difícil e confuso. — Ela então olha para você, depositando rara confiança.

— Elizabeth se envolveu com o que não deveria. Deuses antigos, constelações misteriosas... o oculto e seus sortilégios. Eu disse a ela para tomar cuidado, mas meus conselhos só serviram para que passasse a esconder segredos de mim. Pensei que os interesses dela mudariam quando começou a citar Faraday em suas cartas, mas pelo visto me enganei. Aqueles dois compartilham da mesma obsessão. Se Elizabeth deixou a Inglaterra, o único local para onde imagino que ela possa ter ido é o Egito. Uma viagem romântica ao Cairo era o grande sonho dos dois. Dormir abraçados em meio a artefatos e ídolos ancestrais... — Margô só não revira os olhos porque é elegante demais para isso. — Procure por ela no hotel L'Américain.

Vá para **400**.

385

O Cinéma du Panthéon fica na direção contrária do Moulin Rouge. Mas você tem tempo, então decide fazer a caminhada. Após cinquenta minutos, vê-se percorrendo a calçada em frente ao prédio da Sorbonne, casa de uma das universidades mais antigas do mundo. O prédio é baixo, como todos em Paris, mas estende-se pela quadra inteira, com suas centenas de janelas encimadas por afrescos e frontões triangulares. A porta de vidro adornada com metal curvado em estilo art déco contrasta com as colunas neoclássicas, apontando para a mescla de conceitos e para as recentes reformas feitas no prédio. Você segue adiante. A quadra seguinte é repleta de livrarias e restaurantes, além de alojamentos para os alunos da universidade. Entre um estabelecimento e outro, o Cinéma du Panthéon poderia passar despercebido, não fosse a fila de jovens que se estende pela calçada. Eles riem e relatam casos acontecidos durante as aulas, enquanto esperam por sua vez na bilheteria. Cartazes por todos os lados anunciam o filme em cartaz: uma comédia norte-americana intitulada *The Flapper*. Para assistir ao filme, pague 1£ e vá para **449**. Se não quiser pagar ou não tiver o dinheiro, vá para **468**.

386

Ao lado da escultura de Akhenaton e Nefertiti, você vê um antigo papiro com hieróglifos. Você traduz o texto, que começa dizendo: “Nefertiti, Grande Esposa do Rei, a Sábia do Alto e do Baixo Egito”. O texto que segue é impressionante: trata-se de palavras místicas que permitem que você conjure um feitiço de proteção! A partir de agora, todas as suas personagens têm acesso ao *escudo de Nefertiti* (veja no adesivo). Volte para **376**.

> DESTAQUE O ADESIVO **A03**, VÁ ATÉ A SALA DE TROFÉUS E COLE-O NA POSIÇÃO **16**. ENTÃO, VOLTE PARA CÁ.

387

Margô examina você dos pés à cabeça, tentando decidir se deve confiar ou não. **FAÇA UM TESTE: ⚅⚅ + ⚅ ELOQUENTE – ⚅ RUDE.** Aplique todos os bônus e penalidades que você tiver acumulado ao longo da conversa com a estilista. Se passar, vá para **384**. Caso contrário, vá para **354**.

388

Margô parece vagamente surpresa.

— Nunca ouvi falar.

Vá para **398**.

389

Após se livrar do assaltante, você bate a poeira da roupa, respira fundo e termina o percurso caminhando. No endereço indicado, depara-se com um casarão com recepcionistas bem-vestidas na porta. É preciso força de vontade para ir até elas, disfarçar o cansaço e fingir que recebeu convite para o evento. Apesar de tudo, não encontra qualquer impedimento à sua entrada. Bem treinadas para lidar com o público de alta classe, as recepcionistas dão as boas-vindas e guiam você para dentro. Vá para **442**.

390

Em vez de perder tempo discutindo, você fica de frente para o oficial e faz uma continência. Ele pisca algumas vezes, demorando a compreender. Quando seus olhos finalmente se iluminam de compreensão, ele passa a respirar mais lentamente e responde à saudação militar com igual respeito, apesar das falhas de aprumo. Quando a formalidade se encerra, o homem apoia o braço em torno do seu pescoço e aponta para uma mesa cheia de oficiais e ex-oficiais do exército que assistem à cena ali de perto.

— Estou com alguns amigos aqui. Eles são como nós.

Você se junta ao grupo por um momento. Um deles cumprimenta você erguendo o copo de bebida. Outro retoma a história que estava contando antes da confusão começar, sobre uma experiência traumática que viveu durante a Grande Guerra. Todos brindam em nome dos companheiros que se foram. Você também compartilha uma história trágica de seu passado e a empatia expressa pelos veteranos é comovente. Recupere 1 ponto de Sanidade. Quando todos já cansaram de destilar lamúrias, um deles muda de assunto para algo mais espirituoso:

— Agora que pedi dispensa, sabem o que vou fazer? Vou em busca da minha fortuna! Fazer missões ao longo de todo o Mediterrâneo teve um lado bom. Encontrei o mapa para um tesouro, falta apenas decifrá-lo.

Todos olham para o mapa, que mostra parte da costa mediterrânea.

— Está incompleto — reclama um deles. — Nunca vai conseguir decifrar.

— Acho que tem razão... — o dono do mapa se lamenta. Ele então olha para você e continua. — Quer saber? Meus tempos de viagem já acabaram, mas os seus talvez não. Leve esse pedaço, talvez você encontre o resto.

Você pega o mapa incompleto. Então, se despede dos militares e retorna à sua missão. Vá para **381**.

DESTAQUE O ADESIVO **A04**, VÁ ATÉ A SALA DE TROFÉUS E COLE-O NA POSIÇÃO **10**. ENTÃO, VOLTE PARA CÁ.

391

Você caminha pela rua escura, procurando pelo carro... Mas não precisa procurar por muito tempo. Quebrando a serenidade da noite, um veículo branco vira a esquina à frente sem desacelerar e dispara na sua direção como um torpedo. Você se prepara para saltar para o lado, mas antes disso o carro freia subitamente e para à sua frente. A motorista acena para você e ri.

— Voilà! — É Madeleine. — Vamos ao desfile?

Você titubeia por um momento, perguntando-se se é seguro, mas decide ir. O carro tem espaço para duas pessoas atrás do para-brisa retangular, então você se senta ao lado da motorista. A carroceria é feita de chapas de aço fixadas sobre uma estrutura de madeira, com faroletes redondos na frente. Apesar da noite fria, a capota está recolhida para trás e há apenas o céu noturno sobre suas cabeças.

— Gosto da sensação de liberdade — ela explica.

Com um ronco do motor, Madeleine arranca. Avança pelas ruas de Paris em alta velocidade, fazendo curvas perigosas e buzinando sempre que cruza com outro veículo. Você se segura como pode, torcendo para que o percurso termine logo, mas não consegue evitar a empolgação causada pela adrenalina. De repente, ela freia. Lê o nome da rua em uma placa. Estão em um distrito de alto padrão. Quando vê o casarão com recepcionistas bem-vestidas na porta, você sabe que chegou ao lugar certo.

— Apenas me siga — diz Madeleine. — Porte-se como se tivesse recebido convite, e ninguém irá questionar.

Ela está certa. Não há qualquer impedimento na entrada. Bem treinadas para lidar com o público de alta classe, as recepcionistas dão as boas-vindas e guiam vocês para dentro. Uma vez no salão principal, Madeleine se despede e vai em busca de fazer amizade com pessoas famosas, enquanto você se vê livre para investigar. Vá para **442**.

392

— Claro, claro — ela menospreza seu comentário com sarcasmo. — Suponho que pessoas que me admiram estejam por toda parte.

Quando fizer um teste contra Margô, role –⚅. Esta penalidade é cumulativa com qualquer outra que você tenha recebido (mas você sempre pode rolar no mínimo 1 dado). Vá para **423**.

393

Imaginando que um homem com esse porte e disposição não irá se solidarizar com a sua busca por Elizabeth, você decide inventar uma história mais convincente. Assim, diz a ele que recebeu uma denúncia sobre a presença de espiões alemães no cabaré esta noite, e que precisa entrar para investigar. Porém, você percebe nos olhos do segurança que ele não acredita em uma palavra sequer. De repente, nota que outros dois seguranças surgiram, um de cada lado. Ao comando do primeiro, eles agarram seus braços e conduzem você para fora, fazendo ameaças caso volte.

Tendo desperdiçado a chance de entrar pela porta da frente, você volta a cogitar uma invasão pelos fundos. Porém, enquanto avalia os becos que cercam o Moulin Rouge, você escuta passos às suas costas. Ao se virar, é tarde demais. Uma lâmina curta e afiada desliza em seu pescoço e sangue quente começa a escorrer pelo talho. Você agarra a própria garganta na tentativa de estancar o sangramento, mas suas mãos estão débeis. Sua última visão é de um homem loiro de olhos azuis segurando uma faca do tipo que se usava em trincheiras durante a Guerra. Sua investigação acaba aqui. Preencha a lápide no cemitério e inicie um novo jogo na Introdução.

394

Você age por instinto e empurra o corcunda para longe. Ele dá um grito, perde o equilíbrio das pernas desproporcionais e rola pelo beco. Para de barriga para cima, de forma patética, com o casaco aberto e espalhado pela rua. As pessoas ao redor se assustam. Uma delas o chama pelo nome e corre para ajudá-lo a se levantar. Ele aceita ajuda, constrangido. Olhares enviesados das pessoas em fila se voltam para você, enquanto cochicham sobre a brutalidade estrangeira. O rapaz é apenas um funcionário do teatro. Ele berra alguns insultos para você e retorna para dentro do prédio. Sentindo o clima pesado às suas costas, você deixa o Teatro Grand Guignol. Vá para **444**.

395

Você dá de ombros. Por que partir agora, se ainda pode assistir ao espetáculo? Afinal de contas, você está no Moulin Rouge! Além do mais, para onde iria? Sua investigação se mostrou um beco sem saída, então não há por que prosseguir hoje. Pode voltar à busca amanhã. Você escolhe uma mesa vazia e se acomoda para assistir enquanto uma das dançarinas chama um cavalheiro da plateia para subir no palco. Ela venda os olhos dele. Rufam os tambores. Por fim, ela chuta tão alto e com tamanha precisão, que acerta o chapéu dele, arremessando o artefato para longe, mas sem tocar no cliente. Palmas se espalham pelo salão. A dançarina agradece.

A noite prossegue cheia de movimento, cores e efeitos de luz. Palhaços, bailarinas e acrobatas se apresentam um após o outro, sem sair do ritmo da música, que é tocada e cantada ao vivo. Você se envolve tanto, que até esquece o real motivo de estar em Paris. Em certo momento, sobe ao palco um flatulista. Com seu assombroso controle dos músculos abdominais, ele assopra uma vela a metros de distância usando o ar expelido pelo ânus. Em seguida, passa a cantar uma música folclórica de fazenda, arrematando cada verso com a imitação do som de um animal. A plateia aplaude. Você aplaude junto. Não consegue se lembrar o motivo de estar assistindo a uma apresentação de peido.

Na mesa ao lado, um casal de idosos assiste ao espetáculo com um sorriso escancarado no rosto. Jamais piscam. Você toca em um deles e percebe que está morto. Dá de ombros. Volta a assistir ao show. Com o passar das horas, seu riso se alarga também. Com o passar dos dias, sua carne definha sob a pele ressequida. A noite nunca termina. Veja pelo lado bom: você morre aproveitando a euforia decadente dos anos dourados. Seu sorriso será eterno. Preencha a lápide no cemitério e inicie um novo jogo na Introdução.

396

Margô fita o vazio por um tempo, como se ponderasse responder a você ou não. Por fim, olha em seus olhos.

— Há um homem, Bennet Toussaint. É um leiloeiro renomado e possui uma coleção de peças egípcias incomparável. Vou lhe dar o endereço, mas... Se você não for especialmente alerta ou sagaz, recomendo que fique longe. Já cruzei com Toussaint em algumas exposições de arte e senti algo estranho nele.

Anote o endereço: Rue de Lille, nº 59. Volte para **400**.

397

O espetáculo termina com uma das personagens tendo seus olhos perfurados por agulhas enquanto as cortinas se fecham lentamente e a plateia se levanta para aplaudir. Diferente do costume, os atores não retornam para um último agradecimento. Em vez disso, as luzes se acendem e funcionários do teatro conduzem os espectadores para fora. Quando você sai, o céu já começa a escurecer. É hora de ir para o Moulin Rouge. Porém, os assassinatos supostamente fictícios que aconteceram no Teatro Grand Guignol ocupam sua mente. Se quiser investigar os bastidores, vá para **413**. Se não quiser se desviar de sua missão, e preferir ir direto para o cabaré, vá para **444**.

398

Uma cliente surge para falar com Margô, mas ela gentilmente lhe pede que espere alguns instantes, desfrutando dos canapés que estão sendo servidos. A estilista busca evitar que alguém escute a conversa de vocês.

— Afinal, quem é você e como chegou até mim? — ela pergunta.

"Sou alguém que quer ajudar. Encontrei-a após conversar com pessoas que a admiram."	Vá para **392**
"Investiguei crimes e mistérios minha vida inteira. Tenho meus meios de chegar aonde quero."	Vá para **473**
"Como parte do meu trabalho, tive acesso às cartas de Elizabeth e soube que vocês eram amigas."	Vá para **364**

399

A bandeja cai de lado, acertando um pequeno holofote situado na lateral do corredor. O som do vidro trincando se ergue acima do burburinho dos clientes.

— Desculpe — o garçom se apressa em dizer, enquanto sai para limpar a bagunça. É o fim da conversa discreta que estavam tendo. Volte para **381**.

400

Margô está disposta a responder suas dúvidas. O que quer perguntar?

"Quem é o Faraday das cartas?"	Vá para **359**
"Por que Elizabeth estava interessada em deuses antigos e constelações?"	Vá para **417**

"Como posso saber mais sobre as antiguidades egípcias que eles admiram?" Vá para **396**

"Por que ela abandonou a família?" Vá para **374**

Quando quiser ir embora, vá para **382**.

401

— Se Elizabeth fugiu, é porque estava presa. Se estava presa, fez certo ao fugir — diz Margô Deschanel. — Nenhuma mulher deve se sujeitar ao cativeiro em troca das migalhas oferecidas. Segurança!

Vá para **426**.

402

Margô coça o queixo.

— É mesmo? Mas ela nem usa isso no espetáculo! Será que ficou enciumada pela fantasia da assistente do mágico?

Vá para **423**.

403

Você caminha pelo salão de espetáculo, analisando quem seria capaz de fornecer informações a respeito de Margô Deschanel, quando um oficial do exército embriagado cambaleia na sua direção, prestes a esbarrar em você. **Faça um teste: ⚅⚅ + ⚅ Ágil – ⚅ Indolente.** Se passar, vá para **381**. Se falhar, ou se não quiser esquivar, vá para **416**.

404

Mesmo o salão tendo sido iluminado após o término do desfile, alguns cantos continuam escuros. Da penumbra, criaturas espreitam as pessoas do salão. Quando alguma das feras se sente mais ousada, arrisca esticar o corpo de sombras na direção de uma vítima. Presas se escancaram. Garras ameaçam se fechar sobre as cabeças das celebridades de Hollywood. Porém, sempre que isso está prestes a acontecer, Margô Deschanel lança um olhar de reprovação para o canto escuro. Os monstros, antes valentes, se encolhem. O olhar da estilista causa pânico e dor às sombras, como se fosse feito de luz. Sempre que ela repreende uma criatura das sombras, leva algum tempo para que outra desafie sua autoridade e vigilância. Vá para **400**.

405

Você encontra um prédio alto, sobre o qual espera ter a visão geral dos telhados da quadra. A parede é lisa, mas uma calha sobe até o topo. Por quatro andares você sobe agarrado à calha, mas quando está chegando ao topo, ela não aguenta o seu peso. Os suportes arrebentam e a calha entorta para longe. Você tenta se agarrar a qualquer coisa, mas não há nada. A queda é lenta. Ao longo dela, você percebe que a morte é iminente, mas não há nada que possa fazer. O baque ecoa pela noite de Paris. Sua investigação acaba aqui. Preencha a lápide no cemitério e inicie um novo jogo na Introdução.

406

A fila para entrar no Louvre é longa, mas avança depressa. Em pouco tempo, você se vê percorrendo salões enormes repletos de pinturas, esculturas e artefatos arqueológicos. Turistas se amontoam ao redor das peças mais famosas, como a Mona Lisa ou a Vênus de Milo, enquanto apreciadores de arte se espantam com o realismo idealizado das esculturas gregas ou se permitem divagar diante do primor dos padrões geométricos das peças islâmicas. Mas você não tem tempo para nada disso, pois está atento a indícios de influência cultista. **Faça um teste:** ⚅⚅ + ⚅ Sagaz – ⚅ Ignorante. Se passar, vá para **460**. Caso contrário, vá para **360**.

407

Margô estreita os olhos, enquanto o pequeno grupo que ainda estava por perto se dissipa, envergonhado.

— Você não entende nada de moda, não é mesmo? — diz a estilista. — Minhas peças não são feitas para seduzir. Pelo contrário, servem para que mulheres possam aproveitar a vida com liberdade, sem perder a elegância. Não servem para agradar aos outros, mas a si próprias. — Ela respira fundo. — Agora diga, o que você realmente quer? E vá direto ao assunto.

Quando fizer um teste contra Margô, role –⚅. Vá para **369**.

408

Você percebe se tratar de uma exibição e não reage. O corcunda perfura seu casaco com a agulha da seringa e atinge a pele macia por baixo. Com rapidez impressionante, puxa o êmbolo da seringa, e ela se enche de sangue. Você recua um passo, e a agulha desencrava da sua pele e das suas roupas.

Um jato de sangue esguicha pelo beco, encharcando os paralelepípedos. Na fila da bilheteria, os espectadores soltam uma exclamação de espanto. Eles assistem a tudo admirados, e terminam com uma salva de palmas.

— Obrigado, obrigado — diz o homem de coluna disforme com a seringa na mão. — O sangue falso está acabando, então resolvemos extrair um pouco do verdadeiro junto à plateia.

As pessoas na fila riem. Você ergue o casaco para investigar a pele por baixo. Nem sinal de perfuração.

— Nossos espetáculos são especialmente realistas — diz o corcunda a você. — E, pela sua contribuição, hoje é por conta da casa.

Ele dá um ingresso para você e recebe mais aplausos. Diante do deleite dos entusiastas, você entra no prédio pela porta principal. Vá para **378**.

409

Seguindo as recomendações de Margô Deschanel, você caminha pela última vez pelas ruas de Paris, com suas catedrais góticas e seus monumentos absolutistas transformados em museus. Retorna ao Aeroporto Le Bourget, onde embarca em um novo biplano. Desta vez, no entanto, o destino é muito mais distante. Seu trajeto cruzará França, Itália, Grécia e o Mar Mediterrâneo, em um voo de 48 horas com cinco paradas para abastecimento, rumo ao Oriente. Ao longo do último trecho, você vê apenas azul à esquerda do avião, com as águas que dividem a Europa da África. Já à direita, tudo é dourado: desde as colinas rochosas próximas ao litoral até as dunas onduladas no horizonte. O Deserto do Saara. Vá para **763**.

DESTAQUE O ADESIVO **A05**, VÁ ATÉ A SALA DE TROFÉUS E COLE-O NA POSIÇÃO **4**. ENTÃO, VOLTE PARA CÁ.

410

Você se junta ao grupo que deseja falar com Margô Deschanel. Os que tomam a dianteira são jornalistas de moda, com suas inúmeras perguntas sobre inspirações para a coleção. Depois vêm as atrizes, cheias de elogios e opiniões. Quando a efervescência se abranda, você consegue um momento para falar com ela em particular. O que você diz?

"Parabéns pelo desfile! Adorei a delicadeza das peças e a maneira como valorizam as formas femininas."	Vá para 407
"Desculpe importuná-la, mas preciso fazer algumas perguntas a respeito de Elizabeth Holloway."	Vá para 457
"Belíssimo evento! Fiquei feliz em receber o convite."	Vá para 383

411

A atendente da bilheteria sorri e entrega seu ingresso. Você vai até a entrada e mostra o ingresso para o segurança, que lhe dá passagem. Vá para 351.

412

O leiloeiro se volta mais uma vez para a arte amarniana. No mesmo instante, você agarra a estatueta do casal. Ele se sobressalta e se vira, mas você já está correndo em direção à saída. Fora da casa, se esconde em um beco. Escuta quando ele passa correndo e gritando pela polícia. Vá para 409.

> DESTAQUE O ADESIVO **X09**, VÁ ATÉ A REFERÊNCIA 459 E COLE-O SOBRE O NÚMERO 450. ENTÃO, VOLTE PARA CÁ.

413

A multidão se acotovela na saída do beco estreito, comentando os detalhes da peça enquanto fazem planos para o jantar. Você, no entanto, se separa do grupo. Quando ninguém está olhando, esgueira-se para a lateral do prédio. Entre o teatro e o prédio vizinho há uma passagem estreita e vazia. Os três andares do Grand Guignol têm janelas viradas para este lado, mas estão trancadas. A única exceção é uma janela entreaberta no topo, por onde escapam vozes indistintas. **FAÇA UM TESTE:** ⚅⚅ + ⚅ ÁGIL – ⚅ **INDOLENTE.** Se tiver uma mochila de explorador, role + ⚅. Se passar, vá para 375. Caso contrário, vá para 430.

414

Você se une à equipe encarregada de erguer a estrutura, mas mesmo sua ajuda não é suficiente. Percebendo isso, Colette desobedece ao contrarregra e corre para ajudar também. Com a soma de esforços, a iluminação volta a uma posição aceitável e técnicos pendurados em escadas se certificam de fixá-la melhor desta vez. Quando tudo termina, porém, Colette percebe um pequeno rasgo na fantasia.

— Oh, não! — ela lamenta. Sob urros do contrarregra, ela sai correndo escada abaixo em busca de reparos. Você não a vê mais. Em meio à confusão dos bastidores, ninguém mais vai conversar com você. Resta-lhe apenas retornar para o auditório. Volte para **381**.

415

Como pretende se deslocar até o desfile de Margô? Para ir de táxi, um meio rápido e fácil, pague 3£ e vá para **432**. Para ir de metrô, um meio rápido, porém complexo, pague 1£ e vá para **455**. Para ir a pé, o meio mais cansativo, porém gratuito, vá para **358**. Se alguém tiver lhe oferecido carona, vá para a entrada referente à parte numérica da placa do carro.

416

Ele esbarra em você com tanta violência, que quase cai para trás. Então berra na sua cara, com a boca espumando e os olhos cheios de fúria:

— Olhe por onde anda!

Se você for militar ou possuir o traço Firme, vá para **390**. Caso contrário, vá para **452**.

417

— Isso eu não saberia responder. Se tivesse que arriscar, diria que foi influência de alguém da universidade. Ou de fora dela.

Volte para **400**.

418

Margô suspira.

— A família de Elizabeth? Está falando do pai controlador ou da mãe marionete? — Ela ri: — Ou está falando do irmão mais novo, que vai ficar com a herança que deveria ser dela?

"Não é como se Elizabeth vivesse na pobreza. Ela deveria ser grata pelo que tem." Vá para **401**

"Todos têm suas falhas, inclusive os parentes dela." Vá para **435**

419

Um raio de compreensão ilumina o rosto de Margô.

— Sim, ela realmente andava interessada nas artes antigas.

Quando fizer um teste contra Margô, role +⚅. Este bônus é cumulativo com qualquer outro que você tenha recebido. Vá para **398**.

420

— Entendo — Toussaint responde, a voz tão fria quanto a expressão. — Mas minhas peças são todas legítimas, adquiridas conforme os procedimentos legais. Não sei nada sobre o submundo do roubo de arte e não posso ajudá-lo.

Você acena em concordância, mesmo sem acreditar em nada do que ele diz. Quando o leiloeiro dá as costas para você, você percebe uma chance de pegar a estatueta sem que ele perceba. Se quiser furtá-la, **FAÇA UM TESTE:** ⚅⚅ + ⚅ **ÁGIL** – ⚅ **INDOLENTE.** Se passar, vá para **412**. Caso contrário, vá para **368**. Se não quiser furtar a estatueta, vá para **448**.

421

A Torre Eiffel não é longe. Após uma caminhada de vinte minutos, você se vê sob a magnificência de 7 mil toneladas de ferro forjado, formando vigas e colunas recurvas e decoradas que desafiam a gravidade e se alçam até o céu. Uma fila de turistas ziguezagueia sob a sombra do gigantesco monumento. Todos esperam sua vez de entrar em um dos elevadores que ficam nas bases da torre e os levarão até o topo. Para subir na Torre Eiffel, pague 1£ e vá para **363**. Se não quiser pagar ou não tiver o dinheiro, vá para **458**.

422

Ao lado da escultura de Akhenaton e Nefertiti, você vê um antigo papiro com hieróglifos. Você traduz o texto, que começa dizendo: "Nefertiti, Grande Esposa do Rei, a Sábia do Alto e do Baixo Egito." O texto que segue é impressionante: trata-se de palavras místicas que permitem que você conjure um feitiço de proteção! A partir de agora, todas as suas personagens têm acesso ao *escudo de Nefertiti* (veja no adesivo). Volte para **412**.

DESTAQUE O ADESIVO **A03**, VÁ ATÉ A SALA DE TROFÉUS E COLE-O NA POSIÇÃO **16**. ENTÃO, VOLTE PARA CÁ.

423

Pela conversa que tiveram até agora, Margô Deschanel já começou a formar opinião sobre você. Se você acumulou duas ou mais penalidades, vá para **461**. Caso contrário, vá para **387**.

424

O garçom se deixa levar pela conversa agradável, ansioso para demonstrar seus conhecimentos.

— Margô assina os figurinos do show de hoje. É uma grande honra para nós. Além de ser a maior estilista e figurinista do mundo, ela é frequentadora aqui da casa. Sempre muito atenciosa. Mas tome cuidado se for falar com ela: jamais dê a entender que uma mulher precisa de ajuda ou aprovação para fazer o que quer.

Enquanto fala sobre Margô Deschanel, o garçom se distrai e deixa cair a bandeja. Porém, antes que ela atinja o chão, você tenta ajudá-lo. **FAÇA UM TESTE:** + **ÁGIL** – **INDOLENTE.** Se passar, vá para **456**. Caso contrário, vá para **399**.

425

Você volta a entrar no elevador e retorna à base da torre. Antes de ir embora, porém, lembra-se de tirar uma foto para registrar a beleza do passeio. Vá para **458**.

Destaque o adesivo **F04**, vá até o Álbum de Fotos e cole-o em uma posição qualquer. Então, volte para cá.

426

Ao menor sinal de confusão, uma equipe de seguranças surge dos bastidores e escolta você para fora. Você protesta, tenta reverter a situação, mas de nada adianta. Se Margô não quer conversar, você não tem como obrigá-la. Você passa o resto da noite se perguntando se há outro caminho para prosseguir com as investigações em Paris, mas chega à conclusão de que Deschanel era sua única pessoa de interesse. Nos dias que se seguem, tenta contatá-la, sem sucesso. Nas semanas seguintes, ela se torna sua obsessão. Certa noite, ao sondar os arredores do ateliê onde ela trabalha, você se surpreende com uma figura que surge da escuridão. Um som de clique leva a um estouro. A luz troveja e espalha o cheiro de pólvora. Você sente o peito se abrir com o tiro. Sangue borbulha pela ferida enquanto suas forças se esvaem. Você tomba no pavimento frio. O seu algoz profere as últimas palavras que você irá ouvir:

— Ty bol'she nikogda ne pobespokoish' moyu doroguyu.

Sua investigação acaba aqui. Preencha a lápide no cemitério e inicie um novo jogo na Introdução.

427

A expressão de Toussaint se transforma. Se antes exibia fervor por arte egípcia, agora se converte em interesse no que você diz.

— Investigando um caso? Alguma espécie de... culto?

"Sim, culto a entidades cósmicas ancestrais."	Vá para **368**
"Culto? Não. Estou investigando um ladrão de obras de arte."	Vá para **420**

428

Você nocauteia o oficial, para assombro das pessoas ao redor. Ali perto, outros militares que assistiam à cena se levantam e vêm na sua direção. Você se prepara para enfrentar todos ao mesmo tempo. No entanto, um deles apenas ajuda o companheiro a se levantar, enquanto outro cumprimenta você com um aceno.

— Meu amigo bebeu demais. Ainda bem que você é forte.

O tom dele indica não apenas um pedido de desculpas, mas também admiração pela sua vitória. As pancadas foram dolorosas, mas os ferimentos são superficiais. Recupere metade do dano sofrido na luta e vá para **381**.

429

Seus pulmões começam a arder e você sente uma pontada na lateral da barriga. No início, a dor é tolerável. Porém, a corrida é longa. Antes de chegar ao destino, você desaba no chão, ofegando como se tivesse se afogado em alto-mar, o coração batendo no peito, nos braços, nas pernas, retumbando no corpo inteiro. Perca 1 ponto de Saúde. Quando pensa que não pode piorar, alguém surge de repente. E não está aqui para ajudar. Vá para **380**.

430

Você se pendura na primeira janela, iça o corpo para cima e alcança o segundo andar. Mais uma vez se ergue e tenta alcançar o terceiro andar. Contudo, sua mão escorrega e você desaba lá de cima. A queda é curta, mas a dor nas costas é aflitiva. Perca 2 pontos de Saúde. Seu gemido de dor se eleva pela passagem estreita e faz calar as vozes do terceiro andar. Enquanto você se ergue, um funcionário do teatro surge na rua, oferecendo ajuda e perguntando se está tudo bem. Você responde que sim, apesar de não ter tanta certeza e agradece a preocupação. Qualquer vilão que estivesse nos bastidores teria sido alertado de sua presença, assim só lhe resta desistir dessa investigação secundária. Vá para **444**.

431

Você cumprimenta o garçom, faz alguns comentários a respeito da noite de espetáculo e pergunta sobre Margô Deschanel. **Faça um teste:** ⚅⚅ + ⚅ **Eloquente** – ⚅ **Rude.** Se passar, vá para **424**. Caso contrário, vá para **467**.

432

Conseguir um táxi na saída do Moulin Rouge não é difícil. Você acena e um deles para à sua frente. Você entra, cumprimenta o taxista e informa a ele o endereço Rue de la Mode, número 15. Não demora para que vocês percorram as ruas iluminadas de um distrito de alto padrão. Quando ele estaciona diante de um casarão com recepcionistas bem-vestidas na porta, você sabe que chegou ao lugar certo. Não há qualquer impedimento à sua entrada. Bem treinadas para lidar com o público de alta classe, as recepcionistas dão as boas-vindas e guiam você para dentro. Vá para **442**.

433

Margô fecha a cara e se dirige a você em tom de nojo.

— Ela jamais se envolveria com algo assim. Segurança!

Vá para **426**.

434

Você derruba o segurança antes que reforços cheguem. Sem perder tempo, passa correndo pela entrada e se mistura à massa de frequentadores no salão de espetáculo. Vá para **351**.

435

— Isso é algo do que não posso discordar — Margô dá de ombros, contrariada.

Quando fizer um teste contra Margô, role –⚅. Esta penalidade é cumulativa com qualquer outra que você tenha recebido (mas você sempre pode rolar no mínimo 1 dado). Vá para **398**.

436

Já que Colette ofereceu, não há por que recusar uma foto de lembrança. Recupere 1 ponto de Sanidade e vá para **469**.

> Destaque o adesivo **F05**, vá até o Álbum de Fotos e cole-o em uma posição qualquer. Então, volte para cá.

437

Seus pulmões começam a arder e você sente uma pontada na lateral da barriga. No entanto, não é suficiente para diminuir o ritmo da corrida. Depois de um longo trajeto, vê-se percorrendo um distrito de alto padrão, onde encontra o endereço. Ao ver o casarão com recepcionistas bem-vestidas na porta, você sabe que chegou ao lugar certo. Porém, o esforço físico cobra seu preço. Perca 1 ponto de Saúde. Não há qualquer impedimento à sua entrada. Bem treinadas para lidar com o público de alta classe, as recepcionistas dão as boas-vindas e guiam você para dentro. Vá para **442**.

438

Você está prestes a abrir a porta, quando um espanhol de roupa listrada que estava sentado junto à plateia se levanta e se coloca entre você e a porta, falando alto:

— Este acesso é apenas para funcionários. Se estiver procurando o banheiro, fica naquele corredor — ele aponta para os fundos do auditório.

Você pensa em inventar uma desculpa qualquer, mas o homem parece bastante confortável no ambiente, o tipo de frequentador tão assíduo que conhece toda a equipe do cabaré. Assim sendo, só lhe resta agradecer e se afastar. Volte para **381**.

439

— Au revoir! — ela se despede enquanto você se distancia da mesa.

Volte para **381**.

440

Você vê uma resposta sarcástica se formar na mente dela, mas interrompe antcs quc cla falc. Qual recado irá transmitir?

"Colette mandou dizer que adorou o cinto de lantejoulas."	Vá para **446**
"Colette mandou dizer que adorou as pedrarias turquesa."	Vá para **377**
"Colette mandou dizer que adorou as penas de pavão."	Vá para **402**

441

Não demora para que você entenda a lógica por trás do mapa e descubra qual caminho tomar. Ao menos, é o que você pensa. Porém, na realidade, você entendeu tudo errado. Quando finalmente se dá conta do erro, você sai correndo do trem em uma parada qualquer e embarca novamente no sentido contrário. Refaz todo o trajeto já feito, perdendo tempo precioso. Depois de corrigir o curso, faz ainda duas trocas de trem, desta vez no caminho certo. Finalmente chega à estação desejada, de onde sobe correndo as escadas até a rua. A noite já vai alta. As ruas estão desertas. Ou, talvez, não tão desertas assim. Você sente um movimento às suas costas. Ao se virar, dá de encontro com alguém. Vá para 380.

442

O desfile acontece em um salão com iluminação dramática: é escuro nas laterais ocupadas por mesas e altamente iluminado no centro, onde uma passarela elevada cruza de fora a fora, quase separando o ambiente em dois. Sobre ela, uma modelo caminha a passos largos, esbanjando charme e autoconfiança. Ela traja um vestido com listras horizontais brancas e azuis, que desce reto pelo torso até os joelhos, disfarçando o volume dos seios e escondendo o afunilar da cintura. Assim, confere à jovem um corpo andrógino, que combina com os cabelos curtos e o laço em forma de gravata.

Quando ela chega ao final da passarela, vários flashes de luz são disparados pelos fotógrafos que aguardavam, enquanto as poucas dezenas de espectadores da plateia sussurram comentários entre si. A modelo faz poses que valorizam os detalhes do vestido e expressões faciais que destacam a maquiagem. Então, dá as costas e retorna pela passarela, até desaparecer por uma passagem lateral. Assim que ela se vai, a música ambiente sofre uma virada e uma fila de modelos surge, uma poucos passos atrás da outra. Nas mesas escuras, a plateia se levanta e aplaude. O desfile se encaminha para o encerramento.

A fila de modelos vai até o final da passarela, faz a volta e retorna. São inúmeras moças, e o processo leva vários minutos até que todo o grupo conclua o trajeto. Depois que a última se vai, surge uma única figura na passarela. Desta vez, não é uma garota, mas uma mulher. Já na casa dos quarenta anos, seu olhar se dirige à plateia com mais confiança do que qualquer modelo. Seu caminhar decidido revela uma elegância sobrenatural. Traja um vestido preto, cor impensável para o vestuário feminino, com um chapéu discreto e um par de brincos redondos. Após um século de vestidos volumosos, corseletes apertados e chapéus extravagantes, a simplicidade de suas roupas é disruptiva. Completando o figurino, várias voltas do colar de pérolas contrastam com a pele marrom, cada conta refletindo as luzes dos holofotes, espelhando centenas de vezes a plateia que aplaude com furor. Esta mulher é a mente criativa por trás de toda uma vertente da moda mundial: Margô Deschanel.

A estilista vai apenas até a metade da passarela, agradece pelas palmas, dá as costas e se retira. Com sua saída, as luzes se acendem. Imediatamente, os espectadores engajam em animadas conversas, enquanto serventes enxameiam com seus aventais brancos, carregando bandejas com bules de chá. Com um rápido olhar pelo salão, você reconhece duas atrizes de Hollywood e um famoso cantor de jazz. Pelos modos requintados das mulheres esguias e dos homens sem barba, presume que os demais também sejam clientes de alto nível. Pouco tempo depois, Margô surge no salão e se faz disponível para quem quiser conversar com ela. É a sua oportunidade. Vá para **410**.

443

Sua atenção se volta a uma pequena estátua que representa um casal de mãos dadas. Ambos usam roupas de linho plissado e a coroa alta adornada com uma serpente, símbolo do poder do faraó. Uma etiqueta ao lado identifica a peça: "Akhenaton e Nefertiti". Assim que você lê o nome, o silêncio do local é quebrado por uma voz grave e profunda.

— Arte amarniana — um homem diz, atrás de você. — Uma heresia sem precedentes... Sou Bennet Toussaint, o leiloeiro. A casa está fechada hoje, mas será um prazer atendê-lo.

Você se vira e vê um homem alto e esguio, com rosto de traços angulosos e bigode fino, vestido de forma elegante. Você contém o susto e entra na conversa, perguntando por que a estatueta representa uma heresia.

— Ora, por quê. Veja esses pescoços de cobra. Essas pancinhas de porco. Essa postura de... plebe. Isso sequer deveria ser chamado de arte. Serve só para lembrar o pior período da história, quando um faraó boçal e sua esposa estúpida tentaram colocar fim a dois mil anos de cultura, forçando o monoteísmo no Antigo Egito. É claro que durou pouco.

Após destilar sua raiva, o leiloeiro suspira. Mas logo volta a falar:

— Você se interessa por arte egípcia?

"Estou investigando um caso ligado à antiguidade." Vá para **427**

"Estou de férias em Paris e aproveitei para conhecer sua casa. Na verdade, já estou de saída..." Vá para **448**

444

O relógio no topo de uma torre indica: é hora de ir para o Moulin Rouge. Você caminha pelas ruas de Paris enquanto as sombras se alongam e o sol desce pelo horizonte. Ao virar a última esquina, depara-se com o cabaré vermelho, encimado por um moinho de vento igualmente vermelho, iluminado por holofotes rubros. As pás do moinho se movem, e movem se também centenas de pessoas em fila na bilheteria. Aqui, um grupo de marinheiros engaja em animada conversa. Ali, uma dama com estola de pele de raposa ri de braços dados a um cavalheiro com bengala folheada a ouro. A multidão inclui ainda estudantes de moda e de direito, burgueses, poetas e pintores. Na entrada do cabaré, um segurança recolhe os ingressos. Para entrar no Moulin Rouge, pague 2£ e vá para **411**. Se não tiver o dinheiro ou se quiser tentar entrar sem pagar, vá para **365**.

445

Não demora para que você entenda a lógica por trás do mapa e descubra qual caminho tomar. Embarca no sentido correto e troca de trem duas vezes até chegar à estação desejada. Por fim, sobe as escadas que dão acesso à rua e se vê em um distrito de alto padrão. Após uma rápida caminhada, você encontra o endereço. Ao ver o casarão com recepcionistas bem-vestidas na porta, você sabe que chegou ao lugar certo. Não há qualquer impedimento à sua entrada. Bem treinadas para lidar com o público de alta classe, as recepcionistas dão as boas-vindas e guiam você para dentro. Vá para **442**.

446

Margô cruza os braços.

— Dançarina de palco não deve usar cinto. Atrapalha na respiração. Colette ficou feliz que eu a livrei daquela tortura.

Quando fizer um teste contra Margô, role –⚅. Esta penalidade é cumulativa com qualquer outra que você tenha recebido (mas você sempre pode rolar no mínimo 1 dado). Vá para **423**.

447

Você se aproxima do segurança como se fosse um cliente, fingindo procurar o bilhete no bolso. Revela suas verdadeiras intenções apenas quando já está bem perto, para ter a vantagem do imprevisível. Você não quer matar um inocente, então usa apenas os próprios punhos como armas.

LEÃO DE CHÁCARA •	🗡⚅⚅	✚3	ϟ–4

O segurança é um veterano de guerra, versado na arte do combate. Se ele causar dano em você, aumente o dano causado em +1. Se vencer, vá para **434**. Se o combate passar da terceira rodada, vá para **352**.

448

Você se despede de Toussaint e o deixa destilar sozinho seu ódio conta a arte amarniana. A casa de leilões fica para trás e você volta às ruas movimentadas de Paris. Não há tempo a perder — você tem um voo a pegar. Vá para **409**.

449

Você entra na fila, compra seu ingresso e segue para a sala de cinema. É um local simples, com escadas por todos os lados, construído onde costumava ser um ginásio da universidade. Ao entrar, passa pela caixa de projeção, onde o técnico já posiciona o rolo de filme, e pelo piano, onde o pianista organiza as partituras. Por fim, escolhe uma entre as dezenas de poltronas viradas para uma tela em branco.

Quando todos estão acomodados, as luzes se apagam. Um som baixo e repetitivo que lembra o passar de um trem sobre trilhos surge às suas costas quando o projetor começa a funcionar. A tela inteira fica preta e o título do filme aparece iluminando em branco. Ao mesmo tempo, o piano emite seus primeiros acordes — o filme é mudo, mas conta com acompanhamento musical.

Em meio à plateia que ri e se emociona, você assiste à jovem Ginger King escandalizar a pequena cidade onde mora ao tomar suco acompanhada de um rapaz. Enviada para o colégio interno, ela foge para ir passear de charrete, mente a idade para frequentar uma festa de adultos e veste joias receptadas para se passar por uma "mulher de experiência" — tudo isso para no final os verdadeiros ladrões serem capturados e ela sair impune por sua rebeldia. Ginger é uma melindrosa: faz parte da geração pós-guerra, que decidiu aproveitar a vida ao máximo. Mais do que isso, uma mulher que diz adeus aos valores tradicionais em favor de sua liberdade. Alguém que sabe o que quer e vai em busca de conquistar.

Alguém como Elizabeth Holloway.

Ao final do filme, Ginger King conquista o direito de tomar suco com o rapaz. Tanta luta para realizar um desejo tão simples! Quando a projeção termina e você deixa a sala de cinema, é impossível não ficar pensando em Elizabeth e seu sonho de estudar em Oxford. Os entraves impostos pela família e pela sociedade em que está inserida a levaram a buscar apoio em outro lugar. A compeliram a lutar. Ginger King fugiu, mentiu e usou joias roubadas. Até onde Elizabeth Holloway irá? Vá para **468**.

Destaque o adesivo **X10**, vá até a referência 1098 e cole-o sobre o número 1086. Então, volte para cá.

450

Você deixa o hotel e caminha rumo ao endereço indicado por Margô. A casa de leilões fica em um bairro afastado, longe dos pontos turísticos e dos cafés agitados da Cidade Luz. As ruas são estreitas e serpenteiam por entre casas geminadas. Depois da noite conturbada, com a ida ao Moulin Rouge e ao desfile de moda, é estranho caminhar por uma vizinhança calma e quieta. Quieta até demais, você pensa, ao perceber que o único som que escuta além dos próprios passos é o de corvos grasnando no topo das casas. Você chega ao endereço e encontra um sobrado de fachada discreta, mas elegante, no típico estilo parisiense de alvenaria bege. Sobre uma porta de ferro negro, uma placa de metal indica "Casa de Leilões Toussaint". Você se aproxima para bater na porta, mas percebe que ela está entreaberta. Dentro, apenas escuridão e silêncio. Os prédios vizinhos são um antiquário e uma livraria, mas ambos estão fechados. Na calçada, nenhum transeunte. Sem ninguém para testemunhar, você entra.

Dentro da casa, após um corredor curto, você chega a uma sala quadrada, com piso de madeira. Um pouco de luz entra por uma janela, o suficiente para você ver uma miríade de peças antigas dispostas em pedestais e bancadas: cestas, papiros, estatuetas, ferramentas agrícolas de bronze. Você vê incontáveis imagens sacras: Thoth, Deus Mensageiro, com seu pescoço alongado e pequena cabeça de ave; Amon, o Deus do Oculto; Rá, o Deus do Sol; e seu amálgama, Amon-Rá, o Rei dos Deuses, protetor dos faraós e deus supremo do Egito. De alguma forma, tudo isso lembra Elizabeth. Porém, o que realmente lhe traz clareza de pensamento é quando você para diante de uma estatueta de Anúbis, o Deus dos Mortos. Sobre o corpo humanoide descansa uma cabeça de chacal negro, com orelhas compridas e focinho alongado: feições triangulares que conferem um ar de astúcia e mistério. É o Deus dos Mortos, aquele que faz a passagem do faraó para o além por meio da mumificação. Sua máscara, usada por antigos sacerdotes, é idêntica à que Elizabeth usou no ritual de sacrifício. Pensando na cerimônia profana, você começa a pesquisar entre as peças algo que possa trazer mais informações sobre os objetivos da jovem. **Faça um teste: ⚅⚅ + ⚅ Alerta + ⚅ Sagaz – ⚅ Ignorante – ⚅ Negligente.** Se passar, vá para 443. Caso contrário, vá para 355.

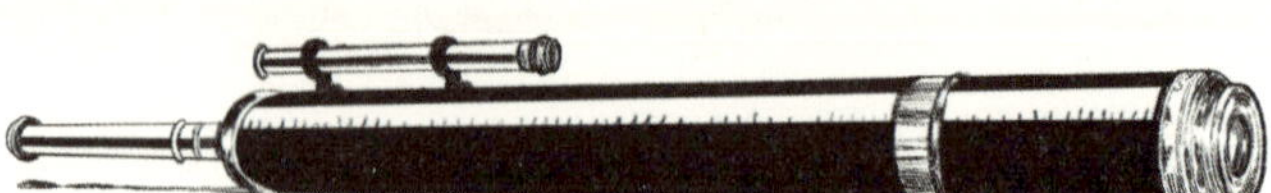

⚄⚁

451

Você vai dizer alguma coisa, quando a moça interrompe:

— Perdeu alguma coisa aqui? A saída de funcionários é por aquela porta.

As demais dão risadinhas desmoralizadoras, e você sabe que não extrairá nenhuma informação nesta mesa. Volte para **381**.

452

Você pede desculpas na tentativa de se livrar do contratempo, mas seu sotaque inglês irrita o oficial da Legião Estrangeira ainda mais. Ele parte para cima de você com os punhos.

OFICIAL BÊBADO • 3 –3

Se você usar uma arma, irá atrair os seguranças do Moulin Rouge. Assim, neste combate, deve usar apenas os punhos ou uma soqueira. Se vencer, vá para **428**. Caso contrário, vá para **462**.

453

— Belo chapéu! — diz outra das moças, e todas riem. — Sente-se conosco.

Você puxa uma cadeira e se junta a elas. Imediatamente, torna-se o centro das atenções, com as jovens perguntando sobre sua vida em Londres e o que faz em Paris. Você responde com simpatia, despertando o sorriso delas, mas tomando cuidado para não entregar nenhuma informação sensível. Quando a ocasião surge, pergunta sobre Margô Deschanel.

— Elegantíssima! — diz uma das garotas. — Meu chapéu é criação dela.

Ela exibe a peça, enquanto as demais a cobrem de elogios.

— Eu daria tudo para estar no desfile privativo que ela está fazendo hoje! Mas o local é secreto...

— Eu sei onde vai ser — diz a outra, para espanto das amigas.

— Onde? Onde?

Um brilho de triunfo passa pelos olhos da jovem mais bem informada, quando ela sussurra para as demais:

— Rue de la Mode, número 15.

Anote o endereço.

— Se você sabia o tempo todo, o que ainda estamos fazendo aqui?

— Eu não vou aparecer lá sem ser convidada! Imagine só o vexame!

— Bobagem! Eu só quero ver os novos modelitos.

Elas prosseguem debatendo se devem ir ou não. Percebendo que a conversa não levará a nada, você se despede das moças e se levanta. Uma delas, no entanto, olha para você dos pés à cabeça. **Faça um teste:** + **Eloquente** – **Rude.** Se passar, vá **464**. Caso contrário, vá para **439**.

454

O Louvre fica no centro de Paris, às margens do Sena. Após uma caminhada de 30 minutos, você chega a uma praça ampla, fechada em três lados por uma construção enorme, com incontáveis janelas altas e estreitas. Erguido na Idade Média, o Louvre passou séculos como um palácio para os monarcas da França. Após a Revolução Francesa, porém, foi convertido em museu. Desde então, acumulou a maior coleção de antiguidades do mundo. Para entrar no Louvre pague 1£ e vá para **406**. Se não quiser pagar ou não tiver o dinheiro, vá **472**.

455

Há uma estação de metrô de frente para o Moulin Rouge. Você desce as escadas até o subterrâneo, compra seu bilhete e se prepara para embarcar. Porém, estaca diante de duas escadas de acesso. Na da esquerda está escrito Porte Dauphine. Na da direita, Nation. E agora, para qual lado seguir? E depois, onde trocar de trem? Qual é a sua parada final? Você encara um enorme mapa do metrô pendurado na parede. São tantas linhas e estações, que fica difícil se localizar. **FAÇA UM TESTE: ⚅⚅ + ⚅ SAGAZ – ⚅ IGNORANTE.** Se passar, vá para **445**. Caso contrário, vá para **441**.

456

Com reflexos felinos, você agarra a bandeja ainda no ar e devolve o utensílio nas mãos dele.

— Obrigado — ele sorri, admirado. Então se certifica de que ninguém está escutando e sussurra: — Normalmente, Margô estaria aqui para assistir ao espetáculo. Mas hoje ela não vem. Está realizando um desfile particular, apenas para convidados.

Você pergunta onde acontecerá o desfile, ao que ele responde ainda mais baixo:

— Rue de la Mode, número 15.

Dizendo isso, ele dá uma piscada e vai atender outro cliente. Anote o endereço e volte para **381**.

457

Margô pede licença ao pequeno grupo que ainda a cercava e leva você até um canto mais privativo do salão.

— Diga. Aconteceu alguma coisa com Elizabeth?

Você tem a atenção dela. Vá para **369**.

458

Você observa a torre por mais algum tempo e em seguida retoma seu caminho. Sob os ventos de outono, vê casais passeando pelos gramados do Campo de Marte. Às margens do Sena, assiste artistas pintando a paisagem. Aos poucos, o céu cinzento começa a escurecer. Vá para **444**.

459

Após colocar o telefone no gancho, você pensa que há tempo suficiente para seguir o conselho de Margô e ir até a casa de leilões. Se quiser fazer isso, vá para 450. Se preferir ir embora de Paris, vá para **409**.

460

O museu do Louvre é um mundo por si só. Com dezenas de milhares de peças, entre artefatos pré-históricos, antiguidades greco-romanas e obras de arte islâmicas e orientais, você poderia ficar um ano aqui e mesmo assim não conseguiria investigar tudo. Porém, lembrando do ritual realizado por Elizabeth, você decide ir até a sessão egípcia. Não é difícil encontrar: a ala reservada ao Antigo Egito é uma das mais procuradas do Louvre, e uma das mais ornamentadas. Os vários salões que a compõem têm paredes revestidas de mármore rosado ou cobertas por pinturas milenares de antigos deuses e faraós. As figuras são sempre representadas de perfil, delineando o nariz, um dos olhos e a cabeça por completo, com o corpo ligeiramente de lado, o que permite ver os dois braços e as duas pernas. Faraós são identificados pela coroa, pelo cajado e pelo mangual. Deuses são reconhecidos pelo adorno usado na cabeça ou por suas características animalescas.

Além das imagens sacras, há uma grande coleção de sarcófagos. De diversos tamanhos e formatos, todos são ricamente entalhados em madeira e pintados à mão por artesãos da realeza ancestral. A arte de cada peça foi elaborada com maestria, representando as características físicas de quem ali foi sepultado, além de suas virtudes morais e riquezas materiais. Seus criadores e seus proprietários já deixaram a face da terra há milênios, mas as peças resistiram.

— Vejo que aprecia a história antiga. Essas peças são as mais importantes do museu. São sobreviventes! Cabe a elas contar, para as gerações atuais e futuras, a história de eras idas.

Quem diz isso é um senhor de cabelos grisalhos e óculos. Ele usa um crachá que o identifica como curador do museu e carrega um tomo grosso com capa de couro. O senhor sorri e continua falando.

— Acho que vai gostar disso, então — ele estende o livro. — Não é uma peça legítima, e preciso tirá-la do museu. Porém, é uma cópia fidedigna e as informações que contém são valiosas. É preferível que fique com um apreciador de antiguidades a ser destruída.

O curador entrega o livro para você e se despede, ocupado com seus afazeres intermináveis. Você analisa o livro: as páginas são feitas de papiro e contêm informações para tradução de hieróglifos.

DESTAQUE O ADESIVO **A06**, VÁ ATÉ A SALA DE TROFÉUS E COLE-O NA POSIÇÃO **17**. ENTÃO, VOLTE PARA CÁ.

Você investiga o museu um pouco mais, mas não encontra indícios de influência cultista. Talvez em alguns lugares haja mesmo mais luzes do que sombras. Vá para **472**.

461

— Até agora, você apenas mentiu ou me ofendeu. Como pode perceber, tenho clientes importantes esperando enquanto perco tempo com você. Segurança!

Vá para **426**.

462

O oficial nocauteia você, para assombro das pessoas ao redor. Quando recobra os sentidos, você percebe que seu oponente foi agarrado por um segundo militar. É possível que deva sua vida a esta intervenção. Enquanto você se levanta, outros dois surgem para levar o embriagado para longe. A surra foi dolorosa, mas os ferimentos são superficiais. Recupere metade do dano sofrido na luta e vá para **381**.

463

Sabendo que o segurança não será facilmente enganado, você decide falar a verdade. Explica que está investigando uma nobre inglesa que fugiu de seu lar em Oxford. Conta que Elizabeth se correspondia com Margô Deschanel, e pretende encontrá-la no Moulin Rouge para obter novas informações. A expressão dele não muda, mas ele faz um aceno com a cabeça quase imperceptível, autorizando sua entrada. Você responde com aceno igual em agradecimento, dá a volta no brutamontes e prossegue para o salão de espetáculo. Vá para **351**.

464

— Eu vou a esse desfile de um jeito ou de outro. Se quiser uma carona, estarei esperando lá fora. Anote a placa do carro: 391-E. Meu nome é Madeleine.

Antes de partir, porém, ela continua tentando convencer as amigas a irem junto. Você se distancia da mesa. Volte para **381**.

465

Você encontra uma construção mais baixa, com apenas dois andares, e cheia de detalhes ornamentais na fachada, onde é possível se apoiar para escalar. Uma vez no telhado, escala para o prédio mais alto ao lado. Dali, consegue ver os telhados da quadra inteira. Você caminha sobre eles com cuidado até chegar a uma janela do Moulin Rouge, onde pula para dentro.

Você está num corredor. O piso é revestido de azulejos quadrados e simples. Um deles está rachado. Perto dali, escuta vozes apressadas e o som de uma colher de pau mexendo um fluido borbulhante. Antes que você possa se esconder, uma ajudante de cozinha surge no corredor e toma um susto com a sua presença.

— Desculpe — ela gagueja — mas os clientes não podem entrar aqui. Por favor, volte para o salão de espetáculo.

Ela guia você por uma saída lateral, atenta para que o chefe de cozinha não veja o que está acontecendo. Após passar por uma porta decorada, você finalmente se vê no salão de espetáculo. Ao se virar para agradecer, porém, a moça não está mais lá. Assistentes de cozinha não podem andar às vistas dos clientes. Vá para **351**.

466

Você caminha pelo salão, observando clientes e funcionários. Em uma mesa com vista privilegiada para o palco, encontra quatro moças de cabelos curtos e vestidos cheios de brilhos. Elas conversam em voz alta e riem sem se preocupar em chamar atenção demais para si. Quando você se aproxima, o perfume é inebriante.

— Bonjour! — diz uma delas, e todas olham para você.

Se você tiver um chapéu elegante, vá para **453**. Caso contrário, vá para **451**.

467

O garçom percebe que você disfarça seu verdadeiro interesse. Com um brilho de perspicácia no olhar, ele responde no mesmo tom vago.

— Margô é uma frequentadora esporádica. Às vezes ela está por aqui, às vezes não...

Se quiser pedir uma bebida, pague 1£ e vá para **361**. Caso contrário, volte para **381**.

468

Deixando o cinema, você prossegue pela calçada. Ao virar a primeira esquina à esquerda, tem uma visão impressionante. Logo à frente, um monumento majestoso impede o avanço da rua, obrigando-a a se bifurcar ao redor. A fachada da enorme construção é inspirada nos templos romanos ancestrais, com colunas suspendendo um frontão triangular ricamente decorado. Sua cúpula é encimada por uma claraboia coberta, e esta sustenta uma cruz. O Panthéon já foi uma igreja. Hoje é um mausoléu. Você dá a volta no prédio para apreciar a arquitetura. É impressionante que tenha sido idealizada por seres de carne e osso. Vá para **444**.

469

A conversa é interrompida quando uma gritaria surge na saída do camarim. As dançarinas olham de esguelha, mas tentam não se distrair. O espetáculo está para começar e todas precisam se preparar. Como já está pronta, Colette corre em direção ao barulho, curiosa para descobrir o que está acontecendo. Você a segue.

Vocês cruzam o corredor, passando por um sem-fim de assistentes de palco que carregam pinturas, painéis e outros elementos de cenografia, sobem uma escada em espiral e chegam à coxia que fica na lateral direita do palco. Ali, encontram o contrarregra andando em círculos e sussurrando ordens apressadas para os assistentes, com uma prancheta embaixo do braço e o rosto vermelho de cólera.

— Ergam isso! Ergam, rápido! Estamos quase entrando em cena! Força!

O problema está no centro do palco: uma das estruturas de iluminação cedeu ao próprio peso e decaiu, os dois pilares entortando lenta e lamentosamente. Agora, parte da equipe está tentando içar a trave principal com cordas, enquanto outra parte faz força para erguê-la com os próprios braços e, assim, devolvê-la à posição ideal.

Colette se adianta para auxiliar a equipe da força bruta, mas o contrarregra esbraveja:

— Você, não! Já temos dor de cabeça o suficiente. Não preciso de uma dançarina com a fantasia danificada a poucos minutos do show!

Ela recua e olha para você. Sem muito a perder, você agarra o lado mais pesado e faz força para cima. **FAÇA UM TESTE:** ⚅⚅ + ⚅ **FORTE** – ⚅ **DÉBIL**. Se passar, vá para **366**. Caso contrário, vá para **414**.

470

O véu que separa este mundo do outro é fino aqui. O fenômeno é um reflexo do poder acumulado nos ídolos, após serem adorados como deuses na antiguidade e continuarem sendo adorados como obras de arte no presente. Você percebe a manifestação das criaturas que habitam do outro lado. Sombras se movem aqui e ali, nos cantos dos seus olhos. Hieróglifos em pedra brilham e completam escrituras há muito desgastadas. De uma estatueta de Anúbis, um vulto negro se solta e perambula pelas paredes do salão. Da imagem de Thoth, um pássaro sem penas bate as asas agourentas e perfura a carne do faraó com o bico. Hathor e Rá se encontram de mãos dadas, os sóis sobre a cabeça de ambos brilhando em união, mas Amon surge e faz o sol desaparecer em escuridão. Apesar de conscientes, as entidades que você vê não passam de representações de algo maior e não podem lhe fazer mal. Porém, um local divinizado como este, repleto de totens e ídolos, é ideal para a realização de rituais por cultistas humanos. Quanto a estes, sim, você deve se atentar. São capazes de utilizar as representações para trazer à tona o poder real. Por estar consciente do potencial nefasto da casa de leilões, você recebe um bônus de +1 em todos os testes e ataques que fizer dentro dela (em cada teste, aumente o resultado de um dado à sua escolha em +1). Volte para **450**.

471

— Elizabeth, assassina a sangue frio? — Margô se exaspera. — Espera mesmo que eu acredite nisso? Segurança!

Vá para **426**.

472

Você deixa a praça do Louvre e continua sua caminhada. Seguindo a margem do Sena, chega a uma ponte de pedra que leva até a Île de la Cité, a ilha no centro do rio onde, há mil e quinhentos anos, a cidade de Paris nasceu. A ilha é repleta de construções ancestrais, sendo a mais esplendorosa delas a Catedral de Notre-Dame. A igreja é uma maravilha da arquitetura gótica, com duas torres que se erguem mais altas que qualquer prédio da cidade, belos vitrais coloridos e uma infinidade de gárgulas. Na praça à frente da igreja, você vê uma estátua de Carlos Magno, o mítico pai da Europa. O monarca é protegido por Roland e Oliver, dois de seus paladinos. Que tipos de monstros o rei enfrentou em sua era? Você pensa nisso por um tempo, mas logo se coloca a caminhar de novo. O sol está se pondo, e você tem seus próprios monstros a caçar. Vá para **444**.

473

Margô sorri, mas isso não parece um bom sinal.

— Pode ter aprendido a arte da investigação, mas pelo visto não aprendeu a ter bons modos. Segurança!

Vá para **426**.

ATO 2: COLINA DE TARA

474

VOCÊ ESTÁ NA IRLANDA. CAMPOS E BOSQUES ESTÃO por todos os lados, já tingidos pelas pinceladas alaranjadas do outono. O céu está cinzento e pardais entoam uma melodia que, de tempos em tempos, desafina pelo crocitar de um corvo.

À sua frente, uma colina se ergue, coberta por árvores escuras, oprimindo os campos ao redor. Aos pés dela, o povoado não passa de um amontoado de casas, com uma igreja e uma hospedaria. Modestas, as casas têm paredes de pedra empilhada e são encimadas por tetos de palha. A igreja foi pintada de branco, mas ainda se vê os relevos de pedra grosseira. É a única construção com telhado de barro, sobre o qual ostenta uma cruz alta — a cruz sobreposta a um anel e entremeada de nós celtas, herança cultural da Irlanda cristianizada. Perto dali, sob os últimos raios de sol, uma mulher de avental conduz as galinhas de volta ao galinheiro, enquanto um homem guarda a carroça de trabalho com enormes rodas de madeira, puxada por um cavalo. Há porcos e hortas, cestos e forcados, mas nenhum sinal de automóveis, eletricidade ou qualquer tecnologia recente. O lugar parece ter parado no tempo.

Um vento frio sopra colina abaixo, trazendo o aroma de vegetação e mistério. Olhando daqui, você sabe que a escarpa reserva uma longa escalada. Além disso, o sol já ameaça se pôr atrás dela, o que significa que, se subir agora, terá que enfrentar a escuridão da noite. Uma alternativa é ir para a estalagem, onde talvez consiga informações sobre a região. Se quiser alugar um quarto na estalagem, vá para **498**. Para seguir rumo à colina, vá para **535**.

475

Quanto mais avança, mais a trilha se afunila. É difícil manter-se no caminho, ao ter que desviar de arbustos que brotam aqui e ali, pular sobre troncos caídos e atravessar cortinas de folhas ásperas. Em algum momento, um galho de árvore chicoteia suas costas. Perca 1 ponto de Saúde. Quando você se vira, o galho se retrai para dentro da mata. Ao mesmo tempo, outro tenta açoitar vindo de uma direção diferente, mas você desvia. Você olha em volta, e vê faces deformadas se formarem nos troncos irregulares. Estão por todos os lados, e riem de você enquanto estendem seus galhos para açoitá-lo até a morte. **Faça um teste:** + **Alerta** – **Negligente.** Se passar, vá para **517**. Caso contrário, vá para **485**.

476

Os irlandeses olham para você quando se aproxima. São homens de pele clara, cabelos castanhos e barbas avermelhadas, a maioria com braços musculosos pelo trabalho no campo. Um deles é mais jovem que os demais. É o único a desviar o olhar de você, virando-se para o que tem o corpo mais robusto e a barba mais crespa. É esse que fala com você.

— Está longe de casa, não? — Enquanto ele fala, você nota nos braços dele queimaduras de trabalho na ferraria já há muito cicatrizadas. — Que tal nos pagar uma rodada?

Para agradá-lo, pague 2£ e vá para **531**. Se não quiser pagar ou não tiver o dinheiro, vá para **493**.

477

Você puxa uma cadeira e se senta, certificando-se de esmurrar o tampo no processo.

— Vejo que seu dia está uma merda — ele resmunga para você.

Você acena em concordância, e acrescenta que o dia seguinte também será cansativo, com a iminente escalada à colina. Ele arregala os olhos.

— Tenho minha vida para cuidar e não posso escoltar você. Mas você parece capaz de ir e voltar por conta própria. Se precisar, sempre deixo uma funda escondida no cemitério da colina, perto do carvalho. Pode pegar.

Você agradece com um resmungo. Ele fica satisfeito, mas continua olhando intrigado para você.

— Leve isso aqui também. Ajuda a curar queimaduras. — Dizendo isso, entrega a você uma flor alaranjada, de miolo pequeno e muitas pétalas longas. Anote a *calêndula* em sua ficha de personagem e vá para **550**.

478

— Talvez você esteja no meio. É fácil de se confundir.

Vá para **495**.

479

Você está na sala do trono. Colunas decoradas se erguem por todos os lados, numerosas e coloridas, exibindo a imagem de aves, serpentes, olhos e escaravelhos: antigos mitos narrados em hieróglifos. Uma multidão está presente, todos vestidos com seus melhores trajes. Nobres com saiotes de linho, generais com armaduras de bronze, sacerdotes com peles de animais. Ao fundo, o faraó se ergue do trono. É franzino, tenta disfarçar as pernas trêmulas, mas mantém o queixo erguido conforme os adultos o instruíram. Não tem mais do que dez anos, e todos saúdam seu nome:

— Tutankhamun!

Em meio a danças litúrgicas, som de flautas e aroma de incenso, Tutankhamun recita palavras arcaicas demais para que você compreenda. Os ouvintes respondem em uníssono solene. Então, o faraó menino aponta uma escultura no centro da sala. Ele dá a ordem. Os escravos a derrubam. A imagem de Áton, o deus único cujo culto foi implantado no Egito pelo pai e pela madrasta de Tutankhamun, se estilhaça pelo piso em mil pedaços.

Uma centelha de euforia se espalha pelo salão. Ao lado de Tutankhamun está Parennefer, sumo-sacerdote de Amon-Rá, com seus trajes cerimoniais e a tranquilidade de quem detém o poder real. Um criado sobe as escadas em frente ao trono, se ajoelha e abre diante do sacerdote um baú adornado. Parennefer retira de dentro um largo colar com fileiras de ouro maciço, adornado com contas azuis e vermelhas, imbuído em uma sensação quase palpável de perversidade. O faraó abaixa a cabeça para o sacerdote, que deposita em seus ombros o artefato amaldiçoado.

As testemunhas celebram. Tutankhamun apenas mira o infinito, incapaz de compreender o que está acontecendo. Você, que agora dispõe de uma habilidade que o faraó menino jamais aprendeu, vê se alastrar pelo salão do trono sombras sinuosas de tentáculos, espalhando a influência de 999 rostos e 999 nomes. Acima do alarido da celebração dos fiéis, ergue-se o som eufórico de uma gargalhada sádica. Vá para **514**.

480

Quando Balor vai remover a sétima e última venda, ela não suporta o calor escaldante e se desintegra. Porém, você já tinha previsto isso, e usa a funda para arremessar a pedra no momento exato. Ela cruza o ar e atinge o demônio em cheio e com tamanha força, que a pedra esmigalha o olho e o cérebro dele, e termina por romper o crânio e varar a cabeça. Balor cambaleia para trás com as mãos de tentáculos sobre o olho trespassado. Não morre, pois não está vivo para poder morrer, mas cai se debatendo em aflição. Ele então se arrasta por onde veio. Rasteja de volta para o Mar da Irlanda, onde submerge para seu esconderijo abissal. Vá para **558**.

481

Ela tenta sorrir, mas é incapaz disso, então a boca apenas se deforma em uma expressão anormal.

— Já ajudou. Só de destinar a mim algumas de suas últimas palavras, já é um grande conforto. Em troca, vou deixar algo para você.

Dizendo isso, a imagem turva dela aos poucos se dissolve, como se levada pelo vento. Talvez não fosse uma entidade mal-intencionada. Ainda assim, receber a notícia da própria morte é capaz de abalar até mesmo os mais valentes. Perca 1 ponto de Sanidade e vá para **496**.

482

Quando pensa que o mais difícil já passou, você ouve um movimento em meio à vegetação logo adiante. Em seguida, uma criatura surge em seu caminho, tão perto que você pode sentir o cheiro de fúria. É um quadrúpede de pelo vermelho e com longos chifres que se projetam para cima, ramificados como relâmpagos. Os cascos pisoteiam a terra, irritados. A boca espuma em hostilidade. Você cogita recuar, mas às suas costas há apenas o abismo. Você precisará se defender das galhadas do enorme cervo.

CERVO RAIVOSO • ⚔ ⚅⚅⚅ ✚1 ⚡–3

Se vencer, vá para **571**.

483

O hobgoblin recebe seu presente. Ele vira o objeto de um lado. Vira de outro. Gira, ergue, lambe. Não parece entender muito bem do que se trata. Enquanto ele está distraído, você aproveita para deixar a cabana e seguir sua jornada. Vá para **526**.

484

Você não tem dúvidas: abandona o abrigo das últimas árvores e parte para o ataque. Enquanto você cobre a distância até ela, a mestra druidesa se levanta e saca uma foice de mão. **Faça um teste: ⚅⚅ + ⚅ Ágil – ⚅ Indolente.** Se passar, vá para **565**. Caso contrário, vá para **511**.

485

Cercado pelas árvores sinistras, resta-lhe lutar contra elas. Você desfere golpes para todos os lados, enquanto é chicoteado impiedosamente. Role ⚅ e subtraia o resultado de sua Saúde. Após alguns minutos, os galhos param de chicotear. Os rostos distorcidos se dissipam. Quando dá por si, está rolando em meio a arbustos cheios de espinhos, surrando um galho seco enquanto se enreda nas folhas por conta própria. Ao redor, a noite parece inerte e serena. Terá sido apenas um truque da mente? Você se levanta, mas começa a se perguntar se pode confiar em seus sentidos. **Faça um teste de sanidade 2@: ⚅⚅ + ⚅ Ocultista – ⚅ Inocente.** Vá para **502**.

486

Você caminha abertamente em direção ao leprechaun. Quando está prestes a acenar um cumprimento, ele arremessa o martelo com o qual estava trabalhando. Perca 1 ponto de Saúde. O golpe serve como distração. Quando você volta a olhar ao redor, a criatura desapareceu, assim como o sapato, o arco-íris e o pote de ouro. Você procura pelo martelo arremessado, mas também não está em lugar algum. Sem nada mais a fazer por aqui, você retorna à trilha principal rumo ao cume. Vá para **556**.

487

Seguindo a pista descoberta durante um sonho, você se despede do povoado de Tara. Consegue uma carona na carroça de um morador local até a rodovia e, a partir de lá, uma carona de carro até Dublin. Uma vez na cidade, é fácil encontrar um táxi até o aeroporto, onde embarca em uma aeronave com asas duplas impulsionadas por uma hélice no nariz. O destino: Cairo. Seu trajeto cruzará o Mar da Irlanda, o País de Gales, a Inglaterra, o Canal da Mancha, França, Itália, Grécia e o Mar Mediterrâneo, em um voo de 60 horas com sete paradas para abastecimento, rumo ao Oriente. Ao longo do último trecho, você vê apenas azul à esquerda do avião, com as águas que dividem a Europa da África. Já à direita, tudo é dourado: desde as colinas rochosas próximas ao litoral até as dunas onduladas no horizonte. O Deserto do Saara. Vá para **763**.

DESTAQUE O ADESIVO **A07**, VÁ ATÉ A SALA DE TROFÉUS E COLE-O NA POSIÇÃO **5**. ENTÃO, VOLTE PARA CÁ.

488

Ela estremece de tristeza e deixa escapar um soluço.

— Estou chorando por você. Porque a sua morte está próxima. Não me pergunte como. Nada do que eu disser mudará a fatalidade. Apenas me deixe lamentar.

Pelo augúrio ruim, **FAÇA UM TESTE DE SANIDADE 1@: ⚅⚅ + ⚅ OCULTISTA – ⚅ INOCENTE.** Se quiser perguntar outra coisa, volte para **532**. Se preferir ir embora, vá para **546**.

489

As gargalhadas se elevam ainda mais. Desta vez é evidente que zombam de você. Os risos arrefecem apenas quando a mestra druidesa volta a se sentar, envolta em artigos ritualísticos. A dança e a música recomeçam.

— Somos nós contra eles — ela repete o que disse o rei viajante em sua subida. Vá para 534.

490

Você está em um templo. Grandes colunas se erguem, imponentes. São douradas, mas estão cobertas por hieróglifos pintados de azul, vermelho e branco. Ao centro, jaz o corpo de um jovem rapaz sobre uma mesa mortuária. Sacerdotes trabalham nos ritos fúnebres: removem os órgãos internos, desidratam a carcaça, enrolam várias e várias camadas de bandagens de linho. Tudo isso enquanto o líder, vestindo uma máscara animalesca, dedica a alma ao deus em uma estrela distante. Por fim, ele coloca nas mãos do cadáver o cajado e o mangual e cobre-o com a máscara mortuária própria de um faraó.

De repente, você se dá conta de que, ao longo de todo o processo, uma mulher estava ao seu lado. Ela olha nos seus olhos e se volta novamente para o embalsamento do jovem faraó. É extremamente bela e assiste à cena de queixo erguido, apesar da frustração no olhar. Sobre sua cabeça, ostenta uma coroa azul e dourada, adornada com uma serpente — a coroa da lendária Rainha Nefertiti. Ela fala com você, mas o idioma é arcaico demais para ser compreendido. Então ela dá as costas ao ritual e, com apenas dois passos, chega às distantes dunas do deserto do Saara. Você está com ela. Ao redor, há apenas a areia dourada sob o céu crepuscular. Ela se abaixa, pega um punhado de areia e o assopra da mão. Os grãos voam pela atmosfera árida e se erguem até o infinito. Tornam-se estrelas. Compõem constelações no formato de hieróglifos. Vá para 514.

491

Você segue pela Trilha do Oráculo. A princípio, parece igual a qualquer outra. Após certo tempo, porém, você não mais caminha só. Ao seu lado, há um viajante com longa barba branca e tatuagens pelo corpo inteiro, trazendo um cajado nas mãos. Ele olha para você e faz um cumprimento com a cabeça, sobre a qual repousa uma coroa de ouro. Então prossegue ao seu lado em silêncio, até que vocês chegam a uma estrada de carroças.

Diante de vocês, uma biga surge levantando poeira com o galope de dois cavalos. É conduzida por uma mulher de feições feéricas e longos cabelos cor de ouro. Está armada com lança e espada, e traz consigo um tear. Ao ver vocês, puxa as rédeas até parar a biga e põe-se a tecer um manto. Ao fazer isso, os olhos dela embranquecem. Imagens surgem com o trançar dos fios de várias cores.

Ao seu lado, o rei oráculo se apoia no cajado e passa a interpretar as imagens que se formam no tecido. Palavras desconexas emergem dos lábios dele, sobre o futuro de seu povo, deuses e heróis, feras e grandiosas batalhas. Os olhos dele ficam brancos tais quais os da tecelã, algo que você percebe quando ele olha para você, em um convite a participar da profecia. Se você tiver um ogham de teixo, poderá usá-lo como instrumento de divinação. Caso contrário, acompanhe a profecia escutando o crocitar da gralha negra. **FAÇA UM TESTE: ⚅⚅ +⚅ ALERTA –⚅ NEGLIGENTE.** Se você tiver o ogham de teixo, role +⚅. Se passar, vá para **545**. Caso contrário, vá para **536**.

492

Cavalo e cavaleiro galopam na sua direção. Porém, quando estão prestes a atacar, o brilho dourado do metal reflete nos olhos demoníacos. O cavalo empina. O cavaleiro retorce a face esquálida. Ambos recuam pela trilha imprecisa, retornando a galope para a indistinção da névoa. Vá para **562**.

493

Você se despede e vai se sentar em outro lugar. Para se sentar à mesa afastada com o caçador, vá para **569**. Para se sentar junto ao balcão com o viajante, vá para **506**.

494

Balor remove a quinta venda e tudo fica vermelho. O calor já é quase insuportável. Lute mais uma rodada contra o demônio (lembre-se de atualizar a Saúde dele).

BALOR	⚔ ⚅⚅⚅	✚8	ϟ–5

Se derrotar o Balor nesta quinta rodada, vá para **522**. Caso contrário, perca 1 ponto de Saúde pelo calor e vá para **574**.

495

Violet guia você através da escuridão pelo que parece uma eternidade. Você a segue tateando a rocha irregular que forma as paredes do túnel sinuoso. Ao final, emerge para a superfície de céu púrpura e oscilante, onde a trilha termina de cruzar o platô de rochas pontiagudas e chega a um novo arvoredo, este de troncos negros e folhas igualmente negras. Você procura Violet para agradecer pela ajuda, mas ela não está mais ao seu lado. Ou será que nunca esteve? Vá para **563**.

496

Depois que ela se vai, você encontra uma caixa de madeira junto ao carvalho. Ao abri-la, encontra uma arma primitiva, mas ainda perigosa. É composta por duas cordas unidas por uma tira de couro, com a qual é possível arremessar pedras com força letal. Anote a *funda* em sua ficha de personagem. Se usá-la, aplique o traço Firme/Míope em testes de ataque, em vez de Forte/Débil. Como a funda dispara pedras, você não precisa se preocupar com munição. Após guardar a arma, você retorna ao caminho principal e termina de atravessar o cemitério, saindo pelo portão do outro lado. Vá para **526**.

497

Você não tem tempo a perder se aconchegando. Assim, ignora o homenzinho e se adianta até a outra saída, supondo que a trilha prosseguirá do outro lado. Ao tocar a porta, no entanto, ela desmorona assim como a primeira. Poeira por todo lado. Lascas de madeira. Bolor espalhado. O homenzinho vem correndo, mais uma vez revoltado com a bagunça. Devido à recorrência, ele não consegue controlar a irritação. Pula várias vezes, quicando de raiva, e, apesar do tamanho diminuto, cada vez que ele bate os pés no chão a casa inteira estremece.

Até que não resiste mais.

Quando você estava prestes a sair e deixar toda essa maluquice para trás, as paredes e o teto desabam. Assim como as portas, a estrutura inteira sucumbe à ação do tempo e do uso. A cabana desaba sobre sua cabeça. Role ⚅⚅ e subtraia o resultado de sua Saúde. Se ainda estiver vivo, você se arrasta para fora dos escombros e se afasta da casa o mais rápido possível. O homenzinho continua lá, reclamando eternamente. A trilha segue adiante. Vá para **526**.

498

Maior do que as casas dos moradores locais, a estalagem tem dois pavimentos. No de cima ficam os quartos, e está com todas as janelas fechadas. Embaixo, há uma cozinha e um salão comunal utilizado pelo povoado inteiro na falta de um salão público para assembleias e festividades. Quando você entra pela porta principal, todos os olhares se voltam para você, e então retornam para o que faziam antes. Uma grande mesa redonda no centro está ocupada por trabalhadores locais, principalmente lavradores, mas também o carpinteiro e o pároco. Eles conversam e bebem cerveja, descansando após o longo dia de colheita. Em uma mesa menor e mais afastada, um caçador trajando peles de lobo aprecia sua bebida sozinho. E, no balcão, um viajante com sotaque americano faz perguntas à cozinheira e anota detalhes em um caderninho.

O interior é quente e tem cheiro de ensopado. Um caldeirão borbulha sobre o fogão a lenha. Quando a cozinheira mexe a mistura com uma colher de pau, você vê repolho e carne de porco revolver no caldo espesso de batata.

— Boa-noite! O quarto custa 1£ e inclui meu famoso ensopado — a senhora diz com um sorriso. — E ele já está quase pronto!

Pague 1£ e vá para **518**. Se não tiver dinheiro ou não quiser pagar, só lhe resta sair da estalagem e ir direto para a colina. Vá para **535**.

499

Você salta sobre o leprechaun e o agarra. Por alguns instantes, ele resmunga e se debate, mas logo desiste de lutar e solta um longo suspiro. Então, move os dedos fazendo sinais místicos... E desaparece dos seus braços! Com uma risadinha, o leprechaun revela onde está: sentado no galho alto de uma árvore. Ele acena um adeus e desaparece em uma nuvem de brilho.

O caldeirão cheio de ouro também desapareceu, assim como o arco-íris. Porém, a criatura deixou algo para trás. Sobre o enorme cogumelo, está um par de sapatos pretos com fivela. Eles servem perfeitamente em você. Anote o *sapato de fivela* em sua ficha de personagem (em testes envolvendo o traço Ágil, receba +⚃). **Faça um teste: ⚃⚃ +⚃ Alerta –⚃ Negligente.** Se passar, vá para **581**. Caso contrário, sem nada mais a fazer por aqui, você retorna à trilha principal e prossegue a subida ao cume. Vá para **556**.

500

Você se concentra no significado de cada símbolo e em como eles se inter-relacionam, e a mensagem fica clara.

"Fui Nefertiti, a Sábia do Alto e Baixo Egito. Mas todos que assim me consideravam estão mortos, como eu. Minha filha e meu enteado, desejava melhor destino para suas almas. Ao menos, salvei meu marido e conseguir impedir que se completasse em minha era o Ritual dos 13 Faraós. Dei à humanidade quatro mil anos para que se fortalecesse. O que você vai fazer com minha dádiva?"

Vá para **514**.

501

No momento em que você se vira rumo ao cemitério, todos os sons da floresta emudecem. Apesar do mau agouro, você segue adiante. O pequeno portão de ferro que dá acesso ao local está emperrado. Você força o portão, que range alta e dolorosamente até se abrir. Você entra, sabendo que seja lá o que houver aqui dentro, já deve saber da sua presença.

Você avança por entre as fileiras de pedras que demarcam e adornam o local de descanso final de inúmeros cadáveres. O cemitério é maior do que parecia a princípio e, a cada passo, a temperatura cai. Seu objetivo é claro: cruzar pela via principal até a outra saída e continuar sua jornada em direção ao cume. Porém, algo detém o seu avanço. Junto a um antigo carvalho, uma mulher está sentada de costas, encolhida em sofrimento. Possui cabelo liso e jovem, apesar de completamente branco, e esconde o rosto com as mãos. Sua voz frágil ecoa pelo mar de lápides, soluçando o pranto melancólico de quem já desistiu da vida e da morte. Para ignorar a mulher e seguir adiante, vá para **579**. Para conversar com a mulher, vá para **532**.

502

Você segue adiante. O caminho segue para cima, até chegar a um platô coberto de gigantescas rochas de base larga, mas que se erguem afunilando, até terminar em agulhões apontados para o céu. A ilusão de ótica funde as rochas mais próximas às mais distantes, transformando tudo em um paredão de lanças que se transmuta pelo efeito paralaxe à medida que você caminha por entre elas, deixando para trás as que estão próximas com certa facilidade, mas custando a transpor as que estão distantes.

Apesar da noite profunda, o céu encoberto não está mais cinzento. Ele oscila em diferentes tons de púrpura, como se anêmonas e águas-vivas tomassem toda a abóbada celeste cravejada de ametista líquida, enquanto derramam na terra sua luminescência ácida. O bosque ficou para trás. Você já não pode ver as árvores. Tampouco enxerga o vilarejo ou os campos ao redor. À frente, há apenas o prosseguir da escarpa com a fogueira brilhando no cume. A colina parece mais alta do que no início da subida. Seu cume, mais distante.

Um vento frio sopra pelos corredores de rochas, trazendo consigo um silvo agourento. Subitamente, uma criatura surge da escuridão, voando contra você. Por reflexo, você consegue proteger sua cabeça, mas ela arranha seus braços com garras curvas. Perca 1 ponto de Saúde e vá para **520**.

503

Balor continua retirando as vendas, uma após a outra. A cada camada removida, o ar fica mais quente. As plantas murcham. Sua pele resseca e os pulmões ardem. Até que tudo fica vermelho e ele chega à última venda. Com faíscas já escapando pelas laterais do tecido, você sabe que é hora de agir. Uma vez que o olho estiver descoberto, será o fim de tudo o que vive sobre a colina. Antes disso acontecer, você encontra uma pedra de bom tamanho e a coloca na funda. Terá uma única chance. Quando o hediondo Rei dos Fomori está prestes a remover a venda, você gira a funda, mira e dispara. **Faça um teste: ⚅⚅⚅ + ⚅ Firme – ⚅ Míope.** Se passar, vá para **480**. Caso contrário, vá para **561**.

504

À medida que o hobgoblin se dá conta do que é o presente, a face amistosa vai se deformando, se tornando ofendida. A cortesia se transforma em indignação. A indignação, em ojeriza. Ele solta um berro estridente, arranca os próprios cabelos e começa a espumar. Você tem o instinto de sair correndo trilha afora, mas então percebe que há algo estranho. As árvores não são mais negras e retorcidas. O céu perdeu a estranheza arroxeada. Você se vê em uma estradinha comum do interior da Irlanda, cercada por bosques e campos cultivados. À sua frente, o sopé da colina. Terá que recomeçar a subida do início. Volte para **573**.

505

Balor remove a segunda das sete vendas. Ao fazer isso, a relva que recobre a colina perde o verdor, tornando-se avermelhada. Sua pele começa a ressecar. Lute mais uma rodada contra o demônio. Atualize a Saúde dele caso tenha causado qualquer dano na rodada anterior.

BALOR	•	⚅⚅⚅	8	–8

Se derrotar o Balor nesta segunda rodada, vá para **522**. Caso contrário, vá para **559**.

506

Você se senta ao lado do americano no balcão e o cumprimenta. Ele é loiro, está calçando uma espécie de sapato esportivo amarrado com cordões e carrega uma mochila tão enorme quanto pesada, com um colchonete e uma panela amarrados.

— Você é daqui? — ele pergunta. — Conte um pouco sobre a sua conexão com a Mãe Natureza.

Você não se parece com os locais, não se veste como eles e, definitivamente, não carrega o mesmo sotaque.

— Desculpe, engano meu! — ele sorri. — Vocês desse lado do mar parecem iguais.

Os lavradores na mesa grande olham para vocês com desprezo.

— Imagino que você também tenha vindo para subir a colina do druida, certo? — ele continua, alheio aos olhares. — Acabo de voltar de lá. Foi uma jornada enriquecedora, espiritualmente falando. Pude entrar em contato com um lado meu que não conhecia.

Você o incentiva a falar, ao que ele dá de ombros.

— Você precisa ver para entender. Quanto a mim, já vi demais. É hora de voltar para casa... Se não for embora agora, talvez eu nunca mais consiga partir. Ah, pode ficar com isso — ele entrega para você uma flauta simples, de madeira. — Quem sabe você não se inspira quando estiver lá em cima?

Anote a *flauta do bardo* em sua ficha de personagem e vá para **550**.

507

A subida é árdua, mas você consegue superá-la e alcançar a relva que cresce no aplainado mais acima. Vá para **482**.

508

Você percorre seus bolsos e pertences, fingindo procurar algo para o hobgoblin. Contudo, enquanto ele espera pelo presente, você aproveita a distração e sai correndo da cabana. Ele só percebe que foi enganado quando você já está vários metros adiante. Com as perninhas finas e curtas, ele jamais vencerá a corrida. Enquanto corre, você se vangloria de ter enganado a criatura. Porém, um enorme galho quebra sem motivo aparente e cai na sua cabeça justo quando estava passando por baixo da árvore. Role ⚅ e subtraia o resultado de sua Saúde. Ao longe, o hobgoblin gargalha, e você tem a impressão de que não foi um acidente. Vá para **526**.

509

O arco-íris está muito próximo. Tão próximo que parece possível tocá-lo. As luzes cintilantes dançam umas entre as outras, oscilam e se entrelaçam, apenas para voltarem a se separar nas sete cores justapostas. A ilusão fascina você, que não vê alternativa a não ser esticar a mão e tentar sentir o toque da luz. Ao fazer isso, seus dedos se iluminam e você sente como se todo o seu corpo respondesse a um certo tipo de magia. A sensação boa só é interrompida por uma risada aguda e zombeteira.

Você abre os olhos — só então percebe que os tivera fechado — e percebe que o leprechaun está de pé sobre o pote de ouro. Ele olha para você e ri. Instintivamente, você salta para longe. Só então percebe o que aconteceu: seu sexo mudou! Se seu personagem era homem, virou mulher. Se era mulher, virou homem. Se era de qualquer outro sexo, pense em algo diametralmente oposto. É assim que a história prosseguirá. Esta mudança não tem efeito em jogo, mas é um acontecimento inesperado. Por algum motivo, o leprechaun parece se divertir com a sua surpresa. Ele pega uma moeda do caldeirão e joga para você, em retribuição pelo divertimento que proporcionou. E, antes que você possa responder, ele faz um gesto mágico e desaparece, junto com o sapato, o arco-íris e o pote de ouro, em uma nuvem de brilho. A moeda de ouro vale 5£; anote este valor em sua ficha de personagem. Sem alternativas, resta-lhe retornar à trilha principal e prosseguir a subida ao cume. Vá para **556**.

510

As aytias voejam ao seu redor, preparando-se para mergulhar e dilacerar seu corpo. Porém, em meio aos risos e bater de asas, uma voz infantil chama pelo seu nome. Você se vira para um dos lados da trilha e ela está ali, escondida no espaço que separa uma rocha de outra. É Violet. A imagem dela está distorcida e desbotada, mas ela chama:

— Por aqui! — e corre por entre as rochas.

Se quiser segui-la, vá para **539**. Se quiser ignorar o chamado e tentar correr das aytias, **FAÇA UM TESTE: ⚅⚅ + ⚅ ÁGIL – ⚅ INDOLENTE.** Se passar, vá para **555**. Caso contrário, vá para **582**.

511

Antes que você possa agir, ela avança em velocidade impressionante. Desliza pela trilha e dá a volta em torno de você. Quando volta a olhar em seus olhos, você sente um corte horizontal no abdome. Com seu sobressalto de espanto, as vísceras irrompem para fora. Um jorro de sangue banha os seus pés, e então um gotejamento perdura. Ao redor, os participantes da cerimônia param de dançar e começam a rir. A mestra druidesa sorri. **Faça um teste de sanidade 2: + Ocultista – Inocente.**

— Seu poder é insignificante em face às entidades que querem nos destruir. Precisa ficar mais forte.

Quando você volta a olhar para a própria barriga, o corte desapareceu e suas entranhas voltaram para dentro do corpo. Ao olhar melhor, porém, descobre que há uma nova cicatriz. O golpe pode ter sido ilusório, mas o ferimento foi real. Perca 2 pontos de Saúde. Se quiser atacá-la novamente, vá para **529**. Se quiser se desculpar, vá para **489**.

512

Você deixa seu quarto, desce a escada, passa correndo pelo salão agora vazio e sai da hospedaria. Uma vez ao ar livre, volta a contemplar o cume iluminado pelas chamas. Prossegue então por uma estradinha que vai em direção à colina, com a certeza de que está no caminho certo para testemunhar um acontecimento raro. Aqui embaixo, seus passos são iluminados pela luz difusa do luar encoberto. Vá para **573**.

513

Você está em um quarto abarrotado de livros. Consegue enxergar apenas com o centro da visão, pois as laterais estão borradas. Demora algum tempo até perceber que há mais alguém aqui, um homem de óculos redondos e gravata borboleta. Na parede, o diploma de doutorado exibe seu nome: Dr. Stephen Venkman. Você demorou a notá-lo porque ele está imóvel e calado, enquanto observa atentamente uma equação anotada em um quadro. De repente, ele agarra uma caneta e risca o quadro para uma nova anotação. Então pousa a caneta e retorna à imobilidade, a equação ainda inacabada. Você se aproxima, para ler as anotações. Ao fazer isso, porém, ele se sobressalta e olha diretamente para você. E então tudo se transforma. Se quiser ir para o passado, vá para **551**. Se quiser ir para o futuro, vá para **560**.

514

Uma sequência de imagens e sons se embaralha em sua mente, vindos de diferentes tempos e lugares. Por um instante muito preciso, a confusão desaparece e você tem a nítida visão de Elizabeth desembarcando de um avião no aeroporto do Cairo. Essa é a resposta que precisava. Em meio à confusão mental, você possui uma única certeza: ela está no Egito, e você precisa segui-la. Quando esta visão também desaparece, você cai sobre os joelhos, ofegante. Está de volta à colina. Ao redor, tudo está cinzento. A fogueira se apagou. As árvores estão silenciosas. Os caldeirões, vazios e tombados. Não há mais música, nem dança. Não há ninguém. Apenas você e um espectro em pé à sua frente.

— Você conseguiu — é Violet. Você olha para cima e encontra o sorriso dela, um raio de franqueza em meio às imagens nebulosas. — Agora vai poder visitar o Mundo dos Sonhos sempre que o véu se afinar. Não só você, mas também quem vier depois. É como eu e a Elizabeth. Eu só consigo porque ela me ensinou sem querer. Estamos ligadas.

A figura de Violet começa a esvanecer.

— Agora você pode acordar — ela ri. — Afinal, já está dormindo há muito tempo.

Vá para **578**.

515

Depois da noite inexplicável, é bom levar uma imagem da colina sob a luz do dia como recordação. Recupere 1 ponto de Sanidade.

DESTAQUE O ADESIVO **F06**, VÁ ATÉ O ÁLBUM DE FOTOS E COLE-O EM UMA POSIÇÃO QUALQUER. ENTÃO, VOLTE PARA CÁ.

Agora você pode ir embora da Irlanda em **487**... ou pode voltar para a colina em **566**.

516

Como um gato na noite densa, você percorre a trilha sobre a rocha sem fazer qualquer ruído e chega ao caldeirão de ouro, de onde emerge o arco-íris. Para roubar 1 moeda de ouro, vá para **585**. Para roubar 10 moedas de ouro, vá para **533**. Para encostar no arco-íris, vá para **509**.

517

Em meio às sombras, você avista um caminho para fora do círculo de árvores. Você corre, protegendo a cabeça com os braços, até sentir que está fora de perigo. Você olha para trás, esperando avistar os rostos distorcidos, mas o único movimento que percebe nos galhos ao longe é causado pela brisa noturna. Terá sido apenas um truque da mente? **Faça um teste de sanidade 2@: ⚅⚅ +⚅ Ocultista –⚅ Inocente.** Vá para **502**.

518

Você paga pela hospedagem e janta. Enquanto espera pela comida, pode interagir com os demais clientes. Para se sentar à mesa grande com os lavradores, vá para **476**. Para se sentar à mesa afastada com o caçador, vá para **569**. Para se sentar junto ao balcão com o viajante, vá para **506**.

519

Você vira para a direita e encara a escarpa rochosa. No início, ainda há caules e raízes despontando para fora da terra, nas quais consegue se agarrar para subir. O esforço, no entanto, cobra seu preço. Perca 1 ponto de Saúde. A partir de certa altura, não há mais plantas presas a torrões de terra e você precisa se apoiar em pedras. **Faça um teste: ⚅⚅ +⚅ Ágil –⚅ Indolente.** Se tiver uma mochila de explorador, role +⚅. Se passar, vá para **507**. Caso contrário, vá para **527**.

520

Você empurra a criatura, lançando-a contra uma das rochas. Ela parece um morcego grande, mas com asas escamosas, espinhos nas costas e dentes pontiagudos. Você não faz ideia de que tipo de animal seja esse, mas não tem tempo de pensar em zoologia: a criatura emite uma risada aguda, e uma revoada de seres iguais a ela surge do topo das rochas pontiagudas.

Se souber o ano em que as aytias começaram a assombrar a colina de Tara, vá para a referência correspondente. Caso contrário, sua única chance será correr em busca de cobertura. **Faça um teste: ⚅⚅ +⚅ Ágil –⚅ Indolente.** Se passar, vá para **555**. Caso contrário, vá para **582**.

521

O quarto é simples, com uma cama, um baú e uma cômoda rústica. No baú, cobertores para as noites mais frias e, sobre a cômoda, uma bacia de água. Você se senta na cama e abre a janela. O quarto tem vista para a colina. Por ficar no segundo pavimento em um vilarejo onde a maioria das construções são térreas, a vista é privilegiada. O sol já se pôs e a colina está escura. Mesmo à noite, ainda é fácil discerni-la do resto do mundo: uma silhueta negra que se ergue contra o céu cinza-escuro. Você observa a noite inerte, imaginando que criaturas ou ameaças povoam as trilhas sinuosas escarpa acima, perguntando-se quais mistérios descobrirá ao galgar o topo na manhã seguinte. Enquanto você divaga, algo acontece. No topo da colina, uma luz se acende. A princípio tênue, ela logo se aviva. Rubra, intensa e ardente. Uma fogueira. Diante de seus olhos, incendeia toda uma parte da floresta que recobre o cume. Agita-se em flamas vorazes. Lança golfadas de fumaça negra em direção ao céu nebuloso. Contra o fulgor incandescente, vultos emergem. Suas silhuetas dançam com movimentos sinuosos e nefastos. Evocativos. Pagãos. Há algo acontecendo no topo da colina neste exato momento. Para partir rumo ao topo agora mesmo, vá para **512**. Para descansar e partir com o raiar do dia, vá para **547**.

522

Balor cambaleia para trás, com sangue verde escorrendo por diversos ferimentos. Não morre, pois não está vivo para poder morrer, mas cai se debatendo em aflição. Ele então se arrasta por onde veio. Rasteja de volta para o Mar da Irlanda, onde submerge para seu esconderijo abissal. Vá para **558**.

523

Você não move um músculo sequer, preferindo observar mais antes de tomar qualquer atitude impulsiva. Porém, um piscar de olhos e você está diante da fogueira. Os participantes da cerimônia dançam ao seu redor. A mestra druidesa encara você com os olhos tão azuis que parecem penetrar nos seus. Está tão próxima que você sente o hálito de brasa quando ela fala. **Faça um teste de Sanidade 2: + Ocultista – Inocente.**

— Cautela pode ser uma virtude... ou pode nos levar à ruína diante das entidades que querem nos destruir. Somos nós contra eles — ela repete o que disse o rei viajante em sua subida.

Vá para **534**.

524

Um cavalo negro avança na sua direção, com olhos que crepitam em fogo. Sobre ele, um cavaleiro deixa a capa igualmente negra tremular para trás. Tem o peito estufado, triunfante, a partir do qual se projeta o toco de um pescoço. A cabeça não está lá. Em vez disso, o cavaleiro a carrega em uma das mãos, agarrada pelos cabelos. Os olhos esbranquiçados param de girar e se fixam em você, quando a boca se abre em um sorriso largo demais, que vai de um lado a outro da cabeça, e profere o seu nome. **Faça um teste de sanidade 3: + Ocultista – Inocente.** Após dizer seu nome, o cavaleiro sem cabeça saca um chicote feito de vértebras humanas e avança contra você.

DULLAHAN	◆		5	–6

Se você tiver um item de vestuário feito de ouro, vá para **492**. Caso contrário, lute contra o dullahan. O cavaleiro sem cabeça é um combatente letal. Para ele, resultados “4” nos testes de ataque contam como sucessos. Se vencer, vá para **562**.

525

Você é incapaz de acompanhar o ritmo da música. Suas batidas saem na hora errada, de forma distorcida, atrapalhando a cadência, e o que era um momento aprazível, transforma-se em pura aflição. No primeiro erro, a musa estremece. No segundo, ela abre os olhos. Com o terceiro erro, ela solta a harpa e se levanta. O vestido de areia se arrasta, carregando a praia atrás dela, quando vai até você em um piscar de olhos. De súbito, perfura o seu tórax com as mãos nuas e puxa para fora uma costela. Então analisa o osso, ponderando se servirá como matéria-prima para uma nova harpa, enquanto você desaba, o sangue jorrando pela ferida aberta. Ao seu lado, o rei bardo meneia a cabeça, decepcionado. Você não tinha a vocação necessária. Por isso, a Trilha do Bardo será para sempre sua sepultura. Sua investigação acaba aqui.

526

Você prossegue pela trilha ladeada de árvores retorcidas, até que o céu se torna completamente branco e começa a nevar. Acontecimento raro no outono irlandês, você atribui o fato à altitude do terreno e continua avançando. As árvores se tornam escassas, até que não há nenhuma, e a neve se torna mais intensa, com acúmulo no solo. Em algum lugar à sua direita, parte da escarpa desaba em uma avalanche. Em um ponto elevado do outro lado, uma águia emite seu longo assovio, cruzando o céu próximo dos picos onde faz o seu ninho. Não deveria haver águias aqui... Muito menos picos nevados. Olhando para o alto distante, no entanto, você ainda consegue ver a fogueira no cume da colina, brilhando através das nuvens difusas, com vultos dançando ao redor das chamas.

Depois de horas de caminhada em aclive, a neve fica para trás. Você se vê caminhando por uma planície de relva cinzenta. O céu noturno está preto. As estrelas, ofuscadas pela lua brilhante. Uma névoa embaça o horizonte, impedindo que você veja com precisão o ponto em que a trilha plana volta a subir. Mas você persiste em sua jornada, rumo à fogueira que coroa o cume escuro da colina adiante. O canto de grilos e corujas se faz ouvir por todos os lados, até que todos se silenciam ao mesmo tempo. De repente, você escuta o galopar de um cavalo e se vira para trás. Vá para **524**.

527

A subida é mais árdua do que você esperava. Quando está quase chegando ao topo, seus braços e pernas fraquejam e você cai alguns metros! Role ⚅ e subtraia o resultado de sua Saúde. Se ainda estiver vivo, você se recompõe e consegue concluir a escalada. Vá para **482**.

528

A cozinheira transfere o alimento para um pote. Ele não ficará tão saboroso, mas poderá ser consumido durante a jornada. Anote o *ensopado* em sua ficha de personagem. Pode gastá-lo fora de combate para recuperar 2 pontos de Saúde. Você agradece a todos pela comida e companhia e se retira para o seu quarto. Vá para **521**.

529

Você tenta golpeá-la mais uma vez. Ao fazer isso, os mantos escuros se estendem sobre você. Cobrem as nuvens cinzentas no céu. Cobrem a luz intensa da fogueira. Cobrem os idólatras, os caldeirões e o sangue que lava a colina. Por fim, cobrem você. Nada mais resta além do esquecimento. Sua investigação acaba aqui. Preencha a lápide no cemitério e inicie um novo jogo na Introdução.

530

Você sabe que está chegando ao cume da colina. No trecho final, a trilha se alarga. Archotes iluminam as laterais, alçando fumaça espiralada para a noite escura. Adiante, a enorme fogueira recobre a parte mais elevada. Ao redor dela, seres sombrios dançam em movimentos alucinógenos. Alguns agitam os braços para o céu, fluidos como serpentes. Outros, mantêm-nos juntos ao corpo enquanto saltam com os passos leves de uma cabra, caindo sobre a ponta dos pés, com giros e rodopios que fazem revoar os cabelos. Há ainda aqueles que circundam as chamas tocando instrumentos. Tambores. Flautas. Violinos. Juntos, entoam a melodia lúgubre. A maioria tem o corpo coberto apenas por ramos de hera entrelaçados, com algas e castanhas pendendo dos cabelos. Todos exibem tatuagens e outras pinturas corporais.

Três caldeirões estão posicionados junto à fogueira. Ao redor deles, incontáveis nabos foram entalhados com faces horrendas de criaturas torturadas. E no centro, a única figura imóvel de todo o ritual de idolatria. É uma mulher de cabelos brancos, mantos escuros e com o rosto pintado com seiva negra. Sobre sua cabeça, galhos de árvores se erguem, formando a galhada de um cervo. A mestra druidesa está sentada na terra e mantém os olhos fechados, enquanto inala a fumaça das brasas e se inebria com a música e as vozes eufóricas dos dançarinos. Quando se dá por satisfeita, ergue uma adaga adornada de nós celtas e a crava em uma lebre que estivera segurando até então. O animal guincha e sucumbe. A druidesa abre os olhos. São azuis e penetrantes. Olham diretamente para você. Se quiser atacá-la, vá para **484**. Se quiser ficar onde está, vá para **523**. Se quiser falar com ela, vá para **583**.

531

Você faz sinal para a cozinheira, o que resulta em brados de celebração na mesa dos irlandeses. Ela traz um pequeno barril de cerveja, com o qual completa as canecas quase vazias. O líder finalmente dá as boas-vindas e manda alguém puxar uma cadeira para você se unir ao grupo.

— Até que você sabe demonstrar respeito, apesar de vir daquela ilha de sanguessugas reais — diz ele, saboreando a bebida.

— Matam por decreto — resmunga um outro.

Um terceiro ergue a caneca:

— O Rei Jorge já aprendeu a abotoar as próprias calças ou ainda precisa do Primeiro Ministro para isso?

A conversa prossegue com insultos acompanhados de risadas, enquanto todos relaxam em suas cadeiras.

— Afinal, o que faz aqui na região? — pergunta o pároco.

Você conta que pretende subir a colina, mas sem revelar detalhes sobre suas motivações.

— Ah, sim, a colina do druida — o marceneiro ri. — Cuidado com o leprechaun que vive lá em cima! Ele não gosta de gente tagarela mexendo em seu ouro.

— Tem as fadas também! — o mais moço adiciona. — Não se deixe encantar pela cantiga delas.

Os nativos falam das crendices como se fossem coisas comuns da vida cotidiana, e não fica claro se realmente acreditam nelas ou se julgam ser mero folclore. Sem aviso, um deles começa a cantar uma música, e os demais se juntam a ele, cantando e batendo com as canecas na mesa:

Patrick era um jovem arredio
Que encontrou um hobgoblin gentil

De pernas finas e cara feia
O hobgoblin o ajudou pois queria uma ceia

Mas Patrick não tinha um petisco
Entregou o seu casaco, pois não tinha mais que isso

Mas a roupa não era nutritiva
E o hobgoblin revelou sua face vingativa

Não se engane, criança! Não há fadas do bem!
Elas vão lhe castigar toda hora que convém

Pobre Patrick que o diga! Sua história nos ensina
Seu cadáver repulsivo apodrece na colina

Não visite a colina! Nem a casa abandonada!
A não ser que assegure um petisco para a fada

De outro modo com certeza enfrentará a essência vil
Do hobgoblin que lá vive sempre de bucho vazio!

É um risco a vilania
De uma pança vazia!

⚃⚅

Ao terminar, eles riem e começam a contar histórias sobre encontros com espíritos malignos e crianças metamorfas. Cada um jura que sua história é real, apesar da incredulidade dos demais. Um deles, replicando uma antiga crendice, entrega a você um galho de árvore com entalhes feitos à faca.

— Ogham de teixo, a antiga escrita celta talhada na árvore dos ancestrais. Serve para trazer bons augúrios. Pode ficar.

Anote o *ogham de teixo* em sua ficha de personagem e vá para 550.

532

Você desvia do seu caminho e vai até a mulher sob o carvalho, aproximando-se com calma para não a assustar. Ao notar sua presença, ela se vira. Tem o rosto feérico e delicado, e olhos que transbordam angústia. O que você diz?

"Por que está chorando?"	Vá para 488
"Você é uma fada?"	Vá para 575
"Como posso ajudá-la?"	Vá para 481

533

Vendo o caldeirão cheio de ouro, a cobiça brilha em seus olhos e você abre a mão para agarrar tantas moedas quanto for possível. No mesmo instante, o leprechaun aparece, espumando de raiva. Ele contorce a bocarra em um grito aterrador e, aproveitando seu sobressalto, ele empurra você do penhasco. Em um momento você estava em terra firme. No outro, a gravidade desaparece e você sente como se pudesse flutuar. Infelizmente, não pode. Após instantes que parecem não ter fim, você cai sobre pedras pontiagudas, que trespassam o seu corpo. Leva ainda alguns minutos aterradores até que a vida finalmente encontre seu fim. Sua investigação acaba aqui. Preencha a lápide no cemitério e inicie um novo jogo na Introdução.

534

Você se senta diante da mestra druidesa. Música e dança continuam ao redor. As chamas se agitam. Ela ergue a lebre morta acima da própria cabeça.

— Agradeça à lebre, viajante. Ela deu a vida para que você tenha a chance de ver o Outro Mundo. Hoje o véu da realidade se afina. Se você atravessar agora, talvez seja capaz de retornar.

Ela espreme a lebre sobre cada um dos três caldeirões, derramando algumas gotas de sangue na mistura. Então usa uma concha de madeira para mexer cada conteúdo e deposita um pouco de cada em uma taça de prata.

— Somos fracos demais para nos defender das entidades do Outro Mundo. Alguns de nós são tão fracos que se rendem às promessas delas. Tornam-se lacaios. Não é o caso dos nossos adeptos. Nós nos nutrimos do poder do Outro Mundo, sim. Envolvemo-nos na imundície do inimigo. Mas fazemos isso como sacrifício para ter a possibilidade de enfrentá-los. Somos traidores dos Antigos. Outrora não podíamos escapar à opressão. Isso apenas se tornou possível quando o herói Lugh se permitiu cear com o inimigo. Sangue Fomori correu em suas veias humanas, e apenas assim conseguiu conquistar sua breve vitória. Lugh nos deu a chance de continuar lutando. Agora, chegou a nossa vez de abrir a trilha em meio à escuridão, para que possa ser percorrida e ampliada pelos que vierem depois de nós. Ainda que ao custo de nossa sanidade, nós resistimos. Lutamos. E, para lutar, nos maculamos. — Ela estica a taça de prata para você. — Sou Siofra, a mestra druidesa, e serei sua guia espiritual. Chegou sua vez de tocar o oculto. Beba.

Se quiser beber, vá para **572**. Se rejeitar a bebida, vá para **567**.

535

À medida que você se aproxima da colina, o sol termina de se pôr. Mesmo à noite, ainda é fácil discerni-la do resto do mundo: uma silhueta negra que se ergue contra o céu cinza-escuro. Você prossegue, imaginando que criaturas ou ameaças povoam as trilhas sinuosas escarpa acima, perguntando-se quais mistérios descobrirá ao galgar o topo. Enquanto você divaga, algo acontece. No topo da colina, uma luz se acende. A princípio tênue, ela logo se aviva. Rubra, intensa e ardente. Uma fogueira. Diante de seus olhos, incendeia toda uma parte da floresta que recobre o cume. Agita-se em flamas vorazes. Lança golfadas de fumaça negra em direção ao céu nebuloso. Contra o fulgor incandescente, vultos emergem. Suas silhuetas dançam com movimentos sinuosos e nefastos. Evocativos. Pagãos. Há algo acontecendo no topo da colina neste exato momento. Você prossegue por uma estradinha que vai em direção à colina, com a certeza de que está no caminho certo para testemunhar um acontecimento raro. Aqui embaixo, seus passos são iluminados pela luz difusa do luar encoberto. Vá para 573.

536

Você é incapaz de compreender as formas premonitórias, e sequer se dá conta quando a profecia passa a narrar os últimos instantes de sua vida. Você apenas observa, como uma criança que não entende a conversa dos adultos. De repente, a tecelã interrompe o trabalho. Acabou o fio vermelho. Ela desce da biga e vai até você em um piscar de olhos, arrastando às costas o vestido multicolorido, feito do destino de muitos. De súbito, perfura seu peito com as mãos nuas e puxa para fora o coração, junto com veias e artérias a ele vinculados. Com mais uma puxada, extrai o restante das veias, até as mais capilares, e enrola todas em um carretel. Ao seu lado, o rei oráculo meneia a cabeça, decepcionado. Você não tinha a vocação necessária. Por isso, a Trilha do Oráculo será para sempre sua sepultura. Sua investigação acaba aqui. Preencha a lápide no cemitério e inicie um novo jogo na Introdução.

537

A trilha segue adiante, serpenteando por entre os troncos, ora saindo de vista, ora ressurgindo. Enquanto avança, você encontra um desvio que leva a uma trilha secundária. Em vez de rumar para o topo, ela abre um braço para a direita. Quando olha com atenção, você percebe que um feixe de luz brilha em todas as cores após uma curva mais adiante. Para seguir o caminho secundário em direção à luz multicolor, vá para 544. Para continuar no caminho principal rumo ao cume, vá para 556.

538

Você segue pela Trilha do Curandeiro. A princípio, parece igual a qualquer outra. Após certo tempo, porém, você não mais caminha só. Ao seu lado, há um estranho viajante cujo cabelo esgrouvinhado está tomado de folhas e ervas, e que usa um cinto do qual pendem conchas, sementes e dentes de animais. Ele olha para você e faz um cumprimento com a cabeça, sobre a qual repousa uma coroa de ouro. Então prossegue ao seu lado em silêncio, até que vocês chegam a uma forja.

De pé diante da bigorna está uma mulher de feições feéricas e longos cabelos cor de fogo. Ela segura um martelo de ferreiro e uma espada em processo de fabricação. Ao ver vocês, põe-se a martelar a peça de metal incandescente. A cada martelada, seu vestido vermelho crepita, incendiando livros e papéis que forram por completo o assoalho ao redor. Labaredas se elevam, devorando tudo o que há.

Ao seu lado, o rei curandeiro saca um cantil de couro e sorve por completo um elixir. Ele então caminha adiante, passo a passo sobre brasas e flamas, mas o fogo não incendeia suas vestes, nem deforma sua pele. Sequer o toca. Ele então olha para você, em um convite a participar da caminhada sobre chamas. Se você tiver uma calêndula, poderá consumi-la agora como erva medicinal. Caso contrário, acompanhe a marcha confiando apenas em sua ligação com a natureza. **Faça um teste: ⚅⚅ +⚅ Sagaz –⚅ Ignorante.** Se você tiver a calêndula, role +⚅. Se passar, vá para 587. Caso contrário, vá para 553.

539

Você corre no encalço de Violet. Ela caminha a passos lentos por entre as rochas, mas avança com velocidade impressionante, como se deslizasse pelo mundo. Ela contorna algumas rochas gigantescas, chega a uma fenda aberta no solo e se embrenha no subterrâneo. Seguindo a criança, você percorre um túnel escuro e de paredes irregulares. Depois da primeira curva, não consegue enxergar mais nada. O som das aytias, no entanto, ficou na superfície.

— Siofra não pode espantar as aytias hoje, mas esse caminho é seguro — diz Violet. O rosto fantasmagórico reluz vagamente, incapaz de iluminar o túnel em escuridão total. — Eu estou dormindo. Você também está?

"Sim."	Vá para 580
"Não."	Vá para 548
"Não sei."	Vá para 478

540

Você vira para a esquerda e prossegue pelo caminho menos escarpado, porém mais longo. Logo de início, a trilha já se mostra obscura, com as copas dos dois lados formando um arco entrelaçado muito acima de sua cabeça e projetando sombras sobre seus passos. Após alguns momentos caminhando, você começa a ouvir vozes vindas da parte mais profunda do bosque. Primeiro, uma voz melodiosa chama pelo seu nome. Chama várias vezes, suave e doce como uma cantiga de ninar. Quando você se deixa embalar pelo hipnotismo, a voz decreta, cortante como uma guilhotina:

— Morra!

Você sente como se despertasse de um transe. Por todos os lados, gargalhadas se elevam. Ou seria apenas o vento? Perca 1 ponto de Sanidade e vá para **475**.

541

O ensopado está quente, e a sensação de saboreá-lo é acolhedora. Recupere 2 pontos de Saúde e 1 ponto de Sanidade. Ao terminar, você agradece a todos pela comida e companhia e se retira para o seu quarto. Vá para **521**.

542

Você está em uma biblioteca. Consegue enxergar apenas com o centro da visão, pois as laterais estão borradas. Você escuta passos atrás de si, mas, antes que possa se virar, pessoas atravessam o seu corpo como se você fosse um fantasma.

— Eu disse para ter paciência! — diz um homem de óculos e cabelo bem aparado, por volta dos 45 anos, vestido de forma que lembra um acadêmico da Universidade de Oxford. Ao caminhar, as sombras parecem segui-lo. — Tudo a seu tempo.

— É justamente sobre tempo que estou falando! Vamos perder o período mais propício! — Quem o segue é Elizabeth Holloway, trajando um vestido de corte reto e chapéu enfiado até os olhos. — Aldebarã fica no topo do céu noturno em novembro. Depois começa a decair.

Os dois entram por uma porta lateral e você os segue até uma sala onde há uma estátua de São João Batista sobre um enorme pedestal. Ao chegar ali, porém, o homem desapareceu. Elizabeth está sozinha e trajando outro vestido. Ela olha para todos os lados, apreensiva, e então entra por uma abertura no pedestal do santo. Quando volta a sair, carrega consigo um livro e uma adaga. E então tudo se transforma. Se quiser ir para o passado, vá para **551**. Se quiser ir para o futuro, vá para **560**.

543

Você pisa em um galho seco no chão. O leprechaun se levanta e corre até você em velocidade impressionante, deformando a bocarra em um grito aterrador. Com um salto, ele derruba você no chão, sobre um amontoado de folhas podres. Quando finalmente dá por si, você se levanta de um pulo. Porém, ao olhar ao redor, vê apenas a floresta retorcida. O leprechaun desapareceu, assim como o arco-íris e o pote de ouro. Restou apenas o seu coração aos pulos. **Faça um teste de Sanidade 2🌀: ⚅⚅ + ⚅ Ocultista – ⚅ Inocente.** Sem nada mais a fazer por aqui, resta-lhe retornar à trilha principal e prosseguir a subida ao cume. Vá para **556**.

544

Você toma a trilha secundária, ainda mais estreita e tortuosa. Logo após a primeira curva, é possível ver onde ela vai dar. O caminho segue virando à direita e à esquerda, descendo e subindo, até que sobe por uma enorme rocha projetada para fora da colina e termina em um penhasco. Dele, um arco-íris se ergue. Não há sol ou chuva, apenas o céu nebuloso, com sua luz ametista fantasmagórica. Ainda assim, ali está o arco-íris. E, da base de onde ele surge, um enorme caldeirão cheio de moedas de ouro.

Você ouve um bater de martelo. Só então percebe a criatura sentada aos pés de uma árvore retorcida. Tem a altura de uma criança, mas o rosto de um velho. É difícil enxergar as cores sob a luz enturvecida, mas você tem quase certeza de que usa um chapéu verde com fivela e possui uma farta barba ruiva. Ele está sentado sobre um enorme cogumelo, martelando um prego na sola de um sapato preto, e parece não ter notado a sua presença. Se quiser se aproximar sorrateiramente do caldeirão, vá para **549**. Se quiser agarrar o leprechaun, vá para **584**. Se quiser conversar com ele, vá para **486**.

545

Em um momento, você nada via. No seguinte, tudo fica claro. Você observa os sinais do universo e consegue associá-los às imagens formadas no tecido. São fadas e duendes, belos e feiosos, todos reunidos para saborear um banquete de carne humana. Ao seu lado, o rei oráculo dá o primeiro passo na direção da tecelã e convida você a acompanhá-lo. Juntos, avançam pela estrada, rumo ao tear sobre rodas. Quando estão muito próximos, quase alcançando o vestido multicolorido, feito do destino de muitos, a tecelã desaparece, e junto com ela os fios, os cavalos e a estrada de carroças. À sua frente, há apenas a trilha seguindo pelo bosque em aclive. Ao seu lado, o rei oráculo fala com você pela primeira e última vez:

— Fedelm Cabelo de Ouro, tecelã de profecias. Não se deixe enganar pela aparência: ela é tão danosa quanto Balor, o hediondo Rei dos Fomori. Qualquer presságio que ela anunciar será de desfortuna para os nossos. Jamais se esqueça: somos nós contra eles.

Com isso, ele dá um aceno de despedida e desaparece também. Mas as palavras dele reforçam sua mente: recupere 2 pontos de Sanidade. Vá para **530**.

546

Quando percebe que você quer partir, ela acena com a cabeça e se despede.

— Entendo, é hora de você partir rumo à morte iminente. Mas lembre-se: quando a vida estiver escorrendo por entre seus dedos, eu lamentarei a sua travessia.

Dizendo isso, a imagem turva dela aos poucos se dissolve como se levada pelo vento, e ela desaparece como se nunca tivesse existido. Talvez não fosse uma entidade mal-intencionada. Ainda assim, receber a notícia da própria morte é capaz de abalar até mesmo os mais valentes. Perca 1 ponto de Sanidade e vá para **526**.

547

Você volta a fechar a janela e puxa a cortina. É melhor ficar longe de qualquer manifestação sobrenatural e de seus responsáveis. Assim, você se acomoda na cama e puxa os cobertores, para desfrutar de uma agradável noite de sono. No dia seguinte, a luz do sol filtrada por nuvens inunda o mundo com sua cor clara e sombras suaves. A colina está verde, tingida aqui e ali de marrom e laranja. Você escala. Ora ou outra, derrapa nas pequenas pedras que rolam sob seus sapatos ou se agarra às gramíneas para assegurar o equilíbrio, e a subida segue sem maiores contratempos. Quando finalmente chega ao cume, você encontra a vegetação intacta: nem sinal da fogueira da noite anterior. A vista é bela. É possível ver o povoado daqui, além dos campos de cultivo e os bosques ao redor. Porém, nada há que contribua com a sua investigação. É um beco sem saída. Você senta e aprecia o dia fresco de outono, tentando se consolar após ter fracassado por mera covardia. Seu corpo ainda respira, mas sua honra encontrou a morte. Sua investigação acaba aqui. Preencha a lápide no cemitério e inicie um novo jogo na Introdução.

548

— Tem certeza? — ela pergunta. — Bom, tome cuidado de qualquer forma.

Vá para **495**.

549

Você caminha até a enorme rocha projetada para fora da colina, tentando não fazer barulho. **Faça um teste:** ⚅⚅ + ⚅ **Ágil** – ⚅ **Indolente.** Se passar, vá para **516**. Caso contrário, vá para **543**.

550

A conversa é interrompida quando a cozinheira deposita uma tigela de ensopado à sua frente. Se quiser comer agora, vá para **541**. Se preferir guardar para depois, vá para **528**.

551

Você está em uma caverna. Água escorre lentamente pelas estalactites, acumulando-se na ponta até formar uma gota que se desprende e cai, ecoando o som de goteira. As paredes foram riscadas. Homens e animais estão representados na superfície irregular, desenhados em vários tons de marrom — tintas feitas a partir de terra, sangue e excrementos. Você as vê sob a oscilação da luz distante de uma fogueira. Ao seguir a fonte de luz, descobre que está lá fora. Ao redor dela, reúnem-se crianças de peito magro, homens de peito musculoso e mulheres de peito ocupado pelo amamentar de bebês. Todos batem no chão repetidamente com os pés ou com varas, um baque forte seguido de um baque fraco, juntos entoando uma cadência primitiva. E olham para o único a possuir barba grisalha. O ancião do grupo profere palavras incompreensíveis, que a você soam como ganidos de animais. Ele então aponta para o alto, e lá está: o brilho intenso das estrelas no céu negro forma a constelação do Touro. E então tudo se transforma. Para observar a sábia, vá para **490**. Para observar o tolo, vá para **479**.

552

Quando você se vira rumo à cabana abandonada, o som de móveis arrastando no assoalho ressoa dentro dela. Você hesita, mas segue adiante. Passa por cima do que resta da cerca e chega à entrada. A construção é pequena e toda de madeira, já deteriorada pelo tempo. Você tenta abrir a porta sem fazer barulho, mas ela está podre e desmorona com o mero toque, levantando uma nuvem de poeira. Quando a poeira abaixa, revela a presença de um homenzinho pequeno, de pernas finas e ventre inchado, com olhos globulosos, orelhas grandes e pequenos chifres recurvos. Horroroso, ele agita os braços e pragueja em uma língua há muito esquecida. Pelo tom, está enfurecido. Ele aponta para a porta destruída e grita com você.

Depois de falar muitas palavras uma após a outra, ele fica ofegante. Então apoia as mãos nos joelhos peludos e busca retomar o fôlego. Quando a respiração volta ao normal, já está mais calmo. Ele olha você de cima a baixo e faz sinal de reprovação com a cabeça. Então vai até a única parte da cabana que é feita de pedra, uma espécie de lareira semidestruída onde também se cozinhavam alimentos, e assopra um hálito sobrenatural. Ali surge uma chama, que se alastra pela lenha previamente cortada e seca, e esquenta o ambiente único que forma o interior da casa. Se quiser ir até a lareira e se esquentar um pouco, vá para **576**. Se preferir sair pela porta dos fundos, vá para **497**.

553

Você segue em frente, confiante. Dá alguns passos arena de fogo adentro. No início, o fogo se dobra para os lados e permite que você avance incólume. Porém, quando já está no centro da pira, algo dá errado. Como se todas as flamas notassem sua presença ao mesmo tempo, elas avançam sobre você, formando uma enorme labareda com você no centro. O fogo devora suas roupas, consome sua carne. Você tenta correr, mas é tarde demais. Debater-se só vai tornar a morte mais lenta. Ao seu lado, o rei curandeiro meneia a cabeça, decepcionado. Você não tinha a vocação necessária. Por isso, a Trilha do Curandeiro será para sempre sua sepultura. Sua investigação acaba aqui. Preencha a lápide no cemitério e inicie um novo jogo na Introdução.

554

Você segue pela Trilha do Bardo. A princípio, parece igual a qualquer outra. Após certo tempo, porém, você não mais caminha só. Ao seu lado, há um viajante de cabelo comprido e vestes verdes, carregando um alaúde às costas. Ele olha para você e faz um cumprimento com a cabeça, sobre a qual repousa uma coroa de ouro. Então prossegue ao seu lado em silêncio, até que vocês chegam a uma praia.

Sentada com as pernas estendidas sobre a areia úmida está uma mulher de feições feéricas e longos cabelos cor de álamo. Ela segura uma harpa criada a partir da costela de uma baleia. Ao ver vocês, põe-se tocar as cordas compostas por tendões ainda presos ao osso. A melodia se propaga pelo ar, harmônica e hipnótica, no compasso das ondas que lhe banham os pés e alisam o vestido.

Ao seu lado, o rei bardo saca o alaúde e dedilha as cordas no mesmo ritmo. Ele então começa a entoar uma antiga canção sobre o passado de seu povo, sobre deuses e heróis, sobre feras gigantes e batalhas grandiosas. A musa fecha os olhos e aprecia a canção, enquanto o rei bardo olha para você, em um convite a participar da melodia. Se você tiver uma flauta, poderá tocá-la agora. Caso contrário, acompanhe a música batendo palmas. **FAÇA UM TESTE: ⚅⚅ +⚅ ELOQUENTE –⚅ RUDE.** Se você tiver a flauta, role +⚅. Se passar, vá para **564**. Caso contrário, vá para **525**.

555

Você abaixa a cabeça e dispara pela trilha. As criaturas voejam ao seu redor, mordendo e cortando. Role ⚅ e subtraia o resultado de sua Saúde. Você não para de correr e, depois do que parece uma eternidade, cruza o platô de rochas pontiagudas e chega a um arvoredo. As árvores têm troncos negros, retorcidos e completamente sem folhas, mas quando você entra no meio delas, as aytias recuam e somem na escuridão. **FAÇA UM TESTE DE SANIDADE 2: ⚅⚅ +⚅ OCULTISTA –⚅ INOCENTE.** Vá para **563**.

556

Você caminha pela trilha principal, tendo como objetivo alcançar a fogueira que arde no topo da colina. A noite está cada vez mais fria, e uma névoa surge das árvores desfolhadas. Ao longe, você escuta o uivo de uma fera, seguida do grasnar de corvos. Depois de muito tempo, você tem a impressão de que está chegando a um lugar novo. A curvatura da colina encobre a vista da fogueira e projeta uma sombra escura, como se um gigante se aproximasse em meio à névoa. Ali, você se depara com uma nova bifurcação.

Para a esquerda, a trilha leva a uma clareira ampla e silenciosa, onde lápides de pedra pontilham um antigo cemitério. Para a direita, passa pelos destroços de uma cerca e leva até a porta de uma cabana abandonada, de madeira apodrecida. Para passar pelo cemitério, vá para **501**. Para passar pela casa abandonada, vá para **552**.

557

Balor, Rei dos Fomori, remove a primeira venda. Ao fazer isso, as heras que formam as roupas dos dançarinos murcham. Por todos os lados, ervas e samambaias têm o mesmo destino. O ar fica seco. Você sente nos pulmões. O monstro gigantesco então avança contra você.

BALOR	◆		8

Se você tiver uma funda, vá para **503**. Caso contrário, lute uma rodada contra o demônio. No final da rodada, vá para **505**.

558

Balor se vai, mas o calor insuportável perdura. Ao seu redor, as faces dos dançarinos riem, giram e dão piruetas. Estão dançando ao redor de você. Você é a fogueira. Você queima e se alastra, lançando fumaça e fagulhas para o ar, enquanto Siofra usa do seu calor para manter quente o conteúdo dos três caldeirões. Ela serve de cada um deles em uma taça de prata e a entrega para alguém que acabou de chegar. Essa pessoa bebe um gole e passa para uma segunda e uma terceira, e assim por diante. Você reconhece cada face: são membros do clã, com quem já teve o prazer ou desprazer de trabalhar. Cada qual sorve apenas um gole, para que sobre para os demais, e neste momento você sabe: através da magia da Realidade, o conhecimento que você recebeu será transmitido a quem partilha seu sangue. Enquanto você queima por dentro e por fora, o céu volta a se tingir de roxo. Ele gira e se mistura, como manchas de diferentes tons de tinta reproduzindo o nado de uma água-viva. E então sua visão se turva e tudo se transforma. Se quiser observar a aluna, vá para **542**. Se quiser observar o professor, vá para **513**.

DESTAQUE O ADESIVO **A08**, VÁ ATÉ A SALA DE TROFÉUS E COLE-O NA POSIÇÃO **18**. ENTÃO, VOLTE PARA CÁ.

559

Balor remove a terceira das sete vendas. Com isso, o tronco das árvores começa a esquentar, assim como tudo ao redor. As roupas grudam no suor da sua pele. Lute mais uma rodada contra o demônio (lembre-se de atualizar a Saúde dele).

BALOR	⚔ ⚅⚅⚅	✚8	⚡–7

Se derrotar o Balor nesta terceira rodada, vá para **522**. Caso contrário, vá para **570**.

560

Você está em um campo de batalha. À sua direita, gigantescos veículos de metal avançam rodando com suas lagartas mecânicas sobre um solo repleto de crateras. Seu tamanho ultrapassa o dos maiores prédios que você já viu.

São equipados com metralhadoras giratórias e carapaças blindadas, onde circuitos brilhantes assumem formatos indecifráveis para você, com uma tecnologia que ainda não foi inventada. Vários deles param lado a lado e, em sincronia, disparam seus enormes canhões. Os projéteis cruzam toda a zona de combate e explodem ao acertar algo distante, emitindo uma onda de choque que se propaga até você e confunde seus sentidos. Os veículos continuam disparando, e cada explosão parece mais próxima do que a anterior. Finalmente, você consegue ver o inimigo. São criaturas negras e aladas. Em um instante, estão distantes. No instante seguinte, batem as asas de morcego acima de você, soltando gralhadas estridentes com o bico de abutre que se projeta da cabeça coberta de pele humana em decomposição. Elas passam por você e atacam os gigantes de ferro. Ao mesmo tempo, um exército de humanos metálicos contorna os veículos e se põe a atirar contra as criaturas. Alguns são alçados ao ar pelos seres alados. Outros conseguem abatê-los. O confronto parece equilibrado. Contudo, o céu se abre em um portal intergalático e uma besta colossal estica seus tentáculos para o campo de batalha... E então tudo se transforma. Para observar a sábia, vá para **490**. Para observar o tolo, vá para **479**.

561

Quando Balor vai remover a sétima e última venda, ela não suporta o calor escaldante e se desintegra. Você mal consegue ver as feições do olho exposto, pois fogo emerge por ele e se derrama sobre a colina. Os músicos continuam a tocar. Os dançarinos continuam a saltar. Porém, fazem isso enquanto seus corpos são deformados pelas chamas erosivas. Soltam gritos horripilantes, sem interromper a cerimônia. Morrem em agonia. Porém, a agonia da morte é incomparável ao que vem depois. Suas almas atravessam o véu e retornam à Realidade, onde Balor continua a torturá-las. Escalda seus olhos até que derretam. Abraseia suas línguas até que percam a flexibilidade e fiquem pendendo para fora da boca. Agarra-lhes a pele e a estica além do limite, até que rasgue. E ele ri. Gargalha com os dentes serrilhados e os lábios cheios de brotoejas.

A face de Balor é a última coisa que você vê, enquanto seu corpo também definha, consumido pelas chamas que arrebatam a colina. Você viu demais: o bastante para saber o tormento que aguarda sua alma do outro lado do véu. Infelizmente, não viveu o suficiente para passar este conhecimento adiante. Sua investigação acaba aqui. Preencha a lápide no cemitério e inicie um novo jogo na Introdução.

562

Você prossegue. Aos poucos, o nevoeiro se dissipa e a lua volta a ser encoberta por nuvens. Você se vê novamente subindo uma trilha estreita em meio a um bosque escarpado, semelhante ao que havia no sopé da colina. Dessa vez, no entanto, a fogueira está próxima, e você sente que está chegando ao topo. Você passa por uma grande pedra branca ao lado da trilha. Esculpido nela, lê: "O caminho do druida possui três trilhas". De fato, ao virar uma curva, a trilha se divide em três. Parecem iguais, mas antigas placas de madeira indicam o nome de cada uma. Qual você vai seguir?

A trilha do bardo?	Vá para **554**
A trilha do oráculo?	Vá para **491**
A trilha do curandeiro?	Vá para **538**

563

Você se embrenha em meio aos troncos retorcidos. De tempos em tempos, a cobertura de galhos secos se abranda e você consegue ver a fogueira brilhando no cume da colina. A cada passo, ela parece mais distante. Apesar disso, você tem a plena sensação de ter alcançado a metade do caminho. **FAÇA UM TESTE: ⚅⚅ + ⚅ ALERTA – ⚅ NEGLIGENTE.** Se passar, vá para **537**. Caso contrário, vá para **556**.

564

Você acompanha a música no ritmo e a musa mantém os olhos fechados enquanto dedilha a harpa. Ao seu lado, o rei bardo dá o primeiro passo na direção dela e convida você a acompanhá-lo. Juntos, avançam pela areia úmida, rumo ao ondular das águas. Quando estão próximos, quase alcançando o vestido coberto de areia, a musa desaparece, e junto com ela a harpa, as ondas e a praia inteira. À sua frente, há apenas a trilha seguindo pelo bosque em aclive. Ao seu lado, o rei bardo fala com você pela primeira e última vez:

— Canola Cabelo de Álamo, uma musa entre os bardos. Não se deixe enganar pela aparência: ela é tão maligna quanto Balor, o hediondo Rei dos Fomori. Melodiosos ou cacofônicos, todos querem nosso extermínio. Jamais se esqueça: somos nós contra eles.

Com isso, ele dá um aceno de despedida e desaparece também. Mas as palavras dele revigoram seu corpo e mente: recupere 2 pontos de Saúde e 1 ponto de Sanidade. Vá para **530**.

565

Antes que ela possa agir, você a golpeia. Sangue jorra para a fogueira. Goteja nos três caldeirões. Verte pela encosta da colina, lavando os campos longínquos, tingindo tudo de vermelho. Ao redor, os participantes da cerimônia param de dançar e começam a rir. Dão gargalhadas estridentes, encontrando comicidade onde não deveria haver. Apesar de sangrar fartamente pela ferida aberta, a mestra druidesa permanece serena. Tem os olhos intensos fixos em você, como se pudessem perfurar a sua alma.

— Seu poder é insignificante em face às entidades que querem nossa destruição. Precisa ficar mais forte. **Faça um teste de Sanidade 2@: ⚅⚅ + ⚅ Ocultista – ⚅ Inocente.** Se quiser atacá-la novamente, vá para **529**. Se quiser se desculpar, vá para **489**.

566

Durante o dia, a colina é muito mais baixa. Em menos de uma hora, você já está lá em cima admirando a vastidão do horizonte. Não há qualquer sinal da fogueira da noite anterior. Você então retorna para o povoado. Espera o sol se pôr e a noite adensar. Quando tudo está escuro, reinicia a subida. Encontra árvores sinistras e sons agourentos de animais que não vivem na Irlanda, mas nada de fantástico ou onírico. Uma vez no cume, você espera que algo aconteça. Espera por tanto tempo, que o sol volta a nascer. Sem alternativa melhor, você desce mais uma vez para comer algo no povoado. Se Siofra e seus seguidores ainda estão na colina, talvez não queiram ser encontrados. Se quiser ir embora da Irlanda, vá para **487**. Se, em vez disso, quiser insistir em retornar para a colina, vá para **577**.

567

Você dá um tapa na taça e ela rola para longe. A música imediatamente para. A druidesa, por outro lado, sequer pisca.

— Nem todos estão prontos para as revelações do Outro Mundo — ela decreta. — Vá embora.

Os dançarinos se aglomeram ao redor de vocês dois. Observam com interesse, mas em silêncio. Você se levanta e recua pela estrada cercada por archotes. Então dá as costas e corre para longe. Na descida da colina, não vê quaisquer das paisagens ou criaturas que encontrou na subida. Há apenas árvores e mais árvores, um bosque sem fim. Você penetra na mata de forma a não mais ver a fogueira lá em cima. Contudo, também nunca vem a enxergar o povoado lá embaixo. Continua descendo, descendo, até perceber que a descida jamais terá fim. Há apenas bosque em declive para onde quer que se olhe. Mesmo que mude de direção, continua a descer em meio às árvores. Até o fim da existência. Sua investigação acaba aqui. Preencha a lápide no cemitério e inicie um novo jogo na Introdução.

568

Um brilho de alegria toma os olhos pretos do hobgoblin. Ele agarra o petisco e se põe a devorar com voracidade, triturando com os dentes pontiagudos, limpando os cantos da boca com as costas das mãos peludas. Enquanto isso, você deixa a cabana e segue seu caminho. Ao prosseguir, para sua surpresa, descobre que o breve descanso foi mais aprazível do que se esperava. Recupere 2 pontos de Saúde. Vá para **526**.

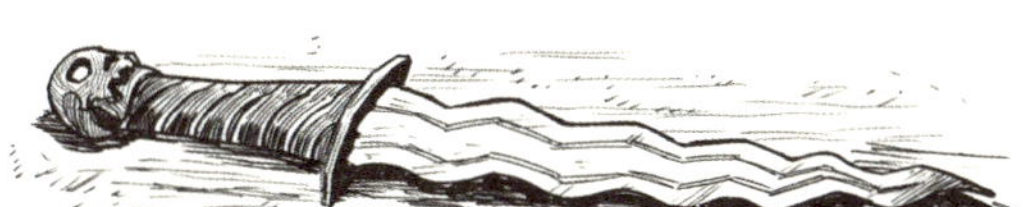

569

O caçador olha para você com desconfiança quando se aproxima. Não fala nada, apenas cruza os braços, grossos como toras de madeira, num claro desafio de força. Para sentar-se nessa mesa, será necessário se impor! **Faça um teste: ⚅⚅ + ⚅ Forte – ⚅ Débil.** Se passar, vá para 477. Caso contrário, vá para **586**.

570

Balor remove a quarta venda; mais da metade já se foi. Quando faz isso, fumaça começa a se erguer das árvores à medida que abrasam por dentro. É difícil respirar. Lute mais uma rodada contra o demônio (lembre-se de atualizar a Saúde dele).

BALOR	◆	⚔ ⚅⚅⚅⚅	✚8	⚡–6

Se derrotar o Balor nesta quarta rodada, vá para **522**. Caso contrário, perca 1 ponto de Saúde pelo calor e vá para **494**.

571

Você acerta o cervo em cheio. Ele emite um lamento entristecido e cai para o lado, sangrando. Contudo, ao olhar mais de perto, uma névoa em sua mente se dissipa. Sua visão fica mais nítida e você percebe que não era um enorme macho, mas um pequeno filhote. A cabeça grande e sem chifres está deitada de lado na terra úmida. As patas esguias não têm mais força para sustentar o corpo cheio de manchinhas. Lamentando o equívoco, você se apressa a socorrer a criatura. Tenta confortá-la e estancar o ferimento, mas é tarde demais. O filhote de cervo amolece em seus braços. Está morto. O remorso corrói o seu espírito. Perca 1 ponto de Sanidade e vá para **502**.

572

— Somos nós contra eles — você proclama, antes de entornar a taça de prata e beber a mistura quente.

Quando termina, o cenário ao redor começa a ondular, como se fosse uma tela submersa em água. Oscilante. Fugidia. O tecido da tela se estica e afina, e você percebe que, através da miragem que chamamos de mundo físico, oculta-se a verdadeira existência. Uma existência de terror e desespero — a angústia derradeira de quem sabe que o suplício jamais terá fim. A pequena Violet chamava de Mundo dos Sonhos. Siofra chama de Outro Mundo. Você, no entanto, após compreender a magnitude do delírio coletivo ao qual todos somos submetidos no nascimento, descobre que há apenas um nome aceitável para descrever aquilo que vislumbra do outro lado do véu: Realidade.

Quando você olha para o outro lado, o outro lado olha de volta para você. E ele responde com uma mescla de físico e espiritual. Em algum lugar da Irlanda, o mar revolto se eleva com o aflorar de um ser das profundezas. Você consegue vê-lo daqui, através do véu, rastejando pela praia. Avançando pelos campos. Atravessando distâncias gigantescas como se não fossem nada. Por fim, ergue-se, colossal, ao lado da colina. Faz a colina parecer pequena. Faz a fogueira, os dançarinos e você parecerem minúsculos. Seus dentes serrilhados sorriem de perversidade. Sua juba desgrenhada desce a partir dos chifres, endurecida pelo sangue já coagulado de antigos inimigos. Os braços terminam em tentáculos compridos, que abraçam o cume da colina, impedindo qualquer tentativa de fuga. Mas a parte mais horrenda é o único olho no meio da testa. Você não pode vê-lo, pois está coberto por sete vendas, mas consegue sentir a atrocidade que ali se esconde. Este é Balor, Rei dos Fomori, aquele que é capaz de matar seus inimigos com o mero olhar incendiário.

— Lembre-se daqueles que já se foram — diz a mestra druidesa. — Nossos cemitérios estão cheios, para deleite das entidades que querem nos destruir. Agora é sua vez de se defender, para que possa transmitir conhecimento aos outros. Do contrário, não restará mais do que uma lápide com seu nome em um cemitério ilusório, enquanto sua alma é torturada no Outro Mundo. Lute. Lute!

Enquanto isso, Balor se prepara para remover a primeira das sete vendas. Vá para 557.

573

Quando a estrada termina, você continua por uma trilha estreita que penetra o bosque no sopé da elevação. A trilha é tortuosa, cheia de curvas, pedregulhos e raízes salientes, e logo começa a ficar mais íngreme. Você sobe. E sobe. E sobe. Deixa incontáveis árvores para trás. Horas se passam. A noite se adensa. Depois de muito caminhar, decide se apoiar em uma árvore de casca espessa para recobrar o fôlego. Ao olhar para trás, no entanto, percebe que mal se afastou do povoado. As luzes das cabanas estão logo ali, iluminando a noite escura. Você quase pode sentir o cheiro do óleo queimando... Sem tempo a perder, você acelera pela trilha. Coloca toda a sua energia no avanço, assim como toda a sua força de vontade. Com passos decididos, o vilarejo vai ficando para trás.

Finalmente, você chega a um lugar diferente. Ao redor, há apenas árvores — não é mais possível ver as casas que ficaram para trás. À sua frente, a trilha se bifurca. O caminho da direita chega a um barranco rochoso onde será preciso escalar. Já no caminho da esquerda, inúmeras curvas permitem que a subida seja mais suave. Porém, há trechos completamente encobertos pelas copas das árvores... Será difícil enxergar, e sabe-se lá quais horrores se escondem na escuridão. Para tomar o caminho mais íngreme, vá para **519**. Para tomar o caminho mais sombrio, vá para **540**.

574

Balor remove a sexta venda. Restou apenas a última, e pelas laterais dela escapam fagulhas prestes a se alastrar pela colina. Lute mais uma rodada contra o demônio (lembre-se de atualizar a Saúde dele).

BALOR	◆	⚅⚅⚅	8	–4

Se derrotar o Balor nesta sexta rodada, vá para **522**. Caso contrário, vá para **561**.

575

Ela se assusta. Olha ao redor. Responde em um sussurro.

— Não fale esse nome em voz alta, ou pode atrair a atenção delas. E você não vai querer isso. Sou uma banshee, e minha sentença é pressentir o martírio daqueles que retornam ao outro lado do véu.

Se quiser perguntar outra coisa, volte para **532**. Caso contrário, vá para **546**.

576

Você se abaixa ao lado do homenzinho no piso corroído, para se esquentar junto ao fogo. Ao ver você fazer isso, ele solta um suspiro de sossego e abre um sorriso molenga. De repente, você se lembra de antigas lendas sobre fadas feiosas habitando casas humanas e fazendo pequenas tarefas em troca de alguma recompensa. Se chamavam hobgoblins. De fato, o homenzinho não fica muito tempo sentado. Sua natureza frenética faz com que se levante, pegue uma vassoura carcomida de um canto da cabana e se ponha a varrer os destroços da porta em ruínas.

Depois de algum tempo descansando, você se levanta para seguir viagem. Ao perceber isso, o hobgoblin se adianta até a porta dos fundos e a abre. A partir dali, a trilha segue adiante. Se quiser, você pode oferecer algo como agradecimento a seu inusitado anfitrião. Escolha um item do seu equipamento e dê a ele. Se der algo de comer, vá para **568**. Se der algo de vestir, vá para **504**. Se der qualquer outra coisa, vá para **483**. Se não quiser dar nada e preferir sair correndo, vá para **508**.

577

Você retorna à colina no dia seguinte, e no seguinte, e no dia que vem depois. Por algum motivo, o que aconteceu lá em cima não sai da sua cabeça. É impossível se concentrar em qualquer outra coisa. É impossível parar de olhar para ela. Dias e noites se passam sempre iguais, com suas insistentes subidas e a frustração de nada encontrar. Enquanto possui dinheiro, você o gasta na estalagem. Quando o dinheiro se esvai, você passa a dormir na rua e sobreviver das sobras que lhe oferecem. Logo descobre onde encontrar as melhores frutinhas no bosque. Com o tempo, aprende a caçar pequenos roedores. Você perde peso, mas não depende mais da generosidade dos aldeões. A natureza é generosa o bastante.

Passam-se sete anos, sete meses e sete dias até que, em uma noite encoberta como na primeira vez, uma fogueira é acesa no topo da colina. Ao vê-la, você abandona o que está fazendo e se põe a escalar. As criaturas no caminho não mais lhe intimidam. Você já presenciou demais ao longo de tantas noites de sono. Sonhos vívidos. Sonhos reais. O caminho se desenrola à sua frente com facilidade. Você chega ao cume. Encontra os músicos e dançarinos ao redor da fogueira. Encontra Siofra.

— Chegou a hora — ela diz. — Torne-se um de nós.

Trajando apenas ramos de hera e couro de animais, você se une ao grupo que dança ao redor da fogueira. Com giros e saltos, dançará com eles até que o Mundo Físico e a Realidade voltem a ser um só. Sua investigação acaba aqui, mas você encontrou uma nova forma de lutar pela humanidade contra os Grandes Antigos. Preencha a lápide no cemitério para honrar a alma eternizada. Inicie um novo jogo na Introdução.

DESTAQUE O ADESIVO **A09**, VÁ ATÉ A SALA DE TROFÉUS E COLE-O NA POSIÇÃO **3**. ENTÃO, VOLTE PARA CÁ.

578

Você acorda com o sol no rosto. É difícil abrir os olhos, mas quando enfim consegue, vê que está no quarto da estalagem. A luz da manhã entra pela janela entreaberta, um facho atingindo o ponto onde sua cabeça estava e tornando o ambiente inteiro iluminado e morno. Chegando até a janela, você enxerga a colina lá fora. Não parece haver nenhuma movimentação entre as árvores. Você desce as escadas e questiona a cozinheira.

— Você não saiu à noite — ela diz. — Dormiu a noite inteira no seu quarto. E como ronca!

Você pensa nos acontecimentos da noite. Tem certeza de que o que viveu foi real. Ao menos, os ferimentos sofridos permanecem. De qualquer forma, conseguiu tudo o que queria. É hora de seguir viagem.

Se você tiver uma câmera fotográfica, vá para **515**. Caso contrário, pode ir embora da Irlanda em **487**... Ou pode voltar para a colina em **566**.

579

Você ignora a mulher, e torce para que ela também não tenha visto você. Prossegue cautelosamente, a cada momento mais perto do portão de saída. Quando chega até ele, descobre que também está emperrado. Assim como o primeiro, esse portão também emite um rangido alto. Quando isso acontece, a mulher se vira para você. Ela parou de chorar.

Com cabelos lisos como água e o rosto delicado das fadas, ela desliza sobre o terreno enevoado, sua imagem atravessando por entre cruzes e túmulos, o vestido leve esvoaçando para trás. Quando se aproxima de você, porém, o rosto se deforma. A face se dissolve, alargando os buracos dos globos oculares e escancarando a bocarra gigantesca, que solta um grito ensurdecedor. Ela voa em direção a você. Assim como as pedras no caminho, ela atravessa o seu corpo, desaparecendo do outro lado. A sensação é de que a sua alma foi retalhada dentro do corpo. **Faça um teste de sanidade 3 ◎: ⚅⚅ + ⚅ Ocultista – ⚅ Inocente.** Vá para **526**.

580

— Tome cuidado — ela diz. — Mesmo dormindo, ainda podemos morrer.

Vá para **495**.

581

Você está quase saindo da clareira quando percebe um pedaço de papel atrás de uma árvore. É um mapa de outra região do mundo. Está incompleto, mas pode ser útil se você encontrar as outras partes. Sem nada mais a fazer por aqui, resta-lhe retornar à trilha principal e prosseguir a subida ao cume. Vá para **556**.

Destaque o adesivo **A10**, vá até a Sala de Troféus e cole-o na posição **11**. Então, volte para cá.

582

Você abaixa a cabeça e dispara pela trilha. As criaturas voejam ao seu redor e, sem conseguir enxergar direito, você tropeça em uma pedra e cai no chão. A revoada mergulha sobre seu corpo, mordendo e cortando. Você tenta se debater, mas à medida que sangra, fica cada vez mais fraco. No fim, consegue apenas olhar enquanto elas devoram seus órgãos um a um. Sua investigação acaba aqui. Preencha a lápide no cemitério e inicie um novo jogo na Introdução.

583

Você prossegue. Cobre os últimos passos pela trilha iluminada pelo fogo e finalmente chega ao topo da colina. Olhando ao redor, pode ver os bosques e os campos cultivados lá embaixo, assim como o pequeno povoado onde irlandeses comuns nascem, vivem e morrem. A mestra druidesa à sua frente, porém, você sabe não ser uma pessoa comum.

— Sente-se, viajante — ela convida. — No festival da vida, da morte, do cosmos e da perdição eterna, somos nós contra eles.

Vá para **534**.

584

Você contém a tentação de correr até o pote de ouro. Em vez disso, esgueira-se por entre as árvores retorcidas e vai até as costas do leprechaun, para tentar agarrá-lo desprevenido. **Faça um teste: ⚅⚅ + ⚅ Forte – ⚅ Débil.** Se passar, vá para **499**. Caso contrário, vá para **543**.

585

Você pega uma moeda e enfia no bolso. O leprechaun continua martelando o sapato e não percebe o ocorrido. A moeda vale 5£; anote este valor em sua ficha de personagem. Contudo, é enfeitiçada, e roubá-la traz consequências. A próxima vez que você realizar qualquer teste, o leprechaun irá aparecer magicamente para atrapalhar. Role – no teste (mínimo de um dado).

Após pegar a moeda de ouro, você retorna silenciosamente por onde veio. Ao olhar para trás, você percebe que o leprechaun desapareceu, assim como o sapato e o pote de ouro. Resta-lhe retornar à trilha principal e prosseguir a subida ao cume. Vá para **556**.

586

Você se despede e vai se sentar em outro lugar. Para se sentar à mesa grande com os lavradores, vá para **476**. Para se sentar junto ao balcão com o viajante, vá para **506**.

587

Você segue em frente, confiante. Para sua surpresa, as chamas se dobram para os lados, permitindo que você avance na arena de fogo sem se queimar. Ao seu lado, o rei curandeiro prossegue na direção da ferreira e convida você a acompanhá-lo. Juntos, avançam sobre livros e pergaminhos em chamas, rumo à bigorna. Quando estão muito próximos, quase alcançando o vestido vermelho crepitante, a ferreira desaparece, e junto com ela o martelo, a forja e o próprio incêndio. À sua frente, há apenas a trilha seguindo pelo bosque em aclive. Ao seu lado, o rei curandeiro fala com você pela primeira e última vez:

— Brigid Cabelo de Fogo, aquela que fere e cura. Não se deixe enganar pela aparência: ela é tão cruel quanto Balor, o hediondo Rei dos Fomori. As chamas que ela espalha em nada perdem para aquelas do olho maligno do gigante. Jamais se esqueça: somos nós contra eles.

Com isso, ele dá um aceno de despedida e desaparece também. Mas as palavras dele reforçam seu corpo: recupere 4 pontos de Saúde. Vá para **530**.

ATO 2: MADRID

588

UM GRITO DE ALEGRIA VINDO DAS POUCAS CRIANÇAS no voo desperta você de súbito. Elas apertam os narizes contra o vidro da janela, nomeando e apontando lugares de interesse na vasta cidade de Madrid. Lá embaixo, um mar de telhados de barro cobre prédios das mais diversas alturas. Alguns envolvem praças quadrangulares em seu interior. A maioria apenas se apoia nos vizinhos, formando densos quarteirões ladeados por sulcos onde carros e bondes trafegam.

Sobrevoando a metrópole, é possível ver algumas áreas verdes. No Parque del Retiro, a imensidão de árvores esconde trilhas e calçadas até a represa retangular que abriga botes de passeio e enaltece a monumental torre-pedestal da estátua do Rei Alfonso XII — exuberante lembrança do período monárquico. Não muito longe dali, o Campo del Moro abriga ainda mais fontes e jardins, seu amplo gramado ladeado de calçadas levando das proximidades do Rio Manazes até o gigantesco e alabastrino Palácio Real de Madrid, hoje ocupado pelo poder ditatorial do General Primo de Rivera.

À medida que o piloto contorna a cidade, é possível ver a Catedral de San Isidro, a Basílica de San Francisco el Grande, a Igreja de San Jerónimo e a Paróquia de Santa Bárbara, entre muitos outros conventos, abadias, campanários e monumentos dedicados à consagração espiritual. O fervor católico é uma constante arquitetônica.

Após circular por algum tempo, o piloto recebe autorização e pousa no Aeródromo Cuatro Vientos, nos arredores da cidade. Você desembarca e segue para o saguão. A maioria dos voos são militares, o que explica a grande quantidade de oficiais no terminal. Entretanto, à frente de um balcão, você vê civis bem-vestidos fazendo fila para comprar algo. Cada cliente satisfeito sai carregando um selo postal como se fosse uma joia. No selo, está estampada a imagem de uma aeronave sobre um mapa demarcando o trajeto de Madrid a Manila, nas Filipinas. A jornada longínqua e perigosa, que passa por desertos e montanhas, levou 37 dias para ser completada neste mesmo ano, mas rendeu aos pilotos o título de heróis.

— *¡España tiene los pilotos más bravos!* — um senhor barbudo bate no peito e guarda o selo que comprou, em meio a outros clamores de orgulho nacionalista.

Você não encontra dificuldade em conseguir um táxi para o centro de Madrid. É por volta de meio-dia, está quente, então você aproveita o percurso para guardar o sobretudo na maleta. O destino: Patronato de Enfermos. Vá para **721**.

589

Uma dama apóstolica se aproxima de você, mas o olhar experiente dela vê através de sua farsa. Você não conseguirá entrar assim. Sob olhares reprovadores, você sai do prédio. Debaixo da chuva, vira a esquina em busca de outro plano. Um relâmpago emite seu clarão sobre a cidade e você sabe que o trovão virá em seguida. Em algum lugar por perto, um atirador de elite também sabe disso. Ele aproveita o estrondo para disparar em cheio no seu peito. A morte é instantânea. Ninguém percebe. Sua investigação acaba aqui. Preencha a lápide no cemitério e inicie um novo jogo na Introdução.

590

— Não vás me dizer que deixaste o acólito nu! Roubaste para quê?

Role um dado.

Se o resultado for 1 ou 2: "...para ir a uma festa a fantasia."

Se o resultado for 3 ou 4: "...para celebrar uma missa aos meus gatos."

Se o resultado for 5 ou 6: "...para comer o pãozinho da hóstia."

Anote o pecado confessado e vá para **736**.

591

O padre respira fundo.

— Prossegue. Confessa teu próximo pecado.

"Padre, eu duvidei..." Vá para **679**

"Padre, eu abandonei..." Vá para **601**

"Padre, eu enganei..." Vá para **655**

592

O homem sentado ao seu lado espia sobre seu ombro para ver o bilhete de aposta que você segura, e vibra ao ler o que está escrito.

— Ganhastes! — ele berra e repete: — Ganhastes!

Vários outros se viram para você, e alguém busca o responsável pelas apostas. Com ar de surpresa, ele recolhe o bilhete, devolve a 1£ que foi apostada e paga o prêmio no valor de 5£ a que você tem direito. Vá para **629**.

593

— Esta diocese está sempre de portas abertas para quem busca orientação ou o conforto do amor de Cristo. Dize-me, a que vens?

"Vim visitar o Patronato de Enfermos, mas preciso da anuência de Vossa Excelência Reverendíssima" Vá para **724**

"Vim investigar se há cultistas infiltrados na Igreja" Vá para **625**

"Vim apreciar as relíquias sacras" Vá para **660**

594

— Aqueles que veneram seres das profundezas e do cosmos. Cultistas. Idólatras. Feiticeiros. Quem são eles? Mantenha-se alerta, pois pode ser a pessoa que dorme ao seu lado.

Vá para **653**.

595

O padre prossegue:

— Confessa-me teus pecados.

O que você tem para confessar?

"Padre, eu matei..." Vá para **652**
"Padre, eu abusei..." Vá para **677**
"Padre, eu idolatrei..." Vá para **607**

596

A Galería Vázquez é conhecida por expor o trabalho de artistas jovens, mas com extraordinário potencial criativo. A exposição atual apresenta o trabalho de diversos membros da Sociedad Ibérica de Artistas, incluindo desde retratos em estilo clássico até obras no inovador estilo cubista. Uma delas desperta seu interesse em especial. Você se senta em um banco e a observa pelo que parecem horas.

O quadro é dividido diagonalmente entre azul e cinza, e por todos os lados se espalham elementos ora geométricos, ora sinuosos e derretidos. Um bosque de peças e ponteiros. Uma cabeça cheia de veias. O corpo nu de uma mulher decapitada. Os pulsos decepados vertendo sangue em uma poça angulosa. Cones, galhos, vermes, sangue. Sombras duras e compridas. Um asno em estado de putrefação. Tudo no quadro lembra morte. Uma morte suja, indecente, visceral, quase erótica. Acima de tudo, fascinante. A mensagem que o artista quis transmitir é confusa, mas ao mesmo tempo cristalina, atravessa o véu da realidade e conversa diretamente com seu subconsciente. É hipnotizante. Subliminar. Transcendental.

— Promissor, não? — pergunta o assistente da galeria, sentando-se ao seu lado. — O artista é um pouco excêntrico. Tem só 22 anos e logrou ser expulso da academia de belas artes. Mas, honestamente... não vai precisar do diploma. Pode escrever o que digo, esse já é um mestre. Falta-lhe apenas a fama, mas isso virá com o tempo. Recorde do nome, é Salvador Dalí.

Seja lá quem for a jovem promessa, conseguiu tocar o seu âmago usando não mais do que cores e formas. Recupere 1 ponto de Sanidade. Depois de apreciar a obra de arte, você se dá conta de que começou a chover lá fora. O assistente da galeria não está mais ao seu lado e os visitantes já esvaziaram o local. Você confere o relógio e decide que é hora de partir. Volta a vestir o sobretudo e o chapéu, e respira fundo para encarar o mau tempo. Vá para **699**.

597

— Teus pecados são inconcebíveis! Como ousas desafiar a ira de Dios desta maneira?

Faça um teste: ⚅⚅ + ⚅ **Impassível** – ⚅ **Instável**. Se passar, vá para **649**. Caso contrário, vá para **708**.

598

Diante da criatura sobrenatural, você reúne coragem e ataca a face de homem. Porém, ela já havia previsto isso e desvia seu ataque com um movimento das asas. Ilesa e enfurecida, prepara-se para o combate. Vá para **667**.

599

— Tudo isso?

Role um dado.

Se o resultado for 1 ou 2: "...sim, tudo isso."

Se o resultado for 3 ou 4: "...e o avô."

Se o resultado for 5 ou 6: "...e o cachorro."

Anote o pecado confessado e vá para **658**.

600

Você se une à multidão na entrada da capela. Porém, ao contrário dos frequentadores da missa, que entram em respeitoso silêncio, você começa a tossir, chamando atenção para uma moléstia fingida. Olhares horrorizados se voltam para você, ao mesmo tempo em que todos dão um passo para longe. **Faça um teste:** ⚅⚅ + ⚅ **Doente** + ⚅ **Eloquente** – ⚅ **Rude** – ⚅ **Saudável**. Se passar, vá para **639**. Caso contrário, vá para **589**.

601

Dom Azaghal incentiva:

— Abandonaste...?

"...os bens materiais em prol dos necessitados."	Vá para **614**
"...meu país em nome de uma investigação."	Vá para **731**
"...os deveres em nome da diversão."	Vá para **698**

602

— Quisera eu ser como o Pescador de Homens — você responde. — Infelizmente, sinto que minhas falhas me aproximam mais do traidor. Por mais que eu chore amargamente após consecutivos pecados, jamais seria a rocha da Igreja. Sinto-me mais perto de me enforcar com trinta moedas no bolso do que de viver uma existência plenamente santa.

Dom Azaghal emudece. Então ele pigarreia e estipula a penitência:

— Reza um Pai-Nosso e dez Ave-Marias. Eu te absolvo dos teus pecados, em nome do Pai, do Filho e do Espírito Santo...

Ao que você completa:

— Amém.

Você deixa o confessionário, mas passa reto pelas capelas onde deveria se ajoelhar para cumprir a penitência. Afinal, tem algo mais importante a fazer do que pedir perdão a Deus: enfrentar um de seus padres. Recupere 1 ponto de Sanidade por se lembrar de não perder tempo com ladainhas. Você joga o sobretudo sobre os ombros, cobre a cabeça com o chapéu e deixa a catedral rumo ao Patronato. Lá fora, chuva começa a açoitar a cidade. Vá para **699**.

603

— Como ousas te apossares de um artefato sacro?! Roubaste para quê?

Role um dado.

Se o resultado for 1 ou 2: "...para usar de peso de papel."

Se o resultado for 3 ou 4: "...para fazer um ritual de trazer a pessoa amada."

Se o resultado for 5 ou 6: "...para trocar por presunto de parma espanhol."

Anote o pecado confessado e vá para **736**.

604

Você amassa o bilhete da aposta e o joga fora. Infelizmente, desta vez seu dinheiro ficou para a banca. Vá para **629**.

605

— Bebida. Drogas. Tabaco. Subterfúgios de Satanás! Arrepende-te perante o Senhor.

Vá para **591**.

606

Qual ponto do anjo você quer atacar?

As asas?	Vá para **657**
A face de águia?	Vá para **692**
A face de homem?	Vá para **598**
A face de leão?	Vá para **650**
A face de touro?	Vá para **684**

607

Dom Azaghal incentiva:

— Idolatraste...?

"...a ciência."	Vá para **680**
"...Senhor Nosso Deus."	Vá para **664**
"...a busca pela justiça."	Vá para **611**

608

— Sim, tu me pareces uma alma deveras caridosa — ele suspira. — Agora fala um pecado.

Anote em sua ficha uma reação de desconfiança de Dom Azaghal e vá para **591**.

609

Você aproveita que a mulher se foi e, antes que outra pessoa o faça, aproxima-se do bispo.

— Que o senhor esteja contigo — diz o bispo, com a palma da mão cheia de anéis erguida acima de sua cabeça.

"Contigo também"	Vá para **665**
"Ele está no meio de nós"	Vá para **661**

610

— Sou amigo do Professor Stephan Venkman. Estou aqui para ajudar.

Vá para **653**.

611

— Não existe qualquer justiça, senão a justiça de Dios! A justiça do homem é pérfida, vingativa. Envergonha-te!

Anote em sua ficha uma reação de assombro de Dom Azaghal e vá para **591**.

612

Você caminha pelas ruas de Madrid, onde prédios de quatro andares de ambos os lados permitem apenas uma vista estreita do céu. Em vinte minutos, chega ao Gran Hotel Inglés, que é discreto por fora, mas grandioso por dentro. O saguão principal possui inúmeros ambientes atapetados, com poltronas iluminadas por candelabros e ladeadas por cortinas e jarros ornados. Diversos hóspedes estão acomodados. Alguns leem ou escrevem, enquanto outros conversam em voz baixa. Para descansar em um quarto, pague 2£ e vá para **678**. Se não quiser pagar ou não tiver o dinheiro, volte para **647**.

613

— Ter dúvidas não é pecado, muitos as têm. Sobre o que é tua dúvida?

Role um dado.

Se o resultado for 1 ou 2: "Os filhos de Adão e Eva cometiam incesto?"

Se o resultado for 3 ou 4: "Se Deus descansou no último dia da semana, por que nós descansamos no primeiro?"

Se o resultado for 5 ou 6: "Se Deus é onisciente, onipotente e bom, por que ele deixa coisas ruins acontecerem a pessoas boas?"

Anote o pecado confessado e vá para **654**.

614

— Claro. Caridade em primeiro lugar — ele diz, visivelmente desconfiado de seu excesso de benevolência.

Anote em sua ficha uma reação de desconfiança de Dom Azaghal e vá para **711**.

615

— Satanás demonstra sua natureza imunda nos pecados mais impensáveis, e deles transbordas! Arrependa-te!

Porém, no calor do momento, você acaba se empolgando e coroa a confissão com a promessa:

Se o resultado for 1 ou 2: "Jamais! Faria tudo de novo!"

Se o resultado for 3 ou 4: "É inútil! Nem mesmo Deus pode me salvar!"

Se o resultado for 5 ou 6: "Nem pensar! É Ele que deve pedir perdão para mim!"

Vá para **674**.

616

Antes de partir, você olha para trás uma última vez. Sangue escorre do pulso decepado para a poça. As moscas batem as asas sobre o cadáver do asno. Não lhe resta dúvida: o pintor é capaz de perceber, nem que seja com um mero vislumbre, a Realidade. Recupere mais 1 ponto de Sanidade por saber que há outros como você e vá para **699**.

617

— Mais alguém?

Role um dado.

Se o resultado for 1 ou 2: "...e mais ninguém!" (anote o pecado confessado e vá para **658**).

Se o resultado for 3 ou 4: "...e a prima..." (continue anotando o pecado confessado e vá para **599**).

Se o resultado for 5 ou 6: "...e a avó..." (continue anotando o pecado confessado e vá para **599**).

618

— Confessante frequente, como mandam as escrituras. Mas veremos se suas confissões pregressas foram realmente sinceras.

Vá para **595**.

619

O bispo completa a frase:

— ...e a tua não será exceção.

O bispo pede que o acompanhe até um gabinete nos fundos da igreja. Lá, senta-se diante de uma escrivaninha e escreve uma autorização de próprio punho, registrando o seu nome e permitindo sua entrada no Patronato de Enfermos a qualquer hora do dia ou da noite. Após terminar a longa declaração, ele derrama cera derretida sobre o papel e carimba o selo oficial da diocese.

— Bendita seja tua devoção e tua fé — diz ele, ao entregar a autorização em suas mãos. — Agora não percas mais tempo. Apressa-te em amparar aqueles que padecem.

Anote a carta do bispo e o número 707 em sua ficha de personagem. Sob o olhar satisfeito do prelado, você atravessa a catedral e sai de volta para o ar livre, não sem antes vestir o sobretudo e o chapéu, pois começou a chover lá fora. Vá para **699**.

620

O picadeiro sai de cena e o toureiro retorna, para importunar ainda mais a criatura, balançando sua grande capa colorida. Com sangue escorrendo pelas costas e tingindo a areia de vermelho, o animal ataca. Ataca novamente. Em um dos ataques, tropeça. Derrapa com os joelhos dianteiros nos pedriscos de areia. Cambaleia para manter-se de pé. Fica parado por um momento, ofegando. **Faça um teste de Sanidade 1@: ⚅⚅ + ⚅ Ocultista – ⚅ Inocente.** Vá para 733.

621

Você ergue a cabeça e seu olhar se encontra com os olhos acusatórios de Dom Azaghal. Ele é uma rocha inabalável, e tudo o que busca é expurgar todo o mal da face da Terra, libertando, nem que seja por meio de suplício, as almas dos humanos pecadores. Perante a presença inabalável, sua mente busca por qualquer pecado — qualquer um — que possa confessar. Sua necessidade de sanar a sede de punição e purificação é tão intensa, que os pensamentos surgem em sua mente desordenados e sem critério. Você começa a pronunciar as palavras antes mesmo de pensar no que diz, diante do hipnotismo daqueles olhos resolutos e cheios de fé.

Você perdeu o controle de suas próximas falas. A partir de agora, role dados para descobrir quais palavras dirá a Dom Azaghal. Vá para **646**.

622

Após o primeiro, outros dois banderilleros se preparam para ter sua vez com os arpões, mas o touro demora a perceber que estão ali. Os ferimentos o enfraquecem e confundem. Ele olha para a plateia, que ruge e comemora. Em seu olhar bovino, a angústia de quem se pergunta por que estão fazendo isso com ele. **Faça um teste de sanidade 2🌀: ⚅⚅ + ⚅ Ocultista – ⚅ Inocente.** Vá para **670**.

623

O touro ataca. O toureiro desfere a estocada, mirando o ponto vital. O impulso sai na hora certa, mas peca em precisão e a espada não penetra o animal, arrancando apenas um naco de couro. A plateia se decepciona. Aplaude, no entanto, para incentivar o matador. Ele empunha a espada novamente. Mais uma vez, impele o animal a atacar a capa rente ao chão e desfere o golpe. Desta vez, a lâmina se entranha até deixar só o cabo visível.

O touro pinoteia. Suas guinadas são tão violentas, que aos poucos a espada desliza para fora, abrindo caminho para esguichar ainda mais sangue. Enfraquecido, cambaleia. Cai sobre os joelhos frontais, ainda vivo. Dois ajudantes entram na arena ao mesmo tempo, incitando-o a se manter de pé. Com esforço, ele reage e se levanta. Cada um brande a capa de um dos lados do animal, que não sabe qual atacar. Cabeceia para todos os lados. Cabeceia o ar.

Alguém dá outra espada ao toureiro. Mais um brandir de capa, seguido da terceira estocada. Abatido demais para persistir, o touro definha no canto da arena, prostrando-se encostado no cercado de madeira. É cercado pelos homens, que observam enquanto se afoga no próprio sangue. Um picador retorna, trazendo consigo uma adaga, aproxima-se lentamente da criatura, que não reage, e desfere o golpe de misericórdia no topo da cabeça. A plateia celebra os valentes executores, enquanto três cavalos surgem para arrastar dali a carcaça ensanguentada.

Faça um teste de sanidade 1🌀: ⚅⚅ + ⚅ Ocultista – ⚅ Inocente. Se você apostou no toureiro, vá para **715**. Se você apostou no touro, vá para **604**. Se não fez uma aposta, vá para **629**.

624

De repente, você ouve um brado dos fiéis, em ardente louvor na capela. A missa está terminando e você só tem tempo de ler mais um documento. Qual irá escolher?

Um livro de mitologia egípcia?	Vá para **697**
Um livro de mitologia celta?	Vá para **685**
Uma carta com selo de Oxford?	Vá para **681**
Papiros com escrita iconográfica?	Vá para **716**

625

O bispo arregala os olhos, surpreso e ofendido.

— Blasfêmia! — ele vocifera, a voz ecoando por toda a catedral. — Que a praga divina recaia contra ti, que dizes calúnias contra a Santa Igreja! Tuas palavras sacrílegas apenas revelam teu interior ímpio. Invoco os céus e a terra como testemunhas de tuas práticas repugnantes! Que a lepra atinja a ti e teus descendentes! Que tua vida seja curta! Que morras dolorosamente e não haja ninguém para prestar digno sepultamento! Que teu cadáver seja dado de comer aos próprios genitores e que toda tua linhagem sinta o ardor da ira do Senhor!

Não há mais preces e meditação. Senhoras olham para você com as faces pálidas, enquanto o bispo escorraça você para fora da igreja.

— Em nome do Todo-Poderoso, põe-te na rua!

Você tem apenas tempo de jogar o sobretudo sobre os ombros antes de sair para o temporal que se forma. Do céu nebuloso, um raio estrondeia. Na terra lamacenta, pedras lisas ameaçam quedas. Tropeçando sob o testemunho de céu e terra, você se pergunta o quão danosa é a maldição de um bispo. Perca 1 ponto de Sanidade e vá para **699**.

626

Ele guarda o valor recebido e agradece:

— Os inválidos e miseráveis serão eternamente agradecidos por tua compaixão. Que a glória de Cristo seja derramada sobre ti.

Volte para **739**.

627

— Ficar em casa não é cobiça, é preguiça! Por que quiseste isso?

— Para não ter que...

Role um dado.

Se o resultado for 1 ou 2: "...tirar o pijama."

Se o resultado for 3 ou 4: "...mover os músculos das pernas."

Se o resultado for 5 ou 6: "...ficar sentando e levantando a missa inteira."

Anote o pecado confessado e vá para **658**.

628

Subitamente, Dom Azaghal se vira para você pela primeira vez e estreita os olhos.

— Agora chega dessa ladainha. De uma vez por todas, fala-me a verdade! O que fazes aqui? O que vieste confessar? Revela-me teus pecados mais sombrios, aqueles que a consciência se nega a olvidar! Tão censuráveis que a mera alusão é motivo de desonra, tão perturbadores que retornam à mente nas noites de insônia para dilacerar o que sobrou de teu espírito. Fala!

FAÇA UM TESTE: ⚅⚅ + ⚅ SAGAZ – ⚅ IGNORANTE. Aplique quaisquer penalidades acumuladas ao longo da conversa com o padre. Se somar dois sucessos ou mais, vá para **635**. Caso contrário, vá para **621**.

629

Com o fim do espetáculo, os ânimos arrefecem. Vários espectadores aproveitam o intervalo para comprar um lanche de pão com chouriço antes que o próximo touro entre. É como se o estádio inteiro voltasse a respirar após segurar o ar por muito tempo. Em meio à movimentação, você aproveita para olhar para trás discretamente, com o intuito de averiguar a identidade de seu contato. Porém, seja quem ele for, já não está mais ali.

Nuvens cinzentas recobrem o céu, e você se pergunta se o evento prosseguirá quando a chuva começar a cair. Em verdade, para você não faz diferença. Você olha o relógio e, sem nada mais a fazer por aqui, veste o sobretudo e se une à multidão que sobe e desce as arquibancadas. Quando consegue sair do estádio e dá os primeiros passos para fora, sente as primeiras gotas. Logo a chuva se torna um temporal, com as nuvens escuras adiantando o negrume da noite. É hora de retornar ao Patronato de Enfermos. Vá para **699**.

630

O soldado acompanha você até a rua e espera na porta até você se distanciar. Uma fila ainda se estende pela calçada. Ajudando a organizar a fila e dando as boas-vindas aos necessitados está Carmen, a senhora maternal. Ao ver você, ela sorri.

— Obteve o que buscava?

Você faz um gesto ambíguo. Ela compreende como uma negativa.

— Bendito seja o Padre Zacarías Ruiz, que renunciou aos bens materiais para dedicar sua vida aos pobres! Contudo, mesmo ele, em seu santo ministério sacerdotal, não é mais que um filho de Deus.

Você concorda e se prepara para partir, mas Carmen está ávida por ajudar.

— Se tua angústia é tão grande que necessita de mais aconselhamento espiritual, pode visitar a Catedral de San Isidro. Lá encontrará sacerdotes, exorcistas e, se tiver as virtudes necessárias, é possível obter até mesmo uma audiência com o bispo.

Você agradece o conselho. Talvez seja útil conhecer mais do clero local. Satisfeita, Carmen volta aos afazeres e deixa que você se vá. Porém, logo que você começa a caminhar, um homem apressado esbarra em você. Sem lhe dar tempo de reagir, ele retoma a rápida caminhada e logo vira a rua. Só então você percebe que ficou com um papel nos bolsos:

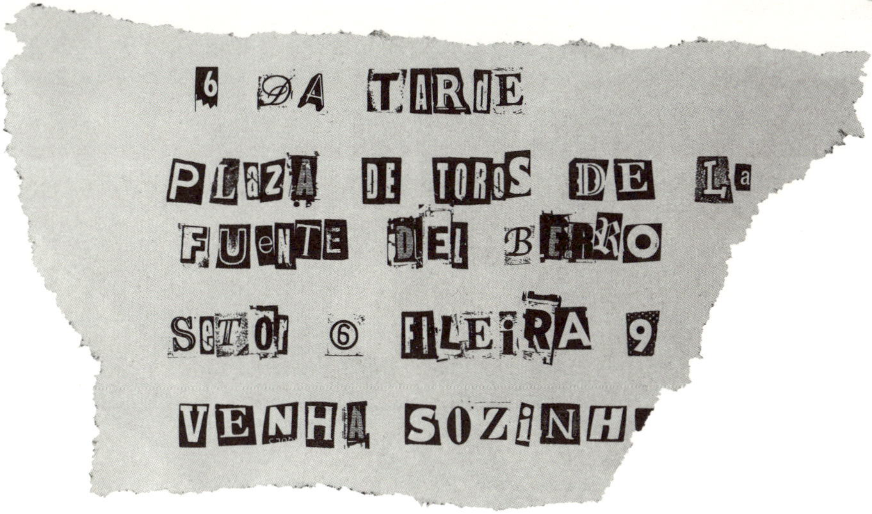

Alguém quer conversar com você, e de alguma forma sabia onde entregar a mensagem. O local é inusitado: a arena onde acontecem as tradicionais touradas de Madrid. Resta saber quais as intenções do convite, mas a única forma de descobrir é comparecendo ao encontro. Você decora a hora e o local, rasga o papel e joga fora. Caso algo lhe aconteça, a informação estará segura. Vá para **647**.

631

A voz do idoso se encrespa.

— Cinco anos?! — ele então respira fundo. — Nunca é tarde para retornar à Casa de Dios.

Vá para **595**.

632

Chame de anjo ou do que quiser, a criatura hedionda à sua frente nada tem de benevolente ou compassiva. É uma aberração de outro mundo e em outro mundo deve permanecer. Com base no que aprendeu durante sua investigação ou pelo ensinamento de alguém que veio antes e deixou um legado, você golpeia sem hesitação, mirando no olho esquerdo: o olho vermelho de Aldebarã na constelação do Touro. O anjo tenta se proteger com as asas, mas é pego de surpresa no ponto vulnerável. O ataque acerta com precisão. A criatura guincha como uma lira dissonante e do olho ferido irrompe uma torrente de lava. Vá para **667** e diminua a Saúde do anjo em 3.

633

Com seu golpe final, o Anjo da Morte se contorce em aflição. Sangue rubro macula as asas brancas e inunda por dentro as centenas de olhos. Ele emite um guincho com as quatro bocas das quatro faces e o corpo monstruoso irrompe em chamas. Ao som do que parece um concerto de liras, tudo queima: o anjo, a espada, o gabinete infinito ao redor.

Percebendo a derrota, o Padre Zacarías Ruiz foge pela mesma porta por onde entrou. Sem outra saída, você o segue. Quando atravessa a porta, é como se emergisse de dentro da água: os sons da cidade, que você sequer tinha reparado estarem abafados, voltam a ser vívidos. Chove lá fora. Carros passam buzinando para os pedestres apressados. O padre já atravessou a enfermaria. Prestes a escapar pela escada, ele se vira para você uma última vez:

— Senhor, não sou digno de que entreis em minha morada, mas dizei uma palavra e estarei ao lado dos eleitos na Era da Degradação! — ao dizer isso, os olhos dele brilham, vermelhos como fogo. Você se apressa em alcançá-lo. Porém, quando está no meio da sala, uma força invisível começa a dificultar e retardar o seu avanço. O padre prossegue: — Em nome do Altíssimo, que julga do Reino dos Céus, eu invoco os fracos, os pecadores, os indigentes! Pois Ele é a ressurreição e a vida. Aquele que crê, ainda que morra, viverá para servir-Lhe até o dia do Juízo Final. Então servi! Exterminai nossos inimigos! Purificai nosso lar! Por Nosso Senhor, Hastur, e seu mensageiro Nyarlathotep, eu ordeno a vós: levantai-vos!

Por todos os lados, os enfermos abrem os olhos. Lentamente, eles empurram para o lado os lençóis malcheirosos e se levantam de seus leitos de definhamento. No vazio de seus olhos, você percebe que a vida já os abandonou. Contudo, o poder demoníaco invocado pelo padre lhes privou de se deixar abraçar pela morte. Aprisionados ao limbo que separa este mundo do outro, resta-lhes obedecer. Assim, o grupo de zumbis avança na sua direção, ao mesmo tempo em que o Padre Zacarías Ruiz foge, por fim, dissipando a força invisível que retardava os movimentos na sala. Se tiver uma granada de mão e quiser usá-la, vá para **659**. Caso contrário, vá **673**.

634

— Vens a esta congregação três vezes por semana? — ele claramente não se lembra de ter visto você antes.

Anote em sua ficha uma reação de desconfiança de Dom Azaghal e vá para **711**.

635

Você abaixa a cabeça e começa a fazer um exame de consciência. Será que há algo que esteja escondendo, talvez até sem perceber? É difícil raciocinar à sombra das acusações do sacerdote e seus pensamentos começam a ficar confusos. Você passa a escolher as palavras à medida que elas surgem à mente, sem saber ao certo onde quer chegar. A partir de agora, serão pedidas rolagens de dado para decidir o que você irá dizer. Porém, como conseguiu manter um pouco de autocontrole, em vez de rolar os dados, continue escolhendo a alternativa que desejar. Vá para **646**.

636

Você chega à Praça da Independência. Apesar de não ter ido muito longe, tem a impressão de que ninguém está em seu encalço. Mesmo assim, decide caminhar pelo Parque del Retiro, tanto para despistar algum possível inimigo, quanto para recobrar o fôlego e espairecer após a noite tumultuada. O parque é grande e arborizado, cheio de rotas internas, esconderijos e passagens ocultas que levam de monumentos grandiosos a fontes centenárias. Na parte mais nobre, a estátua do Rei Alfonso XII ainda impera, apesar do período monárquico ter ficado no passado, e você se pergunta se na época do soberano os asseclas profanos já haviam se infiltrado até mesmo nas instituições de maior prestígio.

A verdade é que cultistas estão por todos os lados, e nesta guerra é impossível uma única pessoa lutar em todas as frentes. Você tem a sua missão, e agora detém também a informação que veio buscar em Madrid. Quando passa pelo Real Observatorio de Madrid, um prédio de colunas neoclássicas completamente voltado ao estudo do cosmos, é impossível não pensar em Elizabeth. Ela já deve estar chegando ao Cairo, e é para lá que você precisa ir.

Não há como partir no meio da noite chuvosa, então você vai para um hotel que o clã reservou, onde poderá passar a noite. Com um telefonema, confirma seu voo já no dia seguinte, e em seguida descansa antes de enfrentar a cansativa jornada. Recupere 2 pontos de Saúde e vá para **642**.

637

Você se une à multidão na entrada da capela. Além de moradores de rua, o grupo inclui operários de fábricas, senhoras de classe média e até militares de baixa patente, o que facilita sua passagem desapercebida. Após observar a capela lotada, você identifica uma porta que possivelmente dá acesso à área interna do prédio. **Faça um teste:** ⚅⚅ +⚅ **Ágil** –⚅ **Indolente.** Se tiver uma gazua, role +⚅. Se passar, vá para **735**. Caso contrário, vá para **722**.

638

A voz do idoso se encrespa.

— Se diz confessante frequente, mas nunca soubeste quem te perdoa? Talvez devesses retornar às aulas do catecismo.

Você se lembra do pranto dos confessantes anteriores e se pergunta quão curta é a paciência do padre. Anote em sua ficha uma reação de desconfiança de Dom Azaghal e vá para **595**.

639

— É a peste — um dos fiéis sussurra, fazendo menção à epidemia que assolou o continente alguns anos antes. Ao redor dele, todos os que escutaram fazem o sinal da cruz.

— Não é a peste, é apenas um resfriado — diz Carmen, dando um passo à frente e se destacando na multidão. — Tudo o que precisas é de um pouco de descanso, vem comigo.

Ela pega você pela mão e abre caminho pela capela até uma porta lateral. Ao entrar, é recebida por um homem corpulento trajando colete de guerra com bolsos cheios. Pendurada a uma alça no ombro, ele porta uma submetralhadora.

— Algum problema? — indaga, examinando você da cabeça aos pés.

— Apenas acudindo esta pobre alma doente.

O homem dá de ombros e Carmen conduz você por um corredor, até o vestíbulo onde esteve hoje mais cedo. Ali ela pede que se sente em uma cadeira.

— Espera aqui. Vou chamar a enfermeira para fazer a triagem.

Dizendo isso, ela sai por uma porta qualquer, deixando você com acesso livre para a escada que leva à enfermaria. Vá para **656**.

640

A voz envelhecida responde com forte sotaque espanhol:

— Não sou eu quem perdoa, mas Dios através de mim. Confessa teus pecados com espírito arrependido, e ele te escutará. Há quanto tempo não te confessas?

"Uma semana"	Vá para **638**
"Cinco anos"	Vá para **631**
"Nunca me confessei"	Vá para **706**

641

— No momento, me esperam para as orações do almoço. Todavia, escutarei tua confissão depois da Santa Missa noturna.

Você confere o relógio. O bom padre quer que você espere por boas seis ou sete horas. Você sabe que este caminho não levará a nada. Volte para **739**.

642

Seguindo as pistas encontradas no Patronato de Enfermos, você percorre pela última vez as ruas de Madrid úmidas pelas chuvas de outono. Retorna ao Aeródromo Cuatro Vientos, onde embarca em um novo biplano. Desta vez, seu caminho não segue para o sul, mas para o leste, rumo às portas do Oriente. Assim, você cruza o Mar Mediterrâneo e os amplos territórios de Marrocos, Argélia, Tunísia e Líbia, em um voo de 48 horas com cinco paradas para abastecimento. Ao longo de toda a jornada, você vê apenas azul à esquerda do avião, com as águas que dividem a Europa da África. Já à direita, tudo é dourado: desde as colinas rochosas próximas ao litoral até as dunas onduladas no horizonte. O Deserto do Saara. Vá para **763**.

DESTAQUE O ADESIVO **A11**, VÁ ATÉ A SALA DE TROFÉUS E COLE-O NA POSIÇÃO **6**. ENTÃO, VOLTE PARA CÁ.

643

— Ah, o pecado da vaidade! Bons foram os tempos em que tintas e pincéis eram reservados apenas à arte sacra. Hoje em dia tudo é demasiado fácil. Qualquer um tem sua imagem registrada por essas câmeras modernas. O diabo se encanta com isso! Ele se infiltra, aproveitando essa necessidade humana de dissimulação. Essa busca fútil pela aparência perfeita... Apenas Dios es perfecto. Arrepende-te perante o Senhor.

Vá para **711**.

644

— Entendo, tu me pareces uma alma verdadeiramente devota. Agora fala um pecado.

Anote em sua ficha uma reação de desconfiança de Dom Azaghal e vá para **591**.

645

— Cobiçaste a mulher do próximo? E o que mais?

Role um dado.

Se o resultado for 1 ou 2: "...e só ela!" (anote o pecado e vá para **658**).

Se o resultado for 3 ou 4: "...e a irmã..." (continue anotando o pecado confessado e vá para **617**).

Se o resultado for 5 ou 6: "...e o pai..." (continue anotando o pecado confessado e vá para **617**).

646

— Perdoe-me, Dom Azaghal! Eu confesso todos os meus crimes!

— Quais crimes? Por acaso roubaste? Diz se foi isso!

Diante da veemência do padre, você começa a confessar crimes que cometeu e que não cometeu.

— Sim, roubei...

Role um dado.

Se o resultado for 1 ou 2: "...oferendas da igreja..."	Vá para **687**
Se o resultado for 3 ou 4: "...um crucifixo de prata..."	Vá para **603**
Se o resultado for 5 ou 6: "...a batina de um acólito..."	Vá para **590**

647

Você está nas ruas de Madrid e precisa esperar pelo horário da missa no Patronato. Escolha o que fazer enquanto isso.

Para visitar a Catedral de San Isidro	Vá para **682**
Para visitar a Plaza de Toros	Vá para **675**
Para descansar no Gran Hotel Inglés	Vá para **612**
Para relaxar na Galería Vázquez	Vá para **700**

648

A voz do idoso se encrespa.

— Nunca te confessaste?! Como podes cometer tamanho sacrilégio? Fizeste bem em vir hoje, mas temo que tenhas pecados acumulados de uma vida inteira.

Você se lembra do pranto dos confessantes anteriores e se pergunta qual será a penitência para pecados acumulados. Anote em sua ficha uma reação de assombro de Dom Azaghal e vá para **595**.

649

— Se realmente existe uma força superior olhando por nós na Terra, imploro para que tenha piedade de minha alma — você diz. — Entidades nefastas estão por todos os lados. Escondem-se no infinito do cosmos ou nas sombras bem atrás de nós. Buscam perverter a humanidade, mas não posso me deixar corromper! Quero ser exemplo de tudo o que é bom e certo.

Dom Azaghal por um momento fica em silêncio. Então continua, mas sem a rispidez anterior.

— Entendo. Tu... viste coisas. Segue teu caminho, criança, e vai com a benção do Senhor.

Você recebe um *crucifixo abençoado*. Anote-o em sua ficha de personagem. Pode gastá-lo a qualquer momento para receber +⚅⚅ em um teste.

Você joga o sobretudo sobre os ombros, cobre a cabeça com o chapéu e deixa a catedral rumo ao Patronato. Lá fora, chuva começa a açoitar a cidade. Vá para **699**.

650

Diante da criatura sobrenatural, você reúne coragem e ataca a face de leão. Porém, ela já havia previsto isso e desvia seu ataque com um movimento das asas. Ilesa e enfurecida, prepara-se para o combate. Vá para **667**.

651

— A caridade é a maior das virtudes cristãs — ele diz com um sorriso.

Pague 1£ e vá para **626**. Se não quiser pagar ou não tiver o dinheiro, volte para **739**.

652

Dom Azaghal incentiva:

— Mataste...?

"...a fome dos necessitados."	Vá para **608**
"...cultistas que idolatravam um deus ancestral."	Vá para **713**
"...o trabalho."	Vá para **719**

653

Enquanto vocês conversam, o toureiro se retira para uma lateral e entra em cena o picador. Seus trajes amarelos se confundem com os do cavalo que monta. O animal está completamente coberto por um tecido feito de lona entrelaçada que lhe serve de proteção contra os chifres. Também, mal sabe que corre perigo mortal, pois, para evitar que fuja ao ver a fúria do touro, o cavalo está de olhos vendados.

Protegido pela posição elevada, o picador empunha uma lança. Ele faz a montaria caminhar, o que atiça a agressividade do touro. A fera ataca. Acerta o cavalo, que não sofre com os chifres, mas sente o tranco do embate. Os chifres, no entanto, se engancham na lona por um momento. Touro e cavalo ficam presos um ao outro, a mobilidade de ambos reduzida. Mas é tudo parte do espetáculo. Aproveitando a oportunidade, o picador finca a lança na nuca do touro. A ponta, em formato de T, não permite que a lâmina entre fundo demais. Perfura apenas o suficiente para abrir um rombo viçoso, por onde o sangue aflora e banha as costas do animal.

Quando enfim o touro consegue se soltar, caminha pela arena ensanguentado. Nas arquibancadas, o público celebra. Já dentro de sua mente, duas vozes brigam, uma mandando que continue a assistir ao espetáculo, outra implorando para que desvie o olhar. Para continuar assistindo, vá para **620**. Para desviar o olhar, vá para **732**.

654

Escreva aqui todos os pecados confessados:

Vá para **615**.

655

Dom Azaghal incentiva:

— Enganaste...?

"...a polícia inglesa, ao ocultar que ainda busco por certa criminosa."	Vá para **690**
"...meus amigos, ao mostrar-lhes minha imagem em uma foto adulterada."	Vá para **643**
"...meu próprio coração, ao vir à igreja apenas três vezes por semana."	Vá para **634**

656

Você sobe a escada até o grande cômodo onde dezenas de enfermos repousam. Alguns gemem de dor. Outros parecem não respirar, apenas encaram o teto com olhos que nunca piscam. Todos exibem faces pálidas e descarnadas, e cabelos embaraçados, que facilmente se desprendem e caem. Não passam de sombras do que podem ter sido antes da doença.

Você segue pelo corredor que se forma entre os leitos e vai até a porta do gabinete ao fundo do salão. Experimenta abri-la devagar, tentando não fazer barulho, mas ela range alta e dolorosamente. Isso atrai a atenção de um soldado, que surge apressado em um corredor lateral.

— Você! Pare aí mesmo! — ele ordena.

Obviamente, você desobedece, e se joga para dentro do gabinete bem a tempo de evitar dois disparos de uma pistola. O homem corre até a porta, mas você se levanta bem a tempo de se lançar contra ele para derrubá-lo. Vocês dois rolam pelo chão, enquanto a arma cai e desliza para dentro do gabinete. O soldado se entrelaça em você com murros e agarrões, impedindo que você saque uma arma. Lute desarmado.

FASCISTA	◆		3	–3

Se vencer, vá para **712**.

657

Diante da criatura sobrenatural, você reúne coragem e ataca as asas. Porém, ela já havia previsto isso e desvia seu ataque com um movimento da espada. Ilesa e enfurecida, prepara-se para o combate. Vá para **667**.

658

— Não tens vergonha na cara? E o que mais fizeste? Diz, de uma vez por todas!

Você já não sabe o que dizer.

— Tive...

— Tiveste o quê?!

Role um dado.

Se o resultado for 1 ou 2: "...dúvidas..." Vá para **613**

Se o resultado for 3 ou 4: "...adoração por uma estatueta..." Vá para **694**

Se o resultado for 5 ou 6: "...relações carnais..." Vá para **703**

659

Você age por instinto. Com inimigos por todos os lados, você desvia do que está mais próximo e rola para a lateral mais afastada. Os zumbis acompanham seu movimento com o olhar e avançam na sua direção. Perseguir o padre exigiria passar por todos eles, atravessando o cômodo no sentido mais longo. Em vez disso, você saca a granada de mão e remove o pino de segurança. Então toma impulso na parede e corre para a lateral mais próxima, onde se atira contra uma janela, ao mesmo tempo em que joga a granada para trás. O vitral com imagem de santo estilhaça em mil pedaços e você cai rolando na calçada em meio à chuva e aos cacos de vidro. No andar de cima, todas as outras janelas explodem. Uma chuva de vidro e membros decepados cai ao seu redor.

Os zumbis estão fora de combate, mas você não pode baixar a guarda, pois soldados rondam o bairro e virão averiguar o que está acontecendo. Por isso, sem perder o impulso do movimento, você dispara pelas ruas de Madrid, logo quando uma multidão de curiosos começa a se aproximar do prédio em chamas. Risque a granada de mão de sua ficha e vá para **636**.

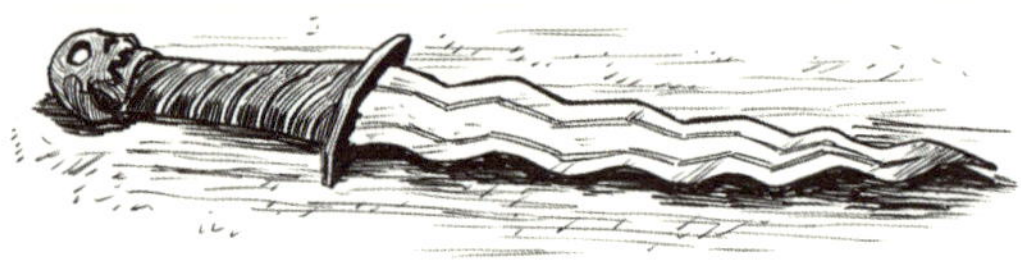

660

— Pinturas e esculturas sacras são reflexo do sopro divino que inspira os homens a disseminarem a palavra de Deus. Deves apreciá-las com júbilo. Porém, o mais inestimável artefato de nossa Igreja são os restos mortais de nosso santo. San Isidro descansa no retábulo-mor, em uma urna mortuária trancada por nove fechaduras, cujas chaves são guardadas por ninguém menos do que Sua Majestade.

O bispo leva você até junto ao altar e indica o caixão dourado sob os pés de uma escultura do santo. Diante da relíquia, ele fecha os olhos, junta as mãos e coloca-se em comunhão com o santo. Permanece em oração por longos minutos. Quando termina, ele diz que um compromisso o aguarda e se despede de você.

— Vai em Paz. Que o Senhor acompanhe teu caminho.

Com a bênção do bispo, você percebe que é hora de partir. Se tiver uma câmera fotográfica, vá para **728**. Caso contrário, você veste o sobretudo e o chapéu, pois começou a chover lá fora, e deixa a catedral. Vá para **699**.

661

O bispo sorri e guia você até um ponto desocupado da igreja, onde poderão conversar com alguma privacidade. Se você for exorcista, vá para **676**. Caso contrário, vá para **593**.

662

Diante da criatura sobrenatural, você reúne coragem e ataca a face de touro, mirando com firmeza na boca. Porém, ela já havia previsto que você reagiria. No último instante, desvia seu ataque com um movimento de asas, sofrendo não mais do que um arranhão. Vá para **667** e diminua a Saúde do anjo em 1.

663

O touro ataca. O toureiro desfere a estocada, mirando o ponto vital. Porém, no último instante, o inesperado acontece. A espada resvala no músculo da criatura e escorrega para o lado. Furioso, desorientado e ferido, o touro dá uma cabeçada e acerta o matador com os chifres. O homem cai no chão, seu sangue jorra. Ele rasteja para trás, mas é atropelado pela criatura fora de controle. Pela primeira vez, o touro ataca seu carrasco. A chifrada final lhe trespassa a jugular.

Todos os ajudantes pulam para dentro da arena ao mesmo tempo e usam suas capas coloridas para distrair a fera. Um touro que ataca o toureiro é considerado excessivamente hostil. Após sobreviver ao espetáculo, irá direto para o abatedouro. O mesmo destino é reservado à vaca que lhe deu à luz, para que jamais volte a gerar descendência igualmente vil.

Aproveitando a distração, alguns dos ajudantes carregam o matador desacordado para fora da arena. A plateia está em silêncio. Algumas pessoas choram. Por fim, todos se levantam e aplaudem, ovacionando o toureiro como herói e desejando sua recuperação. No fundo, porém, sabem que é tarde demais. O rastro vermelho deixado na arena é vívido e abundante. Nenhum ser humano resiste após perder tanto sangue. Se queriam um espetáculo de morte, conseguiram. Perca 1 ponto de Sanidade.

Se você apostou no toureiro, vá para **604**. Se você apostou no touro, vá para **592**. Se não fez uma aposta, vá para **629**.

664

— Sim, tu me pareces uma alma deveras leal — ele bufa de irritação. — Agora fala um pecado.

Anote em sua ficha uma reação de desconfiança de Dom Azaghal e vá para **591**.

665

O bispo fica um pouco desconcertado. Perto dali, uma senhora se levanta do genuflexório e se aproxima da conversa.

— Boa tarde — ela diz. — Vejo que esta é tua primeira vez em nossa humilde diocese. A Casa de Deus abriga todos que a procuram.

Enquanto a mulher fala, o bispo sorri, concorda com a cabeça e dá um passo para trás.

— Pode confiar em mim, Vossa Excelência Reverendíssima — a beata diz ao bispo — Farei o acolhimento desta pobre alma, em nome de Jesus sacramentado.

O bispo parte em busca de responsabilidades adequadas à sua importância. Você tenta segui-lo, mas a mulher se põe em seu caminho e captura você em uma sequência de orações com palavras rápidas e fervorosas.

— Que o cordeiro santificado afaste de nós a morte e traga a vida eterna, para que possamos entrar no Reino de Deus! Que os falsos profetas queimem no fogo do inferno, de onde não poderão abalar a nossa fé! Livrai-nos da tentação, Senhor!

Você tenta se desvencilhar, mas outras pessoas se unem a vocês e bloqueiam seu caminho. De mãos dadas e olhos fechados com força, ofertam sua devoção e seu fervor, enquanto a beata prossegue:

— Senhor, derrotai nossos inimigos! Mandai fogo sobre eles, Senhor! Mandai água nos impuros e infiéis! Queimai! Afogai! Destruí! Que nossas lágrimas de sangue estrangulem o inimigo diante da cruz do Nosso Salvador! Quero adorar a ti, Senhor! Quero servir! Quem não vive para servir não serve para viver! Aleluia, Senhor!

— Aleluia! — respondem muitas vozes.

— ...Não poderá o leão me ferir, pois vós estais comigo... Ainda que eu ande pelo Vale da Sombra da Morte... Rogai por nós, degradados filhos de Eva... Que o cadáver de Lázaro se levante do Mundo dos Mortos... Como era no princípio, agora e para sempre. Amém.

— Amém!

Quando tudo termina, chove lá fora. A mulher ainda segura você dentro da igreja por mais um momento, explicando os horários da eucaristia e dos estudos bíblicos, mas você não se interessa. Em breve irá começar a missa noturna no Patronato de Enfermos, e você não pode perder a oportunidade. Quando finalmente consegue dispensar a beata, só lhe resta vestir o sobretudo e o chapéu e encarar o mau tempo. Vá para **699**.

666

Uma música distante anuncia o fim da missa, e a multidão de fiéis começa a se espremer porta afora, lotando as ruas de transeuntes e guarda-chuvas abertos. Logo o padre e seus seguidores estarão aqui, é hora de partir. Você organiza vagamente os documentos, para que seus inimigos não saibam quais você leu, reúne suas próprias anotações e se dirige para a porta. Porém, quando está prestes a sair, algo capta sua atenção. Até então você não havia percebido — quando percebe, parece por demais evidente — mas há uma alavanca escondida próximo à estante de livros. Você a aciona. A estante se move, revelando um esconderijo na parede. Ali, sobre uma almofada de seda e coberto por uma redoma de vidro, está um livro de capa dura e antiga, com o título desenhado em letras douradas: *Index Librorum Diabolicum.*

Você abre com cuidado para não esfacelar as páginas já desgastadas. Do início ao fim, o livro é apenas uma lista longuíssima com os títulos de outros livros: uma tentativa competente de elencar a bibliografia completa das obras relacionadas ao sobrenatural e ao demoníaco. A compilação é escrita à mão, com caligrafias diversas e sem qualquer ordem aparente, seja alfabética, cronológica ou de importância: parece que os subsequentes autores foram anotando os nomes de cada livro à medida que descobriram sua existência. A organização foi negligenciada, dando-se prioridade para a inclusão do máximo possível de informações. Além do título de cada livro, a lista traz uma breve descrição do conteúdo de cada um e diversos outros dados, incluindo quem é o autor, quando e onde foi escrito, e, o mais importante: onde estão as cópias remanescentes.

Você folheia, procurando por algo de relevante em meio a tantos nomes, datas e detalhes, até que encontra. Elizabeth Holloway. Você só percebe o nome dela depois que já passou, então volta algumas páginas atrás.

Elizabeth Holloway descobriu uma cópia no Cairo, Egito, e arquiteta virtuoso plano para se apoderar dela.

A frase está escrita na beirada de uma página já abarrotada de informações, a respeito de um livro de título peculiar:

Necronomicon.

Segundo as anotações, a obra foi escrita em árabe por Abdul Al-Hazred, na cidade de Damasco, por volta do ano 730 d.C. e contém a descrição do universo tal qual realmente é, com seus deuses antigos e criaturas das profundezas, cânticos profanos e rituais de sacrifício, segredos além da compreensão e verdades capazes de iluminar ou enlouquecer. Embora o texto original tenha se perdido, as anotações falam sobre traduções para o grego e o latim e reproduzem rumores da sobrevivência de cópias remanescentes espalhadas pelo mundo. Pelo visto, Elizabeth está em busca de uma delas. Vá para **720**.

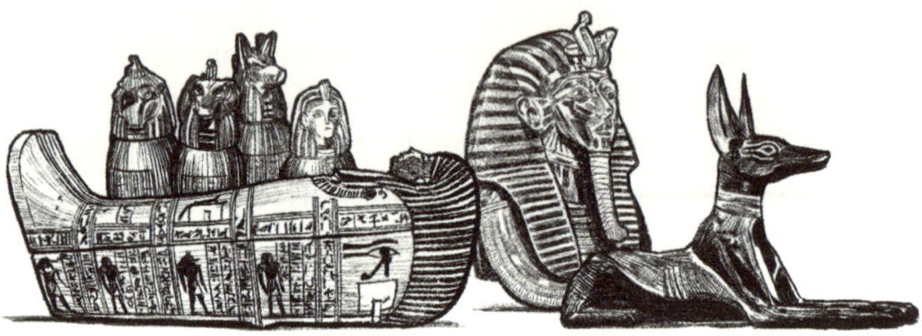

667

Enfurecido pela sua insolência, o Anjo da Morte ergue a espada flamejante e se prepara para o confronto.

ANJO DA MORTE	• ⚔ ⚅⚅⚅⚅⚅	✚5	⚡–7

Se vencer, vá para **633**.

668

Cada um dos ajudantes do toureiro está munido de uma enorme capa, com um lado rosa e o outro amarelo. Um por vez, eles deixam as proteções de madeira e balançam as capas para enfurecer e atrair o touro. Isso faz com que corra de um lado a outro da arena. No último instante, quando está prestes a destroçar a capa, o homem volta a se esconder atrás da proteção, tornando as investidas infrutíferas. A brincadeira, engraçada para quem assiste, aos poucos começa a cansar o animal. Quando sente que é a hora, o próprio toureiro sai de uma das proteções e brande sua enorme capa. Ele é mais experiente e mais valente: não precisa se esconder. Apenas puxa o tecido para longe no momento exato, fazendo com que a criatura erre o alvo por poucos centímetros. O touro às vezes tropeça, mas insiste em atacar. Não o toureiro, mas a capa.

Com as consecutivas tentativas do touro, o toureiro brande seu manto mais rápido e mais rápido, acelerando o movimento da dança, até terminar em um giro bonito que faz o tecido rodar como uma saia. A plateia aplaude. O toureiro recolhe a capa e agradece. Com a interrupção do brandir de tecido, o touro fica parado por um momento, sem saber ao certo o que fazer em seguida. Você assiste à apresentação, mas seu real interesse está na plateia. Ninguém ali lembra o homem que colocou a nota em seu bolso, tampouco parece interessado em qualquer outro assunto que não a tourada. Sem saber quem é seu contato, só lhe resta se sentar no local combinado. Se você se lembra da mensagem, vá para a referência na qual a centena é o setor, a dezena é a fileira e a unidade é o horário do encontro. Caso contrário, vá para **686**.

669

Você deixa cair no chão qualquer arma que estivesse portando e se ajoelha, em reverência. O Anjo da Morte sorri com as quatro faces e contempla sua obediência com as centenas de olhos.

— O Senhor será misericordioso, pois tua fé te salvou — ele diz. — Dar-te-ei meu melhor presente: a chance de encontrar-te cara a cara com Ele no paraíso.

Dizendo isso, o anjo maneja a espada flamejante e, com um único golpe, separa sua cabeça do corpo. Sua investigação acaba aqui. Preencha a lápide no cemitério e inicie um novo jogo na Introdução.

670

— Quanto ao Patronato de Enfermos, é um local de bondade que foi corrompido por dentro — diz ele, fazendo com que você se pergunte como soube tanto sobre seus planos. — Se precisa entrar lá por qualquer motivo, vá pelo prédio ao lado. Lembre-se do endereço: Calle de Nicasio Gallego, número 701, apartamento D.

Enquanto o restante da cuadrilla distrai a criatura, o toureiro coloca de lado sua grande capa rosa e amarela, substituindo-a por uma menor, inteira vermelha. O assistente então lhe entrega uma espada longa e delgada, com um metro de comprimento, levemente curva. O momento mais esperado está próximo. Segurando a capa com apenas uma das mãos, ele dribla a criatura várias vezes seguidas, mais rápido e mais rápido, exibindo sua habilidade de desviar dos chifres mortais. A plateia se diverte:

— Olé!

Quando o toureiro para de voltear sua capa, o touro também para de atacar. Quando retorna, o touro retorna. Parece hipnotizado, apenas seguindo as ordens daquele que se prepara para matá-lo. Para continuar assistindo, vá para **705**. Para desviar o olhar, vá para **732**.

671

— Sangue frio é um traço dos nossos inimigos.

Ele diz isso, e então faz silêncio. Na arena, o touro tropeça e cava um sulco com o arrastar do focinho na areia.

— Para derrotá-los, é preciso ser um pouco como eles — ele completa.

Você sente mais um movimento, e sabe que ele colocou algo ao seu lado. Ao ver o que é, você puxa rapidamente para perto de si, escondendo junto às suas roupas. Por todos os lados, a plateia grita:

— Olé!

Ninguém percebeu. Você transfere o item para dentro da maleta. É uma granada de mão, equipamento amplamente usado na Grande Guerra, ainda com o lacre intacto.

Anote a *granada de mão* em sua ficha de personagem. Você pode gastá-la durante um combate para causar 3 pontos de dano ao seu inimigo automaticamente.

A banda recomeça a tocar baixinho. Tuba, trombeta e trompete antecipam o *grand finale*. Provocativo, o toureiro aponta a espada na direção do touro. É chegado o momento de cumprir o papel de matador. Com a capa rente ao chão, atiça a fúria do bicho e o incita a abaixar a cabeça para atacar. Com a espada de ponta recurva, mira no topo da nuca exposta para a estocada derradeira. Role um dado. Se o resultado foi 1, vá para **663**. Se o resultado for 2 a 5, vá para **623**. Se o resultado for 6, vá para **717**.

672

Você entra na fila. Quando chega sua vez, o funcionário sorri e pergunta qual é sua aposta. Você pode apostar no toureiro, pagando 5£, ou no touro, pagando 1£. Se quiser, faça sua aposta. De qualquer maneira, vá para **668**.

673

Com a fuga do padre, você volta a se mover livremente, mas isso também se aplica aos zumbis. Eles são mais ágeis do que pareciam inicialmente e munidos de obediência irracional, que os fará atacar até que sejam completamente desmembrados. São dezenas, e cercam você.

HORDA ZUMBI	◆	⚔ ⚅	✚8	ϟ–5

É impossível se defender completamente de tantos inimigos. No fim de cada rodada de combate, você perde 1 ponto de Saúde, independentemente do resultado dos testes de ataque, à medida que é arranhado e mordido pelos zumbis. Se sobreviver, vá para 740.

674

Dom Azaghal se levanta e sai do confessionário. Você se revolta com o abandono e, tentando se recompor, abre a cortina para sair. Porém, para sua surpresa, o padre surge à sua frente e desce a palma da mão em sua face. O som do tapa ecoa pela catedral. Todos olham para você.

— Dios pune os ímpios! — o padre proclama. — Porém, Dios também é misericordioso. Que isto sirva então de lição. Que a dor que tu agora sentes sirva para manter tua mente sempre no caminho da virtude e da retidão.

Sob os ecos das palavras de Dom Azaghal e os olhares de julgamento dos fiéis, você corre para a saída da igreja. Mal tem tempo de vestir o chapéu e jogar o sobretudo sobre os ombros, antes de enfrentar o temporal lá fora. Será que as palavras do padre têm poder? Vá para **699**.

DESTAQUE O ADESIVO **A12**, VÁ ATÉ A SALA DE TROFÉUS E COLE-O NA POSIÇÃO **2**. ENTÃO, VOLTE PARA CÁ.

675

Você sabe que aceitar o convite misterioso é um risco. Mas também pode ser uma pista valiosa para a investigação. Portanto, decide arriscar. Deixando a região do Patronato, você segue por uma avenida cercada de prédios baixos, na qual descreve um trajeto quase em linha reta.

A Plaza de Toros de la Fuente del Berro é uma estrutura monumental. O estádio em formato de aro abriga uma arena circular onde acontecem as touradas. Do lado de fora, seus muitos andares apresentam arquitetura neomudéjar, fazendo alusão ao aspecto reto e sólido das construções muçulmanas, com incontáveis janelas com arco em forma de ferradura. A influência árabe-medieval antiga contrasta com as centenas de veículos motorizados que chegam de todas as direções. Carros, ônibus e bondes despejam uma torrente de apreciadores da modalidade. A maior parte se espreme na entrada, avançando devagar. Alguns preferem assistir à agitação sentados na taverna La Taurina, logo ao lado, bebendo alguma coisa antes do evento começar.

Você se une à multidão e passa pela elevada entrada em arco. Um breve momento de sombra fresca, enquanto passa pelo pórtico, antes de retornar para céu aberto. A área de dentro é enorme. Ao seu redor, arquibancadas cercam a arena. Nas mais baixas, milhares de pessoas se agitam, entusiasmadas, usando chapéus ou até mesmo jornais dobrados para proteger o rosto do sol. No setor mais elevado, o público bem-vestido se acomoda sob a proteção de um telhado sustentado por uma sequência interminável de estreitas colunas que dão a volta no estádio inteiro. Quando a primeira nuvem encobre o sol, você percebe que estarão abrigadas não apenas do calor, mas também de uma provável chuva.

Você olha o relógio. É quase o horário marcado e a arquibancada vai sendo ocupada. Homens, mulheres e crianças riem alto enquanto conversam sobre toureiros famosos. Alguns leem o nome dos touros do dia em um panfleto. Todos estão empolgados. Qualquer um pode ser seu contato.

— Será un gran espectáculo — diz um pai.

— Por supuesto! — a filha, uma menina de vestidinho florido e fita no cabelo, comemora: — Un espectáculo de muerte!

Tambores rufam e uma fanfarra começa a tocar, com seus trompetes e trombetas. Dois cavaleiros entram na arena trotando com elegância e anunciando o início do festejo. Na sequência, o público se cala para assistir à entrada do toureiro. Altivo e orgulhoso, ele ostenta trajes chamativos: gravata, calça colada e uma jaqueta curta com enormes ombreiras. Todas as peças são feitas em cores berrantes, enfeitadas com lantejoulas e com grandes adereços dourados. Para completar, traz na cabeça o tradicional chapéu de toureiro: preto e chato, projetando-se lateralmente sobre as orelhas.

O público transforma a euforia em aplausos. O toureiro acena para a plateia enquanto é ovacionado como herói. Faz então o sinal da cruz para abençoar a apresentação e avança pelo saibro, dando espaço para a entrada de um verdadeiro séquito de ajudantes, cavaleiros e serviçais, todos vestidos de forma igualmente escandalosa e cerimonial.

Após a solenidade de abertura, a maior parte do cortejo deixa a arena. Ficam apenas o toureiro e seus ajudantes principais, todos escondidos atrás de proteções de madeira. Os tambores rufam novamente quando uma porta de curral se abre. Todos os olhos se voltam para ela. Perante a sofreguidão da plateia, o touro surge. Em sua corrida, as patas musculosas levantam areia. No couro preto, pende uma medalha.

Um funcionário do evento percorre as arquibancadas. Ele grita:

— Estão abertas as apostas!

Muitas pessoas correm até ele. Mãos apressadas contam notas de dinheiro, trocam-nas por bilhetes, guardam-nos como se fossem itens sagrados. Se quiser apostar no resultado da tourada, vá para **672**. Caso contrário, vá para **668**.

676

— A presença de Vossa Reverência é motivo de alegria para esta diocese. Dizei-me, a que vindes?

“Vim visitar o Patronato de Enfermos, mas preciso da anuência de Vossa Excelência Reverendíssima” Vá para **683**

“Vim investigar se a Santa Igreja se permitiu degradar pelas promessas do Inimigo” Vá para **625**

“Vim apreciar as relíquias sacras” Vá para **660**

677

Dom Azaghal incentiva:

— Abusaste...?

“...de informações recebidas para investigar um crime.” Vá para **730**

“...da bebida e outras drogas.” Vá para **605**

“...da alegria de viver em Cristo.” Vá para **644**

678

O quarto é pequeno, mas luxuoso, com travesseiros fofo e lençóis macios. Pela janela, você vê que o céu se fecha de nuvens cinzentas. Você desliga os abajures e aproveita o som da chuva para descansar por algumas horas. Recupere 2 pontos de Saúde. Quando acorda, você veste o sobretudo e o chapéu, respira fundo e encara o mau tempo. Vá para **699**.

679

Dom Azaghal incentiva:

— Duvidaste...?

“...que exista bondade nas outras pessoas.” Vá para **727**

“...dos videntes e adivinhos.” Vá para **738**

“...que Deus nos proteja das ameaças externas.” Vá para **734**

680

— Ah, a ciência! Sempre usada de pretexto para a falta de fé. Arrependa-te perante o Senhor.

Vá para **591**.

681

Você abre o envelope e descobre ser uma carta de Elizabeth Holloway *(leia a carta na página ao lado).*

Pela mensagem, você infere a relação entre Elizabeth e o padre. Possivelmente, a irmandade se organiza a partir da relação entre mestre e aprendiz. Nessa estrutura, Zacarías Ruiz seria o mestre do mestre de Elizabeth. Quanto a Benjamin Westbrook, teria ele sido traído pela discípula? Pelo que houve em Oxford, tudo leva a crer que ela se tornou a mestra local.

Se este é o primeiro documento que você lê, vá para **624**. Se é o segundo, vá para **666**.

682

Você decide seguir o conselho de Carmen e visitar a Catedral de San Isidro, onde poderá investigar o clero e descobrir mais sobre o Padre Zacarías Ruiz. No caminho, passa por inúmeras ruelas e desvia de incontáveis canteiros de obra da Compañia Telefónica Nacional. Chega à Puerta del Sol, onde se ergue a Real Casa de Correos com a torre do relógio que badala a cada quarto de hora. À medida que caminha, nuvens cinzentas tomam o céu. Prossegue até a Calle de Toledo, onde, em meio a colégios e mosteiros, encontra a catedral. A fachada é simétrica, com colunas circulares entremeadas por janelas e sacadas, o que lhe dá um ar palaciano. Duas esculturas ornamentam o lado externo — a de São Isidro e de sua esposa, Santa María de la Cabeza — e, ao adentrar o templo, você se depara com uma decoração de grande riqueza visual. Arcadas adornadas com afrescos dão acesso a capelas laterais repletas de esculturas barrocas e retratos de santos em molduras folheadas a ouro. No fundo da igreja, é possível ver os tubos do órgão sobre a tribuna. Adiante, o presbitério é adornado por pinturas, velas e flores. Por fim, ao fundo, o sarcófago de San Isidro, onde descansam seus santos restos mortais. O local como um todo é um refúgio de obras de arte de séculos passados.

A igreja está vazia, com exceção de alguns fiéis que rezam segurando terços e outros que aguardam para falar com um padre no confessionário. Logo depois que você entra, o bispo surge de uma porta lateral, trajando batina preta, solidéu e faixa na cintura. É acompanhado por uma mulher, que seca as próprias lágrimas com a mesma insistência com que elas escorrem. Ela agradece o bispo pelos conselhos e se vai, entregue em êxtase.

Para falar com o bispo, vá para **609**. Se preferir se confessar para o padre, vá para **689**.

Oxford, 28 de agosto de 1926

Estimado Mestre Zacarías Ruiz,

Imagino que já seja de vosso saber, mas descobrimos o sucessor do 13º Faraó. Trata-se de um explorador inglês de nome William Faraday. Agora, faltam poucas informações sobre ritual. Tudo segue conforme o esperado. Contudo, recentemente tenho sentido certa relutância por parte do Mestre Benjamin Westbrook em dar prosseguimento à pesquisa. A hesitação dele me impeliu a agir por conta própria, tomando a liberdade de localizar William Faraday e enviar-lhe cartas da natureza necessária para que eu estabelecesse a influência de que precisamos. Recorro a Vossa Eminência por orientações quanto aos próximos passos. Faltam exatos três meses para que Aldebarã impere no auge dos céus, e acredito que não devamos nos delongar. Planejo um encontro com o 13º Faraó no Hotel L'Américain, mas, para isso, preciso de mais conhecimento.

Com o desígnio do Sol Oculto,

Elizabeth Holloway

683

O bispo sorri.

— O Patronato, claro. A presença de uma alma caridosa é sempre bem-vinda...

Faça um teste: ⚅⚅ + ⚅ Eloquente – ⚅ Rude. Se passar, vá para **619**. Caso contrário, vá para **702**.

684

Qual parte da face de touro?

Boca?	Vá para **662**
Olho direito?	Vá para **704**
Olho esquerdo?	Vá para **632**

685

Você vasculha o livro de mitologia celta, procurando por qualquer informação útil. A obra começa falando sobre quão antiga e heterogênea é a antiga religião, tendo se desenvolvido por milênios e alcançado distantes pontos na Europa. Discorre também sobre a posterior influência cristã nos ensinamentos, o que serviu tanto para diversificar quanto para desvirtuar muitas das histórias fundamentais.

Por fim, há um longo capítulo sobre os três ciclos mitológicos, com seus deuses e heróis, e conclui pincelando os diversos monstros e criaturas que folclores locais dizem existir até hoje: a banshee, o leprechaun, o hobgoblin. Pareceriam oriundos de um livro infantil, não fossem as gravuras horrendas que acompanham as descrições. Um deles chama a sua atenção: Dullahan, o Cavaleiro Sem Cabeça. De acordo com o mito, uma entidade amaldiçoada e sedenta por sangue, mas facilmente afugentada caso a vítima esteja vestindo um item feito de puro ouro.

Outro que desperta interesse é Balor, o monstruoso Rei dos Fomori, um gigante de um olho só, capaz de aniquilar qualquer inimigo apenas com o olhar. Na página onde é descrito, há também uma pequena anotação à caneta, que diz: "Prosélito das profundezas."

Se este é o primeiro documento que você lê, vá para **624**. Se é o segundo, vá para **666**.

686

Você não consegue se lembrar do local do encontro. As arquibancadas são imensas, com muitos setores e muitas fileiras. Sabendo que não se lembrará, você se senta em um local mais vazio, onde fica bem visível, e torce para que seu contato procure pelo estádio inteiro. O tempo passa. O espetáculo começa. O matador entra na arena acompanhado de sua cuadrilla para enfrentar o touro furioso, mas você não está aqui pelo entretenimento sangrento. Música se segue, acompanhando as estocadas de lanças, espadas e arpões para ferir e cansar o animal, enquanto a plateia eufórica grita:

— Olé!

Infelizmente, ninguém vem até você. Seu contato deve pensar que você não aceitou o convite e foi embora. Assim, enquanto o touro fenece na areia sob aplausos, você dá as costas e se vai. Muito tempo já se passou e é hora de retornar ao Patronato. Nuvens escuras tomaram o céu, então você veste o sobretudo e se prepara para enfrentar um temporal no caminho de retorno. Vá para **699**.

687

— Como ousas tocar nas ofertas dos fiéis?! Roubaste para quê?

Role um dado.

Se o resultado for 1 ou 2: "...para apostar na tourada."

Se o resultado for 3 ou 4: "...para contratar dançarinas de flamenco."

Se o resultado for 5 ou 6: "...para pagar por aulas de xingamento em catalão."

Anote o pecado confessado e vá para **736**.

688

Você tenta enrolar o velho, mas o olhar firme dele desestabiliza você. Quando fizer um teste contra Dom Azaghal, role –⚅. Vá para **628**.

689

Há uma pequena fila para se confessar. As pessoas esperam em profunda meditação, enquanto remoem suas falhas. O silêncio se quebra quando a cortina do confessionário é aberta e o ocupante atual sai. É um homem de barba e bigode grisalhos, mas que deixa o confessionário chorando copiosamente. O pesar do senhor ecoa pela igreja enquanto ele vai até uma das capelas a fim de pagar penitência. O fervor dos fiéis se fortalece. A senhora à sua frente na fila sussurra para você:

— Prepare-se para despir sua alma do pecado. Este é o poder de Dom Azaghal.

Vá para **710**.

690

— Por acaso és padre preservando um segredo de confissão? Pelo visto, não! És apenas farsante fariseu seguindo os passos do Pai da Mentira!

Anote em sua ficha uma reação de assombro de Dom Azaghal e vá para **711**.

691

Gritos eufóricos celebram o homem que desafia a morte, torturando o animal em público para entretenimento dos demais. A atmosfera de alegria cruel age como um ritual, afinando o véu da Realidade permitindo um vislumbre do outro lado. A areia sobre a qual a peleja se desenrola, outrora ocre, assume coloração amarela brilhante. Sob os pés de touro e toureiro, um símbolo sobrenatural brilha e se contorce. A risada de uma criança se ergue em meio à plateia. O brado de incentivo de um homem traduz os instintos mais obscuros. Tudo isso alimenta o símbolo, que espirala e pulsa como um vórtice alimentado por selvageria.

No centro de tudo, há uma figura semelhante a um homem, mas com o dobro da altura. Sua máscara pálida oculta as feições. Suas vestes amarelas serpenteiam em volta e decepam qualquer sentimento de compaixão. Ele move os braços como um maestro, recebendo o sacrifício que lhe é ofertado e devolvendo ao mundo na forma de perversidade e arte. Ver os inimigos da humanidade fortalece sua determinação. Recupere 2 pontos de Saúde e volte para **671**.

692

Diante da criatura sobrenatural, você reúne coragem e ataca a face de águia. Porém, ela já havia previsto isso e desvia seu ataque com um movimento das asas. Ilesa e enfurecida, prepara-se para o combate. Vá para **667**.

693

— Teus pecados são incompatíveis uns com os outros. Debochas da Casa de Dios?

Você tenta falar algo, mas não consegue articular nada. Quando fizer um teste contra Dom Azaghal, role –⚅. Vá para **628**.

694

— Idolatria?! Estatueta do quê?

Role um dado.

Se o resultado for 1 ou 2: "...de um deus das profundezas!"

Se o resultado for 3 ou 4: "...de um cachorrinho com asas de anjo!"

Se o resultado for 5 ou 6: "...de Dom Quixote!"

Anote o pecado confessado e vá para **654**.

695

O Padre Zacarías Ruiz mantém a expressão serena de sempre.

— Elizabeth Holloway? Nunca ouvi falar.

Você sabe que ele está mentindo. Porém, é um homem inabalável e não se deixará trair sequer por um suspiro em falso. Enquanto vocês conversam, um vulto corpulento desponta de um corredor na lateral da sala e fica observando você.

— Se me permite, — diz o capelão — devo seguir com as obras de misericórdia da Igreja.

Dizendo isso, ele dá as costas e sai. Em seu lugar, interpõe-se o homem saído do corredor. Ele veste uniforme militar e porta uma pistola, então não lhe resta alternativa a não ser aceitar o convite para a rua. Com um último olhar antes de descer as escadas, você vê o capelão entrar em um gabinete do outro lado da enfermaria e fechar a porta atrás de si.

No andar de baixo, você passa pelo vestíbulo sob o olhar das damas apostólicas que ali orientam os menos afortunados. Na parede atrás delas, um cartaz convida todos os fiéis para a Santa Missa noturna, na capela do Patronato, às sete horas. Agora você sabe que o Padre Zacarías Ruiz não ajudará em sua busca. Mas sabe também a que horas ele estará ocupado, e qual o provável lugar onde guarda documentos e cartas. Resta-lhe esperar pelo momento certo. Vá para **630**.

696

Você vai até o setor 6, fileira 9, e encontra um espaço para se sentar entre duas famílias. Quando seu relógio marca 6 em ponto, uma voz fala às suas costas:

— Continue olhando para a arena. Finja que não estou aqui. Eles podem estar observando.

Você obedece. Já veio até aqui, não faria sentido suspeitar agora. Enquanto olha para o espetáculo, você pensa no que perguntar.

"Quem é você?" Vá para **610**

"Por que quis conversar em um local como este?" Vá para **714**

"Quem são *eles?*" Vá para **594**

697

Você vasculha o livro de mitologia egípcia, procurando por qualquer informação útil. A parte inicial narra o mito de criação do mundo. Depois, discorre sobre as diferentes eras da antiga civilização, o impacto das cheias do Nilo na religião local e o desenvolvimento de ciências que mudariam para sempre a história da humanidade, como a escrita e a astronomia. Há um longo capítulo sobre divindades locais, que culmina no deus maior do politeísmo egípcio: Amon-Rá.

Amon-Rá é a aglutinação de dois deuses anteriores. Um deles é Rá, o todo-poderoso Deus-Sol, que reina na terra, nos céus e no outro mundo, criador da vida, da humanidade e da linhagem real dos faraós. O outro é Amon, o misterioso Deus do Oculto da antiguidade. Na página onde você lê essas informações, o nome Amon-Rá está circulado com caneta, com uma anotação ao lado: "Hastur, Deus do Sol Oculto".

Quando você está quase guardando o livro, encontra um envelope no meio das páginas. Dentro, há algumas notas. Sabendo que o padre é corrupto, você não tem pudor de pegá-las. Role ⚅⚅ e some o resultado ao seu dinheiro. Se este é o primeiro documento que você lê, vá para **624**. Se é o segundo, vá para **666**.

698

—De fato, um pecado tremendo... especialmente dependendo do tipo de diversão. Arrepende-te perante o Senhor.

Vá para 711.

699

Chove. O céu escurece, tanto pelas nuvens carregadas quanto pela noite que se inicia, e as calçadas se esvaziam de pessoas. Apesar dos calcanhares molhados e do gotejar do chapéu, você não se incomoda. É até bom: o barulho encobre seus passos.

Você retorna ao Patronato de Enfermos e o observa da outra esquina. As entradas principais estão fechadas, mas duas grandes portas laterais que dão acesso à capela recebem dezenas de desafortunados que desafiam o temporal em nome da fé. São acolhidos por senhoras com ar benevolente e a Bíblia embaixo do braço. Uma delas você reconhece: é Carmen. O fato de estar à porta indica que a missa ainda não começou. Você cogita escalar as janelas laterais, mas percebe que militares montam guarda na avenida, mantendo o prédio inteiro sob pesada vigilância. A única opção de acesso é pela própria capela, passando pelas Damas Apostólicas. Entrar é fácil. O difícil será sair da capela e se infiltrar na área dos enfermos sem levantar suspeitas. Para tentar se infiltrar sem que ninguém perceba, vá para **637**. Para fingir que está doente e precisa de cuidados, vá para **600**. Se tiver uma autorização do bispo, vá para a referência relativa ao número da carta. Por fim, se tiver um endereço para uma entrada alternativa, vá para a referência relativa ao número do apartamento.

700

Você prossegue pela avenida, passando por igrejas, hospitais e prédios baixos onde vivem milhares de famílias. Passa reto pelos cruzamentos com ruelas e vira a esquina apenas ao encontrar uma segunda avenida, tão larga quanto a do Patronato, com linhas de bonde e intenso tráfego de automóveis. Sob o olhar cauteloso dos militares de guarda, moças e rapazes enxameiam as calçadas. Visitam cafés e livrarias, teatros e bancas de jornal, e até mesmo um cinema. Aproveitam o ápice de prosperidade da década. Alguns fazem fila na bilheteria da Galería Vázquez, e você entra logo atrás. O atendente sorri e informa o valor do ingresso. Para apreciar as obras, pague 1£ e vá para **596**. Se não quiser pagar ou não tiver o dinheiro, volte para **647**.

701

Você talvez não precise passar pela capela. Em vez de se dirigir ao Patronato, desvia para o prédio ao lado, na Calle de Nicasio Gallego, número 701. É um prédio alto e largo, residencial. Para seu espanto, a entrada da frente está aberta. Você passa por ela sem complicações e sobe todos os lances de escada. Porém, descobre que o prédio vai apenas até o sexto andar. Não existe um apartamento D. Há, no entanto, uma última porta no topo da escada, onde a luz do corredor não alcança, que talvez seja o local certo. A porta está aberta e leva para um terraço.

Pouco mais alto do que o Patronato ao lado, o terraço dá vista para os amplos telhados da capela e dos demais prédios adjacentes. Sem muita dificuldade, você transpõe o parapeito e caminha sobre as telhas, tomando cuidado para pisar nos locais que pareçam mais firmes. Há uma escada externa que vai do último andar até o pátio privativo do Patronato, e é por ela que você desce. Algumas portas dão acesso à área interna do prédio, e não é difícil encontrar uma delas aberta. Você cruza pelo refeitório vazio onde moradores de rua costumam almoçar e encontra o vestíbulo onde esteve hoje mais cedo, assim como a escada que leva à enfermaria. Vá para **656**.

702

O bispo completa a frase:

— ...mas receio que a anuência de minha parte não será necessária para tanto. Para entrar no Patronato e amparar aqueles que padecem, basta dirigir-te ao capelão que lá conduz as obras de misericórdia. Padre Zacarías Ruiz é o nome da alma abençoada.

O bispo é astuto e percebeu sua antipatia para com o capelão e decidiu não intervir na contenda.

— Lembra-te que Cristo perdoou até mesmo ladrões e prostitutas. Da mesma forma, devemos perdoar a quem nos tem ofendido. Agora vá, e leva contigo o perdão. Que o cordeiro de Deus que tira os pecados do mundo traga-te a paz.

Sob o olhar meticuloso do prelado, você atravessa a catedral e sai de volta para o ar livre, não sem antes vestir o sobretudo e o chapéu, pois começou a chover lá fora. Vá para **699**.

703

— Não sei se quero ouvir... mas diz! Com quem?

Role um dado.

Se o resultado for 1 ou 2: "...com muitos homens."

Se o resultado for 3 ou 4: "...com muitas mulheres."

Se o resultado for 5 ou 6: "...com muitos homens, mulheres e objetos."

Anote o pecado confessado e vá para **654**.

704

Diante da criatura sobrenatural, você reúne coragem e ataca a face de touro, mirando no olho direito. Porém, ela já havia previsto que você reagiria. No último instante, desvia seu ataque com um movimento de asas, sofrendo não mais do que um arranhão. Vá para **667** e diminua a Saúde do anjo em 1.

705

O touro ofega. Não consegue fechar a boca, mas a mantém aberta, com a mandíbula pendendo e a língua balançando para fora. O sangue em seu corpo nunca coagula, nunca resseca, pois sempre há mais vertendo pelas feridas e mantendo o couro molhado. A medalha em seu lombo está enxovalhada e irreconhecível. Apesar de fatigada pela tortura, a criatura continua atacando a capa vermelha brandida à sua frente. Nunca ataca o humano que a brande. **Faça um teste de Sanidade 3: + Ocultista – Inocente.** Vá para **671**.

706

— Nunca é tarde para buscar a Casa de Dios. O Senhor te receba no scio da Santa Igreja.

Vá para **595**.

707

Você não precisa de subterfúgio, afinal, possui uma autorização expedida pelo próprio bispo. Sem qualquer receio, você se une à multidão na entrada da capela e abre caminho até Carmen.

— Que bom que vieste! Que Nossa Senhora do Rosário abençoe sua chegada — diz ela, reconhecendo você de hoje mais cedo.

Você retribui o cumprimento e diz que precisa entrar no Patronato, passando a carta do bispo às mãos dela. A Dama Apostólica não esperava por isso. Ela arregala os olhos, puxa você para um canto, abre o lacre de cera com cuidado e lê o conteúdo.

— Claro, claro — ela diz, enquanto conduz você para uma porta lateral. Ao entrarem, são recebidos por um homem corpulento trajando colete de guerra com bolsos cheios. Pendurada a uma alça no ombro, ele porta uma submetralhadora.

— Algum problema? — indaga, examinando você da cabeça aos pés.

— Pelo contrário — Carmen responde. — Parece que teremos mais uma pessoa de confiança para ajudar nos trabalhos.

O homem dá de ombros e Carmen conduz você por um corredor, até o vestíbulo onde esteve hoje mais cedo. Ali ela pede que se sente em uma cadeira.

— Espera aqui. Vou chamar minha superiora.

Dizendo isso, ela sai por uma porta qualquer, deixando você com acesso livre para a escada que leva à enfermaria. Vá para **656**.

708

Você tenta falar algo sobre os terrores que já viu, mas fraqueja. Vá para **628**.

709

— O sucesso de quem?

Role um dado.

Se o resultado for 1 ou 2: "...do pintor Pablo Picasso."

Se o resultado for 3 ou 4: "...da filósofa María Zambrano."

Se o resultado for 5 ou 6: "...do escritor Miguel de Cervantes."

Anote o pecado confessado e vá para **658**.

710

Você aguarda enquanto a fila anda. Um a um, os fiéis entram sérios no confessionário e saem alquebrados. Na sua vez, você entra e fecha a cortina. O padre está do outro lado da treliça. Possui cabelos brancos, rosto de pele enrugada e expressão severa. Ele sequer olha para você; em vez disso, mantém os olhos baixos enquanto aguarda. Sem alternativa, você se ajoelha no genuflexório, abaixa a cabeça e faz o sinal da cruz.

"Padre, perdoai-me porque pequei" — Vá para **640**

"Padre, dai-me vossa bênção porque pequei" — Vá para **718**

711

Dom Azaghal dá um suspiro mal-humorado e você sabe que ele está formando um juízo sobre sua pessoa. Diante de óbvio julgamento, você se inquieta. Conte as reações de Dom Azaghal que você anotou.

Se tiver mais anotações de desconfiança — Vá para **737**

Se tiver mais anotações de assombro — Vá para **597**

Se tiver as anotações em igual número ou se não tiver qualquer anotação — Vá para **693**

712

O soldado fica desnorteado pelos seus golpes e você aproveita a chance para se arrastar até a pistola. Anote a *pistola* em sua ficha de personagem (arma de fogo; em testes de ataque, receba +⚅) e *6 balas*. Por um instante, passa pela sua cabeça não atirar. Contudo, quando você se vira novamente, depara-se com um homem de pele esverdeada e olhos arregalados como os de um sapo. Ele escancara a bocarra e desenrola para fora uma língua comprida e cheia de ventosas, que se enrola no seu braço e dificulta a pontaria. Em meio ao barulho do temporal que troveja lá fora, você dispara. Gaste uma bala e **FAÇA UM TESTE: ⚅⚅ +⚅ FIRME –⚅ MÍOPE.** Se passar, vá para **729**. Caso contrário, vá para **723**.

713

— Uma vida é uma vida! Não me importam os pecados das outras pessoas, elas enfrentarão o tribunal de Dios. Pensa em teus próprios pecados! Não matarás!

Anote em sua ficha uma reação de assombro de Dom Azaghal e vá para **591**.

714

— Não existe local seguro. Ainda assim, eles são menos ousados em locais públicos e em plena luz do dia. Testemunhas demais.

Vá para **653**.

715

Finalmente alguém presta atenção em você: é o homem sentado ao seu lado. Ele espia sobre seu ombro para ver o bilhete de aposta que você segura, e vibra ao ler o que está escrito.

— Ganhaste! — ele berra e repete: — Ganhaste!

Vários outros se viram para você, vibrando junto, e alguém busca o responsável pelas apostas. Com um sorriso, ele recolhe o bilhete, devolve as 5£ que foram apostadas e paga o prêmio no valor de 1£ a que você tem direito. Vá para **629**.

716

Uma caixa de madeira fina e envernizada guarda uma coleção de papiros. Você a coloca sobre a escrivaninha e começa a espalhar o conteúdo sobre o tampo. Alguns possuem a vivacidade da tinta recente, parecendo ter sido escritos há poucos anos. Já outros são resquícios de eras passadas, prestes a se desfazerem em suas mãos. O conteúdo varia, de desenhos de deuses e faraós a esquemas demonstrando procedimentos cirúrgicos e ritualísticos, mas todos usam antigos hieróglifos egípcios, cuja tradução é impossível para quem não conhece seus segredos. Se este é o primeiro documento que você lê, vá para **624**. Se é o segundo, vá para **666**.

717

O touro ataca. O toureiro desfere a estocada no momento exato. A lâmina penetra fundo na carne do animal, até que apenas o cabo da espada fique para fora, e acerta um ponto vital. O touro desaba. Tresloucada, a plateia grita, seu fanatismo rebentando diante da performance de um mestre na arte da morte.

Diante da insistência do público, o presidente do evento exibe um lenço branco, concedendo ao matador um troféu: a orelha do touro. Uma vez arrancada, o toureiro dá a volta na arena exibindo-a e saudando os admiradores, que lhe atiram flores. Se você apostou no toureiro, vá para **715**. Se você apostou no touro, vá para **604**. Se não fez uma aposta, vá para **629**.

718

A voz envelhecida responde com forte sotaque espanhol:

— Que Dios esteja no teu coração para que confesses os teus pecados com espírito arrependido. Há quanto tempo não te confessas?

"Uma semana"	Vá para **618**
"Cinco anos"	Vá para **631**
"Nunca me confessei"	Vá para **648**

719

— Preguiça. Pecado capital. Arrepende-te perante o Senhor.

Vá para **591**.

720

Sem que perceba, a análise do *Index Librorum Diabolicum* toma mais tempo do que você pretendia. Talvez seja algum tipo de feitiço, talvez apenas o magnetismo dos conhecimentos sobrenaturais. Em todo caso, você apenas se dá conta do tempo perdido quando a maçaneta da porta gira e o Padre Zacaríaz Ruiz entra no gabinete.

— Como imaginava — ele diz, chutando de lado o cadáver do segurança transfigurado, para confirmar que está morto. — Conseguiste entrar aqui, mas o Anjo da Morte garantirá que não saias.

Quando ele diz isso, o *Index Librorum Diabolicum* que está em suas mãos entra em combustão, transformando-se em uma pira ardente, e você não tem alternativa a não ser soltá-lo. Assim que ele cai no chão, o gabinete inteiro pega fogo: o chão, o teto, as paredes, os móveis, os livros. Quando o fogo encobre o cadáver do segurança, este arreganha a boca em uma expressão de profundo horror. Em seguida, regurgita algo que parece pequeno a princípio, mas vai crescendo até completar uma criatura inteira. O cadáver volta a colapsar, enquanto a nova criatura, gigante e esplendorosa, ocupa o gabinete inteiro e além: o espaço aqui dentro se dobra para comportar sua enormidade.

É difícil enxergar com tudo pegando fogo, ainda mais que a entidade reflete a luz com sua pele de bronze. Mas você protege os olhos com as mãos e consegue distinguir alguns detalhes. Ela possui quatro asas, das quais usa duas para voar e as outras duas para cobrir a nudez. A cabeça monstruosa possui quatro faces: de homem, de águia, de touro e de leão. Acima delas, um aro brilha como auréola. E absolutamente tudo — asas, patas, faces, aro — está recoberto por olhos que se viram de um lado para outro e piscam com suas pálpebras ensebadas. **Faça um teste de sanidade 3@: ⚅⚅ + ⚅ Ocultista – ⚅ Inocente.**

— Não temas — ela diz, com uma voz andrógina que estrondeia ao infinito e estremece sua alma.

Ao dizer isso, a criatura estende a mão para você, dando-lhe uma chance de se render. Se quiser fazer isso, vá para **669**. Se preferir aproveitar para desferir um golpe na criatura, vá para **606**.

721

O taxista deixa você onde pediu e se apressa em partir o quanto antes. Você se vê diante de um prédio mais largo do que alto. A fachada de pedra parda ostenta três andares com janelas em arco, emolduradas por tijolos de barro maciço. Tudo muito simples e funcional, sem qualquer luxo. A construção é de esquina e possui três portas principais: uma virada para cada rua e a terceira no meio, voltada para o cruzamento. Sobre a entrada central, há um painel de azulejos pintado com folhagens amarelas e azuis, no centro das quais se lê: "Patronato de Enfermos".

As portas estão abertas, e por elas entra uma multidão vestida em andrajos. Seus cabelos estão desalinhados e suas faces, sujas e marcadas pelo cansaço. Há velhos, doentes, mutilados. Juntos, formam uma massa cambaleante e malcheirosa, que ruma ao interior do prédio como um rebanho acuado. Você se une ao grupo na entrada, mas um bolsão de vazio se forma ao seu redor. Seu caminhar resoluto e suas roupas limpas deixam claro que você não é daqui, fazendo com que os demais evitem ficar perto. Imaginam que você seja alguém importante e não querem causar qualquer incômodo. São seres melancólicos, cujo amor-próprio foi há muito esfacelado.

Uma vez lá dentro, todos rumam para a porta lateral que dá acesso a uma cantina beneficente. O almoço está sendo servido. Já você procura se localizar dentro do prédio. Porém, antes que tome qualquer atitude, uma senhora de vestido sóbrio e aspecto maternal vem ao seu encontro.

— Que o Senhor esteja contigo — ela dá um sorriso clemente. — Sou Carmen, da Congregação das Damas Apostólicas. Posso ajudar?

Após cumprimentá-la, você vai direto ao assunto. Diz que procura pelo Padre Zacarías Ruiz.

— Santificado seja! — ela junta as mãos e entrelaça os dedos em frente ao peito. — Sempre muito dedicado às tarefas de seu apostolado, o capelão não tem outro objetivo em vida a não ser atender os miseráveis e os inválidos, em nome da Sagrada Família e pela preservação da fé.

Você concorda para agradá-la e pergunta onde o capelão está.

— Está concedendo a extrema-unção a um pobre indigente prestes a retornar à Casa do Pai. Guiando a alma desafortunada no caminho da salvação, pela glória de Nosso Senhor Jesus Cristo. Basta subir as escadas. Irás encontrá-lo na enfermaria.

Não é difícil encontrar o local. A escada leva a uma porta larga, que dá acesso a uma câmara com dezenas de leitos. Sobre os lençóis brancos, homens e mulheres agonizam. Ao redor, enfermeiros circulam, administrando medicamentos e higienizando as instalações. O capelão está sentado ao lado de uma das camas. Tem cabelo ralo e farta barba grisalha cobrindo o colarinho branco da batina preta. Segura a mão de um paciente magro, cujos olhos vacilam entre o tormento da vida e o alívio da morte.

Você espera. Não demora muito. A mão de dedos descarnados aperta a do padre uma última vez, e então as forças se esvaem. O homem fecha os olhos e seus gemidos de dor se silenciam. Um lamento triste percorre os demais leitos, cada enfermo concebendo que poderá ser o próximo. O capelão faz o sinal da cruz e se levanta. Ele então deixa que os enfermeiros se ocupem da remoção do corpo e, percebendo que você aguarda na porta, caminha até você. Vá para **739**.

722

Enquanto você se prepara para passar pela porta, o músico dedilha os primeiros acordes em um modesto órgão de tubos e chama a atenção de todos os presentes para o início da cerimônia. É a distração perfeita. Imaginando que este é seu dia de sorte, você força a porta com a certeza de que ninguém perceberá. Porém, havia alguém que observava a missa através de uma fresta secreta, apenas esperando por qualquer movimentação suspeita. Infelizmente, você só percebe isso quando é tarde demais. O sangue esguicha de sua jugular cortada, vítima do ataque covarde do carrasco às suas costas e de sua própria autoconfiança descabida. Sua investigação acaba aqui. Preencha a lápide no cemitério e inicie um novo jogo na Introdução.

723

O barulho da chuva confunde os sentidos, encobrindo os gemidos dos enfermos no quarto ao lado, os baques do combate e até mesmo os disparos da arma de fogo. Mesmo assim, um som soa muito claro em seus ouvidos: um riso esganiçado, quase demente, que escapa por entre os dentes e a língua deformados do homem convertido em monstro. Enquanto ri, ele agarra seu outro cotovelo com uma das mãos, desestabilizando a mira. Quando você volta a atirar, sem querer aperta o gatilho duas vezes. Gaste duas balas e **faça um teste difícil:** + **Firme** – **Míope.** Se passar, vá para **729**. Caso contrário, vá para **725**.

724

— Não é necessária minha anuência. Para visitar os enfermos, basta apresentar-te às Damas Apostólicas que cuidam do local. Tua boa vontade será muito bem recebida. Servir aos necessitados é o caminho da salvação.

O sacerdote chama por uma beata que observava de longe e pede a ela que explique a respeito das Damas Apostólicas. Antes que você se oponha, ele acrescenta que é aguardado para um compromisso e se despede de você:

— Que o Senhor acompanhe teu caminho.

Uma vez que ele se vai, a beata passa um longo tempo explicando toda a história da fundação do Patronato de Enfermos, exaltando idealizadoras e contando com detalhes sobre a construção do prédio. Quando você finalmente consegue se livrar dela, já é tarde. Chove lá fora, e é hora de ir. Prometendo a ela que irá ter com as Damas Apostólicas, você volta a vestir o sobretudo e o chapéu, e respira fundo para encarar o mau tempo. Vá para **699**.

725

As pernas do homem se convertem em tentáculos e ele agarra as suas pernas. A língua termina de se enrolar no braço e penetra a sua boca. Por mais que você lute, é impossível virar a arma na direção da criatura, que termina de imobilizar você. Ela ri ainda mais alto, os olhos esbugalhados virados um para cada lado. Continua então o processo de introduzir a língua cheia de ventosas na sua boca, descendo, cada vez mais espessa, pela sua garganta. Quando o ar começa a faltar, a criatura contorce o músculo, abrindo uma brecha nas suas vias aéreas, para que possa respirar. Ela não quer que você morra de imediato. Prefere que sinta cada ondulação do movimento enquanto continua a descida por seu esôfago. Imóvel, você é incapaz de revidar e nenhuma ajuda virá. Resta-lhe virar a pistola para a própria cabeça e puxar o gatilho uma última vez. Sua investigação acaba aqui. Preencha a lápide no cemitério e inicie um novo jogo na Introdução.

726

Com certo esforço, você é capaz de compreender o conteúdo da maioria dos papiros. Como são muitos, não haverá tempo para investigar a fundo, então você passa rapidamente pela maioria, buscando algo que pareça importante. Dois chamam sua atenção. O primeiro traz fragmentos de um texto que você traduz com dificuldade. O propósito do escriba é confuso, mas a informação transmitida é clara: "Faraó leva a Thoth, que por sua vez leva a Amon-Rá. Nefertiti inimiga dos céus". Sem saber com precisão o motivo, você julga importante tomar notas.

O segundo papiro é recente, e traz o que parece ser um mapa marítimo. Você copia os contornos de ilhas em um caderno de anotações, que mais tarde irá enviar para a sede do clã. Volte para **716**.

DESTAQUE O ADESIVO **A13**, VÁ ATÉ A SALA DE TROFÉUS E COLE-O NA POSIÇÃO **12**. ENTÃO, VOLTE PARA CÁ.

727

— Tua dúvida é apenas quanto aos outros? E quanto a ti, já te perguntaste qual o grau de tua bondade? Toma cuidado, pois soberba também é pecado. Arrepende-te perante o Senhor.

Vá para **711**.

728

Você ajusta a câmera fotográfica e registra a urna mortuária de San Isidro. Recupere 1 ponto de Sanidade e vá para **699**.

DESTAQUE O ADESIVO **F07**, VÁ ATÉ O ÁLBUM DE FOTOS E COLE-O EM UMA POSIÇÃO QUALQUER. ENTÃO, VOLTE PARA CÁ.

729

O segurança cai para o lado, morto. Você se desvencilha do cadáver e se levanta, termina de puxá-lo para dentro do gabinete e fecha a porta, deixando para fora os enfermos completamente indiferentes, por demais imersos em delírio para reparar no combate mortal que acaba de acontecer. Guarda então a arma com as balas restantes, pois podem ser úteis em combate, e se põe a examinar o ambiente.

É uma sala simples, mas aconchegante. Possui uma estante de livros, uma escrivaninha e um gaveteiro. O piso é coberto por um tapete de padronagem vermelha e um abajur no canto confere iluminação agradável. Em uma das paredes, há um quadro da Sagrada Família. Maria, José e o bebê Jesus olham para você enquanto revira o local em busca de livros obscuros ou correspondências suspeitas. Você encontra quatro itens que capturam sua atenção. Porém, a noite avança e em breve a missa terminará. Você terá tempo de ler apenas dois documentos. Qual será o primeiro?

Um livro de mitologia egípcia? Vá para **697**

Um livro de mitologia celta? Vá para **685**

Uma carta com selo de Oxford? Vá para **681**

Papiros com escrita iconográfica? Vá para **716**

730

— Não sabes que a única fonte do verdadeiro conhecimento es Dios?! Não terás outros deuses diante de mim!

Anote em sua ficha uma reação de assombro de Dom Azaghal e vá para **591**.

731

— Ambição! O pior dos pecados capitais! Aquele que levou Eva a comer do fruto proibido. Que levou Moisés a ferir a rocha. Envergonha-te dela!

Anote em sua ficha uma reação de assombro de Dom Azaghal e vá para **711**.

732

— Nem todos são aptos a encarar as atrocidades do mundo. Autopreservação é importante, mas saiba que a covardia é a mãe da fraqueza.

Com o insulto, você imediatamente olha para trás. Porém, seu contato não está mais ali. Como pode ter desaparecido tão rápido? Enquanto a plateia está vidrada na arena, você se levanta e dá as costas. Algumas poucas pessoas sobem ou descem as escadas entre arquibancadas, todas com os olhos na tourada. Uma, no entanto, é exceção: um homem de terno cotidiano, lembrando muito um professor universitário, entra em um dos corredores internos do estádio sem dar atenção ao espetáculo que abandona. Você se embrenha nos corredores atrás dele. Enquanto a multidão vibra lá fora, você percorre o caminho de botequins e entradas de banheiros. Por fim, ouve a fanfarra tocando lá fora e sabe que o primeiro evento do dia terminou.

De nada adiantará perseguir o tal homem, que você nem sabe se é de fato seu contato ou não. Sem mais opções, você olha o relógio e decide que é hora de retornar ao Patronato de Enfermos. Antes, porém, passa no guichê de apostas para descobrir o resultado da tourada. Role um dado. Se o resultado for 1, o matador terá sido atingido pelo touro. Se você apostou no touro, recebe de volta a 1£ que foi apostada e mais o prêmio de 5£. Se o resultado for 2 a 6, o matador terá matado o touro. Se você apostou no toureiro, recebe de volta as 5£ que foram apostadas e mais o prêmio de 1£.

Um trovão retumba lá fora. Você veste o sobretudo e se prepara para enfrentar o temporal. É hora de retornar ao Patronato de Enfermos. Vá para **699**.

733

— Fechar os olhos para as atrocidades do mundo não fará com que cessem de existir. Elas estão por todos os lados, desafiando a lógica e a razão. Tentar compreender é inútil. É preciso lutar, nem que isso custe sua própria integridade. Escute o que digo, e isso um dia poderá lhe ser útil: uma vez cultista, sempre cultista. Essa pessoa que está caçando... não espere redenção.

Na arena, chegam os banderilleros. O primeiro deles entra portando duas hastes compridas e enfeitadas com plumas e lantejoulas. São brilhantes, coloridas e alegres, tão compridas quando o braço do homem, e terminam em um aguilhão de ferro em formato de gancho. Como um bailarino, ele faz pose na ponta dos pés e espera pela aproximação do bovino. Quando o touro dispara em sua direção, o banderillero corre, desvia e, em sua finta, enterra os arpões na nuca do animal.

A plateia aplaude enquanto o homem escapa para a proteção de madeira. O touro para. Ele então dá um pinote e balança o pescoço, tentando se livrar das hastes. Apesar de serem rijas, elas não ficam espetadas para cima, mas caídas de lado, batendo-lhe nos flancos a cada movimento, presas apenas pela ponta cravada no couro que já começa a ceder, dilacerado. Para continuar assistindo, vá para **622**. Para desviar o olhar, vá para **732**.

734

— Como podes fazer tal questionamento?! Esta é a pior entre todas as falhas, o pecado contra a fé!

Anote em sua ficha uma reação de assombro de Dom Azaghal e vá para **711**.

735

Enquanto você se prepara para passar pela porta, o músico dedilha os primeiros acordes em um modesto órgão e chama a atenção de todos os presentes para o início da cerimônia. Aproveitando a distração, você destrava a porta e se esgueira para dentro. Você se vê em um corredor lateral. À sua direita, há uma escada que dá acesso a uma espécie de tribuna secreta, imperceptível por quem está no salão principal da capela. Ali, um homem corpulento assiste ao ato litúrgico através de uma fresta. Veste um colete de guerra com os bolsos cheios de equipamentos e, pendurada no ombro, uma alça ajuda a suportar o peso de uma submetralhadora. O bom senso indica que você não o perturbe. Em vez disso, segue seu caminho evitando fazer qualquer ruído. Ao final do corredor, encontra o vestíbulo onde esteve hoje mais cedo, assim como a escada que leva à enfermaria. Vá para **656**.

736

— Envergonha-te do crime! Envergonha-te ainda mais do motivo torpe! Quais outros pecados inconcebíveis tens cometido? Por acaso a cobiça?

— Sim, padre. Cobicei...

Role um dado.

Se o resultado for 1 ou 2: "...a mulher do próximo..." Vá para **645**

Se o resultado for 3 ou 4: "...o sucesso..." Vá para **709**

Se o resultado for 5 ou 6: "...ficar em casa..." Vá para **627**

737

— Tu só fazes atos bons, não é mesmo? Lembras um dos apóstolos. Só não me decidi ainda se seria Pedro, sobre o qual Cristo edificou sua Igreja, ou Judas, o traidor.

FAÇA UM TESTE: ⚅⚅ + ⚅ **ELOQUENTE** – ⚅ **RUDE**. Se somar dois sucessos ou mais, vá para **602**. Caso contrário, vá para **688**.

738

— Sim, faz bem em confiar apenas em Dios — ele diz, visivelmente perdendo a paciência.

Anote em sua ficha uma reação de desconfiança de Dom Azaghal e vá para **711**.

739

O Padre Zacarías Ruiz oferece uma bênção.

— Que a graça de Cristo seja derramada sobre ti. Estás aqui para aconselhamento espiritual ou para contribuir com nossas obras de misericórdia?

"Busco aconselhamento espiritual."	Vá para **641**
"Quero contribuir com as obras."	Vá para **651**
"Estou aqui por Elizabeth Holloway."	Vá para **695**

740

Você deixa a enfermaria cheia de restos humanos e ensopada de sangue doente. O padre se foi. Sem dúvidas, retornará trazendo mais reforços do que você é capaz de enfrentar. Ciente disso, você desce as escadas, abre a porta principal do prédio e sai para a chuva, usando o mau tempo como cobertura para deixar o Patronato sem que mais inimigos percebam. Vá para **636**.

741

Enquanto o capelão caminha na sua direção, você sente que ele deixa um rastro de suplício. A presença pérfida afina o véu e você enxerga através dele vagamente. Do outro lado, a alma do homem morto se debate e grunhe em aflição. Sua pele é dilacerada. Seus membros, arrancados. Apesar de remetido aos céus, o destino dele no pós-vida nada tem de sagrado. Vá para **739**.

ATO 2: MEDITERRÂNEO

742

A PARTIDA É IMEDIATA. VOCÊ REÚNE SEUS PERTENCES em uma maleta, veste o chapéu e o sobretudo, e faz seu trajeto de bonde até o aeroporto. O longo voo tem paradas em Paris, Milão, Roma e Tirana, antes de chegar em Atenas. Na capital grega, você desembarca e ruma ao porto, onde percorre docas cheias de estivadores carregando sacas de grãos, barris de tabaco e longas toras de madeira exótica. Por fim, chega ao terminal de passageiros, onde avista o SS Oriente, um cruzeiro de vários andares que singra as águas azuis do Mar Egeu levando nobres de longa linhagem e milionários da indústria do carvão.

Você sobe uma longa rampa, passa por uma escotilha e mergulha em uma atmosfera de luxo. O vestíbulo possui tapete vermelho e iluminação indireta. Ali, um dos tripulantes confere seus documentos e em seguida guia você por corredores decorados até a cabine privativa. Decorado com papel de parede florido e iluminado por diversos abajures e luminárias, o quarto possui uma cama com dossel e várias poltronas confortáveis. Uma camareira e um mordomo estão à sua espera. Eles se apresentam, guardam seu casaco e lhe dão as boas-vindas. Você também recebe acesso a inúmeros ambientes, como o lounge, o restaurante, as quadras de críquete, a sala de leitura, o cassino e a piscina, além de poder transitar pelo convés principal e por diversos decks ao ar livre.

Logo que o navio zarpa e o porto de Atenas desaparece de vista, você imagina que terá pela frente um percurso agradável. À noite, veste suas roupas de gala e se une aos passageiros de fraque e vestido longo na entrada do restaurante. Um criado leva você até a sua mesa reservada e serve a entrada. Uma pessoa comum se distrairia com a sequência de pratos e depois iria dormir. Mas você sabe que deve se manter alerta. Por isso, mesmo enquanto aprecia o jantar, não deixa de reparar em duas mesas suspeitas.

Na mesa à sua esquerda, um homem solitário devora o jantar o mais rápido possível, sem nunca deixar de olhar para todos os lados. Ele pede que o garçom o deixe só. Seu sotaque é americano, mas possui queixo reto e sobrancelhas grossas que muito se vê nos italianos, em um rosto marcado por cicatrizes e pelo olhar frio de quem já matou. Mesmo sentado à mesa, não retira seu chapéu fedora. Também não despe o casaco, e você logo percebe o motivo: por baixo dos suspensórios elegantes, ele porta um coldre e uma arma. Seria a ansiedade provocada pela iminência de um crime?

— ...Um ritual aos deuses ancestrais. — De repente, a frase solta se ergue às suas costas e faz você desviar a atenção do mafioso.

— Jura? Conte mais! — a segunda voz é de mulher.

Você se vira sem chamar atenção e descobre que, em outra mesa, há um grupo de nobres vestidos com luxo discreto e antigo. São dois casais. As damas usam luvas de rendinha branca e colares de suas bisavós, os cavalheiros carregam cartolas de seda e bengalas de ouro e todos entretêm-se com a presença do único homem desacompanhado, um tcheco jovem e elegante, com bigode fino e sobrancelhas que projetam sombras em seus olhos.

— Que tal nos mostrar um desses rituais? — diz um senhor com monóculo dourado e o brilho da curiosidade no olhar. — Tenho interesse no sobrenatural.

— Eu poderia — responde o tcheco, e você reconhece que era ele a falar sobre deuses. — Apenas precisaria de instalações propícias.

— Isso é algo que posso providenciar — o senhor de monóculo alisa uma das pontas do próprio bigode.

As mulheres se animam com a perspectiva. Os homens também. Todos se levantam e rumam para a saída, ávidos por gastar suas heranças em passatempos exóticos. Os nobres provavelmente não passam de diletantes deslumbrados. O jovem tcheco, porém, pode ser mais do que aparenta.

O grupo sai por uma porta à sua direita. Ao mesmo tempo, o ítalo-americano abandona o prato pela metade e, sem parar de olhar para os lados, deixa o restaurante por outra porta, à sua esquerda. Nos dois casos, você pressente desfechos horríveis. Para seguir o mafioso, vá para **745**. Para seguir os diletantes, vá para **753**. Se preferir não se envolver com problemas que não são seus e se recolher à sua cabine, vá para **747**.

743

Dizem que fotografias podem registrar presenças que olhos humanos não conseguem ver. Será? Sem mais nada a fazer enquanto observa escondido, você ajusta a câmera e tira uma foto da cena, segurando-se para não rir da estupidez dos nobres — e da sua própria. Vá para **749**.

> DESTAQUE O ADESIVO **F08**, VÁ ATÉ O ÁLBUM DE FOTOS E COLE-O EM UMA POSIÇÃO QUALQUER. ENTÃO, VOLTE PARA CÁ.

744

Você examina o local onde o colosso dormia e descobre que, embaixo da terra revirada, o subterrâneo é feito de metal puro e resplandecente. Ouro. Está em forma de pó fino, que se espalha facilmente e refulge o brilho dourado, apresentando-se de um jeito como você jamais havia visto na natureza. Porém, é impossível se equivocar: sob seus pés há uma jazida tão abundante que poderia abalar a economia mundial.

Você enche os bolsos e a maleta com o ouro em pó. Antes de partir, decide tirar o chapéu da cabeça e usá-lo como cesto para carregar mais do metal precioso. Retorna por onde veio carregando suas riquezas e conta ao capitão o que viu. Vocês cogitam retornar. Porém, avistam um grupo de colossos, todos furiosos e hediondos, avançando na direção de vocês, destroçando as árvores do caminho. Vocês se apressam a levantar âncora e conseguem zarpar antes que cheguem à praia. Um deles arremessa uma rocha gigantesca, que cai com uma pancada na água próxima ao navio, mas vocês já estão longe o suficiente para escapar. Apesar de não ter buscado mais, o ouro que você conseguiu carregar já é uma fortuna. Vá para **754**.

745

Você sai pela porta da esquerda, seguindo os passos do mafioso. Ele vira no corredor à direita e depois à esquerda, depois à esquerda de novo, entra na área restrita a tripulantes e desce uma escadaria de metal. Você o persegue até os andares inferiores, abaixo do nível do mar, onde não há janelas. Entra na sala de máquinas, onde aparatos gigantescos se movem para cima e para baixo. Ali você não o vê mais. Continua avançando em meio ao barulho do maquinário, até que se vira para entrar em um corredor e...

— Nem mais um passo — diz ele, apontando um revólver para suas costas. — Pensou que poderia me seguir?

Mentir apenas o ofenderia mais, então você apenas se vira de frente e coloca as mãos ao alto.

— E agora, o que vai fazer? — ele insiste. — Vai conjurar um feitiço? Onde estão os outros cultistas?

Não era o tipo de pergunta que você esperava. Sem fazer movimentos bruscos, você explica que o seguiu apenas porque percebeu que ele estava armado. Por fim, explica que já se envolveu com cultistas, mas que eles são seus inimigos. Ele avalia sua história por um momento e abaixa o revólver.

— Sou um homem morto — ele revela. — Estou sendo caçado pelo oculto.

Só então você compreende o comportamento suspeito do ítalo-americano: é o mais profundo horror. Aliviado por você não ser cultista, ele conta sua história.

— Não sou nenhum santo. Mas há coisas que ninguém deveria fazer. Quando o *capo* me chamou para um trabalho importante, achei que ele queria que eu assaltasse um banco, extorquisse um político, assassinasse um rival...

O homem para um instante. Lágrimas surgem nos olhos dele.

— Mas ele queria que eu sequestrasse... — a voz do homem fica embargada — ...crianças. Ele me explicou que nosso poder vinha de pactos firmados com seres inomináveis. O dia em que descobri o maior segredo da *famiglia* foi o dia em que a desobedeci pela primeira vez.

O homem limpa os olhos e conclui seu relato.

— Deixei os Estados Unidos antes que fosse tarde demais para minha alma e minha sanidade. Mas eles têm contatos por toda a Europa. Minha única esperança é chegar aos confins da Ásia, onde eles não têm influência.

Como se as palavras do mafioso fossem proféticas, sombras brotam do piso às costas dele e se abrem como duas enormes asas de morcego. Entre as asas, surge o corpo de uma criatura coberta de pele humana em decomposição. Ela dá uma gargalhada e ataca o homem. Surpreendido, ele tem tempo apenas de se jogar para o lado. Se o golpe pegasse em cheio, o mataria. Pega de raspão, e ele apenas bate a cabeça e perde os sentidos. Com sede de sangue, o monstro se volta para você.

BYAKEE	⚔ 🎲🎲🎲🎲🎲	✚4	ϟ–5

Se vencer, vá para 755.

746

Você demora a perceber o que está acontecendo. O solo aos seus pés se eleva, à medida que pedras explodem do chão. Um pedregulho atinge seu corpo, fazendo você cair e rolar. Role 🎲 e subtraia o resultado de sua Saúde. Se ainda estiver vivo, vá para 760.

747

Você tem seus próprios problemas para lidar, então opta por não se envolver com os incidentes que possam ocorrer no navio. Em vez disso, termina seu jantar com calma, aprecia a sobremesa e, por fim, se recolhe para sua cabine. Vá para 762.

748

Quando enfim se sente desperto, o colosso olha ao redor e vê você. Sem perder tempo, ele agarra você com as duas mãos, abre a bocarra de músculos expostos e abocanha as suas pernas. É com indescritível horror que você sente seu corpo sendo rasgado ao meio, quando ele puxa seu tronco para longe e mastiga as pernas entre gigantescos dentes de ouro. Depois que as pernas se vão, ele devora um braço. Em seguida o outro. Seu sangue banha o queixo e escorre até os cotovelos da criatura. Apesar da dor excruciante, você ainda consegue raciocinar que ele irá devorar seu tronco e a cabeça. Por sorte, antes disso você morre de hemorragia. Sua investigação acaba aqui. Preencha a lápide no cemitério e inicie um novo jogo na Introdução.

749

Quando você está prestes a abandonar essa bobagem e sair da sala, o jovem feiticeiro começa a falar um idioma mais antigo do que a humanidade. Ao redor dele, os nobres começam a berrar e convulsionar, mas não soltam as mãos, como se estivessem presos uns aos outros. Sangue viscoso escorre de seus ouvidos. O único que se mantém concentrado é o jovem tcheco, olhos fixos no cristal. Ele declama palavras indecifráveis, até que todos bradam em uníssono:

— Ya, Nyarlathotep!

No centro da mesa, um vulto emerge do cristal, pronto para se apoderar das vítimas ali reunidas. Você salta para fora de seu esconderijo, mas, antes que possa fazer qualquer coisa contra o feiticeiro, a criatura mergulha em sua direção e entra em seu corpo! Imediatamente, você tem um vislumbre da Realidade infernal que existe atrás de nosso mundo. Vê demônios com corpos segmentados de inseto desfilando ao redor de almas recém mortas, enquanto as dilaceram com seus dedos de anzóis. Mas não tem tempo de pensar nisso, pois logo sente o vulto tentando dominar seu corpo. **Faça um teste:** ⚅⚅ +⚅ Sagaz –⚅ **Ignorante.** Você pode se expor aos horrores da Realidade para entender melhor a criatura e ter mais chance de expulsá-la. Se quiser fazer isso, sacrifique um número de pontos de Sanidade à sua escolha. Para cada ponto sacrificado, role +⚅ no teste. Por exemplo, se sacrificar 2 pontos de Sanidade, faça o teste rolando ⚅⚅⚅⚅ +⚅ Sagaz –⚅ Ignorante. Se somar três sucessos ou mais, vá para **758**. Caso contrário, vá para **756**.

750

Você ataca o gigante, mirando nos pontos do corpo que não são cobertos por ouro. O monstro, por sua vez, tenta esmagar você com o punho sólido. Está salivando, e os olhos vorazes anseiam por sua carne.

COLOSSO • [espada] ⚅⚅⚅ [cruz] 7 [raio] –7

O colosso é muito forte. Se ele causar dano em você, aumente o dano causado em +1. Se vencer, vá para **759**.

751

Embora as pistas da investigação apontem para o Cairo, outro mistério ronda sua mente. Um segredo que exigiu a vida de outros membros do clã: um mapa em três pedaços. Juntando-os, você vê uma rota marítima. O desfecho do caso está no Egito, mas não há como ignorar qualquer recurso que possa ser usado contra os cultistas e as criaturas ancestrais às quais eles servem. Sabendo disso, você vende a passagem de cruzeiro que o clã havia providenciado e contrata um pequeno veleiro e seu capitão. Juntos, zarpam rumo ao desconhecido. Horas se passam e você não mais enxerga qualquer sinal de terra. Apenas a imensidão azul, até onde a vista alcança.

As horas transformam-se em dias, enquanto vocês enfrentam tempestades e calmarias no Mar Mediterrâneo. Certa manhã, você vê, distante, o que parece ser o rastro de um monstro marinho singrando as águas. Na noite do mesmo dia, olha para o céu e enxerga, inimaginavelmente mais distantes ainda, estrelas que nunca havia notado. Você pergunta ao capitão sobre suas visões, mas ele apenas balança a cabeça, sem qualquer resposta para dar.

Os dias se transformam em semanas. Vocês perdem a noção do tempo e chegam a mares onde as constelações são irreconhecíveis. Quando já não sabem como prosseguir, encontram a ilha apontada pelo mapa.

O capitão espera no navio, enquanto você pula para a praia. Vegetação densa recobre a ilha, e logo você não vê mais o navio ou as águas. Apenas verde por todos os lados, habitado por insetos dos mais variados tipos e serpentes que espreitam de seus esconderijos. Em certa altura, passa por um enorme descampado em meio à floresta. Nesse momento, o solo começa a tremer. **Faça um teste: ⚅⚅ + ⚅ Alerta – ⚅ Negligente**. Se passar, vá para **760**. Caso contrário, vá para **746**.

752

Antes que o colosso perceba a sua presença, você tenta se esconder em meio aos pedregulhos que ele deslocou. **Faça um teste: ⚅⚅ + ⚅ Ágil – ⚅ Indolente**. Se passar, vá para **761**. Caso contrário, vá para **748**.

753

Você sai pela porta da direita, atrás do grupo de nobres. Não é difícil segui-los, já que conversam em voz alta e não dão atenção a quem transita ao redor. O cavalheiro de monóculo chama um dos tripulantes e dá instruções. Recebe apenas respostas positivas, e logo o grupo ruma para uma câmara privativa, onde você não pode entrar. Supondo que deva haver uma entrada de serviço pelos fundos, você dá a volta, entra em uma área de acesso restrito a tripulantes e se esgueira por passarelas de metal até uma porta sem entalhes. Você abre uma fresta e observa. Do outro lado, o luxo volta a estar presente: o chão é coberto por um carpete de padronagem roxa e os nobres estão acomodados ao redor de uma mesa de madeira, de mãos dadas. O tcheco tem os olhos fixos em uma esfera de cristal sobre a mesa e preside a sessão:

— Sim, posso sentir. Mary Shelley está entre nós. A alma dela está aqui!

Os nobres suspiram em espanto. Você começa a se perguntar se está perdendo seu tempo com um vigarista. Se tiver uma câmera fotográfica, vá para **743**. Caso contrário, vá para **749**.

754

Sabendo que é hora de voltar ao rastro de Elizabeth, você pede ao capitão que rume para o Egito. Juntos, velejam para uma direção aleatória, guiados por estrelas nunca vistas, e chegam ao familiar céu noturno do Mar Mediterrâneo. Após navegar por mais alguns dias, ancoram em Alexandria. Lá, você se despede do capitão, não sem antes dar a ele uma parte do tesouro, suficiente para que ele nunca mais precise trabalhar.

Com uma visita na embaixada inglesa e a ajuda de um adido comercial, você envia a maior parte do valor para a sede do clã. Assim, garante que próximos investigadores contem com recursos valiosos na guerra imemorial contra cultistas degenerados e seus deuses siderais. O que sobra, você usa para contratar um piloto e seu biplano para chegar ao Cairo. Vá para **763**.

DESTAQUE O ADESIVO **A14**, VÁ ATÉ A SALA DE TROFÉUS E COLE-O NA POSIÇÃO **9**. ENTÃO, VOLTE PARA CÁ.

755

A criatura se dissipa em sombras e poeira cósmica. Pelo menos por hora, você está seguro.

— Devo minha vida a você. Não sei como agradecer — diz o mafioso, despertando. — Pensando bem... Venha comigo.

Ele conduz você até a própria cabine. Lá, pega um estojo de violino.

— Graças a você, não vou mais precisar disso. Mas algo me diz que você vai.

Você se despede e deixa o mafioso e sua esperança de vida nova. Abre o estojo de violino apenas quando chega à privacidade de seu quarto. Dentro, há um instrumento musical que toca apenas uma nota: uma submetralhadora Thompson. Desenvolvida pelo exército americano com tecnologia de última geração, a arma tem grande potencial ofensivo. Anote a *Tommy Gun* em sua ficha de personagem (arma de fogo; sempre que a usa, escolha entre disparar uma bala para ganhar +⚅ no teste de ataque ou uma rajada de 10 balas para ganhar +⚅⚅⚅⚅). Vem com 30 balas. Vá para **762**.

756

Você sente uma aflição etérea indescritível, como se sua alma fosse dilacerada. A última coisa que você vê é a expressão de desespero de uma das damas de vestido de renda quando ela finalmente percebe que se tornou vítima de um ritual. O que vem em seguida você não sabe, pois a essência maligna se apodera do seu corpo e rompe sua ligação com o mundo dos vivos. Sua investigação acaba aqui. Preencha a lápide no cemitério e inicie um novo jogo na Introdução.

757

Sem saber qual idioma o colosso é capaz de compreender, você se aproxima lentamente, falando com um tom de voz pacificador. Ao notar sua presença, ele permite que você se aproxime, observando com interesse. Por um momento, parece que tenta entender. Porém, assim que está perto o suficiente, ele agarra você com uma mão, abre a bocarra de músculos expostos e abocanha as suas pernas. É com horror que você sente seu corpo sendo rasgado ao meio, quando ele puxa seu tronco para longe e mastiga as pernas entre gigantescos dentes de ouro. Depois que as pernas se vão, ele devora os braços. Seu sangue banha o queixo e escorre até os cotovelos da criatura. Apesar da dor excruciante, você ainda consegue raciocinar que ele irá devorar seu tronco e a cabeça. Por sorte, antes disso você morre de hemorragia. Sua investigação acaba aqui. Preencha a lápide no cemitério e inicie um novo jogo na Introdução.

758

A entidade é incorpórea, então você não sente quando ela cai sobre você. Ao menos, não fisicamente. Contudo, sente um calafrio etéreo indescritível, como se a presença maligna tocasse sua alma. Tentasse dominar o seu corpo. Porém, com sua força mental, você se defende e contra-ataca. Contorce o véu da Realidade e a expulsa de volta ao plano de origem. A sombra se desintegra com um estrondo, arremessando todos os nobres para trás e libertando-os do círculo de invocação.

— Você... — gagueja o nobre de monóculo, mas está aturdido demais para concluir a frase.

— Ele quase nos matou! — grita uma das damas de vestido de renda, apontando para o jovem feiticeiro.

— Oras... — ele sorri e se levanta. — Eu disse a vocês que não era um charlatão. Meus rituais são legítimos. E vocês sempre souberam que havia um risco envolvido. É o que deixa tudo mais emocionante.

Os homens o cercam, incitados pelas mulheres e nutridos pelo desejo de vingança. Porém, quando partem para a agressão, o jovem tcheco desaparece dentro das roupas. Para espanto dos nobres, seu fraque de corte sofisticado cai no chão e ali fica, em uma pilha amarrotada.

— Obrigado, eu... — mesmo depois de vários minutos, o cavalheiro de monóculo ainda não sabe como reagir. Ele apenas olha para você e gagueja. — Eu... obrigado.

Todos eles se recolhem para suas cabines na primeira classe, certos de que já viveram emoções o suficiente. Quanto a você, poderá ficar com o instrumento de adivinhação deixado pelo cultista. Anote a *bola de cristal* em sua ficha de personagem. Você pode gastá-la a qualquer momento para ter um vislumbre do futuro e receber +⚅⚅ em um teste. Vá para **762**.

759

A fúria do colosso aumenta à medida que ele é ferido, até que, perdendo o controle, ergue os dois punhos fechados e desce ambos sobre você, despejando todo o peso do corpo. Mas você prevê o golpe, esquiva para o lado bem a tempo e, enquanto o impacto propaga um abalo no terreno, desfere o ataque final no monstro. Ele tomba, levantando poeira. Você vive para relatar sua vitória para quem quiser ouvi-la, apesar de que poucos acreditarão. Vá para **744**.

760

O solo aos seus pés se eleva, revelando o corpo de um humanoide com dez metros de altura. Ele se ergue contra o sol, tornando difícil determinar a estatura, mas os joelhos dele ficam acima da sua cabeça. O corpo é largo e grotesco: não tem pele, e em muitos trechos você vê os músculos vertendo sangue e pus. Em outros, porém, a carne reluz dourada. Você demora a entender que ela é revestida de ouro. O colosso tem rosto deformado e olhos vermelhos de loucura. Ele balança a cabeça e ruge, furioso por ter sido acordado. Se quiser conversar com a criatura, vá para **757**. Se quiser se esconder, vá para **752**. Se quiser aproveitar a distração dele para atacá-lo, vá para **750**.

761

Quando enfim se sente desperto, o colosso olha para os lados e não vê ninguém. Pensando estar sozinho, sai em disparada em uma direção qualquer, deixando enormes pegadas com seus pés descalços, em busca de alguma vítima para sua ira. Vá para **744**.

762

Quando você acorda no dia seguinte, já ficaram para trás as inúmeras ilhas que pontilham o Mar Egeu. Ao longo das horas que se estendem, o navio avança a todo vapor pela imensidão do Mar Mediterrâneo, encontra as águas doces do Delta do Nilo e ancora no porto de Alexandria, onde você desembarca. O trecho final de sua viagem volta a ser de avião, em um biplano que faz o percurso até o Cairo. Vá para **763**.

Destaque o adesivo **A15**, vá até a Sala de Troféus e cole-o na posição **8**. Então, volte para cá.

ATO 3: EGITO

763

POR QUILÔMETROS E QUILÔMETROS SEM FIM, apenas uma linha central separa o dourado estéril do azul salobro. A luz ofusca seus olhos, enquanto o ar seco castiga sua garganta. O calor começa a irradiar a partir do solo quando a aeronave inicia seu trajeto de descida. A atmosfera é áspera, como se uma presença superior se regozijasse ao impor as piores condições possíveis para a vida. Mas eis que, centrado em uma planície rochosa junto à costa, o Rio Nilo se espalha em forma de delta, proporcionando o necessário para a existência da humanidade. Ali, por milênios, a civilização planta, colhe e resiste às intempéries dos deuses.

O biplano sobrevoa as plantações teimosas, afastando-se da costa até o ponto em que o delta se afunila. A partir dali o fôlego verde definha, tornando-se não mais do que um suspiro fatigado, oprimido pela imensidão infértil que o cerca pelos dois lados. Precioso, o Nilo serpenteia deserto adentro e some de vista no horizonte: é a única fonte de subsistência do Egito. Você observa ao longe, apenas imaginando o que pode haver no coração do deserto. Mas seu destino é aqui, onde uma cidade construída de barro pálido confunde-se com as areias ao redor. Mesquitas e universidades despontam com suas torres cilíndricas encimadas por cúpulas em forma de bulbo. Aos pés das obras grandiosas, incontáveis moradias erigidas umas sobre as outras suportam o sol inclemente. Não há telhados: cada estrutura possui topo reto. Quando necessário, novas casas se sobrepõem e a cidade cresce desgovernada para cima. Uma cidade de caixotes, que cresce como se tivesse vida própria.

Um sobressalto de admiração perpassa os passageiros quando alguém indica certa direção. Não muito longe dali, erguem-se os monumentos que tornaram o Egito famoso no mundo. Fora da cidade, em meio ao mar de areia e cercada por templos e estruturas menores, resplandecem sob o sol a mais ancestral das Sete Maravilhas do Mundo Antigo e a única que resistiu à tormenta das eras: o complexo das Pirâmides de Gizé.

Sob a aura de euforia, o biplano pousa no Aeroporto de Almaza. Quando a porta se abre, o bafo seco e tórrido açoita sua face, e tudo o que você deseja é um gole de água fresca. Tudo aqui é dourado, amarelo, marrom. Até mesmo o céu acachapante e sem nuvens parece esconder, no azul do horizonte, um brilho âmbar e quente. O aeroporto civil é gerido por egípcios, mas por todos os lados é possível ver patrulhas com uniforme do exército britânico. O recente processo de independência ainda demorará a surtir efeito real. Se você possui o traço Magnata, vá para **838**. Caso contrário, vá para **897**.

764

Antes que você perceba o que está acontecendo, Rami salta na sua frente e agarra o pulso de outro garoto. O desconhecido já estava com a mão na sua carteira, prestes a deixar seus bolsos mais leves. Rami o empurra para longe, e o que se segue é uma troca generalizada de insultos em árabe. Por fim, o punguista sai correndo. Rami pede desculpas a você em nome do país e reforça o conselho de que é preciso ter atenção o tempo todo. Com sua carteira a salvo, você retoma sua busca pelo Necronomicon. Vá para **814**.

765

Ocupado, o comerciante só irá responder a mais uma pergunta. O que quer saber?

"Você tem belos produtos, mas estou à procura de um livro muito antigo. Pode me ajudar?"	Vá para **791**
"Suas tranqueiras não me interessam. Onde encontro antiguidades verdadeiras?"	Vá para **845**
"Estou em busca de um artefato ancestral. Indique-me o caminho." (dar 2£ para o comerciante ao dizer isso)	Vá para **891**

766

Você decidiu abordá-lo com a crueza da verdade. Será que Patrick McNamara confiará em você? **Faça um teste: ⚅⚅ + ⚅ Impassível – ⚅ Instável.** Se passar, vá para **926**. Caso contrário, vá para **873**.

767

— Na aurora da civilização, livros eram raríssimos! Experimente um museu.

Você tenta explicar que o Necronomicon não estará em um museu, mas ele já perdeu a paciência. É hora de partir. Volte para **773**.

768

Entrando em um beco escuro, você veste as calças que cobrem até o peito do pé, enfia as sandálias, joga por cima de tudo a túnica bege de mangas compridas e esconde seu cabelo e as laterais do rosto com lenços. Por fim, guarda suas roupas em um grande saco de estopa e retoma seu caminho. Misturando-se aos transeuntes silenciosos, você passa pelo homem com cimitarra. Vá para **909**.

769

Você dá as costas para as Grandes Pirâmides, deixa a necrópole e começa a refazer o caminho de volta. Entretanto, quando está prestes a terminar a travessia da ponte que liga Gizé ao Cairo, seu caminho é bloqueado por dezenas de homens com porretes e pedras.

— Abaixo a tirania inglesa! — gritam uns.

— Por um Egito livre! — respondem outros.

São nacionalistas, exigindo que o Império Britânico retire suas tropas do país para que o Egito conquiste sua soberania. Quando alguém percebe a sua presença, o tom de voz se intensifica:

— Ei, você! — grita um deles. — Volte para a Inglaterra!

— Pare de roubar nossas riquezas!

Um deles arremessa uma pedra, errando por pouco. Isso dá o ímpeto que faltava para os outros correrem na sua direção. Se estiver com Walaa, vá para **933**. Caso contrário, pode enfrentar a turba (vá para **794**) ou fugir (vá para **900**).

770

Entre empórios, tendas e lojas no fundo de becos vendendo artigos escusos, há muito o que se comprar no Bazar. Se estiver com Ahmed, vá para **913**. Caso contrário, compre o que quiser, anotando os itens em sua ficha e descontando os custos correspondentes de seu dinheiro. Quando terminar suas compras, vá para **937**.

Item	Descrição
BACAMARTE	Arma de fogo. Com cano largo e coronha reforçada, o bacamarte é lento, mas devastador. Em testes de ataque, receba +⚅. Além disso, se causar dano, aumente o dano em +3. Por ser lento de recarregar, só pode ser usado uma vez por combate. Vem com 1 bala. *Custo:* 9£.
ESPADA MAMELUCA	Arma branca. Com lâmina curva e afiada, esta espada era usada pelos guerreiros de elite do Egito. Em testes de ataque, receba +⚅. Além disso, aumente o resultado de um dado à sua escolha em +1. *Custo:* 10£.
LÂMPADA MÁGICA	Feita de ouro e incrustada com pedras preciosas, esta antiga relíquia esconde muitos segredos. *Custo:* 10£. Se comprar este item, vá para **947**.
LÁUDANO	Pode gastá-lo fora de combate para recuperar 1 ponto de Sanidade, mas perder 1 ponto de Saúde. *Custo:* 3£.
MALETA DE MEDICAMENTOS	Pode gastá-la fora de combate para recuperar 2 pontos de Saúde. *Custo:* 4£.
MOCHILA DE EXPLORADOR	Barraca, bússola, corda e outros equipamentos de sobrevivência. *Custo:* 4£.
MUNIÇÃO	6 balas para armas de fogo. *Custo:* 2£.
NINHO DE PISTACHE	Uma delícia árabe, com massa de semolina, nozes e mel. Pode gastá-lo a qualquer momento para receber +⚅ em um teste. *Custo:* 2£.
ROLO DE PAPIROS	Um amontoado de papiros diversos. *Custo:* 5£. Se comprar este item, vá para 𓅃.
ROUPAS LOCAIS	Com sandálias, calças, túnica bege, lenço e turbante ou véu, esse traje deixará você indistinguível de um nativo. *Custo:* 4£.

771

Ele sorri como um professor atencioso.

— Diversos faraós deixaram suas marcas na antiga capital, mas nenhum com tanta expressão quanto os da 18ª Dinastia! Ahmose I, que deu início à dinastia, escolheu a cidade como sede de seu reino após expulsar os hicsos. Seus sucessores investiram fortunas na capital, trazendo espólios de batalhas distantes para custear a construção de santuários e obeliscos. Amenhotep III fez a maior contribuição, com a construção do Templo de Luxor em nome de Amon-Rá. O Período Amarna conteve o desenvolvimento da cidade, mas durou pouco. Com a retomada do politeísmo, Tutankhamun voltou a prestigiar a cidade com obras sacras. Todos os faraós da 18ª Dinastia foram enterrados lá.

Vá para **834**.

772

Pistas indicam que Elizabeth está interessada nos faraós do passado. Em busca de informações sobre eles, você decide averiguar as pirâmides, local de descanso desses monarcas de outrora. Para isso, parte rumo às cercanias da cidade, onde cruza uma ponte sobre o Nilo. Nas margens do rio, palmeiras balançam suas folhas, crocodilos refrescam suas caudas e donas de casa enchem suas bacias. Uma vez do outro lado, você não está mais no Cairo, mas na cidade de Gizé.

Muito antes de chegar às pirâmides, você já as enxerga à distância: três monumentos gigantescos despontando da planície dourada e se projetando para o céu. Como era de se esperar, centenas de visitantes passeiam pela necrópole, admiram-se com as construções, escalam os enormes degraus, gastam rolos inteiros de filmes de suas modernas câmeras fotográficas. Apesar de numerosos, não passam de formigas diante da grandiosidade dos mausoléus erigidos para reis há mais de quatro mil anos.

Nas imediações da Pirâmide de Quéops há um criador de camelos. Os animais aguardam de pé, sem mais nada a fazer além de ver o tempo passar. São mais altos do que cavalos e mais lentos. Entre as corcovas, cada um sustenta uma sela enfeitada de tecidos coloridos. Se você tiver uma câmera, vá para **905**. Caso contrário, vá para **888**.

773

Você está no Cairo, capital do Reino do Egito. Sob o sol fustigante, precisa descobrir o paradeiro de Elizabeth — uma tarefa que não será fácil, pois mais de um milhão de pessoas transitam pela metrópole. Com base nas pistas encontradas até aqui, você estabeleceu alguns pontos de interesse; porém, como o tempo urge, pode visitar cada um deles apenas uma vez.

Para visitar o Bazar Khan el Khalili	Vá para **839**
Para visitar a Necrópole de Gizé	Vá para **772**
Para visitar o Observatório Astronômico de Helwan	Vá para **941**
Para visitar o hotel onde Elizabeth está hospedada, converta cada letra do nome do hotel em um número (sendo A=1, B=2 e assim por diante), some 700 ao resultado e vá para a referência correspondente	

À medida que explorar a cidade, preencha os campos abaixo com as informações que descobrir.

ONDE ELIZABETH ESTÁ?

QUEM ELA ESTÁ PROCURANDO?

O QUE O RITUAL DELA ENVOLVE?

Quando achar que já investigou o bastante, pode partir atrás de Elizabeth. Para isso, vá até a referência correspondente ao número do endereço onde ela está. Se visitou todos os pontos de interesse e não descobriu o endereço, vá para **914**.

774

Como um predador circundando sua presa, William anda ao redor de você enquanto analisa seu estilo de luta. A partir de agora, resultados 4 nos testes de ataque de Faraday contam como sucessos para ele. Se rolar esse efeito novamente, ignore-o. Volte para **823**.

775

O velho escuta sua resposta. Vá para **778**.

776

Enquanto o trem desliza, as criaturas lá fora amassam a lataria com repetidos mergulhos no ar. Uma delas rasga a parede, e por um momento as garras ensanguentadas ficam dentro da locomotiva. Quando ela se vai, deixa uma fissura por onde você vê o revoar de centenas de criaturas com asas de morcego.

Finalmente o trem para, mas os gritos de horror continuam. Por mais que você queira sair da locomotiva, lutar contra os monstros e proteger os passageiros, leva algum tempo para se orientar, e então precisa se desvencilhar dos entulhos de metal e dos cacos de vidro. Quando finalmente emerge para o ar livre, as criaturas já se foram. A tempestade também diminuiu, deixando apenas os ventos remanescentes de sua cauda. O cenário ao redor, no entanto, é desolador. O trem está destruído e vários vagões foram destroçados pelas criaturas. Um dos mais afetados foi o vagão-restaurante, onde Abdullah Nabil jaz morto em meio aos destroços, com a caixa torácica aberta e as costelas apontando para fora. Muitos outros jazem como ele, nas mais bizarras posições.

Apesar disso, há sobreviventes. Em grande parte, graças aos seus esforços. Você ajuda a reuni-los e prestar os primeiros socorros. Porém, é preciso seguir viagem. Outros podem amenizar os danos sofridos; a você, cabe enfrentar a raiz do problema Vá para **825**.

777

Apesar da confusão de escadas e corredores, você obriga seu cérebro a compreender o local incompreensível e encontra uma rota alternativa. Chega à tenda não pela entrada de clientes, mas por um túnel lateral e se encontra diante de William Faraday. Vá para **851**.

778

O ancião diz:

— Vou dar a você o que procura.

Ele vira o cesto de vime em sua direção. Dentro, você vê uma escuridão impenetrável, mas que aos poucos começa a brilhar com pequenos pontos luminosos. São estrelas, que giram em uma bela dança cósmica. Hipnotizado pela visão astral, você não percebe as larvas que rastejam para fora do cesto, sobem pela sua perna e entram pela sua boca, narinas, ouvidos e olhos. Quando elas começam a devorar seu cérebro, a dor é indescritível. Antes de morrer, você ainda cai no chão empoeirado, aos pés do velho cultista, e convulsiona por alguns minutos. Sua investigação acaba aqui. Preencha a lápide no cemitério e inicie um novo jogo na Introdução.

779

Você sabe que, para chegar a Luxor, basta seguir o Nilo rio acima. Porém, de alguma forma, não consegue encontrar as águas. Sem uma bússola, vaga a esmo por horas e horas. Cogita armar acampamento para descansar enquanto o clima não melhora, mas não tem uma barraca, então segue andando. Seus pés começam a doer, enquanto sua garganta queima pela sede. No horizonte, a tempestade de areia parece zombar de você... A jornada pelos ermos começa a cobrar um preço do seu corpo e da sua mente. Role ⚅ e subtraia o resultado de sua Saúde. Perca 1 ponto de Sanidade. Se sobreviver, vá para **803**.

780

Você compra o rolo de papiros. São réplicas feitas há poucos anos ou mesmo semanas. Cópias simplórias para enganar turistas. Mas então seus olhos caem sobre o último pergaminho, que de tão velho parece que vai se desfazer a qualquer momento. Os hieróglifos mal podem ser lidos. Percebendo seu interesse, o mercador explica.

— Esse é antigo, pertencia a meu avô. Mas, como está em péssimo estado, ninguém queria comprar. Por isso deixei junto com os outros...

Concentrando-se, você consegue ler. Seu coração acelera quando você entende que os hieróglifos descrevem um ritual que culmina com o papiro sendo cortado sobre a mão do conjurador. O sangue do corte então se transforma em filamentos da Realidade, que voam até seus adversários. Anote o *pergaminho do caos* em sua ficha de personagem. Você pode gastá-lo durante um combate e sacrificar 1 ponto de Saúde para causar 4 pontos de dano ao seu inimigo automaticamente. Volte para 770.

781

Você deixa o morto-vivo correr em sua direção e, no último instante, salta para o lado, para que ele se jogue para fora. **Faça um teste: ⚅⚅ + ⚅ Ágil – ⚅ Indolente.** Se passar, vá para **878**. Caso contrário, vá para 787.

782

Ahmed pode ser esperto, mas ainda é só uma criança. Percebendo que este lugar é perigoso demais, você agradece pelos serviços e o dispensa.

— Que Alá guie seus passos — ele agradece e se vai.

Risque o nome de Ahmed de sua ficha e vá para **848**.

783

Você e Abdullah Nabil se sobressaltam por um momento e, em seguida, dão risada da situação. Você o incentiva a continuar falando sobre templos e faraós, até que percebe já ter extraído toda a informação relevante. Tentando não parecer rude, você pede licença, se levanta e vai até o bar. Não leva muito tempo para que outra pessoa se aproxime do egiptólogo e lhe dê o prazer de tagarelar mais sobre o Mundo Antigo. À sua frente, o barman sorri e pergunta se deseja algo para beber. Você o avalia, buscando deduzir se ele sabe de algo útil. Contudo, enquanto socializa no vagão-restaurante, algo acontece. Você demora demais para compreender, apenas sente a gravidade mudar ao seu redor quando o vagão tomba, arrancado dos trilhos. Ao deslizar na areia por uma grande distância, algo no exterior se choca contra a lataria diversas vezes, amassando-a e abrindo um rombo. Lá fora, rajadas de areia açoitam o mundo, enquanto criaturas com asas de morcego e bicos de abutre se projetam para dentro da abertura, cravam suas garras nos passageiros e voltam a alçar voo com eles ainda presos. Uma delas pousa sobre Abdullah

Nabil e começa a devorá-lo ali mesmo, abrindo as costelas do egiptólogo com o bico enquanto ele se esgoela de suplício e horror. Você tenta chegar até Abdullah, mas outra criatura agarra suas pernas. Role ⚅⚅ e subtraia o resultado de sua Saúde. Se sobreviver, vá para **836**.

784

— É verdade que os egípcios não nutrem grande amor pelos britânicos, mas isso não se assemelha ao que vivemos nas trincheiras! Além do mais, eu seguiria William para uma segunda guerra, se fosse necessário. — Ele se levanta e coloca o chapéu. — Agora, se me dá licença, tenho mais o que fazer.

Você tenta trazê-lo de volta para a conversa, mas ele se vai, ofendido. Sem alternativa, você deixa o hotel e volta a seguir suas próprias pistas. Volte para 773.

785

Não é difícil encontrar o Hotel L'Américain. É um local de grande fluxo de estrangeiros, com um amplo salão de café no térreo, onde uma escada dá acesso aos quartos nos andares superiores. Richard, o proprietário, é um americano que viveu anos em Paris antes de se mudar para o continente vizinho. Ele faz questão de influir sua cultura no local, com um cardápio típico americano e a presença quase ininterrupta de músicos e cantores de jazz. Para os americanos que visitam o Egito, é um pedaço de casa no continente africano. Para os europeus, é uma pitada extra de extravagância estrangeira em uma viagem já muito exótica.

Você se aproxima do barman e pergunta sobre um casal de hóspedes, de nomes William Faraday e Elizabeth Holloway. O barman dá de ombros, mas o sorriso sereno demonstra que ele sabe exatamente de quem você está falando. Se estiver com Rami, vá para **800**. Caso contrário, decida entre oferecer uma gorjeta ao barman (pague 2£ e vá para **903**) ou pedir para falar com o proprietário (vá para **931**).

786

Patrick fecha a cara.

— Quer comparar uma menina mimada com um homem altruísta, humilde e que sempre foi leal aos companheiros de combate? — Ele se levanta e coloca o chapéu. — Tenho mais o que fazer.

Você tenta trazê-lo de volta para a conversa, mas ele se vai, ofendido. Sem alternativa, você deixa o hotel e volta a seguir suas próprias pistas. Volte para 773.

787

Com força e velocidade sobrenaturais, o cultista consegue atingir e empurrar você para fora do trem. Você cai, mas consegue se agarrar na beirada do teto do vagão. Porém, antes que consiga um ponto de apoio para os pés, um chacoalhar mais violento faz suas mãos escorregarem. Você cai nos trilhos. A inércia faz com que continue rolando e batendo nos dormentes que unem as linhas de metal, até que seu corpo é esmigalhado por uma das rodas de ferro. Dentro do vagão, os passageiros sentem um leve solavanco. Sua investigação acaba aqui. Preencha uma lápide no cemitério e inicie um novo jogo na Introdução.

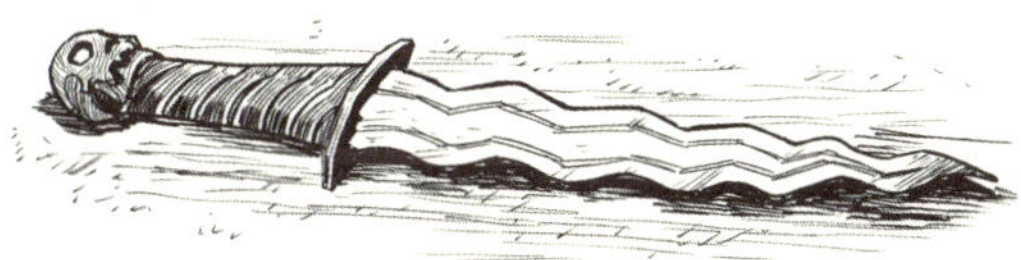

788

— Necro... o quê? Conheço a Necrópole de Gizé. É onde ficam as Grandes Pirâmides. Muitos turistas vêm até o Egito por causa delas.

Vá para 765.

789

William desvia o olhar.

— Patrick sempre foi desconfiado, mas dessa vez a desconfiança dele passou dos limites! Eu não ignoro a opinião dele. Pelo contrário, ele sempre se mostrou um homem sensato. Acontece que dessa vez... dessa vez... Bem, talvez eu realmente o tenha ignorado. Preciso pensar a respeito.

> DESTAQUE O ADESIVO **X11**, VÁ ATÉ A REFERÊNCIA 807 E COLE-O SOBRE O NÚMERO 879. ENTÃO, VOLTE PARA CÁ.

Vá para 854.

790

— Chega de conversa! Preciso pegar um trem para Luxor — Faraday decreta, enquanto dá as costas a você. Você tem uma última chance de convencê-lo de que está sendo enganado. O que você diz?

"Não acha suspeito que Elizabeth tenha surgido do nada, tão interessada nas mesmas coisas que você? Ela é uma cultista de seres profanos!"	Vá para **925**
"Não acha suspeito que o mercador tenha dado a você uma relíquia inestimável? É uma armadilha!"	Vá para **849**
"O que Patrick acha disso? Aposto que os olhos dele não estão nublados pela paixão como os seus!"	Vá para **942**

791

O comerciante esquadrinha você dos pés à cabeça. **Faça um teste:** ⚅⚅ + ⚅ **Eloquente** – ⚅ **Rude.** Se passar, vá para **891**. Caso contrário, vá para **767**.

792

O velho cospe no chão. Vá para **778**.

793

— Sim, o casal de ingleses — diz Richard. — Eles já saíram, mas o amigo deles ficou para trás.

Ele aponta para um irlandês barbudo sentado a uma das mesas. Vá para **861**.

794

Você se prepara para lutar, mas a multidão dispara uma chuva de pedras que atordoa você. Os nacionalistas aproveitam para avançar e golpear com seus porretes. Quando você consegue se recuperar e afastá-los, um estampido se eleva acima da balbúrdia. Um tiro, disparado por tropas britânicas que chegaram para dispersar a manifestação, mas que acaba atingindo seu peito. Você cai e, no meio da correria que se segue, sangra até a morte. Sua investigação acaba aqui. Preencha a lápide no cemitério e inicie um novo jogo na Introdução.

795

Uma vez no vestíbulo que separa os vagões, você abre a porta lateral e vê o mundo correndo lá fora, perturbado pelo chiado do trem. É noite sem lua. Parcamente iluminadas pelos faroletes, palmeiras passam em alta velocidade. À distância, é possível reconhecer as águas caudalosas do Nilo refletindo o céu estrelado — a constelação do Touro está quase no topo do firmamento. Em meio à escuridão, você se agarra na lataria e iça o corpo para cima. Ao subir, porém, percebe que um cultista estava de vigia aqui. Ao ver você, ele saca um punhal e avança em sua direção.

CULTISTA ◆ 🗡⚅⚅ ✚2 ⚡–3

Pela escuridão da noite, seus testes de ataque sofrem –⚅. De alguma forma, o cultista não parece ter problemas com isso. Se vencer, vá para **874**.

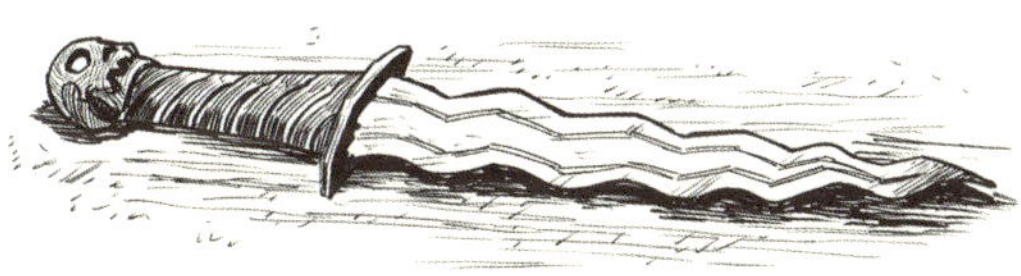

796

Você mergulha no túnel submerso. A passagem prossegue pelo que parece uma eternidade, em uma escuridão que confunde seus sentidos. A cada instante, mais aflitiva a jornada de fim incerto se torna. Porém, quando menos se espera, as paredes ao redor desaparecem, dando lugar a uma abundância caudalosa, que carrega você para longe. Instintivamente, você nada para o alto, onde é possível ver a luz do sol iluminando a superfície. É com grande alívio que emerge da água e toma fôlego. Você está flutuando no Nilo. Com a ajuda de pescadores, retorna para a margem, onde se deita de barriga para cima e recupera as forças exauridas.

Elizabeth escapou mais uma vez, mas graças a William você sabe para onde ela vai em seguida: Luxor. Cidade milenar outrora chamada Tebas, foi o lar dos faraós durante a 18ª Dinastia. Com seus templos e necrópoles, hoje é conhecida como "o maior museu ao ar livre do mundo". Basta subir o Nilo. Vá para **885**.

797

Você embarca rumo a Helwan. O táxi deixa o centro agitado da capital e passa a acompanhar a margem do Nilo no sentido Sul. Passa por palácios, por mesquitas e pelo antigo aqueduto, responsável por levar água do Nilo para a fortaleza que defendia a cidade no tempo das Cruzadas e que corta a cidade como uma muralha de arcos elevados. À medida que o carro avança, zonas de vazio urbano surgem aqui e ali, até que o Cairo fica para trás. Do outro lado do Nilo a margem é verde, recortada de campos cultivados. Do seu lado, a estrada é cercada de pedra estéril e poeirenta. Quando surgem as primeiras casas de Helwan, o taxista desvia. Seu destino não é a zona habitável, mas o platô de calcário mais ao longe, onde nada floresce e a ausência de habitantes permite a escuridão necessária para se observar as estrelas.

O Observatório Astronômico de Helwan é formado por cinco prédios pequenos. Localizado em meio à vastidão de areia bege fustigada pelo sol, ele é igualmente bege em seus tijolos e até mesmo em seus metais. Aqui tudo é deserto, tudo é silencioso. O taxista estaciona diante do prédio principal, o único de dois andares, e exige que você se apresse, pois irá esperar por muito tempo. A fachada retangular possui uma torre, apenas um andar mais alta do que o restante, nos pés da qual fica a porta de entrada. Você desce do carro e encara o prédio. Parece pequeno demais, incapaz de esconder grandes segredos. E isso é tudo o que você pensa ao tocar a maçaneta, a não ser que tenha a capacidade de enxergar o que a maioria não vê. Vá para **844**.

798

Ele sorri como um professor atencioso.

— Thoth é o Deus Mensageiro na mitologia egípcia. Fazia o intermédio entre os mortais e os deuses, especialmente Amon-Rá. É um ente de grande poder e prestígio, representado diversas vezes nas paredes do Templo de Luxor.

Vá para **834**.

799

— Nos conhecemos na Grande Guerra, eu e aquele almofadinha. Ele era meu superior: o inglês nobre sempre vai mandar no irlandês plebeu. Mas aquele homem tem muito mais do que um sobrenome antigo. Tem bravura. Eu estaria morto, não fosse ele levar um tiro no meu lugar. Mas não gosto de falar sobre isso. Os terrores da guerra devem ficar onde estão: no passado.

"Aconteceu algo estranho com William recentemente?" Vá para **907**

"Se teme tanto a guerra, por que veio até o Cairo?" Vá para **784**

800

Rami puxa a manga da sua roupa e você se vira para ele.

— Encontrei uma camareira tirando o lixo na ruela dos fundos do hotel. Ela viu essas pessoas que você procura. Os dois já saíram por hoje, mas um amigo deles ficou aqui.

O menino aponta para um irlandês barbudo sentado a uma das mesas. Vá para **861**.

801

Estando tão perto do centro de interesse de Elizabeth e seus asseclas, você decide que é melhor não baixar a guarda. Em vez disso, atravessa diversos vagões, aproveitando para observar quem são os passageiros e tripulantes, e vai até o vagão-restaurante, um ambiente espaçoso e requintado, onde garçons servem bebidas e refeições aos passageiros acomodados em diversas mesas à meia-luz. A maioria das mesas está ocupada por grupos de quatro pessoas. A um canto, porém, um egípcio de meia-idade usa uma lupa para analisar os detalhes de um antigo pergaminho. Sobre a mesa há pinças, réguas, pincéis, mapas, papéis para anotação e um relógio. Ele transformou um canto do restaurante em um escritório de arqueologia. Ao perceber seu interesse, oferece uma cadeira:

— Não sou como aqueles turistas amadores. Meu nome é Abdullah Nabil e sou um verdadeiro egiptólogo. Doutor em Arqueologia pela Universidade de Al-Azhar. Pergunte o que quiser.

"O que pode me falar sobre Luxor?" Vá para **916**

"Existem templos da 18ª Dinastia em Luxor?" Vá para **771**

"O que foi o Período Amarna?" Vá para **804**

"Quem foi Nefertiti?" Vá para **829**

"Qual a diferença entre Amon-Rá e Áton?" Vá para **858**

"Quem é Thoth?" Vá para **798**

"Na mitologia egípcia, o que nos espera no pós-vida?" Vá para **920**

"Quantos faraós compõem a 18ª Dinastia?" Vá para **932**

802

Seu objetivo está na superfície, então talvez fosse mais lógico tomar a escada que sobe. Porém, algo lhe diz que a lógica não governa este lugar. Assim, você desce. A escada se mostra maior do que você imaginava. Em meio a luz e sombras, com energia e cansaço, entre a vigília e o sono, você desce setecentos degraus até uma caverna em chamas. Ali um sacerdote sem olhos espera por você, vestindo mantos longos que se arrastam pelo solo ardente, com barba longa que igualmente se arrasta e crepita. Apontando um dedo pútrido para você, ele abre a boca cavernosa e roga uma maldição:

— Caos e Barbárie esticam seus tentáculos sobre a Terra, e você será a próxima presa!

Saídas das profundezas da terra, duas criaturas emergem. São idênticas: possuem corpo raquítico de leopardo, com escamas subindo pela garganta até o comprido e sinuoso pescoço de serpente. Movem-se em simetria, se enrolam e desenrolam uma na outra. Viram-se para você e deixam pingar saliva venenosa dos caninos de predador.

— Contemple os serpopardos precursores do fim! — decreta o sacerdote. — É a última coisa que verá em vida.

SERPOPARDOS	•	5	–5

Sempre que os serpopardos rolarem dois ou mais resultados iguais no teste de ataque (por exemplo, dois resultados "3" ou dois resultados "5"), você sofre 1 ponto de dano automaticamente. Se vencer, vá para **856**.

803

Você caminha por um longo tempo em direção à ancestral cidade de Luxor. Em certo ponto, encontra um grupo de moradores locais. Eles estão lidando com suas próprias perdas devido à tempestade, e ficam atônitos ao ver sua peregrinação solitária pelos campos destruídos. Percebendo em seu semblante determinado que você pode fazer algo contra quem quer que tenha causado o desastre, eles oferecem água para amenizar a secura de sua garganta e um camelo para que possa seguir viagem. O animal dobra os joelhos e se abaixa à sua frente. Você sobe e se instala na sela com tecidos coloridos. É difícil segurar a vertigem quando ele volta a ficar de pé, pois é bem mais alto do que um cavalo e se move com gingado, mas você se mantém firme, segura as rédeas com segurança e deixa o assentamento sob votos de boa sorte.

O camelo segue adiante com rapidez e firmeza, permitindo que você descanse um pouco enquanto cruza a paisagem castigada. Plantações de milho, arroz e trevo estão cobertas de areia. O verde dos campos, que resistia ante o dourado estéril das areias que o cercam, jaz destruído. É um dia de tristeza para o povo trabalhador que cultiva essas terras sob a ameaça constante de intempéries avassaladoras. Uma longa curva do Nilo passa próxima ao seu trajeto e você vê as águas fluindo de perto, opacas e arenosas. Logo adiante surgem os primeiros agrupamentos de casas. Muitas estão avariadas; outras, completamente destruídas. Você vê os cadáveres de moradores locais e imagina que o restante possa ter fugido. À medida que avança, os sinais de civilização devastada tornam-se mais frequentes, até formar a pequena, mas historicamente inestimável, cidade de Luxor.

A visibilidade é baixa. O sol desapareceu, restando apenas uma claridade avermelhada e onipresente que vem de lugar nenhum e de todos os lugares, e lembra o brilho de uma gigante vermelha. O céu, apesar de encoberto, exibe onze estrelas nítidas como em céu límpido de meia-noite. A constelação do Touro. Os astros brilham com intensidade doentia. E, como se tivesse vontade própria, o brilho ilumina um ponto da cidade com especial desejo. É para lá que você ruma. Assim, passa em frente ao Templo de Karnak, com seus obeliscos imortais dedicados a Amon-Rá, percorre a extensa Avenida das Esfinges, com suas mais de 600 figuras de pedra atuando como sentinelas, e chega ao Templo de Luxor, dedicado à coroação dos antigos faraós. Ali, você desce do camelo e manda o animal partir. Se você tiver uma câmera fotográfica, vá para **894**. Caso contrário, vá para **948**.

804

Ele sorri como um professor atencioso.

— Ótima pergunta, para quem está num trem rumo a Luxor. Era de lá que Akhenaton reinava quando decidiu implementar o monoteísmo no Egito Antigo e mover a capital para o local que hoje chamamos de Amarna. É estranho. Antes disso, o reino havia sido politeísta por eras. Após a morte de Akhenaton, o politeísmo foi restaurado e durou mais um milênio! Por que esse rompimento no meio de uma sólida tradição? Ninguém sabe. Mas ouso pensar que foi influência de Nefertiti, esposa de Akhenaton, e que para provocar uma mudança tão drástica ela teve um motivo inquestionável.

Vá para **834**.

805

O homem começa a golpear com a cimitarra, com velocidade surpreendente para alguém do seu tamanho.

GUARDA CRUEL ◆ 5 –5

A cimitarra do homem é uma arma mortífera. Se ele causar dano em você, aumente o dano causado em +1. Se vencer, vá para **909**.

806

— Respeitamos a privacidade de nossos hóspedes — diz Richard. — É melhor você procurar em outro local.

Sem que os demais frequentadores do café percebam, dois seguranças surgem e conduzem você para fora. Eles não permitirão que volte a incomodar os hóspedes ou funcionários do hotel. Vá para **773**.

807

Sob o sol escaldante, você passa em frente ao Templo de Karnak, com seus obeliscos imortais dedicados a Amon-Rá, percorre a extensa Avenida das Esfinges, com suas mais de 600 figuras de pedra atuando como sentinelas, e vislumbra o Templo de Luxor, dedicado à coroação dos antigos faraós.

Uma visão faz você estacar em surpresa. Pensando que localizar Elizabeth seria uma tarefa árdua, você demora a acreditar em seus olhos. No topo de um grandioso minarete, lá está ela, sua silhueta esguia contrastando contra o céu. Parece em êxtase. Os braços serpenteiam em uma espécie de dança macabra, uma das mãos empunhando uma adaga e a outra segurando a cabeça decapitada de um bode. Desatentos, os taxistas, mascates e forasteiros que infestam o pequeno centro da cidade não a notam lá em cima. Mais do que isso, são incapazes de perceber a Realidade excruciante que existe do outro lado do véu imaterial que a todos cerca. Jamais compreenderiam o feitiço que a cultista está conjurando e as fissuras sangrentas que sua adaga abre no mundo físico, atiçando o apetite das entidades que habitam o outro lado.

Sua reação imediata é correr na direção do minarete. Porém, quando se aproxima da entrada da torre, um punho surge não se sabe de onde e acerta seu queixo. Em meio aos transeuntes, você perde o equilíbrio e cai. À sua frente, seu agressor: William Faraday. Vá para 879.

808

Você espia cada corredor antes de entrar nele e se esconde quando surge alguém. **Faça um teste:** ⚅⚅ + ⚅ **Ágil** + ⚅ **Alerta** – ⚅ **Indolente** – ⚅ **Negligente.** Se passar, vá para **886**. Caso contrário, vá para **866**.

809

Com um golpe bem dado, você derruba William Faraday. Ele tomba de uma vez só, levantando uma nuvem de areia ao atingir o tapete que recobre o chão da tenda. Você ofega por alguns instantes. Quando enfim consegue recuperar o fôlego, William já está recobrando a consciência. Se apoiando em uma prateleira cheia de antiguidades, o explorador se ergue.

— Você é forte — ele fala com dificuldade. — Diga o que quer.

Vá para **852**.

810

Você está avaliando as ferramentas que o egiptólogo tenta vender, quando passam por um trecho sem vegetação. Areia recobre a paisagem quando você ouve o barulho de um pedregulho atingindo a janela do trem. **Faça um teste:** ⚅⚅ + ⚅ Alerta – ⚅ Negligente. Se passar, vá para **876**. Caso contrário, vá para **783**.

811

Quando você se aproxima, o homem coloca a mão direita sobre o cabo da cimitarra. Abrindo um sorriso de dentes podres, ele diz:

— Você não pertence a este lugar. Saia agora... ou nunca mais.

Ele avança na sua direção, ao mesmo tempo em que começa a sacar a lâmina longa e curva da bainha. Se quiser atacá-lo, vá para **805**. Se preferir suborná-lo, vá para **908**.

812

Ele leva a mão à testa, como quem padece de dor de cabeça.

— Sempre pensei que não passasse de uma piada, mas a cada dia ela tem menos graça. Aconteceu antes de eu conhecê-lo. William sempre gostou de participar de expedições e vasculhar catacumbas, tanto que juntou uma coleção enorme de quinquilharias. Até que descobriu algo realmente valioso! Foi em 1908, quando encontraram a tumba de Horemheb, o último faraó da 18ª Dinastia. Havia muitos tesouros que deveriam ser entregues ao governo ou a um museu, mas William se apossou de um deles. O Colar de Ouro Astral foi dado a Horemheb quando era um general, para exaltar as vitórias militares e apontá-lo como sucessor do trono do Egito. Agora Elizabeth fica dizendo a William que ele é o sucessor. O 13º Faraó politeísta da dinastia! Tudo isso só porque foi o primeiro vivente a colocar o enfeite no pescoço. Seria engraçado, não fosse essa história ter nos arrastado até aqui.

Volte para **840**.

813

Quando William Faraday some pela saída da tenda, seu primeiro impulso é segui-lo. Porém, uma barulheira lá fora indica que Elizabeth já chamou seus seguidores. Para tentar segui-lo mesmo assim, vá para **880**. Para procurar uma saída pelos fundos da tenda, vá para **824**.

814

Você pergunta aos comerciantes sobre relíquias antigas e, depois de algum tempo, acaba chegando na Al Amir Antiguidades. Trata-se de uma loja de estatuetas, onde todos os produtos reluzem em dourado e espalham a cor vibrante no ambiente. Está repleta de turistas. Americanos com ar de erudição passam longos momentos explicando para suas companheiras quem é cada um dos deuses representados nas esculturas, exibindo um conhecimento enciclopédico — e muitas vezes errôneo — no qual as mulheres fingem interesse. Quando esquecem alguma informação importante, espiam as plaquinhas que acompanham cada peça de arte, onde os nomes dos deuses estão escritos em inglês. Você vê Bastet, a deusa com cabeça de gata, feroz protetora do lar. Vê Isis, Deusa da Magia, sentada sobre os calcanhares e esticando para o alto as poderosas asas de falcão. Vê Thoth, o Deus Mensageiro, Anúbis, o Deus da Mumificação, Amon-Rá, o Deus Supremo do Sol, e muitas outras divindades. Porém, o que mais chama atenção na loja não são os deuses, mas os humanos que reinaram sobre esta terra milhares de anos atrás.

Nefertiti, a Soberana do Alto e Baixo Egito, teve seu busto descoberto há pouco mais de dez anos em escavações nas ruínas de Amarna. Foi uma das mulheres mais influentes da antiguidade, célebre por incentivar seu marido, o Faraó Akhenaton, a expulsar os sacerdotes do reino e instaurar a doutrina do deus único, Áton. Após a morte do marido, Nefertiti ascendeu ela mesma ao posto de faraó, reinando até o fim de seus dias. Sua religião foi a primeira monoteísta do mundo, considerada uma anomalia na história egípcia. Possuía personalidade forte, assim se acredita, considerando sua história espantosa e a postura altiva de seu busto.

Tutankhamun, o Faraó Menino, teve sua tumba encontrada nos últimos anos, enterrada no Vale dos Reis. Ao contrário de outros sepulcros reais, saqueados ao longo dos milênios, a tumba de Tutankhamun estava milagrosamente intacta. Eufórica, a imprensa mundial foi inundada de fotografias das estátuas de ouro, dos vasos ornamentais de alabastro e dos barcos que serviriam para facilitar a travessia do jovem soberano para o outro mundo. Acima de tudo, popularizou-se sua máscara mortuária. Feita de ouro maciço cravejado de pedras preciosas, a peça representa sua face coroada pela touca listrada dos faraós, sobre a qual se firmam as insígnias da serpente e do abutre. Tutankhamun foi enteado de Nefertiti e seu sucessor ao trono. Um dos primeiros atos de sua regência foi restabelecer o politeísmo e trazer de volta os sacerdotes dos deuses antigos.

Tanto Tutankhamun quanto Nefertiti se tornaram personificações do Egito no exterior. Suas faces exóticas estampam jornais no mundo inteiro e atraem viajantes que injetam dinheiro no país. Como esperado, réplicas do busto e da máscara mortuária recobrem muitas das prateleiras da loja. Os estrangeiros as manuseiam como se fossem relíquias inestimáveis. Ironicamente, a Al Amir Antiguidades vende apenas reproduções recentes, algumas ainda com a tinta fresca.

— Boas-vindas ao Al Amir Antiguidades! — diz o dono da loja, um homem de bigode, com um fez vermelho cobrindo a cabeça. — Mas cuidado com o que toca, pois algumas peças são delicadas.

Você inicia uma conversa. O que quer perguntar?

"Você conhece Elizabeth Holloway?" Vá para **902**

"O que você sabe sobre deuses antigos?" Vá para **912**

"Você já ouviu falar do Necronomicon?" Vá para **788**

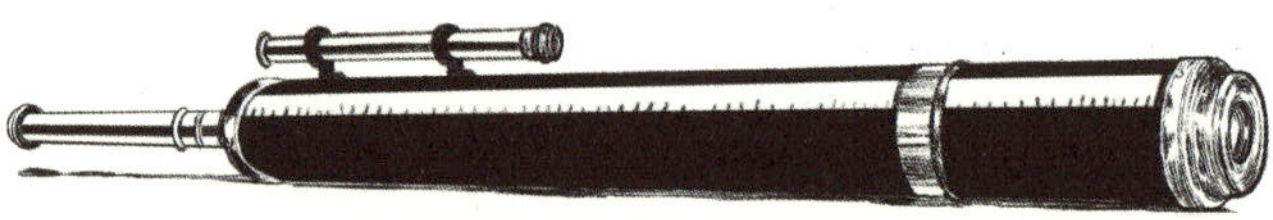

815

Os olhos dele brilham.

— Ah, o Necronomicon! Dizem que é uma fonte inesgotável de conhecimento, um Santo Graal para linguistas como eu. Foi escrito por Abdul al-Hazred, o árabe louco, em 700 d.C. e traduzido para o grego pelo bizantino Theodorus Piletas em 950 d.C., mas quem desvendará seus mistérios é o inglês William Faraday em 1926. Agora que o livro está em meu alcance, nada me impedirá de ler cada uma de suas páginas de sabedoria.

Volte para **852**.

816

Rami pode ser atento, mas ainda é só uma criança. Percebendo que este lugar é perigoso demais, você agradece pelos serviços e o dispensa.

— Que Deus lhe abençoe — ele agradece e se vai.

Risque o nome de Rami de sua ficha e vá para **848**.

817

Ao tocar a maçaneta, um frio percorre o seu corpo. Frio, em meio ao deserto ensolarado. De alguma maneira, a Realidade por trás do mundo se revela mais próxima dentro do observatório.

Você abre a porta. Com isso, o chão treme e o mundo se contorce. À sua frente, surge um corredor infinitamente longo, indo daqui até o fim do mundo. Você começa a caminhar, percorrendo quilômetros a cada passo, até chegar a uma porta. Do outro lado, vê uma sala repleta de relógios. Um relógio de sol marca a passagem do tempo de acordo com a sombra do ponteiro. Um relógio de água marca as horas pela transferência de líquido colorido de um tubo a outro. Engrenagens ocupam todas as paredes, movendo um gigantesco pêndulo em forma de lâmina que mais se assemelha a uma armadilha medieval. Por fim, dezenas de telescópios miram através de escotilhas, calculando o tempo com base na passagem das estrelas.

Uma porta na parede oposta leva você até uma segunda sala, esta forrada de fotografias. Algumas mostram imagens de eclipses. Outras, de nebulosas. Há ainda fotos do Cometa Halley em tamanho real, com seus onze quilômetros de extensão espalhados pela câmara. Você caminha sobre a imagem, enquanto o próprio cometa avança pelas galáxias. Ao seu redor, cada estrela é acompanhada de anotações que incluem sua posição e magnitude, a maioria delas reconhecida pelo nome de origem árabe: Betelgeuse, Altair, Aldebaran.

Outras salas se seguem. Contam a história da astronomia egípcia, desde os estudos feitos por sábios da corte em tempos imemoriais, passando por eras seguintes, quando o reino foi dominado por macedônicos, romanos, califas, otomanos, franceses e, por fim, ingleses. Regimes se ergueram e caíram. Religiões se formaram e foram abandonadas. O desenvolvimento científico do povo egípcio, no entanto, foi uma constante. Quando a Europa mergulhou na Idade das Trevas, o Egito vivia sua era de ouro na astronomia, competindo com outras cidades islâmicas pela supremacia intelectual.

O avanço da civilização desde sua origem até os dias de hoje é impressionante. Porém, pesa em seu peito o sentimento de que o brilho das descobertas humanas sempre esteve ameaçado. Os egípcios progrediram ao longo da história, mas não sem resistência. Permeando os milênios de estudo, sempre esteve presente uma força perversa oferecendo facilidades ilusórias em troca de submissão. Você consegue senti-la espreitando pelos cantos das sucessivas salas, cada vez mais intensa. Até que chega ao último cômodo do observatório, uma enorme sala circular. No centro, um telescópio aponta

818

muitos tubos e cilindros cor de cobre para uma abertura no teto abobadado. No piso, uma reprodução do Zodíaco de Dendera exibe o mapa celeste visto a partir do Egito, com inúmeras gravuras representando as constelações. Leão, peixes, escorpião, hipopótamo: todos giram ao redor de Polaris, na constelação da Pata de Boi. Involuntariamente, seu olhar é atraído pelo Touro. Ali, o brilho escarlate de Aldebaran se espalha pela sala, perturbado apenas por um ponto escuro que orbita a gigante vermelha. Jamais visto diretamente, o Sol Oculto só pode ser notado por sua sombra, que, por menor que seja, despeja sobre a sala uma escuridão profunda.

Você é hipnotizado pela perversidade obscura. Assim, demora a perceber a ameaça que surge dos cantos inundados de trevas. Se dá conta apenas quando uma serpente com dez metros de comprimento se ergue à sua frente, o corpo escamoso apoiado na cauda enrolada, as presas pontiagudas pingando fogo negro. Você está diante de Apophis, o Senhor do Caos.

APOPHIS	◆	⚔ ⚅⚅⚅⚅	✚7	ϟ–7

O Senhor do Caos cospe chamas negras. Para cada resultado "6" que o monstro rolar em seu teste de ataque, você sofre 1 ponto de dano automaticamente. Se vencer, vá para **884**.

818

Você revira a sala, mas tudo o que encontra são relatórios tediosos e cálculos matemáticos incompreensíveis. Lá fora, o taxista começa a buzinar, anunciando que está prestes a ir embora e deixar você para trás. Sem alternativas, você retorna pelos corredores do observatório — corredores brancos e sem vida, que você não se lembrava de ter percorrido —, entra no táxi e retoma a estrada de volta ao Cairo. Volte para 773.

819

Sem saber o que encontrará pela frente, você decide aproveitar o último momento de descanso. Assim, acomoda sua maleta no compartimento de bagagem acima dos assentos, move as poltronas para o lado, transformando-as em uma cama, pega o travesseiro e o cobertor que estão disponíveis, deita-se e dorme. A boa notícia é que, apesar do movimento, dormir no trem é bastante aconchegante. A má notícia é que você acertou em pensar que esta seria a última noite — não da investigação, mas da sua vida.

Baixar a guarda estando tão perto do centro de interesse de Elizabeth e seus asseclas não foi uma boa ideia. Durante a noite, enquanto você sonhava com os eventos grandiosos que estaria prestes a testemunhar e os planos malignos que estava prestes a impedir, um acidente com o trem ocorre. Você não sabe ao certo o que houve, apenas sente as ferragens do vagão esmagando seu corpo por um breve instante antes do abraço da morte. Sua investigação acaba aqui. Preencha uma lápide no cemitério e inicie um novo jogo na Introdução.

820

Seu objetivo está na superfície, então nada mais lógico do que tomar a escada que sobe. Ela é formada por uma série de degraus moldados em pedra calcária, cada uma com altura e inclinação diferentes, o que torna a subida árdua e cansativa. Ao final, uma pequena porta de madeira se abre para a luz implacável do sol egípcio. Você mal dá os primeiros passos para o ar livre, quando sente uma presença hostil surgir às suas costas. Ao se virar, depara-se com um homem de barba longa, com turbante e sem camisa. No peito, ostenta uma tatuagem com o formato da constelação do Touro, mas seus olhos não se delongam nela. Em vez disso, reparam na espada de lâmina curva semelhante a uma foice que ele saca da cintura antes de avançar sobre você.

Você pensa em disparar pelos corredores labirínticos e deixá-lo para trás. Porém, um casal inglês surge na sua rota de fuga adiante. Ela traja um vestido de corte reto, o que a deixa com aparência masculina. Ele tem a barba raspada rente à pele, o que o deixa com aparência feminina. As duas figuras andróginas estão alinhadas com a moda, mas a aparência limpa e moderna contrasta com as armas que sacam dos bolsos: cada um aponta para você uma adaga de bronze ancestral, já verde devido à oxidação. As lâminas perderam o fio há milênios, mas emanam uma energia estranha e vil.

— Você não deveria estar aqui — diz o homem, e os três atacam ao mesmo tempo.

TRIO DE CULTISTAS ◆ 5 −5

Se o combate ainda estiver ocorrendo no fim da terceira rodada, o trio de cultistas consegue cercar você e desferir uma sequência de golpes cruéis. Perca 2 pontos de Saúde e continue o combate.

Se vencer, você vasculha os bolsos dos cultistas e encontra algumas notas. Role e some o resultado ao seu dinheiro. Você então retoma a busca. Vá para **918**.

821

William ergue uma das sobrancelhas.

— Conheci Patrick no melhor lugar onde se pode atestar o valor de um homem: no inferno. Cavando trincheiras entre o rugido dos canhões e os gritos de soldados à beira da morte. A bala que me atingiu ainda está alojada no meu corpo. Patrick sabe que me lancei à frente dele. Foi o início da lealdade dele por mim, que já dura tantos anos.

Volte para **852**.

822

— Basta! Pare de perseguir Elizabeth!

Assim que você se levanta, ele avança mais uma vez. Sem compreender o motivo do confronto, você recua enquanto brada informações que ele já sabe: Elizabeth é uma cultista, o Necronomicon é um livro maldito e Patrick McNamara percebeu a ameaça melhor do que o próprio Willliam Faraday.

— Nada disso é da sua conta! — ele retruca. — Eu mesmo a confrontarei hoje à noite. Ela será incapaz de mentir dentro do templo que tanto estima.

Enquanto vocês discutem, incontáveis faces monumentais surgem no céu. Algumas você nunca viu antes, enquanto outras lembram os faraós das estátuas e afrescos. São acompanhadas por uma cacofonia de risadas zombeteiras e, no horizonte distante, uma nuvem de areia se ergue.

—Isso é entre ela e eu! Vá embora!

Então vocês percebem que Elizabeth não está mais no topo da torre. De repente, poderosas rajadas de vento açoitam a cidade, alvejando com grãos de areia que invadem os olhos e esfolam a pele. O sol é encoberto por uma tempestade de areia que você sabe: não é natural. Tossindo poeira, você percebe que Faraday também se foi. O mesmo vale para os transeuntes e trabalhadores que infestavam as ruas. Em meio a gritos de pavor, todos fogem em busca de abrigo. A tempestade avança devastando o que encontra pela frente. Espalha-se por toda a cidade e além. Se outros investigadores vierem no encalço de Elizabeth, terão problemas na jornada. Vá para **859**.

DESTAQUE O ADESIVO **X12**, VÁ ATÉ A REFERÊNCIA **895** E COLE-O SOBRE O NÚMERO **919**. ENTÃO, VOLTE PARA CÁ.

823

Faraday ergue os punhos e desfere cruzados poderosos. Além de forte, ele se mostra um pugilista experiente.

WILLIAM FARADAY	⚅⚅⚅⚅	8	—

No início de cada rodada de combate, role um dado:

Se o resultado for ⚀	Vá para **872**
Se o resultado for ⚁	Vá para **868**
Se o resultado for ⚂ ou ⚃	Vá para **896**
Se o resultado for ⚄	Vá para **774**
Se o resultado for ⚅	Vá para **911**

Se você vencer, vá para **809**. Se perder, vá para **927**.

824

Você procura por uma saída alternativa. No fundo da tenda, encontra um alçapão. Sem hesitar, pula para o desconhecido. Então, tateando na escuridão, descobre um túnel que segue adiante, longo e estreito. No início, é feito de pedra calcária, áspera e seca. Contudo, em certa altura você sente seus pés molhados. O nível da água sobe à medida que você avança. Alcança seus joelhos, quadril e peito. A partir de certo ponto, você precisa nadar. Então o teto bate em sua cabeça, e o único jeito de seguir em frente é mergulhando. Você cogita retornar por onde veio, mas o som do tumulto já preenche o túnel. **Faça um teste: ⚅⚅ +⚅ Forte +⚅ Saudável –⚅ Débil –⚅ Doente.** Se passar, vá para **796**. Caso contrário, vá para **881**.

825

Com o sol encoberto pela nuvem parda que arranha a garganta, você começa sua jornada a pé rumo a Luxor. Em uma situação normal, avançar pelo terreno árido já seria difícil. Após o desastre com o trem, é ainda pior. Você caminha pelo que parece uma eternidade. Se tiver uma mochila de explorador, vá para **803**. Caso contrário, vá para **779**.

826

Ele faz um sinal de insignificância, como se dispensasse o artefato.

— É um livro velho. Foi escrito em 700 a.C. por Abdul al-Hazred, o árabe louco, e traduzido para o grego uns cem anos depois. William acredita que contém conhecimento valioso, mas eu digo que o livro é profano!

Volte para **840**.

827

O velho escuta sua resposta. Vá para **778**.

828

— Bem que fui avisado de que Elizabeth estava envolvida com algum tipo de culto. Tentei alertar William sobre a possibilidade, mas é claro que ele não quer escutar. O homem está apaixonado! Vou continuar tentando convencê-lo. Fique com isso.

O irlandês puxa do bolso um antigo crucifixo.

— Talvez você não acredite nessas coisas, mas depois do que vi...

Anote o *crucifixo irlandês* em sua ficha de personagem. A qualquer momento, você pode gastá-lo para receber +⚅ em um teste. Vá para **867**.

829

Ele mira o teto do trem com olhar sonhador e suspira.

— Nefertiti, a Bela do Alto e Baixo Egito! Foi esposa de Akhenaton, faraó da 18ª Dinastia, e uma das responsáveis por implementar o monoteísmo no Antigo Egito. Após a morte do marido, reinou como faraó em direito próprio. Infelizmente, governos subsequentes tentaram apagar os registros dos feitos dela, então pouca informação sobreviveu até nossos tempos... Mas sem dúvida foi uma mulher admirável.

Vá para **834**.

830

Faça um teste: ⚅⚅ +⚅ Eloquente –⚅ Rude. Se passar, vá para **943**. Caso contrário, vá para **892**.

831

Ele solta um suspiro impaciente.

— Viemos comprar bugigangas para enfeitar as prateleiras daqueles dois. Ao menos, foi o que me disseram ao pedir que eu os guiasse pela cidade. Como fui tolo! William e Elizabeth sabiam exatamente aonde estavam indo e com quem falar. Estávamos aqui por causa do Necronomicon.

Volte para **840**.

832

Você segue para a Rua Al-Shafaq, número 832, e encontra o Raridades Oásis. Porém, o antiquário parece abandonado. O piso está coberto por poeira e jarros quebrados, as prateleiras estão vazias e ninguém está atrás do balcão. Você está quase indo embora quando percebe movimento num canto escuro. Sentado no chão, vê um ancião de pernas compridas e turbante escuro. Ele segura um cesto de vime pela metade, no qual trabalha lentamente, trançando e retrançando as hastes secas de matéria vegetal. Quando você se aproxima do velho, ele fala sem tirar os olhos do cesto:

— Quem você procura?

Se souber quem Elizabeth está procurando, converta cada letra do nome dessa pessoa em um número (sendo A=1, B=2 e assim por diante), some 800 ao resultado e vá para a referência correspondente. Se não souber, ou se a referência para a qual você for não fizer sentido, vá para **778**.

833

Tanto as Grandes Pirâmides quanto a Esfinge foram construídas durante a 4ª dinastia do Egito Antigo, mais de quatro mil anos atrás. Porém, esta é apenas uma das 34 dinastias da era dos faraós. Explorando a Necrópole de Gizé, você se depara com monumentos mais recentes. A maioria foi construída durante a 18ª dinastia, mais de mil anos depois das pirâmides. Examinando com atenção essas relíquias do passado, uma delas desperta o seu interesse. Trata-se da Estela do Sonho, uma pedra com três metros de altura repleta de inscrições, posicionada no corredor que se forma entre as poderosas patas dianteiras da Esfinge. Se souber traduzir hieróglifos, poderá ler as inscrições. Caso contrário, não conseguirá extrair qualquer informação da pedra e só lhe restará partir da necrópole. Vá para **769**.

834

Tendo confirmado seu interesse no assunto, Abdullah Nabil coloca uma pesada maleta sobre a mesa e a abre, revelando itens diversos.

— Vejo que vai a Luxor com interesse científico. Tenho equipamentos que podem ser úteis, além de relíquias que eu mesmo escavei.

Compre o que quiser, anotando os itens em sua ficha e descontando os custos correspondentes de seu dinheiro. Quando terminar, vá para **810**.

Item	Descrição
COLT PEACEMAKER .45	Arma de fogo. Este revólver do Séc. XIX possui gravuras que brilham quando ele é disparado. Em testes de ataque, receba +⚅⚅. No fim de qualquer combate no qual usar esta arma, perca 1 ponto de Sanidade. *Custo:* 12£.
ESPADA CRUZADA	Arma branca. Esta arma medieval, provavelmente um resquício das invasões cristãs ao território egípcio, tem lâmina longa e afiada. Em testes de ataque, receba +⚅. Além disso, se causar dano, aumente o dano em +1. *Custo:* 13£.
LÁUDANO	Pode gastá-lo fora de combate para recuperar 1 ponto de Sanidade, mas perder 1 ponto de Saúde. *Custo:* 3£.
MALETA DE MEDICAMENTOS	Pode gastá-la fora de combate para recuperar 2 pontos de Saúde. *Custo:* 4£.
MOCHILA DE EXPLORADOR	Barraca, bússola, corda e outros equipamentos de sobrevivência. *Custo:* 4£.
MUNIÇÃO	6 balas para armas de fogo. *Custo:* 2£.
NINHO DE PISTACHE	Uma delícia árabe, com massa de semolina, nozes e mel. Pode gastá-lo a qualquer momento para receber +⚅ em um teste. *Custo:* 2£.

835

Você caminha pelos monumentos milenares, mas não encontra nada que tenha relação com o culto. Sem opção, você parte. Vá para **769**.

836

Você chuta. A criatura se afasta e sai voando, e o mesmo faz a outra que estava dentro do vagão. Tão rápido quanto começou, o pesadelo termina. O trem para, a tempestade se distancia e com ela se vão as criaturas. Porém, o cenário ao redor é desolador. O trem está destruído e muitos passageiros e tripulantes jazem mortos, incluindo o egiptólogo. Você ajuda a reunir os sobreviventes e prestar os primeiros socorros, mas é preciso seguir viagem. Outros podem amenizar os danos sofridos. A você, cabe enfrentar a raiz do problema. Vá para **825**.

837

Ela sorri, contente em poder compartilhar conhecimentos com você.

— Diversos faraós deixaram suas marcas na antiga capital, mas nenhum com tanto fervor quanto os da 18ª Dinastia! Ahmose I escolheu a cidade como sede de seu reino após expulsar os hicsos. Seus sucessores investiram fortunas na cidade, trazendo espólios de batalhas distantes para custear a construção de santuários e obeliscos. Amenhotep III fez a maior contribuição, com a construção do Templo de Luxor em nome de Amon-Rá. O Período Amarna conteve o desenvolvimento da cidade, mas durou pouco. Com a retomada do politeísmo, Tutankhamun voltou a prestigiar a cidade com obras sacras. Todos os faraós da 18ª Dinastia foram enterrados lá.

Vá para **921**.

838

Antes mesmo que você chegue ao saguão, um jovem de uniforme e quepe se aproxima, diz algo em árabe e lhe entrega um telegrama do clã. Seguindo as instruções contidas nele, você se separa dos passageiros que seguem para o saguão e ruma para uma porta lateral guardada por dois soldados britânicos. Eles conferem seus documentos e permitem que passe. Você entra em uma pequena sala forrada de cofres, vai até um deles e encontra um envelope com notas. Role ⚅⚅⚅⚅ para determinar a quantidade de libras e some-as a seu dinheiro. Vá para **897**.

839

Pistas indicam que Elizabeth procura pelo Necronomicon, um tomo ancestral repleto de feitiços profanos. O ponto de partida para quem busca antiguidades é o Bazar Khan el Khalili. Assim, você parte para o centro do Cairo, entrando em um labirinto de ruas estreitas. Cruza com egípcios de turbante e burca. Cruza com egípcios de terno e vestido curto. Cruza com militares ingleses, nacionalistas locais, comunistas, fascistas, muçulmanos e cristãos. A cidade vive constante tensão entre os poderes opostos ali presentes.

Em seu caminho, passa pela antiga Cidadela, um monumento ambicioso, cuja construção se iniciou no período das Cruzadas, tendo como matéria-prima pedra calcária e o suor de prisioneiros de guerra. Torres e muralhas se erguem contra o céu limpo, ampliadas e reconstruídas por monarcas através dos séculos para proteger, vigiar e subjugar a cidade abaixo. Passa também em frente aos portões da Universidade de Al-Azhar, uma das universidades mais antigas do planeta. Fundada em 970 a.C., suas paredes sólidas adornadas com arabescos abrigam o mais prestigioso centro de aprendizado de literatura árabe e lei islâmica do mundo, que também ensina história, medicina, física, economia, poesia e ciências naturais.

Por fim, você chega ao imenso e abarrotado bazar. Prédios colados uns aos outros formam ruas espremidas e lotadas. Sob a sombra de tapeçarias suspensas, as lojas transbordam pelas portas em formato de ogiva, espalhando mercadorias pelas calçadas. Roupas, joias e lenços dividem espaço com bules, jarros e réplicas de estátuas famosas. O cheiro de especiarias como jasmim e páprica invade seu nariz, enquanto frutas secas como figos e tâmaras atiçam sua barriga. Nativos e turistas percorrem as lojas em busca de tesouros ou pechinchas, enquanto comerciantes anunciam seus produtos, negociam descontos e recebem pagamento em moeda internacional. Se quiser fazer compras no Bazar, vá para 770. Se quiser ir direto investigar Elizabeth e o Necronomicon, vá para **814**.

840

Patrick é um homem de meia-idade com os olhos experientes de quem matou e viu morrer durante a Grande Guerra. Como irlandês, é considerado cidadão de segunda classe no Império Britânico, e o único nobre inglês pelo qual nutre respeito é William Faraday. O que quer perguntar a ele?

"Para onde Elizabeth foi?"	Vá para **864**
"O que você sabe sobre o Necronomicon?"	Vá para **826**

"O que vocês estavam fazendo no mercado clandestino?" Vá para **831**

"Por que dizem que William Faraday é o 13º Faraó?" Vá para **812**

Quando não tiver mais perguntas, vá para **867**.

841

O beco nos fundos da Raridades Oásis se abre num emaranhado de ruelas estreitas, ladeadas de construções altas que bloqueiam a luz do sol. Encobertas pelas sombras, pessoas entram e saem de lojas com fachadas cinzentas. Porém, ao contrário da agitação barulhenta das ruas lotadas do bazar, aqui você só escuta sussurros. Você passa pela frente de algumas lojas, mas não vê qualquer sinal de Elizabeth, de William ou do próprio Necronomicon. Em sua busca pelo mercado clandestino, chega a uma viela estreita. Bloqueando o caminho, está um homem de barba negra e vasta, com braços enormes e uma cimitarra de lâmina larga na cintura. Se estiver com Walaa, vá para **901**. Caso contrário, você pode falar com o homem (vá para **811**), atacá-lo (vá para **805**), se esgueirar por ele (vá para **929**) ou, se possuir roupas locais, usá-las como disfarce (vá para **768**).

842

Você revira a sala. A princípio, tudo o que encontra são relatórios tediosos e equações incompreensíveis. Está prestes a desistir, quando um detalhe chama a sua atenção. Dentro da última gaveta, após remover todos os papéis, você encontra um fundo falso. Pequeno e discreto, quase passa despercebido. Entre duas chapas de madeira, você encontra um bilhete, no qual alguém escreveu com letra apressada:

Avisar Mestra Elizabeth
Necronomicon no Cairo
Com mercador Aziz

Você descobriu quem Elizabeth está procurando. Com um sorriso, você guarda o bilhete onde estava e disfarça os vestígios de sua passagem. Lá fora, o taxista começa a buzinar, anunciando que está prestes a ir embora e deixar você para trás. Você retorna pelos corredores do observatório — corredores brancos e sem vida, que você não se lembrava de ter percorrido —, entra no táxi e retoma a estrada para o Cairo. Volte para 773.

843

De todas as capacidades da humanidade, a mais valiosa é a de transmitir conhecimento através de gerações. Graças a ela você sabe que, mesmo se morrer em sua missão, suas descobertas viverão para quem vier depois. Da mesma maneira, conhecimentos de gerações passadas sobreviveram para chegar até você. Hieróglifos egípcios eram uma arte perdida, até que Pierre-François Bouchard encontrou a Pedra de Rosetta em 1799, e ela foi traduzida por seu conterrâneo, Jean-François Champollion, em 1822. Os dois franceses estão mortos há cem anos, mas o conhecimento produzido chegou às suas mãos. Você folheia o livro de tradução que recebeu do curador do Louvre. Muitos estão envolvidos na continuidade da cultura humana e é graças a todos que você é capaz de compreender o conhecimento deixado pelos egípcios mais de três mil anos atrás.

A Estela do Sonho narra a viagem do príncipe Thutmose IV até o Mundo dos Sonhos, onde encontra a Esfinge em sua forma de monstro, viva e feroz, e dela recebe uma missão. Naquela época, as areias do deserto haviam coberto o corpo da estátua, deixando apenas a cabeça para fora. A missão é simples, apesar de trabalhosa: desenterrar a estátua, para que possa ser admirada em todo seu esplendor. Em troca, Thutmose receberia o trono do Egito, que pertenceria a seu irmão. O príncipe obedeceu. Com mil súditos em um trabalho que levou mil dias, desenterrou a Esfinge construída por seu antepassado distante. Protegida entre as patas dela, construiu a Estela do Sonho, onde narra os acontecimentos e descreve sua árvore genealógica real, que lhe serviria para reivindicar o trono. Assim que a obra estava completa, seu irmão mais velho morreu. Em seguida, o seu pai. Thutmose IV subiu ao trono como 8º Faraó da 18ª Dinastia. Seu nome significa "Thoth nasceu".

Um século mais tarde, a pedra recebeu um acréscimo nas informações. A mando de Parennefer, sumo-sacerdote de Amon-Rá, a árvore genealógica foi expandida para incluir a descendência de Thutmose IV, assim como o destino de cada um dos faraós da 18ª Dinastia *(leia a Estela do Sonho na página ao lado).*

Com isso se encerra a 18ª Dinastia do Egito Antigo. Treze usaram o Colar de Ouro Astral e foram reconhecidos como faraós por Parennefer, sumo-sacerdote de Amon-Rá. Porém, um deles escapou aos ritos mortuários, motivo pelo qual o ritual não foi completado na Antiguidade. Você descobriu que o ritual de Elizabeth envolve 13 faraós. Por que um sacerdote de Amon-Rá estava dedicando as almas dos governantes do Egito a Thoth, porém, é algo que você ainda precisará descobrir... Vá para **769**.

Ahmose I *foi o primeiro a ser honrado com o Colar de Ouro Astral. Em troca do triunfo sobre os Hicsos e do domínio do Egito unificado, dedicou sua vida e morte a Thoth, o Deus Mensageiro.*

Amenhotep I *herdou o colar e a dívida do pai, manteve o poder sobre o Nilo e submeteu-se a técnicas mortuárias avançadas.*

Thutmose I *assumiu o nome dedicado a Thoth para afirmar que continuaria a honrar o compromisso de seu avô, e assim o fez.*

Thutmose II *cogitou desonrar os deuses e foi punido com pragas, mas sobreviveu ao incidente no Mar Morto e se entregou ao Deus Mensageiro.*

Hatshepsut *aprendeu com os erros de Thutmose II, seu marido e irmão. Usou o Colar de Ouro Astral e consagrou-se perante os deuses.*

Thutmose III *reafirmou seu pacto com Thoth e expandiu o império do norte da Síria até a quarta catarata do Nilo, na Núbia.*

Amenhotep II *seguiu os passos do pai.*

Thutmose IV *desenterrou a estátua da Esfinge e garantiu para si o privilégio de usar o Colar de Ouro Astral.*

Amenhotep III *construiu templos em louvor aos deuses e tornou-se o nono Faraó a se entregar ao ritual.*

Akhenaton *envergonhou o Egito com sua covardia. Persuadido pela infame Nefertiti, rejeitou a dádiva de Thoth, expulsou os sacerdotes e escondeu-se do ritual. Sua esposa reinou sobre o Egito sem nunca tocar o Colar de Ouro Astral e não foi Faraó aos olhos de Thoth.*

Tutankhamun *corrigiu os erros do pai. Retomou a fé no Egito e dedicou seu espírito a Thoth, conforme a tradição.*

Ay *conhecia o ritual e seu valor. Dono de lealdade singular, usou o colar por apenas quatro anos antes de se submeter a Thoth.*

Horemheb, *com sua extrema devoção, teria sido o último Faraó perfeito. Mas, como Akhenaton escapou, foi apenas o penúltimo. Além disso, em seu fanatismo, Horemheb exigiu ser enterrado com o Colar de Ouro Astral. Queiram os deuses que a situação mude. Até lá, aguardemos pelo dia em que o décimo terceiro Faraó se revele, pois ele será o receptáculo de Thoth, o Deus Mensageiro.*

844

O interior é composto por pequenas salas quadradas e de paredes brancas sem enfeites. Instrumentos de medição estão por todos os lados, incluindo relógios, balanças, lunetas e uma barra medindo exatamente um metro. Há também fotos mostrando eclipses, cometas e nebulosas, além de uma infinidade de papéis. Você vasculha tudo, mas nada encontra que contribua com sua investigação. Saindo do prédio principal, você caminha até uma construção em forma de cilindro. Lá, encontra um homem de barba comprida até o peito, que mostra a você o enorme telescópio que mira o céu por uma abertura no teto abobadado. Você se permite observar pelo visor, mas o instrumento não aponta para qualquer ponto que seja do seu interesse ou de Elizabeth. Por fim, você agradece pelas informações quanto ao funcionamento do maquinário e se despede. O taxista ainda está esperando, e leva você de volta ao Cairo. Volte para 773.

845

O comerciante fecha a cara.

— Meus produtos são da mais alta qualidade! Você não entende nada de artefatos egípcios!

Os gritos dele chamam atenção do restante do mercado, e os demais vendedores da rua encaram você com ressentimento. É hora de partir. Volte para 773.

846

Walaa pode conhecer os melhores caminhos, mas ainda é só uma criança. Percebendo que esse lugar é perigoso demais, você agradece pelos serviços e a dispensa.

— Tome cuidado — ela agradece e se vai.

Risque o nome de Walaa de sua ficha e vá para **848**.

847

... Saturno, Urano e Netuno. Eureka!

Entre os diversos documentos e anotações pendurados nas paredes da alcova do Dr. Venkman, um quadro negro com diversas elipses desenhadas chama a sua atenção. É uma representação do sistema solar, com símbolos anotados ao redor. Você vê uma equação incompleta, faz os cálculos e chega a um resultado. Então se levanta, estica o braço para pegar um giz e anota o número no quadro.

— Interessante, não é mesmo? Eu havia chegado à mesma conclusão — diz Venkman. — Os dados que você calculou são relativos aos símbolos encontrados junto às vítimas do assassino em série conhecido como o Profano. Sabe o que esse resultado representa?

Você faz que não, e Venkman continua com a explicação:

— São coordenadas estelares. Apontam para π^3-Ori, uma estrela na constelação de Orion, o caçador grego. Ou, se você for saudosista, a constelação de Sah, o pai dos deuses egípcios. Não importa o lugar do mundo ou a época na história, desde os primórdios sempre houve certas... coincidências no padrão de comportamento humano, como é o caso de civilizações diferentes enxergarem imagens semelhantes nas mesmas estrelas. Quanto a π^3-Ori, está longe de ser a estrela mais brilhante, ou de qualquer forma a mais importante da constelação. Porém, é a estrela que marca a mão com a qual a figura astral em questão segura um artefato. Orion carrega seu escudo. Sah, seu cajado. Esta peça é importante para nosso cultista.

Venkman segue explicando sobre usos esotéricos do cajado. Quando o livro instruir você a usar o símbolo da realeza, some 100 ao número da referência na qual estiver e vá para a referência correspondente. Se você tiver uma câmera fotográfica, vá para **184**. Caso contrário, volte para **145**.

848

Você continua sua busca pelo mercado clandestino, andando rápido o bastante para disfarçar que não sabe aonde vai, mas devagar o suficiente para observar o que acontece ao redor. Passa na frente de mais algumas lojas, onde comerciantes mal-encarados negociam em voz baixa com clientes estrangeiros. Vira à direita e à esquerda, sobe uma rampa leve e vira mais uma vez. Apesar de saber que todo esse labirinto de becos e ruelas se localiza nas entranhas de um único quarteirão, você tem a impressão que já caminhou mais do que a quadra deveria comportar.

Em suas andanças, você passa por um beco que termina em uma grade alta. É neste momento que você os vê. Do outro lado da grade, em uma pequena praça, está Elizabeth Holloway. Trajando um conjunto bege, com botas e cinto de couro e um lenço azul ao redor do pescoço, ela desfila pelas ruas secretas do Cairo como se fosse uma exploradora de catacumbas, seu cabelo curto evidenciando que é uma mulher dos novos tempos: independente e charmosa. Ao lado dela, um irlandês de cabelo preto fala uma coisa qualquer, ao que ela revira os olhos e o deixa falando sozinho. É Patrick McNamara. Elizabeth se afasta dele e se lança em direção a um inglês que observa os jarros decorados na tenda mais próxima.

— William! — ela o chama com a voz melodiosa.

William Faraday, você finalmente o encontra. É um inglês alto e loiro, de meia-idade. Um veterano de guerra. A barba aparada é um resquício da rigidez do exército. O bigode, uma manifestação de sua virilidade. Possui os olhos experientes de quem já presenciou a morte de companheiros e já olhou nos olhos de inimigos antes de apertar o gatilho. Usa um chapéu marrom e veste camisa de linho cru coberta por um colete de couro. Talvez por mero costume, traz uma pistola no coldre e uma espingarda às costas. É um homem experiente, um explorador capaz de investigar e de matar. No entanto, talvez devido à solidão após a guerra, William Faraday se mostra incapaz de notar a ameaça que se exibe para ele por baixo de lábios rubros e cílios compridos.

— William, encontrei o que estávamos procurando! — Elizabeth se pendura no braço dele e indica o caminho por entre as ruas estreitas do mercado clandestino.

Você vê os dois se distanciarem, seguidos por Patrick McNamara. Seu impulso é segui-los, mas a grade é alta demais para ser escalada. Sem alternativa, você volta pelo beco onde está, vira a esquina e vira várias outras vezes enquanto busca construir um mapa do local em sua mente. Jarros e tapeçarias estão por todo lado, confundindo os sentidos. Você atravessa vielas, sobe e desce passadiços. Quando menos espera, interrompe a corrida diante de uma queda de vários metros. Você olha para baixo e os vê mais uma vez. Em uma tenda repleta de crânios de animais, itens alquímicos e objetos ritualísticos, um comerciante de feições duras e trajes antigos entrega um pacote embrulhado para William Faraday:

— Há um ditado turco que diz que os livros escolhem seus leitores, e não o contrário. Pode levar o Necronomicon!

Patrick hesita. Elizabeth sorri. William recebe o livro nas mãos, o abre e lê. No mesmo instante, o comerciante parece desaparecer em uma nuvem de escuridão. Se quiser saltar de onde está para interromper a cena, vá para **934**. Se preferir procurar um caminho mais seguro, vá para **870**.

849

William olha para você com olhar questionador. **Faça um teste:** ⚅⚅ + ⚅ **Sagaz** – ⚅ **Ignorante**. Se venceu o combate contra ele, role + ⚅. Se passar, vá para **940**. Caso contrário, vá para **917**.

850

William coça o queixo.

— Há muito tempo não escutava esse nome. A família Faraday possui muitos ramos, e nos anos da guerra me afastei dos membros distantes. Mas, agora que você mencionou, lembro de ter um primo chamado Thomas, um pouco mais novo do que eu, que enveredou pela carreira acadêmica. É tudo o que sei. Mas é bom ter o nome dele em mente. Talvez eu o contate um dia.

Volte para **852**.

851

Sua chegada abrupta poderia causar comoção, mas é sobrepujada pelo som gutural que se espalha pelo ambiente quando William Faraday contempla o livro.

— *Esperei muito por você, Faraó!*

O som emerge das páginas do Necronomicon. Embora todos ouçam, paira no ar a dúvida se o livro realmente falou ou se é algo da sua cabeça. Seja como for, é um som que lembra o rugido vindo de um mundo de aberrações.

Atrás de William, Elizabeth olha para você e reconhece seus trejeitos e equipamentos. Ela sabe que você é parte do Clã Wyrden e está aqui para impedi-la.

— Will, vamos embora — ela diz.

— Senhor Faraday, espere — diz Patrick.

William Faraday, no entanto, não escuta nenhum dos dois de imediato. Em vez disso, ergue os olhos do livro e, vagamente confuso, olha para você.

O que você diz?

"Largue este livro! Ele é amaldiçoado!" Vá para **936**

"Não dê ouvidos a Elizabeth! Ela é uma cultista!" Vá para **855**

852

Você pode fazer perguntas a William Faraday:

"O que você sabe sobre o Necronomicon?" Vá para **815**

"Qual sua relação com Thomas Faraday?" Vá para **850**

"Como você conheceu Elizabeth?" Vá para **922**

"Qual sua relação com Patrick McNamara?" Vá para **821**

"Por que dizem que você é o 13º Faraó?" Vá para **883**

Quando não tiver mais perguntas, vá para **790**.

853

Você pousa de pé, mas se desequilibra, cai de joelhos e se machuca. Perca 2 pontos de Saúde. Quando se ergue, está diante de William Faraday. Vá para **851**.

854

William dá as costas e se vai pela abertura da tenda. Ao vê-lo partir, você sente que a oportunidade de conversar com ele com tanta franqueza não se repetirá. Arranque esta folha (rasgue-a ou recorte-a de forma a removê-la do livro) e vá para **813**.

Você vê os dois se distanciarem, seguidos por Patrick McNamara. Seu impulso é segui-los, mas a grade é alta demais para ser escalada. Sem alternativa, você volta pelo beco onde está, vira a esquina e vira várias outras vezes, até se deparar com outro beco sem saída. Praguejando contra a falta de sorte, você retorna por onde veio. Porém, não reconhece mais o caminho. Em vez da rua estreita por onde acabou de passar, o que vê é uma escada que leva para baixo, seguida de galerias inferiores ora escuras, ora iluminadas por tochas, cheias de curvas, subidas e descidas.

Em certo momento você percorre um túnel comprido. A cada muitos metros, uma pequena abertura na parede junto ao teto traz alguma luminosidade e os barulhos lá de fora. Parecem bocas-de-lobo, como se fossem feitas para captar a água da chuva na sarjeta e despejá-la na galeria subterrânea onde você está. Correndo pelo túnel escuro, você não dá muita atenção a cada fresta de luz que deixa para trás. Exceto uma. Ao passar por ela, uma voz rouca faz você estacar. Você retorna e espia pelo vão. É difícil enxergar com detalhes aqui de baixo, mas você os vê. Em uma tenda repleta de crânios de animais, itens alquímicos e objetos ritualísticos, um comerciante de feições duras e trajes tradicionais entrega um pacote embrulhado para William Faraday, dizendo:

— Há um ditado turco que diz que os livros escolhem seus leitores, e não o contrário. Pode levar o Necronomicon!

Patrick hesita. Elizabeth sorri. William recebe o livro nas mãos, o abre e lê. No mesmo instante, o comerciante parece desaparecer em uma nuvem de escuridão. Você grita e bate nas grades de ferro, mas o inglês mal percebe. Os olhos dele estão vidrados no Necronomicon. Enquanto ele contempla as páginas milenares em profundo torpor, um som gutural emerge do próprio livro e se espalha pelo ambiente como pústula em carne pútrida. E diz:

— *Esperei muito por você, Faraó!*

Embora todos ouçam, paira no ar a dúvida se o livro realmente falou ou se é algo da sua cabeça. Seja como for, é um som que lembra o rugido vindo de um mundo de aberrações.

Você percebe então que alguém surge na tenda para intervir. De onde está, enxerga apenas os pés, o que torna impossível identificar a pessoa. Porém, há uma valentia incomum e a determinação em impedir que Faraday se envolva com o livro de Elizabeth, e esses traços de heroísmo deixam claro que é alguém do Clã Wyrden.

— Fuja! — William dá o Necronomicon nas mãos de Elizabeth, que sai correndo pelos corredores do mercado negro, seguida por Patrick McNamara.

Um combate corporal se desenrola na tenda, derrubando crânios, jarros e frascos de líquido suspeito que estavam pelas prateleiras. Assistindo pelo vão na sarjeta, você em nada pode ajudar, então volta a correr pelo túnel, procurando uma saída. Ao final dele, encontra duas escadas: uma que sobe e outra que desce. Para subir, vá para **820**. Para descer, vá para **802**.

855

Sem tirar os olhos de você, Faraday passa o Necronomicon para as mãos de Elizabeth.

— Fuja daqui e leve nossa relíquia! Eu a protejo dessa ofensa.

Elizabeth agarra o livro e sai em disparada pelo mercado labiríntico. Patrick McNamara dá uma última olhada para William e, sabendo da força do amigo, dá as costas e corre atrás dela.

— Como ousa questionar a integridade de uma dama britânica? — é a última coisa que William Faraday diz antes de partir para cima de você.

Vá para **823**.

856

Seu último golpe acerta em cheio um dos serpopardos, mas quem tomba é o outro. Esparrama-se pelo chão ardente da caverna com as garras de leopardo retraídas e o longo pescoço de serpente encurvado de forma não natural. Em seguida, o mesmo acontece com a criatura restante. Interligadas em vida, interligadas em morte. Com os monstros mortos, a única coisa que se move é uma última gota de veneno. Ela escorre pelas presas de um deles, pinga no solo abrasador e ali se cristaliza. Anote o *veneno de serpopardo* em sua ficha de personagem. Você pode gastá-lo durante um combate. Se fizer isso, na próxima rodada desse combate na qual causar dano, aumente o dano causado em +2.

— Aproveite o triunfo momentâneo — diz o sacerdote sem olhos. — Ele não durará.

Você passa ao lado dele e desce mais setecentos degraus até uma saída iluminada. Ao atravessar a passagem, descobre que está de volta à superfície do mercado clandestino. Atrás de você, uma pequena escada leva até o topo de uma casinha abandonada. Vá para **918**.

857

Quando você responde, o velho abre um sorriso, mostrando dentes podres. Vá para **778**.

858

Ele franze a testa ao ouvir a pergunta.

— São entidades completamente diferentes! Amon-Rá é a deidade central da mitologia egípcia. Surgiu como um amálgama de Amon, o Deus do Oculto, e Rá, o Deus Sol, e em torno dele gira o panteão de deuses. Sua presença é consistente ao longo de toda a história antiga. Já Áton foi uma invenção do Faraó Akhenaton e sua esposa Nefertiti quando implementaram o monoteísmo no reino, no que ficou conhecido como Período Amarna.

Vá para **834**.

859

Pelos rasgos no céu, você vê escaparem demônios e quimeras. Voam em enxames, devorando qualquer pessoa que ainda não encontrou abrigo. Um homem que corre mal percebe o que o ataca. Antes que você possa ajudá-lo, o corpo dele é erguido no ar e dilacerado por garras sangrentas. **FAÇA UM TESTE DE SANIDADE 2@: ⚅⚅ + ⚅ OCULTISTA – ⚅ INOCENTE.**

Você tenta decidir um plano de ação — procurar Elizabeth, perseguir Faraday, ajudar as vítimas —, mas a tempestade se adensa. É impossível enxergar ou se localizar. Um prédio abandonado desmorona perto de você e, percebendo a inutilidade em prosseguir, você se refugia sob os escombros. Longos minutos se passam. Ou horas, ou dias. Você não sabe quanto tempo. O que sabe é que, quando a tormenta se abranda e você deixa o esconderijo, a cidade está completamente diferente. Uma névoa parda paira no ar. O sol desapareceu, restando apenas uma claridade avermelhada e onipresente que lembra o brilho de uma gigante vermelha, mas não parece vir do alto. Vem de lugar nenhum e de todos os lugares. As feras se dispersaram em busca de vítimas mais distantes e as pessoas da cidade fugiram ou estão mortas. Mas o mais estranho é que o céu, apesar de encoberto, exibe onze estrelas nítidas como em uma noite límpida. A constelação do Touro. Os astros brilham com intensidade doentia. Agourenta. E, como se tivesse vontade própria, o brilho ilumina um ponto da cidade com especial avidez: o Templo de Luxor. Você tem certeza de que é para lá que Elizabeth foi, e é para lá que você ruma. Vá para **948**.

860

Você observa as pessoas ao redor e tenta se mesclar. **Faça um teste:** ⚅⚅ +⚅ **Eloquente** –⚅ **Rude.** Se tiver roupas locais, role +⚅. Se passar, vá para **886**. Caso contrário, vá para **866**.

861

Você vai até a mesa onde está o irlandês e se apresenta. Ele abaixa o jornal que estava lendo e convida você a se sentar.

— Sou Patrick McNamara. Estou na cidade a trabalho, mas parece que meu chefe se distraiu com a namorada e me esqueceu por aqui.

O que quer perguntar a ele?

"Estou procurando William Faraday e Elizabeth Holloway. Sabe onde estão?"	Vá para **928**
"Qual a sua ligação com William Faraday?"	Vá para **907**
"O que você sabe sobre Elizabeth Holloway?"	Vá para **946**

862

Quando você responde "Aziz", o ancião para de trabalhar no cesto. Encarando você com olhos amarelados, ele pergunta:

— E quem procura Aziz?

O que você responde?

Seu próprio nome	Vá para **939**
"O Arauto do Sol"	Vá para **890**
"O décimo terceiro Faraó"	Vá para **906**
"Elizabeth Holloway"	Vá para **924**
"Nyarlathotep"	Vá para **857**
"A rainha Nefertiti"	Vá para **792**
"O sumo-sacerdote de Thoth"	Vá para **827**
"William Faraday"	Vá para **775**

863

— Obrigado pela confiança — diz Rami, com um sorriso sincero. — Sou bem atento, você verá.

Anote o nome de Rami em sua ficha de personagem. Ele andará com você. Vá para 773.

864

Ele abre as palmas das mãos, como quem indica a obviedade da resposta.

— E eu lá sei? Acabo de perdê-la de vista mais uma vez! Aquela mulher é esperta: difícil de entender, mais difícil ainda de perseguir.

Volte para **840**.

865

Você faz meia-volta e passa a correr rumo à traseira do trem. Percorre inúmeros vagões, incluindo aquele onde fica a sua cabine e o vagão-restaurante onde Abdullah Nabil já conversa com outra pessoa. Segue adiante. O último vagão possui uma porta traseira que dá acesso a uma plataforma ao ar livre, de onde vários viajantes apreciam a paisagem. Apesar da intensidade do vento, nenhum deles entende quando você passa as pernas por cima do parapeito gradeado e pula para fora do trem.

Você cai e rola pelo chão. Perca 2 pontos de Saúde. Logo, o trem deixa você para trás e ruma de encontro às nuvens agourentas. Você assiste a tudo à distância. O impacto contra a superfície da tempestade é tão intenso, que arranca o trem dos trilhos em meio a uma curva. A locomotiva tomba e desliza pela areia. Pesada, arrasta os vagões, derrubando-os um a um. Ao mesmo tempo, criaturas com asas de morcego atacam todas ao mesmo tempo. Algumas apenas mergulham para amassar a lataria dos vagões. Outras, mais eficientes, emergem trazendo vítimas cravadas em suas garras.

Você não pode assistir por muito tempo, pois a tempestade vem em sua direção. Sem perder tempo, você corre até uma duna e começa a cavar um esconderijo. Enrola-se então no sobretudo que trouxe da Inglaterra e se deixa soterrar pela areia. Quando a tempestade chega, ela revira a paisagem e desnorteia os seus sentidos. Apesar disso, os danos sofridos no subterrâneo em nada se comparam com os da superfície. Você aguarda. Resiste. Passa-se muito tempo. Enfim, o barulho devastador da tempestade se abranda, levando embora o arrastar de tentáculos e o revoar de asas de morcego. Quando parece seguro, você luta contra o peso em suas costas e se liberta do sepulcro de areia.

Na superfície, você corre até o trem descarrilhado e se depara com um cenário desolador. Todos os vagões estão tombados e abalroados, alguns completamente destruídos. Um dos mais afetados foi o vagão-restaurante, onde Abdullah Nabil jaz morto em meio aos destroços, com a caixa torácica aberta e as costelas apontando para fora. Muitos outros jazem como ele, nas mais bizarras posições.

Há alguns sobreviventes, não graças a você. Talvez pudesse ter feito mais por eles, não fosse sua ânsia de salvar a própria pele. Você fez isso por um motivo: afinal, não lhe cabe amenizar os danos sofridos, mas lidar com a raiz do problema. Assim, você segue adiante em sua caçada à cultista. Sua consciência, no entanto, não fica indiferente. Perca 1 ponto de Sanidade e vá para **825**.

866

Por um tempo, você avança discretamente. Porém, sem que você note, um dos cultistas percebe você. Sem causar alarde, ele avisa seus colegas. Juntos, passam a perseguir seus passos, observando a partir de sacadas e passadiços. Quando você menos espera, um golpe silencioso atravessa sua jugular. Você sequer consegue ver a face de seu algoz. Sua investigação acaba aqui. Preencha uma lápide no cemitério e inicie um novo jogo na Introdução.

867

— Veja! Não é Elizabeth? — ele aponta para uma passarela que cruza por cima da rua onde vocês estão, mas em seguida desconsidera. — Não, acho que foi só impressão. De todo modo, vou continuar procurando por ela nesse labirinto infernal. Ela colocou na cabeça de William que precisam ir para Luxor, e tenho que descobrir o motivo.

Com isso, ele se despede e volta a perambular pelas ruas e corredores perseguindo fantasmas. Quanto a você, sabe que é uma busca inútil. Assim, passa por uma cortina qualquer e, para sua surpresa, vê-se fora do mercado clandestino. Está de volta ao bazar onde mercadores atenciosos empurram quinquilharias para turistas empolgados. Atrás da cortina por onde passou, apenas uma parede de pedra sólida.

Com o tempo decorrido, é provável que tanto Elizabeth quanto William já estejam longe. Porém, agora você sabe para onde planejam ir em seguida. Cidade milenar outrora chamada Tebas, Luxor foi o lar dos faraós durante a 18ª Dinastia. Com seus templos e necrópoles, hoje é conhecida como "o maior museu ao ar livre do mundo". Basta subir o Nilo. Vá para **885**.

868

O explorador abre os braços musculosos, salta em sua direção e prende você em um abraço de urso. Durante essa rodada de combate, você não poderá usar armas de fogo. Volte para **823**.

869

Sem saber ao certo como proceder, você gira válvulas e puxa alavancas aleatoriamente. Um dos comandos alarga a entrada de ar para a fornalha e atiça ainda mais o fogo. Outro comando aumenta a velocidade da locomotiva. Por todos os lados, aparatos semelhantes a relógios viram os ponteiros ao extremo. Um pistão estoura. Antes que você consiga pensar em outro plano de ação, o trem atinge a curva em alta velocidade. As rodas são arrancadas do trilho de ferro ao mesmo tempo em que a locomotiva tomba. O mesmo acontece com os vagões, e todas as estruturas do trem se abalroam. Os vagões rolam uns por cima dos outros, explodem e irrompem em chamas. Caos e terror tomam conta dos passageiros, que nada podem fazer a não ser gritar em agonia pelos últimos instantes de vida. Mas você não os vê morrer, pois morre primeiro. Sua investigação acaba aqui. Preencha uma lápide no cemitério e inicie um novo jogo na Introdução.

870

Você olha em volta em busca de uma rota alternativa. Encontra uma escada, pela qual você desce. Em seguida, percorre galerias e busca chegar ao mesmo nível da tenda. Porém, os corredores estreitos são labirínticos e confusos. **Faça um teste:** + **Alerta** – **Negligente.** Se passar, vá para 777. Caso contrário, vá para **935**.

871

Ela sorri, contente em poder compartilhar conhecimentos com você.

— É uma cidade histórica. Ou deveria dizer pré-histórica? Luxor está lá há tanto tempo, que a memória de sua fundação há muito se perdeu. Na antiguidade era chamada de Tebas, a cidade de Amon-Rá. Hoje, com seus templos e necrópoles construídos ao longo de inúmeras dinastias, é conhecida como Luxor, o maior museu ao ar livre do mundo.

Vá para **921**.

872

Percebendo que esta será uma luta difícil, o inglês saca sua faca, com a qual já enfrentou todo tipo de inimigos, de soldados alemães a leões da savana. A partir de agora, se ele causar dano em você, aumente o dano causado em +1. Se rolar esse efeito novamente, ignore-o. Volte para **823**.

873

Patrick balança a cabeça.

— Não estou gostando do rumo dessa conversa. — Ele se levanta e veste o chapéu. — Agora, se me dá licença, tenho mais o que fazer.

Você tenta trazê-lo de volta para a conversa, mas ele se vai, ofendido. Sem alternativa, você deixa o hotel e volta a seguir suas próprias pistas. Volte para **773**.

874

Você golpeia o cultista, que cai no topo do vagão. Mas, assim que passa pelo corpo, ele se ergue novamente! A expressão vazia no rosto do homem deixa claro que ele está morto, mas os olhos dele estão abertos, brilhando em vermelho contra a escuridão da noite. Você não sabe que tipo de sortilégio reanimou seu inimigo, mas não tem tempo de pensar nisso, pois ele corre em sua direção para derrubar você do trem. Se quiser fazer força contrária, vá para **889**. Se quiser tentar desviar no último instante, vá para **781**.

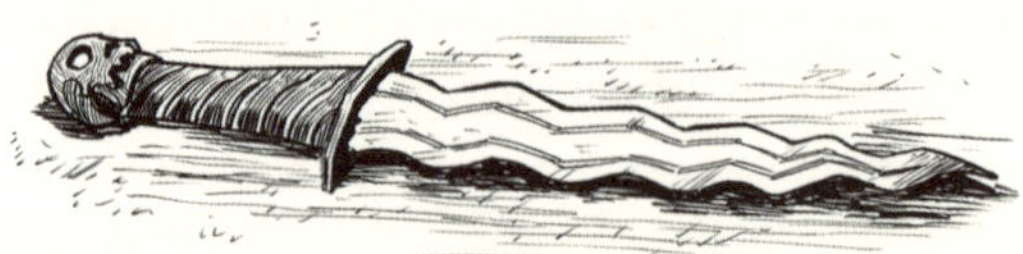

875

Seja devido a experiências anteriores, seja simples intuição, você sabe o que fazer. Primeiro, fecha as entradas de ar que ajudam a alimentar o fogo na fornalha e libera a válvula de emergência para diminuir a pressão dentro dos pistões. Depois, puxa o freio da locomotiva e também a pequena alavanca que conecta uma corrente aos freios de todos os vagões. O ferro do freio friccionando o ferro das rodas faz irradiar fagulhas e emite um ruído alto e aflitivo. Por fim, como medida desesperada, aciona a longa alavanca de reverter direção. Aos poucos, o trem começa a perder velocidade. O ato de frear não é tão rápido quanto você gostaria, e o trem chega à curva ainda em alta velocidade. Um solavanco violento quase arremessa você para longe, sendo necessário se agarrar aos mecanismos, mas a locomotiva consegue manter a estabilidade e completar a curva, sendo seguida pelos vagões. Um grito de susto se espalha em meio aos passageiros do trem, mas todos seguem viagem ilesos.

Após o incidente, você retorna aos vagões anteriores para localizar os cultistas, mas não os encontra. Relatos de passageiros aludem a barulhos estranhos antes da curva e levam você a crer que os cultistas saltaram para fora do veículo em movimento. Resta-lhe seguir adiante. Assim, você mantém a máquina em funcionamento rumo a Luxor.

Nas horas seguintes, o trem passa por uma longa zona de cultivo. Milho, arroz e trevo prosperam graças a um sistema de irrigação que se desenvolveu junto com a história da humanidade, sendo aperfeiçoado ao longo de milênios. Cada plantação ocupa uma área retangular, dividindo a terra em quadrantes de diferentes tonalidades de verde. Cor que em outros locais é considerada pacífica, aqui o verde significa rebeldia. É a cor de uma terra insubordinada, que se recusa a ceder ao dourado estéril do oceano de rocha e areia que a cerca, mantida por um povo batalhador, que persiste mesmo oprimido pelas intempéries.

Uma longa curva do Nilo passa próxima ao seu trajeto e você vê de perto as águas fluindo, cristalinas. Logo adiante surgem os primeiros agrupamentos de casas, que se tornam mais e mais frequentes, até formar a pequena — mas historicamente inestimável — cidade de Luxor. Aqui os moradores são mais rústicos e humildes do que na metrópole do Cairo. Muitos trabalham arando os campos ou lidando com o gado, em oposição à forte atividade comercial que domina a capital do Egito. Há, no entanto, hotéis e vendedores de badulaques que atendem os estrangeiros que visitam a cidade. Com a recente descoberta da tumba de Tutankhamun, a região renasceu como destino turístico e arqueológico, atraindo tanto egiptólogos com sólida carreira científica, quanto entusiastas que fantasiam em desvendar mistérios das antigas catacumbas.

Seguindo a sinalização, você diminui a velocidade do trem e para por completo na Estação Ferroviária de Luxor. Os passageiros desembarcam e logo notícia do duplo assassinato se espalha. A polícia local investigará o assassinato do maquinista e seu ajudante, sem sucesso. Você, por outro lado, possui os meios e o conhecimento necessários para enfrentar a causa do problema e evitar mais mortes. Assim, sem querer perder tempo com autoridades que só irão atrapalhar, você se mistura à multidão e deixa a estação o quanto antes. Desvia das ofertas de táxi e hospedagem que surgem a cada passo e sai por uma das muitas portas sob a imagem de asas abertas de Nekhbet, a deusa-abutre que rege o Alto Egito. Vá para **807**.

876

Abdullah Nabil é um verdadeiro apaixonado por compartilhar as histórias do Mundo Antigo. Ele tenta manter você na mesa, seja para falar mais sobre os reis do passado, seja para vender equipamentos úteis. Porém, você já não está mais prestando atenção. Em vez disso, olha pela janela, perguntando-se o que é aquilo no horizonte. Sem criar pânico, despede-se do egiptólogo e deixa o vagão-restaurante. Caminha em direção à dianteira do trem, sempre olhando pelas janelas. Muito distante, uma gigantesca nuvem parda se ergue entre as dunas e o céu. Está a sul, e o trem avança em direção a ela. Mesmo à distância, o vento já sopra com violência. Pedras atingem as janelas e, em meio à tempestade de areia que se aproxima, você consegue ver o vulto de demônios e quimeras que voam e se arrastam, procurando por vítimas. Se quiser correr até a locomotiva e avisar o maquinista, vá para **887**. Se, em vez disso, quiser pular do trem para se salvar, vá para **865**.

877

Com um movimento instintivo, você agarra o pulso de um garoto ao seu lado. Ele olha para você com expressão de horror, os dedos da mão já tocando a sua carteira.

— Eu não ia fazer nada! — ele mente, em tom de súplica.

Sem tempo a perder, você o empurra para longe. Ele sai correndo e desaparece na multidão. Com sua carteira a salvo, você retoma sua busca pelo Necronomicon. Vá para **814**.

878

Você resiste ao avanço do cultista e faz com que ele voe para fora do trem. O corpo do homem cai no chão, rolando e batendo nos dormentes que unem as linhas de metal. Por um momento, você ainda avista o brilho vermelho dos olhos, mas quando uma das rodas do trem esmigalha o corpo dele, o brilho desaparece. Vá para **899**.

879

— Basta! Pare de perseguir Elizabeth!

Assim que você se levanta, ele avança mais uma vez. Você recua e brada argumentos. Aponta a adaga ritualística e a cabeça decepada, mas Elizabeth está longe demais para que os olhos de William reparem nos aspectos macabros.

— Detalhes! Apenas detalhes! — Faraday rebate suas acusações. — Posso perguntar a ela quando estivermos no templo hoje à noite.

Enquanto vocês discutem, incontáveis faces monumentais surgem no céu. Algumas você nunca viu antes, enquanto outras lembram os faraós das estátuas e afrescos. São acompanhadas por uma cacofonia de risadas zombeteiras e, no horizonte distante, uma nuvem de areia se ergue.

— Mas isso é entre ela e eu! Vá embora!

Então vocês percebem que Elizabeth não está mais no topo da torre. De repente, poderosas rajadas de vento açoitam a cidade, alvejando com grãos de areia que invadem os olhos e esfolam a pele. O sol é encoberto por uma tempestade de areia que você sabe: não é natural. Tossindo poeira, você percebe que Faraday também se foi. O mesmo vale para os transeuntes e trabalhadores que infestavam as ruas. Em meio a gritos de pavor, todos fogem em busca de abrigo. A tempestade avança devastando o que encontra pela frente. Espalha-se por toda a cidade e além. Se outros investigadores vierem no encalço de Elizabeth, terão problemas na jornada. Vá para **859**.

Destaque o adesivo **X12**, vá até a referência **895** e cole-o sobre o número **919**. Então, volte para cá.

880

Assim que coloca a cabeça para fora da tenda, você percebe que foi má ideia. Quando você entrou no mercado clandestino, os corredores estavam lúgubres e quase vazios — mas agora isso mudou. Correndo na sua direção, você vê um bando enraivecido. Alguns egípcios, outros estrangeiros, todos armados e avançando aos berros. Ignoram a presença de William, que passa pela turba sem intervenção e vira a esquina adiante. Antes que você possa recuar, um dos membros do bando, um homem de turbante e sem camisa, salta e golpeia você com uma espada de lâmina curta. Perca 2 pontos de Saúde. Se ainda estiver vivo, você empurra o homem e, sem alternativa, recua para o interior da tenda. Vá para **824**.

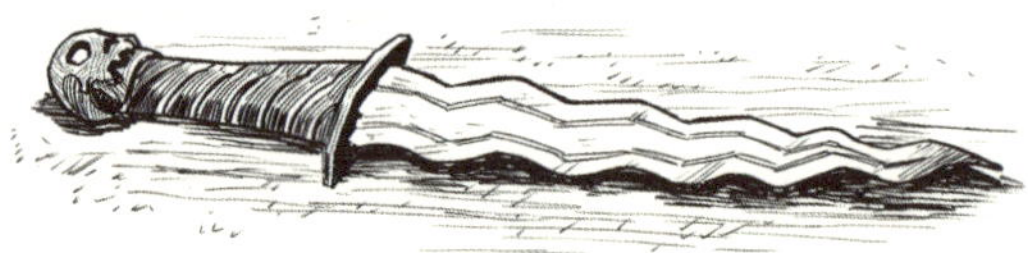

881

Você mergulha e prossegue pelo túnel submerso. No início, a esperança traz a ilusão de que a passagem logo chegará ao fim. Porém, o túnel se estende pelo que parecem quilômetros. O negrume confunde seus sentidos. Seus pés não batem com força suficiente. Seu pulmão começa a arder. Você vê um ponto de luz distante. Só pode ser a saída! Continua a nadar em direção a ele, com mais e mais furor. Porém, a luz no fim do túnel nem sempre é a saída. Às vezes é apenas a vereda da morte. Isso você descobre apenas após longos minutos de asfixia e aflição. No dia seguinte, alguém encontra seu cadáver flutuando no Nilo. Sua investigação acaba aqui. Preencha uma lápide no cemitério e inicie um novo jogo na Introdução.

882

— Você não vai se arrepender — diz Ahmed, enquanto se despede dos outros meninos. — Sou amigo dos comerciantes.

Anote o nome de Ahmed em sua ficha de personagem. Ele andará com você. Vá para 773.

883

— Ha! — William dá uma gargalhada artificial, não por encontrar qualquer graça, mas pelo espanto diante da pergunta. — Sou um explorador de catacumbas, sempre fui. O conhecimento antigo me encanta, e já participei de expedições de sucesso. Foi em 1908, antes mesmo da Grande Guerra, que encontramos a tumba de Horemheb, o último faraó da 18ª Dinastia. As pinturas nas paredes tinham cores vibrantes, sequer pareciam estar lá há três mil anos. O sarcófago de granito vermelho, então? Um dos mais belos já encontrados. Mas o que realmente me cativou foi o colar. Com várias voltas de puro ouro, o ornamento foi concedido a Horemheb quando ainda era um general do exército, pelas mãos do próprio faraó. Serviu não apenas para exaltar suas vitórias militares, mas para apontá-lo como sucessor ao trono do Egito. Ao encontrar aquele colar, não me contive. Deixei de lado o profissionalismo e o coloquei no pescoço. Foi assim que me tornei faraó por direito! É claro que isso é apenas uma brincadeira, pois o título não tem valor algum hoje em dia. Apenas recentemente soube que se chama Colar de Ouro Astral. Foi Elizabeth quem me revelou o nome.

Volte para **852**.

884

O corpo escamoso desaba no piso estelar e se dissipa em poeira cósmica. Logo adiante, você vê uma porta estreita que estava sendo guardada pela criatura. Ela leva a um quarto pequeno, de paredes brancas e quadradas, iluminadas por uma única lâmpada fria no teto, que falha ora ou outra. Uma atmosfera banal, onde se acumulam pilhas e mais pilhas de papéis. Muitos dos documentos são cartas, diários e relatórios astronômicos. Talvez algum deles possa lhe ser útil. Se estiver com Rami, vá para **923**. Caso contrário, **FAÇA UM TESTE:** ⚅⚅ + ⚅ ALERTA – ⚅ NEGLIGENTE. Se passar, vá para **842**. Se falhar, vá para **818**.

محطة
محطة

885

Você cruza as vielas do Cairo pela última vez, passando pelas incontáveis torres das mesquitas enfeitadas de arabescos e pelos arcos ogivais, sentindo no ar o cheiro de gente trabalhadora e de especiarias. Prossegue até a Estação Ramsés. Gigantesca e tumultuada, a mais importante estação de trem da capital opera aos pés da estátua ancestral do faraó. Uma vez lá dentro, você localiza a bilheteria e conversa com o atendente, na esperança de conseguir uma forma de contatar o Clã Wyrden. Ele transfere seu caso para outro funcionário da estação, que transfere para outro e para outro, no que parece uma burocracia eterna. Enfim, levam você para o escritório privativo de um alto funcionário inglês. Ele pega o telefone no gancho, conversa com a telefonista e consegue contato com Londres. Em poucos minutos, tudo está resolvido, e você sai dali com seu bilhete em mãos.

O trem está parado na plataforma de embarque. É uma potente máquina a vapor, cuja locomotiva deixa escapar névoa tênue pela chaminé. Logo atrás, operários encardidos reabastecem o vagão-reboque com carvão. Por fim, os muitos vagões de passageiros vão sendo ocupados por turistas, pesquisadores e homens de negócios, que mostram seus bilhetes para o condutor. Você entra na fila. Em pouco tempo, já está subindo as escadas para o vagão onde fica sua cabine. Logo a locomotiva apita, cobrindo quem está lá fora com uma fumaça preta e espessa. O trem começa a se mover com o barulho ritmado e a capital do Egito vai ficando para trás. Percorre o trilho rente ao Nilo, rio acima, em uma jornada que levará a noite inteira. Vá para **895**.

886

Você percorre as ruas estreitas. Não encontra a tenda do mercador, mas tem a impressão de ver Elizabeth passar por uma encruzilhada e virar a esquina correndo. No encalço dela, surge Patrick McNamara. Você se une ao irlandês na perseguição. Porém, ao entrarem na mesma viela onde ela entrou, deparam-se com uma parede extremamente alta e lisa, impossível de escalar. Um beco sem saída.

— Escapou de novo! — ele reclama. — Tenho certeza de que estava aqui!

Quando percebe você atrás dele, Patrick ergue os braços, preparando-se para a luta. Contudo, ao perceber que você não é um inimigo, ele se dispõe a conversar. Vá para **840**.

887

Você dispara adiante, desviando de passageiros e camareiros pelo corredor. Ao sair pela porta frontal do primeiro vagão, o vento açoita seu rosto. Você escala a pilha de carvão no vagão-reboque e chega à locomotiva, onde encontra o maquinista e seu assistente.

— Você não deveria estar aqui — diz o maquinista, assustado.

Você aponta para a tempestade de areia adiante e, erguendo a voz acima do barulho do maquinário, explica que não é um fenômeno natural. Os olhos do maquinista se arregalam quando ele entende a imensidão do perigo.

— Essa tempestade pode nos descarrilhar. Não tenho como desviar a rota aqui, mas vou tentar diminuir a velocidade. Me ajude aqui!

O ajudante para de alimentar a fornalha com carvão, enquanto você gira válvulas e puxa alavancas aos comandos do maquinista. De repente, o impacto. A tempestade se choca contra o trem e o arranca dos trilhos em meio à curva. A locomotiva tomba e desliza pela areia. Pesada, arrasta os vagões, derrubando-os um a um. Dentro dela, você voa e bate contra a parede metálica várias vezes. Role ⚅ e subtraia o resultado de sua Saúde. Se ainda estiver vivo, vá para **776**.

888

Você passa pelas três Grandes Pirâmides, pela Esfinge, a impressionante estátua com corpo de leão, rosto de faraó, e mais de 70 metros de comprimento, e por diversas pirâmides menores, cemitérios e templos. Encontrar uma pista em meio a tantas construções ancestrais irá exigir olhar vigilante e mente astuta. **Faça um teste: ⚅⚅ +⚅ Alerta +⚅ Sagaz −⚅ Ignorante −⚅ Negligente.** Se passar, vá para **833**. Caso contrário, vá para **835**.

889

Você firma os pés no chão do vagão e se prepara para empurrar o cultista morto-vivo para fora do trem. **Faça um teste: ⚅⚅ +⚅ Forte −⚅ Débil.** Se passar, vá para **878**. Caso contrário, vá para **787**.

890

O velho escuta sua resposta. Vá para **778**.

891

— Você precisa de um antiquário. Existem inúmeros pela cidade, mas o que quer encontrará apenas em um. O lugar se chama Raridades Oásis e fica na Rua Al-Shafaq, número 832.

Você descobriu onde Elizabeth está. Agradecendo ao mercador, você deixa a loja e segue seu caminho. Volte para **773**.

892

Ofendido por sua proposta, o homem bate em sua mão, derrubando o dinheiro. Vá para **805**, mas role –⚅ na primeira rodada de combate por ter sido pego de surpresa.

893

Quando você percebe o que aconteceu, já é tarde demais. Você foi vítima de um punguista. Role ⚅⚅ e reduza o resultado de seu dinheiro. Se isso reduzir seu dinheiro a 0 ou menos, apague também o último item anotado em seu equipamento. Com seus bolsos mais leves, você retoma sua busca pelo Necronomicon. Vá para **814**.

894

Depois de dispensar seu camelo, você pega sua câmera para tirar a foto, sabendo que essa manifestação sobrenatural deve ser registrada. O pouco tempo que segura a máquina parece durar uma eternidade, e quando termina a foto você se dirige rapidamente para o templo. Vá para **948**.

Destaque o adesivo **F09**, vá até o Álbum de Fotos e cole-o em uma posição qualquer. Então, volte para cá.

895

O interior do trem é luxuoso, com carpete decorado com arabescos e cortinas recobrindo as janelas. Alguns vagões possuem fileiras de poltronas separadas por um corredor. Já nos vagões da primeira classe, o corredor passa ao longo de uma das laterais. De um lado, janelas permitem ver a paisagem lá fora. Do outro, uma sequência de portas dá acesso a cabines privativas. Com seu bilhete, você tem direito a uma delas. É uma cabine pequena, mas confortável, com poltronas que podem ser convertidas em uma cama para passar a noite, uma cortina grossa para abafar a luz do dia e um abajur âmbar para afastar a escuridão da noite.

O sol começa a se por enquanto a paisagem urbana lá fora dá lugar às plantações da zona rural. A essa hora, tudo parece desabitado e silencioso. Um último momento de calmaria antes da tempestade ou um vislumbre lúgubre do caminho à frente, um destino incógnito no qual ameaças se escondem? Frente ao que pode ser sua última noite antes da batalha final, você pode se recostar para dormir na cabine privativa ou pode procurar por informações junto aos demais passageiros no vagão-restaurante. Para dormir na cabine, vá para **819**. Para investigar no vagão-restaurante, vá para **919**.

896

Por reflexo adquirido durante a guerra, William saca sua pistola e dispara. Felizmente, no último instante ele decide mirar na sua perna. Nessa rodada de combate, Faraday rola ⚅⚅⚅⚅⚅ no teste de ataque. Volte para **823**.

897

Uma vez no saguão do aeroporto, vários nativos cercam você oferecendo passeios superfaturados, antiguidades falsificadas e os mais diversos serviços dos quais você não precisa. No meio da balbúrdia, você percebe três jovens que se oferecem como guias e parecem dispostos a realizar um trabalho honesto.

Ahmed é um menino esguio e marrom, de olhos alegres e sorriso fácil. Suas calças estão um pouco curtas e ele veste um colete sobre o torso e um turbante claro na cabeça. Parece à vontade em meio a tanta gente.

Rami é um menino claro, de cabelo liso descoberto e túnica listrada até os joelhos. Ele não mantém os olhos fixos em você, pois está sempre olhando ao redor, conferindo movimentos e atitudes de quem o cerca.

Walaa é uma menina de vestido puído até os tornozelos, e cabeça encoberta por um véu. Ela chama você de lado para se oferecer como guia, evitando se misturar à multidão.

Para contratar Ahmed, pague 2£ e vá para **882**. Para contratar Rami, pague 2£ e vá para **863**. Para contratar Walaa, pague 2£ e vá para **945**. Se quiser trilhar as ruas do Cairo sem contratar um guia, vá para 773.

898

Apesar do arrebatamento que sente por Elizabeth, William percebe que talvez haja algum tipo de verdade em suas palavras.

— Elizabeth, uma cultista? Isso explicaria as imprecisões no passado dela... ou talvez ela seja só mais uma vítima de algo maior. Obrigado pelas informações. Pensarei a respeito.

> Destaque o adesivo **X11**, vá até a referência 807 e cole-o sobre o número 879. Então, volte para cá.

Vá para **854**.

899

Você segue adiante, percorre o último vagão e acessa a plataforma frontal. De pé em meio à noite sem lua, a planície ao redor parece esconder ameaças ardilosas. Espinheiros passam em alta velocidade dos dois lados, enquanto os trilhos rangem sob o peso do trem. Você começa a passar pelo vagão-reboque carregado de carvão, à medida que o barulho das descargas de vapor atinge níveis ensurdecedores. Quando chega à locomotiva, você encontra o maquinista e seu ajudante mortos. A fornalha está repleta de carvão, e o trem acelera rumo a uma curva acentuada. Irá descarrilhar, a não ser que você faça algo a respeito. À sua frente, há uma infinidade de alavancas e mecanismos. **Faça um teste: ⚅⚅ +⚅ Alerta +⚅ Sagaz –⚅ Ignorante –⚅ Negligente.** Se passar, vá para 875. Caso contrário, vá para **869**.

900

Quando percebem que você está fugindo, a multidão dispara uma chuva de pedras sobre você. Role ⚅ e subtraia o resultado de sua Saúde. Se sobreviver, você termina seu retorno ao Cairo. Volte para 773.

901

Enquanto você pensa no que fazer, Walaa toca seu cotovelo e faz sinal para que a siga.

— Encontrei um caminho — ela diz, enquanto guia você para um beco sem saída. Em seguida, Walaa empilha alguns caixotes que estavam por ali, formando uma espécie de escada improvisada e bamba, e sobe de uma a uma, equilibrando-se até alcançar uma pequena sacada. — Venha!

Você a segue caixotes acima e sacada adentro. No interior do prédio funciona uma confecção: são várias mesas sobre as quais se dispõem máquinas de costura, tecidos, linhas e tesouras. O local está vazio.

— Essa fábrica emprega mulheres, e chegamos justo na troca de turnos — diz Walaa. Ela então entra por uma porta lateral, vai até a janela e se senta sobre o batente. — Por aqui! — Ela passa os pés para o lado de fora e se pendura só pelas mãos. Por fim, deixa-se cair lá embaixo. Você corre até a janela, olha para fora e a vê sobre uma pilha de almofadas.

Vendo que é seguro, você a espera liberar espaço e se atira para fora. Vocês estão de volta aos becos escuros do mercado clandestino. Vá para **909**.

902

O comerciante dá de ombros.

— Desde a descoberta da tumba de Tutankhamun, a quantidade de turistas aumenta a cada dia. Todos querem ter seu próprio artefato da era dos faraós, retirado de dentro das próprias pirâmides! Perdi as contas de quantas mulheres inglesas vi nos últimos dias, mas não saberia informar sobre alguma delas. Vá para **765**.

903

Você pede uma bebida ao barman e paga o dobro do que vale.

— Agora me lembro — diz ele. — Os dois deram entrada no hotel há alguns dias. São turistas comuns, gastam grande parte do dia passeando pela cidade. Já saíram por hoje. Mas talvez você queira falar com o amigo deles que está no salão.

O barman aponta para um irlandês barbudo sentado a uma das mesas. Vá para **861**.

904

Patrick arregala os olhos.

— Aí está algo que eu não havia cogitado! — Ele se levanta e veste o chapéu. — Obrigado pela informação, é aqui que nos despedimos. Vou encontrar William, e me preparar contra Elizabeth.

Dizendo isso, ele se vai. Por sua vez, você também deixa o hotel e continua a seguir as pistas que já tem. Volte para **773**.

> DESTAQUE O ADESIVO **X13**, VÁ ATÉ A REFERÊNCIA **840** E COLE-O SOBRE O NÚMERO **867**. ENTÃO, VOLTE PARA CÁ.

905

Você faz foco nos camelos, certificando-se de enquadrar a pirâmide atrás, e registra sua passagem pelo Cairo. A magnitude das construções reforça sua fé na humanidade. Recupere 1 ponto de Sanidade e vá para **888**.

> DESTAQUE O ADESIVO **F10**, VÁ ATÉ O ÁLBUM DE FOTOS E COLE-O EM UMA POSIÇÃO QUALQUER. ENTÃO, VOLTE PARA CÁ.

906

Quando você responde, o velho para de trançar o vime. Com dificuldade, se ergue e caminha até uma parede coberta por uma grande tapeçaria carcomida. Ele puxa o tecido, revelando uma abertura que leva para um beco nos fundos da loja. Sem dizer uma única palavra, volta ao canto onde estava, se senta e retoma seu trabalho no cesto. Vá para **841**.

907

Patrick McNamara se detém em você.

— Por que quer saber? — ele pergunta.

"Estou investigando Elizabeth a pedido da família Holloway"	Vá para **766**
"Sou jornalista e estou escrevendo sobre heróis de guerra"	Vá para **915**

908

Quantas libras você oferece?

1£	Vá para **892**
5£	Vá para **830**
10£	Vá para **943**

909

Você passa pela viela estreita. Se estiver com Ahmed, vá para **782**. Se estiver com Rami, vá para **816**. Se estiver com Walaa, vá para **846**. Se não tiver um guia, vá para **848**.

910

Você cai de pé e rola para a frente, dissipando o impacto. Quando se ergue, está diante de William Faraday. Vá para **851**.

911

O aventureiro pega um jarro da tenda e o arremessa em sua direção. Por reflexo, você protege o rosto com o braço, mas era isso que ele queria: o recipiente se estilhaça e libera uma nuvem de pó, que faz você tossir e lacrimejar. Até o fim do combate, role –⚅ em seus testes de ataque. Se rolar esse efeito novamente, ignore-o. Volte para **823**.

912

O comerciante sorri, mas você percebe nos olhos dele o cansaço de quem já repetiu a mesma história muitas e muitas vezes.

— Os deuses antigos são o maior mistério do nosso povo! Os primeiros egípcios acreditavam que éramos todos filhos de Amon-Rá e que, após nossa morte, tínhamos que prestar contas diante de Anúbis! Se o seu coração for mais leve do que uma pluma, poderá desfrutar da vida após a morte. Caso contrário, Ammut devorará sua alma. Thoth assiste à execução sem intervir. Ele apenas anota a sentença para seus próprios propósitos... São apenas histórias, mas são as raízes da civilização. Vá para **765**.

913

Ao perceber que Ahmed está com você, um dos comerciantes sorri como um tio complacente.

— Continue trazendo visitantes, Ahmed, mas lembre-se de que só recebe a sua parte se eu vender alguma coisa. — Ele então se vira para você: — Vou dar um descontinho para fecharmos negócio.

Volte para 770, mas reduza o preço de todos os itens do bazar em 1£.

914

Após examinar os locais do Cairo que lhe pareciam mais propensos a conter informações relevantes, você se senta em um banco às margens do Nilo e começa a refletir sobre tudo o que viu. De alguma forma, você sente que algo lhe escapou. Você pensa por muito tempo, mas não há como adivinhar. Enquanto pensa, o sol se põe em meio às dunas que se estendem distantes, muito além das Pirâmides de Gizé. Sua última atitude antes de encerrar o dia é fazer um telefonema para o clã, relatar tudo o que descobriu até agora e pedir que lhe providenciem um hotel.

No dia seguinte, sua busca continua. Você visita os mesmos locais, e outros diferentes, mas sente que as pistas se escondem de você. Com o tempo, o rastro de Elizabeth esfria. Quando você não sabe mais onde procurar, liga para o clã mais uma vez. Um secretário agradece o seu serviço e pede que retorne a Londres. Depois disso, voltam a chamar você para casos menores, mas você jamais descobre o que aconteceu com William Faraday e Elizabeth Holloway. Muitos anos depois, quando chega o fim de seus dias, você leva todas as suas dúvidas para o túmulo. Sua investigação termina aqui. Preencha uma lápide no cemitério e inicie um novo jogo na Introdução.

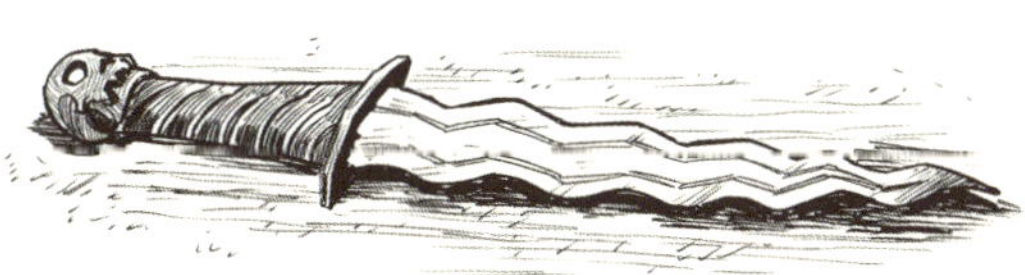

915

Você percebeu a admiração que Patrick McNamara sente por William Faraday e inventou uma mentira adequada. **Faça um teste: ⚅⚅ +⚅ Eloquente –⚅ Rude.** Se passar, vá para **926**. Caso contrário, vá para **873**.

916

Ele sorri como um professor atencioso.

— Foi uma das cidades mais importantes da antiguidade. Diversas dinastias de faraós reinaram de lá. Chamava-se Tebas, a cidade de Amon-Rá. Hoje é um dos maiores tesouros da humanidade, fonte inesgotável de redescobertas e conhecimento. Com seus inúmeros templos e necrópoles, ficou conhecida como o maior museu ao ar livre do mundo.

Vá para **834**.

917

Faraday encara você e sua impertinência.

— Sabe o que é realmente estranho? Você surgindo de lugar nenhum, apontando dedos e dizendo que tudo é uma farsa! Cansei de ouvir seus disparates. Não ouse cruzar meu caminho novamente.

Vá para **854**.

DESTAQUE O ADESIVO **X14**, VÁ ATÉ A REFERÊNCIA **1100** E COLE-O SOBRE O NÚMERO **989**. ENTÃO, VOLTE PARA CÁ.

918

Você caminha pelas ruas labirínticas do mercado clandestino à procura de William Faraday, mas descobre que o local está infestado de cultistas. Para se esgueirar por eles, vá para **808**. Para se passar por cultista, vá para **860**.

919

Estando tão perto do centro de interesse de Elizabeth e seus asseclas, você decide que é melhor não abaixar a guarda. Em vez disso, atravessa diversos vagões, aproveitando para observar quem são os passageiros e tripulantes, e vai até o vagão-restaurante, um ambiente espaçoso e requintado, onde garçons servem bebidas e refeições aos passageiros acomodados em diversas mesas à meia-luz. A maioria das mesas está ocupada por grupos de quatro pessoas. A um canto, porém, uma europeia desacompanhada escreve um diário de viagem. Ela sorri ao perceber que você se aproxima:

— O que mais me encanta ao viajar sozinha é a oportunidade de conhecer pessoas do mundo inteiro. Sente-se. Meu nome é Anna. Fique à vontade para perguntar sobre Luxor e o Egito, tenho estudado muito a respeito.

"O que você sabe sobre Luxor?" Vá para **871**

"Existem templos da 18ª Dinastia em Luxor?" Vá para **837**

"Não é perigoso para uma mulher viajar sozinha no Egito?" Vá para **944**

920

Ele sorri como um professor atencioso.

— Segundo a lenda, após a morte você tem um encontro com Anúbis, o Deus dos Mortos, para ter seu coração pesado em uma balança de ouro. Thoth anota o resultado e decreta seu destino. Se o coração for mais leve do que uma pena, você vai para o Outro Mundo junto aos deuses antigos. Se for mais pesado, seu destino serão os dentes afilados de Ammut, a Devoradora de Almas, em um doloroso expurgo para a inexistência.

Vá para **834**.

921

Enquanto você conversa com Anna, um grupo de homens e mulheres bem-vestidos passa pelo corredor que se forma entre as mesas, em direção à parte dianteira do trem. Parecem turistas ricos procurando por entretenimento exótico no Egito. Porém, quando o último deles passa pela porta frontal do vagão e a fecha atrás de si, a manga longa da camisa se desloca e você vê uma tatuagem no pulso: a constelação do Touro.

Sabendo que essa é a marca de Elizabeth e seus asseclas, você se despede de Anna e segue o grupo. Quando eles chegam a um vagão de passageiros vazio, começam a conversar e apontar para a frente, onde fica a locomotiva. Você se aproxima da porta para escutar o que falam, mas capta apenas fragmentos: "ordens", "maquinista", "descarrilhar". É o suficiente! Há um plano de sabotagem em andamento, e resta a você chegar à locomotiva antes deles e impedir um desastre. Se quiser sair do vagão e avançar por cima do trem, vá para **795**. Se quiser avançar por dentro e enfrentar os cultistas, vá para **930**.

922

Ele afunila os olhos, como quem se pergunta qual interesse você teria nisso.

— Nos conhecemos por carta. Pela forma madura com que ela se expressava e pelo conhecimento que já havia acumulado, pensei que fosse mais velha. Imagine minha surpresa quando recebi a primeira foto! Tão jovem e tão astuta, essa garota tem potencial ilimitado. Oxford perde por não a ter como aluna. Quem ganha sou eu, pois longe dos melindres da sociedade inglesa, posso tê-la como mulher.

Volte para **852**.

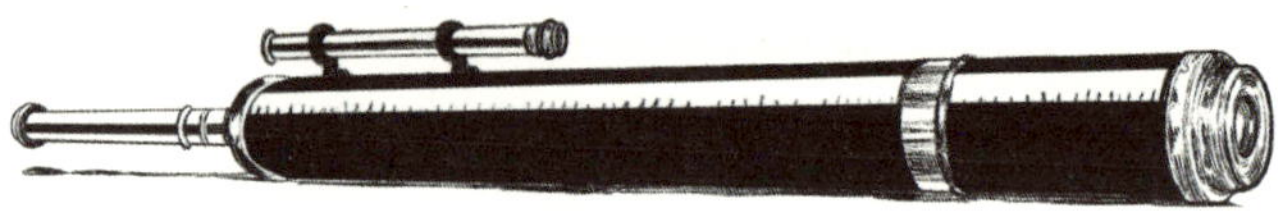

923

Rami toca o seu braço, e toda a atmosfera de onirismo se dissipa. Você está em um escritório simples, mal iluminado e abarrotado de papéis, em um canto esquecido do observatório. Rami tem o rosto pálido de assombro.

— Você tinha sumido — ele diz, com a voz falhando. — Tem algo estranho nesse lugar, podemos ir embora?

Você responde que sim, mas que primeiro precisa encontrar uma informação nesta sala.

— Eu posso ajudar — ele se oferece, com pressa para ir embora.

Volte para **884**, mas receba +⚅ no teste pela ajuda de Rami.

924

O velho escuta sua resposta. Vá para **778**.

925

William olha para você com brasas nos olhos. **Faça um teste: ⚅⚅ +⚅ Eloquente –⚅ Rude.** Se venceu o combate contra ele, role +⚅. Se passar, vá para **898**. Caso contrário, vá para **917**.

926

Patrick se ajeita na cadeira e passa a falar mais baixo.

— William arranjou essa namorada recentemente. Jovem, bonita, bem-nascida... não confio nela. Os dois começaram trocando cartas, parece que ela estava interessada num colar egípcio que ele encontrou antes mesmo da guerra. Ficaram íntimos muito rápido e decidiram se encontrar aqui no Cairo. Mas eu ainda estou tentando descobrir o que uma moça que tem tudo poderia querer em um veterano com o dobro de sua idade.

“Eles estão planejando um ritual profano.” Vá para **938**

“Elizabeth cultua um deus maligno.” Vá para **904**

927

William Faraday encaixa um golpe bem dado e tudo fica preto. Você acorda instantes depois, com a face comprimida contra o tapete que recobre o chão da tenda. Você está com 1 ponto de Saúde. Embora seu sangue tenha respingado na trama áspera, o inglês cuidou para não lhe dar nenhum golpe fatal. Com dificuldade, você se apoia nos cotovelos, se segura numa prateleira cheia de antiguidades e, por fim, se levanta. O aventureiro já atravessou o recinto e olha para você a partir da saída da tenda.

— Os anos de guerra ficaram para trás — ele diz. — Sou um explorador, não um assassino. Agora, diga logo o que quer, antes que eu me vá.

Vá para **852**.

928

— Vai saber. Devem estar deslumbrados com algum antiquário, apreciando algum restaurante... ou fazendo coisas que casais fazem.

“Como você conheceu William?” Vá para **799**

“Como você conheceu Elizabeth?” Vá para **946**

929

Usando as sombras do beco, você tenta passar sorrateiramente. Porém, o homem é mais atento do que parecia. **Faça um teste difícil:** ⚅ + ⚅ **Ágil** – ⚅ **Indolente.** Se passar, vá para **909**. Caso contrário vá para **805**, mas role – ⚅ na primeira rodada de combate por ter sido pego de surpresa.

930

Uma vez no vestíbulo que separa o primeiro vagão do segundo, você decide aproveitar o fator surpresa. Em um único movimento, abre a porta e invade o vagão repleto de cultistas.

BANDO CULTISTA	•	⚅⚅⚅	5	–5

É impossível se defender completamente de tantos inimigos. No fim de cada rodada de combate, você perde 1 ponto de Saúde, independentemente do resultado dos testes de ataque. Se vencer, vá para **899**.

931

O barman nada responde, apenas aponta para o centro do salão. Ali foi colocado um piano vertical, do tipo que ocupa o mínimo de espaço possível, e um músico dedilha os acordes do jazz. Apoiando os cotovelos na tampa mais alta do instrumento, há um americano de fraque branco e gravata borboleta que, com postura relaxada, dá instruções ao pianista. É Richard, o dono do hotel. Você vai até ele, se apresenta e pergunta sobre William Faraday e Elizabeth Holloway. **Faça um teste:** ⚅⚅ + ⚅ **Eloquente** – ⚅ **Rude.** Se passar, vá para **793**. Caso contrário, vá para **806**.

932

Ele sorri como um professor atencioso.

— Desconsiderando certas divergências entre pesquisadores, consideram-se que foram quatorze faraós. Doze seguiram a conduta esperada de um monarca naquela época, tendo boas relações com os sacerdotes e dedicando altas quantias à construção de templos a Amon-Rá. Dois foram subversivos: Akhenaton rompeu com a religião, implementou o monoteísmo e, ao morrer, deixou como sucessora sua esposa, a também subversiva Nefertiti.

Vá para **834**.

933

Walaa se põe na sua frente e faz sinal de paz para os manifestantes.

— Desculpe atrapalhar o caminho de vocês — ela diz. Antes de qualquer resposta, ela direciona você para a lateral da ponte, onde uma escada estreita leva para a margem do Nilo. Em nenhum momento dá as costas à multidão. Caminha para trás, até sair do alcance dos manifestantes. Juntos, vocês se distanciam. Não mais veem o grupo, mas continuam escutando os gritos por algum tempo. Volte para 773.

934

Você salta no abismo até a tenda lá embaixo. **Faça um teste: ⚅⚅ +⚅ Ágil –⚅ Indolente.** Se passar, vá para **910**. Caso contrário, vá para **853**.

935

As escadas e corredores são muito confusos. Definitivamente há algo de estranho com esse lugar. Você obriga o cérebro a compreender o espaço incompreensível, o que causa tontura e alucinações. Perca 1 ponto de Sanidade. Com dificuldade, você encontra um caminho e acessa a tenda não pela entrada de clientes, mas por um túnel lateral. Você não sabe como conseguiu. Tudo o que sabe é que está diante de William Faraday. Vá para **851**.

936

Sem tirar os olhos de você, Faraday passa o Necronomicon para as mãos de Elizabeth.

— Pegue nossa relíquia e fuja! Eu vou lidar com qualquer canalha que tente roubar o livro de nós!

Elizabeth agarra o livro e sai em disparada pelo mercado labiríntico. Patrick McNamara dá uma última olhada para William e, sabendo da força do amigo, dá as costas e corre atrás dela.

— Como ousa interferir em minha busca pelo conhecimento? — é a última coisa que William Faraday diz antes de partir para cima de você. Vá para **823**.

937

Você caminha pela multidão que toma as ruas do bazar, quando sente um movimento discreto ao seu lado. Se estiver com Rami, vá para **764**. Caso contrário, **faça um teste: ⚅⚅ +⚅ Alerta –⚅ Negligente.** Se passar, vá para **877**. Se falhar, vá para **893**.

938

Patrick faz uma careta de quem não entendeu direito.

— William Faraday planejando um ritual profano? Não vou tolerar esse tipo de acusação. — Ele se levanta e veste o chapéu. — Agora, se me dá licença, tenho mais o que fazer.

Você tenta trazê-lo de volta para a conversa, mas ele se vai, ofendido. Sem alternativa, você deixa o hotel e volta a seguir suas próprias pistas. Volte para 773.

939

O velho escuta sua resposta. Vá para 778.

940

William vê lógica no que você diz.

— De fato... Sou um homem de posses, e pagaria o que fosse necessário pelo Necronomicon. Mas ele simplesmente me deu o livro. O que teria a ganhar com isso? Pensarei a respeito.

DESTAQUE O ADESIVO **X11**, VÁ ATÉ A REFERÊNCIA 807 E COLE-O SOBRE O NÚMERO 879. ENTÃO, VOLTE PARA CÁ.

Vá para **854**.

941

Pistas indicam que Elizabeth se guia pelas constelações. Próximo ao Cairo, há um local onde especialistas estudam esse tema: o Observatório Astronômico de Helwan. Ele fica em um distrito longínquo e para chegar lá você precisará contratar um táxi. A viagem custa 2£, mas se você não tiver dinheiro pode barganhar e dar um item qualquer de sua ficha de personagem. Se quiser contratar o táxi, vá para **797**. Caso contrário, volte para **773**.

942

William hesita por um momento. **FAÇA UM TESTE: ⚅⚅ + ⚅ ALERTA – ⚅ NEGLIGENTE.** Se venceu o combate contra ele, role + ⚅. Se passar, vá para **789**. Caso contrário, vá para **917**.

943

O homem pega o dinheiro de sua mão e dá um passo para o lado, abrindo espaço para você passar. Ao redor, ninguém percebe que vocês estiveram muito perto de começar uma luta mortal. Vá para **909**.

944

Ela abre um sorriso.

— É perigoso viajar sozinha em qualquer parte do mundo! Mas é um perigo compensado pela emoção de descobrir novos lugares.

Vá para **921**.

945

— Por aqui — Walaa guia você para fora do aeroporto por uma saída mais curta e pouco utilizada. — Conheço os melhores caminhos.

Anote o nome de Walaa em sua ficha de personagem. Ela andará com você. Vá para 773.

946

— Até dias atrás, ela não passava de um nome. Era só a namorada por correspondência do amigo que fiz na Grande Guerra. Que surpresa eu tive quando resolveram se encontrar não na Inglaterra, mas no Egito! Não gosto dela, assim como não gosto de nenhuma outra jovem inglesa. Tratam os irlandeses como servos estúpidos. Ela não está à altura de William.

"Talvez seja Faraday que não esteja à altura de Elizabeth"	Vá para **786**
"Você não acha que esse relacionamento é um tanto suspeito?"	Vá para **907**

947

Você compra a lâmpada, ciente de que relíquias antigas podem ser a chave de poderosos rituais. Após analisá-la, porém, a única coisa que encontra é uma etiqueta com a data de fabricação: 1925. Trata-se de uma réplica barata, cujo único poder era deixar o dono do bazar mais rico... E você mais pobre. Ah, ele não aceita devoluções. Volte para 770.

948

Você cruza com um obelisco de granito cujo topo pontudo desaparece em meio às nuvens de areia que chicoteiam o ar. Então, chega aos pés de dois colossais faraós de pedra. Gigantescos, os dois encaram o horizonte distante como se menosprezassem os mortais. O que é a vida humana senão um suspiro efêmero perante a imortalidade dos deuses? As estátuas guardam a entrada do templo de pedra. Você passa por entre as duas e se vê em meio a um enorme salão cercado por incontáveis colunas erigidas há milhares de anos. O teto já não existe mais, apesar de ser possível imaginar sua antiga grandiosidade, o que deixa o templo inundado pelo brilho da sinistra constelação que desafia a obscuridade das nuvens de pó. Você prossegue por corredores imensos, ladeados de mais estátuas e colunas, até chegar a uma sessão de corredores labirínticos que levam até o tabernáculo: a única parte do templo onde o teto resiste aos milênios. E é ali que você vê.

949

Você aplica toda a força que consegue no fêmur, mas é inútil. A rocha se mantém imóvel.

— É melhor você seguir adiante — diz Patrick. — Faraday foi naquela direção. Eu posso aguentar por mais algum tempo. Ele talvez não possa.

Você devolve o fêmur para o irlandês e segue na direção indicada. Porém, assim que você começa a correr, escuta um estrondo vindo do teto. Várias pedras caem sobre seu corpo. Você cai e sente as costelas quebrarem sob o peso. O ar é expulso dos pulmões. Sangue jorra pela boca. Talvez você ficasse imóvel por horas, apenas esperando pelo beijo da morte. Por sorte, outras pedras caem e uma delas atinge sua cabeça. Sua investigação acaba aqui. Preencha uma lápide no cemitério e inicie um novo jogo na Introdução.

950

Seu último golpe faz o monstro soltar um guincho estridente, que ecoa até os confins do salão. Ele então nada para longe, indo se esconder atrás de colunas distantes e deixando para trás apenas o rastro de bolhas na superfície densa. Ao mesmo tempo, a revoada de criaturas morcegais se espanta com o barulho e voa para as estrelas distantes. Você permanece alerta, até que o líquido escuro escorre por lugar nenhum e o salão volta a ficar seco como antes.

Você volta sua atenção para o centro, onde a estátua de serpente mantém o pescoço eternamente eriçado. Ao redor dela, a pintura de escamas no piso se move em círculos hipnóticos. Dentro da boca, entre as duas presas venenosas, surgiu algo que não estava lá: uma estatueta em formato de naja, semelhante a um quebra-cabeça. É a chave que você veio buscar.

Apesar da desconfiança, você caminha sobre o piso movediço e apanha a peça. Ao fazer isso, a serpente dá o bote e engole você de uma vez só. Quando abre os olhos, você se vê de volta à câmara principal. Volte para **999**.

Destaque o adesivo **PZ1**, vá até a referência **999** e Cole-o na posição da naja.

951

Você pisa no primeiro cadáver e parte do intestino dele escorre para fora. É difícil se equilibrar sobre a trilha de corpos mutilados, ainda mais quando afundam sob seus pés, mas você consegue seguir sem escorregar. Há todo tipo de vítima: homens, mulheres, idosos, crianças. Alguns são claramente cultistas. Outros, investigadores. A certa altura, você para de contemplar os rostos putrefatos sendo amassados pela sola dos seus sapatos, e logo alcança a porta sul e passa por ela. Vá para **1054**.

952

Você está em uma sala com saídas para norte, sul, leste e oeste. Qual direção quer tomar?

Norte	Vá para **1047**
Sul	Vá para **1020**
Leste	Vá para **966**
Oeste	Vá para **960**

953

Ao entrar nesta sala, você sente estranhas vibrações na membrana da Realidade. Se conseguir entendê-las, talvez aprenda algo sobre este estranho lugar. **Faça um teste:** ⚅⚅ + ⚅ **Sagaz** − ⚅ **Ignorante.** Se passar, vá para **1090**. Caso contrário, vá para **1124**.

954

Sabendo que não chegará onde precisa pelo caminho mais fácil, você abre a porta onde se lê "Dor". A sala é quadrada como as demais, mas mais decorada. O símbolo do escaravelho adorna as paredes, batendo as asas e idolatrando o sol de Amon-Rá. No centro do teto há uma abertura cujo topo é impossível de ver. Vindo dela, uma risada de escárnio ecoa e toma toda a câmara. Em seguida, uma figura mergulha pela passagem e aterrissa, pesada, diante de você. O corpo é de leão. A cabeça, uma mistura doentia de humano com ave. Usando braceletes de ouro e um colar de pedras preciosas, ela mira em você os olhos de predador e emite um lamento longo e irônico antes de atacar com garras de felino e bico de rapina.

HIERACOESFINGE	◆ ⚔ ⚅⚅⚅⚅	✚5	⚡–5

Se vencer, vá para 1080.

955

Seria fácil deixar que as forças ocultas dessem cabo de Elizabeth, mas seu senso de justiça fala mais alto. Assim, você usa o que restou das correntes que prendiam William Faraday para conter os movimentos dela e a arrasta para longe das sombras. No início ela protesta, mas logo perde a consciência devido ao cansaço e aos ferimentos, permitindo que a carregue. Elizabeth está fora de perigo, mas, quando acordar, estará cercada por soldados dentro de uma base militar britânica. Vá para **1144**.

Destaque o adesivo **A16**, vá até a Sala de Troféus e cole-o na posição **13**. Então, volte para cá.

956

Quando você abre a porta, toca uma sineta no teto. Do outro lado do balcão cheio de chapéus, surge Margô Deschanel.

— Que bom que chegou! Bem a tempo de ver minha nova criação. — Ela mostra a você um chapéu preto, decorado com um laço de tecido e algumas pérolas. — Apropriado para uma mulher independente e sofisticada como Elizabeth, não é mesmo?

Se quiser experimentar um chapéu, vá para **1106**. Caso contrário, resta a você sair da loja. Se este é o primeiro local que você visita, vá para **1055**. Se é o segundo, vá para **1015**. Se é o terceiro, vá para **976**.

957

Seja por bravura, por intuição ou por ouvir o conselho de alguém, você toma impulso em direção ao Sol Oculto. É lá que reside a fonte de poder dos seus inimigos. É lá que você busca abrigo. Quanto mais perto chega, maior sua velocidade de queda e mais escuro tudo fica, com a estrela nefasta irradiando trevas. Sua visão é encoberta. Sua mente é enevoada. Você vê, de relance, um lago sinistro e uma cidade amarela que não deveriam existir dentro de um sol. Mas logo tudo desaparece. Então você percebe ter passado muito perto do astro sombrio, sobrevoando as paisagens alienígenas, mas errando por pouco. Em vez de colidir com a estrela, você escapa pela tangente da gravidade e é arremessado para longe. A escuridão fica para trás e estrelas voltam a aparecer. Você cruza a Via Láctea, atravessando dezenas de anos-luz, e volta a cair na Terra e perfurar suas entranhas. Assim, ressurge na caverna etérea sob o Templo de Luxor. Vá para **1126**.

958

A decoração da porta está completa. Ao que tudo indica, outros membros do clã estiveram aqui antes e prepararam o caminho para sua missão. Onde estarão agora? Provavelmente, mortos. Contudo, deixaram um legado que você não pretende desperdiçar. Orgulho, vingança e esperança se misturam, formando um sentimento poderoso que impele você adiante. O painel começa a brilhar e gira por inteiro, enquanto emite um som mecânico. À medida que gira, a porta se desloca para cima e o salão cerimonial começa a se descortinar. Você dá um passo adiante, apenas para ouvir a porta de pedra se fechando às suas costas. Vá para **1004**.

959

Você sai da porta onde estava Violet, esperando voltar para a sala repleta de corpos. Entretanto, o que encontra é um ambiente completamente vazio! Há uma porta a sul e outra a leste. Para onde você vai?

Sul	Vá para **1054**
Leste	Vá para **972**

960

Você está em uma sala com saídas para sul, leste e oeste. A passagem oeste está desmoronada, restando apenas as outras duas direções a seguir. Para qual você vai?

Sul	Vá para **1114**
Leste	Vá para **952**

961

Seus olhos marejam ao perceber como o cemitério Wyrden ficou abarrotado de lápides. Você conhecia algumas das vítimas, o que torna tudo mais difícil. As perdas foram severas — um verdadeiro massacre — e levará anos até o clã recrutar e treinar investigadores capazes de assumir a responsabilidade de quem se foi. Você observa por um longo tempo, se enfurece, lamenta. Então, lhe ocorre que poderia ser o seu nome escrito em uma daquelas lápides. Porém, se tivesse morrido no confronto contra seres cósmicos que buscam corromper a humanidade, você teria apenas motivos para se orgulhar. Afinal, o Clã Wyrden voltou a se erguer perda após perda e, apesar de tanto sofrimento e de todas as dificuldades, triunfou. Isso demonstra nossa força como humanidade nessa guerra ancestral. E prova que, se lutarmos juntos, é possível vencer. Vá para **1150**.

> Destaque o adesivo **A17**, vá até a Sala de Troféus e cole-o na posição **15**. Então, volte para cá.

962

Com cuidado, você encaixa a primeira estatueta no primeiro pedestal. Então, encaixa a segunda e a terceira, deixando de fora a que é considerada um obstáculo. Vá para **974**.

963

— Plano cruel? — Elizabeth se ofende. — Vejo que a sociedade ainda não está preparada para uma mulher que pensa e age por conta própria. Mas não importa, pois essa era de opressão está prestes a terminar!

Elizabeth se enfurece. Vá para **1061** e aumente o ataque dela em +.

964

— Siofra sempre diz que, se eu ficar demais no Mundo dos Sonhos, posso me perder nele. Acho que foi isso que aconteceu com Elizabeth. Ela já não está mais nem aqui, nem lá. Os dois mundos se tornaram um só.

De repente, Violet olha para trás como se tivesse escutado um barulho. Com o susto, a imagem dela se dissipa aos poucos, até desaparecer. É possível que tenha acordado em sua cama em Oxford. Quanto a você, resta deixar a sala onde está pela mesma porta por onde entrou, a norte. Vá para **959**.

965

Você entra nesta sala pelo norte, constata que a outra única saída é para leste e se encaminha nesta direção. Porém, quando tenta abrir a porta leste, um mecanismo gira dentro do trinco e dispara um dardo em seu abdômen. Sua visão fica turva por um momento. É veneno. Role e subtraia o resultado de sua Saúde. Se sobreviver, você percebe que a porta está emperrada, provavelmente de propósito. A sala não passa de uma armadilha, e sua única alternativa é retornar pela porta norte por onde veio. Vá para **972**.

966

Você está em uma sala com saídas para sul, leste e oeste. Para qual lado vai?

Sul	Vá para **1135**
Leste	Vá para **990**
Oeste	Vá para **952**

967

Sua mente está prestes a se perder nos giros hipnóticos, quando desperta ao perceber que não está mais só. Ao seu lado, posta-se a figura austera de uma rainha. Nefertiti não olha para você. Ela mantém o rosto erguido, a face confrontando o modelo do sistema solar. Ela diz algo, mas você não compreende. Ela então respira fundo, com preocupação e impaciência, e aponta para uma antiga inscrição no modelo do sistema solar. É difícil compreender, pois alguns dos símbolos você nunca viu antes. Porém, após algum esforço, a mensagem se revela: "Perante o Feitiço da Morte Orbital, abrace o Sol Oculto". Você se vira novamente para a rainha, mas ela já não está mais lá. Resta-lhe seguir adiante. Vá para **1046**.

968

Nas paredes do tabernáculo, o relevo esculpido exibe imagens de sacerdotes, faraós e deuses. Ano após ano, turistas são atraídos para cá a fim de contemplarem o que julgam ser meros desenhos desgastados. Mas você teve contato com os segredos do oculto. Você viu o que os antigos egípcios chamariam de Mundo Subterrâneo, os druidas celtas chamariam de o Outro Mundo, os cristãos europeus chamariam de Reino de Deus e uma criança nas cercanias de Oxford chamaria de Mundo dos Sonhos. Você compreende que todos esses nomes se referem ao mesmo lugar. Que todos eles, com temor ou repulsa, apontam para a dimensão disforme e sangrenta que existe do outro lado da membrana ilusória que envolve os mortais: a Realidade.

Você olha para os desenhos, mas sua visão alcança o outro lado do véu. Ali a arte se move: deuses abrem sorrisos de dentes afilados, faraós oferecem a própria alma em sacrifício, sacerdotes cravam adagas em vítimas de rituais. Você reconhece figuras históricas. Aqui, a rainha Nefertiti caminha sobre uma estrada feita de corpos mutilados. Ali, Parennefer, o sumo-sacerdote de Amon-Rá, observa as estrelas vestido num manto amarelo. Faraós cantam para o disco solar na companhia de um bando de babuínos. Muitas das imagens foram apagadas pelo tempo no mundo material, mas permanecem completas na Realidade. O mesmo acontece com os hieróglifos que recobrem as paredes e colunas. Invisíveis para pessoas comuns, eles brilham perante seus olhos treinados, seja nas paredes que ainda se mantêm de pé, seja flutuando no ar em formato cilíndrico, marcando o espaço de colunas que há muito desmoronaram. Muito conhecimento da era dos faraós se perdeu, mas a escrita que usavam não é um deles. Onde leigos veriam apenas desenhos de juncos, pássaros e espirais, você vê uma mensagem a ser decifrada. E, ao decifrá-la, descobre um caminho. Seguindo as instruções incorpóreas, você cruza portas internas do templo, percorre antigos aposentos sacerdotais, circunda colunas em determinada ordem e, com movimentação certeira, completa um ritual. Ao retornar ao tabernáculo, o piso desmorona. Pedra e areia caem em um fosso sem fundo, deixando pelo caminho o que parece ser uma escada circular que desce pelas laterais da abertura, esculpida na rocha até as entranhas da terra. Do céu, as onze estrelas da constelação do Touro convergem para este mesmo ponto. Quando inicia a descida e penetra o subterrâneo, você ouve um barulho sobre sua cabeça e descobre que a crosta terrestre voltou a se fechar. Está na rota certa, mas é um caminho sem volta. Vá para **1052**.

969

Ammut, a Devoradora de Almas, dá o bote com garras de leão recobertas de ouro e dentes de crocodilo ensanguentados de insetos. Se você possuir o símbolo da realeza e souber como usá-lo, faça isso agora, antes do combate.

AMMUT	◆ ⚔ ⚄⚄⚄⚄	✚5	⚡–7

Recoberta de ouro, Ammut é quase invulnerável. Reduza qualquer dano que ela sofrer em 1 ponto (isso pode reduzir o dano sofrido a zero). Se vencer, vá para **1100**. Se perder, vá para **1036**.

970

Violet abaixa o olhar.

— Acho que ela não quer ser encontrada. Não sei mais o que fazer, o sonho onde ela entrou é profundo demais para mim. Por favor, encontre a Liz! Faça ela acordar.

Você assente, evitando dar detalhes dos horrores descobertos durante a investigação.

"Você sabe porque ela foi embora?"	Vá para **1087**
"Você acha que ela está dormindo?"	Vá para **964**

971

Você desperta de um sonho. O sol brilha em um dia claro e as calçadas estão cheias de estudantes que correm para não perder a próxima aula. Está em Oxford, diante da Câmara Radcliffe, a biblioteca circular encimada por uma cúpula. Há um gramado e muitas torres espiraladas. Do outro lado da rua, a Igreja Universitária da Virgem Maria tem as portas abertas, por onde a luz do dia entra, enquanto o som lá de dentro se propaga para fora. É o som de muitas vozes cantando em coro. Entoam hinos sacros de louvor a Deus, falando de castidade e de amor ao próximo. Apesar de a maioria dos alunos serem rapazes, você vê algumas moças na rua também. Passeiam com seus vestidos retos e os cabelos curtinhos. Conversam com os rapazes esbanjando charme, para estarrecimento dos parentes mais velhos.

Você caminha pelas ruas perguntando-se se o que vê é verdade ou ilusão. Esperando, a qualquer momento, encontrar a borda do pináculo e despencar para o abismo da caverna. Mas isso não acontece. Em vez disso, ao longo das muitas quadras caminhadas, o que encontra é apenas uma tradicional cidade universitária, dotada dos princípios típicos de instituições centenárias em choque com a euforia dos jovens dos anos 20. Depois de tudo o que viveu e tantos lugares por onde passou, retornar à Inglaterra é estranho, mas traz o alívio e o acalento de estar em casa. Vá para **1065**.

972

Você está em uma sala com saídas para norte, sul, leste e oeste. Qual direção quer tomar?

Norte	Vá para **1067**
Sul	Vá para **965**
Leste	Vá para **1007**
Oeste	Vá para **1138**

973

Você rola para o lado e pega o amuleto. É uma estatueta de lápis-lazúli esculpida na forma de um homem com cabeça de íbis, a figura de Thoth, o Deus Mensageiro. Assim que você a toca, sua mão queima — o amuleto está fervendo! Perca 1 ponto de Saúde. Se isso reduzir sua Saúde a 0, vá para **1036**. Caso contrário, você solta o amuleto e ele se perde em meio ao enxame. Vá para **969**.

974

Assim que encaixa a terceira estatueta, um clique alto se espalha pela câmara. Um pouco de poeira escorre pelas frestas da porta à sua frente à medida que a passagem se abre. Do outro lado, está tudo ainda mais iluminado. Você atravessa a abertura e a porta de pedra volta a se fechar às suas costas. Embora proteja os olhos com as mãos, continua difícil de enxergar. Quando finalmente pensa que as pupilas irão se acostumar com o clarão, você pisa em uma pedra e ela cede sob seu peso. Mal tem tempo de raciocinar que caiu em uma armadilha. Duas gigantescas lâminas caem do teto como pêndulos e despedaçam o seu corpo. Você ainda enxerga suas pernas e seu abdômen separados de seu tronco superior por alguns instantes, antes de morrer pelo choque e hemorragia. Sua investigação acaba aqui. Preencha uma lápide no cemitério e inicie um novo jogo na Introdução.

975

Um por um, você derrota os cultistas com suas mutações grotescas. Ao vencer o último, no entanto, percebe que o primeiro começa a se mover novamente. Antes que todos voltem a se levantar, você corre para o corredor adiante, deixando-os para trás. À sua frente, o corredor se abre em uma câmara gigantesca. Vá para **999**.

976

Você termina de investigar o terceiro local. Ou seria o quarto? Já não se lembra mais. Volta, então, a perambular pelas ruas da cidade. Há algo que você precisa descobrir, mas não se lembra direito. Algo sobre o assassino em série, a polícia o chama de Profano. Você pragueja, com a estranha sensação de que está esquecendo algo, mas logo a sensação se vai. O dia está agradável. O sol continua a brilhar no céu com todo seu esplendor, exatamente na mesma posição em que estava quando você chegou. Alunos estudam sentados pelo gramado. Você cogita visitar outro local, mas não encontra qualquer motivo para ir até lá. Lá onde? Com a naturalidade de quem aprecia um dia sem compromissos, você decide se unir a tantos que apenas caminham pelas ruas de Oxford. E assim caminhará para sempre, sem jamais chegar a lugar algum. Sua investigação acaba aqui. Preencha uma lápide no cemitério e inicie um novo jogo na Introdução.

977

Ao final do declive, você passa por uma pequena alcova à sua esquerda. Na pedra, há diversas inscrições, diferentes dos glifos que havia visto até então. Se quiser analisá-las, vá para **1129**. Se preferir seguir em frente pelo túnel, vá para **1085**.

978

Rochas deslizam em sua direção, rápidas demais para você desviar. Uma delas bate em suas pernas, derrubando você no chão. Outra passa por cima, esmagando seus ossos. Role ⚅⚅ e subtraia o resultado de sua Saúde. Se ainda estiver vivo, você consegue se levantar, enquanto sente uma dor aguda no peito e tosse sangue. Vá para **984**.

979

Aproveitando a distração do padeiro, você dá a volta no balcão, passa pela confeiteira e entra pela porta da cozinha. Aqui as paredes são feitas de pedra crua e o ambiente é ainda mais quente. Há balcões e prateleiras onde pães crus repousam antes de assar, além de cestos, montes de lenha e sacos de farinha pelo chão. O forno fica mais a fundo, e aproximar-se dele requer algum esforço para tolerar o calor. Ele é enorme e crepita com grande intensidade. Quando olha para dentro, você precisa apertar os olhos. Aos poucos, uma figura se forma entre as chamas. É um bebê. Ao lado dele há outro e mais outro. Juntos, entortam as bocarras em um choro de aflição enquanto a pele e os músculos vão sendo devorados pelas chamas. Foi preciso se aproximar demais para enxergar dentro do forno. O padeiro, que seguiu você até aqui, aproveita a distração e empurra você para dentro das chamas, fechando a saída com pesadas grades de ferro. Seus cabelos queimam, assim como suas roupas e por fim sua carne. Sua investigação acaba aqui. Preencha uma lápide no cemitério e inicie um novo jogo na Introdução.

980

Com cuidado, você encaixa a primeira estatueta no primeiro pedestal. Então, encaixa a segunda e a terceira, deixando de fora a que é considerada um obstáculo. Vá para **974**.

981

Tudo parece normal nesta sala. Porém, quando você chega ao centro dela, orifícios por todos os lados começam a expelir fogo! As chamas percorrem suas roupas e atingem sua pele. O cheiro de carne queimada é nauseabundo. Role ⚅ e subtraia o resultado de sua Saúde. Se sobreviver, precisa sair daqui o quanto antes! Há uma passagem a norte e outra a leste. Para onde você vai?

Norte	Vá para **986**
Leste	Vá para **1012**

982

Seu retorno à Inglaterra ocorre sem imprevistos. Com a ajuda de uma base militar britânica, o clã providencia um voo de volta imediato. Em Londres, você entrega a seus superiores um relatório detalhado, junto com o Colar de Ouro Astral, para que seja vigiado adequadamente. Segue então para Oxford, onde deverá se reportar para o contratante, Percival Holloway.

— O caso está encerrado. Elizabeth fugiu com o namorado para o Cairo. Sinto dizer que vocês nunca mais a verão — você recita para o herdeiro, ocultando mais do que revelando, conforme instruções do clã.

Percival não se dá por satisfeito e faz inúmeras perguntas, mas você se esquiva, falando apenas em linhas gerais e evitando mencionar os assassinatos, os rituais e o culto a entidades cósmicas. Por fim, ele suspira e cede.

— Já imaginávamos algo assim. Espero que um dia ela entenda o quanto é importante para nós e volte para casa. De toda forma, agradeço a você e a todo o Clã Wyrden pelo esforço nas buscas.

Você não concorda nem discorda, apenas deixa o jovem herdeiro com seus pensamentos no escritório da mansão. Ao sair para o corredor, no entanto, percebe que sua conversa foi ouvida por uma terceira pessoa. Ao ser descoberta, Violet não tenta se esconder. Em vez disso, segue você pelo corredor.

— Essa não é a história inteira — ela diz, e você percebe que não é uma pergunta. — O que realmente aconteceu com a minha irmã?

Violet não irá se contentar com meias-verdades. Você terá que dar uma explicação, e o que disser tem potencial para influenciar no futuro que ela dará para a própria vida.

"Elizabeth se envolveu com cultos malignos. Posso ajudá-la a não cometer o mesmo erro". Vá para **1084**

"Sua irmã estava lutando para que você e outras mulheres tivessem os direitos que merecem." Vá para **1005**

"Elizabeth se perdeu no Mundo dos Sonhos. Posso levá-la até Siofra para que o mesmo não aconteça com você." Vá para **1077**

983

Com cuidado, você encaixa a primeira estatueta no primeiro pedestal. Então, encaixa a segunda e a terceira, deixando de fora a que é considerada um obstáculo. Vá para **974**.

984

Você corre para longe do desmoronamento até estar em segurança. Vá para **1040**.

985

— Obrigado! Pelo visto Faraday não é o único inglês decente — ele checa as pernas e as costelas, procurando por ossos quebrados, e prefere não se levantar. — Agora siga adiante, não espere por mim. Faraday foi naquela direção. Está no encalço de Elizabeth, não sei se para ajudá-la ou impedi-la, só sei que ele próprio está se colocando em um perigo terrível. Por favor, ajude-o. Não quero atrasar você, mas estarei logo atrás.

Você devolve o fêmur petrificado para ele e segue na direção indicada. Vá para **1119**.

Destaque o adesivo **X15**, vá até a referência **1126** e cole-o sobre o número **1042**. Então, volte para cá.

986

Você está em uma sala com saídas para norte, sul e leste, mas a passagem norte está desmoronada. Para qual direção você vai?

Sul	Vá para **981**
Leste	Vá para **1114**

987

Você rola para o lado e se apropria de um estojo de metal com munição para armas de fogo. A pólvora ainda está funcional. Role ⚅⚅ para determinar a quantidade de balas e vá para **969**.

988

Você está em uma sala com saídas para norte, sul e oeste. Qual caminho você toma?

Norte	Vá para **1010**
Sul	Vá para **995**
Oeste	Vá para **1140**

989

Elizabeth lança a você um olhar de ódio. Acorrentado à mesa de sacrifício, William Faraday grita um aviso:

— Cuidado! Ela está preparada!

O que você faz? Para correr em direção a Elizabeth, vá para **1122**. Para recuar, vá para **1014**.

990

Quando você pisa nesta sala, sente algo quebrando e esguichando sob sua bota. Milhares de escaravelhos correm pelo chão, pelo teto e pelas paredes! Eles sobem pelas suas pernas, caem em sua cabeça, entram debaixo de suas roupas e caminham por seus braços, coxas e barriga. Você se debate e consegue tirá-los do corpo, mas as mordidas deixam feridas dolorosas. Perca 2 pontos de Saúde. Se sobreviver, precisa sair da sala o quanto antes! Há saídas para sul e para oeste. Para qual você vai?

Sul	Vá para **953**
Oeste	Vá para **966**

991

Você finge que não o vê e prossegue pela galeria subterrânea, tomando cuidado para não se tornar a próxima vítima dos desabamentos. Ao longe, escuta Patrick McNamara proferir os mais ofensivos palavrões contra você, em uma mistura de inglês com gaélico. Com a distância, os pedidos de socorro ficam distantes e desvanecem. Vá para **1119**.

992

Você se joga atrás do obelisco bem a tempo de escapar da chuva de disparos. Quando a munição acaba, Elizabeth joga a arma de lado e saca de novo a adaga cerimonial. Se quiser atacá-la, vá para **1061**. Se quiser conversar com ela, vá para **1017**.

993

Após analisar os símbolos e arriscar um palpite fundamentado, você decide tocá-los. Com isso, cada um deles brilha levemente à medida que você prossegue, iluminando seu caminho. Vá para **977**.

994

Quando a nuvem de poeira abaixa, você percebe que outras áreas de desmoronamento fizeram vítimas recentes. Você continua avançando e percebe que o lugar está cheio de cadáveres, alguns já em estágios avançados de putrefação, outros ainda recentes. Vá para **1119**.

995

Você está em uma sala com saídas para norte e oeste. Qual direção quer tomar?

Norte — Vá para **988**

Oeste — Vá para **1066**

996

Você chega ao outro lado do rio e desembarca na margem seca, vagamente iluminada por tochas. Às suas costas, o barco quebra ao meio e afunda, tendo cumprido a missão para a qual foi construído. À sua frente, estende-se uma antecâmara moldada na própria rocha subterrânea. A princípio grosseira, logo adiante ela se transforma em um piso alinhado, dando acesso a um corredor comprido. Quando você dá os primeiros passos em direção a ele, no entanto, surgem cultistas das laterais escuras. Um deles possui tentáculos no lugar dos pés. Outro tem olhos revirados e uma longa pinça saindo da boca. O terceiro caminha com as mãos: seus braços são tão compridos que erguem o corpo e deixam as pernas balançando no ar. Há outros, com as mais diversas deformidades, tendo em comum o desejo de fazerem você sentir a mesma dor que eles. **Faça um teste de sanidade 2: + Ocultista – Inocente.**

CULTISTAS ABERRANTES • 5 –5

É impossível se defender completamente de tantos inimigos. No fim de cada rodada de combate, você perde 1 ponto de Saúde, independentemente do resultado dos testes de ataque. Se vencer, vá para **975**.

997

Você poderia tirar a vida de Elizabeth ou poderia salvá-la. Porém, não há por que decidir por ela: Elizabeth traçou o próprio destino quando se aliou a entidades cósmicas para as quais a vida humana não tem valor algum. Assim, você apenas observa quando os tentáculos de sombras rastejam, tateiam, farejam o fracasso dela. Quando a encontram, agarram-na pelos pés. Elizabeth ainda encontra forças para gritar e tenta se agarrar ao piso de pedra, mas os tentáculos a arrastam para a escuridão do abismo cósmico, de onde ninguém poderá salvá-la. Se queria estar com Nyarlathotep e com Hastur, ela conseguiu. Só não foi da forma como planejava. Resta a ela uma eternidade de horror e suplício. Vá para **1144**.

DESTAQUE O ADESIVO **A18**, VÁ ATÉ A SALA DE TROFÉUS E COLE-O NA POSIÇÃO **13**. ENTÃO, VOLTE PARA CÁ.

998

Em meio às várias forças atuando no vácuo, você toma impulso na direção de Aldebaran. Você passa pela zona orbital do Sol Oculto e a deixa para trás, afastando-se da morada de Hastur. Sem o plasma vermelho de plano de fundo, a estrela negra desaparece em meio à escuridão do cosmos, sua incapacidade de iluminar tornando-a invisível. Porém, não há tempo para se sentir em segurança. Embora o Sol Oculto esteja distante, Aldebaran exerce gravidade cada vez mais poderosa à medida que se aproxima. Você vê o vermelho brilhante crescer mais e mais em seu campo de visão. O calor é insuportável. A radiação começa a derreter seus lábios e olhos. Deforma seus membros. Você está em queda livre, não há como parar. Assim, apenas espera pela morte iminente enquanto mergulha para o sol vermelho. Sua investigação acaba aqui. Preencha uma lápide no cemitério e inicie um novo jogo na Introdução.

999

À sua frente, há uma grande porta de pedra, de onde emana energia profana. Ela possui três nichos para estatuetas: da naja, do abutre e do escaravelho. Como peças de um quebra-cabeça, elas formarão a chave que permitirá seu avanço. Cabe a você encontrá-las. Se alguma delas já estiver posicionada, significa que alguém do clã já passou por aqui. Ao redor, há três portas menores...

Quando as três estatuetas estiverem nos nichos, vá para a referência formada por elas.

1000

Você cruza o gramado em frente ao Museu Ashmolean de Arte e Arqueologia e entra no prédio majestoso, de linhas retas e colunas cilíndricas próprias da arquitetura neoclássica. Em meio a estátuas, armaduras e instrumentos musicais antigos, você encontra o sarcófago de uma múmia. Observando de perto, mas com cuidado para não danificar as peças ancestrais, está Ernest, o mordomo da Família Holloway.

— Essa é minha peça favorita do museu — ele diz a você. — Quão diferente era viver na Antiguidade? E em quais aspectos esses humanos primitivos eram semelhantes a nós? São tantas perguntas sem respostas! Quem sabe um dia Elizabeth não desvende alguns desses mistérios? Ela também gosta de vir aqui, eu a trago desde pequena.

Se este é o primeiro local que você visita, vá para **1055**. Se é o segundo, vá para **1015**. Se é o terceiro, vá para **976**.

1001

Você puxa uma cadeira e se une às mulheres que escutam a jovem professora Annie Rogers. Infelizmente, Elizabeth não sabe o que foi ensinado em 1879. Mal sabe o que se ensina hoje, já que nunca teve acesso às aulas. Como essa versão de Oxford foi criada por ela, as informações mais básicas ficam sendo repetidas, sem nunca se chegar a lugar nenhum. Apesar disso, você se sente bem por fazer parte da primeira aula feminina da cidade. Em seu caderno, começa a tomar notas sobre a palestra vazia de conteúdo. Elizabeth apenas observa, encostada na parede de trás. Annie Rogers volta a se repetir, e você anota. Anota. Anota até seus dedos sangrarem. Quer registrar cada termo em grego, cada data da história antiga. E assim continua para sempre, no êxtase do sonho realizado. Sua investigação acaba aqui. Preencha uma lápide no cemitério e inicie um novo jogo na Introdução.

1002

Elizabeth ri.

— Jane? Ela é só mais uma moça sem juízo e sem propósito, a prova viva de que a humanidade deu errado.

Se enfrentar Elizabeth, ela rola +⚅ na primeira rodada de combate. Se quiser atacá-la, vá para **1061**. Se quiser continuar conversando, vá para **1098**.

1003

Você se estica sobre o balcão e recebe o livro do Dr. Benjamin Westbrook. Assim que o toca, no entanto, a capa de couro se alastra pelo seu punho e sobe pelo braço, recobrindo o cotovelo e persistindo rumo ao ombro. Você balança o livro, tentando soltá-lo, mas o couro o prende à sua mão.

— *Leia minhas páginas...* — o livro sugere, com voz cínica.

Você não quer, mas obedece. Folheia o Necronomicon e começa a interpretar seus escritos funestos. À medida que avança na leitura, aprende sobre feitiços profanos, raças ancestrais e deuses cósmicos de poder inaceitável. Descobre sobre a insignificância da humananidade e nossa incapacidade de fazer frente a qualquer poder exterior que decida nos erradicar. Quanto mais conhecimento consome, mais você quer. Assim, em sua avidez por ler mais e mais páginas do Necronomicon, você deixa de comer e beber por dias, e seu corpo definha. O couro da capa continua a subir, alastrando-se. Recobre seu peito, seu pescoço e sua garganta. Por fim, ao consumir a leitura, você tem a sua alma consumida. Sua investigação acaba aqui. Preencha uma lápide no cemitério e inicie um novo jogo na Introdução.

1004

Você está em uma gigantesca caverna coberta de estalactites. Ao centro, uma escada comprida, escavada na rocha, sobe até o altar onde cultistas congregam. Separando você da escada há um lago subterrâneo que borbulha e exala um cheiro ácido tão forte que atordoa os sentidos. Aqui e ali, pedregulhos despontam acima da superfície. São resquícios de uma ponte que não resistiu ao tempo, e sua única via de acesso à escada que leva ao altar. Você salta de pedra em pedra, traçando um caminho perigoso por entre o pântano mortal. **Faça um teste difícil:** ⚅ +⚅ **Alerta** –⚅ **Negligente.** Se passar, vá para **1023**. Caso contrário, vá para **1022**.

1005

Você leva Violet de volta para o escritório, onde encontra Percival concentrado. Ele se assusta com o retorno, mas escuta o que você tem a dizer:

— A situação de Elizabeth poderia ter sido evitada. Tudo que ela queria era estudar em Oxford! Com a paixão com que encarava a aquisição de conhecimento, teria sido feliz na universidade. Infelizmente, ela não encontrou nesta casa o incentivo para conquistar objetivos.

Percival se encolhe.

— A decisão não foi minha...

— Não. Afinal, você não é o Conde de Bampton. Mas um dia será! Quando isso acontecer, não permita que o erro cometido com sua irmã mais velha se repita com a mais nova. Deixe que ela mesma decida seu próprio caminho.

Percival e Violet se entreolham, ambos perplexos. Ele então retoma o ar sóbrio do herdeiro dos Holloway e pergunta para a irmã:

— Você quer estudar na universidade?

Violet se apruma e faz que sim com a cabeça. O irmão então atravessa a sala e se abaixa para ficar na altura dela:

— Então conte com meu apoio.

Você se despede dos dois últimos irmãos Holloway e parte de Oxford sabendo que nunca mais os verá. Porém, se viver o suficiente, voltará a ouvir o nome de Violet Holloway. Ao crescer, ela ingressará em uma turma feminina de Oxford, onde receberá seu diploma com mérito nas áreas de história e linguística. Mas não se dará por satisfeita. Com o interesse herdado da irmã, o apoio recebido do irmão e seu próprio apetite pelo saber, trilhará uma longa carreira acadêmica, até se tornar uma das professoras mais respeitadas da instituição, desenvolvendo pesquisas importantes e lecionando para turmas mistas. Uma vida dedicada ao conhecimento. Vá para **1147**.

DESTAQUE O ADESIVO **A19**, VÁ ATÉ A SALA DE TROFÉUS E COLE-O NA POSIÇÃO **14**. ENTÃO, VOLTE PARA CÁ.

1006

Com cuidado, você encaixa a primeira estatueta no primeiro pedestal. Então, encaixa a segunda e a terceira, deixando de fora a que é considerada um obstáculo. Vá para **974**.

1007

Dentro da sala, uma pessoa em mantos escuros está de costas para você. Ela segura uma adaga cerimonial e termina de recitar um feitiço.

— Que o Grande Hastur, acorrentado em sua prisão de fogo, derrame sobre nós calamidade! Assim como o Sol todas as manhãs, ordeno que renasça, Bennu, a alma imortal de Amon-Rá!

Ao dizer isso, ela crava a adaga no próprio peito. Sangue esguicha e ela cai morta sobre símbolos profanos. Imediatamente, o corpo é incinerado e dele brotam duas grandes asas. Elas batem, alçando voo, e revelam o restante da criatura: um pássaro em chamas, de olhos de cinzas e um longo e aguçado bico que se abre em um silvo de ameaça. Enfrente Bennu, a Garça de Fogo e a Alma Imortal de Amon-Rá.

BENNU	◆		5	–4

Se vencer, vá para **1096**.

1008

Elizabeth lança a você um olhar de ódio. Acorrentado à mesa de sacrifício, William Faraday murmura um lamento:

— Eu deveria ter dado ouvidos...

O que você faz? Para correr em direção a Elizabeth, vá para **1122**. Para recuar, vá para **1014**.

1009

Você percebe uma inscrição na lateral da caverna. Analisando a inscrição, compreende o significado de símbolos que não conhecia. Após estudar a descoberta abaixo, volte para **999**.

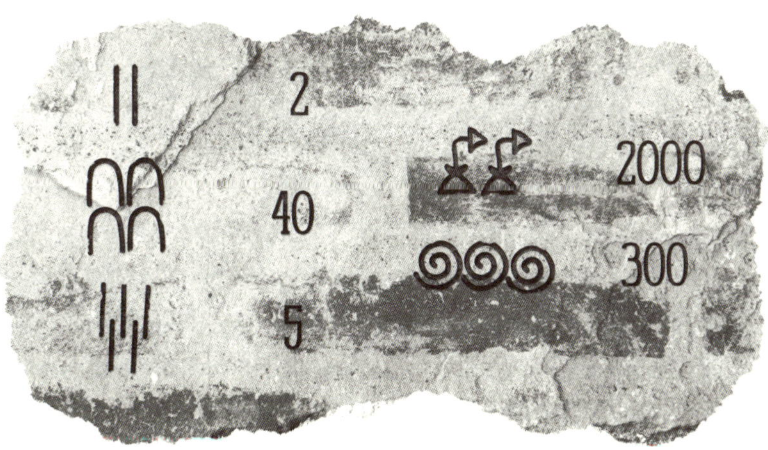

1010

Você entra em uma sala cujas paredes estão forradas de escritos antigos. Há diversas caligrafias, feitas com diferentes materiais, como carvão ou nanquim. Comum a quase todas as frases é o fato de estarem em um idioma desconhecido. Pela forma como estão dispostas, você supõe que sejam versos de poemas... Ou de rituais. Há apenas duas sentenças cujos significados você compreende. Uma está sobre a porta norte e diz: "Dor". A outra, na porta oeste: "Sem dor". Há também a porta sul por onde você acabou de entrar. Para qual lado vai?

Norte	Vá para **954**
Sul	Vá para **988**
Oeste	Vá para **1071**

1011

Você encaixa a terceira rocha e a decoração da porta fica completa. O painel começa a brilhar e gira por inteiro, enquanto emite um som mecânico. À medida que gira, a porta se desloca para cima e o salão cerimonial começa a se descortinar. Você dá um passo adiante, apenas para ouvir a porta de pedra se fechando às suas costas. Vá para **1004**.

Destaque o adesivo **X16**, vá até a referência **1050** e cole-o sobre o número **1011**. Então, volte para cá.

1012

Você está em uma sala com saídas para norte, sul, leste e oeste. Para qual lado vai?

Norte	Vá para **1114**
Sul	Vá para **1067**
Leste	Vá para **1018**
Oeste	Vá para **981**

1013

Após passar sob o frontão triangular de um monumento, você se vê dentro do mais antigo jardim botânico da Inglaterra. Calçadas recortam o gramado cheio de canteiros de flores, com estátuas ou jarros decorativos a cada encruzilhada. Uma estufa abriga plantas tropicais que não resistiriam ao inverno da região, como a vitória-régia e o papiro. Em outra, vive a coleção de plantas carnívoras, sempre prontas a abocanhar qualquer inseto. Mas é na terceira estufa que você encontra Percival, entre cactos, suculentas e rosas do deserto.

— Costumávamos brincar aqui quando éramos crianças, Elizabeth e eu — ele diz. — Ela se escondia e eu tinha que procurar. Bons tempos.

Se este é o primeiro local que você visita, vá para **1055**. Se é o segundo, vá para **1015**. Se é o terceiro, vá para **976**.

1014

Em meio ao vozerio repetitivo de cultistas recitando mantras, Elizabeth se abaixa atrás do altar e, quando volta a se levantar, está armada com o rifle de caça de William. Porém, prevendo que algo assim aconteceria, você busca refúgio atrás de um obelisco. **Faça um teste: ⚅⚅ + ⚅ Ágil – ⚅ Indolente.** Se passar, vá para **992**. Caso contrário, vá para **1125**.

1015

Você deixa o local e volta a caminhar pelas ruas iluminadas e felizes. Porém, enquanto explora a cidade, sente que algo observa cada passo seu. Você se vira para trás, mas as ruas às suas costas estão desertas, com alunos e transeuntes ocupando apenas as calçadas à frente. Uma voz começa a rir baixinho. Você se vira procurando, mas a risada não tem origem certa e nunca vai embora. De repente, ela irrompe em uma gargalhada. Então você reconhece a voz zombeteira de Nyarlathotep.

— Você agora faz parte do sonho de Elizabeth! — a voz comemora. — Prepare-se para nunca mais sair daqui.

Um relâmpago atravessa o céu limpo, trazendo uma luminosidade diferente. No instante em que isso acontece, você consegue ver por trás dos sorrisos dos moradores de Oxford. Suas faces são deformadas, os olhos se arregalam em desespero. O clarão se vai, e todos voltam às suas vidas perfeitas. Por mais difícil que seja diferenciar realidade de ilusão, de uma coisa você tem certeza: este local está amaldiçoado. Resta-lhe conferir suas anotações da investigação, considerar as conclusões tiradas por investigadores que vieram antes de você e descobrir: qual é o único local que Elizabeth não ousaria profanar? Volte para **1065**.

1016

— Minha irmã terá um futuro de privações assim como eu... a não ser que eu faça algo a respeito!

Elizabeth se enfurece. Vá para **1061** e aumente o ataque dela em +⚅.

1017

Você sai de trás do obelisco, enquanto Elizabeth contorna o altar com a adaga ritualística em mãos. Vocês caminham um na direção do outro, até ficarem frente a frente, a poucos passos de distância. O que você diz?

"Elizabeth, seu plano cruel termina aqui!"	Vá para **963**
"Elizabeth, pare! Nyarlathotep está usando você!"	Vá para **1073**
"Os deuses que você cultua querem o nosso mal! Por que traiu a humanidade?"	Vá para **1060**

1018

Ao abrir a porta para esta sala, uma brisa gélida estremece seus ossos e traz a sensação de desesperança. Apesar disso, você dá um passo adiante e permite que a porta feche às suas costas. Esta sala é diferente das demais. Aqui, as quatro paredes estão forradas de faces humanas que foram arrancadas de seus corpos. Das mais variadas idades e etnias, todas estão presas ao suplício da vida, incapazes de morrer. Suas vozes melancólicas falam todas ao mesmo tempo, em uma cacofonia de lamúrias enervantes. A sala possui uma porta para sul, uma para leste e outra para oeste.

Sul	Vá para **1111**
Leste	Vá para **1116**
Oeste	Vá para **1012**
Para ficar na sala e tentar entender as vozes	Vá para **1134**

1019

Cansada e ferida, Elizabeth tropeça nas bandagens que a envolvem e cai no piso de pedra. Ela tenta se levantar, mas as energias místicas que a transformaram em uma criatura sobre-humana sentem a fraqueza dela e começam a abandoná-la. Logo volta a ser o que sempre foi: apenas uma jovem inglesa que, apesar de inteligente e rica, foi incapaz de controlar a própria ambição. Atrás dela, o Colar de Ouro Astral arrebenta no peito de William Faraday, espalhando gemas preciosas e placas de ouro pelo chão. Faraday então deixa cair o Necronomicon e ele próprio também tomba. A voz de Nyarlathotep esvanece.

— Assim se vão... — Elizabeth ofega — Milênios de planejamento.

Ela esfrega o dorso da mão no rosto para limpar suor e lágrimas. Está indefesa.

Percebendo a derrota da mestra, os demais cultistas fogem como ratos. Alguns conseguem escapar. Outros perdem o equilíbrio e desabam pelas laterais da plataforma até mergulharem no pântano da morte. É o fim do ritual. É a derrocada de Elizabeth.

Dos cantos do templo, tentáculos de sombras começam a rastejar em direção a ela. Com isso, você se lembra que toda magia cobra seu preço e percebe que chegou a hora do acerto de contas. O destino de Elizabeth Holloway está em suas mãos. Para fazer a cultista pagar por todo o mal que causou, aqui e agora, vá para **1105**. Para prendê-la e levá-la para ser julgada pelas autoridades, vá para **955**. Para não se envolver e deixá-la ser alcançada pelas sombras que rastejam na direção dela, vá para **997**.

1020

Você está em uma sala com saídas para norte, leste e oeste. Para qual lado vai?

Norte	Vá para **952**
Leste	Vá para **1135**
Oeste	Vá para **1114**

1021

Elizabeth ri.

— Minha avó? Não passa de um talento desperdiçado! Tudo o que ela poderia ter feito com a sensibilidade que tem para as coisas etéreas! Em vez disso, preferiu casar, parir e dar sua inestimável contribuição para a continuidade de uma longa e digna família nobre.

Se enfrentar Elizabeth, ela rola +⚅ na primeira rodada de combate. Se quiser atacá-la, vá para **1061**. Se quiser continuar conversando, vá para **1098**.

1022

Você avança, saltando por sobre as águas inertes e recobrando o equilíbrio ao pisar em cada pedaço de ruína. Infelizmente, tarde demais percebe que nem todas as rochas são reais. Algumas são ilusões, colocadas ali para confundir. Ao saltar para uma área que parecia segura, você se vê afundar no ácido, a miragem dissipada. Você tenta nadar até uma das margens, mas seus braços derretem. E as pernas, e o peito. Seu corpo dissolve, e seus restos mortais passam a fazer parte da água infecciosa do lago subterrâneo. Estranhamente, parte do seu equipamento resiste ao ácido. Talvez seus itens sejam úteis para outra pessoa, mas você nunca saberá, pois sua investigação acaba aqui. Preencha uma lápide no cemitério e inicie um novo jogo na Introdução.

Escolha até três itens que esteja carregando e anote-os a lápis abaixo, um item por linha. Se já houver itens listados e o total ultrapassar seis, apague os excedentes.

1. ______
2. ______
3. ______
4. ______
5. ______
6. ______

1023

Você avança, saltando por sobre as águas inertes e recobrando o equilíbrio ao pisar em cada pedaço de ruína. Quando está prestes a saltar para o que parece uma área segura, algo desperta sua atenção. Você para e observa. Ao olhar não apenas para o mundo material, mas também para o intangível, percebe que há algo errado com certos escombros da ponte. Nem todos são reais. Alguns são ilusões, colocadas ali para confundir. Você percebeu a tempo de evitar a armadilha mortal, mas é possível que alguém que veio antes não tenha tido a mesma sorte e perícia. Olhe para as linhas numeradas na referência acima. Caso haja itens listados nelas, você pode pegar até três deles e anotá-los em sua ficha de personagem. Ao fazer isso, apague os itens anotados. Esta é a sua herança, aqui deixada por alguém que compartilhava da sua missão e dos seus princípios. Vá para **1053**.

1024

Você rola para o lado e pega o mangual egípcio que está caído entre as pestes. É uma relíquia da era dos faraós: um bastão de madeira folheado a ouro, de cuja extremidade pendem três cordames cheios de contas de vidro e pedras preciosas, cada qual terminado em um bastonete com ainda mais ouro. Embora represente uma ferramenta para sovar e debulhar trigo, esse mangual luxuoso é uma joia cerimonial empunhada apenas pelo faraó. É o símbolo da fertilidade. Infelizmente, apesar de ser uma antiguidade, não tem qualquer uso prático. Vá para **969**.

1025

Urrando de dor e esforço, você consegue acionar a alavanca. À sua frente, a segunda porta abre para cima e volta a descer lentamente, obrigando você a correr para passar por ela antes que se feche. Vá para **1110**.

1026

Você recebe o fêmur das mãos dele, enfia uma das pontas sob a rocha e tenta erguê-la com movimento de alavanca, enquanto Patrick se arrasta para fora. **Faça um teste:** ⚅⚅ + ⚅ **Forte** – ⚅ **Débil**. Se passar, vá para **1068**. Caso contrário, vá para **949**.

1027

Quando você dá o golpe derradeiro, Parennefer desaparece em uma nuvem de penas negras. Você ouve algo se afastar com o bater de asas, mas nada vê. Até mesmo a luneta desapareceu. No lugar dela, resta apenas uma estatueta em formato de abutre, semelhante a um quebra-cabeça. É a chave que você procurava. Em posse do que veio buscar, você atravessa o salão até uma pequena passagem do outro lado, caminha por um extenso corredor e se vê de volta à câmara principal, onde a porta decorada vai sendo preenchida com as chaves do quebra-cabeça. A geografia insana dessas cavernas fez você retornar para cá através do próprio portal do abutre de onde havia saído. Volte para **999**.

Destaque o adesivo PZ2, vá até a referência 999 e Cole-o na posição do abutre.

1028

Você meneia a cabeça e fala:

— Sim, o mundo é cheio de hipocrisia e maldade. Porém, está evoluindo. Talvez você tenha sido privada do ensino, mas outras mulheres já têm acesso e muitas terão no futuro. Isso porque alguém lutou por essa conquista. O mesmo vale para os demais infortúnios: existem pessoas que dedicam suas vidas para combater a miséria e criar um mundo mais justo. Quando você se alinha a entidades profanas, está sentenciando a todos igualmente. Sua motivação pode ser válida, mas não justifica os assassinatos que cometeu, nem as atrocidades que ainda pretende realizar.

Ao ouvir suas palavras, a mestra cultista olha para o chão por um instante quase imperceptível. Se quiser atacá-la, vá para **1061**. Se quiser continuar conversando, vá para **1091**.

1029

Você golpeia, e a cabeça de Elizabeth se separa do corpo e sai rolando pela sala.

— Você não tem ideia do erro que está cometendo! — ela continua a falar. — O poder dos Grandes Antigos é maior do que imagina. Você deveria se entregar a eles! Mas, se insiste em desafiá-los, não me resta alternativa...

Você pisca e está de volta à caverna. No entanto, nem tudo está igual. Algum tempo se passou e o ritual avança. O mantra dos cultistas está mais rápido e mais vigoroso. William Faraday está de pé sobre o altar segurando o Necronomicon aberto para Elizabeth, enquanto ela entoa uma prece em um dialeto morto. A cada nova frase, encosta a adaga ritualística nas pernas dele e, lentamente, delineia um talho comprido por onde sangue escorre. E o talho se abre. Primeiro, para mostrar o abismo do universo profundo. Em seguida, sendo violado por um tentáculo que vem do cosmos e usa o corpo do veterano de guerra para se infiltrar no nosso mundo. Faraday berra a plenos pulmões, mas é incapaz de se mover e lutar. De quando em quando, seus urros são interrompidos pela voz de Nyarlathotep, que celebra:

— O décimo terceiro Faraó enfim me pertence!

A voz de Elizabeth se ergue mais e mais. Enlevados pelo fervor e por descabida lascívia, alguns dos cultistas ao redor arrancam as próprias roupas, caem de joelhos, cortam as próprias gargantas. Até que, com um clamor final da mestra cultista, um estouro se faz e derruba todos os que aqui estão, incluindo você.

Sua cabeça gira e leva alguns instantes até você se orientar. Ao fazer isso, descobre que as correntes de Faraday arrebentaram. Ele permanece de pé e ensanguentado, mas os tentáculos desapareceram. Em vez disso, um brilho místico irradia de um círculo sob os pés.

— Muito bem, Elizabeth! — a boca de Faraday se move, mas a voz que sai é de Nyarlathotep. — Você está prestes a fazer o que ninguém conseguiu em mais de três mil anos! Aproxime-se.

Elizabeth sobe por uma escada lateral e se põe de pé ao lado dele.

— Finalmente posso estar com minha verdadeira paixão! — Ao dizer isso, ela se entrega aos braços de William Faraday e os dois se envolvem em um beijo de língua e se tocam de forma intensa. Quando se separam, você percebe que, no lugar da língua, Faraday possui um tentáculo longo e gelatinoso, o qual Elizabeth sorve até o último momento.

— Agora, liberte-me deste corpo mortal — ele ordena.

— Sim! — ela responde, e então olha para você. — Basta me livrar desse contratempo e poderei, de uma vez por todas, concluir o Ritual dos Treze Faraós. Dê-me poder para que eu lute!

Nyarlathotep olha para ela com uma mistura de desprezo e conveniência.

— Não posso oferecer meus poderes enquanto estiver nesta forma humana, mas posso fazer algo pelo que você anseia há muito tempo... — Nyarlathotep ergue a mão na direção da Constelação do Touro. O olho vermelho do touro refulge e derrama seu brilho sobre o faraó. Ele então o transfere para Elizabeth, atuando como canal entre a cultista e Hastur.

Elizabeth se entrega em deleite, mas é um prazer doloroso, e ela grita de suplício. Nas profundezas da caverna, o lago de ácido transborda, subindo pela escada até próximo da plataforma onde você está. Mas não é mais feito de ácido, e sim de lava, que brilha e emite calor quase intolerável. Tomada pelo fulgor rubro, os braços e pernas de Elizabeth se tornam desossados e fluidos como tentáculos. As roupas adquirem tons amarelos e uma coroa surge. Ela olha para você, mas não mais possui olhos, pois a cabeça está envolta em bandagens. Então, desce do altar e caminha na sua direção. A cada passo, Elizabeth enfia os dedos no próprio abdômen e puxa para fora um dos órgãos: o fígado, os intestinos, o útero, os pulmões. Deixa caírem ao longo do caminho, enquanto mais bandagens surgem para completar a mumificação. Quando chega até você, é uma rainha morta, perfeitamente entregue aos deuses cósmicos. **Faça um teste de sanidade 3**🌀**:** ⚅⚅ +⚅ **Ocultista** –⚅ **Inocente.** Se isso reduzir sua Sanidade a 0, vá para **1137**. Caso contrário, vá para **1101**.

1030

Você entra na igreja de onde os cânticos provêm. Lá dentro, crianças obedientes e senhoras de sorriso bondoso se entregam ao louvor, todos trajando vestes negras empapadas de sangue fresco, que escorre pelo piso e suja os seus sapatos. Eleanor percorre a nave principal com pés descalços e se ajoelha diante do altar. Você a segue.

— É hora de cumprir nosso propósito — ela diz, e entrega a você uma adaga de lâmina sinuosa com estranhas inscrições.

Os cânticos se elevam e confundem a sua mente. Sem controle sobre seus atos, você fecha os dedos em torno da empunhadura. Eleanor fecha os olhos e estufa o peito. Você dá uma estocada no peito dela e vê o sangue jorrar. Em seguida, golpeia seu próprio peito. Dois cadáveres tombam na escadaria do presbitério, para deleite dos fiéis. Sua investigação acaba aqui. Preencha uma lápide no cemitério e inicie um novo jogo na Introdução.

1031

Você rola para o lado e pega a coroa egípcia que está caída entre as pestes. É uma relíquia da era dos faraós: não exatamente uma coroa, mas uma espécie de touca de tecido listrado, encimada pelas insígnias da naja e do abutre, que representam o domínio do Alto e Baixo Egito. Como um todo, a coroa é o símbolo do poder. Infelizmente, apesar de ser uma antiguidade, não tem qualquer uso prático. Vá para **969**.

1032

A sala onde você está é pequena e circular. Na parede oposta à entrada, há uma porta de pedra fechada e, no centro, um fosso repleto de líquido. Submersa no líquido, você vê uma pesada alavanca de pedra. Você deduz que o mecanismo abre a porta. Porém, com um rápido experimento, descobre que o líquido não é água, mas sim uma substância corrosiva. Se quiser mergulhar as duas mãos, para ter mais chance de puxar a alavanca, vá para **1123**. Se quiser mergulhar apenas uma mão, para se expor menos ao ácido, vá para **1062**.

1033

Quando você passa pelo portal do abutre, tem a impressão de que o animal esculpido no umbral bate as asas sobre sua cabeça. Ao olhar para ele, no entanto, continua parado. Você segue adiante por um longo túnel onde inscrições descrevem o abutre como símbolo do faraó reinando sobre o Alto Egito. Após alguns minutos, o caminho se converte em uma escada para cima. À medida que você sobe, estranhos sons surgem em seus ouvidos. São sussurros oníricos. Falam sobre os fracassos de seu passado e sobre a ruína que aguarda em seu futuro. **Faça um teste de Sanidade 2**: ⚅⚅ + ⚅ **Ocultista** – ⚅ **Inocente**. Vá para **1118**.

1034

Você dá uma das mãos a Vincent e outra a Jane. Juntos, eles guiam você, cruzando a pista de dança até uma escada que desce para um escuro iluminado por clarões estranhos. Um trompete soa ao seu lado. Outro toca à distância. Uma massa de jovens surge, dançando no ritmo da música, e você sente compulsão por dançar também. Sem que os possa controlar, seus pés se movem no compasso. Você solta as mãos e as abana no ar. Ao redor, as gargalhadas se intensificam. Tudo é alegria, algazarra e êxtase. Em certo momento, um lampejo passa por sua mente: a sensação de que deveria estar fazendo outra coisa. Porém, é algo efêmero e você logo esquece. Em meio a figuras amorfas e cores desconhecidas, entrega-se ao deleite dos sentidos e à loucura... E assim continua, até o total oblívio. Sua investigação acaba aqui. Preencha uma lápide no cemitério e inicie um novo jogo na Introdução.

1035

Fiéis entoam cânticos de adoração acompanhados pelo som do órgão de tubos. Você não os vê, já que está do lado de fora da igreja, mas consegue sentir o fervor de suas orações dentro do santuário de torres de pedra e vitrais.

— Bonita, não? A igreja.

Você olha para o lado e vê Eleonor O'Flanagan. Os cabelos ruivos refletem a luz do dia e condizem com o sotaque irlandês.

— No meu país, as igrejas são mais simples. Mesmo assim, todas elas trazem aquela sensação de que somos pequenos diante de forças muito maiores. Mas não importa. Elizabeth vai me ajudar a ser grande também. A cumprir um papel importante na conjuntura do universo — dizendo isso, a jovem irlandesa entra na igreja cheia de fiéis ingleses.

Se quiser rezar com Eleanor, vá para **1030**. Caso contrário, resta a você partir. Se este é o primeiro local que você visita, vá para **1055**. Se é o segundo, vá para **1015**. Se é o terceiro, vá para **976**.

1036

Você cai sob o peso dos ferimentos. Elizabeth caminha até seu corpo sem forças e observa enquanto você se afoga no próprio sangue. É uma morte solitária. Porém, antes de partir deste mundo para o próximo, a última coisa que você vê é o ritual regredir ao início. Você pode não ter vencido, mas ao menos ganhou algum tempo para a próxima pessoa a se erguer contra a perversidade da mestra cultista. Sua investigação acaba aqui. Preencha uma lápide no cemitério e inicie um novo jogo na Introdução.

1037

Com cuidado, você encaixa a primeira estatueta no primeiro pedestal. Então, encaixa a segunda e a terceira, deixando de fora a que é considerada um obstáculo. Vá para **974**.

1038

Elizabeth fecha a cara.

— Meu pai? De todos os meus familiares, você menciona justo o mais opressor? Se tem alguém que eu gostaria de ver arder no plasma de Aldebaran é aquele ditador intransigente!

Dizendo isso, ela parte para cima de você com furor redobrado. Vá para **1061** e aumente o ataque dela em +⚅.

1039

Você rola para o lado e pega a cimitarra que está caída entre as pestes. À primeira vista, parece apenas uma antiga espada de lâmina longa e curva. Porém, quando você toca na arma, sente ela vibrar com o poder da Realidade. Trata-se da arma pessoal de Al-Nasir Salah al-Din Yusuf ibn Ayyub, mais conhecido como Saladino, o Sultão do Egito que defendeu seu povo das incursões Cruzadas na Idade Média. Anote a *Cimitarra de Saladino* em sua ficha de personagem (arma branca; em testes de ataque, receba +⚅; além disso, resultados 4 em testes de ataque contam como sucessos). Vá para **969**.

1040

Quando a nuvem de poeira abaixa, você percebe que outras áreas de desmoronamento fizeram vítimas recentes. Você continua avançando e percebe que o lugar está cheio de cadáveres, alguns em estágios avançados de putrefação, outros ainda recentes. A certa altura, no entanto, escuta os gemidos de um homem vivo. Caído no chão, preso sob uma das grandes rochas que desabou do alto, você reconhece: é Patrick McNamara, o amigo de William Faraday. Ele está tentando usar um fêmur humano como alavanca para erguer a rocha e se libertar, mas ao perceber sua aproximação, grita por ajuda. Além da voz do irlandês, você continua escutando o rugido das rochas, e sabe que novos desmoronamentos podem começar a qualquer instante. Se quiser ajudar Patrick, vá para **1026**. Se preferir seguir em frente enquanto pode, vá para **991**.

1041

Quando você aciona a manivela, os satélites começam a girar em torno dos planetas e os planetas, por sua vez, giram em torno do Sol. O movimento é ritmado: quando Marte completa a primeira volta, a Terra coincide exatas duas voltas e Vênus, três. Você observa por um longo momento, a ponto de ver Júpiter concluir o giro, tendo sido necessários 12 anos terrestres. O movimento é belo, quase entorpecente. **Faça um teste: ⚅⚅ + ⚅ Sagaz –⚅ Ignorante**. Se passar, vá para **967**. Caso contrário, vá para **1070**.

1042

Elizabeth avança sobre você saltando com as várias pernas, cada uma provida de vários joelhos, e ataca com os quatro khopesh.

ELIZABETH, CRIA DO CAOS	◆ ⚔ ⚅⚅⚅⚅	✚8	ϟ–8

Para Elizabeth, resultados "6" nos testes de ataque contam como dois sucessos. Por exemplo, se ela rolar "2", "4" "5" e "6" , terá um total de três sucessos. Se vencer, vá para **1074**. Se perder, vá para **1036**.

1043

Você tenta puxar a alavanca, mas demora demais. Em desespero, vê seus dedos se dissolverem, então o resto da mão. A dor é tanta que seu corpo convulsiona e você cai no fosso. É difícil sair sem as mãos e, quando você finalmente coloca a cabeça para fora, já é tarde demais. O líquido queima suas roupas, dissolve suas pálpebras e liquefaz seus olhos. Derrete pele, carne e ossos. Quando tudo termina, a superfície volta a ser cristalina no vestíbulo silencioso. Sua investigação acaba aqui. Preencha uma lápide no cemitério e inicie um novo jogo na Introdução.

1044

Violet olha para você com desconfiança.

— Minha irmã é a Elizabeth! Siofra me disse que você saberia de algo, mas pelo visto está tão por fora quanto eu.

Violet desaparece, deixando você na sala vazia. Quando ela parte, o mundo se torna mais concreto e você se sente desnortear por um instante, como se a gravidade tivesse invertido de direção. Ou seria remorso por ter mentido a uma criança? Perca 1 ponto de Sanidade. Se sobreviver, resta-lhe sair pela mesma porta por onde entrou, a norte. Vá para **959**.

1045

Irritada, Elizabeth recua e grita de frustração. No centro do círculo de cultistas com seus mantras hipnóticos, ergue as mãos para o topo infinito da caverna e recita para os deuses profanos que cultua:

— Que venha até mim o poder encoberto pelo manto da ignorância! Em nome de Hastur, invoco o Feitiço da Morte Orbital!

Com essas palavras, a caverna se converte em um vácuo sideral. Do alto, desce uma gigante vermelha, trazendo consigo o ardor de seu plasma. Aldebaran, o olho do Touro, a estrela maldita. Em volta dela gira uma estrela menor. Esta, em vez de emitir luz, irradia sombras: o Sol Oculto onde Hastur jaz prisioneiro. Com o surgimento das estrelas, a gravidade delas se faz presente. Você sente seu corpo ser puxado para cima, incerto entre ser atraído por Aldebaran ou pelo Sol Oculto. Antes que seus pés se afastem do solo e você flutue sem controle, tem uma última chance de escolher o que fazer. Para saltar em direção a Aldebaran, vá para **998**. Para saltar rumo ao Sol Oculto, vá para **957**. Para se agarrar ao solo, vá para **1103**.

1046

Você deixa o modelo do sistema solar e segue pela câmara. Presas às paredes, longas equações matemáticas dividem espaço com concepções artísticas de cometas. Há inúmeras prateleiras, a maioria forrada de livros, mas algumas comportando jarros de cheiro estranho, onde estão mergulhados olhos com muitas pupilas ou membros quitinosos de criaturas alienígenas. Ao terminar de cruzar a câmara, você chega à única parede que não está abarrotada de quinquilharias. É uma superfície lisa e plana, onde se delineiam as frestas de uma porta larga. Porém, em vez de trinco ou aldrava, há um pequeno altar com três pedestais. Acima da porta, você lê em signos ancestrais:

No caminho à grandeza, há três passos e um entrave. Monte sua estrada conforme o arranjo divino ou sofra a condenação celestial.

Caídas no chão ao redor, você encontra quatro estatuetas de bronze que encaixam nos pedestais. A primeira mostra a imagem majestosa de um faraó, provavelmente Thutmose IV, ostentando a coroa do Egito unificado e trazendo nas mãos o cajado e o mangual. A segunda estatueta é Nefertiti, com sua coroa azul e a face altiva de rainha. A terceira é a imagem divina de Thoth, com cabeça de íbis, uma ave de pescoço e bico alongados, e segurando um pergaminho. Por fim, a última estatueta representa Amon-Rá, com a cabeça de falcão sustentando o disco solar.

Você tem quatro estatuetas, mas apenas três pedestais. Em qual ordem irá posicioná-las?

Amon-Rá, Faraó, Nefertiti	Vá para **1131**
Amon-Rá, Nefertiti, Thoth	Vá para **962**
Amon-Rá, Thoth, Faraó	Vá para **983**
Faraó, Amon-Rá, Thoth	Vá para **1108**
Faraó, Nefertiti, Thoth	Vá para **980**
Faraó, Thoth, Amon-Rá	Vá para **1113**
Nefertiti, Amon-Rá, Thoth	Vá para **1037**
Nefertiti, Faraó, Amon-Rá	Vá para **1064**
Nefertiti , Thoth, Faraó	Vá para **1117**
Thoth, Amon-Rá, Nefertiti	Vá para **1006**
Thoth, Faraó, Amon-Rá	Vá para **1089**
Thoth, Nefertiti, Amon-Rá	Vá para **1082**

1047

Você está em uma sala com saídas para norte e sul, mas a passagem norte está bloqueada por uma rocha. Resta-lhe rumar para sul. Vá para **952**.

1048

Você caminha por uma ruela estreita, com lojinhas tradicionais, onde o atendimento muitas vezes é feito pelo próprio dono. Vê uma loja de roupas, uma de cosméticos, uma de queijos. E uma confeitaria. Você entra nesta última e a encontra cheia de clientes. O ambiente é dividido por um balcão de vidro, onde estão expostos bolos dos mais diversos sabores. Do outro lado, uma confeiteira se ocupa de decorar um deles, enquanto seu marido, o padeiro, sai da cozinha trazendo uma fornada de pães quentes e com cheiro delicioso. Você escuta passos vindos do alto, e então percebe que há uma escada para o segundo andar. Escuta também um bramido vindo da cozinha.

— Chegou na hora certa — diz o padeiro. — O pão acabou de sair!

Se quiser aceitar o pão, vá para **1088**. Caso contrário, resta a você sair da padaria. Se este é o primeiro local que você visita, vá para **1055**. Se é o segundo, vá para **1015**. Se é o terceiro, vá para **976**.

1049

Você percebe que a parede desta sala não é feita de rocha, mas de carne. As faces estão presas à superfície como se tivessem sido costuradas umas às outras usando um barbante feito de vísceras. E elas estão conscientes. Sabem que foram aglutinadas, mas foram destituídas de braços, pernas ou troncos com os quais pudessem tentar fugir. Resta-lhes o horror do cárcere eterno. Perca mais 1 ponto de Sanidade. Você escuta o que elas dizem e as frases aos poucos se tornam mais nítidas. Algumas falam com entes queridos como se estivessem presentes. Outras, proferem gemidos de protesto, de súplica ou de arrependimento. Não percebem sua presença. Exceto uma das faces, que segue você com os olhos. É dela que escuta um conselho:

— Não sei se há uma saída deste labirinto maldito, posto que jamais a encontrei. Encontrei apenas a morte. A morte a sudeste.

A sala possui portas para sul, leste e oeste. Para onde você vai?

Sul	Vá para **1111**
Leste	Vá para **1116**
Oeste	Vá para **1012**

1050

Você se detém por um momento diante da porta ornamentada e respira profundamente, ciente da grandiosidade dos acontecimentos que está prestes a presenciar. Vá para 1011.

1051

Você abaixa a guarda, permitindo que Elizabeth se aproxime e toque seu ombro.

— Chegou a hora de colocar um basta nisso tudo. Receba minhas boas-vindas à congregação daqueles que já viram sofrimento demais. Vamos mudar o mundo, e para isso entregaremos até a última gota de sangue.

Você abandona qualquer resistência e se permite guiar pelas mãos de Elizabeth até o círculo de cultistas que contorna o pináculo. Aos pés de um obelisco, ela cobre você com um manto longo. O mantra recitado à exaustão penetra seus ouvidos, e logo você o está repetindo em uníssono com os demais. O som melódico embala seus sentidos e nubla sua consciência. Outra pessoa surge para desafiar Elizabeth, mas você não consegue ver quem é. Também, não se interessa. E, quando a voz melodiosa dela fala em seu ouvido, você empunha uma adaga — que não sabe de onde saiu — e corta a própria garganta. Você se deixou levar por argumentos válidos, mas usados para justificar atrocidades imperdoáveis. Não haverá uma lápide no cemitério para você. Sua investigação acaba aqui. Inicie um novo jogo na Introdução.

1052

Você desce a escada circular. O caminho se estende por minutos, horas, dias talvez. No sopé da escada corre um rio caudaloso, que você não vê onde começa nem onde termina. É impossível progredir sem atravessá-lo, mas, atracados junto à margem, há uma centena de botes e canoas trabalhados em madeira e iluminados por lamparinas a óleo. Alguns são curtos e estão vazios, com apenas dois remos do lado de dentro. Outros são compridos e estão ocupados por esculturas de barro na forma de homens com remos nas mãos. Para entrar em um bote menor e vazio, vá para **1130**. Para entrar em uma canoa maior com remadores, vá para **1120**.

1053

Ao terminar de cruzar o pântano de ácido, você chega aos pés de uma grande escadaria feita de pedra calcária. Embora alguns degraus estejam danificados pelos séculos, a estrutura se mantém sólida, contrastando com a caverna acidentada e colossal que a cerca. No topo, o ritual se desenrola. Você não tem ângulo para ver o que acontece, mas escuta vozes inundando a caverna e retumbando nas estalactites distantes. O que dizem, impossível saber. Usam um idioma cósmico mais antigo do que a humanidade.

Enquanto você sobe a escadaria, o teto da caverna se rasga. Uma pessoa ingênua esperaria ver Luxor lá no alto, mas não você. Após tantas experiências insólitas, você já compreendeu que não está no subterrâneo do Egito, mas em uma das camadas de existência que separa nosso mundo da Realidade brutal. Quando a fenda se abre no alto, não são as rochas da caverna que se quebram, mas o próprio mundo físico. E o que surge do outro lado é o universo profundo, com magnitudes inconcebíveis.

Após o primeiro rasgo, surge um segundo e um terceiro, cada qual revelando um quadrante da galáxia, e outros mais, até somarem onze. O último mostra Aldebaran, a gigante vermelha, orbitada pelo Sol Oculto que irradia escuridão. Quando este se revela, a risada de Elizabeth ecoa pela caverna. Ao mesmo tempo, você chega ao topo da escada. O pináculo é composto por uma ampla plataforma circular tomada por símbolos místicos concêntricos. Obeliscos com antigas inscrições demarcam o perímetro e sustentam tochas que iluminam as dezenas de cultistas dispostos em círculo. Em uníssono, eles entoam um mantra murmurado e vil.

No centro, William Faraday está sentado em posição de lótus sobre uma pedra de sacrifício. Pesados grilhões limitam seus movimentos, porém, ele não tenta fugir. Em vez disso, folheia o Necronomicon em seu colo. Suas armas não estão em lugar algum. Também se foram o chapéu e a camisa. Em vez disso, sobre os pelos descobertos do peito musculoso encontra-se o Colar de Ouro Astral, uma relíquia feita de grossas chapas de ouro e que causou a morte ritualística de tantos faraós antes dele. Os olhos brilhantes denotam desespero e loucura.

— A Realidade... — ele gagueja — é esmagadora. Não há salvação!

Ao lado dele está Elizabeth. Com uma das mãos, segura a adaga com a qual já levou a cabo diversos rituais. Com a outra, alisa as costas nuas de Faraday, incentivando-o à leitura. Ao ver você, ela interrompe o que sussurrava no ouvido dele.

— Ainda existem inconvenientes em meu caminho — ela fala, não para você, mas para uma entidade que acompanha a cerimônia. — Clamo que auxilie esta serva dos Grandes Antigos!

A voz que responde ao chamado de Elizabeth não vem da caverna, nem das estrelas, nem de qualquer ponto da existência. A voz retumba de lugar nenhum e de todos os lugares, pesada e mordaz, atordoando os ouvidos e esmagando a alma de todos que escutam.

— É com prazer que respondo ao seu submisso apelo, minha doce Elizabeth. Afinal, eu sou o caminho, a mensagem e a verdade da vida. Ninguém vai a Hastur senão por mim. Se pedir algo em meu nome, eu o farei.

Ao que Elizabeth joga as mãos para o alto e responde:

— Ya, Nyarlathotep!

Vá para **1142**.

1054

Você entra em uma sala de ângulos retos igual às demais. Porém, esta reserva uma sensação diferente, como se seus sentidos ficassem todos abafados, difusos. Você percebe alterações nas camadas transitórias da existência, algo mais próximo à dimensão deformada e cruel que você chama de Realidade. Você avança pela sala e, à medida que penetra a aura onírica, a imagem de uma menina se torna visível.

— Você viu a minha irmã? — Violet pergunta. — Tenho impressão de que está perto daqui, mas não consigo chegar até ela.

"Não conheço a sua irmã."	Vá para **1044**
"Estou tentando encontrá-la."	Vá para **970**
"Ela está prestes a sacrificar uma pessoa para um deus maligno."	Vá para **1076**

1055

A luz do dia está suave e a temperatura, agradável. Um pássaro canta empoleirado em uma árvore próxima e outro responde, distante. Apesar de qualquer preocupação, as pessoas ao seu redor transmitem uma tranquilidade acalentadora. Tudo é perfeito e todos estão felizes. Há algo estranho aqui. Você se lembra de Elizabeth. Talvez devesse procurar um lugar especial para ela. Volte para **1065**.

1056

Você se aproxima para ajudá-lo. Ele agarra a sua mão e o seu braço. Enquanto você tenta puxá-lo para longe, porém, algo estranho acontece. O cultista é lançado para fora do alcance da estátua, mas o corpo ofídico puxa os seus pés para dentro. Você sente escamas roçarem nos seus tornozelos. Não era apenas uma pintura? Não há tempo para assimilar o que está acontecendo. A última coisa que você vê é o rosto cruel do cultista à distância, e em seguida a naja enterra uma das presas colossais em seu peito. Sua investigação acaba aqui. Preencha uma lápide no cemitério e inicie um novo jogo na Introdução.

1057

Símbolos antigos são sinal de perigo. Por isso, você decide avançar exatamente pelo meio do túnel, evitando tocar as paredes. Quanto mais avança, mais escuro o caminho se torna. De repente, é como se todos os glifos despertassem ao mesmo tempo: eles brilham em um clarão ofuscante, iluminando uma criatura à sua frente. É um demônio de face grotesca e chifres retorcidos, cujas patas de aranha o mantêm pendurado em quinas que antes não existiam. Surge só por um momento, e então as luzes voltam a se apagar. Você golpeia à frente cegamente, várias e várias vezes, tentando acertar o monstro antes de se tornar vítima dele. Porém, não acerta. Ofegando, enfim percebe que nunca houve qualquer criatura, apenas uma imagem feita para drenar suas forças. A face horrenda, no entanto, se mantém gravada em sua memória. Perca 1 ponto de Saúde pelo esforço e 1 ponto de Sanidade pelo susto. Se você possui uma arma de fogo, terá disparado com ela; role ⚅ e subtraia o resultado de sua munição. Vá para **977**.

1058

A motivação de Elizabeth faz sentido. Talvez você até concorde com ela. Porém, as atrocidades que ela já cometeu ou ainda pretende cometer são imperdoáveis. Assim, quando ela se aproxima, você desfere um golpe surpresa. Vá para **1061**. Na primeira rodada de combate, role +⚅.

1059

Elizabeth está prestes a protestar, mas você prossegue:

— Ser reconhecida como uma mulher madura não deveria ser tão custoso, mas a sociedade impõe entraves que só servem para retardar o seu avanço. Força você a medidas extremas. Mesmo assim, Elizabeth, pense: será que você não foi longe demais?

Ela vacila por um momento, considerando o que você disse. Se enfrentá-la, diminua o ataque dela em –⚅. Se ela já havia sofrido uma penalidade, vá para **1092**. Caso contrário, vá para **1061**.

1060

— Engana-se! — ela responde. — Não sou eu a traidora, mas a própria humanidade, que trai a si mesma dia após dia! Guerras devastam nossos países e vitimam nossos entes queridos. Miséria se espalha pelo mundo, com crianças morrendo de fome para que alguns poucos se empanturrem de consumo e de poder. Mulheres são abusadas de forma corriqueira, seus corpos e mentes entregues a uma vida sem escolha e sem retribuição. E quanto a mim? Eu quis algo simples, que pouco custaria à dita humanidade. Desejei conhecimento. E até isso me foi negado! Sabe por quê? Porque queriam continuar exercendo domínio sobre mim. A humanidade nada mais é do que um ser humano lutando para subjugar o outro, e garanto como essa natureza opressora não é culpa de nenhuma entidade. Se você pensa que os deuses antigos são malignos, é porque fecha os olhos para a hipocrisia humana. Para concordar com Elizabeth, vá **1094**. Para discordar dela, vá para **1028**.

1061

Elizabeth empunha uma adaga de lâmina sinuosa coberta de padrões geométricos – diagramas capazes de acessar o poder da Realidade.

ELIZABETH, MESTRA CULTISTA	◆	⚔ ⚅⚅⚅	✚6	⚡–6

Se Elizabeth causar dano em você, aumente o dano causado em +1. Se vencer, vá para **1045**. Se perder, vá para **1036**.

1062

Você mergulha uma mão. A dor é horrível, à medida que você vê a pele se dissolver e os músculos e ossos por baixo aparecerem, mas seria pior se você tivesse mergulhado as duas mãos. Porém, com apenas uma mão você terá menos chances de puxar a alavanca. Perca 1 ponto de Saúde e **FAÇA UM TESTE DIFÍCIL:** ⚅ +⚅ **FORTE** –⚅ **DÉBIL.** Se passar, vá para **1025**. Caso contrário, vá para **1043**.

1063

— Margô Deschanel veio da pobreza e conquistou grande prestígio em uma sociedade dominada por homens. É uma mulher admirável. Um breve indício de que... o mundo talvez tenha salvação.

Elizabeth hesita. Se enfrentá-la, diminua o ataque dela em –⚅. Se quiser aproveitar para atacar a mestra cultista, vá para **1061**. Se quiser continuar conversando, vá para **1098**.

1064

Com cuidado, você encaixa a primeira estatueta no primeiro pedestal. Então, encaixa a segunda e a terceira, deixando de fora a que é considerada um obstáculo. Vá para **974**.

1065

Você está em Oxford. Para onde quer ir?

Bent House Jazz Club	Vá para **1148**
Biblioteca do St. John's College	Vá para **1083**
Cemitério Holywell	Vá para **1145**
Examination Schools	Vá para **1102**
Igreja Universitária da Virgem Maria	Vá para **1035**
Jardim Botânico	Vá para **1013**
Loja de chapéus no Mercado Coberto	Vá para **956**
Museu Ashmolean	Vá para **1000**
Padaria Clarendon	Vá para **1048**
Propriedade da Família Holloway	Vá para **1099**

1066

Você está em uma sala com saídas para norte e leste. Quando chega ao centro da sala, porém, se vê em um deserto de areias vermelhas, cercado por centenas de pessoas. Esfarrapadas e esquálidas, elas têm as pontas dos dedos e os olhos enganchados em anzóis, que por sua vez se conectam a correntes que flutuam para cima até desaparecerem no céu avermelhado. As pessoas encaram você em dor e desespero, suplicando para que acabe com o sofrimento delas. Então você pisca, e está de volta na sala de arenito. Perca 2 pontos de Sanidade. Se sua mente ainda aguentar, qual saída você toma?

Norte	Vá para **1140**
Leste	Vá para **995**

1067

Você está em uma sala com saídas para norte, sul e leste. Para qual lado vai?

Norte	Vá para **1012**
Sul	Vá para **972**
Leste	Vá para **1111**

1068

Você aplica toda a sua força no fêmur, até achar que ele vai quebrar. Porém, ele se mantém mais rígido do que a própria rocha, o que leva você a se perguntar se é mesmo um osso humano. Deixando a divagação de lado, percebe que a rocha se move para longe e, no momento certo, você consegue puxar Patrick para fora. Vá para **985**.

> DESTAQUE O ADESIVO **X17**, VÁ ATÉ A REFERÊNCIA 984 E COLE-O SOBRE O NÚMERO **1040**. ENTÃO, VOLTE PARA CÁ.

1069

Seguindo as instruções do Dr. Stephen Venkman, você empunha a relíquia de eras imemoriais, quando se erguiam templos dedicados a quimeras e o faraó reinava com prerrogativa divina. Símbolo da realeza, o cajado vibra, emite um brilho azul e dispara rajadas de energia contra o monstro repulsivo. Vá para **1100**.

1070

Muito tempo se passa com você acompanhando o movimento dos astros. Suas pernas começam a tremer, mas você continua olhando. Seus olhos começam a sangrar, mas você continua olhando. Enfim, você consegue reunir a força de vontade para desviar os olhos. Está vivo, mas sua mente foi danificada para sempre. Talvez este não fosse um instrumento de estudo, mas uma armadilha para tolos. Perca 2 pontos de Sanidade e vá para **1046**.

1071

Ao entrar nesta sala, você percebe que ela tem saídas para sul, leste e oeste. Contudo, enquanto busca decidir para qual lado rumar em seguida, sente um cansaço incontrolável tomar conta do seu corpo. Você sabe que há algo errado e tenta correr para qualquer uma das portas o mais rápido possível, mas suas pernas desobedecem e você tomba. É então que percebe minúsculos orifícios espalhados por todo o chão, por onde escapa um gás sedativo. Antes que perca os sentidos, você vê um cultista entrar na sala e dar uma prazerosa risada abafada por uma máscara de gás. Ele saca uma faca já manchada pelo sangue coagulado da última vítima. Você desmaia, sabendo que jamais voltará a acordar. Sua investigação acaba aqui. Preencha uma lápide no cemitério e inicie um novo jogo na Introdução.

1072

— Percival tomou tudo o que era meu! Quando Hector morreu, eu deveria ter me tornado a herdeira da família, não Percival! — Ela então olha para um canto indistinto: — Mas soube que está movendo terra e céu para me encontrar…

Os olhos de Elizabeth ficam marejados. Se enfrentá-la, diminua o ataque dela em –⚅. Se quiser aproveitar para atacar a mestra cultista, vá para **1061**. Se quiser continuar conversando, vá para **1098**.

1073

— É claro que ele está me usando! Afinal, diferente do resto do mundo, ele valoriza minhas habilidades.

Elizabeth bufa de raiva. Se enfrentá-la, ela rola +⚅ na primeira rodada de combate. Se quiser atacá-la, vá para **1061**. Se quiser continuar conversando, vá para **1091**.

1074

Quando você dá o último golpe na criatura que Elizabeth se tornou, ela salta para trás, então se vira e sai correndo com as inúmeras patas como se fossem de aranha. Dá a volta no altar e se esconde atrás da pedra de sacrifício, de onde olha para você com a face sem olhos e fala, apesar da ausência de boca:

— Você se acha muito forte, não é mesmo? Mas se engana! Sua existência não passa de uma casualidade do universo, efêmera e irrelevante. Os deuses zombam de você! Eles estão além da força e do poder. Além do espaço e até mesmo do tempo — enquanto discursa, ela volta a se empertigar. Estufa o peito em demonstrado orgulho, ergue as mãos armadas em sinal de reverência. — Você pensa mesmo que está em uma caverna em Luxor? Quanta tolice. Espaço e tempo são um só, e a verdade é que nunca saiu de Oxford.

Você olha para um dos khopesh que ela empunha e vê o reflexo de um carro vindo na sua direção. Bem a tempo, salta para a calçada. O carro passa muito perto e por pouco não atropela você. Mas o condutor buzina e grita pela janela:

— Vê se acorda! Sai do meio da rua!

Vá para **971**.

1075

Elizabeth fecha a cara.

— Aquela selvagem morando no mato fica tentando jogar Violet contra mim! Vou exterminá-la, junto com todos seus seguidores!

Dizendo isso, ela parte para cima de você com furor redobrado. Vá para **1061** e aumente o ataque dela em +⚅.

1076

— O quê?! — Violet se sobressalta. Imediatamente, a imagem dela desaparece, deixando você na sala vazia. Quando ela parte, o mundo se torna mais concreto e você se sente desnortear por um instante, como se a gravidade tivesse invertido de direção. Ou seria remorso pela falta de tato com uma criança? Perca 1 ponto de Sanidade. Se sobreviver, resta-lhe sair pela mesma porta por onde entrou. Vá para **959**.

1077

Você dá as costas ao resto do mundo e se concentra na menina à sua frente. Violet é muito nova, mas os mistérios que já viu e experimentou fizeram-na amadurecer antes da hora. Você coloca a mão no ombro dela e responde:

— Eu poderia contar com detalhes o que aconteceu com a sua irmã, mas muitas perguntas continuariam sem resposta. Em vez de apenas ouvir o que tenho a dizer, talvez você devesse buscar a verdade em um local mais propício, onde possa desenvolver a percepção que já possui, com a orientação de alguém que domine as artes certas.

Violet compreende exatamente o que você quer dizer e aceita o convite com bravura.

— Vamos de balsa?

Obter o consentimento da Família Holloway é uma tarefa difícil, mas que você consegue cumprir com grande esforço por parte do clã. Por fim, você e Violet atravessam o Mar da Irlanda, percorrem as estradas do interior e sobem a Colina de Tara. Após vencer criaturas mitológicas, ilusões enlouquecedoras e desafios mortais, vocês chegam ao topo da colina, onde a fogueira arde e os druidas dançam. Junto aos três caldeirões, Siofra se dirige à Violet:

— Por muito esperei a sua chegada. Vou começar seu treinamento sem mais demora. Afinal, tenho pouco tempo neste corpo, e muito a ensinar-lhe... Minha sucessora.

Você se despede e retorna a Londres. Nunca mais ouvirá falar de Violet Holloway, até porque ela haverá de abandonar o nome aristocrático da família na qual nasceu. Você sabe, no entanto, o que o futuro lhe reserva. Violet trilhará um caminho de imersão nos segredos da Realidade. Será preciso muito treinamento para que a mente dela não se estilhace perante a crueldade que espreita do outro lado do véu e ameaça a raça humana, mas ela vai conseguir. O destino de Violet é se tornar a próxima mestra druidisa. Uma vida dedicada à luta contra o sobrenatural. Vá para **1147**.

Destaque o adesivo **A20**, vá até a Sala de Troféus e cole-o na posição **14**. Então, volte para cá.

1078

Você evita se aproximar dos cadáveres. Em vez disso, procura pelo trajeto onde o nível de chorume seja mais baixo, e por ali vai deixando suas pegadas secas na superfície molhada. Quando está no centro da sala, no entanto, você sente uma pedra ceder sob os pés. Imediatamente, dezenas de espigões brotam de fendas no teto e atravessam seu corpo de cima a baixo. Quando o mecanismo volta a retrair para dentro do esconderijo, seu corpo é erguido até certa altura, antes de escorregar lentamente pelas hastes e tombar de volta ao piso, tornando-se mais um cadáver em decomposição. Sua investigação acaba aqui. Preencha uma lápide no cemitério e inicie um novo jogo na Introdução.

1079

— Vincent pensa que uma mulher serve apenas para casar e ter filhos. Falha em perceber que o intelecto dele está muito abaixo do meu. Não só ele, como muitos dos que me menosprezam. Mas vou mostrar meu poder para o mundo!

Elizabeth se enfurece. Vá para **1061** e aumente o ataque dela em +⚅.

1080

Com seu último golpe, a hieracoesfinge recua, cambaleante. Ela então se senta para trás. Em seguida, deita o corpo de leão sobre o peito e os cotovelos. Parece prestes a tombar para o lado, quando as patas se convertem em pedra. Em seguida, o tronco. Por fim, o rabo, as joias e a cabeça. Transforma-se em uma estátua maciça e imponente, que não mais atacará, mas que se recusa a admitir que foi derrotada. Permanece de rosto erguido, com seu bico orgulhoso virado para cima.

⚅⚄

Você não consegue danificá-la. Ao investigar, encontra presa ao colar a única parte da criatura que não foi petrificada, por já ser originalmente feita de pedra: uma estatueta em formato de escaravelho, semelhante a um quebra-cabeça. É a chave da qual você precisa. Só então você percebe que a sala possui uma saída para leste. Ao abrir a porta, depara-se com um longo corredor. Você avança por ele, até que se depara com uma parede maciça. Tateando, porém, encontra um alçapão sobre sua cabeça. É preciso escalar por ele enquanto faz força para mantê-lo aberto, mas com algum esforço você consegue. Ao soltar a tampa, ela se camufla perfeitamente no piso. Você olha ao redor e se vê de volta à câmara principal. Volte para **999**.

Destaque o adesivo **PZ3**, vá até a referência 999 e Cole-o na posição do escaravelho.

1081

Você apela para a família de Elizabeth:

— Pense em...

"George"	Vá para **1038**
"Grace"	Vá para **1021**
"Hector"	Vá para **1141**
"Percival"	Vá para **1072**
"Violet"	Vá para **1016**

1082

Com cuidado, você encaixa a primeira estatueta no primeiro pedestal. Então, encaixa a segunda e a terceira, deixando de fora a que é considerada um obstáculo. Vá para **974**.

1083

Você cruza os gramados cercados por prédios do St. John's College, sobe as escadas e acessa a biblioteca. Um longo corredor acarpetado se forma entre as duas estantes cheias de livros. Nas laterais, pequenas janelas permitem a entrada de luz e ar fresco. Por todos os lugares, alunos esquadrinham as lombadas dos livros nas prateleiras, folheiam os títulos de interesse, sentam-se junto às várias mesas para ler e tomar notas. É um ambiente vivo, com livros transitando, sendo abertos e fechados, sofrendo novas marcas de uso. Atrás do balcão, trabalha o bibliotecário, Dr. Benjamin Westbrook, acompanhado de Joseph, seu assistente.

— Este estava na sessão errada — Dr. Westbrook entrega um livro para Joseph. — Você não pode adivinhar aonde vai cada livro. Precisa seguir o código na lombada!

— É um livro de estrelas, coloquei na prateleira de astronomia! — o assistente se justifica.

— É um livro de ocultismo! Elizabeth nunca mais vai conseguir encontrá-lo se você o guardar no lugar errado! — O bibliotecário se levanta e vira para você, com um longo suspiro: — Eu recomendo essa obra, se um dia quiser entender melhor o universo que nos cerca.

Se quiser ler o livro, vá para **1003**. Caso contrário, resta a você sair da biblioteca. Se este é o primeiro local que você visita, vá para **1055**. Se é o segundo, vá para **1015**. Se é o terceiro, vá para **976**.

1084

Você leva Violet para o jardim da propriedade. Sentam-se lado a lado em um dos bancos compridos em meio às últimas folhas murchas que caem das árvores anunciando o fim do outono. Pacientemente, você explica para ela, a única da família que entenderia, com o que Elizabeth se envolveu:

— O Mundo dos Sonhos é mais do que mera ilusão. É um local de promessas vazias e sofrimento sem fim. Infelizmente, Elizabeth se deixou levar por ofertas que levavam apenas à degradação. Ela tinha um objetivo bom, mas para buscá-lo acabou fazendo coisas ruins.

— Tem a ver com aquele chefe da biblioteca, não é? — é com incômodo que ela se refere ao Dr. Benjamin Westbrook. — Nunca mais o vi, mas alguns amigos dele vieram falar comigo esses dias. Falaram de deuses e de estrelas.

— Não dê ouvidos ao que dizem! Ou terminará como sua irmã.

Violet concorda. Ela agradece a sinceridade e se despede. Assim, você vai embora de Oxford imaginando que nunca mais a verá. Porém, ela cresce. E, longe da sua vigilância, volta a se perguntar o que realmente aconteceu naquele outono de 1926. Com o passar dos anos, Violet desenvolverá sua própria pesquisa. Ela voltará a explorar o que na infância chamava de Mundo dos Sonhos e, vasculhando antigos livros de Elizabeth, conseguirá identificar aquilo que chamava de aytias. Mas irá além. Aprenderá sobre deuses antigos e cultos profanos, sobre feitiços proibidos e rituais milenares. Marcada pelo que aconteceu no passado, haverá de se tornar uma das maiores estudiosas do sobrenatural de sua era e ajudará a colocar fim a inúmeros cultistas que idolatram o inimigo. É com uma pontada de orgulho que você, já em idade avançada, recebe a notícia de que Violet Holloway foi convidada a se unir ao Clã Wyrden. Uma vida dedicada à proteção da humanidade. Vá para **1147**.

> DESTAQUE O ADESIVO **A21**, VÁ ATÉ A SALA DE TROFÉUS E COLE-O NA POSIÇÃO **14**. ENTÃO, VOLTE PARA CÁ.

1085

Ignorando as inscrições na alcova, você continua pelo túnel. Depois de muito caminhar, seus pés afundam na água. Mal tem tempo de raciocinar sobre o que aconteceu, quando um tentáculo submerso se enrosca em sua perna e puxa com força. Você cai no chão, metade do corpo em área seca e metade na água. O tentáculo se ergue para fora e chicoteia com força e velocidade incríveis. Defenda-se!

> **TENTÁCULO SUBMERSO** ◆ ⚔ ⚅⚅⚅⚅ ✚3 ϟ–5

Se o tentáculo vencer uma rodada por dois sucessos ou mais, consegue se enroscar em seu corpo e apertar seu peito. Aumente o dano causado por ele em +2. Se você vencer, vá para **1132**.

1086

— Não sou uma garota! — Elizabeth responde. — Sou uma mulher.

Dizendo isso, ela parte para cima de você com furor redobrado. Vá para **1061** e aumente o ataque dela em +⚅.

1087

— Nunca imaginei que Elizabeth iria embora de Oxford. Ela ama nossa cidade! Ama as faculdades daqui. Especialmente, admira as primeiras alunas. Ela sempre conta que Annie Rogers levou quarenta anos para receber o diploma que merecia! Mas que, mesmo assim, ela e outras mulheres persistiram e lutaram pelo direito de estudar. Mesmo que o local onde as aulas aconteciam fosse ruim, Elizabeth daria tudo para ter estado lá desde o início, na primeira turma feminina de Oxford. Ela frequenta aquele local às escondidas. É seu refúgio secreto.

À medida que diz isso, a voz de Violet vai ficando mais segura e encorpada, revelando o amadurecimento recente pelo qual teve que passar devido às circunstâncias. Por outro lado, a imagem dela vai se dissipando aos poucos, até que desaparece. É possível que a veemência a tenha feito acordar em sua cama em Oxford. Quanto a você, resta deixar a sala onde está pela mesma porta por onde entrou, a norte. Vá para **959**.

1088

O padeiro ergue a pá de assar pães no forno a lenha e derruba a fornada inteira em uma grande cesta forrada com tecido. O cheiro é irresistível. Você pega um deles e sente a temperatura nos dedos. Rasga a crosta crocante e vê o vapor saindo do miolo macio. Coloca o primeiro pedaço na boca, e a sensação é maravilhosa.

— Atender bem para atender sempre! — diz o padeiro.

O padeiro se vira para servir outros clientes, deixando você livre.

Se quiser entrar na cozinha, vá para **979**. Se quiser subir as escadas, vá para **1149**. Caso contrário, resta a você sair da padaria. Se este é o primeiro local que você visita, vá para **1055**. Se é o segundo, vá para **1015**. Se é o terceiro, vá para **976**.

1089

Com cuidado, você encaixa a primeira estatueta no primeiro pedestal. Então, encaixa a segunda e a terceira, deixando de fora a que é considerada um obstáculo. Vá para **974**.

1090

As vibrações místicas têm origem do outro lado da parede sul. Não há uma saída sul nesta sala, mas talvez você possa dar a volta por outro local. Aqui, suas opções de saída são apenas para norte ou oeste. Qual caminho você toma?

Norte	Vá para **990**
Oeste	Vá para **1135**

1091

Você prossegue com uma abordagem mais pessoal:

— Elizabeth, seu plano colocará em risco pessoas que são importantes para você!

"Pense em sua família..."	Vá para **1081**
"Pense em seus amigos..."	Vá para **1143**

1092

Com um urro de decepção, Elizabeth joga no chão a adaga que estivera segurando. Ao atingir o piso riscado de símbolos profanos, a lâmina reflete uma luz em seus olhos e, por um instante quase imperceptível, você vê no reflexo o horror intolerável da Realidade.

— Talvez você tenha alguma razão nisso tudo. Tudo teria sido tão mais simples se tivessem me escutado desde o início! Mas agora é tarde. A resposta é: sim, fui longe demais. E é justamente por ter ido tão longe que já não há mais retorno.

Vá para **1045**.

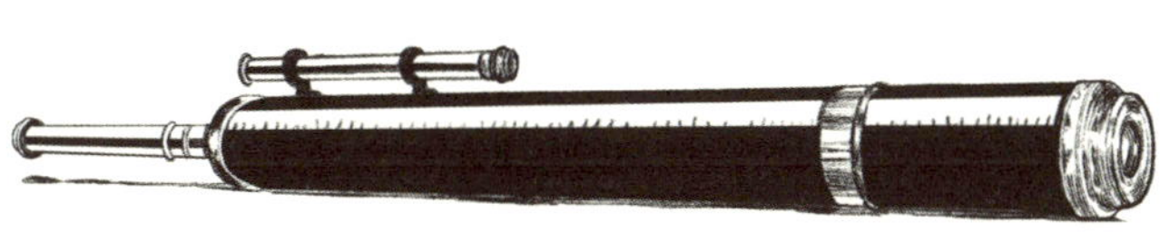

1093

Elizabeth avança sobre você saltando com as várias pernas, cada uma provida de vários joelhos, e se prepara para atacar com os quatro khopesh. Porém, quando ela dá o último salto na sua direção, você escuta o disparo de uma escopeta. Elizabeth é empurrada para trás e cai em uma confusão de braços e pernas. Quando vai se levantar, outro disparo a atinge, estourando um dos joelhos. Ela guincha. Você olha para trás e vê Patrick McNamara. O irlandês puxa para trás a empunhadura da arma, livrando-se do cartucho usado, e dispara mais uma vez com precisão militar. Elizabeth é atingida no ombro e recua. Não fosse o poder emprestado por Nyarlathotep, sem dúvidas já estaria morta. Frente a essa intromissão, alguns cultistas cessam seu mantra e avançam contra Patrick. Ele começa a recuar, mancando.

— Não se preocupe comigo! Lide com Elizabeth!

A criatura na qual a mestra cultista se transformou já está de pé, e salta em sua direção — mas, graças à ajuda de Patrick, está ferida e mais fraca do que antes.

ELIZABETH, CRIA DO CAOS	◆	⚔ ⚅⚅⚅⚅	✚4	ϟ–5

Para Elizabeth, resultados "6" nos testes de ataque contam como dois sucessos. Por exemplo, se ela rolar "2", "4" "5" e "6" em um teste de ataque, terá um total de três sucessos. Se vencer, vá para **1074**. Se perder, vá para **1036**.

1094

Você pensa um momento, então admite:

— Sim, a humanidade faz mal a si mesma.

Percebendo a sua abertura, ela abaixa a adaga e se aproxima um pouco mais.

— Não precisamos viver assim. Podemos nos rebelar, lutar por um mundo diferente.

Para abaixar as armas, vá para **1051**. Para atacá-la de surpresa, vá para **1058**.

1095

Você está em um salão amplo, de parede circular, cujos limites são difíceis de determinar, devido a uma névoa fina próxima ao piso e da escuridão mais ao alto. Por todos os lados, erguem-se gigantescas colunas cilíndricas repletas de hieróglifos. As inscrições falam sobre os terrores da vida, os terrores da morte e o doloroso processo de transição de um estado de aflição ao outro. Você avança pela sala e as brumas vão se descortinando à sua frente. Em certa altura, depara-se com um tear há muito tempo sem uso. Fios de linho se enredam apenas até a metade, formando um tecido deteriorado pelo tempo. Andando um pouco mais, você encontra prateleiras cheias de vasos de barro, muitos dos quais estão quebrados ou cujos adornos se tornaram ilegíveis, e bancadas com martelos, serras, cinzéis e outras ferramentas de entalhar. Ao avançar mais, encontra fornos, bigornas, foles, tenazes, pinças, lentes — equipamentos de forja e de ourivesaria, tudo coberto por uma grossa camada de poeira. É uma enorme oficina de muitos ofícios. Quando você chega ao centro do salão e já não enxerga a parede circular distante, percebe que o último ofício é dos ritos funerários. É o ponto focal do salão e motivo de existir de todas as ferramentas ao redor. Há faixas de linho para enrolar os cadáveres, jarros de barro onde guardar suas vísceras, sarcófagos ricamente entalhados em madeira, armas forjadas em cobre e joias de vidro e de ouro. Peças da melhor qualidade possível: dignas de um faraó.

No círculo central do salão, o piso é pintado como uma enorme serpente enrolada. A cabeça dela se ergue no epicentro, em uma escultura de proporções colossais, com o pescoço de naja eriçado e as presas arreganhadas, prontas para o bote. Tudo aqui é grandioso e ameaçador. Diante da cobra peçonhenta, no entanto, está uma figura que não parece hostil, tampouco orgulhosa da riqueza que a cerca. Vestindo mantos adornados de símbolos profanos e com uma tatuagem na testa exibindo a constelação do Touro, você sabe que se trata de um cultista. Porém, não traz nos olhos o brilho alucinado de quem segue entidades alienígenas. Em vez disso, traz medo.

— Ajude-me, por favor! — diz ele ao ver você. — Cometi atos abomináveis, mas apenas porque achei estar servindo a seres divinos. Agora percebo o mal que fiz e tudo o que quero é deixar este lugar, fugir das armadilhas que aprisionam corpo e alma.

Ele estica a mão para você, clamando por piedade. Só então você percebe que os pés dele estão presos à escultura da cabeça da naja. Se quiser ajudá-lo, vá para **1056**. Para deixá-lo à própria sorte, vá para **1115**.

1096

Com seu último golpe, Bennu se dissipa em milhares de penas flamejantes, que são logo consumidas e se apagam, tornando-se não mais do que fuligem espalhada pelo chão. Por fim, em meio à fuligem resta um ovo do tamanho de um crânio humano. É duro como pedra, extremamente quente e pesado demais para ser carregado. Reflete a sua imagem na superfície escura, como convite a um sacrifício de sangue e a promessa do futuro renascer de Bennu. Por ora, resta-lhe deixá-lo onde está e seguir adiante. A sala possui saídas para norte, sul, leste e oeste. Porém, a porta sul está desmoronada, restando apenas as outras três. Qual você toma?

Norte	Vá para **1111**
Oeste	Vá para **972**
Leste	Vá para **1140**

1097

Você salta para o lado, evitando o golpe rasteiro da Devoradora de Almas. Caído em meio a besouros, larvas e lacraias, você percebe que há vários itens perdidos em meio ao enxame. Você não sabe de onde surgiram: se pertenciam a alguém que veio antes de você, se foram regurgitados por William Faraday ou se precipitaram do cosmos. Qual você pega?

Amuleto de Thoth	Vá para **973**
Cajado egípcio	Vá para **1128**
Cimitarra	Vá para **1039**
Coroa egípcia	Vá para **1031**
Máscara ritualística	Vá para **1104**
Mangual egípcio	Vá para **1024**
Munição	Vá para **987**

Se não quiser pegar um item, vá para **969**.

1098

— Fale o quanto quiser, você não vai mudar meu ponto de vista! A humanidade me negou os mínimos fundamentos de sociologia e política. Já o Grande Hastur, uma vez liberto de sua prisão no Sol Oculto, me concederá o conhecimento necessário para cruzar as estrelas!

A paciência dela terminou. É hora da última cartada. O que você diz?

“Em parte, entendo você.
É uma garota lutando pelo que quer.” Vá para 1086

“Desisto de tentar convencê-la.
É hora de colocar um fim a tudo isso!” Vá para 1061

1099

A estrada que leva para a mansão está iluminada pela luz do dia. Passando pelo portão, plantas ornamentais compõem o belo jardim com estátuas de mármore e pergolados de madeira de lei, tudo muito verde e bem aparado, como se o jardineiro tivesse passado ainda esta manhã. Você sobe a escadaria e entra na mansão. O som de vozes conversando atrai você até a biblioteca, e lá encontra George Holloway acomodado em uma poltrona. O jornal está negligenciado em uma mesinha lateral, enquanto o Conde de Bampton dá atenção à esposa que lhe serve chá.

— Concordo, é muito espirituosa — diz ele. — Elizabeth tem um belo futuro pela frente.

Mary serve uma segunda xícara para si mesma e se senta ao lado do marido.

— Será que o papel de mãe fica comprometido quando a filha não precisa de ajuda?

Os dois riem juntos, e então olham para você, como se fizesse parte do diálogo desde o início:

— Todo filho precisa de ajuda! — diz o pai.

— Além do mais, quando se tem quatro filhos, a todo momento haverá alguém a ser acudido — completa a mãe.

Se este é o primeiro local que você visita, vá para **1055**. Se é o segundo, vá para **1015**. Se é o terceiro, vá para **976**.

1100

Insetos dourados jorram pelos ferimentos de Ammut, até que uma irrupção final destrói a criatura, reduzindo-a a incontáveis vermes que fogem para os cantos e escapam pelas laterais do pináculo para não mais serem vistas. Vá para 989.

1101

Elizabeth avança sobre você usando os tentáculos para chicotear e estrangular, enquanto se move em velocidade sobre-humana.

ELIZABETH, RAINHA AMARELA	◆ Ataque: 5 dados	Vida: 10	—

Desfrutando da bênção profana de Hastur, Elizabeth compreende a Realidade de forma que nenhum mortal seria capaz. Para ela, resultados "4" nos testes de ataque contam como sucessos. Se vencer, vá para **1019**. Se perder, vá para **1036**.

1102

Multidões de calouros enxameiam pelo pátio frontal da Examination Schools, entram e saem por todas as portas, riem alto. Você abre caminho por entre eles e adentra um dos grandes salões de teto alto. Apesar da decoração clássica, o clima é jovem e vibrante. As mesas foram rearranjadas a fim de improvisar estandes, onde alunos veteranos recebem os novatos com informações e encorajamento.

— Elizabeth em breve estará aqui — diz uma senhora com seus 70 anos de idade, trajando um vestido antiquado, mas portando ideias progressistas. — A cada ano temos mais moças ingressando na universidade, é uma vitória imensa. E pensar que começamos em condições tão precárias! Quem sabe um dia desses eu possa contar os detalhes... Por ora, vou resgatar minhas meninas nesse mundaréu de rapazes, pois essa convivência sem supervisão é um tanto inadequada. Se este é o primeiro local que você visita, vá para **1055**. Se é o segundo, vá para **1015**. Se é o terceiro, vá para **976**.

1103

A gravidade de Aldebaran atrai você para as chamas. A do Sol Oculto, para a escuridão. Diante da ameaça dos dois corpos celestiais, você busca se agarrar aos obeliscos, aos castiçais e até aos mantos dos cultistas ao redor. Porém, as esferas de plasma sugam com voracidade. Você se segura, mas seus pés são puxados para o alto. Elizabeth ri. Nem ela, nem os demais cultistas sofrem influência da gravidade, apenas seguem repetindo o mantra incompreensível que mantém a influência externa. A gravidade se intensifica.

É mais poderosa nos seus pés, que estão mais próximos das estrelas, e mais branda na sua cabeça e tronco. Essa diferença faz com que suas pernas se estiquem mais do que o normal. A pele se rasga, expondo os músculos. Então os músculos se rasgam também. Sangue goteja em direção às estrelas, cada vez mais abundante, até que a dor se torna insuportável e você se solta. Seu corpo é sugado e, por fim, rasgado ao meio para alimentar a gravidade das duas estrelas. Sua investigação acaba aqui. Preencha uma lápide no cemitério e inicie um novo jogo na Introdução.

1104

Você rola para o lado e pega a máscara ritualística no formato de um chacal. Ao tocá-la, é como se mergulhasse em um oceano de horror. Em meio às águas turvas, vê rostos de pessoas conhecidas que já morreram. Elas clamam por socorro, mas você sabe que não pode ajudar aqueles que já completaram a travessia para o outro lado. Você começa a se afogar e acaba soltando a máscara. Ao fazer isso, volta a si e o item se perde em meio ao enxame, mas as visões cobram um preço. Perca 1 ponto de Sanidade. Se isso reduzir sua Sanidade a 0, vá para **1137**. Caso contrário, vá para **969**.

1105

Permitir que Elizabeth sobreviva a esta noite maldita apenas servirá para que ela venha a fazer novas vítimas no futuro. Talvez você preferisse uma solução diferente, na qual todos os problemas se resolvessem, mas o mundo é imperfeito, e às vezes requer medidas drásticas. Com isso em mente, você se aproxima da cultista e desfere um golpe de misericórdia. Elizabeth morre de forma rápida. Deixa para trás um legado de horror. Vá para **1144**.

Destaque o adesivo **A22**, vá até a Sala de Troféus e cole-o na posição **13**. Então, volte para cá.

1106

Você pergunta a Margô se tem algo adequado para você. Ela analisa seu estilo e sorri.

— Sim, tenho algo especial para você.

Dizendo isso, ela vai até a área restrita da loja e volta trazendo uma caixa requintada, abre-a sobre o balcão e revela um chapéu de alta qualidade. Você o veste sobre a cabeça e olha no espelho. É exatamente como queria, exceto que é grande demais.

— Não tem problema — ela diz — ele vai se adequar à sua cabeça.

Mal ela termina de falar, você já sente a peça de ajustando, envolvendo a sua caixa craniana. Agora sim, está perfeito. Sua imagem no espelho é de pura sofisticação. Porém, tão rápido quanto o chapéu se ajustou, você o sente começar a apertar. Instintivamente, você tenta tirar o chapéu da cabeça, mas já está tão apertado que não sai mais. Você sente a pressão no crânio e insiste: agarra a aba e puxa para cima com força, o que faz rasgar a pele da testa. Sangue escorre pelas têmporas e empapam o seu rosto, enquanto a dor se intensifica a um nível insuportável. Margô sorri. É impossível não gritar quando o osso cede. Seus olhos saltam e a massa cinzenta escorre para fora como o suco fresco de uma fruta sendo espremida. Sua investigação acaba aqui. Preencha uma lápide no cemitério e inicie um novo jogo na Introdução.

1107

Você não consegue desviar do golpe e é arremessado para trás. Você cai na escadaria longa e íngreme e rola para baixo, contundindo as costas, os braços e a cabeça. Perca 2 pontos de Saúde. Se isso reduzir sua Saúde a 0, vá para **1036**. Caso contrário, você consegue retomar o equilíbrio antes de rolar até o fim e cair no lago de ácido. Mas você mal tem tempo de respirar, pois o monstro já prepara um novo golpe. Sabendo que lutar na escadaria seria suicídio, você corre para a plataforma. Vá para **969**.

1108

Com cuidado, você encaixa a primeira estatueta no primeiro pedestal. Então, encaixa a segunda e a terceira, deixando de fora a que é considerada um obstáculo. Vá para **974**.

1109

Quando você passa pelo portal do escaravelho, tem a impressão de que o inseto esculpido no umbral zumbe sobre sua cabeça. Ao olhar para ele, no entanto, continua parado. Você segue adiante por um longo túnel onde inscrições descrevem o escaravelho como símbolo do Faraó Tutankhamun e o retorno do culto a Amon-Rá no Alto e Baixo Egito. Após alguns minutos, o caminho se abre em uma câmara.

Assim que você entra, percebe que quem escavou o arenito fez um trabalho meticuloso: todos os ângulos da sala têm 90 graus, fazendo o lugar ser completamente quadrado. Enquanto você observa isso, uma rocha desce do teto, bloqueando a passagem pela qual você entrou. Não há nada aqui, além de uma pesada porta de madeira à sua frente. Sem alternativa, você passa por ela. Ao fazê-lo, percebe que chegou a uma sala exatamente igual à primeira, com o mesmo tamanho e o mesmo formato quadrado, mas com saídas para norte, sul, leste e oeste. Algo lhe diz que as demais salas seguirão o mesmo padrão. Vá para **952**.

1110

Você chega a um amplo salão iluminado por uma luz amarela que parece vir de outra dimensão. Nas paredes, afrescos ilustram mulheres de vestido e homens com cabeça de falcão, todos com as mãos erguidas como se segurassem o teto circular. Nele, o baixo-relevo estampa uma multidão de entidades. Em um primeiro olhar, as pessoas, deuses e monstros parecem dispostos de forma aleatória, como nos desenhos de uma criança. Porém, você analisa a simbologia e reconhece algumas das figuras: o escorpião, o leão, os peixes, o touro. São constelações. O teto do salão representa a abóbada celeste como era interpretada pelos antigos, e as imagens que você reconhece são aquelas que, herdadas de cultura a cultura, chegaram aos dias de hoje.

No centro do salão, você vê um homem solitário. De vestes amarelas espalhando faixas de tecido pelo piso, ele mantém um olho fechado e o outro encostado em uma longa luneta de cobre. A pele do homem é dura, seca, morta. Ainda assim, de tempos em tempos, ele estremece e deixa escapar um riso fervoroso. Não parece fazer sentido utilizar o instrumento em uma sala fechada, mas ali está o astrônomo admirando as constelações com obsessão que beira a luxúria. Ele abre o olho e vê você.

— É hoje! — diz, sem afastar o rosto da luneta. — Aldebaran alcançará o ápice às duas da manhã, e a atual sumo-sacerdotisa completará a missão que me foi incumbida há mais de três mil anos. Mas Amon-Rá haverá de ter misericórdia de seu servo mais leal, afinal... — Ele se afasta da luneta, mas o olho continua grudado no visor. A face se estica, como se fosse feita de cera derretida, formando um longo cordão de pele que o mantém unido ao instrumento: — ...sou Parennefer, o mais poderoso sumo-sacerdote de Amon-Rá que já existiu. Com minhas mãos, entreguei ao deus mensageiro Thoth a alma de três faraós de minha era! Graças a mim, falta apenas o décimo terceiro. Passei os últimos milênios preso aqui por não ter concluído o ritual, mas hoje serei liberto. E comemorarei sobre seu cadáver.

As faixas de Parennefer voam em sua direção, cortando como navalhas, enquanto as figuras no teto se movem de formas nauseantes e impossíveis, fragmentando sua mente. Enfrente o sumo-sacerdote do Rei Amarelo.

PARENNEFER	◆	⚔	✚8	ϟ–7

Sempre que Parennefer rolar dois ou mais resultados iguais no teste de ataque (por exemplo, dois resultados "3" ou dois resultados "6"), você perde 1 ponto de Sanidade. Se vencer, vá para 1027.

1111

Você está em uma sala com saídas para norte, sul, leste e oeste. Qual direção quer tomar?

Norte	Vá para **1018**
Sul	Vá para **1007**
Leste	Vá para **1071**
Oeste	Vá para **1067**

1112

Quando você passa pelo portal da naja, tem a impressão de que a figura esculpida no umbral serpenteia sobre sua cabeça. Ao olhar para ela, no entanto, continua parada. Você segue adiante por um longo túnel onde inscrições descrevem a naja como símbolo do faraó reinando sobre o Baixo Egito. Após alguns minutos, o caminho se converte em um declive acentuado. À medida que você desce, estranhos glifos surgem nas paredes. **Faça um teste: ⚅⚅ +⚅ Sagaz –⚅ Ignorante.** Se passar, vá para **993**. Caso contrário, vá para **1057**.

1113

Você encaixa a estatueta do faraó no primeiro pedestal, a de Thoth no segundo e a de Amon-Rá no terceiro, estabelecendo os três passos para a grandeza na ordem divina. Ao menos, segundo a visão dos cultistas ancestrais que arquitetaram este estranho lugar: é necessário sacrificar o faraó para ter acesso ao poder de Thoth e, assim, poder alcançar o conhecimento de Amon-Rá. Fica de lado a imagem de Nefertiti, inimiga dos céus.

Quando você termina de colocar tudo em seu devido lugar, um clique alto se espalha pela câmara. Você espera que as frestas da porta à sua frente se abram, mas a passagem permanece selada. Em vez disso, surge uma abertura lateral onde antes parecia não haver qualquer passagem. É mais estreita do que você esperava, dando acesso a um compartimento apertado. Ao se espremer para dentro, a porta de pedra se fecha às suas costas com estrondo e volta a derrubar as estatuetas para longe dos pedestais na sala anterior. Apesar do susto, este parece ser o caminho certo para sua investigação. Vá para **1032**.

1114

Você está em uma sala com saídas para norte, sul, leste e oeste. Enquanto pondera qual caminho seguir, percebe manchas numa das paredes. Olhando com mais atenção, vê que é uma mensagem escrita com sangue:

"Ainda consigo escutar as vozes... as vozes dos rostos... a sala fica no centro do labirinto, embora seja impossível chegar nela indo reto a partir da entrada. É preciso desviar uma vez para qualquer lado e então retornar. Meus amigos passaram correndo pela sala, para não escutarem as vozes. Nenhum retornou."

Para qual lado você vai?

Norte	Vá para **960**
Sul	Vá para **1012**
Leste	Vá para **1020**
Oeste	Vá para **986**

1115

Você se afasta.

— Não, não me abandone! — o cultista grita, os olhos arregalados, a boca retorcida em pavor. Mas, aos poucos, a expressão dele muda. A boca se abre num sorriso, os olhos encaram você com malícia. Ele começa a gargalhar e, livre de qualquer impedimento, se afasta da cabeça da naja no centro do salão. — Não importa! Façamos do jeito mais difícil, então. De um jeito ou de outro, você não sairá daqui com vida!

Ele começa a proferir versos profanos. Vá para **1136**.

1116

Você está em uma sala com saídas para norte e oeste. Para qual você vai?

Norte	Vá para **1135**
Oeste	Vá para **1018**

1117

Com cuidado, você encaixa a primeira estatueta no primeiro pedestal. Então, encaixa a segunda e a terceira, deixando de fora a que é considerada um obstáculo. Vá para **974**.

1118

Ao fim da escada, você chega a uma câmara retangular e comprida, na qual a iluminação é tão intensa que é impossível olhar diretamente para o teto elevado. Por todos os lados, bancadas estão abarrotadas de papiros e livros cheios de anotações, além de lunetas, astrolábios e outros equipamentos de metal. Em um canto, um modelo do sistema solar mostra o Sol cercado por vários planetas. Você reconhece a Terra e sua Lua transitando no espaço entre Vênus e Marte. Reconhece também o gigantesco planeta Júpiter, com inúmeros satélites, e Saturno com os belos anéis. O mais próximo ao Sol só pode ser Mercúrio. Os dois mais distantes são Urano e Netuno. Mas o que será esse pedregulho atrás de Netuno? Um planeta minúsculo, nunca visto, reside nos confins do sistema. Talvez um devaneio insano, talvez uma descoberta ainda a ser feita pela humanidade. A maquete de madeira possui uma manivela para fazer girar os planetas. Se quiser acioná-la, vá para **1041**. Se preferir passar pela câmara sem tocar a manivela, vá para **1046**.

1119

O pavilhão se estreita até se tornar não mais do que um corredor com pé direito de altura incalculável. Ao final dele, há uma porta quase completamente soterrada. Você vê apenas parte do batente adornado com motivos ritualísticos. É impossível passar por ela, mas você consegue escalar os escombros sem grandes problemas e encontra um buraco na parede por onde é possível se espremer. Uma vez do outro lado, você se solta de uma altura de dois metros e aterrissa em uma câmara circular. Vá para **1095**.

1120

Assim que você entra na canoa longa, as esculturas de barro começam a se mover. Elas remam com firmeza e logo começam a cruzar o rio. No meio da travessia, porém, você repara nas figuras sem bocas e olhos. Será que já foram pessoas como você? Será que o seu destino é virar uma escultura de barro, remando por toda a eternidade em um rio subterrâneo? **Faça um teste de sanidade 2: ⚅⚅ + ⚅ Ocultista – ⚅ Inocente.** Vá para **996**.

1121

Você se prepara para se defender das garras e dentes, mas, antes de dar o bote, a criatura dourada golpeia com os tentáculos compridos que dão a volta na encosta. **Faça um teste:** ⚅⚅ + ⚅ **Ágil** – ⚅ **Indolente.** Se passar, vá para **1097**. Caso contrário, vá para **1107**.

1122

Em meio ao vozerio repetitivo de cultistas recitando mantras, você avança bravamente para enfrentar a líder. Insultada pela sua audácia, Elizabeth se abaixa atrás do altar e, quando volta a se levantar, está armada com o rifle de caça de William. Sem hesitar, ela atira em você, que é alvo fácil. A bala atinge seu peito, explodindo sua caixa torácica e os órgãos dentro dela. Pelo menos, a morte é rápida. Sua investigação acaba aqui. Preencha uma lápide no cemitério e inicie um novo jogo na Introdução.

1123

Você mergulha as duas mãos. A dor é horrível, à medida que você vê a pele se dissolver e os músculos e ossos por baixo aparecerem, mas pelo menos você terá mais chances de puxar a alavanca. Perca 4 pontos de Saúde e **faça um teste fácil:** ⚅⚅⚅ + ⚅ **Forte** – ⚅ **Débil.** Se passar, vá para **1025**. Caso contrário, vá para **1043**.

1124

Você olha para o outro lado da membrana e enxerga corpos putrefatos sendo devorados por escaravelhos. Subitamente, as cabeças dos corpos se erguem, olham para você e gargalham. Estão em sofrimento eterno, mas riem porque sabem que logo você lhes fará companhia. Então você pisca, e está de volta na sala de arenito. Perca 1 ponto de Sanidade. Se sua mente ainda aguentar seguir adiante na missão, esta sala tem saídas para norte e oeste. Qual delas você toma?

Norte	Vá para **990**
Oeste	Vá para **1135**

1125

Você se joga atrás do obelisco para ter cobertura, mas não é veloz o suficiente para evitar todos os disparos. Um deles passa de raspão e arranca um jato de sangue. Perca 2 pontos de Saúde. Se isso reduzir sua Saúde a 0, vá para **1036**. Caso contrário, você vê Elizabeth jogar a arma de lado quando a munição acaba e sacar de novo a adaga cerimonial. Se quiser atacá-la, vá para **1061**. Se quiser conversar com ela, vá para **1017**.

1126

Você está de volta ao pináculo da caverna. William Faraday está acorrentado no altar de sacrifício. Ao redor, cultistas dispostos em círculo repetem um mantra incompreensível à frente de obeliscos milenares. As estrelas que você viu, será que eram algum tipo de ilusão? Elizabeth está à sua frente com frustração estampada na face. Ela se vira para William Faraday e fala com ele:

— Preciso de mais poder. Ajude-me!

Quando Faraday responde, no entanto, o que sai da boca dele é a voz mordaz do Deus Mensageiro:

— Entregue-se de corpo e alma para mim!

— Ya, Nyarlathotep!

Há horror nos olhos de William Faraday, mas ele abre a boca cheia de alegria e espalha a risada zombeteira do deus. Com isso, várias imagens tremeluzentes surgem pela caverna. São rostos flutuantes. Alguns choram, outros berram de desespero. Há pessoas de várias partes do mundo, de várias eras. Você reconhece Tallant e outros membros do Clã Wyrden.

Ao mesmo tempo, Elizabeth emite um guincho assustador e se retorce. Das costas dela, brotam dois braços compridos e sem carne, que se projetam para frente por cima dos ombros. Com as quatro mãos, ela saca quatro lâminas em formato de foice: o antigo khopesh egípcio, usado tanto em rituais quanto em guerras. Várias pernas descarnadas saem do vestido, conferindo-lhe agilidade incrível, e surge na cabeça uma coroa listrada de faraó. Por fim, o rosto de Elizabeth é devorado pelo nada. Suas feições desaparecem, dando lugar a um abismo infinito e perverso. Desprovida de face, ela se vira para você e eriça o corpo, erguendo os quatro khopesh. **Faça um teste de Sanidade 3🌀: ⚅⚅ + ⚅ Ocultista – ⚅ Inocente.** Se isso reduzir sua Sanidade a 0, vá para **1137**. Caso contrário, vá para **1042**.

1127

Para desvendar a verdade sobre Elizabeth e impedir seus planos nefastos, o Clã Wyrden precisou suportar duras perdas. Foi uma vitória dolorosa, que deixa para trás o legado de heroísmo de quem se sacrificou em nome do que é certo. É justo? Não. Porém, olhando para tantas lápides reunidas, você se lembra de tudo o que aprendeu ao longo da jornada e compreende: esta não é uma luta para se entrar só. Na guerra contra os seres cósmicos, muito mais poderosos e longevos do que nós, é preciso lutar como humanidade. Isso envolve honrar o legado deixado por nossos antepassados e construir fundações sólidas para quem vier depois de nós, confiando que nosso esforço não terá sido em vão. Afinal, somos nós contra eles. Vá para **1150**.

Destaque o adesivo **A23**, vá até a Sala de Troféus e cole-o na posição **15**. Então, volte para cá.

1128

Você rola para o lado e pega o cajado egípcio que está caído entre as pestes. É uma relíquia da era dos faraós: uma haste de bronze com extremidade em forma de gancho, coberta de listras douradas e azuis. Embora represente uma ferramenta para guiar o rebanho no campo, esse cajado luxuoso é uma joia cerimonial empunhada apenas pelo faraó. É o símbolo da realeza. Anote o *Cajado de Sah* em sua ficha de personagem e vá para **969**.

1129

Você se esforça para decifrar as inscrições. Cogita que sejam um relato de eras passadas, uma profecia de tempos vindouros ou mesmo um feitiço, mas no fim entende que são algo mais simples: um número. Se souber qual número é, vá para a referência correspondente. Caso contrário, só lhe restará desistir desse enigma e seguir em frente pelo túnel. Vá para **1085**.

1130

Você entra no bote, solta as amarras e inicia a travessia do rio subterrâneo. Porém, remar na escuridão se mostra uma tarefa árdua. Enquanto você tenta cruzar o rio, as águas batem no lado do casco do barco e o viram, afundando você no rio. Você tenta nadar, mas algo prende seu pé e você não consegue emergir. Por um momento, você pensa ser uma planta subaquática, mas então sente o agarrar de dedos. É uma mão áspera, fria e humana. Você luta, se debate, tudo isso enquanto prende a respiração. Seu peito arde, seus músculos queimam. **Faça um teste: ⚅⚅ + ⚅ Forte – ⚅ Débil** e conte a quantidade de sucessos. Você perde 4 pontos de Saúde menos a quantidade de sucessos. Se ainda estiver vivo, você consegue se soltar e terminar a travessia a nado. Vá para **996**.

1131

Com cuidado, você encaixa a primeira estatueta no primeiro pedestal. Então, encaixa a segunda e a terceira, deixando de fora a que é considerada um obstáculo. Vá para **974**.

1132

Com um golpe certeiro, o tentáculo recua. Ele se esvai por uma rachadura na parede, e é impossível persegui-lo. Você continua caminhando pelo corredor, e o nível da água sobe até a sua cintura. Por um longo momento você avança pela água lodosa e escura. Enfim, o nível volta a diminuir. Após o trecho alagado, você prossegue mais alguns minutos até que o túnel termina no que à primeira vista parece um precipício. Porém, ao perceber que a altura é de apenas dois metros, você se solta lá de cima e aterrissa em uma câmara circular. Vá para **1095**.

1133

Elizabeth desvia o olhar por um instante.

— O mordomo de nossa casa sempre me incentivou. Seria o primeiro a me defender, mesmo se soubesse de tudo o que fiz...

Se quiser atacá-la, vá para **1061**. Se quiser continuar conversando, vá para **1098**.

1134

Você se aproxima das faces repulsivas e apura os ouvidos para tentar entender o que dizem. Porém, suas vozes mortas soam como blasfêmia no que deveria ser o mundo dos vivos. Perca 1 ponto de Sanidade. Para onde vai agora?

Sul	Vá para **1111**
Leste	Vá para **1116**
Oeste	Vá para **1012**

Para ficar mais e insistir na tarefa de decifrar os lamentos, vá para **1049**.

1135

Você está em uma sala com saídas para norte, sul, leste e oeste. Para qual lado vai?

Norte	Vá para **966**
Sul	Vá para **1116**
Leste	Vá para **953**
Oeste	Vá para **1020**

1136

Você tenta atacar o cultista, mas o desenho de cobra aos seus pés começa a se mover e dificultar o avanço. Com alegria, ele conclui o feitiço. Da escuridão do topo da oficina, surge o som de milhares de asas de morcego.

— Testemunhe o poder dos Grandes Antigos! Ele será sua perdição! — Enquanto o cultista tece ameaças, uma criatura dá um mergulho no ar e arranca fora a cabeça dele. Sangue respinga em uma das colunas milenares que sustentam o teto longínquo do salão. O corpo é tragado pelo piso, perdendo-se entre as voltas do corpo da serpente.

O cultista se foi, vítima de sua própria conjuração, mas o perigo persiste. Um líquido escuro e denso escorre pelos pilares e se acumula aos seus pés. Logo alcança seus joelhos, sua cintura. Transforma o salão em um pântano. E, abaixo da superfície, algo começa a se mover, soltando bolhas. **FAÇA UM TESTE DE SANIDADE 2@: ⚅⚅ + ⚅ OCULTISTA – ⚅ INOCENTE** e lute contra o terror!

TERROR DAS PROFUNDEZAS	⚔ ⚅⚅⚅	✚7	⚡–6

A cada rodada, se você rolar um ou mais resultados "1" em seu teste de ataque, é atingido por um dos morcegos e perde 1 ponto de Saúde. Se vencer, vá para **950**.

1137

Você cai para trás, agarrando a própria cabeça. As manifestações da Realidade são demais para você, e é com horror que compreende: diante dos deuses cósmicos, a humanidade não tem escapatória. É com fúria avassaladora que a verdade invade a sua mente, destrói sua personalidade e impele você a abandonar o último suspiro de sanidade e se entregar ao desespero. Elizabeth apenas observa enquanto sua consciência se esvai. Porém, antes de ter a alma arrancada do corpo, a última coisa que você vê é o ritual regredir ao início. Elizabeth terá que recomeçar. Você pode não ter vencido, mas ao menos ganhou algum tempo para a próxima pessoa a se erguer conta a perversidade da mestra cultista. Sua investigação acaba aqui. Preencha uma lápide no cemitério e inicie um novo jogo na Introdução.

1138

Assim que você abre a porta para esta sala, sente um cheiro de podridão arrebatador. Metade da sala está coberta de cadáveres em decomposição. A outra metade está submersa em chorume. Além da porta por onde você entrou, há uma única saída a sul. Para ir até ela pisando por cima dos corpos, vá para **951**. Para ir até ela procurando o caminho mais seco em meio ao chorume, vá para **1078**. Para recuar pela porta a oeste, vá para **972**.

1139

As perdas do clã foram pouco numerosas, mas muito custosas. O cemitério está povoado por um esquadrão de elite que, com sabedoria e precisão, conseguiu desvendar a verdade sobre Elizabeth e impedir seus planos nefastos rapidamente. Assim, por mais que tenham se sacrificado na empreitada, conseguiram impedir uma tragédia ainda maior. São mártires e sua competência será memorada por gerações. Vá para **1150**.

> DESTAQUE O ADESIVO **A24**, VÁ ATÉ A SALA DE TROFÉUS E COLE-O NA POSIÇÃO **15**. ENTÃO, VOLTE PARA CÁ.

1140

Você está em uma sala com saídas para norte, sul, leste e oeste. Qual direção quer tomar?

Norte	Vá para **1071**
Sul	Vá para **1066**
Leste	Vá para **988**
Oeste	Vá para **1007**

1141

Elizabeth meneia a cabeça.

— Hector? Meu irmão foi um grande incentivo para tudo o que fiz! Quando morreu na guerra, pensei que seria dragado para a Realidade de forma irrecuperável. Antes fosse. Em vez disso, passou a assombrar nossa casa, descrevendo em detalhes os horrores que esperam por todos nós do outro lado. Quem sabe um dia terei poder para ajudá-lo.

Se quiser atacá-la, vá para **1061**. Se quiser continuar conversando, vá para **1098**.

1142

Nyarlathotep se deleita ao ouvir o próprio nome saindo da boca de uma mortal.

— Sim! — a voz dele estrondeia, para horror de William Faraday, que começa a se contorcer em agonia. De repente, o explorador inglês contrai os músculos abdominais, dobrando o corpo ao meio e cavando feridas onde as correntes apertam. Então vomita, mas não bile, e sim baratas, moscas e escaravelhos, além de insetos que você nunca tinha visto e talvez não sejam da Terra. Os enxames vêm em ondas e, a cada contração, os olhos de Faraday aumentam em horror à medida que a vida de seu corpo vai sendo drenada.

Você recua um passo por instinto, enquanto as pestes descem do altar. Algumas se espalham pelo piso, sobem pelos obeliscos e pelas vestes dos cultistas. Eles não parecem se importar: continuam declamando seu mantra mesmo que as criaturas caminhem por seus rostos, penetrem suas bocas. A maior parte, porém, amontoa-se diante de você. Uns sobre os outros, os insetos assumem a forma de uma criatura impossível, com cabeça repleta de dentes retorcidos, corpo inchado e gorduroso e patas dianteiras poderosas. As patas traseiras são inexistentes. No lugar delas, projetam-se tentáculos que se espalham pelo piso e se mesclam à escuridão distante da caverna.

— A Devoradora de Almas? — Elizabeth contesta. — Mas ela já foi derrotada antes.

— Não me questione! — o brado tempestuoso de Nyarlathotep faz tudo dentro da caverna estremecer, inclusive a própria Elizabeth. Em seguida, ele prossegue com delicadeza: — Em vez disso, me obedeça. — Um vendaval atinge o pináculo, fazendo voar hordas de insetos e passando várias páginas do Necronomicon nas mãos de Faraday. — Leia.

O vento impede que você avance, enquanto Elizabeth se debruça sobre o livro e recita, em grego medieval, o feitiço na página aberta. Conforme lê, relâmpagos vindos do espaço invadem a caverna. Em meio às estalactites, começa a chover. O pântano lá embaixo é assolado pela torrente, enquanto o único local seco é o pináculo onde acontece o ritual. De uma das fendas siderais, uma gigantesca balança de ouro surge como um meteoro e cai sobre a Devoradora de Almas. A haste de metal perfura as costas da criatura, deixando os dois pratos dourados sobre as costas, como se fossem asas. O monstro guincha de dor, e sangue feito de larvas escorre da ferida. Porém, em vez de enfraquecê-lo, isso o fortalece. O ouro se prolifera e passa a fazer parte da criatura, misturando-se aos parasitas para constituir seu corpo. Os olhos vertem metal derretido, enquanto ela abre a bocarra e solta um rugido colérico na sua direção. **Faça um teste de sanidade 2: + Ocultista – Inocente.** Se isso reduzir sua Sanidade a 0, vá para **1137**. Caso contrário, vá para **1121**.

1143

Você apela para os amigos de Elizabeth:

— Pense em...

"Ernest"	Vá para **1133**
"Jane"	Vá para **1002**
"Margô"	Vá para **1063**
"Siofra"	Vá para **1075**
"Vincent"	Vá para **1079**

1144

Tendo lidado com Elizabeth, você corre até William Faraday e descobre que ele está vivo. No entanto, a possessão de Nyarlathotep cobrou seu preço. Antes atlético e viril, você o encontra balbuciando incoerências, trêmulo e magro — uma sombra do que já foi. Caído, ele tenta alcançar o Necronomicon, mas você afasta o livro com o pé. Ele então se vira com a barriga para cima, tentando respirar melhor, e tateia as contas do Colar de Ouro Astral espalhadas pelo chão.

— Elizabeth, minha grande decepção. Você tinha razão o tempo todo... vocês dois tinham.

Da lateral do pináculo, Patrick McNamara surge mancando, com as roupas enodoadas por crostas de sangue coagulado.

— Acalme-se, William. Acabou — diz o irlandês.

— Não — Faraday retruca. — Vocês interromperam o ritual antes do fim, e Nyarlathotep não está livre na Terra. Mas Elizabeth conseguiu invocá-lo. Ele está... em mim. Posso senti-lo impregnando meu corpo e minha alma. Sou um homem amaldiçoado. Isso não é o fim, meus amigos. É apenas o começo.

Vocês três debatem o que fazer em seguida. O objetivo: impedir que o Ritual dos Treze Faraós se conclua e que Nyarlathotep saia livre pela Terra.

— Ele está preso dentro de mim e assim deve permanecer — decreta Faraday. — Vou me exilar em algum lugar afastado, longe do Egito, dos cultistas e da humanidade. Um local onde possa encontrar ajuda.

— Nesse caso, eu ficarei responsável por esse livro maldito — diz Patrick McNamara, enrolando o Necronomicon em um pedaço de pano para não tocar no couro enrugado que forma uma face horrenda na capa. — De hoje em diante, meu propósito será escondê-lo onde jamais será encontrado.

Enquanto isso, você recolhe o Colar de Ouro Astral, com suas pedras preciosas e placas de ouro. O item tem valor inestimável, mas é enregelado como as profundezas do universo e traz consigo a sensação de insignificância perante a magnitude do cosmos.

— O Clã Wyrden protegerá este artefato.

O debate é interrompido quando uma estalactite se solta do alto da caverna e desaba no pântano de ácido mais abaixo. O chão treme e uma reação em cadeira tem início. Todos vocês se apressam em deixar o local, desviando de perigos e encontrando rotas alternativas à medida que o templo vem à ruína, até que deixam o subterrâneo para trás.

Está amanhecendo. Sobre suas cabeças, o céu assume o azul cinzento característico da transição entre noite e dia. Antes que o sol nasça e as estrelas desapareçam, você repara que a Constelação do Touro está rente às areias do deserto. Aldebaran se põe atrás do horizonte. É ao abrigo do poder de Hastur, mas ainda sob a sombra de Nyarlathotep, que vocês três se despedem em Luxor, cada qual com uma missão a cumprir. Vá para **982**.

1145

Atrás de uma antiga igreja há um gramado verde e florido, pontilhado de lápides de pedra. Algumas pertencem a pessoas que morreram séculos atrás, sendo que sequer restaram familiares vivos para visitá-las. Outras são recentes e ainda doem. Abrigam os restos mortais de rapazes que morreram na Grande Guerra, ou, nos casos em que o corpo não foi encontrado, suas memórias. Grace Holloway está de pé diante de uma delas, a idade avançada não a impedindo de demonstrar seu respeito.

— Ele deveria ser o próximo Conde de Bampton e herdar tudo o que compete ao título: a mansão, a fortuna e o peso do nome.

Os olhos dela estão fixos na lápide onde se lê: "Aqui jaz Hector Holloway, leal súdito da Coroa, primogênito de George e Mary Holloway, Conde e Condessa de Bampton, 1898–1917".

— Era um homem de honra — a avó continua. — Morreu na Grande Guerra, demonstrando que de fato era merecedor do legado da família. Sem ele, quem assume é o próximo filho homem, Percival, mas tenho minhas dúvidas se ele não é sentimental demais para a posição. Há quem diga que mulheres também deveriam entrar na fila de sucessão, o que daria a herança para Elizabeth. Ela seria uma sucessora competente, isso posso assegurar. Infelizmente, assim que se casasse, o título estaria fora da Família Holloway. É só por isso que não a apoio no assunto da sucessão. Não fosse esse pequeno detalhe, tudo estaria resolvido.

Se este é o primeiro local que você visita, vá para **1055**. Se é o segundo, vá para **1015**. Se é o terceiro, vá para **976**.

1146

Você golpeia cada símbolo dos números, fazendo a contagem exata. Com isso, a parede estremece e se move para o lado, permitindo a sua passagem pela alcova estreita e fechando-se logo que você atravessa o vão. Do outro lado, a passagem se abre em uma caverna gigantesca, cujas paredes e teto desaparecem na escuridão, se estendendo além do alcance da vista. Você avança pelo piso acidentado, desviando de imensas colunas naturais. De repente, pedras rolam em sua direção. **Faça um teste: ⚅⚅ +⚅ Ágil –⚅ Indolente.** Se passar, vá para **984**. Caso contrário, vá para **978**.

1147

Mas o futuro de Violet pode esperar. Por ora, você se concentra naquilo que precisa fazer no presente. Após resolver as pendências com a Família Holloway, você visita a sede do Clã Wyrden, um antigo casarão nos arredores de Londres. Os membros que ali trabalham estão atarefados organizando e estudando todos os relatos e documentos entregues pelos investigadores nas últimas semanas. Levará um tempo até todos assimilarem as descobertas sobrenaturais que se revelaram no caso de Elizabeth Holloway. Com o tempo, seus detalhes serão catalogados em inúmeras pastas, junto com outros documentos relativos ao oculto, para consulta dos investigadores que ainda virão.

Mas seu destino está nos fundos do casarão, onde a balbúrdia dos vivos dá lugar à serenidade dos mortos. Você está no cemitério. Aqui, lápides de pedra conservam os nomes de audazes agentes que deram suas vidas no cumprimento do dever. Seja realizando feitos grandiosos ou mesmo com contribuições tímidas, cada ato de valentia foi indispensável à resolução do crime. É por isso que os nomes estão aqui: ficarão para sempre gravados na memória do clã.

Você se abaixa e deixa um ramalhete de flores sobre o túmulo de Tallant, um ato simbólico em homenagem a todas as lápides preenchidas com nomes. Então se atém com o olhar a cada uma delas. Se há quatro ou menos lápides preenchidas, vá para **1139**. Se há entre cinco e dez lápides preenchidas, vá para **1127**. Se há onze ou mais lápides preenchidas, vá para **961**.

1148

Você desce as escadas do jazz club. Desprovido de luz do sol, aqui embaixo sempre parece noite. A iluminação artificial, porém, cumpre o papel de criar um ambiente aconchegante e provocativo, que instiga a euforia e a dança. Você passa pelo bar e vai até as proximidades da pista de dança. Ali estão Jane e Vincent.

— Não sei se vou — diz ela. — Depende de quem vai estar lá!

— Ora, eu vou! E Elizabeth também! Não é sempre que um músico americano vem tocar aqui, duvido que ela perderia essa festa. — Ele então ergue o copo de bebida na direção da amiga. — Tenho certeza de que ela vai querer a sua companhia.

Jane sorri, dissipando a falsa indecisão.

— Se vocês vão, eu é que não vou ficar de fora.

Vincent então se vira para você e pergunta:

— E você? Vai com a gente na festa?

Se quiser acompanhar Jane e Vincent, vá para **1034**. Caso contrário, resta a você sair do Jazz Club. Se este é o primeiro local que você visita, vá para **1055**. Se é o segundo, vá para **1015**. Se é o terceiro, vá para **976**.

1149

Aproveitando a distração do padeiro, você sobe a escada até um vestíbulo no segundo andar. Aqui em cima, o piso de madeira está empoeirado e entra luz apenas por uma única porta aberta. Você vai até ela e descobre uma sala simples, cujas laterais se perdem nas sombras do esquecimento. Há várias pessoas presentes, todas mulheres. Trajam vestidos de cores sóbrias, descendo até os pés, com golas altas e espartilhos apertados — moda do século passado. Vinte e uma delas ocupam cadeiras dispostas em fileiras. Sentadas lado a lado, fazem anotações em bloquinhos e cadernos. Os ouvidos não deixam passar qualquer informação valiosa. Os olhos brilham por conhecimento. À frente de todas, uma jovem professora disserta sobre história antiga, incluindo na aula conhecimentos de grego e latim.

— É Annie Rogers — diz Elizabeth ao seu lado. Só então você percebe que ela estivera ali o tempo todo. Com os braços de fora e o vestido na altura dos joelhos, suas roupas destoam das demais mulheres. O mesmo pode ser dito do jeito charmoso com que gesticula ao falar. Elizabeth é uma mulher moderna, e recato é coisa do passado. Como se lesse sua mente, ela esclarece: — Isso foi em 1879, a primeira aula da turma feminina de Oxford. Mesmo com tantos prédios históricos e grandiosos pertencentes à universidade e seus muitos institutos, nenhuma sala de aula foi oferecida às mulheres. Frequentaram as aulas aqui, no andar de cima da confeitaria. Mas isso não mudou o fato de que o ensino feminino se estabelecia, graças às mulheres revolucionárias que estão nessa sala. Como eu gostaria de ser uma delas! Não entendo como é possível que, quase cinquenta anos depois, eu ainda não tenha permissão para algo tão simples quanto buscar o ensino superior! As mudanças nesse mundo são lentas demais. Precisamos acelerar nossa própria evolução. Nyarlathotep me levará até Hastur, e então não precisarei mais de autorização. Terei todo o conhecimento que sempre desejei!

Para atacar Elizabeth, vá para **1029**. Para se sentar e assistir à aula com ela, vá para **1001**.

EPÍLOGO

1150

VOCÊ CAMINHA ENTRE AS LÁPIDES, EM REFLEXÃO. Quando enfim deixa o cemitério, o secretário do clã chama o seu nome. Ele cumprimenta você pela resolução do caso de Elizabeth Holloway, enquanto você agradece pelo apoio ao longo de toda a investigação. Ele pede um pouco mais de seu tempo e conduz você pelo casarão até uma antessala com sofás de veludo. Lá, vai até uma grande porta de madeira, onde recebe permissão. Por fim, se vira para você:

— Eles estão à sua espera.

Ao cruzar a porta, você se vê em um local onde poucos têm a honra de entrar: o salão de assembleia do conselho Wyrden. No ambiente circular, os membros mais velhos e respeitados da família ocupam poltronas de espaldar alto posicionadas próximas à parede, formando um círculo com você ao centro. Um deles se levanta e diz:

— Há gerações nosso clã é procurado para resolver os mais variados mistérios. Já havíamos lidado com casos envolvendo o oculto, mas sempre acreditamos se tratar de episódios isolados, praticados por médiuns e charlatães. Porém, as informações coletadas durante o caso Elizabeth Holloway nos conferiram uma nova perspectiva. O sobrenatural existe. E é uma ameaça contra toda a raça humana.

Enquanto o ancião fala, o secretário coloca diversos documentos em uma mesa à sua frente: fotografias, cartas e manuscritos advindos de diversos países, alguns contendo símbolos profanos, outros escritos em idiomas alienígenas.

— Eles estão por todos os lados — uma anciã prossegue com a explicação. — Ora escondidos como ratos em povoados remotos, ora infiltrados como víboras em nossas cidades e governos. Um número imensurável de cultistas formam teias de recursos e inteligência, a fim de aliciar novos asseclas, subverter instituições e expandir a influência de seus deuses em nosso planeta. Encontramos indícios em todo o mundo.

Você afasta alguns dos papéis sobre a mesa para conseguir ver os que estão por baixo, enquanto questionamentos existenciais se formam em sua mente. Quantas pessoas já terão se tornado vítimas dos incontáveis cultos? Quantas famílias terão perdido suas filhas, sejam assassinadas em rituais de sacrifício, sejam empunhando as adagas ritualísticas em troca de promessas vazias? Quantas pessoas ainda haverão de sofrer... E quanto sofrimento você seria capaz de evitar?

— Agora que sabemos de tudo isso, pesa sobre nossos ombros um dever — volta a falar o primeiro ancião. — Não iremos mais negligenciar as influências do oculto em nosso mundo. Pelo contrário, buscaremos o sobrenatural. Convocamos vários membros para trabalhar na busca de novas informações, mas precisamos de alguém com experiência em campo para se erguer na luta contra essas ameaças. E essa pessoa é você. Ninguém mais de nós possui a devida competência. A pergunta que resta é também um pedido de ajuda e um convite: nesse novo propósito do Clã Wyrden, você cumpriria o papel de detetive original?

Você agradece pelo voto de confiança e reitera sua lealdade ao clã. Com isso, o secretário traz um último envelope e o coloca em suas mãos.

Com a experiência adquirida ao longo da jornada, basta uma rápida olhada para saber do que se trata. Assim, deixa a sede do Clã Wyrden rumo à próxima missão. Derrotar Elizabeth Holloway está longe de ser o fim da sua estrada. Afinal, há cultos profanos mundo afora esperando para serem derrotados e caberá a você a missão de defender a humanidade. Dessa forma, construirá o seu legado. Será responsável por salvar a vida de muitos inocentes e por proporcionar às próximas gerações a força necessária para continuar lutando.

IRLANDA
FRANÇA
ESPANHA
Colina de Tara
Dublin
IRLANDA
Newcastle
MAR DO NORTE
Heligoland
REINO UNIDO
Oxford
Londres
MAR CELTA
HOLANDA
BÉLGICA
N
L
S
Paris
GOLFO DA BISCAIA
FRANÇA
SUÍÇA
PORTUGAL
Madrid
ESPANHA
MAR DAS BALEARES
MAR
ARGÉLIA FRANCESA
TUNÍSIA